dtv

Francesca Sturm freut sich auf die Rückkehr ihres Mannes Arnold. Eine Woche lang war der Wirtschaftsanwalt mit sechs Weinclub-Freunden im Piemont unterwegs, hat Weingüter und Winzer besucht, Barolo, Barbaresco, Dolcetto und Barbera verkostet. Doch bei der Ankunft der Weinreisenden am Düsseldorfer Flughafen ist Arnold nicht unter ihnen, obwohl sie in Turin zusammen eingecheckt haben. Unfassbar, aber wahr: Arnold ist verschwunden. Aber wie und wo? Und vor allem: warum? Francesca muss erkennen, dass weder von der Fluggesellschaft noch von der italienischen oder der deutschen Polizei Hilfe zu erwarten ist. Sie hingegen ist zu allem bereit, ihren Mann wiederzufinden. Kurzerhand tarnt sich die Tochter italienischer Restaurantbesitzer als Weineinkäuferin und begibt sich im Piemont auf Spurensuche …

Paul Grote, geboren 1946, berichtete fünfzehn Jahre lang als Reporter für Presse und Rundfunk aus Südamerika, wo er die professionelle Seite des Weinbaus kennen lernte. Seit 2003 lebt er als freier Autor in Berlin. Sein Gespür für Wein, sein Wissen und seine Erfahrungen spiegeln sich in allen seinen Weinkrimis wider. Mehr unter: www.paul-grote.de

Paul Grote

Die Spur des Barolo

Kriminalroman

dtv

Ausführliche Informationen über unsere Autoren und Bücher www.dtv.de

Von Paul Grote
sind bei dtv u. a. erschienen:
Rioja für den Matador (20930)
Der Portwein-Erbe (21082)
Tod in Bordeaux (21536)
Bitterer Chianti (21537)

MIX
Papier aus verantwortungsvollen Quellen
FSC® C019821

Originalausgabe 2015
2. Auflage 2015

Umschlagkonzept: Balk & Brumshagen
Umschlagfotos: aus dem Privatbesitz
des Autors (oben), MatzGschwend (unten)
Gesetzt aus der Minion 10/12˙
Gesamtherstellung: Druckerei C. H. Beck, Nördlingen
Gedruckt auf säurefreiem, chlorfrei gebleichtem Papier
Printed in Germany · ISBN 978-3-423-21603-6

»Was glauben Sie wohl, wie lange die *großen* Gangster ihre Fischzüge noch machen könnten, wenn die Rechtsanwälte ihnen nicht zeigten, wo's lang geht?«

Raymond Chandler:
Der lange Abschied, 1954

1

Wieso kam er nicht? Vor dem Abflug erst hatte er angerufen – da war noch alles in Ordnung gewesen. Es wird etwas passiert sein, dachte sie und schluckte. Sie fasste sich an den Hals, das Luftholen fiel ihr plötzlich schwer. Sie merkte, wie ihr Mund trocken wurde, die Beklemmung begann im Magen – und Hitze stieg ihr in die Wangen. Mühsam kämpfte sie gegen die Panik an.

Es muss etwas passiert sein, dachte sie, denn die Maschine aus Turin war längst gelandet. Wo blieben seine Begleiter? Warteten sie noch am Gepäckband auf ihre Koffer? Sie waren zu siebt unterwegs gewesen.

Francesca blickte auf die kleine goldene Uhr, die Arnold ihr zum zehnten Hochzeitstag geschenkt hatte. Die anderen Passagiere aus der Maschine hatten längst den Zollbereich passiert, da war sich Francesca absolut sicher. Für Italiener hatte sie einen Blick, es war momentan die einzige Maschine aus Italien, außerdem hatte die Frau eben ziemlich laut geredet.

»Non puoi neanche immaginarti quanta acqua è venuta giù prima della partenza, volevano persino posticipare il decollo.«

Aber der Start war nicht verschoben worden, der schwere Regen hatte nachgelassen, und die Maschine war pünktlich gestartet. Jetzt wartete sie hier bereits seit einer Dreiviertelstunde …

Wieder schaute sie auf die Uhr und blickte sich um. Einige Meter weiter rechts stand, wie sie vorhin bemerkt hatte, die

Frau von Dr. Arlitt. Der Internist gehörte zu Arnolds Verein, es war die zweite oder dritte Weinreise, die sie gemeinsam unternahmen, persönlich nähergekommen war man sich jedoch auch bei gegenseitigen Einladungen nicht.

Frau Doktor jedenfalls, wie sie sich gern nennen ließ, hatte an nichts weiter Interesse geäußert als an ihrem Bridgeclub und den Modeläden auf der Königsallee. Ihr Mann kannte lediglich seinen Beruf und den Weinclub. Das Interesse an teuren Roten war wirklich die einzige Verbindung zu Arnold. Ob Arlitt als Arzt taugte, hatte er lieber nicht herausfinden wollen. Die Begleiterin von Hanna Arlitt, klein und pummelig – die hochgesteckten Haare machten sie auch nicht größer, dazu ein rosa Wollkostüm, der Rock viel zu eng –, gehörte auch zum Kreis der Weinfreunde. Sie war Francesca, wenn sie sich recht erinnerte, anlässlich eines fünfzigsten Geburtstags vorgestellt worden. War sie mit Trautmann verheiratet oder mit Grünleger? Es war seinerzeit bei höflichen Floskeln geblieben, so war ihr Eindruck oberflächlich, das gegenseitige Interesse hatte sich in Grenzen gehalten.

Die beiden Frauen hatten sich anscheinend viel zu sagen, nicht eine Sekunde schauten sie herüber. Francesca schien es, als wichen sie bewusst ihrem Blick aus. Entweder wollen sie mich nicht kennen oder übersehen mich geflissentlich, sagte sie sich. Andererseits fühlte sie sich in keiner Weise bemüßigt, hinüberzugehen. Die beiden machten trotz der Verspätung ihrer Männer nicht den Eindruck, als seien sie beunruhigt, ganz im Gegensatz zu ihr. Aber wie Francesca bemerkt hatte, waren beide angerufen worden, die Kleine in Rosa, das farblich auf ihr Mobiltelefon abgestimmte Kleid war ihr sofort aufgefallen, hatte kurz herübergeschaut und sofort wieder weggeguckt.

Normalerweise schaltete Arnold sein Mobiltelefon ein, sobald er nach der Landung eine Maschine verließ und sie ihm sagen konnte, wo auf dem Düsseldorfer Flughafen sie parkte oder auf welchem Parkdeck sie den Wagen für ihn abgestellt hatte. Wenn die Arbeit es zuließ, holten sie sich gegenseitig ab oder brachten sich zum Bahnhof oder Flughafen, es war ein lieb gewordenes Ritual, seit sie sich kannten.

Francesca rief erneut bei Arnold an, doch die Telefonstimme wiederholte nur, was sie bereits zweimal gesagt hatte: Der Dienst stünde momentan nicht zur Verfügung. Das war ein weiterer Stich im Magen.

Inzwischen musste eine Maschine aus Indien gelandet sein, Frauen in farbenfrohen Saris mit Kindern in den Armen und Männer mit Bergen von Koffern hinter überladenen Gepäckwagen drängten zum Ausgang.

Da, hinter den Glaswänden, tauchte Dr. Arlitt auf und winkte seiner Frau zu, nein, jetzt winkte er sie heran, und auch die Dame in Rosa folgte. Da entdeckte der Arzt, dass Francesca sich der Absperrung näherte. Sofort änderte sich seine Haltung. Als sei er bei etwas Verbotenem ertappt worden, ließ er den Arm sinken, starrte sie durch das Glas an, was sein Gesicht grotesk verzerrte, und wich zurück.

Es ist etwas passiert, dachte Francesca, es muss etwas passiert sein, etwas mit Arnold. Ihr Herz schlug schneller, sie versuchte, ruhiger zu atmen, sie spürte, wie eine Angst nach ihr griff, die sie nicht ignorieren konnte. Da bemerkte sie, dass auch Frau Doktor Arlitt zu ihr herüberblickte. Fragend? Nein, eher zornig, als wäre sie der Grund für die Verspätung. Dafür, dass ihr Mann sich wie in Quarantäne hinter den Glaswänden befand und sich nicht hervorwagte.

Hatte Arnold geschmuggelt und war vom Zoll erwischt worden? Was ließ sich im innereuropäischen Flugverkehr überhaupt schmuggeln? Nein, Arnold war nicht dumm, und wenn er etwas Ungesetzliches tat, ließ er sich nicht erwischen. Um Wein konnte es sich nicht handeln. Die auf ihren Reisen eingesammelten und bestellten Weine ließen sich die Mitglieder des 1. Düsseldorfer Weinclubs immer von der Spedition liefern.

Dr. Arlitt wirkte unentschlossen, als wisse er nicht, wem

er sich zuwenden solle, seiner Frau oder Francesca. Dann machte er auf dem Absatz kehrt, ungreifbar verschwand er zwischen spiegelnden Glaswänden. Verstohlen stand da noch der Ehemann vom rosa Kostüm – das war Grünleger – und winkte linkisch. Er entdeckte Francesca, tat, als bemerke er sie nicht, und drehte sich weg.

Wieso tauchte Arnold nicht endlich auf, um ihr ein Zeichen zu geben? Wenigstens ein Zeichen, bitte, irgendeines, flehte sie im Stillen …

Wie eine Klammer legte sich die Angst jetzt um Francescas Hals und drückte zu, die Bedrohung war real, da war etwas geschehen. Von den anderen Männern, die mit im Piemont gewesen waren, zeigte sich keiner. Francesca fühlte sich gänzlich von der Hitze überschwemmt und stand hier mit glühenden Wangen. So hatte sie sich zuletzt mit fünfzehn gefühlt, als die Polizei ihr mitgeteilt hatte, dass ihre Eltern auf der Rückfahrt von Turin hinter dem Bernardino-Tunnel den schweren Autounfall gehabt hatten.

Gerade in dem Moment, als sie sich den beiden Frauen zuwenden wollte, erschien der Völkerkundler Trautmann im Ausgang. Der Professor legte immensen Wert darauf, dass man ihn Ethnologe statt Völkerkundler nannte, und bei passender und unpassender Gelegenheit zitierte er sein großes Vorbild, Claude Lévi-Strauss, und den von diesem postulierten Strukturalismus als Mittel, andere Völker zu begreifen. Was darunter zu verstehen war, hatte er nie erklärt. Konnte er es überhaupt?

Dem Professor folgte Grünleger, der Oberregierungsrat im Finanzministerium, heute noch farbloser als sonst, dafür einen Sonnenbrand auf der Nase. Beide zogen die Rollkoffer zaghaft hinter sich her, unbeholfen wie Jungen, die zu spät vom Spielen heimkamen und Angst hatten, dass Mutti schimpft. Was war ihnen peinlich? Dass sie Arnold in Turin vergessen hatten? Absurd, allein der Gedanke war grotesk.

Eilig drängte Dr. Arlitt an den beiden vorbei, er stürzte auf seine Frau zu, als müsse er die Begegnung mit Francesca unbedingt vermeiden. Trautmann hingegen steuerte nach einem tiefen Seufzer mit ausgestreckter Hand auf sie zu.

»Frau Sturm?«

Sie zuckte zusammen. Wieso fragt er mich nach meinem Namen, wo er mich doch kennt? Wir waren bei ihm zu Hause, es war sein Fünfzigster gewesen. Francesca wollte etwas sagen, doch sie krächzte nur, die Worte blieben ihr im Halse stecken.

»Ihr Mann, äh …« Jetzt zögerte Trautmann und wandte sich um, als könne er von Arlitt oder Grünleger Hilfe erwarten.

Francesca stockte der Atem. »Wo ist Arnold?« Mehr brachte sie nicht heraus. Sie reckte sich, um zu sehen, wer hinter dem Völkerkundler aus dem Ausgang trat. »Was ist mit ihm? Was ist passiert?«

Ihre eigene Stimme kam ihr fremd vor. Sie presste die Lippen zusammen, um ihn nicht anzubrüllen. Was wurde hier aufgeführt, was sollte das Theater?

»… er ist nicht, äh, mitgekommen!«, stammelte Trautmann und räusperte sich verlegen.

»Nicht mitgekommen? Wie? Er ist dageblieben, im Piemont, in Turin? Wo?«

»Nein, auch das nicht …« Ratlos zuckte Trautmann mit den Achseln.

»Obwohl wir zusammen eingecheckt haben«, platzte es aus Dr. Arlitt heraus, der jetzt näher gekommen war. Er sprach, als wolle er jedes Wort möglichst schnell hinter sich bringen. »Mehr wissen wir nicht.«

In einer Geste der Hilflosigkeit breitete er die Arme aus und machte ein ziemlich dummes Gesicht.

»Beim Boarding war er noch da.« Reinhold Kirsch, den Francesca recht gut kannte und mit dem sie sich duzten, war herangekommen. »Wirklich, Francesca, ich habe ihn gesehen, wie er im Warteraum aufstand, als wir aufgerufen wurden. Er hatte die Bordkarte und den Ausweis in der Hand, beides, glaub mir, niemand versteht das, keiner von uns.«

Inzwischen waren die beiden letzten Mitglieder des Weinclubs herangekommen. Nur Grünleger hielt sich fern, seine Frau redete unhörbar, aber äußerst eindringlich auf ihn ein und zerrte ihn am Ärmel, Francesca mit einem finsteren Blick strafend.

»Wir haben eben mit dem hiesigen Bodenpersonal gesprochen«, meinte Justus Heimbüchler, der Francescas Hand hielt, als wenn er sie beruhigen müsste. Den Rechtsanwalt kannte sie am besten, er arbeitete häufig mit Arnold zusammen. »Auch die Fluggesellschaft hat keine Erklärung. Sie haben sich bereits mit ihrem Büro in Turin in Verbindung gesetzt, aber dort ist er offiziell abgereist, er hat genau wie wir eingecheckt und war beim Boarding dabei, seine Bordkarte wurde ordnungsgemäß registriert, auch unsere Ausweise mussten wir vorzeigen. Also muss er in die Maschine eingestiegen sein, es kann gar nicht anders sein – nur …«, jetzt wusste auch Heimbüchler nicht weiter, »… er ist nicht da.« Mit großen, unschuldigen Augen blickte er Francesca an, als sei von ihr die Lösung des Problems zu erwarten.

»Wahrscheinlich ist er schon vorgegangen«, meinte Peter Schilling, der Steuerberater in der Gruppe, »so jedenfalls die Ansicht der Fluggesellschaft. Aber man lässt doch seinen Koffer nicht einfach stehen!«

Einer der Männer schob ihn nach vorn und stellte ihn vor Francesca ab, es wirkte wie eine Entschuldigung.

Sie schreckte zurück und starrte den Koffer an, als handele es sich um die Urne mit Arnolds Asche. Ihr wurde schwindlig, sie glaubte, den Boden unter den Füßen zu verlieren, Zweifel und Entsetzen hielten sich die Waage. Trotzdem schüttelte sie widerwillig die Hand ab, die sie zu stützen versuchte.

»Arnold hat eingecheckt, er war beim Boarding dabei – und ist jetzt nicht hier? Das gibt es nicht! Das ist unmöglich.« Sie schaute in die Gesichter dieser Männer in den allerbesten Jahren, die mit hochgezogenen Schultern, um Verzeihung flehendem oder gesenktem Blick vor ihr standen, mehr hilflos und schuldbewusst als besorgt. Nur der kleine Grünleger blieb abseits, stritt weiter mit seiner Frau in Rosa. Sie zerrte an ihm, hatte ihn fast so weit, dass er klammheimlich das Feld räumte. Er schaute herüber, ob ihn jemand beobachtete.

Francesca versuchte, das Unfassbare zu verstehen, den Sinn von Heimbüchlers Worten zu begreifen.

»Ihr seid sieben gestandene Männer, da kann doch nicht einfach einer von euch verschwinden?! Es fällt niemand aus dem Flugzeug.«

»Woher sollen wir das denn wissen?«, wagte Trautmann zu sagen, inzwischen der personifizierte Vorwurf. »Ich nehme an, er hat weiter vorn gesessen, ich jedenfalls habe ihn nicht in der Maschine gesehen.«

»Aber ihr wart alle dabei. Wer hat neben ihm gesessen? Ihr müsst ihn doch gesehen haben!«

Francesca wandte sich ab, damit niemand bemerkte, wie ihr die Tränen in die Augen stiegen.

Die Männer blickten von einem zum anderen, zum Schuldbewusstsein kam der Wunsch, den Flughafen schleunigst verlassen zu dürfen.

»Eigentlich hatte Arnold den Platz neben mir reserviert«, druckste Reinhold Kirsch herum, der Architekt, für sie eine der wenigen positiven Gestalten in der Gruppe. Sie fragte sich sowieso, weshalb Arnold nicht nur mit ihm, mit Schilling und Heimbüchler gereist war. Schilling, ja, vielleicht, aber mit den anderen?

»Ich dachte, er säße weiter vorn in der Reihe, wo die Notausgänge über den Tragflächen sind. Da waren Plätze frei, und man hat mehr Beinfreiheit. Beim Hinflug hat er auch da gesessen. Du weißt ja, wie eng es in den Flugzeugen ist, und Arnold ist ziemlich groß.«

»Ja, so groß, dass er kaum zu übersehen ist! Aber wie man sieht, geht auch das!«

Unter Francescas Fassungslosigkeit und Angst mischte sich Wut. Wie gleichgültig muss man anderen gegenüber sein, dass man jemanden von Arnolds Größe übersah. Oder wie selbstbezogen? Jetzt kam es darauf an, Haltung zu bewahren, vor diesen Männern keine Schwäche zu zeigen, das tat sie auch sonst nicht. Unter den Wirtschaftsprüfern, mit denen sie zusammenarbeitete, und unter den Klienten war sie fast immer die einzige Frau, abgesehen von den Assistentinnen.

Sie riss sich zusammen.

»Und wie geht's jetzt weiter?« Fordernd blickte sie in die Runde, die deutliche Auflösungserscheinungen zeigte. »Was werdet *ihr* unternehmen?«

Die kleine Dicke hatte ihren Oberregierungsrat bereits abgeschleppt. Und wenn erst ein Stein fehlte, fiel der Rest der Mauer fast von allein in sich zusammen. Dr. Arlitt meinte ebenfalls, sich verstohlen mit seiner Frau Doktor absetzen zu müssen. Ein schöner Verein ist das, der 1. Düsseldorfer Weinclub, dachte Francesca, nicht der Erste, vielmehr der Letzte. Einer verschwindet spurlos, und die anderen gehen nach Hause, als ginge es sie nichts an.

So sah es wohl auch der Völkerkundler, der lieber Ethnologe sein wollte, er trollte sich mit seinem Rollkoffer. Von den ursprünglichen sieben waren jetzt nur noch drei übrig.

Der Einzige, bei dem Francesca das Gefühl hatte, dass ihm Arnolds Verschwinden wirklich naheging, und der an ihrer Not Anteil nahm, war Reinhold Kirsch, nein, auch Heimbüchler.

»Ich habe ihn nicht in der Warteschlange gesehen, er stand sicher am Ende; aber wenn er nicht dort gewesen wäre, hätten sie ihn ausgerufen. Und es wird auch kein Koffer ohne die dazugehörige Person transportiert, allein aus Furcht vor Bombenanschlägen. Ich habe es mal erlebt, dass in München alle aussteigen mussten und jeder gezwungen war, sein Gepäck zu identifizieren, weil drei Koffer zu viel an Bord waren. Die dazugehörigen Passagiere hatten sich im Flughafenrestaurant festgesoffen. Erst als das geklärt war, flogen wir ab.«

»Last call for passenger Arnold Sturm.« Was von Peter Schilling witzig gemeint war, verkehrte sich ins Gegenteil, und der Steuerberater erntete strafende Blicke. »Ich muss leider dringend los«, entschuldigte er sich, »ich habe einen Termin mit einem Mandanten. Er hat mich bekniet, ihn heute noch zu treffen. Ich hatte nicht damit gerechnet, dass es eine Verzögerung geben würde. Eine Steuersache«, fügte er mit deutlichem Bedauern hinzu, es war ihm gleichgültig, wie diese Ausrede aufgefasst wurde.

»Wie soll das möglich sein? Jemand checkt regulär ein und kommt nicht an?« Der Beamte der Flughafenpolizei glaubte ihnen kein Wort. »Unterwegs kann niemand aussteigen!«

Bemüht, ihre erneut aufsteigende Panik nicht zu zeigen, blickte Francesca von Reinhold Kirsch zu Justus Heimbüchler, nur der Architekt und der Anwalt hatten sie zur Flughafenpolizei begleitet. In dem engen, schmucklosen Raum befand sich neben den beiden Dienst habenden Polizeibeamten noch der Stationsleiter der Fluggesellschaft, der mehrmals betont hatte, dass eigentlich die Flugbegleiter hier sitzen müssten, aber einer hätte bereits den Flughafen verlassen, der andere sei mit derselben Maschine nach Turin zurückgeflogen. Besondere Anteilnahme zeigte er nicht.

Die einzige Erklärung, die der Beamte parat hatte, war, dass Passagier Sturm sich bereits hier auf dem Düsseldorfer Flugplatz abgesetzt hatte, ohne sein Gepäck mitzunehmen. Über mögliche Gründe wollte er sich nicht auslassen. »Wenn es jemand weiß, dann Sie, Frau Sturm!« Was er damit meinte, ließ er offen. Er ließ sich aber doch zu ein paar vagen Andeutungen hinreißen, mit ausweichenden Gesten in Richtung Francesca, dass der liebende Gatte wohl mal Zigaretten holen gegangen sei, was manch einer dazu nutze, ein völlig neues Leben in »gänzlich anderen Zusammenhängen« zu beginnen. Wollte er damit sagen, dass Arnold sich eine andere Frau suchte?

»Wir prüfen selbstverständlich die abfliegenden Passagiere sowie die Passagierliste, aber wir zählen nicht die Ankommenden. Meines Wissens nach ist es bisher niemals vorgekommen, dass jemand nicht angekommen ist. Wie auch? Seien Sie gewiss, dass wir bei der latenten Bedrohung des Luftverkehrs die Augen sehr weit offen halten, sehr weit.«

»Er wird die Angelegenheit sicher an die entsprechende Abteilung beim BKA weiterleiten«, flüsterte der Anwalt Francesca zu, um ihr Mut zu machen, als der Beamte sich seiner Kollegin zuwandte. »Die vermuten heutzutage hinter allem schnell irgendwas Politisches.«

Die junge Beamtin, die zuvor ihre Ausweise kontrolliert und anscheinend auch überprüft hatte, als wären sie einer Entführung verdächtig, tippte jetzt ein Protokoll.

Für Francesca stellte sich die Situation grotesk dar. Sie erwartete noch immer, dass Arnold jeden Moment auftauchte, weil er auf der Toilette gewesen war. Oder hatte er sich einen Spaß erlaubt? Das war ihm am ehesten zuzutrauen, er liebte schwarzen Humor, es war seine Art, mit unangenehmen Ereignissen fertigzuwerden. Oder überraschte er sie hier mit einem Blumenstrauß? Vielleicht hatte er sich verlaufen?

»Wo genau sind Sie gewesen?«, fragte der Beamte von der Flughafenpolizei. Francesca spürte, dass er sich zumindest den Anschein gab, sich für den Verbleib eines Passagiers zu interessieren, selbstverständlich innerhalb seines beruflichen Rahmens.

Reinhold Kirsch blickte Justus Heimbüchler auffordernd an, der Architekt hielt es anscheinend für sinnvoller, dass ein Anwalt das Wort führte.

»Wir waren eine Woche lang in den Langhe unterwegs«, antwortete er, »das Gebiet liegt südwestlich von Mailand oder östlich von Turin – in Italien«, fügte er wegen des verständnislosen Ausdrucks in den Gesichtern der Beamten hinzu, »südlich des Städtchens Alba, wenn Ihnen das was sagt.«

»Was war der Grund Ihrer Reise? Urlaub oder geschäftlich?«

»Wir gehören einer Verbindung von Weinenthusiasten an, wir sind Weinfreunde. Deshalb veranstaltet der Club zweimal jährlich eine Reise in ein Weinbaugebiet. Wer Zeit und Lust hat, kommt mit.«

Und das entsprechende Kleingeld, dachte Francesca, doch derartig zynische Gedanken waren unbeliebt, wie sie wusste.

»Eine Reise führt in ein europäisches Land, eine in ein deutsches Weinbaugebiet«, setzte Heimbüchler fort. »Wir besuchen die Winzer und schauen uns ihre Kellereien und die Weinberge an.«

»Da wird sicherlich allerhand probiert, vermute ich mal.« Der Beamte hob kaum merklich den Kopf, so jedenfalls kam es Francesca vor, als wollte er prüfen, ob einer der beiden Männer nach Alkohol roch, und auch der Stationsleiter zeigte seine Skepsis. Hatte man es bei Arnold Sturm womöglich mit einem Alkoholiker zu tun?

»Wir sind von morgens bis abends breit«, meinte Reinhold Kirsch zu Francescas Erschrecken, aber dann lachte er, und Heimbüchler stellte die Sache richtig.

»Beim professionellen Verkosten betrachtet man den Wein zuerst, seine Farbe spielt dabei eine wichtige Rolle, die Klarheit, daran erkennt man vieles, dann nimmt die Nase den Duft auf, man riecht Stärken und Schwächen des Weins – mit der entsprechenden Erfahrung selbstverständlich – und mögliche Fehler. Zum Probieren nimmt man nur einen winzigen Schluck, um den Mund auszuspülen. Da zeigen sich dann andere Eigenschaften. Alles wird zuletzt ausgespuckt. Alkohol kann die Sinne benebeln, die man zur Beurteilung benötigt, darüber sind wir uns durchaus im Klaren.«

»Dann hatte Ihre Reise doch einen beruflichen Hintergrund?«

»Nein. Wir interessieren uns für Wein, für die Landschaft, für den Weinbau generell. Man reist mit guten Freunden und beschäftigt sich mit anderen Dingen, Kultur, Bauwerke, Malerei … Wir sind beruflich alle ziemlich eingespannt. Ja, die Geschichte der jeweiligen Region ist uns natürlich wichtig. In historischer Hinsicht ist das Piemont …«

»Wer war alles dabei?«, fragte die Polizistin. »Nur Sie beide und der … der Verschwundene?«

»Nein, wir waren zu siebt.« Während Heimbüchler die Beteiligten nannte, schrieb Kirsch ihre Namen in Druckbuchstaben auf einen Zettel und schob ihn über den Tisch. Jetzt zeigte auch die Beamtin etwas wie Interesse.

»Wo sind denn ›Ihre anderen guten Freunde‹ jetzt, wie Sie sagen?«

Die haben sich aus dem Staub gemacht, dachte Francesca, aber das geht mich alles nichts an. Sie hob den Kopf und strich sich das lange schwarze Haar aus dem Gesicht. Worüber reden sie?, fragte sie sich. Geht es überhaupt um Arnold? Oder geht es bereits um einen »Fall«, der aufgeklärt werden muss, weil die beiden Uniformierten gerade Dienst haben? Sie nahm dem Beamten seinen Spruch vom Zigarettenholen zutiefst übel. Aber was sollte man von Leuten erwarten, die lediglich ihren Job machen? Habe ich Anteilnahme erwartet? Ja, das habe ich.

»Reisen Sie immer in dieser Zusammensetzung?« Der Beamte hatte die Liste mit den Namen durchgesehen und sah Kirsch forschend an.

Heimbüchler bedeutete mit einer abwehrenden Handbewegung, das Antworten ihm zu überlassen, er war den Umgang mit Behördenvertretern gewohnt.

»Wie ich bereits sagte: Wer Zeit und Lust hat, kommt mit. Dann ist natürlich die Zusammensetzung der Gruppe entscheidend. Mit einigen ist man enger befreundet, mit anderen lediglich bekannt. In unserem Fall sind wir beide«, Heimbüchler wies auf Kirsch, »seit einigen Jahren mit dem Ehepaar Sturm befreundet, wir arbeiten gelegentlich zusammen, er ist auch Anwalt, zwar nicht in derselben Kanzlei, aber man unterstützt sich. Und Herr Kirsch wird in rechtlichen Fragen von mir beraten.«

»Wo sind die anderen?« Es war die zweite Frage aus dem Mund der jungen Polizistin.

»Die sind bereits gegangen!« Francesca hätte besser geschwiegen, so war ihr anzumerken, wie sehr es sie empörte.

Die Polizistin spürte wohl, was in Francesca vorging, und sah sie in einer Mischung von Skepsis und Verachtung an. Oder war es Neid? Francesca hatte bemerkt, wie abschätzig sie bereits vorhin von ihr gemustert worden war. Sie hatten am Vormittag ein Gespräch mit einem wichtigen Mandanten gehabt, und sie trug noch immer den eleganten, mitternachtsblauen Hosenanzug. Besonders der Blick auf ihre hohen Schuhe war ihr aufgefallen, als sie sich an den Tisch gesetzt und die Beine übereinandergeschlagen hatte.

»Sie kennen sich also gut?« Als der Beamte keine Antwort erhielt, stellte er die nächste Frage. »Ist auf Ihrer Reise irgendetwas vorgefallen, das mit dem Verschwinden Ihres Begleiters in Verbindung stehen könnte? Gab es Vorfälle, Andeutungen, Hinweise?«

Kirsch und Heimbüchler wirkten ratlos, Letzterer zuckte mit den Achseln und sah Francesca an, als wüsste sie mehr.

»Gab es Streit, kam es zu Auseinandersetzungen? Warum sind die anderen Reisebegleiter nicht hier?«

»Nein, es gab keinen Streit. Und weshalb die anderen gegangen sind, müssen Sie die Betroffenen schon selbst fragen. Ich vermute, die wollen da nicht mit reingezogen werden.«

»In was?« Der Beamte wirkte mit einem Mal sehr aufmerksam und bekam einen langen Hals.

»Na, in diese Angelegenheit eben, dass Arnold verschwunden ist. Was sonst?«

»Mehr nicht?« Skepsis und Misstrauen lag in diesen beiden in die Länge gezogenen Worten des Polizisten.

»Ich gehe dann mal«, sagte plötzlich der Vertreter der Fluggesellschaft. »Ich habe zu tun, mich braucht man hier allem Anschein nach nicht mehr.« Beleidigt stand er auf.

»Sie könnten uns allerdings behilflich sein«, sagte Kirsch und hob die Hand, woraufhin der Stationsleiter sich wieder setzte. »Sowohl beim Betreten der Maschine wie auch beim Verlassen stehen Ihre Mitarbeiter an den Türen. Vielleicht kann sich jemand von der Besatzung an Herrn Sturm erinnern? Sie müssen ihn mindestens zweimal gesehen haben: als er die Maschine betrat und als er sie verließ.«

»Was glauben Sie, wie viele Passagiere unsere Mitarbeiter während einer Schicht zu Gesicht bekommen? Bei vier oder fünf Flügen pro Tag sind das weit mehr als eintausend Gesichter. Und dabei müssen sie Plätze zuweisen, sich die Bordkarten zeigen lassen, Gepäck verstauen, Streit schlichten …«

Francesca gab sich mit der Antwort nicht zufrieden. »Man sieht immer einige Menschen genauer an als andere. Es gibt den Bordverkauf, Kaffee wird ausgeschenkt, Ihr Personal schiebt die Bedienungswagen mehrmals den Gang entlang. Man kann den Stewardessen ein Foto meines Mannes zeigen. Vielleicht ist er ihnen aufgefallen, vielleicht erinnern sie sich an ihn. Er ist besonders groß«, meinte Francesca vorsichtig.

Zaghaft oder zögerlich zu sein, lag sonst weniger in ihrer Art, sie konnte sich normalerweise gut durchsetzen. Im Umgang mit Männern, die sich für hochkarätig hielten, hatte sie es gelernt, ja lernen müssen, sonst hätte sie niemals ihre heutige Position erreicht und wäre längst in eine der hinteren Reihen verwiesen worden oder untergegangen. Aber hier und heute fühlte sie sich hilflos und schrecklich nah am Untergang, besonders wenn sie daran dachte, was sie nachher den Kindern sagen sollte. »Euer Vater ist verschwunden! Ich weiß nicht, wo er geblieben ist.« Das sollte sie ihnen sagen müssen? Niemand weiß, wo Papa steckt? Nein, das würde sie nicht über die Lippen bringen, und doch musste sie es tun. Wie von ferne hörte sie den Polizisten die nächste Frage aussprechen.

»Welchem Beruf ging Ihr Ehemann nach?«

»Wieso ging?« Francesca schrak zusammen. »Was wollt … ihr damit … sagen …?«, stammelte sie. »Er ist doch nicht …?«

»Nein«, beruhigte sie der Architekt und tätschelte ihren Arm, »das hat er nur so gesagt.«

»Ja, ja«, beeilte sich der Beamte zu sagen, »das war unüberlegt. Wir wissen ja nichts. Aber – ich meine, was macht er beruflich? Kann durchaus sein, dass uns das weiterhilft.«

»Er ist Anwalt für Wirtschaftsfragen, Steuerrecht, internationale Verträge und so weiter.«

»Einer von denen, die anderen dabei helfen, ihr Geld am Fiskus vorbei ins Ausland zu schaffen?« Die Polizistin hielt sich wohl für besonders pfiffig.

2

Es war nicht die unausgesprochene Unterstellung, ob Arnold als Wirtschaftsanwalt seinen Mandanten half, ihr Geld im Ausland zu verstecken, die Francesca aufgebracht hatte. Das Wort von der Steuerflucht war heutzutage in aller Munde, und die Abgeordneten, die am lautesten gegen Steuerhinterziehung wetterten, nutzten sicher die besten Berater. Sie wusste schließlich selbst, wie es funktionierte.

Was Francesca in Rage gebracht hatte, war die Frage der Polizistin, wie es um ihre Ehe beschaffen sei. Stand dahinter nicht letztlich die Vermutung, die mit dem Spruch vom »Zigarettenholen« aufgeworfen worden war? Der Ehemann setzt sich klammheimlich ab, verschwindet nach der Ankunft im Flughafengebäude auf Nimmerwiedersehen, nimmt eine andere Identität an, lässt sich in einem anderen Land nieder und heiratet eine Siebzehnjährige?

Dazu hätte es keiner Reise ins Piemont bedurft. Doch mehr noch als diese Unterstellung erboste Francesca die Tatsache, dass der Gedanke an ihr nagte. Dabei hatte Arnold ihr niemals Anlass gegeben, ihr Vertrauen infrage zu stellen.

Das alles beschäftigte sie auf dem Weg ins Parkhaus. Sie ärgerte sich maßlos, dass sie in ihrer gemeinsamen Vergangenheit nach Anzeichen suchte, die ein derartiges Verhalten gerechtfertigt hätten, und hasste sich dafür. Glücklicherweise hatten weder Heimbüchler noch Kirsch sie darum gebeten, im Wagen mitgenommen zu werden. Beide hatten sich ein Taxi genommen, Heimbüchler wohnte in Flugplatznähe in Stockum, Kirsch am Eisstadion. Sie hätte nach Oberkassel gemusst, aber jetzt traute sie sich nicht, den Kindern ohne ihren Vater unter die Augen zu treten, etwa so, als sei sie für sein Verschwinden verantwortlich.

Am besten konnten ihr jetzt ihre Eltern helfen. Sie brauchte jemanden, der sie in den Arm nahm und tröstete, so wie es nur ihre Mutter konnte, und sie war genauso auf den praktischen Rat Feltrinellis angewiesen. In Katastrophen blieb ihr Vater gelassen und das Verständnis in Person.

Die Familie Feltrinelli war der ruhende Pol in Francescas Leben. Arnold hatte sie sacht hinüberziehen können, ihre Kinder gehörten sowieso dazu. Sie lächelte still bei dem Gedanken. In Bezug auf die Familie war sie ganz Italienerin. In jeder anderen Hinsicht fühlte sie sich als Deutsche, als Düsseldorferin, und darin lag der dauernde Streit mit Basilio, dem sie gleich im »Tavolata« unweigerlich begegnen würde. Ihres Bruders wegen mied sie das elterliche Restaurant neuerdings. Basilio hatte ihren Vater so lange bearbeitet, bis dieser ihn offiziell zum Geschäftsführer des Restaurants ernannt hatte. Er hätte es ihm fast gänzlich überschrieben, nur um seine Ruhe zu haben, wenn sie nicht interveniert hätte. Das verzieh ihr Basilio nicht. Der Gedanke an ihren Bruder machte Francesca genauso wenig Freude wie die unverschämten Parkgebühren des Flughafens. Sie hatte geglaubt, nur eine halbe Stunde bleiben zu müssen, jetzt waren vier vergangen. Vier grauenvolle Stunden.

Wie in Trance fuhr sie ins Stadtzentrum, fertigte Alice am Telefon ab, die sich beschwerte, dass sie noch immer nicht zu Hause sei, und riet ihr, falls sie Hunger habe, ins »Tavolata« zu kommen. »Oma wird sich riesig freuen, dich zu sehen.«

Aber es war ihrer Tochter dann doch zu weit, von Oberkassel zur Graf-Adolf-Straße zu radeln oder, falls sie die U-Bahn nahm, umsteigen zu müssen. Dann doch lieber die Pizza aus dem Tiefkühlfach, dem Bruder würde sie was übrig lassen. Als Alice nach ihrem Vater fragte, drückte Francesca einfach die Aus-Taste. Das war das einzig Schöne an diesen entnervenden Geräten, man konnte sie abschalten oder zu Hause oder im Büro liegen lassen.

Nur Filmhelden fanden stets den Parkplatz vor dem Restaurant. Francesca suchte eine Viertelstunde und musste noch zwei Häuserblocks zurücklaufen, bis sie das »Tavolata« erreichte.

Ausnahmsweise war das Restaurant nicht bis auf den letzten Tisch besetzt, wie zu Messezeiten oder an Wochenenden. Ihr Vater stand mit einer Flasche Wein an einem der Tische und gab den Sommelier, über Wein redete er besonders gern. Er schaute zu ihr, und sein Lächeln erstarb. Er sah wie immer auf den ersten Blick, dass seine Tochter ein Problem mit sich herumschleppte. Er ließ sich nichts vormachen. Wie ernst das Problem jedoch war, konnte er nicht ahnen.

Es war gut, dass ihr Vater beinahe jeden Abend herunterkam, um von neunzehn bis zweiundzwanzig Uhr in der Küche die schwierigsten Aufgaben zu übernehmen. Er und ihre Mutter waren die ruhenden Pole und blieben es auch in ärgster Hektik. Außerdem war sein Weinkeller sein ganzer Stolz, besonders die Weine, von denen nur wenige Flaschen Barolo und Barbaresco seit der Eröffnung vor zwanzig Jahren hier lagerten. Ansonsten erreichte höchstens ein Aglianico del Vulture oder ein Brunello dieses Alter. Alle anderen italienischen Weine sollten seiner Ansicht nach früher getrunken werden.

Aber davon verstand Francesca nichts. Gerade mal diese wenigen Namen hatte sie sich gemerkt, vielleicht noch den vom Chianti und ob sie von den Colli Senesi kamen, den Hügeln Sienas, oder den Colli Pisane, denen um Pisa. Aus welchen Rebsorten sie gekeltert wurden, war ihr schleierhaft, und sie wollte es auch nicht wissen. Italiens Weinbaugebiete waren viel zu groß und vielfältig und mit achthunderttausend Hektar achtmal größer als die deutschen, das zumindest wusste sie, und hier trank man Riesling und Silvaner oder rote Billigweine von sonst woher.

Noch immer hing ihr das Trauma der Pizzabude ihrer Eltern nach. Sie hatte als Kind aushelfen müssen, besonders nach dem Unfall ihrer Eltern, und hatte nach Jahrzehnten noch immer den Geruch (nein, besser Gestank) von geschmolzenem und verkohltem Käse in der Nase. Dazu hatten der billige, rote Kalterer See und der weiße Frascati aus der Zweiliterflasche ihren Sinn für Wein geprägt, vielmehr zerstört.

Sie schwärmte für deutsche Küche und liebte die französische, und unter den Weinen schätzte sie inzwischen vieles, was aus Spanien kam. Aber daran waren Arnold und sein Weinhobby schuld.

»Irgendwann begreifst du es«, hatte ihr Vater gesagt und sie wohlwollend gewähren lassen.

Er hatte sie stets gewähren lassen. Und als die Eltern ihre Pizzabude in Bilk verkauft hatten, eine wahre Goldgrube, die Korbflaschen mit dem billigen Chianti hinter sich ließen und das »Tavolata« eröffneten, hatte es zwar nicht mehr nach verbranntem Käse gerochen, es lagen auch keine durchgebogenen Salamischeiben mehr auf zu dicken Pizzaböden, aber Francesca hatte weiterhin helfen müssen. Erst als ihr Vater die gierigen Blicke der männlichen Gäste und die neidischen der weiblichen bemerkt hatte, war sie aus dem Frondienst entlassen worden. Doch ihr Käse-Trauma hielt sich, und Pizza war ihr ähnlich verhasst wie der Duft von Trüffeln, bei dem anderen das Wasser im Mund zusammenlief.

Sie ging in die Küche, um den Koch zu begrüßen und zu schauen, ob ihre Mutter heute mitgekommen war. Dabei bemerkte sie, dass ihr Bruder mit einem Schwarzen zwischen der Anrichte aus Edelstahl und dem Spülbecken stand und auf Englisch auf den armen Mann einredete. Der Ton war grob und unverschämt. Francesca kannte ihren Bruder, wenn er sich aufspielte, und genau das tat er. Er machte den Mann nieder, der mit gesenktem Blick vor ihm stand, ein Tuch in der Rechten und eine Schüssel in der Linken.

»Basilio!«

Ihr Bruder wiederum kannte den Ton seiner älteren Schwester, sie war der einzige Mensch auf der Welt, den er fürchtete, und sie verstand es, diesen Umstand zu nutzen. Sie war der einzige Mensch, der ihn in seine Schranken weisen konnte. Für einen Moment vergaß sie den wirklichen Grund ihres Hierseins.

»Basilio! Ich glaube, ich muss mit dir reden!« Francescas Ton war hart und bestimmend. »Wer ist der Mann?« Sie wies mit dem Kopf in die Richtung des Afrikaners.

»Was geht dich das an?«

»Sehr viel, mein Lieber. Was macht der hier?«

»Stell dich nicht so dumm an, du siehst doch, dass er arbeitet.«

»Legal oder illegal?«

»Sag mal, Schwesterchen«, Basilio baute sich mit in die Hüften gestützten Fäusten vor ihr auf, »übernehmen jetzt die Wirtschaftsprüfer schon die Aufgaben der Gewerbeaufsicht?« Nicht nur sein Gehabe, auch seine Worte sollten überlegen klingen, besonders vor einem Dritten.

»Nein, die Ausländerbehörde übernimmt, und die bin ich! Legal oder illegal?« Francesca ließ sich nicht beeindrucken, sie lächelte dem Mann beruhigend zu, der sie verängstigt anstarrte. Er hatte begriffen, dass es um ihn ging.

»Ein Freund hat uns diesen Nigerianer empfohlen, er ist kein Muslim, das reicht mir als Referenz, und damit gut. Würdest du bitte aus der Küche verschwinden?« Basilio kochte vor Wut darüber, derart bloßgestellt zu werden. »Raus, Schwesterchen, du nervst! Wir arbeiten hier, ganz im Gegensatz zu dir …«

»Legal oder illegal? Was hat er für einen Arbeitsvertrag, zwei Euro die Stunde? Schlafen lässt du ihn unter der Treppe?

Und zu essen kriegt er, was auf den Tellern der Gäste zurückkommt? Weiß Papà davon?«

»Ich habe gesagt, du sollst verschwinden!«

Basilios Aufforderung klang längst nicht mehr so überzeugend wie anfangs, er wusste, dass er Francesca in keiner Weise Paroli bieten konnte. Als Junge hatte er gewagt, in ihrem Poesiealbum Seite für Seite zuzukleben, und die Kloppe, die er danach von ihr bezogen hatte, würde er sein Leben lang nicht vergessen. Francesca schämte sich bis heute dafür und hatte es gleichzeitig nie bereut.

»Wovon soll ich wissen oder nicht wissen? Streitet ihr schon wieder? Kinder, werdet ihr jemals erwachsen?« Signor Feltrinelli war unbemerkt in die Küche getreten, er ging auf die beiden zu, da erst bemerkte er den Afrikaner und blieb verwundert stehen.

Es war für Francesca das Zeichen, dass auch er nichts von dem Mann wusste, der sich die Schüssel schützend an den Bauch presste.

»Ich glaube«, sagte sie scharf, »dein Sohn beschäftigt einen Illegalen hier. Ich habe nichts dagegen, Asylbewerbern oder Illegalen Arbeit zu geben, aber wenn, dann zu Bedingungen, zu denen auch Deutsche hier arbeiten. Und Kalle ist nirgends zu sehen. Hast du ihn rausgeschmissen?«

Die Frage war an ihren Bruder gerichtet.

»Stimmt, wo ist er?« Feltrinelli sah sich nach dem Küchenhelfer um, jedoch nicht allzu interessiert, ihn beschäftigte etwas anderes, besorgt blickte er seine Tochter an. »Was ist los mit dir, Fran? Warum bist du so aggressiv? Du bist ja völlig außer dir, Kind.« Verständnislos schüttelte er den Kopf, als er sah, wie Francesca den Kopf senkte und, die Tränen unterdrückend, die Küche verließ.

»Wir sprechen uns gleich«, sagte Feltrinelli drohend an seinen Sohn gewandt, »halte dich an die Regeln.«

Er folgte Francesca. Sie war in der Nische zwischen Küche und Lokal stehen geblieben und hielt sich eine Serviette vors

Gesicht, um ihre Tränen zu verdecken. Feltrinelli nahm sie in die Arme, strich ihr über den Kopf und ließ seine Tochter weinen. So hatten sie es immer gehalten, schon damals, als sie vier Jahre alt gewesen war, und jetzt mit zweiundvierzig. Für Feltrinelli gab es da keinen Unterschied, und auch nicht für Francesca. Nach einer Weile nahm er selbst die Serviette und tupfte ihr die Tränen aus dem Gesicht.

»Was ist passiert?«

»Arnold ist weg. Er ist verschwunden. Er ist von der Reise nicht zurückgekommen!«

Feltrinelli wusste von der Tour seines Schwiegersohns ins Piemont, in die Langhe. Die Clubmitglieder hatten hier bei ihm im »Tavolata« die Reise geplant, er selbst hatte den einen oder anderen Tipp beisteuern können, er kannte sich einigermaßen aus. Seine Frau und er waren in Turin geboren, und bis ins Barolo-Gebiet waren es von dort lediglich sechzig Kilometer, nicht einmal eine Autostunde entfernt. Und er hatte den Männern, von denen zwei zu seinen Stammkunden gehörten, die dortigen Weine vorgesetzt: Dolcetto, Barbera und die aus der Nebbiolo-Rebe gekelterten regionalen DOCG-Weine. Sogar ein weißer Langhe Arneis sowie ein piemontesischer Chardonnay fanden sich auf seiner Weinkarte.

»Arnold verschwunden?« Ungläubig starrte er seine Tochter an. »Die anderen sind alle wieder zurück?«

»Ich komme eben vom Flughafen, ja, die anderen sind zurück, alle«, schluchzte Francesca und nahm ihrem Vater die Serviette aus der Hand.

Sie musste schrecklich aussehen, Lidstrich und Wimperntusche waren bestimmt total verschmiert. Als sie nach dem Taschenspiegel griff, merkte sie, wie ihr Vater sie an den Schultern nahm, sie ein wenig distanziert betrachtete und lächelte.

»Er kommt wieder. Verlass dich auf ihn. Er ist ein guter Mann. Er ist ein starker Mann, er ist ein Vater, ich kenne ihn, er weiß, was er tut, und wenn er in Schwierigkeiten geraten ist … Jetzt bring dich erst einmal in Ordnung, ich regele das in der Küche mit dem … wo kommt der her?«

»Nigeria … glaube ich zumindest.«

»Und dann erzählst du mir alles ganz genau, und wir essen etwas. Wissen die Kinder davon?«

Francesca schüttelte wortlos den Kopf.

Eine Viertelstunde später saßen sie zu dritt an einem Tisch in der Nische, die im Lokal eine gewisse Privatheit garantierte. Außer einem stillen Wasser und einem Caffè doppio rührte Francesca nicht einmal ihren Lieblingssalat mit Scampi an, sie bekam keinen Bissen herunter.

Außerdem irritierte sie die Umgebung. Es dauerte einen Moment, bis sie begriff, was sich geändert hatte: Es standen mehr Tische in den beiden Räumen als sonst, sie empfand es als zu eng und für die Gäste sicher unbequem. Wie ihr Vater seufzend erklärte, der bei seiner für einen Italiener ungewöhnlichen Größe auch Schwierigkeiten hatte, seine Beine unterzubringen, versprach sich Basilio von drei Tischen mehr eine deutliche Umsatzsteigerung. Aber dass die Gäste womöglich wegblieben, weil sie sich beengt fühlten, hatte er nicht einsehen wollen, meinte Feltrinelli schicksalsergeben.

»Der Junge muss seine Erfahrungen selbst machen.«

Basilio wollte immer mehr, egal, wovon, es reichte ihm nie, obwohl die Familie und ihre Mitarbeiter ein gutes Auskommen hatten.

»Nullwachstum ist Stillstand« war sein Credo. Wo er den Blödsinn aufgeschnappt haben mochte? Sicher von einem seiner neuen »Freunde« aus der Marketing-Branche, die sich andernorts an der neuen Pinzettenküche erfreuten, wo zwei vom Sternekoch kreativ gekreuzte Schnittlauchhalme an Gänseblümchen bereits für Furore sorgten.

Wenn Francesca anführte, dass die Gäste verstehen wollten, was sie aßen, konterte Basilio, dass sie bereits satt seien und ein Restaurant heutzutage der Unterhaltung diene.

Mittlerweile war ihre Mutter aus dem dritten Stock heruntergekommen. Die Eltern wohnten im selben Haus, wo sie eine Wohnung gekauft hatten. Auch das Lokal gehörte ihnen, was sie vor Mieterhöhungen schützte, die manchen Pächter in den Ruin trieben. Sie trug eine weiße Bluse zum schwarzen Kostüm, wie immer, wenn sie das Lokal betrat. Sie war es ihrer Stellung als Donna Marcella und auch der Bekanntheit wie ihrer Beliebtheit bei den Gästen schuldig. Oder sie stand in grauer Hose und weißer Kochjacke am Herd und scheuchte die Mitarbeiter. Heute war nicht viel zu tun, trotzdem wurde die Form gewahrt.

Francesca berichtete, dass Arnold sie noch am Vormittag im Büro angerufen habe, da seien er und seine sechs Begleiter auf dem Weg zum Flughafen von Turin gewesen, und er habe keinerlei Andeutungen gemacht, dass etwas nicht in Ordnung sei.

»Alle waren bester Laune, und obwohl er die Reise als vollen Erfolg ansah, hat er sich gefreut, nach Hause zu kommen.«

Danach berichtete sie davon, was sich im Flughafen zugetragen hatte und dass schließlich nur zwei der sechs zurückgekehrten Mitglieder des Weinclubs geblieben seien. Als sie erzählte, wie man ihr Arnolds Koffer vor die Füße gestellt hatte, verschlug es ihr die Sprache. Nach einer Pause fuhr sie fort.

»Nur Reinhold Kirsch, der Architekt, und Justus Heimbüchler, unser Anwalt, ihr kennt ihn, sind geblieben. Sie haben mich zur Flughafenpolizei begleitet. Und es war noch der Stationsleiter der Fluggesellschaft dabei. Seinen Namen habe ich vergessen.« Francesca kramte hektisch in ihrer Handtasche, um die Visitenkarte zu finden.

Ihre Mutter winkte ab.

»Lass gut sein.« Dass jemand auf einem Flug verschwand, wollte ihr absolut nicht in den Sinn. »Bei den heutigen Sicherheitsmaßnahmen? Und aus so einer Verkehrsmaschine fällt keiner raus. Entweder, das ist meine Meinung, war Arnold nicht an Bord, oder er ist gleich nach der Landung …« Überrascht vom eigenen Gedanken hielt sie sich erschrocken die Hand vor den Mund.

»Der Ansicht war auch der Polizeibeamte.« Francesca war entsetzt, dass auch ihre Mutter diesen Gedanken hatte. Sie zwang sich, nichts zu sagen, aber ihr Vater tat es.

»Wie kommst du auf einen derart abwegigen Gedanken, Marcella, dass er heimlich verschwunden ist?« Feltrinelli blickte seine Frau verständnislos an. »Man muss sich in dieser Situation genau überlegen, was man sagt«, schickte er mit Rücksicht auf Francesca leiser hinterher. Dann wandte er sich an seine Tochter. »Was werden sie unternehmen?«

»Du meinst die Polizei? Nichts werden sie tun, ich glaube, gar nichts. Der Beamte meinte, dass alle Regeln eingehalten wurden beim Einchecken und beim Boarding, also wurde Arnold vorschriftsmäßig erfasst, sowohl seine Bordkarte wie auch der Ausweis, den musste jeder vorzeigen … Das haben sie überprüft. Und da kein …«, Francesca zögerte, bevor sie das Wort aussprach, »da kein Verbrechen gemeldet wurde, werden sie auch nicht tätig. Hier herrscht Freizügigkeit, jeder Deutsche kann gehen, wohin er will, meinte der Polizist, Arnold hätte den Flughafen verlassen haben können, ohne gesehen zu werden; wenn er vorn in der Maschine saß, wird er als einer der Ersten ausgestiegen sein.«

»Warst du rechtzeitig am Ausgang, also bevor …?« Feltrinelli hob abwehrend die Hand.

»Du meinst, dass ich mal wieder unpünktlich war?«, ereiferte sich Francesca. »Dass ich vielleicht nicht rechtzeitig aus dem Büro weggekommen bin? Papa! Er war eine Woche lang weg. Ich habe mich gefreut …«

»Ist ja gut, Fran.« So nannte er sie immer, wenn ihr aufbrausendes Temperament mal wieder mit ihr durchging. »Wann haben diese Weinfreunde Arnold zuletzt gesehen?« Feltrinelli war ernst geworden, die steile Falte auf seiner Stirn war für Francesca ein sicheres Zeichen, dass ihm etwas sehr nahe ging.

»Die Weinbrüder schienen so mit sich selbst beschäftigt, dass keiner darauf geachtet hat, ob Arnold die Maschine überhaupt betreten hat.«

»Beschäftigt oder betrunken?«

»Mama! Die trinken nicht, die probieren.«

»Ich meine ja nur. Waren die Plätze nicht reserviert? Als wir zuletzt nach Turin geflogen sind«, bemerkte sie, »durften wir die Plätze nicht wechseln, obwohl Papa an den Notausgängen mehr Platz für seine Beine gehabt hätte.«

»Das ist wohl auf allen Flugzeugen so, nur auf diesem Flug sollen weiter vorn noch Plätze frei gewesen sein.«

Signora Feltrinelli kam nicht über das empörende Verhalten der Reisebegleiter hinweg. »Wie ist es möglich, dass ... dass eine Gruppe eine Woche lang unterwegs ist und dann sang- und klanglos auseinandergeht, obwohl einer fehlt? Das ist doch eine richtige Katastrophe, ein Unglück. Wieso sollte Arnold den Flugplatz verlassen, und sein Koffer bleibt zurück, wie du sagtest? Wohin sollte er gehen?« Fragend sah sie ihren Mann an. »Da muss was passiert sein.«

»Male nicht den Teufel an die Wand«, versuchte ihr Mann, sie zu beschwichtigen.

»Da ist er bereits«, meinte seine Frau kurz und sah ihre Tochter forschend an. »Hast du irgendeine Idee, was ihn veranlasst haben könnte, sich, sagen wir es mal so, sich zu verdrücken? Hast du irgendeine Vorstellung, wo Arnold sich aufhalten könnte?«

Francesca starrte mit ausdruckslosem Gesicht in die leere Kaffeetasse vor sich. So leer fühlte sie sich auch, und auf dem Boden war schwarzer Satz zurückgeblieben. Es sollte Leute geben, die daraus lesen konnten.

»Ist auf der Reise irgendetwas vorgefallen, was die anderen dir verschweigen, aus welchem Grund auch immer?« Feltrinelli war vorsichtig, er wusste, wie leicht Francesca in schwierigen Momenten aus der Haut fuhr oder sich verletzt zurückzog. In beruflichen Angelegenheiten allerdings trat sie beherrscht und selbstsicher auf, das war sie ihrer Stellung schuldig.

»Davon hat keiner gesprochen, auch Arnold nicht. Das hätte Justus mir gesagt, Justus Heimbüchler.«

»Kann man ihm vertrauen?«

»Er ist immerhin Anwalt.«

»Das muss nichts heißen.«

»Wir sind hier nicht in Italien, Papà. Hier werden keine Anwälte bestochen oder gekauft.«

»Die Zeiten ändern sich auch in Deutschland, mein Kind. Nichts bleibt, wie es war. Nur Geld zählt.«

»Das ist wohl wahr«, sagte Basilio, der in die Nische getreten war. »Ich brauche diesen Tisch in zehn Minuten – für ganz spezielle Gäste.«

»Die wirst du heute woanders hinsetzen müssen, *figlio mio*.«

Verblüfft blickte Basilio seine Mutter an. So entschieden und eindeutig erlebte er sie selten. »Ich habe diesen Tisch für zweiundzwanzig Uhr meinen Stammgästen versprochen.«

»Die werden heute ihre edlen Hintern mal woanders platzieren«, sagte sie ruhig, jeden Widerspruch ausschließend. »Wir haben Wichtiges zu besprechen.«

»Was kann so wichtig sein«, entgegnete Basilio mit einem wütenden Blick auf seine Schwester, »wenn sie dabei ist? Hast du deine Kinder beim Kiffen erwischt, oder hast du in Alices Schulmappe Kondome gefunden?«

Als seine Eltern und Francesca ihn schweigend anstarrten, merkte er, dass er zu weit gegangen war und dass es sich doch um ein ernsteres Thema handelte.

Er kapiert nichts, und sich anzubiedern, ist eine andere schlechte Eigenschaft von ihm, dachte Francesca, vornehmlich bei den gut betuchten Gästen. Trotz seiner momentanen Hilflosigkeit war es ihr zuwider, ihm eine Brücke zu bauen.

Wenn sie ihm sagte, worum es ging, war von seiner Seite nur Häme zu erwarten.

»Wir können in die Küche gehen und dort weiterreden, dein nigerianischer Sklave wird sicher nichts dagegen einwenden.«

Als auch die Eltern böse schwiegen, zog Basilio schmollend ab, doch beleidigt war er nicht wirklich, und ausgeschlossen fühlte er sich auch nicht, da er in seiner Selbstbezogenheit eigentlich nur sich selbst nahe war.

Feltrinelli sah ihm nach, wie er den Kellner anwies, zwei kleine Tische in einer Ecke zusammenzuschieben und einzudecken.

»Steht Arnolds Verschwinden eventuell in Zusammenhang mit seinem Beruf?« Feltrinellis Gesicht nahm einen finsteren Ausdruck an. »Immerhin hat er als Wirtschaftsanwalt mit schwierigen Fällen zu tun, es geht um große Summen, Millionen. Vielleicht hat er jemandem etwas versprochen und konnte es nicht einhalten? Hat er Verhandlungen absichtlich oder auf Geheiß seiner Auftraggeber scheitern lassen oder dumme Fehler gemacht? Schließlich verkehrt er mit Topmanagern und internationalen Unternehmen. Da findet sich jede Menge krimineller Energie. Ich halte es für möglich, dass ihm jemand schaden will, aus Rache, dass er jemandem auf die Füße getreten ist. Einem Prozessgegner, jemandem, der gegen ihn verloren hat. Weißt du, woran er zuletzt gearbeitet hat?«

Das Kopfschütteln Francescas wirkte mehr als hilflos. »Ich habe schon daran gedacht, morgen zu seinem Sozius zu gehen.«

»Das solltest du auf jeden Fall tun«, riet ihre Mutter und griff nach Francescas Hand.

»Nur, wie soll ich sein Verschwinden erklären? Ich kann es nicht.« Der Gedanke an den Besuch bei Sachs war Francesca maßlos peinlich, sie fürchtete, dass es auf Arnold zurückfallen würde. »Ich will mich nicht lächerlich machen, von wegen hysterische Ehefrau, versteht ihr? Die Männer in diesem Gewerbe sind gnadenlos.«

»Du hast doch sonst auch nur mit Männern zu tun. Bisher schienst du ihnen durchaus gewachsen. Oder irre ich mich?« Signora Feltrinelli war die Sorge um Tochter und Schwiegersohn deutlich anzusehen. Ihre großen Augen wirkten erschrocken, die Stimme klang unsicher.

So zerknirscht hatte Francesca ihre Mutter selten erlebt. »Wenn möglich, gehe ich gewissen Herren lieber aus dem Weg oder überlasse sie den bissigen Kollegen.«

»Es gibt also keine Andeutung, keinen Hinweis und keinen Grund, zumindest keinen offensichtlichen, weshalb Arnold verschwunden ist. Sehe ich das richtig?« Ihr Vater sah sich fragend um, sein Blick blieb an seinem Sohn hängen, der verschämt und leicht verunsichert, wie Francesca empfand, zu ihnen herübersah. »Arnold hat sich in all den Jahren, seit wir ihn kennen, immer verantwortungsvoll gezeigt, dir gegenüber auch, meine Liebe«, damit sprach er seine Frau an, »und natürlich auch gegenüber den Kindern. Weshalb sollte er sich ändern? Ich gehe nicht davon aus, dass er sich sonst wohin abgesetzt hat. Dazu gibt es keinen Grund. Oder stimmt etwas in eurer Ehe nicht? Du gehst morgen zur Bank, oder falls ihr Online-Banking macht, siehst du auf eurem Konto nach, ob es Abhebungen oder Unregelmäßigkeiten gibt.«

Francesca war des Redens müde, abwehrend wandte sie den Kopf zur Seite.

»Dann gehe ich mal davon aus«, Feltrinelli machte eine Pause, dachte anscheinend über das nach, was er sagen wollte, »*wir* müssen davon ausgehen, dass ein Verbrechen vorliegt. Wir können nicht umhin, diese Möglichkeit in Betracht zu ziehen.«

Ihre Mutter versuchte, Francesca Mut zu machen. »Jetzt werde nicht blass, Fran, wir kriegen das alles wieder hin. Hab Vertrauen, die Familie steht hinter dir, und egal, worum es sich handelt, wir werden alles tun, wirklich alles, um die Sache aufzuklären. Wir haben bisher immer alles zusammen hinbekommen. Du gehst erst mal schön nach Hause, Basilio fährt dich heim, und du bringst den Kindern schonend bei, wie die Dinge liegen. Sie sind alt genug. Bleibt ruhig und besonnen, jetzt in Panik zu verfallen, hilft niemandem.«

»Morgen nimmst du dir frei und kommst her, nein, versuche, von Arnolds Chef …«

»Er hat keinen Chef, er hat einen Partner, einen Sozius, und ein Assistent und eine Sekretärin arbeiten ihnen zu …«

»Dann sprich mit denen und versuch rauszukriegen, ob er an einer riskanten Sache dran ist. Vielleicht liegt da der Grund für sein Verschwinden. Und bring euren Anwalt mit.«

»Justus Heimbüchler?«

»Seid ihr befreundet, oder ist es eine reine Geschäftsbeziehung?«

»Wir sind per Du.«

»Bedeutet das heutzutage überhaupt noch etwas? Du hattest eine zweite Person erwähnt.«

»Reinhold Kirsch, er ist Architekt, mit ihm sind wir wirklich befreundet.«

»Dann bring am besten beide mit, und zwar so schnell wie möglich. Kommt um elf Uhr hierher.«

»Aber um elf ist hier keiner.« Basilio war unbemerkt näher gekommen. Anscheinend hatte die Neugier ihn hergetrieben. »Wir machen erst um zwölf Uhr auf, dann ist Mittagstisch.«

»Auch du bist um elf Uhr hier, verstanden, *figlio mio*? Und jetzt fährst du deine Schwester nach Hause.«

»Und was soll das?«

»Es geht um die Familie! Ist das klar?«

Obwohl auch Basilio in Düsseldorf geboren war, steckte doch so viel von einem Italiener in ihm, dass er sich der Bedeutung der Familie bewusst und Widerspruch ausgeschlossen war, besonders wenn seine Mutter in dieser Weise mit ihm redete. Sie war das Oberhaupt der Familie, Feltrinelli war in geschäftlichen Angelegenheiten der Boss.

»Morgen bringst du alle Unterlagen mit, die Arnolds Reise betreffen, oder diese beiden Freunde sollen alles mitbringen, den Reiseplan, die Aufzeichnungen, falls es welche gibt, Karten. Wir müssen wissen, wer wann und wo gewesen ist, wen sie getroffen haben, wo übernachtet wurde, einfach alles. Du wirst Arnolds Spur aufnehmen, Francesca, du wirst genau die Reise ins Piemont nachvollziehen, die diese sieben Männer unternommen haben. Irgendwo unterwegs ist dein Mann verloren gegangen. Wenn die Polizei ihn nicht sucht, müssen wir das tun. Außerdem haben wir Verwandte in Turin und in Bra, die werden dir helfen. *Allora*, schlaf dich aus. Es wird ein anstrengender Tag morgen.«

Vorerst war alles gesagt. Angelo Feltrinelli verschränkte die Arme vor der Brust und lehnte sich zurück.

»Falls du nicht schlafen kannst, mach dir einen Fencheltee«, riet ihr die Mutter, »eine Tablette solltest du nur im Notfall nehmen. Ich glaube, unter diesen Umständen begleite ich dich besser, auch wegen der Kinder. Basilio, ich nehme deinen Wagen. Her mit den Autoschlüsseln!«

3

In letzter Zeit hatte sie das »Tavolata« immer seltener aufgesucht. Ihren Eltern gegenüber schützte sie Zeitmangel vor. Der wahre Grund war, dass sich der Charakter des Restaurants, seit Basilio die Geschäfte führte, schleichend veränderte, ihrer Meinung nach zum schlechteren. Stammgäste blieben aus, dafür kamen mehr Komödianten aus dem Showgeschäft, Gockel aus der Medienbranche, Krisengewinnler aus dem Bankensektor und die sich spreizenden Pfauen der Düsseldorfer Kunst- und Modewelt. Nicht Basilio zog sie an, nicht die Küche, sie zogen sich gegenseitig an, sie fanden hier eine weitere Bühne der Selbstdarstellung.

Basilio trug sich ernsthaft mit dem Gedanken, das Restaurant in »Tartufo« umzubenennen, in »Trüffel«, um es höher anzusiedeln und die Preise auf ein anderes Niveau zu heben. »Tavolata Tartufo« sollte es zunächst heißen, dann sollte »Tavolata« wegfallen und nur »Tartufo« übrig bleiben. Nicht nur, dass bei Francesca der Geruch der Knollenpilze Übelkeit hervorrief, Tartufo bedeutete im übertragenen Sinn auch »Heuchler«.

»Von daher passt der Name ganz gut zu dir«, hatte sie Basilio ins Gesicht gesagt. »Das ist aber auch der einzige Grund, es so zu nennen.«

Die beiden großen Spiegel, die seit Neuestem im Gang zu den Toiletten hingen, waren sicher auch dem Narzissmus der neuen Klientel geschuldet. Basilio glaubte, sie kämen seinetwegen und um die authentische italienische Küche zu genießen, die seine Mutter über zwei Jahrzehnte mit wachsendem Erfolg praktiziert hatte und mit der das »Tavolata« berühmt geworden war.

»Ich habe den Umsatz um dreißig Prozent steigern können«, verkündete Basilio selbstgefällig.

»Wenn die bunten Vögel den Baum leer gefressen haben, fliegen sie zum nächsten«, hatte Francesca gewarnt. Als Volkswirtin und Wirtschaftsprüferin kannte sie sich aus und hatte Einblick in zahllose Unternehmen. »Die alten Gäste, die davon nichts wissen, kehren dann nicht wieder zurück.«

»Die sterben sowieso aus«, war Basilios lakonische Antwort gewesen.

Die Eltern, die mit am Tisch saßen, hatten ihn entsetzt angeschaut, nicht wissend, ob ihr Sohn über sie genauso dachte. In solchen Momenten fragte sich Francesca, ob Basilio, der weder ihrer Mutter noch ihrem Vater ähnelte, ihr wahrer Bruder war. Oder hatte man der Mutter nach der Entbindung ein Kuckuckskind untergeschoben? In geistiger Hinsicht war er es allemal. Je älter er wurde, desto weniger mochte sie ihn, aber sie verachtete ihn nicht.

Angelo Feltrinelli war die Arbeit nach Jahrzehnten zwischen Tresen und Herd zu anstrengend geworden, er war Mitte sechzig, Zeit fürs allmähliche Hinübergleiten in den Ruhestand. Ihre Mutter, die den Einkauf organisiert hatte, war auf dem Düsseldorfer Großmarkt ähnlich bekannt wie bei den Vertretern vom Rungis-Express, dem Lieferanten für Austern und frisches Geflügel, benannt nach dem Pariser Großmarkt Rungis. Aber mit dem Express war es auch bergab gegangen, seit ein Investor die Firma übernommen hatte.

»Nur was man gern macht, wird auch gut«, predigte Feltrinelli, und die Mutter hatte Francesca ziehen lassen – mit Tränen in den Augen – hin zu ihren Wirtschaftsgeheimnissen. Zahlen waren für Francesca Spuren, die sie zu lesen verstand.

Die Spur aufnehmen – über den Satz ihres Vaters hatte Francesca die halbe Nacht lang gegrübelt, dann war sie irgendwann im Sessel eingeschlafen und im Morgengrauen mit verrenkter Wirbelsäule zu sich gekommen. Alice war auf dem Sofa eingeschlafen, Markus war irgendwann in seinem Zimmer verschwunden. Francesca hatte sich in ihr Bett geschleppt, doch da war ihr die leere rechte Hälfte bewusst geworden, und die Angst um Arnold hatte sie sofort hellwach gemacht.

Jetzt, vor der Tür des »Tavolata«, hätte sie im Stehen schlafen können, auch in den Armen ihrer Mutter, die sie tröstend empfing. Wieder kämpfte sie gegen die Tränen.

»Wir kriegen es hin, mein Mädchen, *povera cara!*« Mit diesen Worten zog sie Francesca in den halbdunklen Raum, wo ihr Vater und Basilio, der ihr finster entgegenblickte, am Tisch in der Nische warteten.

»Die Kinder sind in der Schule«, erklärte sie, küsste ihren Vater kurz auf die Stirn und tippte sogar Basilio freundlich an. Er fasste nach ihrer Hand, griff aber ins Leere.

»Wir sollten zuerst alles unter uns besprechen, dann können wir die Kinder immer noch einweihen.« Marcella Feltrinelli eröffnete die Sitzung. »Hast du sie eingeweiht … sie wissen …?«

»Ja, wir haben bis Mitternacht geredet.«

»Wir müssen in dieser Lage unbedingt alle zusammenhalten.« Feltrinellis Blick galt insbesondere seinem Sohn, und Basilio nickte mit zusammengebissenen Zähnen.

»In erster Linie müssen wir darauf achten, dass unser Restaurant keinen Schaden nimmt. Schließlich leben wir alle davon, bis auf sie. Sie hat es ja nicht nötig.« Er zeigte auf seine Schwester.

»Deine dämlichen Sprüche nutzen niemandem. Basilio! Entweder ziehst du am selben Strang, entweder begreifst du dich als ein Feltrinelli – oder wir kündigen den Vertrag mit dir.«

»Was ist das für ein Ton? Das wagst du nicht. Das sind ja deutsche Methoden«, warf er entrüstet ein.

»Mal sind wir Deutsche, mal Italiener, ganz wie es nötig ist, *figlio mio.*« Marcella Feltrinelli lächelte ihrem Sohn freundlich zu. »Wir sind zwar alt, aber flexibel geblieben. Noch so ein dummes, unpassendes Wort, und du bist die längste Zeit Geschäftsführer gewesen. Entweder – oder, klar?«

Basilio senkte den Kopf, er hatte verstanden, Mama hatte das Kommando übernommen. Gegen sie kam letztlich nicht einmal sein Vater an.

Bei Francesca stellte sich keine Genugtuung ein. Es wäre ihr lieber, den Bruder auf ihrer Seite zu wissen. Dass er sich dem Willen ihrer Mutter beugte, nahm sie ihm nicht ab. Aber es ging nicht um ihn, es ging um Arnold.

»Wir haben noch immer kein Lebenszeichen von ihm?«, fragte ihr Vater. »Auch die Polizei weiß nichts?«

Francesca wandte die Augen von ihrem Bruder ab und schüttelte ergeben den Kopf.

»Die suchen immer noch nicht.«

Sie hatte nach dem äußerst unerfreulichen Telefonat mit dem Präsidium den Vormittag über sämtliche Freunde und Bekannte angerufen, die etwas wissen konnten, zu denen ein näherer Kontakt bestand. Niemand hatte von ihm gehört, niemandem war in letzter Zeit etwas aufgefallen, keiner hatte irgendein Anzeichen bemerkt, das auf ernste Konflikte oder ein späteres Verschwinden hinwies. Ihr gemeinsames Bankkonto hatte sie noch in der Nacht kontrolliert, aber es gab keinerlei ungewöhnliche Bewegungen, keine große Summe war abgehoben worden. Die Kreditkartenabrechnung der Reise stand jedoch noch aus.

»Dann sehe ich keine andere Möglichkeit, als dass ihm etwas zugestoßen ist. O Gott, der Arme. Wir müssen wirklich mit einem Verbrechen rechnen.« Bisher hatte Feltrinelli den Gedanken von sich ferngehalten.

»Hatte er bei seiner Arbeit mit Italien zu tun, mit windigen Firmen oder Leuten? Was meint sein Sozius, woran hat er zuletzt gearbeitet, ein komplizierter Fall?«

Das Telefonat mit Sachs hatte nur eine Viertelstunde gedauert, Francesca hatte ihm das Nötigste mitgeteilt und die entsprechenden Fragen gestellt, die Sachs kurz und klar beantworten konnte. Seine Mitarbeiter, der Anwalt und die Assistentin, würden sich noch am Vormittag Schreibtisch und Computer vornehmen, vielleicht fand sich dort ein Hinweis. In dem Fall wollte Sachs Francesca sofort anrufen. Auf jeden Fall sei es nötig, absolutes Stillschweigen über die Sache zu wahren; und um ihre Kunden nicht nervös zu machen, würde Sachs erklären, dass Arnold bei einem leichten Sturz eine Gehirnerschütterung erlitten habe. Bei einem Beinbruch hätte er telefonieren können, so aber sei ihm Ruhe verordnet. Francesca hatte sich damit einverstanden erklärt, sie hoffte nur, dass nicht einer der Mitreisenden die Geschichte breittrat – oder eine der Ehefrauen.

»Wieso müsst ihr unbedingt von einem Verbrechen ausgehen?« Basilio schaute sich mit unschuldigem Blick in der Runde um. »Flugplätze sind hermetisch abgeschlossene Anstalten. Ist man einmal drin, kommt man nur durch den Ausgang raus. Und das ist es, was ich glaube. Mein lieber Schwager wird was *zu erledigen* gehabt haben und hat sich verdrückt. Den Gedanken der Flughafenpolizei halte ich für gar nicht so abwegig, vielleicht wollte er wirklich ein neues Leben anfangen. Derartige Geschichten machen immer wieder die Runde.«

Provozierend streifte sein Blick die Schwester, blieb dann am strengen Gesicht der Mutter hängen, das Grinsen fiel in sich zusammen, er schluckte und wich ihren Augen aus.

»Mein Sohn, du gehst jetzt besser, das hier ist etwas für Erwachsene. Ich habe gesagt: entweder – oder. Du hast dich für Letzteres entschieden. Du bringst schon mal den Müll raus, dann braucht unser Nigerianer, Funkin Akidele heißt er übrigens, das nicht mehr zu tun.«

»Woher weißt denn du, wie er heißt?«

»Weil Mutter ihn gefragt hat, *coglione*!« Auch Feltrinelli hatte die Geduld verloren. »Dann lies dir unseren Vertrag noch einmal in aller Ruhe genau durch. Ich gebe dir Zeit bis morgen. Einstweilen aber möchte ich dich hier an diesem Tisch nicht mehr sehen, hast du kapiert?«

Niemand hatte ahnen können, dass ihr Gespräch diese Wendung nehmen würde. Bedrückt sahen alle Basilio nach, der hocherhobenen Hauptes den Gastraum durchquerte und wie ein Westernheld die Schwingtür zur Küche aufstieß und verschwand. Mutter und Tochter starrten sich fassungslos an, Feltrinelli fasste sich als Erster.

»Wir müssen Arnold suchen. Das ist unsere einzige Chance, seinetwegen, deinetwegen und der Kinder wegen …«

»… und selbstverständlich auch unseretwegen«, warf Signora Feltrinelli ein. »Er braucht Hilfe, die müssen wir ihm bringen. Von diesem Gedanken und von nichts anderem müssen wir uns leiten lassen. Dein Vater und ich«, sie griff nach der Hand ihrer Tochter, »wir haben die ganze Nacht überlegt, was zu tun ist. Du musst ihn suchen, du musst seine Spur aufnehmen. Die Spur verliert sich im Piemont, also musst du hin.«

»Und was soll ich da, wo soll ich ihn suchen? Auf dem Turiner Flugplatz?« Francesca konnte sich nicht vorstellen, wie sie von Nutzen sein konnte. Sie würde dort nur verzweifelt herumirren.

»Deine Mutter und ich haben nachgedacht, es funktioniert allerdings nur, wenn du mitmachst.«

»Dann schieß mal los«, sagte Francesca skeptisch. Gleichzeitig hoffte sie inständig auf eine Lösung, denn sie wusste aus Erfahrung, dass es keine Krise im Leben ihrer Eltern gegeben hatte, die sie nicht hatten meistern können, so wie sie es geschafft hatten, aus einem miserablen Vorstadtquartier Turins auszubrechen, als Wirtschaftsflüchtlinge in Deutschland Fuß zu fassen und schließlich hier in der Düsseldorfer

Innenstadt ihr renommiertes Lokal zu etablieren. Es war ein langer, ein harter und weiter Weg gewesen.

»Deine Mutter und ich kennen Arnold gut genug, um zu wissen, dass er keinen Unsinn macht. Er ist ein verantwortungsvoller Vater, und enttäuscht hat er uns bisher auch nicht. Irgendwo, anders kann ich mir, können wir uns das nicht vorstellen«, korrigierte sich Feltrinelli, »irgendwo auf der Reise muss etwas geschehen sein, was ihn veranlasst hat, umzukehren, noch auf dem Flugplatz, oder man hat ihn dazu gezwungen. Seine Kollegen oder Clubkameraden, Freunde kann man die ja wohl kaum nennen, *vermuten* nur, dass er in der Maschine war. Beim Einchecken muss er da gewesen sein, sonst hätten sie ihn aufgerufen. Man hört das ja immer, letzter Aufruf für *signore tal dei tali*, dieser Herr Soundso findet sich dann schnell wieder ein. Ich würde selbst fahren, aber ich fühle mich zu alt, wir sind zu alt«, korrigierte er sich wieder, »wir können nicht so gut reisen, und wie es hier im ›Tavolata‹ zugeht, siehst du selbst. Man darf Basilio nicht allein lassen. Deshalb musst du fahren.«

»Was soll ich tun, wo soll ich nach ihm suchen?«

Die aufsteigende Panik hinderte sie, einen klaren Gedanken zu fassen und planvoll und souverän vorzugehen, was Feltrinelli nicht verborgen blieb.

Für Francescas Mutter war alles ganz einfach. »Du besorgst dir von einem der Weinfreunde den Reiseplan, folgst ihrer Reiseroute, steigst in denselben Hotels ab wie sie, wohnst möglichst in denselben Zimmern wie Arnold, besuchst dieselben Kellereien wie der Weinclub, sprichst mit den Winzern …«

»Du bist naiv, Mama. Ich habe keinen Schimmer vom Wein, das Thema hat mich nie interessiert, ich kann lediglich sagen, ob mir ein Wein schmeckt oder nicht.«

»Das ist schon sehr viel«, warf ihr Vater ein, »es zeigt, dass du deinem eigenen Geschmack vertraust. Du verfügst über eine rasche Auffassungsgabe, und was du wissen musst, bringe ich dir an einem Tag bei, morgen, im – wie heißt das – Crashkurs? Wir haben uns gedacht, dass du als Einkäuferin für italienische Restaurants reist …«

Francesca war entsetzt. »Da müsste ich aber einiges mehr wissen, sonst blamiere ich mich von der ersten Minute an. Ihr wisst, wie viel geklatscht wird, ihr wisst, wie eure Landsleute hinter dem Rücken anderer übereinander herziehen, da kann ich mich nach dem ersten Besuch im Piemont nirgends mehr blicken lassen.«

Pettegolezzo, wer kannte das Wort nicht, Klatsch und Tratsch. Das böse Gerede war einer der Gründe, weshalb Francesca die italienische Community der Stadt mied wie der Teufel das Weihwasser.

Feltrinelli ärgerte sich, und er zeigte es. Immer wenn es brenzlig wurde, stellte seine Tochter sich auf die deutsche Seite, wenn es ihr nutzte, war sie Italienerin. Francesca merkte, wie er sich zur Mäßigung zwang, und ihr tat das Gesagte leid. Aber sie fühlte sich dem Plan ihrer Eltern nicht gewachsen. Doch welche Alternative hatte sie?

»Ich gebe dir einen Fragebogen mit, den arbeitest du ab. Und aus den Antworten deiner Gesprächspartner ergeben sich für dich die nächsten Fragen. Spätestens nach zwei Interviews bist du fit.«

»Du hast ja eine großartige Meinung von mir.«

»Bist du nun Wirtschaftsprüferin oder nicht? Kannst du nun Bilanzen lesen? Du weißt, welche Gesetze zur Anwendung kommen, prüfst nach international anerkannten Rechnungslegungsgrundsätzen, mein Gott, was für ein Wort, die aufgestellten Jahres- und Konzernabschlüsse und kennst das Aktiengesetz. *Allora*, bei so simplen Fragen wie alkoholische Gärung, Handlese und Aromen willst du passen? Du kochst gut, hast eine Nase …«

»Wie soll das funktionieren? Ich bin nirgends angestellt …«

Auf diese Frage hatte ihre Mutter bereits eine Antwort.

»Wir lassen dir heute noch Visitenkarten drucken, Francesca Feltrinelli – Wein-Handelsagentur. Da fragt kein Mensch, ob es die wirklich gibt. Als Adresse geben wir die vom Restaurant an. Das reicht.«

»Das ist heute alles kompliziert, Mama, zum Beispiel benötige ich eine Homepage.«

Ihr Vater runzelte die Stirn. »So kenne ich dich gar nicht, Fran. Sonst bist du für jede neue Idee zu haben, heute siehst du nichts als Hindernisse. Heute geht alles: ein Foto von der Toskana, eine Überschrift, darunter steht die Zeile, dass die Seite im Umbau ist, im Aufbau, Neugestaltung oder irgendwas. Markus erledigt das mit links. Hättest du einen besseren Vorschlag?« Mit gespielter Erwartung blickte er seine Tochter an. »Was hattest du gedacht? Willst du hier sitzen und abwarten, ob und wann Arnold wiederkommt? Willst du dir von deinen Kindern Feigheit vorwerfen lassen? Ich dachte immer, du liebst deinen Mann …«

»Papa, du bist gemein.«

»Willst du stattdessen lieber ein Leben als Witwe führen oder die alleinerziehende Mutter spielen? Mach dir die Folgen klar! »

Beschämt und verzweifelt lehnte sich Francesca über den Tisch, und als sie ansetzte, um ein weiteres Argument gegen den Plan vorzubringen, sah sie, dass Basilio von der Schwingtür aus herüberschaute. Es gefiel ihm anscheinend doch nicht, ausgeschlossen zu werden.

»Gut«, sagte sie seufzend und richtete sich auf. »Ich mach's. Wann soll ich reisen?« Sie würde es Basilio zeigen.

»Jede Stunde zählt. Den Tag morgen nutzen wir für Vorbereitungen, wegen der Visitenkarten habe ich bereits einen Auftrag erteilt, und übermorgen um zehn Uhr geht deine Maschine nach Mailand. Du solltest den deutschen Konsul um Hilfe bitten, dafür werden diese Leute bezahlt. Offizielle Unterstützung kann bei Behörden hilfreich sein, du musst dich natürlich mit dem, was du preisgeben willst, zurückhalten. Da zählt nur dein Geschick. Gewinne das Vertrauen der Winzer, lobe ihre Weine, dann sind sie deine Freunde. Sie wissen viel besser, was möglicherweise geschehen ist, wir hingegen haben nicht den leisesten Schimmer. Ich gehe davon aus, dass Arnold, wenn er in Gefahr ist, fest damit rechnet, dass wir für ihn da sind.«

Je länger ihr Vater sprach, desto mehr verfinsterte sich Francescas Miene, zuletzt starrte sie mit versteinertem Gesicht vor sich hin. Wenn sie sich darauf einließ, was würde sie finden? Wer sich auf die Suche machte, durfte sich nicht vor dem fürchten, worauf er stoßen konnte.

»Werden nicht gleich diese beiden Weinfreunde kommen?«, fragte jetzt ihre Mutter. »Kann man ihnen trauen?«

4

Der Geschmack war entsetzlich. Die Zunge bewegte sich wie ein aufgequollener Lappen, der Mund fühlte sich an wie mit Zeitungspapier vollgestopft. Die Lippen waren so gespannt und trocken, dass sie bei jeder Bewegung schmerzten und rissen. Vorsichtig öffnete er den Mund weit und holte mühsam Luft. Er hatte befürchtet, ersticken zu müssen. Druck lastete auf der Brust, jetzt war er erleichtert, denn die Luft half ihm und war angenehm kühl. Und es roch nach etwas, an das er eine ferne Erinnerung hatte, sehr fern und undeutlich. Sicher war er sich nicht. Als er die Arme heben wollte, um sich mit den Händen das Gesicht zu reiben, erstarrte er in der Bewegung, denn seine Handgelenke schmerzten, die Haut an den Gelenken berührte er besser nicht, jede Berührung brannte, als hätte ihm jemand Säure darübergeschüttet. Langsam legte er die Handflächen auf die geschlossenen Augen, von denen er glaubte, dass sie so trocken waren wie sein Mund, die Lider rieben wie Sandpapier auf den Augäpfeln – trotzdem bemühte er sich, die Augen zu öffnen. Mehr als ein Blinzeln brachte er nicht zustande. Alles war verschwommen, und was er undeutlich sah, interessierte ihn nicht wirklich, diese helle Wand dort, der grobe, fleckige Zement, grau war er, aber das spielte keine Rolle, er hätte genauso gut blau oder – ach, es war sowieso egal. Mauersteine meinte er an den Stellen zu sehen, wo der Putz abgeplatzt war. Oder waren die Klinker mit Putz beworfen? Er hätte die Augen gar nicht geöffnet, wenn nicht dieser verdammte Durst gewesen wäre, der ihn innerlich zerriss. Er musste sich umsehen, nach etwas Trinkbarem, er brauchte Wasser. Die Angst, zu verdursten, überfiel ihn, die Furcht, dass er nichts finden würde, dass es hier nichts gab, nicht einmal Wasser. Hier? Stöhnend richtete er sich auf. Wo war hier? Das unter ihm konnte nur ein Bett sein, eine Pritsche, Holz, mit einer Schaumgummiauflage, ein dreckiges Gelb, eklig, er verzog angewidert den Mund, sodass die Lippen wieder gefährlich spannten. Kein Laken, lediglich eine schmuddelige Wolldecke sah er, als er an sich herabblickte, als gehörte seine untere Körperhälfte gar nicht zu ihm. Widerlich verfilzt fasste sie sich an, mehr wie ein Wischlappen, ein Lumpen. Er trug eines seiner weißen Oberhemden. Weiß? Na ja, bei gutem Willen war es irgendwann mal weiß gewesen. Wann das gewesen war? Jedenfalls war es aus der Hose gerutscht, aus seiner grauen Flanellhose, die vorne offen war. Wieso war sie offen? Hatte er keinen Gürtel gehabt? Gehörte nicht eine Jacke dazu? Aber der Durst war stärker als die Gedanken an die Kleidung. Er bemerkte, dass er für einen Moment den Durst vergessen hatte, diesen entsetzlichen Durst, sein Verlangen nach Wasser war so groß, dass er sich vor dem ersten Schluck fürchtete. Müßig, dachte er, alles ist müßig, er wollte schlafen, er war todmüde, dann sah er die Wasserflasche. Sie stand vor der Pritsche, in Reichweite, er brauchte nur den Arm auszustrecken. Gierig und gleichzeitig apathisch griff er danach, die Anstrengung war mörderisch, der Arm zu kurz, er quälte sich an die Seite der Pritsche, von hier aus schaffte er es, ergriff sie, schraubte sie auf und roch an der Öffnung, wie er an allem roch, aus purer Gewohnheit. Roch er etwas, oder roch er nichts? Dann wollte er die Flasche an den Mund führen, traf ihn und spürte die angenehme Kühle des Wassers an seinem Hals und auf der Brust. Er sollte sich alles über den Kopf schütten. Vorsichtig probierte er einen Schluck. Es war wunderbar, das Wasser im Mund und das auf dem Hals und auf der Brust. Er schluckte, er trank, er hätte gern im

Wasser gelegen statt in diesem Raum. Was tat er hier? Was war das für ein Raum? Weshalb lag er hier, war er krank? Das konnte eine Erklärung sein, nur wofür? Ich muss hier nicht liegen, ich kann auch sitzen, sagte er sich, schlug in einer unendlich langsamen Bewegung die Pferdedecke zurück und robbte auf die Kante der Pritsche. Dann setzte er die Flasche wieder an und trank. So köstlich hatte er Wasser noch nie empfunden. Doch mit einem Ruck setzte er die Flasche wieder ab. Würde es eine nächste Flasche geben? Er hatte die Flasche bereits zur Hälfte geleert. Er musste mit dem Wasser sparen. Wo war er hier und weshalb? Seine Gedanken zeigten sich nur kurz, spielten Verstecken, dann kippten sie um, trudelten, stürzten ab und zogen sich zurück. Er hatte sie wieder verloren. Aus Gewohnheit griff er unter die Pritsche und tastete nach Schuhen, wie ein Pendel fuhr die Hand hin und her. Man hatte sie ihm weggenommen, damit er nicht weglaufen konnte? Weglaufen – wovor, wohin? Nein, dazu war er sowieso zu müde. Wozu brauchte er Schuhe, wenn er hier lag? Wie kann man weglaufen, wenn man gar nicht weiß, wo man ist? Hatte er sie vergessen? Und wenn, er brauchte sie sowieso nicht, er lag hier und konnte nur schlafen und trinken und nahm den nächsten Schluck Wasser und behielt ihn so lange wie möglich im Mund, bis die Lippen weich wurden und er sich erinnerte, dass Wasser sich schlucken ließ, und er schluckte es herunter. Er beugte sich vor und stützte die Ellenbogen auf die Knie, stierte vor sich hin, schläfrig, nein, todmüde, hundemüde. Wieso waren Hunde müde? Was ging es ihn an, es war leichter, nichts zu denken. Der Schwamm in seinem Kopf sog jeden Gedanken in sich auf und ließ ihn verschwinden. Er fühlte sich zu schlapp, um darüber nachzudenken, wieso er nicht denken konnte. Es war auch zweitrangig oder drittrangig, sich zu fragen, was er hier machte. Es war klar: Er saß auf der Kante der Pritsche, die Ellenbogen auf die Knie … in dieser Rumpelkammer ohne Gerümpel, nur ein viereckiger Kasten stand dort drüben. Die Aufschrift konnte er nicht lesen, die Buchstaben ergaben keine Worte, sie verschwammen vor seinen Augen, er sah nur den Deckel, einen Klodeckel. Was sollte das, wozu stand dort ein Klo? Was war das hier? Der Fußboden war aus Zement, glatt, hart, in der Ecke ein Abfluss, ein rostiges Gitter darüber, wie er bemerkte. Eine Waschküche? Aber das alles hatte er schon mal gesehen, oder nicht? Die Fragen stellten sich langsam ein, als stiege eine Blase an die Oberfläche, wie er erst jetzt bemerkte, es schien ihm, als dehnte die Zeit sich, als zöge sie sich in die Länge wie ein Kaugummi. Alles dauerte unendlich lange, genau wie jede Bewegung, das Aufrichten und Drehen des Kopfes beim Umschauen, so bildete er es sich ein, langsam und unwirklich, als säße er neben sich auf diesem ekelhaften Lager und betrachtete sich mit Verwunderung, erstaunt über sich selbst und darüber, dass er hier war, doch es berührte ihn kaum und erstaunte ihn nicht. Hier? Schon wieder kam es ihm in den Sinn, aber er war zu angestrengt vom vielen Denken, ihm war, als taste er sich blind durch einen zähen Nebel. Er schaffte es gerade mal rüber zum Eimer mit dem Klodeckel, mehr taumelnd als gehend, sich an der Wand abstützend und froh, dass er seine Kräfte zusammengenommen hatte und rübergegangen war. Hatte er das Klo schon mal benutzt? Zurück zur Pritsche war es weit, und er fürchtete, auf dem Weg dorthin einzuschlafen, und sank erleichtert auf die Matratze und stierte zur Tür. Sie überraschte ihn, was eigentlich absurd war, schließlich befindet sich in jedem Raum eine Tür, dachte er, wie hätte ich sonst hier reinkommen können? Wer sonst wird nach mir den Raum betreten? Bestimmt der freundliche Mensch, der mir das Wasser gebracht hat, der mich nicht verdursten lässt. Ein Gefühl von Dankbarkeit stellte sich ein. Um wen es sich handelte, interessierte ihn nicht weiter, er meinte, sich an die schrille Stimme einer Frau zu erinnern, an eine Sprache, die er nicht kannte. Nur wie kann man sich über etwas Gedanken machen, das man nicht kennt? Es war außerdem viel zu anstrengend, er musste Kräfte sparen. Nur wofür? Wozu braucht man Kraft, wenn man liegen kann? Er lehnte sich zurück, rutschte auf die Matratze, schob die rechte Hand unter den Kopf und war zufrieden, außerdem war er am Ende seiner Kräfte. Unglaublich, wie anstrengend der Gang zur Toilette sein konnte. Der Blick auf die Wasserflasche ließ ihn zuversichtlich die Augen schließen, da war noch etwas drin, und er sackte weiter ab. Es würde Wasser geben, wenn er aufwachte. Langsam verschwamm die Flasche vor seinem inneren Auge, er glitt, er fiel, sanft und weich und leicht wie eine Feder, so schwebte er schaukelnd in die Tiefe, tauchte in den Nebel zurück, der dichter wurde und in eine wohltuende Dämmerung überging, bis ihn die Dunkelheit …

5

Basilio tat, als würde er überall gebraucht, nur um an der Besprechung seiner Familie nicht teilnehmen zu müssen. Er gab vor, Dringendes zu erledigen zu haben, einmal schnauzte er den Koch an, dann in gebrochenem Englisch den Nigerianer. Als er aus der Küche kam, war er überfreundlich mit den Gästen für den Mittagstisch, einer Einrichtung seiner Mutter aus Gründertagen, mit der sie viele Stammkunden gewonnen hatte. Basilio hätte diese Einrichtung – »Betreiben wir eine Sozialküche oder was?«– lieber heute als morgen abgeschafft.

Francesca fand ihren Bruder unausstehlich, ihre Eltern taten so, als bemerkten sie seine Veränderung nicht. Er saß zu viel mit Leuten am Tisch, die er für seinesgleichen hielt. Aber er war nicht ihresgleichen, für sie war er letzten Endes nur der Kellner, der ihnen das Essen auf den Tisch stellte, der Mann, den sie bezahlten, Gesinde.

Alice kam direkt nach Schulschluss ins »Tavolata«. Normalerweise fuhr sie mit der Straßenbahn. »Heute hab ich das Fahrrad genommen, da muss ich aufpassen und nicht ständig daran denken, was mit Papa passiert ist!«, erklärte sie. Sie wollte nichts essen und flüchtete sich sofort in die Arme ihrer Großmutter, was sie schon lange nicht mehr getan hatte. Seit sie vierzehn geworden war, bestand sie darauf, wie eine Erwachsene behandelt zu werden. »Markus kommt später, der ist noch bei seinem Computerkurs. Da bringt ihnen heute irgend so ein Nerd das Hacken bei, ein ›Anarchistischer Hacker‹.« Es hörte sich ehrfürchtig an. »Die lehnen jede Zusammenarbeit mit staatlichen Stellen ab, weil sie den Staat für das Problem halten, wie Markus sagt.« Bei solchen Angelegenheiten nahm sie ihren Bruder ausnahmsweise sehr ernst. Nach dieser Eröffnung war sie wieder still und folgte mit ängstlichen Augen dem Gespräch der Erwachsenen.

Gegen vierzehn Uhr traf Justus Heimbüchler ein, er hatte eigentlich früher kommen wollen. Einer seiner Mandanten hatte ihn zu lange festgehalten und seine Nerven mit einer aussichtslosen Sache traktiert. Francesca begrüßte ihn erfreut, sie sah in ihm einen Verbündeten, an dessen Lauterkeit kein Zweifel bestand. Jetzt fehlte noch Reinhold Kirsch, der Architekt. Neben ihm war im Flugzeug Arnolds Platz leer geblieben. Einer der Weinfreunde hatte sich dorthin gesetzt, sodass Arnolds Abwesenheit bei der kurzen Flugzeit nicht aufgefallen war.

Nach einer Woche voller neuer Eindrücke, wunderbarer Landschaften, berühmter Weingüter mit ausgezeichneten Weinen und Restaurants, wo sie hervorragend gegessen hatten, natürlich viel zu üppig, gab es viel zu erzählen, und das tat Reinhold Kirsch, als er endlich da war.

Er berichtete von der Abreise, dem Hinflug und ihrer Fahrt nach Alba, wo sie die ersten beiden Nächte im »Hotel Savona« verbracht hatten.

»Wir waren fast nur um Alba herum unterwegs, es ist alles so nah, wir hätten die ganze Zeit über im selben Hotel bleiben und uns weiteres Aus- und Einpacken der Koffer ersparen können, aber es ist interessanter, andere Quartiere kennenzulernen. Zuerst haben wir uns mithilfe der Touristeninformation schlaugemacht und sind dann gleich zu Pio Cesare gegangen, einer Kellerei in der Stadt. Zum Schluss unserer Reise waren wir bei Angelo Gaja, er ist einer der ganz großen Weinproduzenten Italiens.«

»Warum zuletzt, wenn man einen Standard gesetzt bekommt?«, wollte Feltrinelli wissen.

»Wenn man in puncto Qualität ganz oben beginnt, fallen andere dagegen häufig ab, was sie nicht verdient haben. Die besuchten Kellereien nehmen sich in der Hinsicht nicht viel.«

»Aber in Hinsicht auf die Preise«, warf Feltrinelli ein. »Die Weine mögen gleich gut sein, die Qualitätsunterschiede sind minimal, die schmeckt im obersten Preissegment sowieso nur der Fachmann – oder die Fachfrau«, fügte er mit Blick auf Francesca hinzu. »Ich kaufe nun seit mehr als zwanzig Jahren die Weine für unser Restaurant, da gilt die Regel, dass mit der Bekanntheit eines Weinguts auch der Preis steigt. Ich nehme nur, was mir selbst gefällt. Wir führen hier die Weine von Aurelio Settimo aus dem Barolo-Gebiet und Grimaldi, das sind bodenständige Winzer, Handwerker mit vernünftigen Preisen. Die habt ihr hier bestimmt mal getrunken. Aus Barbaresco habe ich die Weine von Pelissero und Giacosa Fratelli auf der Karte, das ist bereits die gehobene Kategorie. Das sind alles gute Weine, und die Winzer sind keine Spinner.«

»Leider lässt bei manchen Berühmten die Qualität nach«, bemüßigte sich Heimbüchler beizusteuern, ohne besserwisserisch wirken zu wollen, »wenn ihnen der Ruhm zu Kopfe steigt.«

»Das trifft für so ziemlich alle Gewächse zu.« Feltrinellis Ansicht nach galt das jedoch nicht nur für Italien, »wenn man an all die angeblich Furore machenden Winzer denkt, an diese sogenannten Newcomer und Shootingstars. Sternschnuppen liefern zwar ein schönes Schauspiel, aber leider verglühen sie sofort.«

»Wird das jetzt eine Fachsimpelei, oder geht es um Arnold?« Francescas Einwand war hart vorgebracht, ihr Ton ließ die Männer einhalten, niemand nahm ihr die harsche Reaktion übel.

Für einen Moment herrschte Schweigen, bis Feltrinelli sich seiner Tochter zuwandte. »Hör gut zu, Fran, verstehe das hier als Teil deiner Schulung. Merke dir jedes Wort gut. Je besser du zuhörst, desto perfekter wirst du deine Rolle spielen. Ich weiß, dir braucht man das meiste nur einmal zu sagen, dann hast du's kapiert.« Wie zur Entschuldigung tätschelte er ihre Wange und erklärte Heimbüchler, Kirsch und seiner Enkelin, dass Francesca die Reise des Vaters wiederholen würde.

Alice wurde blass. »Papa ist nicht einmal zurück – und ihr schickt Mama los?«, fragte sie empört, »ohne dass ihr wisst, was Papa zugestoßen ist? Und wenn ihr auch was passiert? Wieso sucht nicht einer von euch … ein Erwachsener, nach Papa? Sie waren schon da, Herr Heimbüchler, Sie kennen die Gegend.«

»Wir wissen nicht, wonach wir suchen sollen, wo anfangen«, wandte Heimbüchler halbherzig ein. »Wir sprechen weder Italienisch noch haben wir Verwandte dort – wie deine Mutter oder deine Großeltern.«

»Ich will aber nicht, dass sie fährt!« Trotzig erhoffte Alice sich von ihrer Großmutter Unterstützung.

»Es ist notwendig, dass Francesca geht, mein Kind. Sie kann sich an unsere Verwandten wenden. Die Sprache macht es leicht, ihr Auftreten als Weinhändlerin auch …«

»Von den lieben Verwandten haben wir vor fünfzig Jahren zum letzten Mal gehört, und Mama hat keinen blassen Schimmer von Wein, da hat Markus inzwischen mehr drauf.«

Das ging Feltrinelli zu weit. »Du solltest deiner Mutter gegenüber nicht so unverschämt sein.«

»Ich bin überhaupt nicht unverschämt, Opa, ich bin ehrlich.«

Kirsch hielt es für an der Zeit, die wenig hilfreiche Debatte zu beenden. Er hatte sich vorbereitet und eine Mappe zusammengestellt, in der er die Prospekte der besuchten Weingüter chronologisch sortiert hatte, mit den dazugehörigen Listen der angebotenen Weine. Als besonders hilfreich empfand Francesca die Weinbeschreibungen. Es war das Vokabular, das ihr fehlte. Ihr ging jegliche Erfahrung im Verkosten von Weinen ab. Sie hielt vieles, was gesagt wurde, für Schall und Rauch, Wortgeklingel, eitles Geschwätz von Wichtigtuern, die mit einem elaborierten Sprachschatz Eindruck schinden wollten, ähnlich den Redakteuren der Kulturseiten, deren Buchbesprechungen den verhinderten Literaten ahnen ließen. Hier sah sie die Chance, sich einzulesen. Doch was hinter den Worten stand, würde ihr stets ein Geheimnis bleiben. Daran würde auch ein Crashkurs im Degustieren mit ihrem Vater bei noch so viel gutem Willen nichts ändern. Aber für Arnold war es allemal den Versuch und jede Anstrengung wert.

Sie hatte zu Feltrinellis Idee, Arnold zu folgen und irgendwie seine Spur aufzunehmen, ohne viel Nachdenken Ja gesagt, aber sie fühlte sich völlig überfordert. Doch musste sie sich nicht an jeden Strohhalm klammern, der sein Leben retten konnte? So hilflos und verzweifelt wie jetzt war sie niemals zuvor gewesen. Sie würde im Piemont mit dem Telefon in der Hand leben, es würde der direkte Draht zu ihrem Vater sein. Er war der ruhende Pol.

Eine genaue Straßenkarte des Gebietes, mit dem Ort Barolo im Zentrum, war in Kirschs Mappe enthalten, ein Stadtplan von Alba, Prospekte von Sehenswürdigkeiten sowie die Visitenkarten der Restaurants, wo die Weinfreunde eingekehrt waren. Sie hatten es sich auf ihrer Reise sehr gut gehen lassen, das zeigten diese Unterlagen deutlich. Wie hätte man mit einem derart dramatischen Ausgang rechnen können, meinte Heimbüchler.

Noch immer erschien Francesca die Situation völlig unwirklich zu sein. Jeden Moment konnte die Tür aufgehen …

… Da öffnete sie sich, und alle am Tisch starrten gleichzeitig zum Eingang. Francescas Brust entrang sich ein Stöhnen. Sie erkannte Peter Sachs, Arnolds Sozius der Kanzlei Sachs, Sturm & Partner.

Man hätte ihn leicht übersehen können, doch so klein er

war, so selbstsicher trat er als Anwalt auf. Er hatte den Ruf, besonders gewieft zu sein. Er kleidete sich äußerst korrekt. Francesca hatte ihn nie ohne Krawatte gesehen; nicht einmal bei größter Hitze oder abends bei einem Essen in seinem Haus oder bei ihnen auf der Terrasse legte er sie ab. Meist trug er ein leichtes Grinsen im Gesicht, als sähe er in die Menschen hinein und als bliebe ihm nichts verborgen, was sowohl Mandanten wie Prozessgegner und Richter sehr verunsicherte. Er kannte auch Francescas Eltern von früheren Besuchen im »Tavolata«, deshalb begrüßte er Marcella Feltrinelli zuerst. Er schätzte, ja er bewunderte ihre Kochkunst, die Kanzlei pflegte selbstverständlich ihre Klienten und Geschäftsfreunde hierherzubringen, und auch die Weihnachtsfeier von Sachs, Sturm & Partner fand hier statt.

Sachs verlangte nach nichts weiter als nach einem stillen Wasser und folgte aufmerksam dem Bericht des Architekten, der sich glücklicherweise auf Fakten beschränkte und die architektonische Dimension des Piemont beiseiteließ.

Kirsch erinnerte sich, wie er sich kurz vor Betreten der Maschine umgewandt und Arnold zuletzt gesehen hatte, bei seiner Größe war er nicht zu übersehen gewesen. Er sei der Vorletzte in der Warteschlange gewesen, in einer Hand eine schwarze Tasche, in der anderen ein weißes Blatt, sicher die ausgedruckte Bordkarte, und den Personalausweis. Ihm war nur ein einziger Mann gefolgt, mit einer gelben Jacke in der Hand.

»Und wo ist diese Tasche jetzt?«, fragte Francesca. »Ich habe den Koffer eigenhändig ausgepackt, da war nicht ein Schriftstück drin, nichts von Belang, kein Hinweis, keine Notiz, rein gar nichts, was mit der Reise zu tun hatte.«

Heimbüchler meinte, dass Arnold, genau wie alle anderen, Prospekte gesammelt und sie in seine Mappe gesteckt habe. Auch habe er sich eines Abends, als sie bereits auf Cascina Rocca wohnten, einer Kellerei mit Agroturismo, zurückgezogen und zu ihrem Erstaunen das gemeinsame Abendessen ausgeschlagen. »Es hat uns alle gewundert, aber Zwang gab es nicht, und er sagte, er müsse noch arbeiten. Eigentlich hatten wir vereinbart, unsere Arbeit strikt außen vor zu lassen. Wer sich nicht daran hielt, musste den Wein zum Abendessen zahlen.« Dann habe er noch mitbekommen, dass Arnold an der Rezeption nach einem Scanner gefragt habe.

»Und – hat er ihn bekommen? Rechner und Telefon hatte er dabei.« Francesca, die die Frage gestellt hatte, blickte Peter Sachs an und fragte ihn, ob er vielleicht eine Nachricht empfangen habe.

»Ich weiß nichts davon«, meinte er. »Er bat mich, ihn in der fraglichen Woche mit allem Beruflichem zu verschonen. Es gibt nichts, was momentan so wichtig oder eilig wäre, dass wir kommunizieren mussten. Außerdem wusste ich, wann er wiederkommt. Dass es sich jetzt ganz anders darstellt – wer hätte das ahnen können? Nur eine Sache ist uns aufgefallen. Wir haben heute seinen Rechner durchgecheckt. Es gibt einen Bereich, der durch ein spezielles Passwort versperrt ist. Den Partnern, wir sind ja zu dritt, sind die jeweiligen Passwörter selbstverständlich bekannt. Darüber existiert eine Vereinbarung. Aber an jenen Bereich kommt keiner heran. Es ist eine Datei, die sich nicht öffnen lässt. Dazu bräuchten wir einen Spezialisten …«

»Kann mein Bruder nicht helfen? Der macht gerade so einen Hacker-Kurs, der ist ganz scharf darauf, besonders nach den vielen Spionagegeschichten der Amis in letzter Zeit. Ich glaube, der zapft sogar Mamas Einkaufsliste an.« Alice war froh, etwas zur Debatte beisteuern zu können.

Die Erwachsenen sahen sich unschlüssig an, sie zögerten, einem Sechzehnjährigen eine derartige Aufgabe zu übertragen, und fragten sich, ob er sie zu lösen vermochte. Gleichzeitig war allen klar, dass sie selbst nicht im Mindesten dazu imstande wären. Junge Leute, die mit dieser Technologie aufgewachsen waren, verstanden davon sehr viel mehr als alle hier am Tisch.

»Markus kommt gleich, er ist noch in seinem Kurs.« Alice schaute auf ihre kleine Uhr. »Der müsste bald vorbei sein. Markus wird bestimmt helfen, er hat mir von einem Programm erzählt, mit dem man Passwörter knackt. Das Programm kann man nicht einmal im Internet herunterladen. Da kommt nicht jeder ran. Das wird per Datenstick weitergegeben und darf nur auf Rechnern benutzt werden, die nie ans Netz gehen.«

»Das wird ein illegales Programm sein, so etwas wird in unserer Kanzlei sowieso nicht benutzt«, sagte Sachs abwehrend, irritiert, dass die hier Versammelten ihn mitleidig angrinsten. Einen wirklich sauberen Wirtschaftsanwalt gab es nirgends, das konnte sich keiner vorstellen.

Feltrinelli empfand das Thema als nebensächlich. Arnolds Verhalten während der Reise hielt er für aufschlussreicher, womöglich hatte er in einer unbedachten Äußerung etwas preisgegeben.

»Gab es kein außergewöhnliches Vorkommnis? Ist euch überhaupt was aufgefallen? Hat er sich merkwürdig benommen, anders als sonst, was in Zusammenhang mit seinem Verschwinden stehen oder es verständlich machen könnte? Hat sich etwas ereignet, hat er jemanden getroffen, gab es Streit ...«

Kirsch lehnte sich zurück und starrte die weiße Wand an, als ließe er die Reise vor seinem inneren Auge ablaufen. Er wirkte abwesend, und aus dieser Haltung heraus sagte er plötzlich: »An den letzten beiden Tagen war er längst nicht mehr so – wie soll ich sagen? – so guter Dinge wie vorher. Er hielt sich zurück, war uns gegenüber schweigsamer, nachdenklich, auch fragte er bei den Winzerbesuchen weniger nach.«

Jetzt nickte auch Heimbüchler. »Wo du es sagst, fällt es mir wieder ein. Ich erinnere mich an eine Szene, es war am fünften Tag, nachmittags. Wir hatten einen Wein probiert, der nicht in Ordnung war, aber da hat er sich rausgehalten, er hat sich kaum geäußert. Den Rest der Reise, wir waren dann noch einen weiteren Tag unterwegs, kam er mir abwesend vor, mit seinen Gedanken ganz woanders, nur nicht bei uns. Mir schien, als hätte er seine Spontaneität verloren, genau das, was wir an ihm so schätzen.« Heimbüchler blickte bestürzt von einem zum anderen. »Ich fasse es nicht, das war erst vor Kurzem. Mir scheint es eine Ewigkeit her zu sein.«

Markus hatte auf sich warten lassen, doch nun platzte er in die Runde. »Der Kurs hat länger gedauert als geplant, morgen gibt's 'ne weitere Sitzung mit dem Hacker, total spannender Typ.«

Peter Sachs, bereits im Aufbruch begriffen, setzte sich wieder und bestellte einen doppelten Espresso. Feltrinelli erklärte seinem Enkel kurz, was besprochen worden war. Markus protestierte heftig dagegen, dass seine Mutter übermorgen bereits aufbrechen wollte, er hielt es für viel zu riskant, solange die Hintergründe des Verschwindens seines Vaters nicht aufgeklärt waren.

»Wenn ein Verbrechen geschehen ist, darf Mama auf keinen Fall allein fahren, es ist viel zu gefährlich! Ich werde sie begleiten.«

»Auf keinen Fall, Markus, das ist wiederum mir zu gefährlich. Wir brauchen dich hier. Es gibt da eine Datei im Computer deines Vaters, auf der könnte …«

Sachs erzählte von der verschlüsselten Datei. Er hielt es für richtig, dass nur eine Person ihres Vertrauens sich mit dem Rechner befasste. »Womöglich handelt es sich um Betriebsgeheimnisse oder vertrauliche Dokumente. Ich möchte nicht, dass Fremde auf unseren Rechnern …«

»Die sind von den Bullen doch längst geknackt. Wenn die mitmachen würden, könnten sie Papas Smartphone orten oder sein Tablet …«

»Wenn beides eingeschaltet wäre, dann ja. Beides ist verschwunden, auch die Kamera. Du bleibst hier!« Wenn Feltrinelli in dem Ton sprach, war Widerstand zwecklos.

»Was ist eigentlich mit Arnolds Eltern«, fragte Francesca, nachdem Peter Sachs, Heimbüchler und Kirsch schließlich gegangen waren. »Sollen wir sie informieren?«

Niemand machte Anstalten, auf die Frage einzugehen. Arnolds Vater war Ingenieur und Direktor im Rüstungskonzern Rheinmetall gewesen, und als Arnold herausgefunden hatte, dass er Waffentechnik entwickelt hatte, hatte er mit den Eltern, den »Kriegsgewinnlern«, erbittert diskutiert. Der Streit war eskaliert, und sie hatten ihn nach dem Abitur vor die Tür gesetzt. Aber statt zu Kreuze zu kriechen, hatte er vollends mit ihnen gebrochen und sein Studium mit Arbeit finanziert. Gegen die Hochzeit mit Francesca , »der Tochter von italienischen Pizzabäckern«, waren sie sowieso. Ihre Enkelkinder ignorierten sie bis heute. Sie würden unter gar keinen Umständen irgendetwas über Arnold wissen, geschweige denn einen Finger für ihn rühren.

Francesca war erleichtert, dass man wieder unter sich war, umgeben von Menschen, denen sie absolut vertraute. Als Kirsch und Heimbüchler über Arnolds Verstimmung gesprochen hatten, hatte sie für einen Moment das Gefühl gehabt, als hätte der eine dem anderen eine Vorlage gegeben und als verheimlichten sie ihm etwas. Es klang ihr alles zu simpel. Vielleicht hatte ihr Eindruck auch damit zu tun, dass ihr alles verschwommen vorkam, unwirklich, so als sei sie gar nicht anwesend, als ginge es sie nichts an. Es waren Worte gewesen, die an ihr abperlten. Sie hörte sie zwar, doch sie drangen nicht ein. Lag es daran, dass sie kaum geschlafen hatte? Sie fühlte sich, als hätte sie eine Beruhigungstablette genommen, ihr war alles schnurzegal. Oder war es eine Schutzreaktion, dass sie sich verschloss, weil sie alles nicht mehr ertragen konnte?

»Diktatoren haben immer Menschen verschwinden lassen«, hörte sie Feltrinelli sagen. »Für die Angehörigen ist das eine besonders grauenhafte Form der Folter. Wenn jemand tot ist, kann man trauern, man weiß Bescheid. Es ist endgültig, man hat sich damit abzufinden. Ist jemand verschwunden, besteht immer noch die Hoffnung, dass er zumindest lebt, dass er wiederkommen kann.«

Es war hilfreich, dass Francesca den Weg zu den Toiletten kannte, als ihr schlecht wurde. Doch sie würgte nur Galle, sie hatte seit gestern nichts mehr gegessen. Sie trank Leitungswasser, es half ihr, sie fühlte sich schon besser, als ihre Mutter kam, um nach ihr zu sehen.

Marcella drückte sie an sich und strich ihr übers Haar. Eine Sekunde lang fühlte Francesca sich wie früher, einen Moment lang war sie wieder das kleine Mädchen, das bei seiner Mutter Schutz suchte, die ihr den Schmerz abnehmen wollte. Leider waren diese Zeiten unwiederbringlich vorbei.

»Du wirst ihn finden, mein Kind«, sagte Marcella. »Arnold ist niemand, der schnell aufgibt, eigentlich sollte man davon ausgehen, dass er weiß, was er tut, und dass er auf sich selbst aufpassen kann.«

»Und wenn es sich um etwas Berufliches handelt, wo es um viel Geld geht? Die Geschäftswelt hat sich verändert, Mama, sie ist brutal geworden. Es muss ja gar nichts mit dem Piemont oder mit dem Barolo zu tun haben, ich kenne kaum die Zusammenhänge, in denen er steckt. Peter Sachs weiß sicher mehr, als er sagt, er war mir zu still, viel zu unverbindlich.«

»Schick Markus hin, der kann das mit dem Computer regeln. Er ist pfiffig, er kann sich bei Sachs ein wenig umsehen und umhören. Und du kommst jetzt mit zu uns und legst dich erst einmal hin.«

»Das geht nicht, die Kinder ...«

»Die kommen auch mal ohne dich aus, das müssen sie in den nächsten Tagen sowieso.«

6

Francesca nahm für zehn Tage unbezahlten Urlaub, ihr Chef zeigte Verständnis für ihre Situation und würde die anstehende Betriebsprüfung von einem Kollegen durchführen lassen. Sie übernachtete bei ihren Eltern, Alice blieb auch, zum einen, weil sie so ihre Mutter trösten konnte, zum anderen war sie mit ihrer Angst nicht allein.

Markus zeigte sich von seiner starken und stillen Seite, darin ähnelte er seinem Vater. Er fuhr zu einem Freund, mit dem er bis tief in die Nacht die Unterlagen seines Hacker-Kurses durcharbeitete, um sich am nächsten Tag nach Schulschluss in der Kanzlei über den Computer seines Vaters herzumachen. Er setzte dabei auf die Hilfe des Referenten der »Anarchistischen Hacker«. Derart komplizierte Aufgaben riefen seinen Ehrgeiz wach, reizten ihn genau wie seinen Vater. Arnold hatte immer die Herausforderung gesucht, erinnerte sich Francesca, auch wenn es gefährlich wurde, doch sie glaubte nicht, dass er sich einer schier unlösbaren Aufgabe verschreiben und dabei die Familie außer Acht lassen würde.

Es war zwar für Francesca angenehm, mal wieder verwöhnt zu werden – Grießbrei mit Himbeeren zum Frühstück war göttlich –, aber der Anlass stimmte nicht. Sie hatte wie ein Stein geschlafen, war jedoch zweimal in der Nacht hochgeschreckt, von irgendeinem schrecklichen Albtraum geweckt. Und der erste Gedanke am Morgen galt Arnold. Wo war er jetzt? Was war ihm auf der Reise begegnet? Eine unlösbare Aufgabe? Weshalb war er mit diesem Ethnologen, dem trockenen Finanzbeamten und dem langweiligen Arlitt gereist, wo er doch sonst so viel Wert auf angenehme Gesellschaft legte?

»Du kannst dir im Piemont noch genug Gedanken machen«, sagte Feltrinelli, als er am Morgen ihr Zimmer betrat und sie ihn wach anblickte. »In einer Stunde fangen wir an, es wird ein anstrengender Tag. Ich hoffe, du bist ausgeschlafen.«

Er schien sich darauf zu freuen, ihr die Grundkenntnisse über Wein zu vermitteln. Sie hatte sich immer dagegen gewehrt, das ganze Wissen kam ihr aufgesetzt vor, Unwichtiges wurde künstlich aufgebauscht, eine Liebhaberei zur Wissenschaft erklärt, ein weites Feld, auf dem sich vermeintliche Berühmtheiten genüsslich spreizten. Wein war in ihren Augen nichts weiter als eine neue Bühne und eines der vielen Rauschmittel der Menschheit, weil sie es ansonsten nicht mit sich aushielt oder der Banalität des Lebens nicht gewachsen war.

Feltrinelli hatte einen Stapel Bücher neben sich auf dem Wohnzimmertisch aufgebaut und Kirschs Mappe aufgeschlagen.

»Das Piemont beginnt im Norden am Lago Maggiore und grenzt im Süden an Ligurien, der Name kommt aus dem Lateinischen, *ad pede montium*, das heißt am Fuß der Berge. Die wirst du täglich sehen, bei gutem Wetter sind die westlichen Alpen ein ständiger Begleiter. Ich fand es als Kind immer faszinierend, von Turin siehst du sie natürlich auch, für mich waren Berge immer ein Geheimnis, aber wir hatten nie Geld, um in die Berge ...«

»Papa! Bitte, nicht wieder die alten Geschichten.«

Francesca war nervös, sie wollte und konnte sich schlecht konzentrieren, sich einen Tag lang mit Wein zu beschäftigen, schien ihr wenig hilfreich und Zeitverschwendung, aber wie sie ihre Zeit jetzt sinnvoller hätte einsetzen können, wusste sie auch nicht. Der Blick ihres Vaters brachte sie zur Ruhe. Sie ergab sich in ihr Schicksal.

»Soweit ich mich erinnere, waren wir immer nur bei den Verwandten in Turin. Du bist nie in den Langhe gewesen oder in Alba?« Als er sah, dass Francesca mit einem leichten Kopfschütteln verneinte, fuhr er fort. »Die Bassa Langa ist das Gebiet, um das es geht, Alba ist die wichtigste Stadt. Zwanzig Minuten mit dem Auto davon entfernt liegt das Dorf Barolo, das dem Wein den Namen gab. Etwa genauso lange fährst du bis zu den Hügeln des Barbaresco, von dort kommt der gleichnamige Wein.«

»Sind es immer die Orte, die dem Wein die Namen geben?«

»Nein, Barbera und Dolcetto, die auch im Piemont wachsen, sind Namen für rote Reben und gleichzeitig für die daraus gekelterten Weine. An die Rebsorte wird der Name der Herkunft gehängt, also Barbera d'Alba, Dolcetto di Monferrato und der Moscato d'Asti, das ist das wesentliche Spektrum dessen, was dort angebaut wird. Es gibt zwölf DOCG-Gebiete, also Gebiete mit kontrollierter und garantierter Herkunft. Die so gekennzeichneten Weine müssen aus dem Anbaugebiet stammen, gebietstypisch sein – ein Barolo darf nicht verschnitten werden – und hier abgefüllt werden. Eine Qualitätsstufe darunter stehen die DOC-Weine. Da sind die Regeln lockerer.«

»Und Weißwein? Soweit ich weiß, gibt es einen Gavi …«

»Da ist noch der Arneis, eine alte Rebsorte, seit fünfhundert Jahren bekannt. Im Anbaugebiet Roero, das im Westen an Alba grenzt, heißt er natürlich Roero Arneis. Der beste Gavi kommt aus Gavi, aber da waren sie nicht.« Feltrinelli blätterte in Kirschs Mappe und hielt inne. »Hier. Ich wusste es, sie sind auch in Govone gewesen, auf der Azienda Ceste, die machen einen Arneis in beiden Regionen, dann musst du da auch vorbeifahren und probieren.«

»Probieren und fahren? Da bin ich ja betrunken.«

»Das ist eben die Kunst, probieren, ohne zu trinken. Das meiste geht sowieso über die Nase, bei den Profis natürlich. Mir sagt die Nase, ob ich überhaupt was von dem Zeug, das mir Händler anbieten, in den Mund nehmen soll. Manche Weine in der Gastronomie grenzen an Körperverletzung, Hauptsache billig. Das muss man sich nicht antun. Die Winzer werden darauf bestehen, dir ihr gesamtes Sortiment und anschließend die früheren Jahrgänge vorzustellen. Sie sind stolz auf ihre Arbeit, vergiss das nicht. Enthalte dich jeder negativen Äußerung. Sei kritisch, aber nie beleidigend. Sei diplomatisch, du weißt, wie leicht wir Italiener beleidigt sind. Und erzähle keinem, wo du sonst noch vorbeischaust. Sie fassen dich mit Samthandschuhen an, doch in jeder Küchenschublade liegt ein Messer.«

»Das kann ja heiter werden …«

»Hör auf zu jammern, es gibt Schlimmeres. Die wichtigsten Orte findest du hier in der Mappe, ich habe mir alles genau durchgelesen.«

»Etwa heute Nacht?«, unterbrach ihn Francesca erstaunt.

»Man könnte meinen, Kirsch sei nicht Architekt, sondern Buchhalter, so genau hat er alles geordnet. Halte dich einfach an seine Anweisungen. Jetzt zu den Rebsorten.«

Die wichtigste und bedeutendste sei Nebbiolo, erklärte Feltrinelli, ein Name, der vom Nebel und dem feuchten Dunst käme, der nicht nur im Herbst über dem Barolo-Gebiet liege und das Hügelland mit einem feinen Schleier überziehe. Nebbiolo sei nicht besonders robust, brauche eine lange Reifezeit, er treibe als Erster im April aus und werde im Oktober als Letzter reif, was ihn im Frühjahr besonders anfällig für Fröste und im Oktober für Regen mache.

»Die Winzer erklären es dir genauer, jeder spricht gern über sich. Mach dir das zunutze, lass sie reden, dann erfährst du am meisten. Konstruiere eine Verbindung zwischen dir und dem Weinclub, vielleicht verplappert sich jemand, gerade gegenüber dir als Frau, da prahlt man gern mit seinen

Erfolgen. Aber wahre die Distanz! Es ist möglich, dass jemand etwas über Arnold weiß, von ihm gehört hat oder jemanden kennt, der mehr Informationen besitzt, Zusammenhänge kennt, von Kungeleien weiß, von Geldgeschichten oder ob er auf etwas gestoßen ist … Denk an seinen Beruf. Mir geht das nicht aus dem Kopf, was Kirsch gestern sagte, dass sich auf der Reise Arnolds Stimmung änderte.«

»Du glaubst also nicht, dass er sich … davongemacht hat?«

»Arnold? So ein Blödsinn. Nur weil Basilio diesen Quatsch erzählt, musst du das nicht glauben. Der spinnt.« Feltrinelli lachte empört. »Nein, niemals. Ich kenn ihn, seit du ihn angeschleppt hast, wir wollten aus der Campanna raus und das ›Tavolata‹ eröffnen. Ich weiß noch, wie verliebt du damals warst und wie er gleich beim Renovieren mit anpackte. Mama und ich sahen sofort, dass es was Ernstes zwischen euch war. Aber zurück zum Wein. Barbaresco wird auch aus Nebbiolo gekeltert. Da existiert ein Jahrzehnte währender Streit über den richtigen Weg, Puristen gegen Modernisten, Fundamentalisten gegen Anpasser, aber eigentlich haben alle recht. Jeder soll seinen Wein so machen, wie er es für richtig hält, damit er ihm dann auch abgekauft wird. Wir haben ja beide Spielarten auf unserer Weinkarte.«

»Und worum geht es bei dem Streit?«

»Du kennst unsere Leute, *discutono sul sesso degli angeli.*«

Über das Geschlecht der Engel streiten, so drückten ihre Eltern das aus, was Deutsche um des Kaisers Bart streiten ließ. Auch wenn sie sich nicht als Italienerin verstand, wie es ihre Eltern taten, kannte Francesca die italienische Mentalität zur Genüge. Sie war in dieser Gemeinschaft aufgewachsen.

»Frag vor Ort«, riet ihr der Vater, »lass dir den Streit erklären. Die Winzer dort wissen es besser als ich. Es geht um den Einsatz von Barriques, also der kleinen Eichenfässer, und die Anpassung an internationalen Geschmack. Viele verkaufen in die USA, und da wollen sie Holz trinken statt Wein, er muss nach Barrique schmecken. Lass dich überraschen. Beim Barbera hat die gleiche Entwicklung eingesetzt wie beim Chianti. Viele sind mir inzwischen zu dick, zu schwer, dadurch wirken sie fett und müde. Barbera hat wie Chianti vielfach seine Frische verloren, all das sind Zugeständnisse an Moden und Trends, an die Kunden, an den US-Markt. Probier alles! Du wirst es merken, auch wenn du ungeübt bist. Bei einem schweren Wein verspürt man kaum Lust auf das zweite Glas. Mir scheint es, dass viele Weintrinker meinen, ein dunkelfarbiger Wein hätte eine höhere Qualität; ist er klar und durchsichtig, wird er für dünn gehalten. Es gibt aber Winzer, die nie auf den Zug aufgesprungen sind, andere begreifen ihre Fehler und kehren zu den ursprünglichen Werten zurück.«

Feltrinellis Ansicht nach führte der Name Dolcetto in die Irre. »Er ist nicht *dulce*, nicht süß. Er muss frisch in der Farbe sein, das ist kein Wein zum Lagern und nichts, was sich in der internationalen Gastronomie durchgesetzt hat. Aber wir führen ihn auch, er macht Spaß, zu Spaghetti Bolognese oder geschmortem Wild, die Säure setzt einen schönen Akzent. Pizza erwähne ich besser nicht.« Er wusste um Francescas tiefe Abneigung, die aber nicht dem über die Pasta gehobelten Parmesan und Pecorino galt.

Die Grundkenntnisse der Weinbereitung, dass zum Beispiel durch Gärung der Flüssigkeit der Beeren mittels Hefen im Wein der Alkohol entstand, waren Francesca grob vertraut, ebenso der Sachverhalt, dass die Farbpigmente des Weins in den Beerenhäuten steckten. Aber wie sie aus der Haut in den Wein gelangten, war ihr bislang völlig gleichgültig gewesen.

»Als angebliche Weineinkäuferin musst du das wissen. Die Maischestandzeit ist wichtig, das heißt, wie lange die Haut der Beeren, locker gesagt, ausgelaugt wird. Je länger die Zeit, desto mehr Farbe gelangt in den Wein. Die Tannine stabilisieren die Farbe und machen ihn lagerfähig. Frag einfach nach Maischestandzeit, natürlich nur beim Rotwein, merke dir das Wort, wir notieren nachher alle wichtigen Fragen, dann musst du bei deinen Besuchen auf den Weingütern nur den Katalog abarbeiten und hast für alles ein Stichwort. Die Winzer werden dich schlaumachen.«

Francesca nickte ergeben. Noch wusste sie nicht, wie sie das bewerkstelligen sollte und ob es ihr tatsächlich dabei helfen würde, etwas über Arnold zu erfahren.

»Jede Rebsorte hat ihr eigenes und typisches Geschmacksprofil, stellt andere Anforderungen, braucht ein anderes Ambiente und entwickelt sich der Lage entsprechend.«

»Das ist mir klar.« Francesca fühlte sich überfordert, sie wollte nicht mehr, es war ihr zu viel.

»Dann weißt du auch, dass der Boden eine Rolle spielt, das Klima sowie das Wetter, was nicht dasselbe ist, die Ausrichtung der Reben zur Sonne, die Reifezeit, der Lesezeitpunkt …«

»Schluss, Papa, es reicht. Die werden sofort merken, dass ich keinen blassen Schimmer habe.«

»Falsch!« Hier reagierte Feltrinelli empfindlich. »Sie merken es nur, wenn du nicht von dir überzeugt bist, schüchtern auftrittst und dumme Fragen stellst. Lobe ihre Weine, wir Italiener mögen überschwängliche Elogen, du musst die Weine ja nicht kaufen. Und mit dem Fragebogen wirkst du sehr professionell. Dann sehen sie auch, dass sie sich Mühe geben müssen, weil der Fragebogen nicht ausschließlich für sie entwickelt wurde. Blendwerk ist alles. Wir wollen Arnold zurückhaben.«

Francesca war trotz allem nicht überzeugt, dass sie Arnolds Spur würde aufnehmen können.

»Muss ich mich wiederholen? Du weißt, wie Arnold ist, du bist ja nicht aus Spaß mit ihm verheiratet. Er liebt keine einfachen Aufgaben, das Schwierige fasziniert ihn. Er hätte von sich hören lassen, wenn er dazu die Möglichkeit gehabt hätte. Es gibt natürlich Fälle, wo Männer oder Frauen alles aufgeben, auch ihre Kinder. Aber dafür hätte es Anzeichen gegeben, alles beginnt, wie du weißt, im Kleinen, mit dem Flügelschlag eines Schmetterlings, und wenn man jemandem so nah ist wie du ihm, dann hättest du den Windhauch an der Wange bemerkt.«

»Seit wann bist du ein Philosoph?«

»Das ist eine Frage des Alters, mein Kind, oder der Haarfarbe.« Es war das erste Mal, dass Francesca wieder lachte, wenn auch zaghaft, und ihrem Vater über das weiße Haar strich.

»Zurück zum Wein. Jetzt kommt das Schwierigste, das Verkosten. Die technischen Werte eines Weins, wie Zucker- und Säuregehalt je Liter und Alkoholgehalt, lassen sich leicht abfragen. Lass dir die Datenblätter geben. Beim Extrakt wird es schwieriger. Viele weisen ihn nicht aus.«

»Was ist Extrakt?«

»Das sind die Stoffe im Wein, die nicht flüchtig sind. Sie variieren je nach Rebsorte, nach Ertrag – deshalb ist die Reduzierung des Ertrags so wichtig. Je höher die Erntemenge, desto niedriger der Extrakt je Traube. Bei alten Rotweinen kann man ihn sogar sehen, es ist das, was sich in der Flasche als Depot unten absetzt. Wegen des größeren Gehalts an Phenolen hat ein Roter generell mehr Extrakt als ein Weißer.«

»Muss ich jetzt wissen, was Phenole sind?«

Feltrinelli überging den Einwand, der mehr der Protesthaltung seiner Tochter gegenüber dem Wein geschuldet war. »Extrakt bringt Geschmack, Extrakt bringt Dichte, bringt Stofflichkeit, das Gefühl, etwas im Mund zu haben.«

»Weshalb erzählst du mir das alles denn erst jetzt?« Francesca wehrte sich gegen all diese Informationen, gleichzeitig bemerkte sie, wie ihr Interesse erwachte. Dass es sich beim Wein um einen derart komplexen Stoff handelte, hatte sie nicht geahnt, geschweige denn, was ein Winzer alles bedenken musste.

»Ich bin noch nicht fertig«, erklärte Feltrinelli, statt ihre Frage zu beantworten. »Um Weine zu beurteilen, sie zu bewerten, braucht es Erfahrung, Training, Kennerschaft. ›Schmeckt mir‹ oder ›lecker‹ reicht für eine Einkäuferin nicht.«

»Wo soll ich all das hernehmen, was du verlangst?« Francescas Bedenken wuchsen weiter. »Außerdem interessieren mich andere Sachen, da muss ich ran.«

»Wieso bist du plötzlich so stur, Fran? Wo bleibt deine Fantasie? Wenn du die Winzer auf deine Seite ziehst, meistens Männer, wenn du charmant bist, reden sie von allein, und du brauchst keine Frage mehr zu stellen. Erzähle einfach, dass Mitglieder eines Düsseldorfer Weinclubs sich in einem der Restaurants treffen, das auf der Liste deiner Kunden steht. Erwähne ruhig einen Namen, den von Kirsch oder Heimbüchler, bloß nicht den von Arnold, *per amor del cielo!*«

»Ich finde es schon kritisch genug, mit dem Namen Feltrinelli aufzutreten. Ich hoffe, ich verplappere mich nicht.«

Eindringlich betrachtete Feltrinelli seine Tochter, er wirkte geradezu finster, wie er die Lippen aufeinanderpresste. Er tat es, wenn er sich sehr ärgerte und nicht rausplatzen wollte, was ihm seine Frau auch nach fünfundvierzig Ehejahren nicht abgewöhnt hatte. »Wieso siehst du heute nur Probleme, Fran? Sonst siehst du nur Lösungen!«

»Habe ich etwas Falsches gesagt?« Francesca hatte das Gefühl, im Moment alles, auch wirklich alles, was sie anpackte oder sagte, falsch zu machen. Es war ein unbekanntes Gefühl. Aber seit sie Arnolds Koffer gesehen hatte, der da verloren vor ihr stand, beinahe lebendig …

Feltrinelli seufzte und griff nach der Hand seiner Tochter. »Für das Probieren gibt es einfache Regeln: sehen, riechen und, falls nötig, schmecken. Manches riecht man bereits, was andere nur schmecken, aber die Erfahrung fehlt dir. Es ist wichtig, wie sich die Elemente miteinander verbinden, ob man sie einzeln schmeckt oder riecht, also wie komplex ein Wein ist. Dann stellt sich die Frage nach der Harmonie, nach der Verbindung von Süße und Säure.«

Die Erklärungen waren für Francesca zu theoretisch, und sie protestierte dagegen, weiter mit Fachwissen überhäuft zu werden. Das veranlasste ihren Vater, einige Weine aus dem Keller zu holen und an ihnen das Gesagte zu demonstrieren. Doch unten stellte er fest, dass Basilio das Schloss ausgetauscht hatte, und zu dem neuen besaß er keinen Schlüssel.

Erst nach heftigem Protest ließ Basilio sich dazu bewegen, die Flaschen rauszurücken.

»Und wer bezahlt mir die Weinflaschen?«

»Schreib sie ab, du Korkschmecker! Du hast wohl vergessen, dass unser Restaurant noch immer Mama und mir gehört!«

Francesca fehlten die Nerven, um sich mit Basilio anzulegen, sein Verhalten empfand sie als unverschämt. Die Ausrede, das Schloss gewechselt zu haben, weil er den Schlüssel des alten verloren habe, klang wenig glaubhaft. Es ging ihm rein um die Kontrolle.

Francesca erholte sich inzwischen bei einem Milchkaffee. Unweigerlich sprachen sie wieder über Arnolds Verschwinden.

»Wenn die Polizei sich kümmern würde, ließe sich feststellen, mit wem er wann zuletzt telefoniert hat.«

»Wenn ein Verbrechen vorliegen würde, dann ja. Wir könnten selbst bei der Telefongesellschaft nachfragen.«

»Früher wurde jede Einzelverbindung auf den Rechnungen ausgewiesen. Das ließe sich klären.«

Mittlerweile war Basilio mit den Weinen aus dem Keller gekommen. »Es sind sieben«, sagte er unwillig.

»Du kannst mit uns probieren, deine Meinung kann hilfreich sein.« Feltrinelli lenkte gerne schnell wieder ein, er hielt Basilio immer eine Hand hin.

»Die soll ich alle probieren?« Francesca war entsetzt. »Wollt ihr mich betrunken machen?« Der Gedanke, in der augenblicklichen Lage den Kopf zu verlieren, erschreckte sie zutiefst.

»Du sollst nicht trinken – du sollst probieren, sehen, riechen und kosten. Basilio, bring uns bitte einen Spucknapf. Und wenn dir der Wein zu teuer ist, dann schenke ihn heute Abend einfach glasweise aus, dann hast du zumindest den Einkaufspreis wieder drin.«

Als die Gläser mit den Weinen vor ihr standen, verstand Francesca, was ihr Vater meinte. Alle dufteten verschieden, die Gerbsäure nahm sie anders wahr, mal wirkte sie härter, mal weicher, die Farbe war bei einem heller, der nächste Wein wirkte dichter, dann kamen verschiedene Aromen zum Vorschein. Beim Barbera schmeckte sie die einzelnen Früchte heraus, am deutlichsten war die Kirsche für sie. Den Barbera Tulin von Pelissero – »er macht ihn nur in besonders guten Jahren« – empfand Francesca als weicher und die Aromen als miteinander verschmolzen. Doch als Feltrinelli von »Tiefe« sprach, musste sie passen. Den Barbaresco Tulin charakterisierte Basilio als reif und kräftig, »wobei er seine Jugendlichkeit bewahrt und seine Vielschichtigkeit in den Düften gut zum Ausdruck bringt«. Er war begeistert. Sie kam mit der sechs Jahre alten Barolo Riserva von Molino besser zurecht, da roch sie neben den Früchten etwas wie Leder, Lakritze und Rauch.

»Das ist typisch für Barolo, dann bist du auf der richtigen Spur.«

7

War es Tag, war es Nacht? War das da über ihm Kunstlicht, oder war die Sonne aufgegangen? Ein heller Schimmer lag über seinen Augen, aber er öffnete sie nicht. Ihm tat die rechte Seite weh, er schlief immer auf der rechten Seite. Der Nacken schmerzte auch, und unter der Hüfte spürte er etwas Hartes. Ein Bein fühlte sich taub an, aber er war zu träge, sich anders hinzulegen. Er brauchte lange, bis er begriff, dass er noch immer auf einer Pritsche lag. Das Holz war roh, die Matratze schien nur dick zu sein, billigster Schaumstoff war das, den seine Hand ertastete, ekliges Plastikzeug, das sich sofort durchlag. Und der muffige, aggressive Gestank der Decke kroch bis in seine Nase, obwohl die Decke ihn nur bis zur Hüfte bedeckte. Seine Trägheit jedoch war stärker als der Ekel vor dem schweren, verschmutzten Stoff. Und er blieb still liegen. In was für ein elendes Quartier bin ich geraten? Wie bin ich hierhergekommen? Derart miserable Löcher bewohnte er normalerweise nicht, auf jeder Isomatte in freier Natur schlief es sich besser. Wieso war er nicht draußen geblieben? Der Nebel waberte hin und her, er war dick und zäh, stieg auf, da entstanden Fragen, der Nebel senkte sich, und die Fragen verschwanden, bevor es Antworten gab. Hier stimmte etwas nicht, besonders mit seinem Kopf, das war klar, und doch blieb sogar das Klare schwammig. Träumte er, oder war das alles um ihn herum irgendeine Wirklichkeit, eine von vielen? Woher nur kam dieser entsetzliche Durst, der ihn an den Rand des Wahnsinns brachte und seinen Mund mit diesem Lumpengeschmack füllte? Ich muss aufwachen, sagte er sich, ich werde über alles in Ruhe nachdenken, und er zwang sich, die Augen zu öffnen.

Schmerz drang in seinen Kopf, der Durst war größer, dort, vor der Pritsche, vermutete er die Flasche, und erleichtert griff er danach und trank in einem langen, langen gierigen Zug, spürte die Kühle im Hals, die ihm guttat. Erst als er die Flasche absetzte, sah er, dass sie noch immer halb leer war. Wie kann das sein, dachte er, wo ich doch vorhin die Hälfte ausgetrunken habe? Sie müsste leer sein, oder …? Oder es hat jemand eine neue hingestellt. Ah, das ist gut, dass jemand für mich sorgt, wenigstens habe ich Wasser, dachte er dankbar und lächelte. Aber eine Zahnbürste wäre auch nicht schlecht. Er fuhr sich mit der Zunge über die Zähne, die sich rau anfühlten, gar nicht glatt, wie sie sein sollten. Mühsam setzte er sich auf, schwankte noch im Sitzen, und als er langsam wieder zu Kräften gekommen war, stemmte er sich vom Bett hoch. Nein, ein Bett ist das nicht, sagte eine Stimme in seinem Kopf, ich werde mich über diese … da fehlte ihm das Wort, jedenfalls würde er sich darüber beschweren. Nur bei wem? Er sollte wach bleiben und auf den warten, der ihm so freundlich das frische Wasser hinstellte.

Dann taumelte er hinüber zum Eimer und setzte sich. Von hier aus gewann der Raum eine ganz andere Perspektive, von hier aus wirkte er länger, also saß er an der Schmalseite. Ob das von Bedeutung war, erschloss sich ihm nicht, denn die Müdigkeit war da, er gähnte herzhaft, stand auf, streckte sich, erreichte mit den Händen aber längst nicht die Decke des hohen Raums und musste aufpassen, nicht die Balance zu verlieren.

Ihm war schwindlig, er taumelte. War er betrunken? Erst als er wieder auf der Pritsche saß, dachte er darüber nach, wer so aufmerksam gewesen war und eine Rolle Toilettenpapier hingestellt hatte. Er überlegte, was man damit sonst noch anfangen könnte. Die Frage verschwand, sie war bedeutungslos, weil ihm in den Sinn kam, dass er sich in einer Waschküche befand. Rohre mit entsprechenden Verschlüssen ragten aus der Wand mit dem roten Klinkerstein, vielleicht waren es auch Backsteine.

Er schlurfte zur Wand und kratzte mit dem Finger an einer der Fugen, bis der Mörtel herabrieselte, dabei hielt er sich an einem Rohr fest. Es war kalt, und obwohl es verrostet war, fühlte es sich gut an und vibrierte kaum merklich. Irgendwo lief eine Maschine, und etwas krächzte. Er ahnte, dass krächzen nicht das richtige Wort war. Keckern? Schon möglich …

Wo kam nur diese verdammte Müdigkeit her, bleiern wirkte sie, raubte ihm die Gedanken, ließ seinen Kopf sinken. Es kostete Mühe, ihn oben zu halten. Ich bin doch sonst nicht so, wobei er nicht wusste, wie er sonst war, ob es stimmte, ob es überhaupt von Belang war. Für ihn oder für andere? Für die Chinesin? Wie auf einer Welle schwappte die Chinesin in sein Bewusstsein, bis sie zwischen den Bergen wieder untertauchte.

Was war nur geschehen? Wenn sie die Flasche wieder füllen, kann ich beruhigt noch einen Schluck nehmen, dachte er und streckte den Arm aus. Wie in Zeitlupe sah er seine Hand sich entfernen, die Finger schienen bewegliche Teile an einem fremden Körper zu sein …

Unsichtbare Watte umgab ihn, seine Gedanken, die Fragen, seine Glieder, Arme und Hände waren eingepackt, fast wie taub, und auch über den Augen lag ein Schleier. Er entschloss sich nach langem Vorsichhinstarren, noch etwas Wasser zu trinken, einen Schluck wenigstens. Nein, das Wasser schmeckte nicht gut, nicht frisch, der Geschmack des Plastiks musste ins Wasser übergegangen sein.

Zufrieden, eine wichtige Erkenntnis gehabt zu haben, setzte er sich wieder, lehnte sich zurück und glitt an der Wand herunter. Die Matratze verrutschte, er starrte sie an und wusste nicht, wie er sie zurechtrücken sollte. Es war eine kräftezehrende Prozedur, sie gerade auszurichten, die Kanten mit dem Rand der Pritsche in Übereinstimmung zu bringen. Das musste doch sein, denn er wollte sich hinlegen, er musste das tun, sonst wäre er, über die Pritsche gebeugt, kniend eingeschlafen. Oh, war das angenehm, sich der Müdigkeit hinzugeben, wenn auch irgendetwas hier nicht stimmte. Was es war, drang jedoch nicht wirklich zu ihm durch.

Er nahm sich vor, nach dem Aufwachen darüber nachzudenken, irgendwann musste er doch ausgeschlafen sein; war man denn nicht irgendwann immer ausgeschlafen? Was sollte er tun, wenn es so weit wäre? Er konnte denjenigen danach fragen, der ihm neues Wasser brachte, da, durch diese Tür musste er kommen, die braune Tür. Sie war das Letzte, was er sah, als der Nebel sich senkte, dicker wurde, undurchdringlich, bevor ihm die Sinne schwanden und er wieder untertauchte. Die Tür, ja, die war ungeheuer wichtig, und sie war verschlossen. Aber er wollte sowieso nicht raus, er war viel zu müde …

8

Nur so kann es gewesen sein, dachte sie, nachdem sich ihre Aufregung gelegt hatte, die Kabinentür geschlossen war und sich die Spannung nach dem Start der Maschine gelöst hatte. Eine andere Lösung gab es nicht, wenn es denn eine war.

Sie hatte nach dem Aufruf des Fluges nach Mailand gewartet, wie Arnold es angeblich getan hatte. Zwar hatten höfliche Herren ihr den Vortritt lassen wollen, doch sie musste als Letzte das Flugzeug besteigen. Schweißnass war die Hand gewesen, die den Griff der schwarzen Ledertasche umklammert hatte, das Herz hatte gehämmert bis zum Hals, als würde ihr gleich etwas Fürchterliches zustoßen. Sie hatte die Bordkarte in der Hand gehalten, den Personalausweis ebenfalls, beides hatte die Bodenstewardess kontrolliert, und Francesca hatte tatsächlich als Letzte die Passagierbrücke betreten, wo sie und die Mitreisenden im Schneckentempo vorgerückt waren.

Als sie an den Gelenkteil gelangt war, der direkt an die Maschine andockte, hatte sie die schmale Tür bemerkt. Bei keinem Flug zuvor hatte sie darauf geachtet, dass hier eine Tür war, und niemand von Arnolds Mitreisenden hatte sie darauf aufmerksam gemacht. Die Tür befand sich auf der rechten Seite im Gelenk der Brücke, in einer Art Nische, wo jemand vom Bodenpersonal von einem Steuerpult aus die Brücke an den Rumpf der Maschine heranmanövrierte. Und von dort führte eine Leiter nach unten, wie sie durch das schmale Fenster in der Tür hatte sehen können.

War Arnold auf diese Weise verschwunden? Sie hatte die Tür angestarrt, den Mann am Steuerpult ebenfalls, der ihr Verhalten befremdlich fand, bis schließlich eine Stewardess aus der Maschine gekommen war und sie gefragt hatte, ob alles in Ordnung mit ihr sei, gegen Flugangst hätte sie ein Mittel.

Jetzt saß sie auf einem unbequemen Sitz in einem übervollen Flugzeug, in grässlicher Nähe zu fremden Menschen. Wenn es sich vermeiden ließ, benutzte sie andere Verkehrsmittel. Das Reisen mit der Bahn war entspannter und man konnte die Zeit nutzen. Autofahren war auch nicht ihr Fall, sie langweilte sich dabei, und gleichzeitig musste man höllisch aufpassen.

Jetzt war es so weit, sie hatte sich überwunden und den Flug ins Ungewisse angetreten. Erleichtert war sie nicht, im Gegenteil. Sie fürchtete sich vor dem, was auf sie zukam: Begegnungen, Unvorhergesehenes, und möglicherweise auch eine schreckliche Wahrheit, der sie sich irgendwann gegenübersehen würde. Niemand in ihrer Familie wusste oder hatte die geringste Ahnung davon, wie diese Wahrheit aussehen würde. Hätte sie in Düsseldorf bleiben und warten sollen?

Worauf kann man in derartigen Momenten warten?, fragte sie sich und starrte auf das Netz an der Rückseite des Vordersitzes mit Broschüren und der üblichen Kotztüte. Ich sollte sie einstecken, dann habe ich was für den Notfall, sagte sie sich und bemerkte den entsetzten Blick ihres Sitznachbarn, als sie danach griff und sie zusammenfaltete.

Niemand konnte von ihr erwarten, dass sie untätig blieb, wo nicht einmal die Behörden aktiv wurden. Ging es allen Menschen in derartigen Situationen ähnlich? Auf wen konnte man setzen, wer half? Sie war auf freiwillige Mitarbeit angewiesen. Wenn ein Kind verschwand, wurden Hundertschaften in Bewegung gesetzt. Das war richtig und gut, nur wieso gingen die Behörden bei einem erwachsenen

Mann grundsätzlich davon aus, dass es seine eigene Entscheidung war, sich in Luft aufzulösen?

Die vier Weinfreude, die sich bereits auf dem Flughafen klammheimlich verdrückt hatten, waren keine Hilfe gewesen. Francesca hatte mit allen am Abend zuvor noch telefoniert. Niemand hatte zum Geschehen etwas beigesteuert, kein erhellender Gedanke, kein richtunggebender Hinweis war geäußert worden. Alle hatten mehr oder weniger abwehrend reagiert, nicht einmal Neugier durchblicken lassen, sogar Schilling, der Steuerberater.

Da reisen sie zusammen, wunderte sich Francesca, tingeln eine Woche lang von Weingut zu Weingut, soupieren in den edelsten Restaurants, probieren die schönsten Weine, andere werden kaum in die engere Wahl gekommen sein, und letztlich zeigt sich nicht die Spur eines Zusammenhalts, die Gruppe scheint geteilt, drei gegen drei und ein Unparteiischer. Bloß nicht irgendwo reingezogen werden, das hielt Francesca für die Devise des Spießers.

Schilling hielt sich raus. Lediglich Kirsch und Heimbüchler waren gekommen und hatten geholfen. Heimbüchler hatte auf Arnolds merkwürdiges, zurückhaltendes Verhalten von einem bestimmten Zeitpunkt an hingewiesen, daran sollte sie sich erinnern. Die anderen hatten einhellig erklärt, dass sie nichts dergleichen bemerkt hätten. Wahrscheinlich bemerkten sie nie etwas. Heimbüchler und Kirsch hingegen waren wirklich um Arnold besorgt. Aber mit ihnen war man ja auch befreundet.

Markus hatte bis zuletzt darauf gedrängt, sie auf der Reise zu begleiten. Das war rührend, aber solange niemand wusste, was Sache war, wollte Francesca ihn lieber zu Hause und in Sicherheit wissen. Sie ging davon aus, dass ihre Mutter mindestens zweimal täglich bei ihm anrief. Auf sie war Verlass, das war ihr ein gewaltiger Trost. Und Alice war bei ihren Eltern sicher. Nein, Markus hatte auf dieser Reise, die vielleicht ins Nichts oder zu nichts führte, absolut nichts zu suchen. Er war an Arnolds Bürocomputer nützlicher als hier, wenn es denn etwas zu finden gab. Lieber setzte sie sich selbst einer unbestimmten Gefahr aus als ihre Kinder. Einer Gefahr? Was war gefährlich, wer oder was konnte gefährlich werden? Für Arnold oder auch für sie?

Der Gedanke, den sowohl der Polizist wie auch Basilio geäußert hatten, dass Arnold sich davongemacht haben könnte, empfand sie als kränkend. Arnold hatte nicht den geringsten Grund zu verschwinden, um ein neues, ein anderes Leben zu beginnen – womöglich mit einer Jüngeren? Totaler Quatsch. Der Gedanke entbehrte jeglicher Grundlage. Francesca liebte ihn, sie fühlte sich geliebt, und Arnold empfand die Familie keineswegs mehr als Belastung, so wie früher, als die Kinder klein gewesen waren und er die Kanzlei aufgebaut hatte. Sie konnte sich auch nicht vorstellen, dass er sich unterdrückt fühlte und aus der Ehe ausbrechen musste.

Sicher, in letzter Zeit, eigentlich noch vor der Bankenkrise, die er hatte kommen sehen, hatte er mit seinem Beruf gehadert. Das Sprichwort, dass Krieg die Fortsetzung der Politik mit anderen Mitteln sei, hatte er auf seine Weise abgewandelt. Er empfand Wirtschaft als die Fortsetzung des Krieges mit anderen Mittel: Märkte wurden erobert, Übernahmen geschahen feindlich, Bieter lieferten sich Schlachten, und an der Verkaufsfront tobte der Konkurrenzkampf. »Und im Krieg«, hatte er betont, »sind die Regeln des zivilisierten Miteinanders aufgehoben.« In welchen Krieg war er gezogen oder geraten?

In den letzten Jahren hatte Arnold sich mehr mit internationalen Verflechtungen von Firmen befasst und sich in die Funktionsweise der Finanzmärkte eingearbeitet. Gier und Ekel, die Begriffe waren in diesem Zusammenhang häufiger gefallen, Ekel vor dem Kapitalismus und vor den Menschen, die ihn gnadenlos nutzten, die sich profilierten, Boni dafür einstrichen, dass sie Tausenden die Existenz raubten. Arnold kannte die Steueroasen, kannte die Kanäle, durch die das

Wasser dorthin floss. Hinter den Wirtschaftsgesetzen roch er das Geld wie ein Kamel das Wasser. Letzteres liebte er, besonders wenn er lange mit viel Schaum darin baden konnte oder wenn er in stiller Tiefe schnorchelnd an einem Riff der Karibik entlangschwebte, vergaß, dass er ein Mensch war, und sich für einen Fisch hielt.

Als ihr diese beiden Wörter, »Karibik« und »Oase«, in den Sinn kamen, war Francesca alarmiert. Ging es möglicherweise um Steuerangelegenheiten, um Steuerflucht oder Geldwäsche? Es war durchaus möglich, dass Arnold bei seiner Arbeit einem Klienten zu genau auf die Finger geschaut hatte, und das ließ sich niemand gefallen. Oder sollte er irgendeine Schweinerei juristisch absichern und hatte es verweigert? Je höher der Millionenbetrag, desto höher das Risiko für den, der den Betrug aufdeckte. Dass er jemandem geholfen haben könnte, sein Geld irgendwo sicher und nicht nachvollziehbar anzulegen, schloss Francesca grundsätzlich aus. Dann würde sie den Mann, mit dem sie seit achtzehn Jahren zusammenlebte, nicht kennen und nie gekannt haben. Dann galt nichts mehr. Zweifel war in ihr Denken eingezogen, Argwohn bemächtigte sich ihrer und lähmte sie, raubte ihr die Kraft, die sie gerade jetzt so dringend brauchte.

Ein Blick auf die Uhr sagte ihr, dass sie in einer halben Stunde in Mailand landen würden. Sie schaute aus dem Fenster, da unter ihr war irgendwo der Schwarzwald, dann kamen die Alpen. Sie hatte auf Anraten ihrer Mutter nicht den Weg über Turin gewählt, denn in Mailand gab es ein deutsches Konsulat, von dem möglicherweise Hilfe zu erwarten war. Ihre Mutter hatte gemeint, dass sie nichts unversucht lassen durfte, um Bundesgenossen zu finden. Obwohl dort meistens Bürokraten saßen, die sich den Gesetzen entsprechend verhielten oder sie ihren Interessen entsprechend auslegten, waren sie bestimmt hilfreicher als italienische Behörden.

Hätte Sachs es mir gesagt, wenn Arnold in eine Steuerschieberei geraten wäre? Sicher nicht. Hätte Arnold es ihm gesagt? Sicherlich. Aber hinterher hat keiner von nichts etwas gewusst, und alle beteuern bis eine Minute vor Urteilsverkündung ihre Unschuld. Nein, sie malte es sich besser nicht aus, Francesca brauchte Gewissheit, wie immer. Alles, was vage war, machte sie nervös. Wie hätte sie die Suche nach ihm anderen Menschen überlassen können? Das hatte Anita vorgeschlagen, ihre Freundin, die vor zwei Jahren eine unangenehme Trennung durchlebt hatte und seitdem alle Männer hasste.

Waren sie nicht ein schickes Paar, Francesca und Arnold Sturm, zwei selbstbewusste, erfolgreiche Persönlichkeiten? Die Ehekrisen, die ihre Freundinnen durchlebten, gingen an ihnen vorbei. Die Kinder waren wohlgeraten, die Finanzen in Ordnung – und jetzt das? Was war ihr entgangen, was hatte sie nicht bemerkt? Alles kündigt sich an, wie Feltrinelli gemeint hatte, mit dem Flügelschlag eines Schmetterlings. In welchem Moment hatte sie nicht richtig zugehört oder hingeschaut? Sie hatte am Morgen kaum gewagt, in den Spiegel zu blicken. Zerknirscht – das war das richtige Wort für ihr Gesicht, zerknirscht und alt, und erfüllt von dem Gefühl, sie sei zwischen die Räder geraten und hätte selbst etwas verbrochen.

Sie fürchtete sich vor der Ankunft, davor, dass man ihr die Deutsche ansah. Sie dämmerte vor sich hin, war erschöpft von der letzten Nacht und den Vorbereitungen. Aber das Italienische kam ihr mühelos über die Lippen, sie war darin zu Hause, und für einen Moment lächelte sie, erfreut darüber, dass sie die Haut wechseln konnte, in eine andere schlüpfen oder die alte abstreifen wie eine Schlange. Beim Einsteigen hatte sie zur Stewardess »Guten Tag« gesagt, beim Aussteigen verabschiedete sie sich wie selbstverständlich mit »*Arrivederci*«.

Durchtrieben sollte sie sein, lügen musste sie, die Visitenkarten hatte sie in der Tasche: Agentur Feltrinelli – Italiens Weine, Gastro-Beratung. War das bereits Urkundenfälschung? Nein, dachte sie, es war eine Kriegslist. Sie musste anderen etwas vorspielen, so tun, als ob, alles Verhaltensweisen, die sie zutiefst verabscheute, denn letztlich blieb immer etwas an einem selbst hängen.

Beim Ausstieg achtete sie wieder auf die Tür. Auch hier gab es eine, direkt im Gelenk der Brücke, daneben stand ein Techniker, jedenfalls ein Mann in einer gelben Jacke, an der Brust baumelte ein Ausweis mit Foto. Und die Tür hinter ihm stand offen, eine steile Leiter führte nach unten. Als Francesca herantrat, um genauer zu sehen, wohin die Leiter führte, vertrat ihr der Techniker lächelnd, aber entschieden den Weg. Wenn dort immer einer stand, wie konnte man durch diese Tür entwischen? Unten wartete ein Wagen. Man kam also hier raus und stieg unten in ein Auto und fuhr weg. Aber dann wäre Arnold das Risiko gelaufen, dass ihn die Weinfreunde in der Maschine vermisst hätten.

Die Fahrt vom Flughafen Malpensa nach Mailand mit dem Bus dauerte im Morgenverkehr eine Ewigkeit, sie wollte erst in der Stadt einen Wagen mieten, nach dem Treffen mit dem Konsul. Stadtauswärts war der Weg immer einfacher zu finden – einen der Zubringer zur Autobahn Richtung Genua –, als in der fremden Stadt auf der Suche nach dem Konsulat herumzuirren. Der Verkehr in Mailand war grauenhaft, das grundlose Hupen sogar im Bus hörbar. Am Bahnhof stieg sie in ein Taxi um, das sie in die Via Solferino brachte. Mit der Straße tat sich der Fahrer schwer, doch als sie sagte, das Gebäude sei gleich neben dem Pressehaus vom Corriere della Sera, wusste der Marokkaner Bescheid.

Als Francesca an dem vierstöckigen Bürogebäude aufsah, war ihr mulmig zumute. Im Parterre logierte eine Werbefirma, die oberen drei Stockwerke hatte die Bundesrepublik Deutschland gemietet. Was erwartete sie hier? Hilfe oder gut gemeinte Ratschläge eines Bürohengstes?

Zuständig für sie sei in diesem Fall der Vizekonsul, hatte

man ihr gestern am Telefon mitgeteilt. Aber der Herr war noch bei einem Auswärtstermin, und sie musste warten. Die Broschüren, im Wartezimmer ausgelegt, halfen ihr wenig dabei, ihre Nervosität in den Griff zu bekommen. Die großformatigen Bilder an den Wänden, deutsche Landschaften, natürlich der Mittelrhein, der Schwarzwald im Dunst und eine winterliche Alpenlandschaft, lenkten sie nicht wirklich ab. Sie merkte, wie sie ihre Hände knetete und immer wieder tief Luft holte. Wieso war sie nicht so souverän wie sonst? Da bereitete ihr eine Runde von Geschäftsleuten, in denen sie die einzige Frau war, nicht die geringsten Probleme. Aber momentan schrak sie sogar zusammen, wenn die Broschüre der deutsch-italienischen Handelskammer vom Tisch fiel.

Gegen zwölf Uhr, also kurz vor der Mittagspause, traf der Vizekonsul ein. Francesca wusste sofort, dass sie sich mit diesem Mann nicht vertragen würde. Es entschied sich wie immer innerhalb von Sekunden. Dieser Mann hatte Probleme mit Frauen, die wussten, was sie wollten, die ihn nicht bewunderten, von seiner Männlichkeit wenig beeindruckt waren. Dabei war er jung und schlank, er sah gut aus und machte was her, der Anzug saß tadellos, die Hände waren gepflegt, nur die Pomade im ondulierten Haar und der blasierte Gesichtsausdruck ließen den Karrieristen erahnen. Francesca vermutete, dass er nur das tat, was seinem Aufstieg im Auswärtigen Amt nutzte, und so viel wie gerade nötig. Da war sie mit ihrer Bitte um Hilfe an den Falschen geraten. Ein Vizekonsul. Darunter stellte sie sich eine beeindruckende Persönlichkeit vor, jemanden beinahe wie ein Vizekönig, Christoph Kolumbus, Statthalter der spanischen Krone in Westindien, Hernán Cortés oder Francisco Pizarro, grausam und mächtig, zumindest in ihrem Schrecken bedeutend – aber keinen glatten Bürohengst.

Gelangweilt hörte er sich an, was sie vorzutragen hatte. Mehr als ein zustimmendes Brummen, was sein Desinteresse ausdrückte, kam von ihm nicht, keine Zwischenfrage, keine Bitte um weiterführende Erläuterungen. Als sie erwähnte, dass sie Wirtschaftsprüferin sei, zuckte es mitleidig um seine Augen, und sie wurde in der Kategorie Emanzen eingeordnet. Weder interessierte den Herrn, was Arnolds Mitreisende gesagt hatten, noch wie die Reise verlaufen war oder gar ein wirtschaftspolitischer Hintergrund.

»Sie sollten mal auf Ihre Vorurteile gegenüber den Italienern achten«, bemerkte er tadelnd, »die reagieren da sehr sensibel.«

Die einzige wichtige Frage war für ihn, ob Arnold Sturm Mitglied einer politischen Partei sei, was sie verneinte. Er musste sich dessen versichern, möglicherweise würde ein hochgestellter Parteifreund intervenieren und sich später beschweren.

Aber hier handelte es sich anscheinend um einen einfachen Bürger, also niemanden, um den es sich zu kümmern lohnte, auch wenn er ein Rechtsanwalt war. Über das Thema Wein allerdings schwadronierte der Vizekonsul wie auf Knopfdruck, bezeichnete sich als Kenner der italienischen Weinszene und nannte Namen, vorgeblich berühmte Produzenten, von denen Francesca noch nie gehört hatte. Was er über die Kraft und Fülle und die moderne Machart des Barolo und generell über die Rebsorte Nebbiolo zu sagen hatte, verhallte ungehört.

Über ihre Pläne ließ sie nichts verlauten, dieser Mann war nicht zuverlässig, nicht verschwiegen, und sie mochte sein Aftershave nicht. Entweder war er total angepasst und absolut richtlinientreu, oder er gehörte zu jenen Typen, die ihren Job nutzten, um auf hohem Niveau den Aussteiger zu spielen, oder die sich einflussreichen Wirtschaftsleuten als Vermittler andienten, um den Absprung in die besser zahlende Wirtschaft vorzubereiten. All diesen Typen war sie längst begegnet, es gab so viele davon, dass man meinen konnte, sie kämen aus der Retorte und seien mit denselben Sprachprogrammen gefüttert worden.

Im Laufe der Unterredung, die immer deutlicher zeigte, dass er nicht gewillt war, sie bei ihrer Suche nach dem »abhandengekommenen Ehemann« zu unterstützen, sank Francescas Mut. Sie hätte hier nicht herkommen dürfen, sie musste sich zusammenreißen, damit ihr Gesicht das Gefühl nicht nach außen durchdringen ließ, denn vor diesem Vizekonsul Schwäche zu zeigen, grenzte an Selbstaufgabe. Und es bestätigte sein Frauenbild.

Nach kurzem, energischem Klopfen öffnete sich die Tür, ein gut gelaunter Mann in hellem Sommeranzug trat ein, ohne auf Erlaubnis zu warten, jovial und freundlich. Neugierig blieb er in der Tür stehen, gab mit der Hand das Zeichen zum Fortfahren und hörte zu. Derweil nestelte er an seinem Kragen, als störte ihn die Krawatte. Es musste sich um jemand Bedeutendes handeln, sonst hätte der Vizekonsul ihn längst hinausgebeten. Sein Verhalten änderte sich schlagartig, in Anwesenheit des unbekannten Zeugen fragte er deutlich nach, erkundigte sich genau nach den Aussagen sowohl der Fluggesellschaft wie auch der Polizei und rekonstruierte mit Worten das mögliche Geschehen zwischen Boarding und Ankunft.

»Da kann keiner verschwinden, meinen Sie das nicht auch, Herr Konsul?«, fragte der Vize, sich leutselig versichernd. »Und Flugzeuge haben entweder einen Eingang oder einen Ausgang. Man kommt beim besten Willen nicht vom Passagierraum in den Gepäckraum.« Beifall heischend lächelte er den Konsul an.

»Aber es gibt eine andere Möglichkeit«, warf Francesca ärgerlich ein. »Ich habe es heute auf dem Flug hierher selbst gesehen.« Sie berichtete von ihrer Beobachtung auf der Passagierbrücke. »Da kann jemand rausgehen, ich sah dort einen …«

»Die Flugplätze sind heutzutage enorm gesichert, niemand kann sich unkontrolliert einfach so auf dem Flugfeld bewegen, meinen Sie nicht auch, Herr Konsul?«

Der Gesichtsausdruck des Diplomaten war nicht zu deuten. Hatte Francesca anfangs noch gehofft, er würde dem Gespräch eine andere Wendung geben, so war es mit der aufflackernden Zuversicht gleich wieder vorbei. Wozu sind diese Leute eigentlich da, dachte sie, wozu bezahlen wir sie, wenn sie doch nichts für uns tun, ihnen angeblich die Hände gebunden sind und sie lediglich darüber nachdenken, wie sie einen wieder loswerden? Die nächsten Worte des Konsuls überraschten sie wirklich, damit hatte sie nicht gerechnet.

»Ich möchte, dass Sie ein Protokoll aufnehmen, diese Angelegenheit wird bitte genau dokumentiert. Und ich möchte über den Fortgang informiert werden. Frau …?«

Francesca stellte sich vor, der Konsul tat das Gleiche und deutete eine Verbeugung an: »Steffan von Melchior.« Er zögerte, als müsse er sich zu einer Frage durchringen. »Wie kommt es, dass Sie Francesca Sturm heißen, diese Verbindung, der deutsche Name lautet Franziska, oder irre ich mich?«

Francesca erklärte es ihm.

»Dann wird es Ihnen nicht schwerfallen, mit den hiesigen Behörden umzugehen. Ein Sprachproblem haben Sie schon mal nicht. Es kommt natürlich auf Ihre Fähigkeit an, den richtigen Ton zu treffen, sich als Italienerin zu erkennen zu geben und Ihre Gesprächspartner in Ihrem Sinne zu beeinflussen. Haben Sie je in Italien gelebt?«

Das musste Francesca verneinen, bis auf Ferienaufenthalte als Kind bei Verwandten ihrer Eltern und gelegentliche kürzere Besuche sowie zwei Bildungsreisen war ihr Wissen um italienische Einstellungen und Lebensweisen reduziert auf das, was ihr die Düsseldorfer Community vorgelebt hatte. Anders als Basilio hatte sie sich immer an ihren deutschen Freundinnen orientiert. Es gab etwas, was sie an Deutschland sehr schätzte, und das war Verlässlichkeit, solange sie keine gnadenlosen Züge annahm oder ins Zwanghafte abglitt. Sogar Arnold übertrieb es manchmal mit seiner

Akkuratesse, befolgte die Gesetze strenger als die Gesetzgeber, dann salutierte sie lächelnd mit den Worten: »Jawohl, mein General«, und er besann sich.

Der Konsul lächelte freundlich, warf Francesca noch einen unergründlichen Blick zu und entfernte sich mit der bereits bekannten Verbeugung.

Kaum hatte er den Raum verlassen, fiel der Vizekonsul in seinen gelangweilten Ton zurück. »Sie sagten, Wirtschaftsanwalt sei Ihr Mann? Welche Geschäfte hat er neben dieser Weinreise hier sonst noch betrieben?«

»Sie vermuten, er sei in illegale Machenschaften verstrickt, jedenfalls höre ich das aus Ihrer Darstellungsweise heraus.« Francesca blieb förmlich, obwohl ihre Abneigung dem Vizekonsul gegenüber von Minute zu Minute zunahm.

»Ich möchte niemandem etwas unterstellen, aber kann es nicht sein, dass er die von Ihnen beschriebene Tür nutzte, um sich, sagen wir es mal so, bestimmten Verpflichtungen zu entziehen oder einer generellen Verantwortung auszuweichen?«

»Sehen Sie eigentlich alles negativ, Herr … Vizekonsul?«

»Wir sind hier in Italien, gnädige Frau.« Der Vizekonsul grinste, und sein Gesicht glänzte fettig. »Da ist vieles möglich. Das Unwahrscheinliche wird wahr, Absurdes scheint Realität. Nicht umsonst wurde die Oper hier erfunden und der Karneval.«

»Was unterstellen Sie mir!«, sagte Francesca scharf.

»Nichts, rein gar nichts.« Der Vizekonsul wurde frostig. »Ich jedenfalls bin der Falsche für Ihr Ansinnen. Wenden Sie sich an die Polizei, die ist zuständig. Aber auch dort werden Sie kaum etwas erreichen. Wie Sie sagten, hat Herr Sturm das Land offiziell verlassen, damit sind wir nicht mehr zuständig.« Der Vizekonsul schaute auf die Uhr. »Ich habe jetzt leider anderweitige Verpflichtungen, Sie werden mich entschuldigen, eigentlich habe ich Ihnen gleich gesagt …«

»Ja, das haben Sie!« Francesca sah keinen Grund mehr, die

Form zu wahren. Sie stand auf und verließ mit einem knappen Gruß den Raum.

»Einen schönen Tag noch«, rief der Vizekonsul hinter ihr her, als sie bereits im Flur stand.

Wütend und verzweifelt stieg sie die Treppe hinunter, ohne zu wissen, wie es weitergehen oder an wen sie sich wenden sollte. Sie überlegte, ob sie ihren Vater anrufen sollte, um ihm von dieser Null zu berichten, aber das wäre die nächste Niederlage gewesen, die sie sich hätte eingestehen müssen. Angeblich wächst der Mensch mit den Aufgaben, sagen die Schwätzer, aber Francesca hatte das Gefühl, jetzt zehn Zentimeter kleiner zu sein als sonst, trotz der halbhohen Hacken. Und sie schrumpfte weiter.

»Sind Sie Signora Sturm?«, fragte eine unbekannte Stimme, bevor sie die Konsulatsetage verließ.

In Erwartung der nächsten unangenehmen Überraschung blieb sie stehen.

Der Pförtner reichte ihr einen gefalteten Zettel mit ihrem Namen. Francesca fuhr der Schreck in die Glieder. Um Himmels willen, wer wusste, dass sie hier war? Die Notiz war auf dem Papier mit dem Emblem des Konsuls geschrieben:

Sehr verehrte Frau Sturm,
es wäre mir eine Freude, Ihnen bei der Lösung Ihres Problems behilflich zu sein. Falls Sie meine Hilfe akzeptieren, sagen Sie bitte dem Pförtner, dass Sie zustimmen. Ich verlasse um 16 Uhr das Konsulat, wir könnten uns im Café an der Piazza Cavour unterhalten.

Ihr sehr ergebener
von Melchior

Dann war doch nicht alles verloren? Francesca seufzte erleichtert und trat in die wärmende Sonne. Dass es ein sehr schöner Frühlingstag war, wolkenlos und nicht zu heiß, war ihr bisher entgangen.

9

Es war Nachmittag, die Bars und Cafés füllten sich, das gute Wetter entsprach der gelösten Stimmung in der Stadt. Francesca gefiel die Art des lebhaften Umgangs der Mailänder, man hatte miteinander zu tun und sich etwas zu sagen. Sie fühlte sich sogar ein wenig heimisch, denn von dem, was sie im Vorübergehen aufschnappte, verstand sie jedes Wort. Sie fühlte sich in Italien zwar nicht zu Hause, wohl aber im Italienischen; für sie war diese Sprache, in der sie aufgewachsen war, eine zweite Heimat. Und kurz vor Verlassen des Konsulats hatte sich ein Lichtblick ergeben, der sie Mut schöpfen ließ. Dem Treffen mit dem Konsul sah sie in gespannter Erwartung entgegen. Sie hoffte, dass er ihr die eine oder andere Tür, wenn nicht öffnen, so doch zumindest zeigen konnte.

Sie traf eine halbe Stunde vor der vereinbarten Zeit im Café an der Piazza Cavour ein. Der Treffpunkt war weit genug vom Konsulat entfernt, sodass man nicht Gefahr lief, von einem Mitarbeiter zufällig gesehen zu werden. Die Einrichtung war sehr elegant und modern: klar, eckig, teuer, Chrom und Glas, geschmackvoll und dazu noch bequem. Wie anders als das »Muggel« am Barbarossaplatz, nicht weit von ihrer Düsseldorfer Wohnung, wo sie sich nach Feierabend mit Arnold traf, wenn sie etwas zu besprechen hatten oder von den Kindern nicht gestört werden wollten, mit seiner schlichten Holztäfelung, einfachen Barhockern und nur wenigen praktischen Tischen, an denen man jedoch der idealen Höhe wegen gut essen konnte. Dieses Café hier an der Piazza Cavour hingegen glich mehr dem Showroom eines Einrichtungshauses für italienische Designermöbel, entsprechend teuer war der Caffee Latte. Um sich abzulenken und sich die Wartezeit nicht lang werden zu lassen, ließ sie sich die Weinkarte bringen. Sie glich einem Brevier der italienischen Regionen.

Es gab Weine aus dem Aostatal und Ligurien, selbstverständlich aus der Toskana und Südtirol, die Emilia Romagna war ebenso vertreten wie Kampanien und Kalabrien mit Weinen namens Magliocco und Gaglioppo, von denen sie noch nie gehört hatte, auch nicht vom sardischen Cannonau und vom Monica di Sardegna. Sie las die Beschreibungen der Weingüter, Rebsorten und Qualitäten, vom einfachen Rosso über den Superiore zur Riserva und in der Toskana bis hin zur Gran Selezione, konnte jedoch wenig damit anfangen. Die Weine des Piemont erschienen ihr übersichtlicher. Wie üblich waren Dolcetto und Barbera darunter, auch der etwas teurere Nebbiolo, bei dem ältere Jahrgänge angeboten wurden. Auf einem preislich deutlich höheren Niveau lagen der Barolo, für den auch eine Riserva angeführt war, sowie der Barbaresco. So wie sie ihren Vater verstanden hatte, wurden beide aus der gleichen Rebe gekeltert.

Musste man sich damit auskennen? Sollte sie das alles lernen?

»Das nimmt man ganz von selbst auf, beim Probieren«, hatte Feltrinelli sie beruhigt, »lass die Winzer reden und schreib alles mit. Das hinterlässt einen guten Eindruck, du brauchst dich nicht aus dem Fenster zu lehnen.«

Aber ihr fehlte jegliche Erfahrung, wie ihr beim Studium dieser Weinkarte wieder bewusst wurde, ihr fehlte die Praxis des Verkostens. Sie fürchtete sich vor der ersten Weinprobe, sie fürchtete, sich zu blamieren, und vor allem, dass ihre Tarnung aufflog. Damit wäre die Suche nach Arnold geplatzt. Als Wirtschaftsprüferin war sie verpflichtet, korrekt und ehrlich vorzugehen, sie hielt sich streng an Gesetze, ja sie war zur Ehrlichkeit geradezu verdammt.

Herr von Melchior befreite sie glücklicherweise aus den Fängen zweier sich unwiderstehlich wähnender Herren, die meinten, Francesca mit Getränken und Angeboten gewinnen zu müssen. Höflich sich verbeugend, traten sie diskret den Rückzug an, und als sie die ersten deutschen Worte vernahmen, verzogen sie abfällig die Gesichter. Trotz der eleganten Erscheinung und trotz des langen dunklen Haars hatten sie offenbar eine Germanin vor sich.

»Sind Sie vorangekommen?«, fragte von Melchior und griff nach der Weinkarte. »Wein ist eines meiner Lieblingsthemen. Sie glauben gar nicht, wie gern ich Sie begleiten würde.« Wein schien mit ein Grund zu sein, weshalb er sich in Italien wohlfühlte. »Ich habe bisher fast alle wichtigen Weinbaugebiete besucht, meist allein, meine Frau langweilt sich dabei, sie ist kunstbesessen. Alte Tempel, Dome, Basiliken, Fresken, alles, was mindestens drei Jahrhunderte auf dem Buckel hat, verstehen Sie?«

Francesca verstand sehr gut. »Ihre Gattin ist mir ungeheuer sympathisch, Herr Konsul, mir geht es ähnlich.«

»Tun Sie sich doch zusammen, und ich reise mit Ihrem Mann – nur, dazu müssen wir ihn wiederfinden. War er schon mal auf Sizilien? Die Insel hat mich fasziniert, besonders die Weine aus der Nero-d'Avola-Traube. Daraus entstehen sehr kräftige, warme und schwere Tropfen. Man nennt die Rebe auch Calabrese, das könnte auf ihre Herkunft aus Kalabrien hinweisen.« Er blätterte, ohne wirklich hinzuschauen, in der Weinkarte. »Haben Sie schon gegessen?« Bevor Francesca antworten konnte, sprach er weiter. »Wir haben hier einen schönen Nero d'Avola von Morgante oder besser noch den Rosso del Conte von Tasca d'Almerita. So ein Wein ist ideal mit einem Kastanienrisotto oder zu gebratenem Lamm, beides gibt es hier. Die jüngeren, eher fruchtigen Weine verbinden sich ideal zum Beispiel mit Caponata …«

Das Rezept war Francesca aus der Zeit bekannt, als im »Tavolata« ein sizilianischer Koch gearbeitet hatte, Auberginen wurden mit Tomaten, Sellerie und Gemüsezwiebel geschmort, hinzu kamen Pinienkerne sowie Rosinen und Kapern. Zuletzt wurde in der Mitte der Pfanne Zucker karamellisiert und mit Essig abgeschmeckt.

»Also, haben Sie schon gegessen?« Von Melchior strich sich sorgenvoll über den Bauchansatz, atmete tief ein, seufzte und lockerte die Krawatte. »Wenn ich nicht aufpasse ... Ich esse zu gern, wissen Sie? Und wer ist so dumm und verzichtet freiwillig auf einen guten Wein? Bei Empfängen hingegen kann man sich unauffällig mit einem Kanapee begnügen, das fällt nicht weiter auf. Die Weine, die bei derartigen Gelegenheiten gereicht werden, gehören meist auch nicht zur ersten Garde, und das hängt nicht unbedingt vom Anlass ab. Wenn Sie sich jedoch bei einer Einladung zum Essen zurückhalten, machen Sie sich keine Freunde. Wozu darf ich Sie einladen?«

Es dauerte lange, bis Francesca den Konsul davon überzeugt hatte, dass sie nichts essen wollte. Nach dem Kaffee war ihr ein Mineralwasser gerade recht. Sie bekam noch immer keinen Bissen runter.

»Im Piemont wird man Sie sicher häufiger einladen, ich nehme an, Sie fahren dorthin?« Es schien, als erinnerte sich der Konsul erst jetzt wieder des Anlasses ihres Zusammentreffens. »Es ist Ihnen klar, dass Sie über unser Zusammentreffen absolutes, wirklich absolutes Stillschweigen bewahren müssen? Was ich hier mache, liegt außerhalb meiner Zuständigkeit. Ich möchte Sie nicht vor den Kopf stoßen, aber darf ich um Ihren Personalausweis bitten? Ich muss sichergehen, nur falls jemand nachfragen sollte, dass ich auch mit der richtigen Person gesprochen habe. Mein Vertreter hat ihn sich zeigen lassen? Nein? Leider kann man sich in meinem Beruf die Mitarbeiter nicht aussuchen. Man wird auf einen bestimmten Posten gesetzt und muss zurechtkommen.«

Francesca kramte den Ausweis aus ihrer riesigen Handtasche hervor, was die beiden Verehrer am Nebentisch neugierig werden ließ. Ein wenig peinlich war es ihr, sich hier quasi vor aller Augen ausweisen zu müssen, dazu noch mit einem entsetzlichen Foto.

Dann folgte die erneute Aufforderung, ihren Fall zu schildern. »Lassen Sie nichts aus, alles kann wichtig sein. Wohin hat die Weinreise Ihren Mann und seine Weinfreunde geführt?«

Für einen Moment glaubte Francesca, von Melchior sei lediglich an den Namen der besuchten Winzer interessiert, aber als sie anhand von Kirschs Mappe die Namen aufgezählt hatte, schwieg er und dachte nach.

»Was ist das? Der Reiseplan der Düsseldorfer Weinfreunde, oder sind das die Winzer, die Sie besuchen wollen?«

Francesca schluckte. Woher wusste er von ihrem Plan? Sie hatte dem Vizekonsul gegenüber nichts darüber verlauten lassen. »Etwas anderes, als dieselbe Strecke abzureisen, wird Ihnen kaum übrig bleiben«, von Melchior winkte beschwichtigend ab. »Ich biete Ihnen an, über die entsprechenden Weingüter Erkundigungen einzuholen, ich könnte einen Mitarbeiter der Handelskammer darum bitten. Das kostet allerdings Geld. Im Internet findet man zwar alles, aber es bedeutet nicht, dass die dort angebotenen Informationen der Wahrheit entsprechen. Ich bin lange im diplomatischen Geschäft oder Gemenge, wenn Sie so wollen, es ist immer häufiger so, dass man sich selbst helfen muss. Ihr Mann ist Wirtschaftsanwalt, es ist einfach, im Internet die Firma Sachs, Sturm & Partner zu finden, und wenn man zufällig aus der Liste der Referenzen einen der Klienten Ihres Mannes kennt – da braucht es keine NSA!«

Von Melchior ließ seine Worte auf sie einwirken, Francesca wusste, dass sie ihren Schrecken nur schlecht überspielen konnte.

»Natürlich weiß ich nicht, woran Ihr Mann aktuell gearbeitet hat, an einem zukünftigen Projekt vielleicht, jedwede Art von Investitionsvorhaben, um deren Absicherung und Justitiabilität es geht, was auch immer. Das kann ihn in Schwierigkeiten gebracht haben. Gibt es dafür einen Anhaltspunkt?« Die Fragen kamen knapp und klar, ohne jeden Schnörkel.

»Sein Sozius und mein Sohn sind dabei, das zu klären.«

»Ihr Sohn?« Der Konsul registrierte, dass Francesca auswich, sie erkannte es in seinem Blick. Wie weit durfte sie gehen? Scheinbar seine Unterstützung annehmen und ihn dann belügen? Das wäre hinterlistig, aber Offenheit konnte Arnold schaden.

»Wenn ich helfe, will ich nicht in offene Messer laufen, das kann ich mir nicht erlauben. Wenn Sie derart davon überzeugt sind, dass er nicht freiwillig abgetaucht oder untergetaucht ist, dann wird er tatsächlich in Gefahr sein. Womit ich nicht sagen will, dass er entführt wurde«, schob er vorsichtig nach, als er Francescas entsetzten Ausdruck bemerkte.

Sie riss sich zusammen. Die Vorstellung war grauenhaft. Sie musste einen Schritt tun, auf Gedeih und Verderb. Sie hatte Vertrauen zu dem kleinen Mann, anscheinend er auch zu ihr, sonst hätte er sich nicht mit ihr getroffen. Bisher hatte sie ihr Gefühl so gut wie nie getäuscht. Oder war es möglich, dass er mehr wusste, als er sagte, und seine Hilfe anbot, nur um herauszufinden, was sie wiederum wusste? War er nichts anderes als ein kleiner Verräter?

»Italien ist ein schwieriges Land mit komplizierten Menschen. Vertrauen ist etwas, das man vergebens sucht. Es wird im Munde geführt, und im Gürtel steckt das Messer. Die Politik ist korrupt, das hat man an Berlusconi gesehen, das Volk ebenfalls, sonst hätte es diese Figur nie gewählt. Die Justiz ist genauso käuflich …«

Dieser Meinung konnte Francesca sich nicht anschließen. Sie war empört. »Sie haben eine fast so schlechte Meinung von Italienern wie mein Vater, Herr von Melchior! Ich glaube kaum, dass derartige Pauschalurteile Bestand haben.«

»Ihr Herr Vater wird es wissen als Italiener, und er weiß sicher auch, weshalb er lieber in Deutschland lebt. Und Sie werden in nächster Zeit sicher die eine oder andere Erfahrung machen. Aber lassen wir das. Auf jeden Fall sollten Sie die hiesige Polizei einschalten. Erwarten Sie aber nicht, dass etwas unternommen wird. Zumindest stellen sie sich nicht in den Weg, falls Sie die Questura informieren. Aber was sollten die dort tun, ohne jeden Anhaltspunkt, ohne konkreten Verdacht? Es gibt keinerlei Beweise. So wie ich Sie verstehe, suchen Sie nach Anhaltspunkten. Halten Sie sich besser an den Präfekten als an die Polizei, Emilio Cavaletti ist der höchste Vertreter des Innenministeriums in der Provinz Cuneo. Die Stadt Alba und das Gebiet der Langhe unterstehen ihm. Er ist für die öffentliche Sicherheit verantwortlich. Der Präfekt hat auch mehr Zeit, Ihnen zuzuhören. Und bei Ihrer Erscheinung, verzeihen Sie mir die Bemerkung, wird er sich bestimmt die Zeit nehmen.«

Herr von Melchior schrieb ihr den Namen auf einen Zettel. »Bestellen Sie einen Gruß von mir, vielleicht hilft es ja. Die Prefettura ist in Cuneo in der Via Roma, leicht zu finden, ich hatte dort mal zu tun. Cuneo ist von Alba auch nicht weiter entfernt als Turin, weniger als eine knappe Stunde mit dem Auto. Ach, eines noch. Die Kellerei Belmonte können Sie sich sparen, ich war mal dort. Es ist eine Großkellerei; wenn ich mich recht erinnere, stand sie auch auf Ihrer Liste. Die Weine waren mal gut, ich habe lange nichts von ihnen probiert. Wie sie heute sind, kann ich schlecht beurteilen. Angeblich geht es abwärts. Nur – wer trinkt schon gern billigen Wein?«

Gemächlich schlenderte Francesca zum Hotel zurück, sie blieb lange vor dem einen und anderen Schaufester stehen und betrachtete ausgiebig die Auslagen. Die Mode war hier auch nicht weiter als in Düsseldorf. Der wahre Grund für diesen Bummel aber war, dass sie sich vor dem Alleinsein fürchtete. Sonst hatte sie Arnold um sich, die Kinder waren da, und natürlich gab es ihre Eltern, gab es Freunde. Weshalb war von Melchior ihr so wohlgesonnen? Sie erinnerte sich an das Gespräch mit ihm. Hatte Heimbüchler diese Kellerei nicht ebenfalls erwähnt, Belmonte? Entweder war Arnold gegen den Besuch dort oder dafür gewesen, sie sollte Heimbüchler anrufen. Ob es wichtig war? Wie sollte sie das beurteilen? Oder hatte Kirsch den Namen erwähnt?

10

Die Nacht war schrecklich gewesen, Francesca hatte am Morgen das Gefühl, kaum ein Auge zugetan zu haben, und fühlte sich wie gerädert. Worum es in den Albträumen gegangen war, hatte sie nach dem Aufwachen vergessen, aber das Gefühl der Angst und des Grauens blieb. Schlimm war auch das Frühstück – allein an einem winzigen Tisch, dem Katzentisch, sicher reserviert für allein reisende Frauen. Selten zuvor hatte sie sich derart überflüssig gefühlt. Ohne Mann, ohne Arnold, das hatte sie häufiger erlebt, wenn er geschäftlich unterwegs war, erst kürzlich, während seiner Weinreise, doch dann leisteten ihr die Kinder Gesellschaft. Ab und an war sie auch mit Freundinnen verreist, doch nie allein. Wozu auch? Gemeinsam war es schöner, vorausgesetzt man verstand sich. Wenn sie in einer anderen Stadt Prüfungen vornahm, fuhr sie morgens in aller Frühe los und kam abends, wenn sie den Stau auf der A44 oder dem Kölner Ring hinter sich hatte, wieder nach Hause.

Hier saßen nur Geschäftsleute im Frühstücksraum und zwei Touristenpärchen. Francesca befürchtete sogar, dass man ihr ansah, wie elend sie sich fühlte. Das war sicher Unsinn, niemand schaute her, alle hatten genug mit sich selbst zu tun. Wen interessierte da eine allein reisende Frau, die bereits ihre besten Jahre hinter sich hatte? Als sie sich bei diesem Gedanken erwischte, der wahrlich nicht dazu angetan war, sie bei ihrer Suche nach Arnold zu beflügeln, brach sie das Frühstück ab, fuhr hinauf in ihr Zimmer, packte den Koffer und zahlte an der Rezeption in bar.

»Hinterlasse so wenig Spuren wie möglich«, hatte Feltrinelli geraten, dabei tat sie nichts Illegales. Was hatte er sich dabei gedacht?

Ein Taxi brachte sie zur Mietwagenfirma. Sie hatte einen VW Golf reserviert, wie sie ihn selbst fuhr, aber das gewünschte Modell war nicht verfügbar, und man stellte ihr ein Fahrzeug einer höheren Klasse zum selben Preis zur Verfügung, eine rote BMW-Limousine, die ihr viel zu groß und zu auffällig war. Ebenfalls auf Anraten ihres Vaters hatte sie sein mobiles Navigationssystem mitgenommen, obwohl fast alle Fahrzeuge, so wie dieser Wagen, damit ausgerüstet waren. Zum einen zeigte Feltrinellis System die italienischen Straßen an, »zum anderen können Fremde im Falle eines Diebstahls oder die Mietwagenfirma nicht rauskriegen, wo und wann du überall gewesen bist. Denk in jedem Fall daran, es immer, wenn du irgendwo parkst, mitzunehmen!«

Sie wusste nicht, was er befürchtete, sie hatte ihn nicht danach gefragt, sie hatte es vorsichtshalber vergessen, die Antwort hätte sie noch mehr geängstigt.

Das Navi half ihr, den Weg stadtauswärts zu finden, aber nicht, den elenden Stau auf dem Autobahnzubringer zu umfahren. Hinzu kamen die Stopps an den Ampeln. Die Motorradfahrer links neben ihr, die auch auf Grün warteten, schienen sich über Gebühr für sie zu interessieren, der Fahrer und sein Sozius hatten die Visiere hochgeklappt, grinsten sie an und sparten nicht mit Komplimenten. Es war ihr zu heftig, sie fühlte sich bedrängt, schloss das Wagenfenster auf der Fahrerseite und öffnete das andere, da sie die Klimaanlage nicht richtig bedienen konnte. Sie würde das Handbuch studieren müssen. Es war schrecklich, was sie alles tun musste. Alles, aber auch alles war mit Mühe verbunden, dabei fehlte ihr die Kraft. Die Ampel schaltete um, sie blickte kurz zur Seite, beim nächsten Halt würde sie ihre Handtasche vom

Beifahrersitz nehmen und darunter verstauen, doch als sie wieder bremsen musste, vergaß sie es, die Motorradfahrer waren verschwunden. Dann tauchten sie rechts hinter ihr rasend schnell im Rückspiegel auf und waren direkt neben ihr.

Der Mann auf dem Sozius beugte sich in Richtung Fenster, streckte den Arm aus und griff nach der Handtasche. Geistesgegenwärtig betätigte sie den Fensterheber, die Scheibe glitt hoch, die Hand wurde nach oben gedrückt und eingeklemmt. Erschrocken gab sie Gas.

Für einen Moment hing der Beifahrer mit der Hand in ihrem Fenster, er schrie, das Motorrad schlingerte, und die Männer stürzten. Fast hätte sie angehalten, um zu helfen, als ihr klar wurde, dass die beiden sie hatten berauben wollen und vielleicht bewaffnet waren. Ihr Hintermann gab ihr ein unmissverständliches Zeichen, weiterzufahren, er nahm die Hände vom Lenkrad und klatschte Beifall, dann reckte er als Siegeszeichen den Daumen nach oben. Sicherheitshalber merkte sie sich seine Autonummer, ihr Zahlengedächtnis ließ sie nie im Stich.

Nirgends fand sich eine Möglichkeit zum Anhalten, der Verkehr auf der Autobahn in Richtung Genua zog sie mit, dann sah sie an der Scheibe etwas wie Blut. Ihr schauderte. Das musste weg, das musste sie dringend abwischen. Außerdem wanderten ihre Augen zwischen der Strecke vor ihr und dem Rückspiegel hin und her, in der Furcht, die Verfolger könnten wieder auftauchen und Rache nehmen. Wo, um Himmels willen, war sie da hineingeraten? Bei jedem Motorrad, das von hinten kam und an ihr vorbeischoss, zuckte sie zusammen. Endlich tauchte eine Tankstelle auf, wo sie die Scheibe abwischen konnte. Als sie das Blut entfernte, glaubte sie zu sich zu kommen. Der Angriff wirkte wie ein heilsamer Schock, als wache sie auf, die Scheibe war wieder sauber, und ihre gewohnte Klarheit kam zurück. Sie durfte sich nicht gehen lassen.

Sie fuhr den Wagen auf den Parkplatz, versteckte das Navi unter dem Sitz und gönnte sich einen doppelten Espresso mit drei Tütchen Zucker, den sie in winzigen Schlucken zu sich nahm. Hatte sie den Dieben signalisiert, dass sie ein Opfer war? Hatten sie es intuitiv bemerkt? Damit ist es vorbei, sagte sie sich. Mit einem Schlag war der Schleier vor ihren Augen weggezogen. Ich muss wissen, wo ich bin, weshalb ich hier bin und was ich will. Ihre Angst verwandelte sich in Wut, und die war immer ein guter Motor.

Beim Weiterfahren nahm sie zum ersten Mal, seit sie verzweifelt auf dem Düsseldorfer Flugplatz gestanden hatte, ihre Umgebung wieder bewusst wahr. Es war ein strahlend schöner Tag und nicht zu heiß, leichte weiße Wölkchen zogen gemächlich durch den blassblauen Himmel, das Land ringsum war grün und saftig, Pappeln bewegten sich im Wind, der sacht über die spiegelnden Flächen der überschwemmten Reisfelder strich. Für einen Moment dachte sie daran, Reis einzukaufen, hier gab es wunderbaren Reis für Risotti, die Arnold so liebte. Ein Kastanienrisotto, wie von Melchior es erwähnte hatte, sollte sie zubereiten, vielleicht mit Pilzen. Erst jetzt wurde ihr bewusst, dass sie drei Tage lang so gut wie nichts gegessen hatte, auch heute war es bisher nur bei einem Toast und einem halben Ei geblieben.

Kurz nachdem sie bei Tortona in Richtung Alessandria und Asti abgebogen war, erreichte sie ein Anruf von Kirsch. Er hatte die Flugbegleiter des Fluges aufgetrieben und ihnen ein Foto von Arnold gezeigt.

»Keiner der beiden, die beim Abflug und bei der Ankunft vorn an der Kabinentür die Passagiere begrüßt haben, konnte sich an sein Gesicht erinnern. Sie waren sehr zögerlich in ihrem Urteil, weil sie täglich Hunderte von Menschen zu Gesicht bekommen. Sie meinten, sie hätten ihn vielleicht auch übersehen.«

Als Francesca die Tür im Gelenk der Passagierbrücke erwähnte, war Kirsch sich nicht sicher, ob er sie gesehen hatte.

»Man schaut nach vorn, ist in Erwartung des Fluges, fragt sich, wie der Platz ist und ob man das Handgepäck verstaut bekommt.« Er versprach, Heimbüchler darauf anzusprechen. »Wenn es so ist, wie du sagst, könnte er noch in Turin beziehungsweise in Italien sein. Wenn er sich hätte absetzen wollen, wäre es unauffälliger gewesen, mit uns zurückzukommen. Ich finde es richtig, Francesca, und ich finde es toll von dir, dass du dich auf die Suche machst. Falls du Hilfe brauchst …«

Kirsch hatte sich angeboten, sie bei der Suche zu unterstützen und binnen eines Tages ins Piemont zu kommen, doch Francesca hielt es für wenig hilfreich, da man sich bestimmt an die Gruppe erinnerte. Welchen Grund hätte er für seinen zweiten Besuch angeben können? Dass einer von ihnen verschwunden war? Letztlich stimmten sie darin überein, dass die Suche nur dann erfolgreich sein würde, wenn niemand davon wusste und sie keinen Anlass boten, dass etwaige Spuren beseitigt wurden.

»Ich habe auch den anderen nicht gesagt, wo du bist.«

»Und – haben die sich in irgendeiner Weise geäußert?«

»Nichts, von ihnen kam nichts! Ich habe mit allen telefoniert, sie benehmen sich wie die drei Affen, die nichts sehen, nichts hören, und sie sagen auch nichts, sie halten sich die Augen, die Ohren und den Mund zu.«

Hinter Alessandria veränderte sich das Land, Hügel belebten die dunstige Ebene, bewaldete Berge boten Abwechslung fürs Auge, und Francesca riskierte mehr als einen Blick, da sie für hiesige Verhältnisse extrem langsam fuhr. Vor Asti, einer Stadt, deren Namen sie nur im Zusammenhang mit dem wenig erbaulichen Asti Spumante kannte, nahm sie die Schnellstraße in Richtung Alba. Aus Bequemlichkeit blieb sie auf der Schnellstraße, die bis in die Höhe von knapp zwei Metern von Leitplanken eingerahmt wurde, als sei hier der brutalste Typ spanischer Kampfstiere unterwegs – oder Monstercars, mit denen man die gewaltigen

Hindernisse überwinden konnte, um die drei Euro Maut zu prellen.

Wo die rostigen Bleche fehlten, öffneten sich Ausblicke auf die Hügellandschaft mit Burgen und Zinnen, eingerahmt von bunten Dörfern inmitten von üppigem Grün. Ein Schild wies auf den Ort Govone hin, ein Name, der ihr in Verbindung mit der Kellerei Ceste in Kirschs Mappe begegnet war. Auch dort war Arnold gewesen. Linker Hand schauten der Turm und die Dächer Barbarescos über die Hürden. Dort wollte Feltrinelli versuchen, auch für sie einen Termin bei dem berühmten Angelo Gaja zu bekommen. Schließlich erreichte sie die Brücke über den flachen, kaum Wasser führenden Tanaro. Ihr Navi geleitete sie weiter durch unzählige Kreisverkehre außen um Alba herum zum »Hotel Savona« am Rand des alten Ortskerns.

Vier Sterne waren übertrieben, drei Sterne zu wenig, doch der gute Standard reichte Francesca allemal. An der Rezeption stehend, trug sie wie zuletzt vor ihrer Hochzeit den Namen Feltrinelli in den Meldezettel ein, den Ausweis wollte niemand sehen. Hier wurde ihr klar, dass sie zum ersten Mal in ihrem Leben eine Art Urkundenfälschung beging. Sie fühlte sich unwohl, dafür war sie nicht geschaffen.

Der Rezeptionist blickte aufs Papier und dann Francesca an. »Aus Düsseldorf kommen Sie?«, fragte er und sah sie skeptisch an. »Wir hatten letzte Woche ebenfalls Gäste von dort. Eine Gruppe, einige Herren eines Weinklubs. Kennen Sie die zufällig?« Der Mann blätterte im Buch für die Reservierungen. »Hier …«, er las einige der Francesca nur allzu gut bekannten Namen vor, auch Sturm war darunter.

»Weshalb fragen Sie mich das?« Francesca war einen Moment verunsichert. »Düsseldorf ist groß, dort lebt mehr als eine halbe Million Menschen.«

»Es wurde ein Brief für einen Signore Arnold Sturm abgegeben, ich habe ihn entgegengenommen. Ich erinnere mich an den Namen, da mein Großvater immer von Sturm-Truppen gesprochen hat, die hier bei uns gewütet haben. Sie nehmen mir das nicht übel?« Der Portier lächelte um Verzeihung heischend.

Eine Nachricht von Arnold? Nein, eine für ihn? Jetzt konnte Francesca nicht zurück, sie hatte sich unter Feltrinelli eingetragen, da konnte sie nicht mehr zu Sturm wechseln. Wer mochte ihm einen Brief geschickt haben, mit welchem Inhalt? Wie konnte sie daran kommen? Sie schaltete schnell.

»Ich kenne einen Herrn Trautmann, einen Volker Trautmann, der war, soweit ich weiß, gerade in Italien. Es wäre reiner Zufall, wenn das derselbe …«

»Ja, Vokker heißt er.« Der Rezeptionist hatte Schwierigkeiten, den ihm unbekannten Vornamen richtig auszusprechen, und zeigte mit dem Finger auf den Namen. »Den kennen Sie? Wollen Sie ihm den Brief geben? Besser, wir schicken ihn per Post, aber das kann dauern. Wann fahren Sie zurück nach Deutschland?«

»Nicht so bald«, antwortete Francesca ausweichend. Von wem stammt die Nachricht, wer hat sie überbracht?, wollte sie fragen, aber was ging es sie an? Stattdessen sagte sie: »Solche Briefe liegen sicher lange in Hotels herum.«

»Bei uns nie. Der Chef oder seine Tochter kümmern sich normalerweise darum …«

Als Francesca auf den Lift wartete, dachte sie darüber nach, dass Arnold genau hier gestanden und ebenfalls auf den Fahrstuhl in den dritten Stock gewartet hatte. Im Zimmer Nummer 33 verstärkte sich der Eindruck. Hier hatte Arnold gewohnt, zehn Tage war es her, wie Francesca von Heimbüchler erfahren hatte. Auch die Zimmernummern seiner nächsten Quartiere waren ihr bekannt. Leider war es ihrem Vater nicht überall gelungen, denselben Raum zu reservieren. War es möglich, dass Arnold hier irgendwo eine Nachricht für sie deponiert hatte, dass sie etwas fand, was er bewusst für sie zurückgelassen hatte? Auch so einen Umschlag?

Sie schaute sich um. Sollte sie unter dem Bett nachsehen? Da machte das Zimmermädchen sauber. Im Spülkasten der Toilette? Hatte er etwas unter die Schublade des Nachtschränkchens geklebt? Wohl kaum, das alles waren Verstecke, die in jedem Fernsehkrimi vorkamen und die jeder Kommissar sofort kontrollierte. Aber zu Beginn der Reise hatte Arnold sicher noch nichts zu verstecken gehabt. Wieso hatte er ihr bei seinen Anrufen nicht den kleinsten Hinweis gegeben? Habe ich es überhört?, fragte sie sich und erinnerte sich, wie sehr sie in der vergangenen Woche beruflich eingespannt gewesen war.

Es ist auch möglich, dass er nach dem nicht angetretenen Flug zurückgekommen ist, dachte sie und stellte das Zimmer auf den Kopf, suchte auf und hinter der Gardinenleiste, nahm die Begonie mitsamt der Erde aus dem Topf, suchte hinter dem Schränkchen über dem Waschbecken, schaute hinter jedem Bild nach, nahm die Fotos der Weinlandschaften des Piemont sogar aus den Rahmen, bis ihr das eigene Tun lächerlich erschien. Unterlag sie nur dem Zwang, etwas tun zu müssen? Wenn es ein Versteck gab, dann sicher eines, das sie durch eine gemeinsame Erinnerung verband. Erschöpft ließ sie sich aufs Bett fallen.

Nach einer Stunde wachte sie auf. Es war das erste Mal, dass ihr Schlaf nicht von Albträumen zerrüttet war. Trotzdem kam sie nur langsam zu sich, packte ihren Koffer aus, duschte und widmete sich ihrem Haar und einem dezenten Make-up. Zu Hause blieb sie stets schlicht gekleidet, im Büro trug sie ihre »Uniform«, wie sie es nannte, helle Blusen zum blauen, grauen oder schwarzen Hosenanzug, wie der Beruf es erforderte, korrekt und unnahbar.

Hier aber war alles anders. Sie zog ihr modisches schwarzes Designerkleid an, die Midi-Länge stand ihr gut, die roten Keile auf der rechten Seite akzentuierten das Kleid asymmetrisch, der weiche V-Ausschnitt war diskret genug. Um jedoch nicht zu elegant aufzutreten, zog sie die kurze, nicht mehr ganz neue schwarze Lederjacke über. Die passte gut zum Kleid und zur großen schwarzen Lederhandtasche, in der sie sogar Kirschs Mappe unterbringen konnte. Vielleicht war sie overdressed, aber das kam hier auf jeden Fall besser an, als underdressed zu sein. Man legte Wert aufs Äußere, egal, wie es innen drin aussah, gleichgültig, was man wirklich auf der Bank hatte, ob man beliebt war und Freunde hatte. Bei Schuhen war sie nie für Kompromisse zu haben, da ging ihr Bequemlichkeit über alles. Doch zu diesem Kleid passten nur Pumps.

Am Blick des Rezeptionisten erkannte sie, dass ihr die *bella figura* gelungen war. Während sie vor ihm stand, fingerte sie wie zufällig am Ehering herum, damit niemand auf irgendeine dumme Idee kam.

Der Rezeptionist, Signor Sandrone, war bereits über Francescas Herkunft informiert und sprach Francesca noch einmal auf den Briefumschlag für Arnold Sturm an. Leider sei er gestern wieder abgeholt worden, merkwürdigerweise von einem anderen Mann als dem, der ihn abgegeben hatte. »Papiere waren darin, viele Papiere, aber der Umschlag war biegsam.« Der Abholer hatte gemeint, er stehe in Kontakt mit Sturm und würde den Brief lieber persönlich in Düsseldorf übergeben, das sei sicherer. »Sie brauchen sich also keine Mühe zu machen.«

Auf Francescas Nachfrage, wer der Abholer gewesen sei, hatte Signor Sandrone keine Antwort. Der Mann habe zwar irgendeinen Namen genannt, auch den eines Weingutes, aber es gäbe so viele hier, da könne man sich die Namen nicht alle merken. Sein Bruder besitze in Barolo übrigens auch ein Weingut, und da Francesca ja in Sachen Wein unterwegs sei, wie er ihrer Visitenkarte entnommen habe, wäre es sicher lohnenswert, wenn sie auch dort vorbeischauen würde.

»Silvio macht ausgezeichnete Weine, einen Langhe Rosso, das ist seine Cuvée aus Barbera und Nebbiolo, mein Lieblingswein, wir führen ihn hier in unserem Restaurant, Sie können ihn gern probieren. Die anderen natürlich auch. Sein rebsortenreiner Nebbiolo d'Alba, wie auch der Dolcetto, sind im »Gambero Rosso« mit einem respektive mit zweien von drei Gläsern bewertet worden.« Sein Barolo sei einzigartig, er stamme von der Bussia-Lage, sie habe sicher davon gehört, die beste Lage überhaupt. »Sie kommen bestimmt daran vorbei, das Weingut liegt links an der Straße nach Barolo.«

Francesca schwieg und lächelte, Zustimmung heuchelnd, wie ihr Vater es ihr geraten hatte. Dass der »Gambero Rosso«, der Rote Krebs, neben dem »Veronelli«, Italiens wichtigster Weinführer war, wusste sie seit vorgestern, und so machte sie ein kluges Gesicht.

»Ich muss meine Termine erst koordinieren; wenn ich so weit bin, gebe ich Ihnen gern Bescheid. In den nächsten beiden Tagen bin ich leider verplant.« Das entsprach der Wahrheit, und sie würde danach das Quartier wechseln und sich keine weiteren Weingüter aufladen, die mit ihrem Aufenthalt nichts zu tun hatten. Aber Nein zu sagen, war falsch. Diplomatie, auch wenn es in Falschheit ausartete, war gefordert, und sie verabschiedete sich mit einem falschen Lächeln.

Beruhigt, dass ihre Tarnung angenommen wurde, trat sie auf die Via Roma. In Signor Sandrone hatte sie den ersten Überbringer ihrer Legende, der vielleicht gleich seinen Bruder informieren würde. So machte ihre Anwesenheit die Runde, das konnte hilfreich sein.

Verglichen mit einer Stadt wie Düsseldorf wirkte Alba, die Hauptstadt der Langhe und das Zentrum der italienischen Trüffelkultur, auf Francesca wie ein beschauliches, gar nicht in der Gegenwart beheimatetes Dorf. Besonders jetzt, am frühen Nachmittag, herrschte Ruhe, hier nahm man sich anscheinend noch Zeit, anders als in Milano, während der Mittagspause nach Hause zu gehen, in Ruhe zu essen und sich danach ein Stündchen aufs Ohr zu legen. Aber die Via

Vittorio Emanuele, eine gemütliche Fußgängerzone mit mehreren Boutiquen, in denen man allerdings so viel Geld lassen konnte wie in Milano, belebte sich bereits wieder. Aber es war nur ein Gässchen im Vergleich zur Königsallee.

Auch hier wird er entlanggestromert sein, dachte Francesca traurig bei der Betrachtung der kleinen, alten und gepflegten Häuser, sie schaute hinauf zu den Balkonen, die unter dem Gewicht der Topfpflanzen fast zusammenbrachen. Doch sie erlaubte sich nicht, darüber nachzusinnen, wie es wäre, bei Arnold eingehakt hier entlangzuschlendern. Der Gedanke war allerdings da, latent, in gefährlicher Nähe, sie traute ihrer zurückgewonnenen Ruhe und Stärke nicht.

Der kleine Feinkostladen »Tartufi Ponzio«, eingebettet in eine Zeile zweistöckiger, in weichen Farben bemalter Häuser, Renaissance- und Jugendstil mit Balkonen und Türmen, lenkte sie ab. Hier konnte sie etwas für Feltrinelli einkaufen, sie würde ihn morgen anrufen und ihn fragen, ob … Nein, das war dumm, er wusste viel besser, wo oder über wen er in Düsseldorf weiße Trüffel einkaufen konnte. Und er lief weniger Gefahr, mit billigen Fälschungen aus China betrogen zu werden. Experten gingen sowieso davon aus, dass die in Deutschland verkauften Trüffel zu neunzig Prozent aus China stammten und mit künstlichen Aromastoffen behandelt waren.

Woher sollte sie wissen, was hier in der herbstlichen Trüffelsaison angeboten wurde, wie weit die Fälscher hier gingen?

Einige fünfzig Meter weiter standen Tische und Stühle vor einem Café, der Duft ließ sie zögern. Wenn sie sich jetzt hier niederließ, würde das Touristenbüro neben dem Palazzo Communale später womöglich geschlossen sein, deshalb setzte sie ihren Weg fort und trat schließlich auf den Platz vor dem Dom. Auf der linken Seite ragten zwei der drei stehen gebliebenen Geschlechtertürme über die Dächer der eng aneinandergebauten Häuser.

Alba war einst die Stadt der hundert Türme genannt worden, davon war viel weniger übrig geblieben als im toskanischen San Gimignano, wo die Geschlechter oder Familien sich in der Höhe ihrer Bauwerke ähnlich hatten übertreffen wollen wie hier. Vor Francesca führte eine breite Treppe unter einem weiten Bogen in den Palazzo Communale, das Rathaus. Bescheiden nahm es sich aus, von Publikumsverkehr war nichts zu bemerken, auch im Touristenbüro gleich nebenan herrschte gähnende Leere. Also kümmerte sich sofort eine der dort tätigen Damen um Francesca, sodass sie kurz darauf mit mehr als fünf Kilo bedrucktem Papier über die Langhe, die Weine und die Sehenswürdigkeiten wieder auf die Piazza trat. Musste sie das alles lesen? Zumindest würde es sie ablenken.

Die Stille des spätgotischen Doms war der richtige Ort, um darüber nachzudenken. Sie betrat das Mittelschiff und wunderte sich, dass hier alle Wände, Säulen und sogar die Türme aus roten Klinkern gemauert waren. Unter dem blau gestrichenen Kreuzgewölbe blieb sie stehen, der Blick ging zwangsläufig nach oben, aber anders als im Barock fehlte hier die bildliche Ausstattung. Ein Stück weiter, vor der Absperrung zum Hochaltar, knieten Gläubige im Gebet.

Francesca beneidete sie für einen Moment, sie hatten jemanden oder etwas, an das sie ihre Wünsche richteten, eine Gottheit, die um Hilfe angerufen werden konnte und im Glücksfall auch einsprang. Sie aber, Francesca, musste sich auf sich selbst und andere Sterbliche verlassen. Die Abkehr vom Katholizismus ihrer Eltern hatte sie bereits in der Oberstufe vollzogen, als sie im Geschichtsunterricht erfuhr, wie mit Feuer und Schwert die vermeintlich Ungläubigen, also die jeweils Andersdenkenden oder Andersgläubigen, bekehrt oder niedergemacht worden waren. In Wirklichkeit ging es nie um den Glauben, der diente lediglich als Vorwand für Politik, für den Kampf um Macht und Reichtum.

»Wer hat an den Kreuzzügen verdient?«, hatte ihr Geschichtslehrer gefragt und selbst die Antwort gegeben: »Pferdezüchter, Waffenschmiede, Marketender und Schiffbauer, Gastwirte und Prostituierte …« Und natürlich die Winzer, mit Wein im Kopf ließ sich leichter töten, denn bezahlt wurden alle mit dem Gold der Erschlagenen, und die Erschlagenen waren immer die Gottlosen.

Francesca setzte sich, genoss die Stille, die Kühle und erinnerte sich, wie Markus bereits mit acht Jahren jedes Buch verschlungen hatte, das er über Pferde in die Hände bekam. Er beobachtete leidenschaftlich gern Pferde auf den Weiden, Angst hatte er nicht. Sie war entsetzt gewesen, als er bei einem Spaziergang am Niederrhein eines Tages verschwand und inmitten einer Herde wieder auftauchte. Aber er lehnte das Reiten strikt ab: »Das sieht aus, als würde ein Affe auf einem Hund sitzen, nur größer.«

Beim Hinausgehen sah Francesca die elektrischen Kerzen, daneben fand sie den Kasten mit dem Schlitz für Münzen, die man hineinwarf, und je wertvoller sie waren, desto länger brannte das Licht. Das war sogar für sie als Ungläubige etwas wie ein Sakrileg. Eine echte Kerze hätte sie gern für Arnold angezündet.

Zurück in der Via Vittorio Emanuele, benannt nach dem König von Sardinien-Piemont aus dem Hause Savoyen, ließ Francesca sich erschöpft vor dem kleinen Café nieder und bestellte den üblichen Caffee Latte. Es herrschte fast eine Atmosphäre wie im Urlaub, gutes Wetter, freundliche Menschen, eine schöne Umgebung und keine Hektik, aber dann verdunkelten die Wolken der Wirklichkeit ihr Gemüt, die Angst um Arnold war ihr ständiger Begleiter, mal in dunstiger Ferne, dann wieder hautnah, so wie jetzt.

Für morgen früh war der erste Besuch eines Weinguts angesetzt, ihre erste Besichtigung einer Kellerei überhaupt. Feltrinelli hatte den Termin mit dem Haus Pio Cesare arrangiert, einer alten und traditionsreichen Kellerei. Sie kelterte als einzige ihre Weine noch in der Stadt, wie Francesca dem

Prospekt des Hauses entnahm, und es war ein Familienbetrieb in der fünften Generation.

Der Mann, den sie morgen früh treffen sollte, hieß Cesare Benvenuto, Neffe des Inhabers und verantwortlich für die Weine. Francesca schlug den Prospekt der Firma auf. Sie glaubte, die Flasche schon mal gesehen zu haben, die auf der Innenseite abgebildet war: Sie schimmerte matt schwarz, darauf ein weißes Etikett mit einem Band goldener Münzen über dem Namen Barolo und ein Wert symbolisierendes Wappen über stilisierten Weinranken. Elegant und nobel. Francesca klappte den Prospekt weiter auf und bekam einen Schreck.

Sechzehn verschiedene Weine waren abgebildet, alle mit der Beschreibung, in welchem Gebiet die Trauben gewachsen waren, um welche Rebsorte, um welche *varietà* es sich handelte, wo die Trauben herkamen, das hieß, wo die Weinberge, die *vigneti*, lagen. Dann folgte eine kurze Beschreibung, wie die Weine gemacht waren, vinifiziert hieß das auf Deutsch, *vinificazione* auf Italienisch. Sie würde aufpassen müssen, die Sprachen nicht durcheinanderzubringen. Dann kam der Ausbau, *il affinamento*, die drei Jahre Lagerung »in Fässern aus französischer Eiche (mittleres Toast): davon 70 Prozent in Fässern mit 2 000 bis 5 000 Litern, 30 Prozent in Barriques«. Bei allen sechzehn Weinen war etwas anders, entweder die Rebsorte, die Herkunft, der Ausbau oder die Reifephase. Zuletzt folgten die Verkostungsnotizen. Da war von ausgezeichneter oder fester Struktur die Rede, von geschmeidigen Tanninen und Finesse, ein extrem langes Reifepotenzial wurde erwähnt, Eleganz und Kraft, dann war ein Wein wieder fruchtig, jugendlich, würzig, mal war er jung zugänglich oder opulent, mal wurde ein süßlicher Duft erwähnt, mal Röstaromen oder Tabak. Unter Johannisbeeren konnte sie sich etwas vorstellen, aber Tabak im Wein? Wer mochte das trinken? Ebenso die pfeffrigen Aromen? Da waren Brombeeren eher vorstellbar. Die Weißweine waren mal knackig, mal sauber und würzig. Dann wieder seidig und mit viel Schmelz. Das alles ließ sich schmecken?

Zu ihrer Erleichterung fand sie die Notizen von Kirsch. Er hatte bei Pio Cesare *nur* sieben Weine probiert und keine sechzehn. Aber auch sieben waren zu viel für sie. Es würde morgen so werden wie früher in der Schule, wo sie mit einem Spickzettel gearbeitet hatte, wenn sie sich unsicher gefühlt hatte oder nicht gut vorbereitet gewesen war. Kirschs Notizen würden ihr jetzt als Spickzettel dienen.

Worauf hatte sie sich eingelassen?

Erschöpft lehnte sie sich zurück, wobei ihr Blick auf das kleine Modegeschäft gegenüber fiel. Im Fenster waren Designerstücke ausgestellt, sicher in einem Atelier geschneidert und sündhaft teuer; Francesca würde sich die Shirts, Pullover und Kleider nachher ansehen, bevor sie ins Hotel zurückkehrte. Vielleicht konnte sie heute etwas essen, sie merkte bereits, dass sie abgenommen hatte.

Eine junge Frau, ähnlich angezogen wie die Schaufensterpuppen gegenüber und von ihnen offenbar begeistert, stand vor dem Laden und fotografierte die Ausstellungsstücke. Zuletzt steckte sie das Smartphone in ihre Tasche und wandte sich um. Dabei vertrat sie einer anderen Passantin den Weg. Die mit Leggins und einem langen Shirt bekleidete Frau entschuldigte sich wortreich und wich zur selben Seite aus, was sich zweimal wiederholte, bis beide Frauen in ein herzliches Lachen ausbrachen, und als die Fotografin schließlich nach rechts auswich, prallte ein Mann auf sie, der beinahe ins Straucheln kam und bei dem sie sich nun entschuldigen musste. Der Mann knurrte etwas Unfreundliches und eilte weiter, und auch die Passantin tauchte zwischen den Flaneuren unter. Die junge Frau drehte sich noch einmal nach dem Laden um, griff in ihre Tasche, als suche sie etwas, anscheinend ihr Smartphone, sie wurde zusehends hektisch und fasste sich zuletzt verzweifelt an die Stirn.

Da begriff auch Francesca, dass sie Zeugin eines Diebstahls geworden war, und versicherte sich, dass ihre Tasche unter dem Tisch verschlossen und sicher war. Den Motorradüberfall heute Morgen hatte sie fast vergessen, aber der und die Szene eben gaben ihr zu denken. Es war ein Hinweis: Es war absolut notwendig zu wissen, wo man war und wer rein zufällig – oder ganz bewusst – den eigenen Weg kreuzen konnte.

11

Er konnte nichts sehen. Unter Schmerzen riss er die verklebten Augen auf, rieb sie wütend, und trotzdem sah er nichts. Nirgends ein Schimmer, absolut kein Licht, und er wusste auch nicht, wo hier ein Lichtschalter war. Er war doch nicht etwa blind? War es Nacht, oder lag er in einem total verdunkelten Raum? Es ist Nacht, sagte er sich, um nicht in Panik zu verfallen. Er beschloss, zur Tür zu gehen. Sie ist gegenüber vom Bett, gestern zumindest war sie da. Meistens ist neben der Tür ein Lichtschalter. Wieso nur waren seine Gedanken so schwammig, sie krochen so langsam durch sein Gehirn, das sich so weich anfühlte wie diese eklige Unterlage, auf die ihn jemand gelegt haben musste. Er hätte sich nie darauf gelegt, er hätte so etwas Widerliches auch nie gekauft.

Der Gedanke an die Tür war ihm längst entglitten, denn ihm war die Decke vom Körper gerutscht, was ihn einerseits störte, denn es war kalt geworden, kälter als sonst, andererseits war sie so weiter von seinem Gesicht entfernt, besonders von seiner empfindlichen Nase. Er würde um eine andere bitten. Nur wen? Kamen sie immer und brachten neues Wasser, wenn er schlief? Der Geruch war wieder da, der Geruch, den er kannte, den er bereits etliche Male in seinem Leben wahrgenommen hatte, wobei ihm jetzt Fässer in den Sinn kamen, große Fässer, kleine Fässer, jedenfalls Fässer aus Holz. Gab es denn Fässer, die nicht aus Holz waren? Der Geruch erinnerte ihn noch an etwas anderes, er füllte den ganzen Raum, vielmehr die Dunkelheit füllte er aus. Er ging dem Gedanken nicht weiter nach, als sei der Weg zu Ende, eine Sackgasse mit einem Schutthaufen von Gedanken, die ihn am Weiterkommen hinderten. Er wollte auch gar nicht weiter. Das Gefühl, Papier im Mund zu haben, dass sein Mund aus Papier war und die Zunge ein trockener Scheuerlappen, der widerlich schmeckte, war stärker, bedeutungsvoller.

Unsicher tastete er vor der Pritsche nach der Flasche. Sie war nicht da, wo er sie vermutete, wo er sie abgestellt hatte – vorhin, bevor er eingeschlafen war. Wann war das gewesen? Wieder griff er nach seinem linken Handgelenk und erinnerte sich, das bereits irgendwann getan zu haben. Er war nicht überrascht, dass die Armbanduhr nicht da war, wo sie sein sollte. Aber wieso waren seine Handgelenke so empfindlich, er durfte sie kaum berühren. Eine Salbe hätte der Haut gutgetan. Er brauchte eine Salbe. Aber wenn er so viel schlief, würde er nie an die Salbe kommen. Wieso schlief er eigentlich dauernd? Er hätte längst ausgeschlafen sein müssen. Er hatte nichts Anstrengendes getan, erinnerte sich aber nicht daran, was es gewesen war. Vergebens wedelte er mit der Hand vor dem Gesicht, um den Schleier wegzuwischen, und betastete seine Augen.

Wieder streckte er die Hand nach der Flasche aus, doch statt der Flasche berührten seine Finger etwas Feuchtes, Klebriges. Das war vorher nicht da gewesen. Erschrocken zog er die Hand zurück und roch an den Fingern. Süßlich roch es, sauer auch, irgendwie fischig. Ja, das war der Geruch, den er nach dem Aufwachen wahrgenommen hatte. Oregano und Basilikum … und … Salbei? Thymian, eine bekannte Würzmischung. Und Tomate? Er streckte erneut den Arm aus, und die Hand tastete sich millimeterweise vor. Stand da etwa eine Pizza? Die Finger rochen gut, er berührte sie mit der Zungenspitze, doch er schmeckte nichts. Sein Mund war zu trocken. Wo war die verdammte Wasserflasche? Nicht dass sie womöglich offen war und er sie in der Dunkelheit umstieß.

Doch genau das geschah. Er stieß beim Umhertasten zu heftig mit der Hand dagegen, sodass sie mit lautem Platschen umfiel. Wie gut, dass sie aus Plastik war und nicht zersplittern konnte, es wäre eine Katastrophe gewesen, in der Dunkelheit auf Händen und Füßen durch die Glassplitter zu seinem Eimer kriechen zu müssen. Er fand die Flasche, stieß wieder dagegen, sie rollte weg, er kroch ihr über den kalten Betonboden hinterher. Das verursachte wenigstens mal einen Laut in der ewigen Stille, die ihm unheimlich war.

Als er die Flasche zum Trinken ansetzte, irgendwo im Raum sitzend, die Richtung hatte er längst verloren, hielt er inne. So müde zu sein, war nicht normal, genauso wenig war es normal, dass er keinen klaren Gedanken fassen konnte. War er nicht normal, oder lag es an seiner Umgebung? War er krank, und fiel er deshalb, wenn er etwas getrunken hatte, immer wieder in diesen totenähnlichen Schlaf? Er träumte nichts oder konnte sich an nichts erinnern. Bleiern wachte er auf, ohne wirklich wach zu sein. Nein, wieso sollte er krank sein. Er wachte nicht auf, er kam zu sich und hatte diesen Nebel im Kopf und wahnsinnig machenden Durst, trank Wasser, kroch zum Eimer und schaffte kaum den Rückweg zur Pritsche – und er erlosch, wie ein Teelicht, bei dem das Wachs zu Ende ging.

Hilflos zuckte er mit den Achseln. War nicht beim Aufwachen sonst immer Francesca neben ihm? Ja, Francesca, sie war da, aber er sah sie nicht. Er konnte sie ansehen und sah kein Gesicht – er begriff, dass er schon wieder abschweifte. Kein Gedanke ließ sich festhalten, sie torkelten durch seinen Kopf. Was hatte er sich zuletzt gefragt? Wasser trinken und einschlafen. Machte ihn das Wasser so müde, war da etwas drin? Wasser erfrischte normalerweise. Er nahm einen Schluck, spülte den Mund und spuckte es in die Richtung, in der er den Eimer vermutete, und spürte dem Geschmack nach. Wie er es beim Wein tat. Beim Wein? Was hatte er mit Wein zu tun? War der bekannte Geruch, den er mehrmals wahrgenommen hatte, der Geruch von gärendem Wein – also von Ester? Wie mühsam, wie anstrengend es war, sich zu konzentrieren, aber es ging, er kam voran. Da verschwand der letzte Gedanke wieder im Nebel, und er wusste nicht mehr … er wusste auch gar nicht mehr, was …

Jetzt schlich sich dieser andere Duft wieder in seine Nase, Thymian, Majoran, richtig, die Pizza, und erfreut darüber, dass er sich erinnerte, bemerkte er, dass er Appetit hatte. Wo lag jetzt die Pizza? Ohne Orientierung kroch er herum, robbte über den Boden, wollte nicht mitten in die Pizza hineingrapschen, er stieß an die Pritsche und zog sich hinauf. Im Sitzen kehrte die Vorstellung des Raums zurück: Links stand das Trockenklo, obendrüber musste sich das Oberlicht befinden, rechts, Moment mal, wo war rechts? Ach ja, rechts – er hob die rechte Hand, sah sie aber nicht. Vor der Pritsche stand normalerweise die Wasserflasche. Als er trank, wurde sein Appetit zum Hunger und die Vorstellung vom Essen übermächtig. Er schob die Hand wieder vorsichtig über den Boden, er spürte Steinchen, Sand oder Dreck, Krümel, er schob sie weiter, dann stieß er an den Rand der Pizza. Sie lag in Stücke geschnitten auf einem Pappteller, der Rand leicht gebogen und geriffelt. Er wischte sich die Hände an der Hose ab und nahm ein Stück.

Im Dunkeln zu essen, war mies, außerdem war sie kalt und zäh und schmeckte pappig, eigentlich nach nichts. Liegt wohl schon lange hier, dachte er. Als ich zuletzt aufgewacht bin, war es hell, es war Tag, da lag sie nicht hier, dann muss es jetzt Nacht sein. Salzig war sie auch, sehr salzig sogar, fürchterlich, eine Hälfte war mit Kapern und Sardellen belegt, die andere mit Salami, Tomate und Käse. Er lächelte, als er an Francescas Käsephobie dachte.

Und während er lustlos kaute, dachte er darüber nach, was

er hier tat. Die Gedanken wurden klarer, zumindest war das sein Eindruck, bei jedem Bissen kam er ein wenig voran.

Ich bin gefangen! Der Mund blieb offen, die Hand mit dem Essen verharrte wie gelähmt in der Luft. Vielleicht ist die Tür abgeschlossen und lässt sich gar nicht öffnen? Ich muss es versuchen, denn krank bin ich nicht, dann hätte man mich ins Hospital gebracht. Aber ich darf nichts trinken, wenn ich trinke, füllt sich mein Kopf wieder mit Watte, dann wird mir alles egal, und ich sacke weg, und dieser Gedanke hatte sogar etwas Tröstendes, er war beruhigend. Sinken und schlafen. Es kostete ihn unsägliche Mühe, gegen den Wunsch anzukämpfen, sich wieder sacken zu lassen, und je länger er kämpfte, desto klarer wurde es in seinem Kopf – und desto stärker wurde der Durst, viel schlimmer als vorher. Hat man mir deshalb die Pizza mit Sardellen und Kapern gegeben, damit ich Salz esse und dann trinken muss? Dann ist etwas im Wasser. Damit machen sie mich krank. Dann bin ich doch krank? Was ist es?

Der Gedanke verstörte ihn, doch der Durst war stärker als aufkeimende Bedenken, die letztlich bedeutungslos waren, wenn man schlafen konnte, und er dachte an das Riff vor San Andres und daran, wie er dort entlanggeschwebt war, umgeben von einem Schwarm von silbernen Fischen, die um ihn herum …

12

Einen Weinkeller hatte Francesca sich anders vorgestellt: Einige hundert Flaschen, die in Regalen lagen, wie bei den Mitgliedern des 1. Düsseldorfer Weinclubs. Dort warteten sie, erschütterungsfrei, im Dunkeln und bei gleichbleibender Temperatur darauf, geöffnet, ausgetrunken und kommentiert zu werden. Hier aber, zwölf Meter unter der Erdoberfläche, hatte sie aufgehört, die riesigen, fünftausend Liter fassenden Holzfässer zu zählen, die unter einem gemauerten Gewölbe an groben Wänden entlang aufgereiht waren. Und noch dazu war die äußere Wand ein Teil von Albas Stadtmauer aus der Römerzeit. Es waren faustgroße graue Steine, von einem gleichfarbigen Mörtel zusammengehalten. Still war es hier, und ein eigentümlicher, scharfer und aromatischer Geruch lag in der Luft.

»Das ist Ethylacetat, eine Verbindung von Alkohol und Essigsäure«, erklärte Davide, der bei Pio Cesare für die Führung der Fachleute durch die Unterwelt des Weins zuständig war. »Es ist der Geruch von Ester, den müssten Sie eigentlich kennen, fast alle Keller, in denen eine Gärung stattfindet, riechen so.«

»Das ist richtig«, sagte Francesca schnell, um ihr Unwissen nicht zu offenbaren. »Nur hier ist noch etwas anderes dazwischen. Könnte es das spezielle Mauerwerk sein?« In Wirklichkeit dachte sie daran, was hinter der zweitausend Jahre alten Wand verborgen war, und dass sie sich in dem unterirdischen Labyrinth allein kaum zurechtfinden würde. Es war zu groß und zu weitläufig, gleichzeitig verwinkelt.

Der Mann für die Öffentlichkeitsarbeit trat an die Wand und roch daran. »Mir ist es noch nie so aufgefallen, aber jetzt, wo Sie es sagen …« Er blickte Francesca an und wusste nicht so recht, was er von ihrer Bemerkung halten sollte.

Sie war vorschnell gewesen, sie musste sich besser in Acht nehmen und anders geartete Fragen stellen. Sie musste unbedingt Feltrinellis Rat beherzigen, ihr Gegenüber reden lassen und sich danach wieder bei anderen Fachleuten die entsprechende Erklärung holen. Davide hatte über die großen Holzfässer, hellbraunes, lackiertes Holz mit rot abgesetzten Fassreifen und an den nach innen gewölbten Böden durch Balken verstärkt, gesprochen und gesagt, dass ein Teil des Weins darin lagerte, sie fassten zwei- oder fünftausend Liter. Er hatte auch erklärt, welche Weine von den ihr gänzlich unbekannten Lagen nach der Gärung in die jeweiligen Fässer kamen. Dafür gab es Gründe, die er aber nicht erläutert hatte, und Francesca hatte sich weiterführende Fragen verkniffen. In einem anderen Gewölbe lagen weitere Fässer, es waren Barriques, die kleinen, irgendwann hatte sie mitbekommen, dass sie nur 225 Liter fassten und meistens aus französischer Eiche hergestellt waren. Es gab auch welche aus slowenischer Eiche. War das von Bedeutung?

Auch die Gärtanks, glänzende Säulen aus Edelstahl, hatte man ihr gezeigt. Was geschah, wenn die Trauben dort hineingegeben wurden, wusste sie, zumindest kannte sie das dafür gebräuchliche Wort der alkoholischen Gärung. Doch wie das chemisch ablief, war ihr schleierhaft. Irgendwie wurde Zucker in Alkohol umgewandelt. Da liefen gleichzeitig noch andere Prozesse ab, sonst wäre es kein Wein geworden, aber mehr wollte sie gar nicht wissen. Sie wunderte sich allerdings, dass sie niemandem begegneten und dass hier unten niemand arbeitete. Alles war sauber, blitzblank geputzt und aufgeräumt. Maschinen, deren Funktion sich ihr nicht offenbarte, standen in Nischen, wahrscheinlich waren es Pumpen, denn an einem Ende war ein Schlauch befestigt, der zu einem großen Fass führte. Besonders interessant fand sie den verrosteten, uralten mechanischen Aufzug für Flaschen. Eine Art Fahrradkette lief über zwei Zahnräder ins obere Stockwerk, an der Kette waren Drahtkörbe befestigt, in die Arbeiter einst die Flaschen gestellt und hochkurbelt hatten.

Nicht nur still war es hier, auch eng. Es musste schwierig sein, sich zu bewegen, die Maschinen dorthin zu bringen, wo sie gebraucht wurden, und die Massen von Weinen abzupumpen und in Flaschen zu füllen. Das geschah wiederum oben. Und auch nicht alle Räume waren alt. Betonwände waren gegossen worden, stabile Träger und Pfeiler aus Beton stützten die Decken. Wände aus rotem Klinker hatte man eingezogen. Es war hier unten sicher kein angenehmes Arbeiten, ohne Tageslicht, immer diesen Geruch in der Nase, an den man sich eventuell gewöhnen würde, aber die Kälte und die Feuchtigkeit würden ihr zu schaffen machen, sie hatte sowieso ständig kalte Füße. Bekam man hier auf Dauer kein Rheuma?

Dann sprach der Marketingmann über den Ausbau der Weine, erläuterte, wie lange die Weine »auf dem Holz« blieben, und meinte, dass ein guter Barolo immer aus einer Assemblage von Weinen verschiedener Weinberge bestünde und dass die dafür verwendeten Weine einzeln ausgebaut würden. Was ein Dachausbau war, hatten sie in Düsseldorf erlebt, wochenlang war ihr Treppenhaus voller Dreck gewesen, aber was bedeutete der Ausbau beim Wein?

Vorsicht, frag besser nicht, sagte sie sich, irgendwann wirst du es verstehen, und sie folgte ihrem Führer über eine moderne geschwungene Treppe in die oberirdische Welt unter ein von geschmückten Säulen getragenes Dach mit Blick ins Atrium. Eine große Tür öffnete sich zu einem weiten, für diese Ausmaße recht niedrigen Raum, an dessen

Schmalseite ein langer Tisch aus dunklem Holz stand. Darauf waren Flaschen und Gläser arrangiert. Begann jetzt die Weinprobe?

Mit Feltrinelli hatte sie im »Tavolata« einen Barolo, einen Barbaresco und auch den weißen Arneis probiert, und noch zwei oder drei andere aus dem Barbaresco von seiner Weinkarte, aber ein Wein, so ihr Vater, schmeckte nie wie ein zweiter, auch bei derselben Rebsorte.

»Wenn er es doch tut«, hatte er gesagt, »stammt er aus einer Fabrik. Es handelt sich dann meist um dieselbe Abfüllung, die für verschiedene Kunden mit unterschiedlichen Etiketten und sogar zu verschiedenen Preisen in den Handel gebracht wird. Wer schaut schon nach dem Code des Abfüllers. Es ist rechtlich keine Weinfälschung, solange die Inhaltsangaben stimmen.«

Cesare Benvenuto, verantwortlich für die Weine von Pio Cesare, trug seinen Vornamen zu Recht. Er hatte etwas Vornehmes an sich, was einem bestimmten eleganten Lebensstil entsprach, der mit besonderen Weinen einherging. Er war ein gebildeter Mann, von sich überzeugt, ohne eitel zu sein, was jemand unbedingt sein musste, der Entscheidungen von dieser Tragweite zu treffen hatte: Immerhin hatte er die Trauben von siebzig Hektar Land in Wein zu verwandeln.

»Wein – das ist mein Leben«, sagte er und machte dabei einen durchaus glaubhaften Eindruck. »Wein ist unsere Seele, das Blut unserer Familie.« Er rückte ein Glas zur Seite, um Platz für seine Gesten zu haben. »Wenn man etwas mit Passion macht, heißt das auch, dass man Opfer zu bringen hat. Es ist schwer, sich an der Spitze zu halten, immer und immer wieder Weintrauben bester Qualität zu produzieren, aber dafür sie sind auch einzigartig.«

Mit einer Handbewegung umriss er den Raum vor sich. »Alles, was uns umgibt, stammt von meiner Familie. Wir machen alles wie früher, selbstverständlich mit modernster Technik. Dabei ist der Stil unser Schlüssel zum Erfolg.«

Ganz nebenbei hatte er eine Flasche entkorkt und goss Francesca ein wenig vom Chardonnay Piodilei ins Glas. Sie betrachtete, wie ihr Vater es empfohlen hatte, zuerst die Farbe und fand sie schön. War das nun hellgelb, sonnengelb, strohgelb, blassgold oder goldgelb? All diese Bezeichnungen hatte sie dem Handbuch für Verkostungen entnommen. Aber war das überhaupt wichtig, wie ein Wein aussah?

»Die Hauptsache ist, dass keine Trubstoffe zu sehen sind«, hatte Feltrinelli ihr mitgegeben. »Klar muss ein Wein sein, brillant, egal, ob er heller ist oder dunkler. Den Dunklen traut man mehr Aroma zu, die Leute halten so einen Wein für teurer, sie sind bereit, mehr dafür auszugeben. Aber es muss kein Zeichen für gehobene Qualität sein.«

Der Wein vor ihr im Glas tendierte mehr zum Goldgelb, aber der Duft gefiel ihr nicht. Da war wenig Wein, dafür mehr Vanille, Nelke, vielleicht Karamell und der Geruch von frisch geschnittenem Holz. Warme, süße, reife Frucht – das jedenfalls stand in dem Prospekt, den sie diskret unter den Block geschoben hatte, auf dem sie die Worte des Weinmachers notierte. Sie hoffte, dass er kein Urteil ihrerseits erwartete, denn sie fand den Wein verhalten und zu weich, interessant wurde er erst nach dem zweiten Schluck. Wozu könnte man ihn trinken, zu welchem Essen? Feltrinelli hatte ihr ein Aromenrad mitgegeben, zwei übereinanderliegende Scheiben. Da stellte man entweder Käse, Fisch oder Pasta ein und fand in einer Aussparung weiter rechts den passenden Wein.

Cesare ließ sie nicht weitergrübeln, er empfahl den in französischen Barriques ausgebauten Wein zu Schalen- und Krustentieren, zu Perlhuhn und Zunge in heller Soße, »durchaus mit Sahne oder Weißwein verfeinert«.

Der Arneis aus den Langhe danach schmeckte Francesca viel besser, es war ein angenehmer Wein, sehr aromatisch und blumig, diese Art mochte sie gern. Cesare sah es ihr an und kam auf deutsche Weißweine zu sprechen, von denen es ihm der Riesling angetan hätte.

Der Dolcetto sei ein Alltagswein, meinte er, was Francesca anders empfand, ihr gefiel der Geschmack von Sauerkirsche gut, sie empfand den Wein als opulent, fruchtig und rund.

»Das kommt vom hohen Alkoholgehalt«, wurde ihr erklärt.

Wunderbar, dachte sie, so muss es sein, und wieder hatte sie etwas gelernt: Der Alkohol machte den Wein rund, ließ ihn reifer wirken. Von jetzt an würde sie die Etiketten genauer studieren.

Dann sprach Cesare Benvenuto über die Unterschiede zwischen Barolo und Barbaresco, obwohl es die gleiche Rebsorte sei.

»Zum Glück bewirtschaften wir Lagen in beiden Gebieten. Bis in die Achtzigerjahre brauchten die Weine bis zu acht Jahre, um trinkbar zu werden, sie brauchten die Reife. Inzwischen haben wir unsere Methoden so gewandelt, dass man sie nach drei bis vier Jahren gut trinken kann und Freude daran hat. Wir haben die Mazeration reduziert, inzwischen reichen fünfundzwanzig Tage auf der Maische. Ihre jungen Kunden, Signora Feltrinelli« – er bezog sich auf die Restaurants, die Francesca angeblich vertrat – »werden es Ihnen danken. Junge Leute wollen Frucht, wollen leichte Tannine und nichts, was auf der Zunge ein pelziges Gefühl hinterlässt. Ein Barbaresco ist im Schnitt ein oder zwei Jahre früher trinkreif als ein Barolo. Aber im letzten Jahr war es genau umgekehrt. Sie können also alles von uns haben. Und wir liefern schnell.«

Der Barbera d'Alba, den Francesca jetzt vorgesetzt bekam, war nach Ansicht ihres Gegenübers auch ein Alltagswein, »nicht anders sieht man das in meiner Familie. Glauben Sie nicht, dass wir jeden Tag Barolo trinken, das wäre unsinnig und würde auch nicht passen«.

Dann setzte er ihr das Flaggschiff der Kellerei vor.

Sie nickte zustimmend, als sie den Barolo probierte, es war ein mehr als drei Jahre gereifter Wein, Francesca fand ihn immer noch zu hart, aber man konnte ihn ganz gut trinken, wenn es auch nicht unbedingt ihr Favorit dieser Verkostung war. Sie konzentrierte sich und versuchte, die Aromen zu finden, die Kirsch ihr vorgegeben hatte: verblühte Rosen, eingelegte Kirschen, Teer, Erde, Leder und Kakao. Für sie war es ein Durcheinander, eine Melange von Eindrücken, die sich nicht zerlegen ließ.

Als Abschluss des Gesprächs kam Feltrinellis Fragenkatalog zum Tragen, über Lieferzeiten, Preise, Importeure, Zahlungsbedingungen und dergleichen, um ihre Farce aufrechtzuerhalten.

Erleichtert, die erste Hürde genommen zu haben, schlenderte sie durchs Zentrum zurück, die Handtasche fest unter den Arm geklemmt. Einerseits war sie froh, den Termin, ohne sich zu verraten, hinter sich gebracht und viel gelernt zu haben. Andererseits war sie erstaunt, dass das Thema Wein sie mehrere Stunden derart gefangen gehalten hatte, dass sie sich nicht pausenlos um Arnold gesorgt hatte. Lediglich beim Anblick der alten römischen Stadtmauer im Keller hatte sie sich gefürchtet; es war lähmend, sich vorzustellen, dass er hier irgendwo hinter den Mauern …

Es musste einen Grund geben, weshalb er sich nicht meldete. Sie konnte sich lediglich vorstellen, dass man ihn daran hinderte. Wusste er etwas, womit er anderen schaden könnte? Verunglückt war er nicht, das schloss sie aus, dann hätte man sie benachrichtigt. Den Gedanken, dass er tot sei, hielt sie mit aller Macht von sich fern, aber dieser Gedanke äußerte sich in der Furcht, die sie seit dem Moment begleitete, als er nicht zurückgekehrt war. Wussten die anderen, die sich auf dem Flugplatz davongestohlen hatten, doch mehr? Niemand hatte bislang irgendeine Vermutung geäußert. Das war allemal verdächtig.

Ohne es zu bemerken, hatte sie den Weg zum Hotel zurückgelegt und stand verloren an der Rezeption. Der Mann mittleren Alters, grau meliert und markig, hager im Gesicht, mit scharf geschnittenen Gesichtszügen, blickte sie fragend an.

»Signora Feltrinelli? Ich habe eine Nachricht für Sie!« Er wandte sich um und nahm einen Zettel aus dem Fach, wo auch ihr Zimmerschlüssel hing. »Da war vorhin ein Herr, er sagte, er könne nicht länger warten, er komme wieder, vielleicht am Abend, wenn er es zeitlich schaffen würde. Sie haben ihn um höchstens eine Viertelstunde verpasst.«

Francesca konnte sich nicht vorstellen, wer es gewesen sein könnte, und starrte auf die ungelenke Schrift auf dem Zettel mit dem Schriftzug des Hotels. Er musste die Nachricht hier am Tresen geschrieben haben.

Cara cugina,
ich habe von dem Unglück gehört, dein Vater hat mich angerufen. Ich will versuchen, dir zu helfen, wenn ich kann. Ich melde mich wieder.

Un saluto,
Ludovico

Von einem Cousin namens Ludovico hatte sie nie zuvor gehört. Allerdings kannte sie ihre italienischen Verwandten kaum, die Familie war zu groß und weit verzweigt, und Francesca hatte wenig Wert auf innige Kontakte gelegt. Die Sippschaft aus Turin war ihr fremd geblieben, sie hatten es Feltrinelli nicht vorgeworfen, dass er nach Deutschland zum Arbeiten gegangen war, sie hatten es ihm übel genommen, dass er nicht wie andere als gemachter Mann zurückgekommen, sondern dort geblieben war. Das hatte die Kluft vertieft. Die Besuche, an die sie sich erinnern konnte, waren immer distanziert geblieben. Und jetzt dieser unbekannte Cousin?

»Wieso hat der Herr keine Telefonnummer hinterlassen?« Francesca gab dem Mann an der Rezeption ihre Karte. »Ich habe hier viel zu tun. Ich werde erst heute Abend wiederkommen. Morgen wird es nicht anders aussehen. Wenn der Herr sich wieder meldet, Ludovico heißt er, dann geben Sie ihm bitte meine Karte und sagen ihm, er soll mich anrufen.«

»Ich habe lediglich die Nachricht entgegengenommen«, sagte der Mann. »Dann habe ich ihm unsere Karte gegeben und ihm gesagt, dass meine Gäste sich normalerweise nicht bei mir abmelden und hinterlassen, wohin sie gehen.« Er konnte sich ein Schmunzeln nicht verbeißen. »Es war ein, ich will mal sagen, ein sehr aufgeregter Herr und einer, der körperlich hart arbeitet. Es kann durchaus jemand aus dem Weinberg sein, ein Weinbauer, so sah er jedenfalls aus, nicht wie ein Kellereibesitzer.«

Wieso sich Francesca darüber ärgerte, wusste sie nicht. Trat hier ihr verschütteter Familiensinn zutage? »Woher wissen Sie das? Sieht man den Piemontesen ihren Beruf an?«

Signor Grimaldi war Besitzer des Hotels, wie sich im Verlauf des Gesprächs herausstellte, und stammte aus einer Familie, die sowohl dieses Hotel wie auch Weinberge besaß. Er war unter Weinbauern und Winzern aufgewachsen und meinte zu wissen, wie sie sich benahmen, wie sie sich bewegten, wie sie sprachen, sich kleideten, wer den Weinberg besaß und wer darauf arbeitete, er erkannte Kellermeister und Erntehelfer. Sein Traumberuf sei Winzer nie gewesen.

»Wir haben unser Erbe geteilt. Mein Bruder nahm den Weinberg, ich bekam das Hotel, aber mit dem Wein kenne ich mich natürlich bestens aus. Ich habe die Jugend im Wechselspiel zwischen Gastronomie und Önologie verbracht, und gute Weine schätze ich bis heute. Wie ich sehe …«, er betrachtete die Visitenkarte, »kommen Sie aus Düsseldorf. Wir hatten gerade letzte Woche eine interessante Gruppe von dort bei uns zu Gast, es waren einige Herren, die gehörten einem Weinclub an …«

Das war für Francesca die Gelegenheit, das Thema in die für sie gewünschte Richtung zu bringen oder einen gewaltigen Fehler zu begehen. »Gehörten die zufällig zum 1. Düsseldorfer Weinclub?«

»Ich glaube ja, so hieß der …«

»Ich habe von der Reise gehört.«

»Kennen Sie den Verein etwa?«

»Das bringt mein Beruf so mit sich.« Francesca war erstaunt, wie leicht ihr die Lüge sogar lächelnd über die Lippen kam. »Es ist auch deshalb bemerkenswert, weil einer der Teilnehmer nicht zurückgekommen ist.«

»Ach? Hatte er einen Unfall, ist etwas passiert?«

»Niemand weiß das. Der Mann ist einfach verschwunden.« Sollte sie es wagen und einen Schritt weitergehen? Es könnte Beteiligte, die davon wussten, nervös machen, und wer nervös ist, begeht Fehler, sagte sie sich und dachte dabei vornehmlich an sich selbst. »Jetzt sucht ihn die deutsche Polizei.«

»Na, wer weiß, was dahintersteckt, hier in Italien ist vieles möglich, aber von einem Verbrechen hätte ich gehört, es ist bei uns schwierig, etwas unter der Decke zu halten, dazu leben wir zu eng beieinander. Ja, hier habe ich sie …«

Grimaldi hatte in seinem Gästebuch zurückgeblättert. »Hier habe ich sie, die Namen: Kirsch, Schilling, Arlitt, Grünleger, Sturm, Trautmann, Heimbüchler … Kennen Sie jemanden von denen persönlich?«

Wen hatte sie dem Rezeptionisten gegenüber erwähnt? Sie durfte sich nicht widersprechen. »Trautmann. Den kenne ich.« Jetzt musste sie nur noch blitzschnell das Thema wechseln. Grimaldi bot ihr die Möglichkeit, von eigenen Interessen geleitet.

»Da Sie sich mit Wein befassen, Signora, wie wäre es da heute Abend mit einer kleinen Weinprobe, mit den Weinen meiner Familie? Natürlich nur, wenn Sie möchten, ganz unverbindlich, selbstverständlich.«

Er lächelte sie an, als sei er mehr an ihr persönlich interessiert als am Verkauf der Weine seines Bruders, oder interpretierte sie seinen fragenden Blick falsch? Ihr Bedürfnis nach Ruhe war im Moment größer als ihre Neugier, und das Bedürfnis, zu lernen, war einstweilen gestillt. »Im Piemont dreht sich alles um den Wein, anscheinend arbeiten alle in dieser Branche«, sagte sie ausweichend.

»Keineswegs. Wir haben die riesige Schokoladenindustrie von Ferrero, von denen stammen die Küsschen, aber die sogenannte Piemont-Kirsche, die gibt es nicht, dafür Haselnüsse in Milliarden. Wenn Sie wollen, Signora, dann halte ich mir den Abend für unsere Probe frei.«

Francesca bezweifelte, dass sie dazu in der Lage sein würde, denn am Nachmittag stand der nächste Kellereibesuch an. Wieder fiel ihr eine Ausrede ein.

»Gehören Sie zu den Traditionalisten oder zu den Modernisten?« Die Frage war ein Schuss ins Blaue. Am Vormittag hatte sie die Begriffe aufgeschnappt, jetzt konnte sie sich über ihre Bedeutung Klarheit verschaffen und damit andernorts punkten.

»So genau lässt sich das längst nicht mehr sagen.« Der Hotelbesitzer reckte sich, um zu sehen, was vor dem Hotel geschah, es schien, als erwarte er weitere Gäste. »In den letzten beiden Jahrzehnten hat sich vieles verändert. Früher waren unsere Weine hart, voller Gerbstoff, sie waren ungeheuer langlebig, es waren die langlebigsten in ganz Italien. Das war noch immer der Stil, den die Marquise von Barolo, Giulia Falletti, mithilfe eines französischen Önologen im ausgehenden 18. Jahrhundert eingeführt hat. Dieser Wein fand im Haus Savoyen, das hier im Piemont herrschte, schnell großen Anklang. Daher stammt wohl auch die Bezeichnung des Barolo als eines königlichen Weins und als Wein der Könige. Aber auch wenn er hart und rau und nicht einfach zu trinken war, wies er doch schon damals eine großartige Struktur auf.«

Was ist denn das nun wieder, fragte sich Francesca, eine großartige Struktur? Sie wagte nicht, danach zu fragen.

»Ein richtiger Barolo zeigte seine Klasse, wenn er erst nach sieben bis zehn Jahren reif war und man ihn trinken konnte. So war das auch bei uns, ich erinnere mich noch gut.«

»Einen Wein so lange liegen zu lassen, zeigt allerdings auch, dass man es sich leisten kann.«

Grimaldi stimmte ihr zu. »Prestige spielt immer eine Rolle. Inzwischen haben sich die Methoden im Weinanbau und im Ausbau radikal verändert. Die Weine sind zugänglicher, die Geschmäcker, die Vorlieben sind internationaler geworden, außerdem will kein Mensch mehr zehn Jahre auf einen Wein warten und ihn sich derweil in den Keller legen, und die sind in Neubauten meist zu warm und zu trocken. Unsere Weine sind heutzutage viel früher trinkreif, drei oder vier Jahre Reife genügen. Das bringt auch jüngere Leute zum Wein. Angefangen hat es mit Änderungen bei den großen Fässern, den *botti*, zu fünftausend Liter, aus slawonischer Eiche. Darin brauchte der Wein durch den geringen Luftkontakt wesentlich länger zur Reife als im kleinen *barile*, das in Frankreich gekauft wurde. Das Verhältnis von Weinmenge zu Oberfläche entscheidet, wie Sie sicherlich wissen. Traditionalisten nutzen die großen Fässer, meist Eiche aus Slawonien, also aus Kroatien und nicht aus Slowenien, wie viele meinen. Es ist ein geschmacksneutrales Holz und weniger feinporig als das französische. Die Eiche wurde zu jung geschlagen, nicht abgelagert und gab hartes, grünes Tannin an die Weine ab. Das war dann der sogenannte Charakter des Barolo, aber in Wirklichkeit ein Weinfehler, aus heutiger Sicht. Die Modernisten nutzen französische feinporige Eiche, da findet der Austausch mit der Luft schneller statt, was unsere Weine weicher und damit früher trinkreif werden lässt. Mengenbegrenzung kommt hinzu, eine bessere Bodenbearbeitung, die genauere Bestimmung des Lesezeitpunkts und so weiter, das ganze aktuelle Programm. Amerikanische Eiche war wegen ihres intensiven Geschmacks bei uns nie gefragt. Das ist was für Spanier, die mögen das. Bei den *barili*, den kleinen, variiert man zusätzlich mit dem Grad des Toastens, auch das wirkt sich natürlich auf den Geschmack aus.«

Francesca erinnerte sich, dass sie im Prospekt von Pio Cesare von mittlerer Toastung gelesen hatte. Jetzt wusste sie zwar, was es mit Modernisten und Traditionalisten auf sich hatte, wie unterschiedlich sich die Fässer auf den Inhalt auswirkten, aber es war zu der unbekannten »Struktur« noch die Unbekannte des »Toastens« hinzugekommen. Die Begriffe hatte sie sicher irgendwann und irgendwo bereits gehört, aber nicht hingehört. Wenn Arnold und seine Weinfreunde bei einem gemeinsamen Essen über derartige Themen räsonierten, klinkte sie sich aus und plauderte mit den Damen über die wesentlichen Dinge des Lebens.

»Wir machen es wie viele Winzer«, fuhr der Hotelbesitzer fort. »Es kommt darauf an, was für einen Wein man haben möchte und ob die Trauben das entsprechende Potenzial besitzen. Wir vermeiden tunlichst, dass der Geschmack des Holzes in den Wein übergeht. Aber es gibt Kunden, die geradezu danach gieren, besonders die Amerikaner, dorthin verkaufen wir am meisten. Auch die Chinesen sind sehr interessiert, die kaufen sowieso alles, was teuer ist. Sie werden die Unterschiede deutlich merken, wenn wir heute Abend probieren. Ich rechne mit Ihnen.«

Francesca redete sich damit heraus, dass sie noch nicht wusste, wann sie zurückkommen würde und ob sie heute am Abend einer Einladung zum Essen folgen müsste. Signor Grimaldi beruhigte sie, er wohne hier im Hause, ganz oben, er hätte am Abend frei, und es sei ihm ein Vergnügen, ihr gegebenenfalls auch morgen die Weine seiner Familie vorzustellen.

»Aber es kann sein, dass nichts daraus wird.«

Signor Grimaldi machte eine entschuldigende Geste und wies zur Tür, vor der ein Kleinbus hielt. »Meine Chinesen, unsere neuen Russen!«, fügte er augenzwinkernd hinzu. »*Hanno soldi a palate!*«

Geld wie Heu, das ist es, was seine Augen funkeln lässt, dachte Francesca, als sie den Hotelbesitzer dem Reiseleiter durch die Glastür zuwinken sah. Hinter ihm zwängte sich eine Gruppe Asiaten, ausschließlich Männer, durch die Tür auf den Gehsteig und machte sich hektisch über die Koffer her, die der Fahrer aus dem Gepäckraum wuchtete. Als die ersten Gäste hereindrängten, bemerkte sie, dass es ihr unmöglich war, bei diesen Leuten vom Aussehen auf die Nationalität zu schließen, und es war Zeit für sie, zu gehen.

Im Fahrstuhl starrte sie auf den Zettel des unbekannten Vetters: Ludovico. Nichts wusste sie über ihn, auch ein Nachname fehlte, außerdem gab man heutzutage seine Handynummer an. So ein Ding nutzte schließlich jeder. Ihr Vater musste wissen, um wen es sich handelte, er hatte diesen Ludovico angeblich angerufen. Feltrinelli verfügte noch immer über Kontakte, hauptsächlich zu den männlichen Familienmitgliedern, während ihre Mutter die Verbindung zu den Frauen hielt. Väterlicherseits gab es eine Tante und drei Onkel, ihre Mutter hatte zwei Schwestern und einen Bruder, das waren insgesamt sieben Tanten und Onkel – und von denen hatte jeder mindestens drei Kinder, also mehr als zwanzig Cousins und Cousinen. Die konnte man unmöglich alle kennen.

Der Anruf ihres Vaters riss sie aus ihren Gedanken.

»Und – wie war der erste Tag als Agentin?«

»Ein Tag auf Glatteis. Aber ich bin, glaube ich zumindest, nicht ausgerutscht.«

Nachdem Francesca ihm ausführlich berichtet hatte, auch von der Begegnung mit dem Konsul in Mailand, wollte ihre Tochter unbedingt mit ihr sprechen. Francesca musste sich ihr gegenüber mit der lähmenden Sorge um Arnold zurückhalten und ihr Hoffnung machen, denn Alice litt mehr als alle anderen unter dem Verschwinden ihres Vaters. Es war richtig gewesen und die einzige Möglichkeit in dieser Situation, dass sie bei den Großeltern blieb. Die konnten sie auffangen und trösten. Die schönste Ablenkung für sie war, wenn sie abends in der Küche helfen durfte und gebraucht wurde. Und Funkin Akidele hatte sie in ihr Herz geschlossen. »Er hat tausend Geschichten zu erzählen. Wir müssen unbedingt mal nach Nigeria.«

Ihren Sohn erreichte sie in der Kanzlei Sachs, Sturm & Partner. »Von Papa noch immer keine Spur? Aber dein Anruf kommt wie gerufen«, sagte Markus, der sich von der negativen Antwort nicht beeinflussen ließ. Er war in Hochstimmung. »Wir sind dabei, die Datei zu knacken. Ohne Dorian von den Anarcho-Hackern würde ich das nie hinkriegen. Der Typ ist echt cool, ich hätte niemals die Geduld dazu. Und ich lerne ganz nebenbei ’ne Menge, auch über Proudhon und Bakunin, Malatesta und die anderen. Ruf mich heute Abend wieder an, dann weiß ich mehr.«

Francesca sagten die Namen nichts. Es war auch nicht die Zeit, danach zu fragen. Sie hoffte nur, dass ihr Sohn nicht indoktriniert wurde. Er war ansonsten ganz vernünftig, und dass Anarchie nicht Chaos, sondern eine soziale Ordnung unter Abwesenheit von Herrschaft bedeutete, hatte sie bei einem ihrer Streitgespräche mitbekommen.

Markus redete weiter, er sprach wie immer rasend schnell, als wenn es fürchterlich viel zu sagen gäbe. »Noch etwas. Seit du weg bist, hat schon zweimal ein Typ aus Münster angerufen, irgendwas mit Chemisches Veterinäramt oder Staatliche Untersuchung. Der wollte Papa dringend sprechen. Ich habe ihn vertröstet, hab gesagt, er sei unterwegs. Dann hat er gefragt, wann Papa von der Reise zurückkomme, und gebeten, dass er ihn dringend anruft. Was soll ich ihm sagen, wenn er sich wieder meldet?«

»Ich müsste wissen, um wen es sich handelt. Was war das für ein Amt, oder war es eine Behörde?«

»Ich hab's aufgeschrieben, aber ich hab den Zettel nicht

hier. Ruf mich heute Abend noch mal an, zu Hause, so nach neun.«

Nach dem Gespräch und nachdem Markus versichert hatte, dass er regelmäßig zum Essen bei den Großeltern erschien und einigermaßen früh zu Bett gehen würde, was sie ihm weniger glaubte, ließ sich Francesca erschöpft nach hinten fallen. Das Bett war viel zu groß für sie allein. Sie starrte an die Decke und fürchtete sich davor, dass die Angst wiederkam, sie fürchtete sich vor der Nacht in diesem Zimmer mit ihrer Schlaflosigkeit, ihrem Grübeln und ihrer Not. Im Morgengrauen würde sie wieder wie zerschlagen zu sich kommen und sich im neuen Tag zurechtfinden müssen. Sie hoffte nur, vorhin keinen Fehler gemacht zu haben, als sie dem Hotelier von Arnolds Verschwinden erzählt hatte. Vielleicht ging ihr Plan auf, und er erzählte es weiter, es kam jemandem zu Ohren, der ihr weiterhelfen konnte. Im besten Fall wandte sich jemand mit einer Nachricht an sie, statt zur Polizei zu gehen. Sie stöhnte, als sie daran dachte, was noch alles zu erledigen war. Ihr Vater hatte ihr die Termine für weitere Weingüter durchgegeben, außerdem stand die Fahrt nach Cuneo auf dem Programm, den Besuch beim Präfekten musste sie hinter sich bringen. Ob der Konsul Wort gehalten hatte und sein Bekannter ihr tatsächlich half?

Das Schloss in Verduno war leicht zu finden, Francesca hatte nicht erwartet, dass die Orte so nah beieinanderliegen würden. Nach fünf Minuten hatte sie Alba hinter sich gelassen und erreichte über eine völlig überdimensionierte Hochstraße nach weiteren fünf Minuten den Ort Roddi. Die Strada provinciale 358 führte links an ihm vorbei, es schien ihr, als seien alle Häuser so eng wie möglich an die am höchsten Punkt des Hügels thronende Festung herangerückt, um Schutz zu suchen und den Weinbergen mehr Raum zu lassen, die wie ein Flickenteppich die Hänge ringsum bedeckten. Das Laub an den Weinstöcken war noch spärlich, graue

Erde schimmerte durch, und auch die Wirtschaftswege zeichneten sich ab. In der schmalen Ebene zwischen den Hügeln wuchs ein wenig Getreide und Gemüse, aber kaum begann der Anstieg zum nächsten Hügel, war der Wein wieder dominant.

Von Weitem konnte Francesca die Pflanzen nicht unterscheiden, es war lediglich ein grüner Teppich, aus der Nähe hingegen war das Weinlaub mit keiner anderen Pflanze zu verwechseln, und sie begriff, dass die Weinstöcke ausschließlich in Reihen an langen Drähten gezogen wurden. Und diese Reihen standen immer quer zum Hang. Das hatte sicher einen Grund, aber musste man den kennen? Vielleicht äußerte sich mal jemand zu dem Sachverhalt, danach fragen würde sie nicht. Was sie während des Besuchs am Vormittag gelernt hatte, war ihr nicht mehr gegenwärtig, es war zu viel gewesen, und auch das, was der Hotelier über die verschiedenen Fässer gesagt hatte. So war es immer, wenn sie etwas lernte, sie musste darüber schlafen, erst am nächsten Tag war es präsent und verfügbar. Aber dann vergaß sie es nie wieder.

Sie passierte den Ort und bog am Ende scharf rechts in die schmale Straße ein, die hinauf zum Schloss und zur weithin sichtbaren Kirche führte. Still war es zwischen den verschlossenen Häusern mit heruntergelassenen Rollläden, bröckelnden Fassaden und rostigen Balkongittern. Wo waren die Bewohner? Auf den Feldern und in den Weinbergen hatte sie niemanden gesehen, und die Gassen zwischen lehmig gelben, ziegelroten und erdfarbenen Bauten wirkten verwaist. Lediglich ein alter Mann zeigte sich neben einer Haustür auf seinen Stock gestützt, er und sein genauso weißhaariger alter Hund blickten ihr nach, wie sie weiter hinauffuhr, links eine hohe Mauer mit darüber hinausragenden Bäumen, vor sich die Kirche San Michele Arcangelo, eine schmucklose Giebelwand, dahinter der Glockenturm mit runden Bögen in typisch romanischer Bauweise.

Francesca stellte den Wagen vor dem großen Tor des

Schlosses ab und klingelte, über die Gegensprechanlage wurde sie nach ihrem Begehr gefragt, während ein kaltes Kameraauge sie aus der Wand heraus anstarrte. Das Tor öffnete sich, und sie folgte einem Weg entlang einer mit Efeu bewachsenen Mauer auf ein würfelförmiges, dreistöckiges Gebäude zu, wie alles hier aus roten Ziegeln erbaut.

Eine junge Frau mit offenem Blick, schmal, blass und wesentlich kleiner als sie und den müden Augen nach überarbeitet, begrüßte sie. »Herzlich willkommen, Signora Feltrinelli.«

Es war ungewohnt für Francesca, und es war ihr peinlich, mit ihrem Mädchennamen angesprochen zu werden. Es war eine Lüge, sie hieß Sturm, und es kostete sie wieder einmal Überwindung, dieser sympathischen Person etwas vorzuspielen. Signor Burlotto, so zierlich wie seine Tochter und Besitzer des Schlosses, das als Hotel und elegantes Restaurant genutzt wurde, stand hinter einem Tresen vor einem meterhohen Regal, das länger gealtert war als jeder Barolo, und packte Weinkartons. Wenn hier sogar der Schlossherr arbeitete, mussten sich die Zeiten auch in Italien geändert haben, dachte Francesca.

Wie üblich begann man mit dem Rundgang, aber Keller und Fässer gab es nicht zu sehen, denn durch die Heirat der Tochter mit einem Barbaresco-Winzer nutzte die Familie Burlotto die nicht durch räumliche Enge begrenzten Anlagen. Dort wurde der Wein gepresst und ausgebaut, hier wurde er abgefüllt und wurden die Flaschen gelagert. Endlich verstand Francesca, dass mit »Ausbau« die Behandlung des Weins nach dem Pressen gemeint war, *la vinificazione*, es bezeichnete den biochemischen Prozess der Transformation der Traube in Wein und seine Verfeinerung. Wichtig, wie ihr erklärt wurde, war die Zeit, die der Wein auf der Maische blieb, in der die alkoholische Gärung stattfand und Farbe sowie Extrakt aus den Beeren herausgelöst wurde. Und dann kam der Wein in die Fässer. Hier nahm man nur slawonische

Eiche, erklärte Federica, weil sie geschmacksneutral sei und durch das feste Holz ein minimaler Austausch mit der Luft stattfinde.

»In diesem Sinne verstehen wir uns als Traditionalisten. Wir haben Barriques ausprobiert und uns dagegen entschieden.«

Erleichtert stellte Francesca fest, dass sie einiges bereits verstand, dass Begriffe vom Vormittag wiederkehrten, die sie einordnen konnte. Aber dann wurde ein ganz anderes Thema angeschnitten.

»Für uns macht der Boden den wesentlichen Unterschied aus«, meinte ihre Begleiterin und führte sie am Ende ihres Rundgangs in den Speisesaal des noblen, jedoch ziemlich antiquierten Hotels. »Wir haben hier hauptsächlich Mergel, entweder stark tonhaltig oder mit mehr Kalk, das lässt die Weine anders werden. Bei uns im Osten der Langhe schimmert ein leichtes Blau im Grau des Boden durch, Sie werden es bemerkt haben, Kalk macht die Weine feiner, mineralisch, und Mergel lässt sie früher trinkreif werden. Sie fallen eleganter aus und sind intensiver im Duft. Diese Bodenformationen finden wir hauptsächlich auf der linken Seite des Tanaro. Auf dieser Seite des Flusses ist der Boden erdgeschichtlich jünger. Und dann kommt wie überall hinzu, wie der Weinberg ausgerichtet ist. Wo der Schnee im Frühjahr zuerst schmilzt, sind unsere besten Lagen, aber in manchen Jahren kann es zu warm werden, die Reifeperiode wird zu lang, die Weine werden schwer und fett, und das wollen wir nicht. Dann muss man zu früh lesen, und die Trauben reifen nicht gleichmäßig aus.«

Mittlerweile waren sie im Probierraum angekommen, Francesca stellte ihre Handtasche unter den großen runden, leicht geneigten Tisch, bei dem sie fürchtete, dass die Gläser umfielen. Sie reichte Federica, die sofort fragte, was sie probieren wolle, ihre Visitenkarte.

»Mir wäre ein Querschnitt lieb, dann lässt sich gut beurteilen, was ein Weingut ausmacht, wo die Besonderheiten liegen, was Sie von anderen unterscheidet.« Innerlich stöhnte sie wegen der nichtssagenden Floskeln, andererseits war es auch nicht falsch, Federica war zufrieden und ging die Weine holen.

An diesem Tisch haben sie gesessen, dachte Francesca und sah die Runde vor sich, den kleinen Dr. Arlitt, den Orthopäden, der es immer eilig hatte, nicht zuhören konnte, jeden zum MRT schickte und alle sofort operieren wollte. Hier hatte Volker Trautmann räsoniert, wie er es immer tat, und mit seinem Wissen über die Historie des Piemont angegeben und die anderen gelangweilt, was weniger an den Fakten als an der Darstellung lag.

Grünleger, der Finanzbeamte, hatte ihm sicherlich fasziniert an den Lippen gehangen und selbstverständlich zugestimmt, denn was eine eigene Meinung war, wusste er nicht, jedenfalls hatte er nie versucht, etwas Derartiges von sich zu geben. Peter Schilling war eigentlich ganz sympathisch, wenn er nicht dauernd, außer in Grünlegers Anwesenheit, über Steuerspartricks referieren würde.

Heimbüchler und Kirsch hörten ihm immer gern zu, wer hatte nicht das Gefühl, vom Staat ausgenommen zu werden, und musste sparen? Die beiden waren die Einzigen, mit denen sie weiterhin rechnen konnte. Kannte einer von beiden diesen Menschen aus Münster, wussten sie mit ihm etwas anzufangen? Was wusste diese Truppe wirklich? Hielten sie aus Kumpanei dicht? Was war wirklich auf der Reise geschehen?

Ein Wein mit dem Namen Basadone kam auf den Tisch, gekeltert aus der Rebsorte Pelaverga, den Feltrinelli nicht erwähnt hatte, aber er stand auf ihrem Spickzettel.

»Die Rebsorte fand bei uns bereits um das Jahr 1600 Verbreitung.« Federica füllte Francescas Glas zwei Finger hoch. »Sie war hier die wichtigste, bis sie von Nebbiolo und Barbera verdrängt wurde.«

Es war ein hellroter Wein, himbeerfarben und auch mit leichtem, unaufdringlichem Himbeeraroma, wie Francesca empfand und was sie auch notierte, immer die Ermahnungen ihres Vaters im Gedächtnis, sich um Himmels willen ja als Profi darzustellen.

Da kam der nächste Wein ins Glas, es war ein Barbera von der Lage Bricco del Cuculo, vom Berg des Kuckucks, dessen Geschmack an Rote Beete erinnerte. »Vegetalisch« war ein Wort, das Francesca bislang nie in Zusammenhang mit Wein in den Sinn gekommen war, würzig hingegen schon, aber er war nicht hart und rau wie der Barbaresco, der zwar sechs Jahre alt war, den man aber besser noch zwei Jahre reifen lassen sollte, wie Federica empfahl.

Vierzig Jahre Leben gab sie hingegen dem Barbaresco Rabajà, eine Francesca unbegreifliche Größe. Sollte ein junger Mann von fünfundzwanzig den Wein kaufen, um ihn bei Eintritt ins Rentenalter zu trinken? Vorsichtig probierte sie, mit dem Gröbsten rechnend – und war fasziniert. Wenn Arnold bislang derjenige war, der die Weine zu dem ausgesucht hatte, was sie kochte, so dachte sie heute selbst, dass sie hierzu gut einen gebratenen Fasan oder eine Rehkeule auf den Tisch bringen könnte.

Sie zögerte, führte das Glas erneut an die Nase, nur um Zeit zu gewinnen und sich über ihre Gefühle klar zu werden. Die intensive Beschäftigung mit Wein brachte sie auf andere Gedanken, und sie fand Gefallen daran. Das hatte sicher auch mit Federica zu tun, die ihr keine wissenschaftlichen Vorträge hielt, wie die Gäste des »Tavolata« oder die Jungs vom 1. Düsseldorfer Weinclub, wenn sie von technischen Daten schwatzten.

Zuletzt kamen zwei Baroli, Massara und Monvigliero, der eine vor sechs, der andere vor acht Jahren abgefüllt. Beide waren eindeutig härter, und man wünschte sich, nach dem Probieren schnell etwas zu essen, um das pelzige Gefühl im Mund loszuwerden. Aus diesem Grund stand ein Glas mit

Grissini auf dem Tisch, die sich Francesca jedoch verkniff, es hätte unprofessionell gewirkt. Bei den Weinproben zu Hause oder im »Tavolata« standen immer Käse, Wurst und Grissini in Reichweite, und es gab einige, die davon Gebrauch machten, andere wieder nicht, zu denen gehörten ihr Vater und Arnold.

Dunkle Beeren herrschten im Geschmack beider Weine vor, es gab viele verschiedene Aromen, die Francesca nicht auseinanderhalten konnte, es waren kraftvolle Weine, aber längst nicht so undurchsichtig wie viele Spanier, die sie immer als zu dick empfand und die sie satt machten. Diese hier hingegen brachten ihren Speichel zum Fließen, und als sie zum Schein einige Worte in ihr Büchlein gekritzelt hatte, griff sie nach dem Gebäck.

»Wie groß ist das Volumen Ihrer möglichen Bestellung?«, war eine von Federicas Fragen. »Wir verfügen nicht über unbegrenzte Mengen. Wir müssen disponieren. Wenn ein Wein ausverkauft ist, könnte man höchstens einen anderen Kunden fragen, ob er unverkaufte Flaschen hat. Es nutzt weder Ihnen noch uns, wenn wir unreife Jahrgänge anbieten, die den Kunden keine Freude machen.«

Bevor Francesca das Weingut verließ, besichtigte sie noch den wunderschönen Garten mit Pracht-Tannen neben Fächerpalmen im dichten grünen Rasen. Vom Garten aus hatte man angeblich einen Traumblick bis zu den Alpen, doch von dem Gebirge hatte sie bislang nichts gesehen, es lag irgendwo im Dunst, der die Ebene bedeckte, wo auch der Po sein Bett fand. Im Dunst lag für sie auch alles andere, damit auch die Zukunft ihrer Ehe und der Kinder und ihre eigene. Sie durfte sich einfach nichts vorstellen, nichts ausmalen, keine Schlüsse ziehen, andernfalls würde sie durchdrehen.

13

Statt Signor Grimaldi empfing jetzt eine junge Frau an der Rezeption die Gäste, von der Francesca erfuhr, dass die Weinprobe mit ihrem Vater am Abend ausfiele, da die Gruppe aus China im Saal unter sich bleiben wolle und er sich persönlich um sie kümmern müsse.

»Dabei wäre das doch auch etwas für Sie, als Einkäuferin. Er stellt die Weine unserer Familie vor. Mein Onkel betreibt unser Weingut, mein Bruder arbeitet bei ihm mit. Ich bin lieber hier, mir macht die Hotellerie mehr Spaß, man kommt mit Leuten aus der ganzen Welt zusammen.«

Das ist beim Weinbau nicht anders, dachte Francesca, aber sie war zu abgespannt, um sich auf ein Gespräch einzulassen, sie fühlte sich zerschlagen und auch ein wenig betrunken. Es war unverantwortlich, dass sie den Wagen benutzt hatte, doch wie lange hätte sie warten oder spazieren gehen müssen, um wieder nüchtern zu werden? Eine Stunde oder zwei? Sie wollte nur schlafen.

»Aber die Chinesen wollen keine Fremden dabeihaben«, sagte die junge Frau. »Mein Vater findet das unsinnig, ich habe ihn mit dem Dolmetscher reden hören, übrigens auch ein Chinese. Uns Langnasen trauen sie nicht, aber man kann sich seine Gäste nicht aussuchen. Dabei stört eine Person mehr oder weniger niemanden, man trinkt ihnen ja nichts weg. Wein ist genug da. Aber die Chinesen wollten unbedingte Diskretion.« Signorina Grimaldi machte eine wegwerfende Handbewegung. »Diese Leute versteht wirklich keiner, da kann man noch so freundlich sein, ein Lächeln kriegt man nicht zurück. Na ja, sie zahlen gut. Mir sind allerdings andere Gäste lieber. Sie sind aus Düsseldorf? Da hatten wir letzte Woche eine Gruppe, nur Männer, wie die Chinesen, aber die waren zumindest in bester Stimmung, auch wenn sie sich später ziemlich heftig gestritten haben.«

Streit? Darüber hatten weder Heimbüchler noch Kirsch ein Wort verloren. Francesca interessierte brennend, wer gestritten hatte und aus welchem Grund. Sie musste ihre Fragen vorsichtig stellen, als hätte sie einen Betrieb zu prüfen, bei dem sie eine Manipulation des Abschlusses vermutete oder ihr äußerst diskret angeboten wurde – gegen entsprechendes Entgelt selbstverständlich –, darüber hinwegzusehen. In derartigen Fällen konnte sie nur das Mandat zurückgeben, an diese Regel hatte sie sich bisher konsequent gehalten, so radikal, dass sich sogar ihre Eltern darüber lustig gemacht hatten. Basilio sowieso, der ließ jederzeit fünfe gerade sein. Aber hier und heute ging es um ihre Interessen und die ihrer Kinder, da ließ sich kein Mandat zurückgeben. Das käme einer Selbstaufgabe gleich. Unverfänglich musste ihre Frage sein, sie durfte keinen Verdacht erregen, nichts durfte darauf hinweisen, dass sie an der Sache beteiligt war.

»Man erlebt sicher so allerhand, als junge Frau an der Rezeption?« Francesca hoffte, dass Signorina Grimaldi den Köder annahm. Jetzt war es wieder von Vorteil, dass sie den Namen Feltrinelli benutzte und akzentfrei Italienisch sprach, man konnte sich sozusagen von Frau zu Frau über deutsche Männer austauschen.

Die Signorina sah sich um, ob jemand zuhörte, dann beugte sich vertraulich über den Tresen. »Zwei von denen haben doch tatsächlich gefragt, ob es hier in Alba ein Nachtleben gäbe. Ein Nachtleben, Bars und so etwas, natürlich waren sie hinter gewissen Frauen her, Sie verstehen? Lächerlich. Besonders so ein kleiner blasser … die Kleinsten sind die Schlimmsten, *non è vero?*« Sie lachte ein wenig ordinär. »So einen hatten wir auch bis vor Kurzem in Rom …«

Da konnte es sich nur um Grünleger handeln, dachte Francesca, der Finanzfritze. Wahrscheinlich nahm er das mit dem Behördenhengst zu wörtlich. Signorina Grimaldi hatte sicher Expräsident Berlusconi im Sinn.

»… und der andere war Arzt, sie sprachen ihn mit *Dottore* an. Ich kam dazu, als mein Vater meinte, sie sollten am besten nach Cuneo fahren, das sei nicht weit, die entsprechenden Bars an der Landstraße könne man nicht verfehlen. Da weiß auch jeder Taxifahrer, wohin es geht.«

Der feine Dr. Arlitt war also auch mit von der Partie. »Und die anderen?« Francesca übte sich in der Mimik der weiblichen Verschwörerin. Sie war gleichzeitig erleichtert, dass Arnold sich anscheinend aus derartigen Eskapaden heraushielt. Oder etwa nicht? Lag die Polizistin auf dem Flughafen doch nicht so falsch?

»Ich habe mich am nächsten Morgen ums Frühstücksbüfett gekümmert, da haben sie ziemlich laut gestritten, ich habe natürlich kein Wort verstanden, aber man sieht es an den Gesichtern, um wen es geht. Ich glaube, es hat den anderen nicht gefallen, dass die beiden sich abgesetzt hatten. Man wird im Hotel bei meinem Beruf zur Psychologin. Ich hätte wirklich gern Psychologie studiert. Bei manchen Gästen weiß ich schon, was auf mich zukommt, allein die Art, wie jemand die Tür aufstößt.«

»Kaum sind sie von zu Hause weg, schlagen sie über die Stränge.« Mit diesen Worten wollte Francesca das Gespräch beenden, aber die Tochter des Hotelbesitzers wusste noch mehr, was sie loswerden wollte.

»Am selben Abend ging der Streit weiter, aber da muss es um was anderes gegangen sein, denn die Signori wollten essen, mein Vater hatte gerade unsere Weine präsentiert, der Tisch war voller halb gefüllter Gläser, und überall lagen Prospekte von Weingütern. *Dunghe, se mi domanda*, wenn Sie mich fragen, bei den Namen, die sie von den Weingütern hier im Piemont genannt haben, stritten sie darüber, wo sie hingehen sollten.«

War die Reiseroute nicht vorher festgelegt worden? Das zumindest hatte Arnold ihr erzählt. War Kirschs Besuchsplan nicht mit dem Reiseverlauf identisch? Was nutzte es, wenn sie ihn telefonisch zur Rede stellte? Interessant wäre es nur, wenn Heimbüchler und er sich widersprechen würden. Sollte sie es darauf ankommen lassen, oder würde sie sich dann sämtliche Sympathien verscherzen? Zu viele Fragen …

Sie bat die Signorina, ihr einen Kaffee in den Frühstücksraum zu bringen, was diese sogleich tat. Als sie das Zuckertütchen aufriss und den Zucker in den Kaffee rieseln sah, zögerte sie. Wieso vertraute sie darauf, dass tatsächlich Zucker drin war und nichts anderes, das einen eventuell vergiftete, fahrlässig oder mit Absicht? Das Vertrauen war stets von der Hoffnung genährt, dass man nicht betrogen werden wollte. Was wäre, wenn, was wäre ihr lieber? Dass Arnold tot war, lieber als dass er sie in den Armen einer anderen betrog? Sie erschrak bei diesem Gedanken und schämte sich. War der Gedanke daran bereits Verrat? Aber konnte es nicht sein, dass er »sein Ding« gefunden hatte, ganz ohne sie, ohne dass sie für diese Entwicklung verantwortlich war? Hatte er sich nicht letztlich mehrmals dahingehend geäußert, dass er seiner Arbeit überdrüssig sei? Dass ihn die Juristerei zermürbe, Paragrafen und Paragrafenketten zu finden, Schlupflöcher, die anderen Leuten noch mehr Geld einbrachten? Immerhin wurde er dafür fürstlich entlohnt.

Sie durfte sich nicht so viele Fragen stellen, sie verlor sich in Zweifeln, stattdessen musste sie mit den Füßen auf der Erde bleiben, durfte keinesfalls die Bodenhaftung verlieren, dann wäre alles verloren. Die Bodenhaftung waren ihre Kinder. Sie rief Markus an. Doch der hatte, wie sie entnervt feststellen musste, sein Handy ausgeschaltet. Ihre Freundinnen Hanna und Steffi verbrachten den Urlaub in Thailand. So blieben ihr noch die Eltern. Feltrinelli war längst im Restaurant.

»Ich habe Basilio dazu verdonnert, diesen Afrikaner anständig zu behandeln. Er sagt, der sei illegal, wir würden uns strafbar machen, aber irgendwer muss sich doch um diese Leute kümmern, sonst tun es irgendwelche Gangster, und die armen Leute kommen unter die Räder. Also habe ich ihm gesagt, er soll den Mund halten. Akidele ist ein guter Koch, er lernt schnell. Und, wie war der Tag als Einkäuferin? Barolo ist eine Klasse für sich, findest du nicht auch?«

Francesca berichtete ihm in knappen Worten. Sie merkte, dass sie sogar ein wenig stolz darauf war, dass alles gut gelaufen war. »Man hat mir die Rolle abgenommen.« In den Weingütern sei ihr nichts aufgefallen, nichts, das ungewöhnlich war. »Wie aber soll ich das Ungewöhnliche überhaupt entdecken, wenn ich das Gewöhnliche nicht einmal kenne?«

»Verlass dich auf dein Gespür und halte die Augen offen. Ihr Frauen habt angeblich so etwas wie weibliche Intuition, sagt man zumindest …«

Auf die antiquierten Sprüche ihres Vaters, auch wenn sie nicht böse gemeint waren, musste Francesca nicht eingehen. »Was hat es mit diesem Cousin Ludovico auf sich, wer ist das? Du hast niemals von ihm gesprochen.« Diese Sache war ihr wichtig. »Hier im Hotel war ein Ludovico, du sollst ihn angerufen haben.«

Ihr Vater kannte keinen Ludovico. »Ich habe lediglich Elena angerufen, meine älteste Schwester. Du kennst Elena, sie war vor sieben Jahren bei uns zu Besuch, sie wollte mir, wollte uns helfen. Sie sagte, der Sohn von Claudio, unserem Cousin, würde in der DOC Barolo auf Weingütern arbeiten, er sei Weintechniker, käme viel herum, und er hat Familie. Der könnte dir helfen. Wo er arbeitet, hat sie nicht gesagt. Wenn er sich gemeldet hat, dann hat Elena ihr Versprechen gehalten.«

»Claudio, ist das der, mit dem du dich nie vertragen hast?«

»In schwierigen Situationen muss man sich überwinden«, meinte ihr Vater ausweichend, »gerade dann ist es wichtig, dass die Familie zusammenhält.«

Hoffentlich tut sie das, dachte Francesca, nachdem sie sich versichert hatte, dass mit Alice alles in Ordnung war und Markus wirklich zum Essen kam. Eigentlich hätte sie daran gar nicht zu zweifeln brauchen, er war in dem Alter, in dem er alles verschlang, was irgendwie essbar schien, und er liebte seine *nonna*, die Großmutter, allein schon wegen ihrer Kochkunst. Sie hatte sich alles selbst beigebracht, sie hatte damals mit der Pizzabude angefangen und bald mehr verdient als ihr Feltrinelli mit ungelernter Arbeit im Maschinenbau. Sie hatte die Familie aus der Not herausgewirtschaftet und Feltrinelli das Kochen beigebracht. Heute konnte er es fast besser als sie.

»Wenn Alice kommt, soll sie mich anrufen.«

Mit diesem Satz beendete Francesca das Gespräch. Draußen war es ruhig geworden, in den Gassen zwischen den Häusern schallten die Stimmen der Passanten, und Francesca verstand beinah jedes Wort, das auf der Straße gesprochen wurde. Autotüren klappten, Wagen wurden angelassen, jemand rief etwas zum Fenster heraus, und sie hörte ein Baby im Haus gegenüber schreien und das Klappern von Tellern – es war Zeit fürs Abendessen. Francesca konnte sich nicht erinnern, wann sie sich zuletzt derart einsam gefühlt hatte. Auch die Geräusche im Hotel deuteten darauf hin, dass alle anderen mit irgendjemandem in Verbindung standen. Nur sie war allein. Sie hörte den Fahrstuhl, unbekannte Stimmen, dann ein anhaltendes, junges Lachen, und nebenan rauschte die Toilettenspülung. In diesem Zustand wäre es ihr noch schwerer gefallen, allein auf die Straße zu gehen oder in einem Restaurant zu sitzen und wie ihre Freundin Anita nach der Scheidung in jedem Blick, der sie traf, etwas von Mitleid zu spüren. Sie lag rücklings auf ihrem Bett, sich auszuziehen schien ihr zu mühsam, und starrte an die Decke in dem mittlerweile dunklen Raum, in den nur die Straßenlaternen ein fahles Licht durch die Gardinen warfen. Die Deckenlampe zeichnete einen bedrohlichen Schatten an die Wand.

Als ihr Telefon läutete, zuckte sie zusammen, für eine Sekunde stockte ihr Atem, sie schnappte nach Luft und war erleichtert, als sie auf dem Display ihre eigene Telefonnummer erkannte. Und dann hörte sie Markus' Stimme. »Wir haben's geschafft, Mama. Wir haben die Datei geknackt. Wir sind gut, Dorian ist spitze, der Typ ist super. Außerdem kannst du beruhigt sein, ich fahre gleich zur *nonna.*«

»Habt ihr Herrn Sachs nicht gestört?«

»In Gegenteil, er kam öfter nachsehen, wie weit wir waren, und hat uns Kaffee und Brötchen bringen lassen. Es war schon bedrückend, in Papas Büro zu sitzen, an seinem Schreibtisch und mit seinem Rechner zu arbeiten. Aber jetzt bin ich wieder zu Hause und habe alle Dateien auf dem USB-Stick.«

»Hast du gegessen?«

»Ich gehe noch an Überfettung zugrunde. Ich sag doch, ich fahre gleich ins ›Tavolata‹. Ich nehme das Rad.«

»Sei vorsichtig. Hast du das Licht repariert?« Die Sorge um ihre Kinder drängte für einen Moment die anderen Sorgen in den Hintergrund, und sie fragte gar nicht, was die geknackte Datei enthielt.

»Es sind Berichte, Zeitungsartikel, Analysen. Soweit ich das verstehe, dreht sich alles um Investitionen und um Finanztransaktionen.« Markus war hörbar stolz auf seinen Erfolg. »Hier steht was von einer Expansion als Folge einer langfristigen Strategie, das sagt mir nichts. Alles steht irgendwie in Zusammenhang mit China, mit der chinesischen Wirtschaft und damit, dass die Chinesen nach Westen drängen, nach Europa, nach Deutschland. Sie kaufen Firmen auf, um sich deren Know-how anzueignen. Sie geben zinsfreie Darlehen an die armen Länder der Peripherie, die Südstaaten, die in der Krise waren, Griechenland, Italien, Mazedonien, auch Polen …«

Markus redete wieder viel zu schnell, sodass Francesca kaum Gelegenheit hatte, über das Gesagte nachzudenken. Er war vom Entdeckten begeistert, und doch verstand er die Zusammenhänge nicht. »Was hatte Papa mit Chinesen zu tun?«

»Hat Herr Sachs es dir nicht erklärt?«

»Der wusste nichts damit anzufangen. Chinesische Kunden hätten sie nicht, und dass Papa mit China arbeitet, war ihm neu.«

»Von wem sind die Analysen?«

»Das meiste sind Zeitungsartikel, Wirtschaftswoche, Frankfurter Allgemeine, die englischsprachige Ausgabe der Financial Times, Le Monde Diplomatique … Und hier ist was vom Handelsblatt und von einer Bank … Da ist ein PwC-Netzwerk erwähnt, das heißt …«

»PricewaterhouseCoopers!«

»Woher weißt du das? Kennst du die?«

»Natürlich, das sind internationale Wirtschaftsprüfer, es handelt sich um ein weltweites Netz von Firmen, die angeblich alle selbständig sind und doch zusammenhängen, du musst dir das vorstellen wie Botschaften, die ein Land wie Deutschland im Ausland unterhält, oder Länderbüros für Wirtschaftsspionage. Es war angeblich ein Mitarbeiter von PwC, der ausgeplaudert hat, dass die Konzerne in Luxemburg nur ein Prozent Einkommensteuer zahlen. Wahrscheinlich hat PwC das überhaupt erst eingefädelt. Der Hauptsitz der Gesellschaft ist in London.«

»Stimmt, hier ist London öfter erwähnt. Das ist nur der eine Ordner. Der zweite enthält eine Unmenge Artikel über Geldwäsche, aus der New York Times, aus der Neuen Zürcher Zeitung, und dann gibt es hier etwas«, Markus machte eine Pause, »einige Artikel aus Nachrichten für den Außenhandel. Da ist eine Textstelle markiert: ›Im Hochtechnologiebereich liefern sie jedoch nur eingeschränkt nach China. Sie befürchten, dass ihr Know-how abgeschöpft und später gegen sie verwendet …‹ Und dann geht es hier um Treuhänder, um Treuhandfirmen, um Strohmänner. Was sind Treuhandfirmen?«

Francesca wurde schlecht. Ihr schwante Fürchterliches. Wenn Arnold da hineingeraten war …

»Das sind Firmen, die für dich Geschäfte machen, als seist du es selbst, die dürfen in deinem Namen alles unterschreiben, alle Geschäfte regeln, sie dürfen dein Geld verwenden, damit der wirklich Verantwortliche im Hintergrund bleibt.«

Die Übelkeit begann im Magen, stieg langsam von dort in den Hals, es war das gleiche eklige Gefühl wie am Flughafen, als sie begriff, dass Arnold nicht gekommen war und nur sein Koffer vor ihr stand – fast wie ein Sarg. Wenn es sich um Geldwäsche und Wirtschaftsspionage handelte, wenn sein Verschwinden damit in Zusammenhang stand, wenn er irgendwelchen Betrügereien auf die Spur gekommen war, dann – ja was dann? Dann war Arnold ernsthaft in Gefahr, dann war es schlimmer, als sie bisher hatte wahrhaben wollen, dann war er in etwas hineingeraten, womit er sich besser nicht befasst hätte und was seine Fähigkeiten überstieg. Es musste brisant sein, sonst hätte er die Dateien nicht derart gesichert und seinem Sozius davon berichtet. Oder versteckte Sachs sich hinter Unwissenheit?

»Mama, warum bist du so still?«

Es war Francesca nicht aufgefallen, dass sie Markus nicht mehr zugehört hatte, die Angst lähmte sie. Es war gefährlicher, als sie befürchtet hatte. Bei Geldwäsche war die Gefahr riesig, denn es ging immer um Millionen.

»Mama! Was ist los, bist du noch da? Hallo …«

»Ja, ja, ich bin hier, ich denke nach.« Francesca versuchte, ihrer Stimme einen ruhigen Klang zu geben.

»Es gibt noch einen Ordner, unter dem Titel ›Wein‹.«

»Und worum dreht es sich da?« Francesca riss sich zusammen. Da war also die Verbindung zum Wein …

»Der lange Marsch zur gehobenen Weinkultur, Château Chinois, das ist auch eine Überschrift. Was bedeutet das?«

»Kann ich dir nicht sagen – lies weiter …« Francesca tat es sofort leid, dass sie so schroff reagierte, wo Markus ihr doch half.

»Weltmacht sucht Winzer, aus der Süddeutschen Zeitung, da ist wieder was markiert.«

»Lies vor!« Schrecklich, sie hatte sich nicht im Griff. Sie merkte es daran, dass Markus zögerte. »Bitte, lies mir vor.« Sie musste ihn besser behandeln, er war kein Kind mehr, wie sie deutlich merkte, er wurde erwachsen, in zwei Jahren würde er Abitur machen.

»›Die Preise für Bordeaux sind in den vergangenen zwanzig Jahren um tausend Prozent gestiegen. Das liegt vor allem an den Chinesen. China ist mittlerweile der fünftgrößte Weinverbraucher, obwohl der Pro-Kopf-Konsum immer noch bei unter zwei Flaschen pro Jahr liegt. Zum Vergleich: Die Deutschen trinken mehr als einundzwanzig Liter pro Person.‹ Es ist wirklich besser, ich schicke dir diese Dateien.«

»Das wäre sinnvoll«, sagte sie wie in Trance und wusste nicht, wie sie sich vor der Flut der auf sie einstürzenden Gedanken retten sollte.

Dann erzählte Markus, dass der Mann aus Münster wieder angerufen und nach den Proben gefragt habe.

»Welche Proben?«, fragte Francesca.

»Das habe ich ihn auch gefragt, er meinte nur, dass Papa schon Bescheid wüsste ….«

Ob es sich hier um dieselben Proben handelte, wie sie sich die Mitglieder vom 1. Düsseldorfer Weinclub nach Düsseldorf kommen ließen, in einer großen Lieferung gesammelt und an einen Weinhändler adressiert, bei dem sich dann jeder seinen Wein abholte?

»Diesmal habe ich mir den genauen Namen von dem

Laden da in Münster aufgeschrieben. Es ist das Chemische Landes- und Staatliche Veterinäruntersuchungsamt, die machen Weinkontrollen für Nordrhein-Westfalen. Der Typ, der angerufen hat, heißt Ziegler.«

»Und der Vorname?« Francesca verstand nicht, weshalb Markus lachte.

»Ich habe anschließend bei dieser Anstalt angerufen. Mama, halte dich fest, da gibt es keinen Ziegler.«

14

Der Morgen war frisch und klar. Die Burgen, Kirchen und Palazzi auf den Hügeln beiderseits der Landstraße lagen im harten, gleißenden Licht der Morgensonne. Die eng stehenden Häuser, an die großen runden Türme gedrängt und unlösbar ineinander verschachtelt, wirkten wie geputzt und frisch gestrichen und als Teil einer friedlichen, einladenden Welt. Francesca wusste, dass sie nicht näher herankommen durfte, denn was sich unter vielen der roten Ziegeldächer abspielte, war weniger friedlich und kaum anders als in Düsseldorf, und, wenn sie daran dachte, was Feltrinelli über seine ehemaligen Landsleute sagte, in keiner Weise besser. Aber dass die Menschen sie hier freundlich und zuvorkommend behandelten, machte ihre Aufgabe ein wenig leichter. Doch an diesem Morgen musste sie sich sagen, dass sie nicht hier war, um über die Italiener nachzudenken oder die Aussicht zu genießen.

Weiter rechts lagen Roddi und Verduno, wo sie gestern gewesen war, ein wenig abseits. Alles ließ sich aus der Höhe überblicken. Dann folgte links Grinzane Cavour, der neue Teil des Ortes in der Ebene, der alte auf der Hügelkuppe dahinter. Von Osten schob sich dann La Morra heran, weithin sichtbar, mächtig über allem, auf weicherem Boden thronend, der trinkreifere, geruchsintensivere und elegantere Weine hervorbringen sollte, wie im Atlas der Weingüter beschrieben. Alle diese Ortsnamen waren mit Wein verbunden, allen war sie im Reiseplan ihres Vaters und in Kirschs

Aufzeichnungen begegnet. »Unsere Mitarbeiterin wird Sie aufsuchen, sie spricht fließend Italienisch …«, so Feltrinellis Worte den Winzern gegenüber.

Und er telefonierte noch immer. Ihre Familie, das war ihre Stärke, nicht einen, auch nicht den Schwächsten ließ man zurück, das hatten ihre Eltern ihr mitgegeben. Arnold war bei Weitem nicht der Schwächste. Das war Basilio, und es tat ihr weh – trotz aller Vorbehalte war er schließlich ihr Bruder.

Die Ebene zwischen den Hügeln – diese Erhebungen Berge zu nennen, wäre nicht unbedingt falsch – zeigte das satte Grün von jungen Weizenfeldern, Obstbäumen, Gärten, Waldinseln, flankiert von silbernen Pappeln. Kaum jedoch begann die leichteste Steigung, war wieder Wein angepflanzt. Ein derart geschlossenes Feld von Rebanlagen hatte Francesca bisher noch nirgends gesehen. Der Osten, Süden und Westen waren bestockt, nur die Nordhänge dienten anderen landwirtschaftlichen Zwecken. Viehzucht gab es offensichtlich überhaupt nicht. Wäre das Land nicht so wellig gewesen, so abwechslungsreich in seiner Bewegung, im Auf und Ab, in den sich immer aufs Neue verschiebenden Perspektiven, und das auf kürzester Entfernung, hätten Rebgärten langweilig wirken können. Das Burgund, wo sie vor zwei Jahren mit Arnold gewesen war, und auch Bordeaux, hatte sie in seiner flächigen Monotonie als viel weniger abwechslungsreich empfunden.

In knapp zehn Minuten hatte sie das Tal durchfahren, irgendwo rechts der Straße sollte das Weingut liegen, wo die Weinfreunde nach dem Auszug aus dem Hotel in Alba gewohnt hatten. Morgen würde auch sie dahin umziehen. Jetzt aber musste sie sich entscheiden, an einer Gabelung ging es auf beiden Wegen nach Barolo, sie nahm den linken und sah im Vorbeifahren ein Schild mit dem Namen Cannubi. Das hier, dieser graue Sandboden mit einem leichten gelblichen Schimmer sollte eine der besten Lagen für Barolo überhaupt sein, die Grand-Cru-Lage. Etwa einen Kilometer weiter erreichte sie Barolo, einen Ort, den sie sich größer und weniger touristisch vorgestellt hatte. Auch hier, bei den Marchesi, an deren satt gelbem Palazzo mit den Palmen sie vorbeifuhr, in weiter Kurve zum Zentrum hinauf, würde sie vorsprechen müssen – und das ohne jeden Anhaltspunkt, ausschließlich getrieben von dem Wunsch, wenigstens eine Spur von Arnolds Spuren zu finden.

In der alten Festung, geradezu ein monolithischer Block mit malerischen Zinnen auf den beiden Türmen, sollte das Barolo-Museum sein, sie würde es sich gern irgendwann einmal anschauen, allerdings unter freundlicheren Umständen. Ich bin nicht auf einer Besichtigungstour, sagte sie sich, und es gibt auch nicht den geringsten Grund, den wunderbaren Morgen zu genießen, seine Klarheit und Frische, seine Unschuld. Aber sie kam nicht umhin, die Schönheit des Morgens zu bemerken, und es nahm ein wenig vom Gewicht von ihren Schultern. Arnold hat es hier auch gefallen, sie erinnerte sich an seine Worte. Jeden Abend hatte er angerufen. Wieso hatte sie nichts an ihm bemerkt, keine Veränderung in der Stimme, keine dunklen Untertöne wegen des Streits und der Spannungen in der Gruppe? Nicht eine Andeutung war von ihm gekommen. Oder hatte die Tochter des Hotelbesitzers den Umgang der Männer miteinander falsch gedeutet? Deutschen wurde von Italienern schnell nachgesagt, dass sie ruppig und unfreundlich seien. Aber später, da waren sie schon ein paar Tage unterwegs gewesen, hatte er nicht mehr so gelöst geklungen wie zuvor. Sie hatte nicht weiter darüber nachgedacht und es dem intensiven Besuchsprogramm zugeschrieben.

Als sie einen freien Parkplatz vor dem kleinen Municipio sah, hielt sie an und suchte den Reiseplan der Weinfreunde in ihren Unterlagen. Am Donnerstag waren sie bei Pelissero im Barbaresco und bei Belmonte, einer Großkellerei in der Nähe von Serralunga d'Alba, gewesen. Arnold hatte sich selten positiv über die Weine von Großkellereien geäußert. Sie seien nie schlecht, wie er meinte, meist ohne direkte Fehler, »damit durchaus verkehrsfähig«, aber begeistert hatte er sich nie gezeigt.

Langsam fuhr sie weiter, ließ Barolo hinter sich, noch immer irritiert davon, dass ein Ort denselben Namen trug wie der Wein. Die Straße stieg an, wand sich aus dem Tal, und sie befand sich vor einer gewaltigen Halle mit dem flachen, weit geschwungenen Dach eines Hangars. Auch das war eine Kellerei, sie erkannte es an den Gerätschaften hinten im Hof, wo Tanks und Fässer standen, die sie am Vortag in Alba und Verduno gesehen hatte. Als sie auf der sich aus dem Tal windenden Straße die Hügelkuppe erreicht und freie Sicht hatte, hielt sie erstarrt an. Das Kinn klappte ihr herunter, sie riss die Augen auf und staunte. Das hatte sie noch nie zuvor in ihrem Leben gesehen: Aus der weiten grünen Ebene stieg eine endlose Kette von mächtigen grauen Bergen empor, türmte sich rings um sie zu schneebedeckten Spitzen auf – unter einem strahlend blauen Himmel. Sie verließ den Wagen, stellte sich an den Straßenrand und wandte den Kopf nach links und rechts, und immer noch füllten die Alpen ihr Blickfeld. Jetzt verstand sie den Namen »Piemont« – *al piede del monte*, am Fuß des Berges. Der Anblick raubte ihr den Atem, ließ sie alles um sich herum vergessen, da war die Welt, wie sie eindrucksvoller nicht sein konnte, und obwohl sie nicht gläubig war, überkam sie der Wunsch, still zu sein und die Hände zu falten und die Berge zu bitten, ihr bei der Suche zu helfen.

Als klein empfand sie sich, winzig geradezu, unwichtig, und betroffen von diesem Anblick, der die Menschen seit Jahrtausenden beeindrucken musste, stieg sie schicksalsergeben in den Wagen, dachte an nichts und fuhr weiter, richtete sich automatisch nach den Angaben des Navigationsgeräts, das sie über eine breitere Landstraße höherer Ordnung auf den Parkplatz in der Nähe der Präfektur von Cuneo lotste. Fast ohne eigenes Zutun stand sie vor dem schönen neoklassizistischen Palazzo in der Via Roma Nr. 3.

An der Personenkontrolle wies man ihr den Weg zum Kabinett des Präfekten. Im Sekretariat wollte man sie abweisen, aber als sie die Visitenkarte des Konsuls aus Mailand vorlegte, hieß man sie draußen Platz nehmen. Nach einer halben Stunde erschien ein Mitarbeiter und teilte ihr mit, dass der Präfekt nicht zu sprechen sei.

Der Mitarbeiter wünschte ihr einen guten Tag, dann drehte er sich noch einmal mitleidig um. »Wenden Sie sich in der Sache an die Questura, die Polizei ist für Sie der richtige Ansprechpartner.« Dort würde man ihr sicherlich weiterhelfen.

Sie war perplex. Ihr weiterhelfen, wobei? Sie hatte ihr Anliegen nicht einmal richtig vorbringen dürfen. Fassungslos und ohne Möglichkeit zur Gegenwehr starrte sie die alte Bürotür an und hörte von drinnen noch Worte wie »hysterische Alte« und »hat sich 'ne Jüngere gesucht«, dann erklang Gelächter. Francesca fühlte sich erniedrigt, als hätte jemand ihr einen Eimer Wasser über den Kopf geschüttet. War die Empfehlung durch den Konsul derart nutzlos? Ihn anzurufen und mit ihm über die Blamage zu reden, die Blöße wollte sie sich nicht geben. Weshalb hatte er den Präfekten als zuverlässig empfohlen? Die schneebedeckten Berge, wie sie gehofft hatte, waren keine Hilfe gewesen.

Sollte sie wirklich zur Polizei gehen und sich dort auf andere Weise der Lächerlichkeit preisgeben? Sie glaubte, dass es ihr unmöglich sei, ihre Geschichte nochmals vorzubringen, denn je öfter sie es tat, desto absurder erschien sie ihr, und desto lächerlicher kam sie sich dabei vor.

Sie ging ein Stück die Via Roma entlang – überall gab es eine Via Roma, in Bologna, hier, in Mailand und in Turin. Sie lehnte sich an eine Hauswand und starrte ins Leere. Sie hatte sich zu früh gefreut. Auf andere durfte sie nicht setzen, jedem war das Hemd näher als die Hose, und weshalb sollte sich ein wildfremder Regierungsbeamter für einen unbekannten Deutschen einsetzen? Nein, sie würde den Konsul nicht wieder anrufen. Doch Stolz war hier fehl am Platze, sie musste nach jedem Strohhalm greifen. Also blieb ihr nichts anderes übrig, als zur Polizei zu gehen. Dort musste sie von ihrer Rolle der Weineinkäuferin Abstand nehmen und in die der besorgten Ehefrau schlüpfen. Sie musste umdenken, aber genauso konzentriert sein wie bei dem Intensivkurs in Sachen Wein, nichts anderes waren die Kellerführungen und Proben gewesen; sie hatte am Abend fast selbst daran geglaubt, aus beruflichen Gründen unterwegs zu sein.

Francesca fragte eine Passantin nach der Questura und wurde zur Piazza Torino geschickt. Es war ein Weg von fünf Minuten.

»Worum handelt es sich denn nun wirklich, Signora?«, fragte der Mann am Empfang ungeduldig. »Ist Ihr Ehemann nun verschwunden, oder liegt ein Verbrechen vor?« Er fragte es so dahin, als würde sich der Lebensmittelhändler erkundigen, ob sie die breiten Fettuccine den schmalen Linguine vorziehe. Sein Unmut rührte daher, dass er bei der Lektüre des Sportteils unterbrochen worden war und stattdessen lästige Fragen hysterischer Weiber beantworten sollte.

»Das wüsste ich selbst gern«, antwortete sie. Die Verzweifelte zu spielen, fiel ihr nicht leicht, aber sie versuchte es. »Es liegt bestimmt ein Verbrechen vor. Deshalb bin ich hier! Sie müssen mir helfen, das herauszufinden.«

»Wie soll ich Sie zum zuständigen Commissario schicken, wenn Sie mir nicht sagen, worum es geht. Also nehmen wir mal an, es handelt sich um ein Verbrechen. Da wäre Vice Commissario Moretta zuständig. Ja, Moretta ist dafür der richtige Mann«, wiederholte er nachdenklich und griff zum Telefon, meldete eine Francesca Sturm in knappen Worten an und schickte sie in den ersten Stock.

Moretta war ein Lackaffe. Es war ein Begriff, der nicht zu Francescas üblichem Sprachschatz gehörte, aber er charakterisierte den Vice Commissario perfekt, der sich wie aus dem Ei gepellt vor ihr spreizte. Alles an ihm glänzte, sein tiefschwarzes Haar vom Gel, sein Gesicht von der Anti-Aging-Creme – wer wusste, wo er sich damit noch einrieb? –, und die Metallteile seiner Uniform hatte ihm sicherlich sein Frauchen geputzt. Die Uniform saß exzellent, blau mit rot abgesetzten Streifen, Achselstücke mit zwei Sternen. Er ist sicherlich darauf aus, den nächsten Stern zu kriegen, vermutete Francesca und unterdrückte ein mitleidiges Lächeln, denn wer so viel Wert auf sein Äußeres legte, hatte kaum noch Zeit, sich auf sein Inneres zu besinnen oder sich auf Leistung zu trimmen. Aber das war deutsch gedacht, ihrem Gegenüber kam es deutlich mehr auf die *bella figura* an. Es war schon merkwürdig, welche Menschen auf welche Posten vorrücken konnten. Man müsste von einem Uniformträger immer ein zweites Foto aufhängen, neben dem offiziellen eines in Zivil.

Nach knapp fünf Minuten hatte Francesca ihren Vortrag beendet, alles war gesagt, aber vorsichtshalber hatte sie nicht alle ihre Vermutungen hinsichtlich Arnolds Verschwinden geäußert.

Ihren Namen und den von Arnold Sturm hatte Moretta sofort in den Computer eingegeben, sicherlich, um zu prüfen, ob einer von ihnen zur Fahndung ausgeschrieben sei. Erschrocken hatte er auf den Namen Feltrinelli reagiert, Francesca hatte ihn unvorsichtigerweise genannt, als sie auf ihre »umwerfenden« Sprachkenntnisse angesprochen wurde.

»Sie sind doch nicht etwa mit diesem Giangiacomo Feltrinelli verwandt, diesem Terroristen und Freund von Che Guevara und – wie hieß dieser Deutsche noch, dieser kommunistische Chaot? Deutschke, ja Rudolfo Deutschke?« Bei dieser Frage wurden Morettas Augen schmal, er wurde ganz zum eisernen Vertreter staatlicher Ordnung.

»Nein, ich stamme aus einer piemontesischen Arbeiterfamilie.«

Italienische Arbeiter waren zwar generell des Kommunismus verdächtig, aber Moretta ließ von dem Thema ab. Dass sich auf der Passagierbrücke eine Tür befand, fiel Francesca gerade noch rechtzeitig ein. So blieb dem Vice Commissario selbst eine Tür offen, denn im Grunde war er davon überzeugt, dass Arnold Sturm das Flugzeug vor seinen Weinfreunden verlassen haben musste und sich abgesetzt hatte. Zumindest konnte Francesca nicht ganz widersprechen, durch diese Tür hätte er verschwinden können, obwohl es Morettas Ansicht nach vom Personal in der Maschine sicher bemerkt worden wäre.

»Dass ihn jemand gezwungen hat, dort hinauszugehen, halten Sie für unwahrscheinlich?«

Jetzt zog Moretta ein Gesicht, als erwarte er Informationen zu eben diesen Hintergründen, die sicherlich irgendwo in der grausamen und unbarmherzigen Welt des Verbrechens angesiedelt waren. Aber seine Mimik drückte auch aus, dass in diesem Falle der Verschwundene seine Ehefrau (eben eine Frau, und Frauen hielt er, seinem gequälten Gesichtsausdruck nach zu urteilen, für nicht unbedingt kompetent) sicher nicht in seine Geschäftsgeheimnisse eingeweiht hätte. »Dazu hätte es Gründe geben müssen. Und – gibt es die?«

Francesca kam nicht umhin, sich ertappt zu fühlen, sie erinnerte sich an die von Markus entdeckten Dateien. Doch dieses Gefühl ließ sich überspielen, sie setzte das gleiche Gesicht auf wie in dem Moment, in dem sie entdeckte, dass einer ihrer Klienten die Bilanzierungsregeln wissentlich nicht eingehalten haben musste.

»Ich werde mich ganz persönlich und intensiv sofort um Ihren Fall kümmern«, versicherte Moretta, jetzt ganz in der Rolle eines Trösters von Witwen und Waisen. »So ein Fall liegt mir besonders am Herzen. Dafür sind wir da, unseren Bürgern und auch denen der mit uns befreundeten Länder zu helfen.«

Er nahm einen bisher unbenutzten Block aus einer Schublade, legte ihn auf einen seitlich stehenden Aktenbock und wandte sich beim Schreiben ab, sodass Francesca unmöglich mitlesen konnte. Es war die Haltung des Vice Commissario, die sie zögern ließ, und sie erinnerte sich an die Warnung des Konsuls.

»Ich weiß nicht, welche Kellereien die Herren besucht haben, ich müsste die Liste in Düsseldorf anfordern. Ich hoffe, ich erreiche sie …«

»Das wird doch nicht so schwer sein.« Moretta war um einige Grade unfreundlicher geworden. »Sie können gern mein Telefon benutzen.« Er schien es mit einem Mal sehr eilig zu haben.

»Die Namen der Herren habe ich im Hotel, ich kann sie von dort aus anrufen, und Sie bekommen selbstverständlich die Namen.«

»Mit welcher Gesellschaft sind die Signori geflogen, und wo sind sie abgestiegen?«

Francesca nannte die Airline und das Hotel, in dem sie momentan übernachtete, erwähnte aber nicht, dass sie am nächsten Tag umziehen würde. Irgendetwas in Morettas Verhalten hatte bei ihr Alarm ausgelöst. Weil er sich beim Schreiben abgewandt hatte?

»Geben Sie mir freundlicherweise Ihre Telefonnummer!« Das war keine Frage mehr, das klang nach Anordnung. »So kann ich Sie sofort verständigen, wenn wir etwas herausgefunden haben. Ich möchte selbstverständlich, dass Sie sich keine Sorgen machen müssen, und Sie, Signora, können sich ganz auf uns verlassen. Am besten unternehmen Sie weiter nichts, gar nichts, uns stehen ganz andere Möglichkeiten zur Verfügung.« Er wies – wieder so charmant wie zuvor – auf seine Umgebung, als sei er der Polizeipräsident persönlich.

Sie machte sich auf den Weg zurück unter den Arkaden der Via Roma entlang. Auf dem Hinweg hatte sie noch Hoffnung gehabt und kein Auge für die schönen Läden, und jetzt, auf dem Rückweg, war sie mehr als deprimiert. Das Klingeln des Smartphones erschreckte sie. Eine Rufnummer wurde nicht angezeigt, eine fremde Stimme meldete sich.

»Signora Sturm? Hier spricht Cavaletti. Sie waren vor einer Stunde bei uns. Sie wollten mich sprechen. Es tut mir leid, dass ich diesen sehr unhöflichen Weg einschlagen musste. Verzeihen Sie mir, aber es sind die Umstände, die einen manchmal zwingen, sich anders zu verhalten, als man es sich wünscht und als es die Höflichkeit gebietet.«

Francesca trat unter den Arkaden hervor, um besseren Empfang zu haben, sie war sich nicht sicher, ob es der Anrufer war, der ihr die Worte von der »hysterischen Alten« nachgeworfen hatte, und sie verstand nicht, wieso er sie jetzt anrief und was er derart verklausuliert ausdrücken wollte.

»Bitte, wer sind Sie?«

»Sie haben vorhin mein Büro aufgesucht, man hat Sie fortgeschickt, nicht gerade sehr höflich, das tut mir leid, aber ich möchte nicht, dass man uns in Verbindung bringt. Ich bin Prefetto dieser Provinz. Wir haben einen gemeinsamen Bekannten, Steffan von Melchior, der Herr arbeitet in Mailand.«

Überrascht und verstimmt darüber, dass der Prefetto sie nach dem Rauswurf noch einmal anrief, schwieg sie.

»Ich kann Ihre Verärgerung verstehen, ich werde es Ihnen gern erklären, wenn wir uns treffen. Hätten Sie morgen Zeit, gegen Mittag, im Weinmuseum in Barolo?«

Der Treffpunkt ließ Francesca zögern, zum einen weil es schon wieder um Wein ging, zum anderen verstand sie nicht, was es mit diesem inoffiziellen Treffen auf sich hatte. Man hatte ihr doch klar zu verstehen gegeben, dass sie nicht erwünscht war, und sie sogar lächerlich gemacht. Genau das sagte sie dem Präfekten.

»Ich erkläre es Ihnen, morgen«, antwortete er. »Sie müssen Verständnis haben, dass ich in meiner Position gewisse Regeln einzuhalten habe. Es wird ein rein inoffizielles Treffen sein, nur dem Umstand geschuldet, dass Sie mir empfohlen wurden. Also, treffen wir uns in Barolo, unter der Erde, in dem Raum, wo die Wurzeln aus der Decke wachsen.«

Ein Raum, in dem Wurzeln aus der Decke kommen? »Was ist das, wie habe ich das zu verstehen?« Es musste sich ja geradezu um einen kryptischen Ort handeln. Die Geheimniskrämerei bescherte Francesca nicht gerade bessere Laune.

»Wenn Sie es sehen, werden Sie es verstehen. Man fährt mit einem Fahrstuhl in dem Gebäude nach oben und beginnt dort die Besichtigungstour, man wird quasi durch die Stationen des Weins abwärts geführt. Sie können den Raum gar nicht verfehlen.«

»Und wie erkenne ich Sie, Signor Prefetto?«

»Ich finde Sie! Seien Sie bitte um dreizehn Uhr dort. Und noch etwas, ein guter Rat, ein wenig bin ich bereits informiert. Vermeiden Sie jeglichen Kontakt mit der Polizei, bevor wir miteinander gesprochen haben.«

Francesca erschrak, sollte sie sagen, dass sie gerade von dort kam?

»Sie waren doch nicht etwa bereits dort?«

»Man hat mich hingeschickt. Wieso hätte ich nicht hingehen sollen, wo Sie mir Hilfe verweigern!«

»Mit wem haben Sie gesprochen?«

Die Frage war für Francescas Geschmack ein wenig zu scharf gestellt. »Mit einem Vice Commissario«, antwortete sie, zusehends verärgert, denn an der Art, wie der Prefetto Luft holte, merkte sie, dass sie seiner Meinung nach einen Fehler begangen hatte.

»Etwa Moretta? Nun gut, es ist nicht zu ändern. Bleiben Sie ruhig, ich werde Ihnen helfen, soweit es in meiner Macht steht. Ich werde pünktlich sein, ich weiß, dass die Deutschen das schätzen. In dieser Beziehung sind wir Piemontesen Ihnen ähnlich.« Zuletzt bat der Prefetto, ihn nie mit seinem Titel anzusprechen. »Nennen Sie mich bei meinem Namen, Emilio. Und rufen Sie mich, falls es dringend sein sollte, nicht unter dieser Nummer an. Ich gebe Ihnen eine andere.«

Damit war das Gespräch beendet, so abrupt, dass es geradezu unhöflich wirkte, und Francesca starrte auf die Fassade der Kirche Santa Croce und wusste mit dem Barock absolut nichts anzufangen. Einen Moment lang fragte sie sich sogar, wo sie eigentlich war.

Es fiel ihr schwer, den Wagen wiederzufinden, eine halbe Stunde irrte sie durch Cuneo, alles wirkte, als hätte sie es schon einmal gesehen, als sei sie durch diese Straße hier vor wenigen Minuten gekommen oder vor dreißig Jahren? Ähnlich konfus benahm sie sich bei der Rückfahrt und fühlte sich permanent von anderen Autofahrern gehetzt und bedroht. Alles ging ihr viel zu schnell, sie brauchte Zeit, um darüber nachzudenken, das Erlebte und Gesagte richtig einzuordnen. Sie fuhr zurück bis nach Dogliani und bog dort in Richtung Monforte ab, um einen anderen Weg kennenzulernen.

In dieser Fahrtrichtung hatte sie wieder das Alpenpanorama vor Augen, aber der Effekt war ein ganz anderer, die Begeisterung war geschwunden, die Bergkette wirkte mehr wie eine Barriere, die zwischen ihr und ihrem Zuhause lag, zwischen ihr, den Kindern und Arnold, wobei sie hoffte, dass er, wo auch immer, sich diesseits der Berge aufhielt, hier könnte sie ihn finden. Sie war für diese Recherche, noch dazu mit falscher Identität, nicht geeignet, sie hatte Angst vor der Begegnung mit den Winzern heute Nachmittag, obwohl sie sich gestern bei den anderen tapfer gehalten hatte. Und seit der merkwürdigen Andeutung des Präfekten fürchtete sie auch die Polizei, eigentlich fürchtete sie alle. Und kaum glomm ein Fünkchen Vertrauen, brachte ein dummer Spruch oder eine unverständliche Reaktion das Fünkchen zum Erlöschen.

Für die Schönheit des kleinen Bergortes Monforte hatte Francesca keinen Blick, hier stand auch ein Winzer auf ihrem Programm, der Barolo produzierte, bei ihm waren die Weinfreunde eingekehrt. Aber seit diese »Freunde« sich am Flughafen verdrückt hatten, war auch das Wort »Freundschaft« beschädigt. Sie fuhr langsam durch den Ort, vorbei an einem hübschen Platz mit dem »Hotel Grappolo d'Oro«, der Goldenen Traube, wo sie unter anderen Umständen bestimmt gern gewohnt hätte. Heute stand ihr lediglich der Sinn nach dem üblichen Caffè Latte, bei dem sie sich hätte beruhigen können, wenn nicht zwei Tische weiter eine Gruppe von Arbeitern gesessen hätte, die sich lautstark in einer für sie gänzlich fremden Sprache unterhielt.

Nichts zu verstehen und nicht zu wissen, woher die Männer kamen, das nahm sie in ihrem Zustand derart mit, dass sie fast fluchtartig wieder aufbrach und die Straße nach Castiglione nahm, die auf dem Bergrücken verlief. Hier hatte sie einen Traumblick nach beiden Seiten in die Täler, auf die Wälder und die wie abgezirkelt in die Landschaft gesetzten Haselnussplantagen. Auf dieser Seite, der westlichen, sollten die härteren und schweren Baroli entstehen, aber ob der Boden eine andere Farbe hatte als in Roddi und Verduno konnte sie nicht feststellen. Dafür brauchte man eben den besagten Blick. Sie wollte lieber an die leichteren, zugänglicheren Baroli heran, die um La Morra wuchsen. Weshalb eigentlich die leichteren? War das Leichtere schöner? Wer trägt schon gern schwer, dachte sie. Wie viel Kraft hatte sie und wofür? Nie in ihrem bisherigen Leben hatte sie bis an die Grenzen gehen müssen. Das Schmerzhafteste bisher war die Geburt ihrer Kinder gewesen, aber zugleich auch das großartigste Ereignis.

Arnold und sie hatten Bekannte, viele, aber wirkliche Freunde? Facebook-Freunde hatten sie, einige, aber die taugten nichts. Und wieso waren andere, die auch dem Wein zugetan waren, derart unangenehme Personen wie Grünleger und Arlitt und Trautmann, der durch eine Erbschaft zu Geld gekommen war? Schilling war erträglich, aber die anderen drei? Sie hätte sich nicht von ihnen helfen lassen, sie hätten es auch nicht gekonnt. Sie musste am Abend Kirsch und Heimbüchler anrufen und sie über den Streit befragen und über die ausstehenden Proben sprechen. Vielleicht kannten sie den Mann aus Münster?

Im letzten Moment wich Francesca einem Traktor aus, der ihr auf der schmalen gewundenen Straße entgegenkam. Eine Ausfahrt, eine Haarnadelkurve, Bodenwellen und geisteskranke Radrennfahrer, die für den Giro d'Italia trainierten – die Lage ist unübersichtlich, dachte Francesca, wie bei allem. Nichts war ihr hier bekannt, geschweige denn vertraut, weder die Menschen noch die Landschaft oder die Orte, und über die historische Dimension dieses Landstrichs wusste sie rein gar nichts.

Die Gemarkung entlang der kurvenreichen Strecke hinauf nach La Morra hieß Annunziata. Irgendwo an der Straße lag das Anwesen, dem sie als Nächstes ihren Besuch abstatten wollte. Der Gedanke, sich die Wartezeit mit einem Mittagessen im Bovio zu verkürzen, lag nahe. Noch war Zeit. Aber sie hatte noch immer keinen Hunger, schon seit Tagen. Sie merkte, dass ihre Hosen nicht mehr kniffen, der Blazer war zu weit. Zu anderen Zeiten wäre es ihr lieb gewesen, aber jetzt saß nichts mehr richtig; für die Hose, die sie ständig hochzog, brauchte sie dringend einen Gürtel. Essen, was ihr sonst Freude machte, besonders wenn Arnold kochte, war zur lebenserhaltenden Maßnahme geworden, und lustlos blätterte sie in der Speisekarte.

Sie bestellte zuerst rohes Gemüse in einem Öl-Dip, *bagnéantl'euli* hieß es auf Piemontesisch. Wie vieles hier konnte das Gericht den französischen Einfluss nicht verbergen. Frankreich war nicht weit, die Savoyer hatten hier lange geherrscht.

Ihre Eltern hatten ihr nichts von der Geschichte mitgegeben. Sie waren als einfache Leute mit schlechter Schulbildung ausgewandert, aber dass Francesca in Düsseldorf das

Abitur machte, war für sie eine Selbstverständlichkeit gewesen, ihre Kinder sollten es einmal besser haben. Somit fand sie sich in deutscher Geschichte weitaus besser zurecht. Basilio hatte alle Bildungsangebote ausgeschlagen, er wollte nichts als Geld verdienen. Das war sein Maßstab.

Am Kaninchen mit Paprikaschoten war zu viel Salbei. Im »Tavolata« wurde das Gericht auch angeboten, und sie hatte es immer gern gegessen, aber ihre Eltern kochten besser. Sie kochten zusammen, waren eingespielt, probierten miteinander Neues aus und kämpften auch um ihre Ansichten. Es flogen keine Teller, doch ihre Mutter kannte ein klares: Nein, Feltrinelli! So nannte sie ihren Mann in solchen Momenten. Ich bin in Gedanken schon wieder zu Hause, stellte Francesca fest und ließ die Hälfte des Essens stehen. Sie konnte nicht genießen, sie fühlte sich voll und überfordert.

Erst als sie einen kleinen Block hervorkramte, um aufzuschreiben, woran sie auf einem Weingut erkennen konnte, ob man etwas über Arnold wusste, kam sie wieder ins Lot. Sie musste das Gespräch auf die Gruppe bringen und dann auf Reaktionen warten. Man würde sich bestimmt an diese eine Gruppe erinnern. Zeigte man sich desinteressiert, oder erzählte der Winzer bereitwillig? Gab es etwas, das ihn besonders beeindruckt hatte? Das würde sie notieren. Hatte sich jemand hervorgetan? War ein Weinfreund dem anderen über den Mund gefahren? War eines der Themen angesprochen worden, von denen Markus berichtet hatte? Das machte ihr am meisten Angst.

Der Weg auf derselben Straße hinunter ins Tal, dabei der weite Blick über die satte, lebhafte Hügellandschaft, war vertraut und brachte Francesca nicht mehr so durcheinander, sie konzentrierte sich auf die Hausnummern, die unter einem Busch, gar nicht oder in einer Nische angebracht waren. Trotzdem fand sie die Nr. 3. Eine kurze steile Auffahrt führte hinauf zum Hof zwischen modernen, ziegelrot gestrichenen

Gebäuden mit weit vorragenden, leicht wirkenden Dächern. Hier war von außen kaum zu erkennen, dass sie sich auf einem Weingut befand.

Es glich weniger dem, was sie sich unter einer Kellerei vorstellte, sondern erinnerte sie vielmehr an ein Weinstudio oder Atelier, gestaltet von italienischen Architekten, den Innenausbau hatten italienische Designer übernommen. Klar und harmonisch war ihre Linie.

Die Weinstöcke schlossen Haus und Hof komplett ein, die Reben rankten beinahe an den Fundamenten empor. Besonders markant war ein konisch zulaufender Hügel in zweihundert Meter Entfernung mit einem hohen, weit ausladenden Baum auf der Kuppe, ringsum von Weinlaub eingeschlossen, was einem naturalistischen Gemälde glich. So weit Francesca blicken konnte, war ringsum jeder Fußbreit Boden bearbeitet, hier war nichts dem Zufall überlassen worden, die Landschaft war Produktionsmaschine. Einerseits fand sie den Anblick faszinierend, in seiner grafischen Anordnung sogar schön, aber gleichzeitig stimmte es sie traurig, dass der Natur alles weggenommen worden war, dass alles so zweckorientiert war.

Auf diesem Weingut lebten die Brüder Lorenzo und Carlo Revello und ihre Frauen und Kinder. Lorenzo, der Ältere, war Metallarbeiter geworden, das bäuerliche Leben der Eltern hatte ihm nicht zugesagt, und auch Carlo hatte den Beruf des Bäckers vorgezogen, statt wie die Eltern Trauben zu produzieren und sie an Kellereien zu verkaufen oder schlichte Weine in Flaschen ohne Etikett zu füllen.

Dann war die Mutter auf die Idee gekommen, im eigenen Haus ein Restaurant zu eröffnen, das so erfolgreich wurde, dass die gesamte Familie mit anpacken musste, in der Küche und beim Bedienen. So war es früher bei ihr zu Hause gewesen. Dem konnte auch Carlo sich nicht mehr verschließen, und bei den Nachbarn sah er, was man aus Wein machen konnte. Im Restaurant traf er seine spätere Frau, Paola, eine

Schwedin auf Urlaub, und mit ihr begann auch die Öffnung der Revello-Familie hin zu neuen Ideen.

»Es war die Zeit, in der Traditionalisten wie unser berühmter Nachbar, Elio Altare, auf die Modernisten trafen, neue Methoden aus Frankreich mitbrachten, über temperaturkontrollierte Gärung in Edelstahltanks sprachen, über verbesserten Rebschnitt, die Vorteile der Mengenbegrenzung und eine intensive Weinbergpflege.«

Es war eine besondere Zeit gewesen, so wie es für alles eine Zeit gab. Bis dato war die Erntemenge das entscheidende Kriterium gewesen und nicht die Qualität der Trauben. Elios Argumente überzeugten Lorenzo, den kräftigen Endvierziger, der in schwarzem Sweatshirt und hochgekrempelter Jeans neben Francesca an der runden Glasfront des Probierraums stand und zufrieden über seine fünfzehn Hektar Weinland schaute.

»Die schwierigste Phase war der Übergang, wir mussten die Zeitspanne zwischen den Einnahmen aus dem Traubenverkauf und den Einnahmen aus dem Wein überbrücken, das dauerte mehrere Jahre. Ohne Restaurant und ohne die vier Gästezimmer und besonders ohne die Familie hätten wir das nie geschafft.«

Es war eine Bemerkung, die Francesca einen Stich gab. Ihr ging es momentan nicht anders. Ohne die Hilfe der Familie, in anderem Sinne, Geld war nicht das Problem, wäre sie aufgeschmissen, ach, sie wäre gar nicht hier. Und dabei fragte sie sich, ob sie hier richtig war, denn der Eindruck von diesem Mann, der ihr erklärte, dass sie sogar die Trauben vor der Reife zurückschnitten, um ein besseres Ergebnis zu erzielen, war absolut positiv. Konnte sie ihm glauben, wenn er davon sprach, dass er einen Wein erst einige Jahre später verstand, wenn er seinen wahren Charakter zeigte? War das bei ihm als Mensch ähnlich? Konnte jemand, der von der Freude sprach, seine Weine mit anderen zu teilen, mit Arnolds Verschwinden zu tun haben? Aber sie wusste auch, dass Menschen, sowohl in führenden Wirtschaftspositionen wie auch in der Politik, mit ehrlichstem Lächeln und »tiefster Überzeugung« die allergrößten Lügen verbreiteten und jeden Eid schworen. Dabei ging es ihnen in Wirklichkeit um die Durchsetzung einer von langer Hand vorbereiteten Strategie mit verwirrenden Scheingefechten, hinter denen die wirklichen Absichten verborgen blieben.

Lorenzo Revello hielt die Piemontesen für verschlossen, für starrköpfig, aber ehrlich. Galt das auch für ihn? Er meinte, dass sich Konflikte von Familien, die über Generationen verfeindet waren, jetzt auflösten, heutzutage sei es leichter geworden, über Probleme zu sprechen und sich auch beruflich auszutauschen.

Der Rundgang durch das kleine und feine Weingut war schnell erledigt. Das unterirdische Reich war modern, nicht weitläufig in gemauerte Gewölbekeller unterteilt, sondern übersichtlich, Schüttbeton statt Ziegelstein. 85 000 Flaschen wurden jährlich abgefüllt und auch verkauft, das war der Familie Revello genug. Lorenzo führte Francesca wieder hinauf in den Proberaum mit der faszinierenden Aussicht, bei der man den Grund des Hierseins schnell vergaß. Aber diensteifrig nahm sie ihre Unterlagen aus der Mappe, stellte noch technische Fragen zum Verkauf, zur Lieferung und den Zahlungszielen, während der Winzer sechs Flaschen vor ihr aufbaute, von denen drei bereits entkorkt waren.

»Sie sind seit gestern offen, mit Luft sind sie ganz anders als direkt nach dem Öffnen. Sie werden das kennen. Aber wir machen den Firlefanz«, er benutze den Begriff *cianfrusaglie*, »mit Vakuumpumpe Gas in die Flasche einfüllen – und was es noch so gibt –, das machen wir nicht mit. Luft und Wein gehören zusammen, dass der Wein sich verändert, ist ein natürlicher Prozess.«

Einen zwei Jahre alten Dolcetto hatte er hingestellt, zwei unterschiedliche Jahrgänge Barbera, einer aus dem Stahltank, der andere kam nach der alkoholischen Gärung zum

Ausbau, also für die Reife, für achtzehn Monate in Barriques. Es gab einen Langhe Nebbiolo DOC und zwei Baroli. Der dunkelrote Dolcetto schmeckte ihr gut, ja, sehr gut, eine Fülle von Aromen stürmte auf sie ein, die sie mal wieder nicht auseinanderhalten konnte, was ihr jetzt aber weniger Kopfzerbrechen bereitete. Eine leichte Süße umgab den Wein, bei dem starken Tannin war er ein Essensbegleiter, anders als der junge Barbera, dessen Aromen sie an den Duft eines Nadelwaldes erinnerten. Die Rebsorte erkannte sie beim zweiten Barbera wieder, aber das süßliche Holz, die Vanille und Nelke war ihr zu viel Parfüm. Da war der Langhe Nebbiolo schon härter und auch klarer, geheimnisvoller, hintergründiger – Francesca wunderte sich, was für Begriffe ihr dazu einfielen. Ein wenig Kauderwelsch war es schon. Wie konnten andere Leute, ob Weinkritiker oder nicht, derart eindeutige Urteile fällen und Texte aufsetzen, wie sie ihr Feltrinelli zum Bluffen mit auf den Weg gegeben hatte?

Von den beiden Baroli, dem Gattera und Giachini, gefiel ihr der Letztere besser, er war stärker im Duft, roch eindeutig nach reifen roten Früchten, das konnte sogar sie wahrnehmen, Brombeere, Leder und Schokolade. Er war ein Schmeichler, im Gegensatz zum Gattera, den Signor Revello als fein, weich und zart bezeichnete, gleichzeitig sei er kraftvoll und elegant, was Francesca als Widerspruch ansah und was Revello seinem leichteren Tannin zuschrieb.

Wie ein Wein sich entwickelte und im Laufe der Jahre veränderte, so verstand es Francesca nach den Erläuterungen, hing von der Maischestandzeit ab. Der Gattera war vier bis fünf Tage auf der Traube geblieben, die alkoholische Gärung hatte stattgefunden, was irgendwie mit den Hefen zusammenhängen sollte. Aus den Häuten der Beeren löste sich die Farbe und ging in den Saft über, ähnlich wie die Gerbsäure. Blieb der Wein zu lange auf der Maische, dann trat auch die Gerbsäure aus den Kernen aus. Das galt es zu vermeiden, denn sie enthielten das harte Tannin, das grüne, wie es hieß.

Danach war der Wein für zwei Jahre in Fässern mit einem Fassungsvermögen von 1500 Liter gereift – oder gealtert. Die Trauben für den Giachini stammten von einem älteren Weinberg, der mehr nach Süden ausgerichtet war, sie hatten auch nur fünf Tage auf der Maische verbracht, danach war der Wein in Barriques gefüllt worden, was ihn wegen des größeren Luftkontakts durch die feinen Poren im Holz weicher und anders hatte werden lassen.

Erleichtert, dass sie es einmal mehr geschafft hatte, schob Francesca das letzte Glas zurück in die Reihe. »Die Probe war wunderschön. Richten Sie so etwas auch für Gruppen aus? Wenn unseren Kunden ein Wein gefällt, ich meine die Gäste und nicht die Gastronomen, wünschen sie manchmal mehr Informationen über das Weingut, seine Betreiber, und manch einer möchte sogar hinfahren, die Weinberge sehen, die Keller, und tut es dann auch.« Innerlich seufzte Francesca, sie hatte die Kurve einigermaßen gekriegt.

»Sicher doch, selbstverständlich empfangen wir Besucher und widmen uns ihnen auch. Wir Piemontesen sind generell gastfreundlich. Außerdem verkaufen wir drei Viertel unserer Weine ins Ausland, am wichtigsten sind die USA und Dänemark. Die Deutschen haben leider aufgehört, so viel Barolo zu trinken wie früher.« Lorenzo Revello sah die ständig gestiegenen Preise als Grund dafür an. »Sie wollen alles, nur das Beste, sie sind aber selten bereit, dafür das beste Geld auszugeben. Wir hatten übrigens gerade in der letzten Woche eine Gruppe aus Düsseldorf …«

Sie waren beim Thema, es war einfacher als gedacht. Francesca musste jetzt nur noch die richtigen Fragen stellen.

»Vielleicht kennen Sie die Leute sogar, es handelte sich um Mitglieder eines Weinclubs. Die Szene wird nicht allzu groß sein, und in der Gastronomie sind solche Clubs meist gut bekannt, die Leute legen auch Wert auf gutes Essen. Ich habe ihnen einige Restaurants empfohlen.«

»Ist es nicht schwierig, mit Gruppen zu arbeiten, die verschiedenen Interessen bei einer gemeinsamen Probe unter einen Hut zu bringen?« Francescas Gedanken überschlugen sich, sie musste ihn zu weiteren Aussagen bewegen, sie konnte, nein, sie durfte sich nicht treiben lassen, sonst war alles vergebens.

»Jede Gruppe will geführt werden, das funktioniert am besten über ein stringentes Programm, und einige Leute muss man wirklich abwürgen. Ich lasse die Gruppe zuerst unter sich agieren, beobachte sie, dann sehe ich schnell, woran ich bin.« Er sprach von der Konkurrenz untereinander, davon, dass sich der eine oder andere ihm gegenüber mit seinem Weinwissen profilieren wollte, was sich in den Fragen zeigte. Und wenn man am Tisch, wo die Probe stattfand, genügend Platz ließ, sah man daran, wer sich wo hinsetzte, wer diesen oder jenen als Nachbarn wählte, wo die Sympathien lagen. Zwischen einzelnen Fraktionen in einer Gruppe blieb meistens ein Platz leer.

»Der 1. Düsseldorfer Weinclub war hier, sagten Sie?« Die Beobachtungen über Gruppendynamik waren Francesca durchaus vertraut. Während ihrer Ausbildung hatte sie bei Seminaren für angehende Führungskräfte Ähnliches gelernt. Aber sie musste das Allgemeine mit dem Besonderen verbinden, mit den Männern von Arnolds Gruppe. »Mein Vater führt ein Restaurant, das von etlichen Clubmitgliedern frequentiert wird, sie haben auch mal das gesamte Restaurant gemietet. Der Club hat eine sehr heterogene Zusammensetzung.«

»Das ist meistens so, nur die Leidenschaft für den Wein verbindet. Es gibt die Besserwisser« – wen meinte er damit? –, »dann die besonders Kritischen« – dachte er dabei an Arnold? – »und auch die Mitläufer, die zu allem Ja sagen und sich am jeweils Stärksten orientieren.«

Was sie auch sagte, wie sie ihre Fragen auch formulierte, Francesca kam nicht an ihn heran. Lorenzo war nicht zu einer klaren Stellungnahme zu bewegen, aber im Grunde hatte er recht, man sprach auch nicht anderen gegenüber schlecht über seine Kunden, schon gar nicht, wo Francesca es in Düsseldorf hätte weitererzählen können.

»Wer hat denn die Reise organisiert? Mit wem hatten Sie zu tun? Ich könnte denjenigen fragen, ob er mir Fotos zur Verfügung stellt, die man für die Werbung benutzen könnte.« Jetzt hatte sie ihn.

Aber weit gefehlt. »Heute ist unser Büro bereits geschlossen, ich müsste im Schriftwechsel nachsehen, die deutschen Nachnamen sind mir weniger geläufig. Rufen Sie morgen am Vormittag an, fragen Sie meine Sekretärin.«

Der letzte Punkt eines jeden Gesprächs waren die Preise, die Lieferbedingungen, Lieferzeiten, lieferbare Jahrgänge und Rabatte, desgleichen Zahlungsziele, vielleicht auch ein möglicher Importeur, der einen Exklusivvertrag hatte, ein Regionalvertreter, bei dem man bestellen musste.

»Vergiss dieses Thema auf keinen Fall, du würdest dich ansonsten unglaubwürdig machen, denn letztlich geht es immer um Geld!«, hatte Feltrinelli ihr eingeschärft.

... denn letztlich geht es immer um Geld! Dieser Satz ging Francesca bei der Rückfahrt nicht aus dem Kopf. Traf das auch für Arnold zu? Stand sein Verschwinden mit Geld in Verbindung? Siedend heiß fiel ihr in diesem Zusammenhang ein, was Markus ihr gestern über die verschlüsselten Dateien seines Vaters mitgeteilt hatte. Sie würde sich abends im Hotel mit den Unterlagen beschäftigen. Markus hatte sie ihr bestimmt an ihre E-Mail-Adresse geschickt, sodass sie die Daten vom Server abrufen konnte. Geradezu bewundernswert fand sie das Verhalten des Winzers, die Eleganz, mit der er es vermieden hatte, einen Namen zu nennen. Oder war es weniger bewundernswert, dafür aber verdächtig?

Als Francesca das Hotel betrat, stand Grimaldi an der Rezeption und langte unter den Tresen, wo er einen schlichten Karton aus brauner Wellpappe hervorholte.

»Den hat der Herr für Sie gebracht, der bereits gestern hier war. Er musste leider wieder fort, wie er sagte. Ich finde es merkwürdig, dass er auch diesmal weder Adresse noch Telefonnummer hinterlassen hat. Ich habe ihn extra danach gefragt.« Grimaldi reichte Francesca den Karton. *Auguri* stand auf dem angehängten Zettel, Alles Gute, darunter der Name: Ludovico.

Der Geheimnisvolle! Das hätte als Nachsatz noch gefehlt, dachte Francesca und löste den Klebestreifen des Kartons. Innen lag eine grüne, mit Rotwein gefüllte Bordeauxflasche. Ein Etikett fehlte, ebenso die Kapsel.

»Da will Sie jemand neugierig machen«, meinte Signore Grimaldi, der einen langen Hals machte und süffisant grinste, gleichzeitig betrachtete er Francesca in einer Mischung aus Interesse und Skepsis, »sonst hätte er das Etikett nicht entfernt.«

Er streckte die Hand nach der Flasche aus, Francesca reichte sie ihm vorsichtig.

»Was soll ich damit anfangen?«

Der Hotelbesitzer strich langsam übers Glas. »Nein, da hat nach der Abfüllung nie ein Etikett drauf geklebt. Die kommt frisch von der Abfüllung. Erst wird gefüllt, dann verkorkt, dann gelagert. Und erst dann, wenn eine Lieferung ansteht, lässt man die Flaschen etikettieren, damit die nicht verschrammen, aufweichen oder Stockflecken bekommen.« Er nahm eine Lupe aus der Schublade und untersuchte den Flaschenhals. »Wie Sie sehen, fehlt auch die Kapsel. Aber die ist entfernt worden, das sehe ich, es sind winzige Kratzspuren am Hals. Das ist Absicht. Man müsste sich den Korken ansehen, bei namhaften Kellereien oder bei besonderen Weinen stehen die Namen der entsprechenden Weingüter drauf und die der Weine – aber dazu müssen wir sie öffnen. Wollen Sie?« Grimaldi zögerte, die Lupe vor dem Auge, die Hand nach dem Korkenzieher ausgestreckt. »Da sind doch noch Reste von Klebstoff.« Er roch an der Flasche. »Das Etikett hat man mit Alkohol entfernt. Da hat sich jemand Mühe gegeben, die Spuren zu entfernen. Darf ich …?«

Als Francesca nickte, langte Grimaldi in der Schublade unter dem Tresen nach dem Korkenzieher, klappte ihn auf, hatte den Korken schnell gezogen und reichte Francesca die Flasche. Vorsichtig schnüffelte sie am Hals der Flasche, dann erinnerte sie sich an Feltrinellis Ratschläge.

»Wir brauchen Gläser, weite, bauchige Gläser, der braucht Luft, der ist ziemlich verschlossen.«

»Wir können gleich hier probieren, wenn Sie wollen. Ich hole die Gläser. Darf ich auch?« Grimaldis Neugier war geweckt.

Eine Minute später kam Grimaldi mit zwei Gläsern in der Hand aus der Küche, seine Tochter folgte ihm und begrüßte Francesca. »Ich übernehme die Rezeption, Sie können in Ruhe probieren.«

Francesca dankte es ihr mit einem Lächeln, von dem sie hoffte, dass es ihre Verzweiflung darüber verbarg, dass sie schon wieder eine Prüfung ablegen musste. Prüfungen mochte sie nicht, wer Prüfungen mochte, war nicht ganz richtig im Kopf. Im Moment empfand sie alles um sich herum als Prüfung, als Last und Bedrohung. Bequemlichkeit zu schätzen hingegen, das hatte sie bislang immer für normal gehalten und als Tugend empfunden.

»Das ist Nebbiolo, zumindest ist was davon drin. Finden Sie nicht auch?« Francesca blickte möglichst nachdenklich über den Rand des Glases, dann wanderten ihre Augen von oben nach unten, und sie blickte in den Wein. Zum ersten Mal empfand sie die Sensation, dass Wein wirklich für sie Gestalt annahm. Er war ein Duft, eine Farbe, eine Flüssigkeit und ein Glas. Dieser Wein war anders als die bisher getrunkenen.

»Jedenfalls überwiegt sie, ein Verschnitt ist es allemal«, meinte Grimaldi, als sie im Frühstückszimmer saßen, »ein Barolo ist es nicht, neben dem von Nebbiolo zeigen sich noch andere, untypische Aromen. Ich finde den Wein recht gewöhnlich.« Wieder beugte er sich übers Glas und zog bei geschlossenen Augen und geschürzten Lippen die Luft langsam durch die Nase.

Francesca tat es ihm nach. Für sie war es eine unbekannte Mischung, etwas, das sie in den letzten Tagen noch nirgends probiert hatte und was ihr doch bekannt vorkam. Sie versuchte, an nichts zu denken, auf ihre innere weiße Leinwand zu schauen und darauf zu warten, welcher Film, was für Bilder oder Gedanken sich zeigen würden, ob es eine Erinnerung gab, eine Assoziation, ein definierbares Gefühl. Sie war darin geübt, die weiße Leinwand zu schaffen, sie erreichte es nur dann, wenn sie sehr nah bei sich war. Jetzt war sie außer sich. Beim Wein hatte sie so etwas noch nie probiert, sie war gar nicht auf die Idee gekommen, diesem Getränk so viel Aufmerksamkeit zu schenken. Sie liebte Süßes, Honig, Pralinen und feine Gelees, es war ihr Glück, dass sie sich zurückhalten konnte. Weshalb hatte dieser Ludovico die Flasche abgegeben? Was bezweckte er damit? Sollte sie trinken – oder probieren?

Der Gedanke wurde klarer, eine Erinnerung tauchte auf, an einen Barolo von Pio Cesare. Also waren Nebbiolo-Trauben drin, doch noch einiges andere. Das sagte sie laut.

»Diese Art von Wein wird hier nicht gekeltert«, versicherte ihr Grimaldi, »nicht im Piemont. Der Wein ist viel weicher als ein Barbera. Die Süße, vermute ich, stammt vom Dolcetto, doch dessen Aromen fehlen, auch die Bitterkeit. Schön finde ich den Wein nicht, total unharmonisch ist er auch nicht. Was sagen Sie? Süße und Säure passen nicht, die Säure ist zu flach. Das ist ein Wein aus dem Süden, vermute ich mal, ein Nero d'Avola vielleicht, solche Sachen kommen aus Apulien, aus Kalabrien und der Basilicata, auch Malvasia könnte drin sein.« Er blickte Francesca an, als sei er über sie im Zweifel. »Was ist das? Weshalb hat man Ihnen die Flasche zukommen lassen?«

15

Wie oft war er mit diesem Nebel im Kopf aufgewacht? Nebbio, hieß das nicht auch Nebel? Nur – in welcher Sprache? Was war dann Nebbiolo? Wie lange hatte er geschlafen? Nicht lange genug. Alles tat ihm vom Liegen weh. Wieso stand er nicht auf? Er war noch immer hundemüde und stöhnte. Er konnte diese Nebelwand nicht durchdringen, sie war mal näher, mal fern, waberte dick in seinem Kopf, mal war sie so dick, dass er sie auf der Haut fühlte, dann lag sie nur still über dem Wasser. Welchem Wasser? Wo war hier Wasser? Alles um ihn herum roch schlecht, die lausige Decke, der stickige Raum und er selbst, und er wünschte sich eine Wanne mit lauwarmem Wasser, in das er sich hineinlegen konnte, er stellte sich vor, darin zu liegen, wurde leicht wie ein Blatt und schwebte auf den Wellen. Oder stank der Eimer, den er wer weiß wie lange schon benutzte? Nein, danach roch es hier nicht. Der Eimer, das Trockenklo, stand dort, links, wo er es erwartet hatte, neben der blau gestrichenen Tür.

Es musste wieder Tag sein, sonst hätte er das Trockenklo nicht sehen können und auch nicht, dass die Tür blau war, und auch nicht, dass dort auf dem Boden vor seiner Pritsche ein Teller mit Reis und roten Flecken stand. Er schob den Oberkörper über den Rand der Pritsche auf den Teller zu. Die roten Flecken waren Wurststücke, die jemand daruntergemischt hatte, hoffentlich nicht so salzig wie die Sardinen oder Anchovis oder was es gewesen war. Erleichtert bemerkte er, dass er sich erinnern konnte, aber es war maßlos anstrengend. Wer das Essen zubereitete, der musste es doch abschmecken, die Frau musste merken, dass es vollständig versalzen war, einen derartigen Fraß konnte sie niemandem vorsetzen. Unverschämt. Oder hatte das ein Mann gekocht? Die besten Köche waren Männer, wie sein Schwiegervater, Fell... – irgendwas mit Fell...? Da steckt ein Sinn dahinter, dachte er und war erstaunt, dass er denken konnte, eine Schlussfolgerung traf, dass er sich erinnerte, obwohl es ihn vor Anstrengung stöhnen ließ. Er glaubte, mit den Händen jeden einzelnen Gedankenfaden festhalten zu müssen, wie ein dickes nasses Seil, das ihm durch die Finger glitt. Dabei dämmerte ihm, wie er auf dem Rand der Pritsche saß und gegen die Dumpfheit in seinem Schädel ankämpfte und bei dem Schlangenfraß vor sich – was dämmerte ihm ...? Er vergaß es wieder und starrte auf den Reis mit Wurst, in dem ein Löffel steckte. Er probierte. Beides war so salzig wie die Nordsee. Nein, ich darf nicht an die See denken, ich muss bei dem Gedanken bleiben, den ich denke, nur was habe ich gedacht, bevor mir die Nordsee in den Sinn kam? Richtig, der Teller, ein tiefer Teller war es mit einem umlaufenden Perlstab auf dem Rand. Woher kannte er solche Teller? Er hob den Teller und schaute darunter nach dem Zeichen der Manufaktur: Rivoli. Oder hieß es nicht Fattoria? Ravioli kannte er, aber nicht Rivoli. Und wieder wollte ihm der Gedanke entgleiten, aber diesmal merkte er es rechtzeitig und stellte den Teller ab. Nur mit einer gewaltigen Anstrengung und zusammengebissenen Zähnen war der Gedanke im Kopf festzuhalten, der sich wieder im Nebel davonschleichen, sich unsichtbar machen wollte.

Salz, er lachte, an Salz hatte er gedacht, im Salz steckte der Sinn. Eine Idee brach sich Bahn, nahm Konturen an, schälte sich aus dem Dunst und seinen Gehirnwindungen und wuchs zu einem ... Jetzt fehlte ihm das Wort. Er hatte das Gefühl, in sich zusammenzufallen. Eine Schande, es war neu, dass ihm Worte fehlten, sogar beim Denken. Habe ich Alzheimer? Er wusste sonst immer, was zu sagen war, auch im richtigen Moment. Wann war das gewesen, das Immer? Vorher? Wovor? Vor was? Wieder schwand die Vorstellung, nein … Salz, Salz macht durstig, wer Salz isst, muss trinken, deshalb steht die Wasserflasche da vor mir, und sie ist voll bis zum Rand. Seine Hand griff wie ein fremdes Organ nach der Flasche, er sah, wie die Hand sie packte, die andere drehte am Verschluss. Er war gebrochen, sonst hätte es beim Öffnen geknackt, das hatte er erwartet, die Kapsel ließ sich leicht abschrauben. Pilferproof hießen diese Verschlüsse, diebstahlsicher, damit niemand etwas herausschüttete – oder hineintat. Mit der Flasche in der Hand nahm die Idee Gestalt an, in dem Maß, wie der Nebel sich hob. Wahrscheinlich füllten sie immer neues Leitungswasser ein. Wenn er aß, und es war salzig, dann musste er trinken und dann – ja, was dann? –, dann schlief er ein. Wenn er nichts trank, solange er nichts trank, blieb er wach. Verdammt, wieso war das Denken so schwer! Wieso kam er nicht darauf, was daran falsch war? Ermattet ließ er sich hinabsinken. Bevor er nicht wusste, was es mit dem Salz auf sich hatte, würde er keinen Bissen anrühren. Er setzte sich wieder auf, erhob sich und schleppte sich zum Eimer. Das Toilettenpapier war noch da.

Auf dem Eimer sitzend, betrachtete er die Tür. Sie machte ihn neugierig, er wollte wissen, was dahinterlag. Er hörte ein Keckern, er wusste nicht, was es verursachte. Es kam von draußen, doch wo war draußen? Aus der Ferne kam ein Brummen, etwas klirrte, also mussten Leute dort sein, die ihm sicher ein bequemeres Bett beschaffen könnten. Schritte hatte er noch keine gehört, weil er so tief schlief. Sonst hatte er eigentlich einen leichten Schlaf, denn wenn seine Frau träumte, dann … er hatte eine Frau, richtig, doch wie hieß sie? Auch irgendwas mit Fell…

Wieso kam er nicht darauf? Konnte man den Namen und das Gesicht seiner Frau vergessen? Allem Anschein nach ging das. Also, wieder von vorn, da waren Leute, es mussten welche dort sein, denn das Essen und das Wasser kam nicht von allein. Aber wieso kamen sie immer, wenn er schlief? Er konnte sich gar nicht bedanken. Für den Fraß? Nein, dafür musste er sich nicht bedanken. Als er die Hose hochzog, merkte er, dass er keinen Gürtel mehr hatte, dabei trug er immer einen, und auch die Schuhe waren fort. Er musste jemanden fragen, wo Gürtel und Schuhe waren, ohne sie konnte er nicht auf die Straße gehen.

Jetzt stand er an der Tür und griff vorsichtig nach der Klinke, drückte sie behutsam bis zum Anschlag hinunter, als könnte er sie abbrechen, und erstaunt merkte er, dass die Tür abgeschlossen war. Und als würde er aus großer Höhe zu Boden stürzen, wurde ihm bewusst, dass er gefangen war, hier in diesem Raum. Man hatte ihn eingesperrt.

Die Fülle der Gedanken, der Erinnerungen und Bilder, die auf ihn einstürzten, schien ihn unter sich zu begraben, er konnte sie nicht auseinanderhalten, geschweige denn sortieren oder sie mit seinem jetzigen Zustand in Zusammenhang bringen. Kurzschluss. Er war eingesperrt, und das Essen und das Wasser hatten damit zu tun. Und seine Frau hieß Franziskus. Jetzt konnte er endlich die logische Kette aufbauen: Er aß das salzige Essen, er musste trinken, und im Wasser war – was war darin? Der Nebel? Unsinn, kein Nebel, er schweifte schon wieder ab. Etwas, das den Nebel aufsteigen ließ und sich auf die Gedanken legte, etwas, das ihn müde machte und dafür sorgte, dass ihm alles egal war, gleichgültig, unbedeutend, gar nichts war wichtig, nur dass er schlief. Schlafmittel. Verdammt, verflucht, verrückt, war er verrückt? Er merkte, wie er schon wieder ins Schwimmen geriet. Er hatte Durst, entsetzlichen Durst, aber wenn er trank, schlief er gleich ein. Für wie lange, wusste er nicht, die Uhr hatten sie auch mitgenommen, vom Handgelenk runtergerissen, deshalb schmerzte es so. Aber es war Tag, zumindest war Licht hinter der geriffelten Scheibe. An der Decke war zwar eine Lampe, eine Kellerleuchte in einem Drahtkäfig, doch neben der Tür war kein Schalter. Sie machten das Licht von außen an. Sie? Wer war das, SIE? Hatten sie mit den Flecken auf den Wänden zu tun, den Schmetterlingen? Das waren keine Schmetterlinge, es waren Flecken. Was ist nur in meinem Kopf los?, fragte er sich. An der Wand war immer nur eine Hälfte.

Das war es, die Hälfte. Er durfte nur die Hälfte essen und die Hälfte trinken, dann wäre er nur halb so müde und würde nur halb so lange schlafen. Der Nebel wäre halb so zäh, die Gedanken würden klarer, würden sich verdoppeln, aber der Durst nähme zu. Er nahm einen Schluck Wasser und spülte nur den Mund aus und schluckte nichts. Dabei war er froh, dass er sich an den Ausguss im Boden erinnerte, drüben, in der Ecke. Oder hatte er das geträumt? Nein, da war das rostige Gitter, es ließ sich sogar rausnehmen, da konnte er was von dem Essen reinschütten, und sie würden glauben, dass er gegessen habe. Er lachte still in sich hinein. Bester Laune holte er die Flasche, schüttete etwas in die hohle Hand und wusch sich das Gesicht. Jetzt merkte er es, das Wasser roch irgendwie chemisch, irgendwie nach … Medizin. Wenn er so viel schlief, musste ein Schlafmittel drin sein und noch etwas, das den Nebel hervorrief, seine Gedanken erstickte, seine Logik, seine Wahrnehmung trübte und keine Schlussfolgerungen erlaubte. Ein Pysophar…

Als er die Tür genauer betrachtete, brach das Wort in seinem Kopf zusammen, bevor er es richtig zusammensetzen konnte. Sie war aus Eisen; er legte die Hände darauf, sie fühlte sich eisenkalt an, das konnte nur bedeuten, dass er hierbleiben und darauf warten musste, dass ihn jemand gehen ließ. Er zermarterte sich das Gehirn, lief auf Socken durch den Raum und setzte sich erst, als er eiskalte Füße bekam. Er legte die Decke auf den Boden und hüpfte, schlenkerte mit den Armen, drehte sie, beugte den Rumpf und brachte sich in Bewegung. Das tat ihm gut, das Wetter besserte sich, die Nebel schwanden, und es war leichter, die Gedanken beieinanderzuhalten, nur der Durst wurde unerträglich, er kam nicht aus dem Mund, er kam aus dem Körper, und er spülte den Mund erneut.

Es war mehr als ein Schlafmittel, es musste mehr sein, es war auch ein Mittel, das sein Denken blockierte, die Erinnerung zerstörte und ihn allem gegenüber gleichgültig machte, ihn alles vergessen ließ, auch das, was ihn hergebracht hatte. Er hatte reisen wollen, mit einem Flugzeug, aber dazu war es nicht gekommen. Er fand Stücke in seiner Erinnerung, aber die Verbindung fehlte. Sollte er den Salzreis essen? Man überlebte lange ohne Nahrung, sagte er sich, doch ohne Wasser hatte man nur drei Tage zu leben, und ob man sich zwingen konnte, nichts davon anzurühren?

Ein Steinchen lag am Boden, er spürte es beim Hüpfen durch die Decke, das war die Lösung. In irgendeinem Roman hatte er von einem Steinchen gelesen, das jemand auf der Flucht oder im Gefangenenlager immer im Mund gehabt hatte, es regte den Speichelfluss an. Er kroch kreuz und über den Boden und suchte ein Steinchen, suchte in den bröckligen Wänden danach, es musste eines ohne scharfe Kanten sein. Er fand eines im Mörtel, rieb es lange an seinem fleckigen, stinkenden und längst nicht mehr weißen Hemd, wusch es in dem vergifteten Wasser, bevor er es in den Mund steckte. Nach einer Weile stellte sich die gewünschte Wirkung ein, sie erlöste ihn von dem unsäglichen Drang, nach der Flasche zu greifen. Aber es würde auffallen, wenn er nicht aß und trank, denn wenn sie ihn einschlossen, würden sie ihn auch kontrollieren bei allem, was er tat.

Also musste er Wasser und Essen verschwinden lassen. Wieder lächelte er, freute sich über die Idee, er hatte den Abfluss und das Trockenklo. Mit einem Teil des Wassers wusch er sich Gesicht und Hände über dem Abfluss, die Hälfte vom Reis kam ins Trockenklo, er aß nur drei Löffel voll, das Salz ließ ihm übel werden. Und auf der Pritsche sitzend, das

Steinchen im Mund, dachte er nach und merkte, wie die Nebel sich weiter lichteten und etwas wie Erinnerung zurückkam.

Das war alles andere als angenehm. Da war diese Chinesin mit der kreischenden Stimme, sie hatten ihn geschlagen, ihn gestoßen, ihm die Hände gefesselt, man hatte ihm ein Tuch in den Mund gewürgt und einen Sack über den Kopf gezogen. Er war fast erstickt. Die Erinnerung daran war grauenhaft. Er trank das restliche Wasser, um vor den Bildern zu fliehen, legte sich wieder hin, steckte das Steinchen in die Brusttasche, trank von dem vergifteten Wasser und starrte an die Decke … Beim nächsten Mal bin ich länger wach, dachte er … Dann komme ich weiter … ein gutes Stück weiter … Und er sah die Nebel aus dem Tal heraufziehen, aus dem Tal hinauf in die Weinberge, und bevor er endgültig wegsackte, wusste er, wo er war …

16

»Wir wissen es jetzt genau! Arnold war nicht in der Maschine!« Heimbüchler berichtete triumphierend, dass Kirsch und er es geschafft hatten, auch Schilling zur Mithilfe zu bewegen, und als sie zu dritt bei der Polizei aufgekreuzt waren und mit der Presse gedroht hatten – »immerhin hat Arnold Sturm als Wirtschaftsanwalt in Düsseldorf einen Namen« –, hatte sich die Polizei zu Ermittlungen durchgerungen.

Drei Männer erreichen mehr als eine Frau, das war Francesca klar, oder sie wurden ernster genommen, ihnen machte niemals jemand den Vorwurf von Hysterie. Sie richtete sich im Bett auf. Es war halb acht Uhr morgens, nach der Beruhigungstablette, sonst nahm sie nie derartiges Zeug, hatte sie geschlafen wie tot. Sie war noch nicht ganz wach, ihr kam die Tragweite des Gesagten erst langsam zu Bewusstsein.

»Mit dem Sicherheitsdienst des Flughafens und der Polizei gemeinsam haben wir die Videoüberwachung der Passagierbrücke einsehen dürfen, allerdings nur den Mitschnitt der Kamera, die uns beim Aussteigen im Visier hatte. Mehr wollten wir auch gar nicht.«

Dass er nicht im Flugzeug gewesen sein konnte, war Francesca von vornherein klar gewesen, für sie war die Enthüllung nichts Neues, sie konnte Heimbüchlers Begeisterung nicht teilen. Die Unterstellung, dass Arnold einer anderen Frau wegen oder aus welchen Gründen auch immer sie und die Familie verlassen haben sollte, war zu absurd.

»Es ist eine riesige Erleichterung für uns, zumindest sind

wir einen Schritt weiter. Es ist nicht viel, Francesca, ein kleiner Schritt, versteh mich nicht falsch. Du darfst nicht den Mut verlieren, aber Dinge auszuschließen, die sein könnten, kann uns auch voranbringen.«

Damit hatte er recht, und sie sagte es ihm und bedankte sich. Außerdem war sie froh, dass sich die Gruppe der Unterstützer um Schilling erweitert hatte. Der Steuerberater war wichtig für sie, es gab bei Klienten einige Überschneidungen. Und ein gestörtes persönliches Verhältnis hätte die Arbeit behindert, sie hätte jegliches Vertrauen verloren. Und ohne Vertrauen war man wirklich verloren.

»Was hast du bisher erreicht«, fragte Heimbüchler, »ich meine erreichen können?«

Nichts – so sah sie es, doch durfte sie ihm das sagen? »Ich stehe in Verbindung mit dem deutschen Konsul, er kooperiert. Dann treffe ich mich heute mit dem Präfekten der Provinz Cuneo, er ist für öffentliche Sicherheit und Ordnung verantwortlich, er vertritt das Innenministerium, also ist er der Polizei übergeordnet.«

»Das hört sich gut an. Wie bist du an den gekommen?«

Sollte sie ihm sagen, dass es nur über Beziehungen gelaufen war? In diesem Moment erinnerte sie sich an Arnolds Dateien, die sie in der vergangenen Nacht studiert hatte. Sie nahm ihr Mobiltelefon vom Ohr und starrte es an, die Warnung des Präfekten vor Moretta war ihr in den Sinn gekommen. War die Leitung sicher?

»Darüber möchte ich lieber nicht am Telefon sprechen …«

»So schlimm sieht es aus?« Heimbüchler hörte sich erschrocken an.

»Vieles ist möglich«, sagte sie ausweichend, »ich weiß es noch nicht, aber ich ahne einiges. Bisher ist nichts sicher, aber dass Arnold noch hier ist, im Piemont, halte ich gerade auch nach deiner Nachricht für sehr wahrscheinlich. Ob freiwillig oder nicht – unfreiwillig ist wahrscheinlicher, sonst hätte er sich gemeldet.« Sie berichtete Heimbüchler von dem obskuren Vetter, der ihr den Wein gebracht hatte. »Auf den Weingütern bin ich nicht vorangekommen, ich weiß nicht, wonach ich suchen soll. Es gibt einfach keine Anhaltspunkte. Aber ich habe erfahren, dass es bei euch in der Gruppe nicht so harmonisch gewesen ist, wie ihr vorgegeben habt.«

»Was willst du damit sagen?« In Heimbüchlers Stimme lag Abwehr.

»Nur das, was auch ihr wisst. Ihr wart schließlich zugegen, andere Leute haben es mitbekommen. Ihr habt gestritten, und ich will die Gründe dafür wissen. Arnold ist kein Mensch, der sich streitet, sonst würde er nicht als Mediator eingesetzt.«

»Davon wusste ich gar nichts.«

»Rede dich nicht raus, Justus. Darin ist niemand so geübt wie ihr Anwälte. Worum ging es? Aber verschone mich mit Arlitts und Grünlegers nächtlichen Eskapaden. So was ist langweilig.«

»Davon weißt du?« Er wirkte ehrlich erschrocken.

»Also?« Francesca merkte, wie sie ärgerlich wurde. »Worum ging's?«

Es dauerte einen Moment, bis Heimbüchler sich zu einer Antwort durchgerungen hatte. »Der Streit hat auch mit Arnold zu tun. Wir haben gemeinsam den Plan entworfen, welche Weingüter wir besuchen wollen. Jeder, der mit auf die Reise wollte, konnte seine Vorstellungen einbringen, ganz demokratisch. Es hat eben jeder seine Vorlieben, jeder hat von dem einen oder anderen Winzer gehört oder sogar vorher schon mal die Weine gekauft, vielleicht probiert oder eine Empfehlung von seinem Weinhändler bekommen. Oder wie unser Professor Dr. Sauerbruch, Arlitt meine ich, der mit seiner Lesebrille auf der Nase die gängigen Weinführer studiert, wie den »Gambero Rosso« über Italiens Weine oder »Slow Wine« und den »Veronelli« – da klebt er an jedem Buchstaben. Der muss immer einen haben, der ihm sagt, was gut ist. Kirsch und dein Mann wollten sich offener halten, sie wollten auch andere, größere Kellereien besuchen, nicht nur die Edelschuppen mit exorbitanten Preisen. Da kriegt man den einfachen Dolcetto nicht unter fünfzehn Euro die Flasche und den Barolo nicht unter vierzig. Auch Kooperativen produzieren hervorragende Tropfen. Man muss sie finden, und dazu muss man hingehen. Ich meine damit nicht das, was Lidl und Aldi für 8,99 anbieten.«

»Und – habt ihr diese günstigen Weine gefunden?«

»Zwei große Kellereien haben wir besucht, eine ist Fontanafredda …«

»Da bin ich heute.«

»Halte dich an die Linie Mirafiore. Das sind die edleren Gewächse.«

»Mir geht es nicht um den Wein, Justus, versteht ihr das endlich!« Francesca wurde wütend, sie musste sich zusammenreißen, um nicht die Geduld zu verlieren. »Ich bin nicht aus Spaß hier! Mir geht es um meinen Mann! Um den Vater von Alice und Markus.«

»Das ist klar, Francesca, bitte entschuldige, ich vergaß es für einen Moment. Verzeih, aber versuche, besonnen zu bleiben. Die andere große Kellerei ist Belmonte, darum gab es Streit. Arnold kam einige Tage vor der Reise mit der Idee, den Besuchsplan zu erweitern. Er wollte ein ganz bestimmtes Weingut auf die Besuchsliste setzen, eben dieses Belmonte, das keiner von uns kannte. Gute Qualität zu moderaten Preisen, das war sein Argument. Da kriegt man den Barolo schon ab zwanzig Euro, für einen vom Cannubi zahlt man bereits zwanzig Euro mehr …« Heimbüchler verlor sich wieder in seinen Wein- und Preisbetrachtungen.

Beim Wein waren manche Männer so wenig zu gebrauchen wie viele Frauen beim Schuhkauf. Sie sammelten. Doch weder die Namen noch die Preise vom Barolo interessierten Francesca. Weder wollte sie Wein kaufen noch probieren. Aber sie ließ Heimbüchlers Ausführungen über sich ergehen, möglicherweise waren Informationen darunter, die ihr beim nächsten Besuch weiterhalfen. Heimbüchler erklärte ihr auch noch, dass »ex Cellar« der Preis ab Kellerei war, und dann kamen die Mengenrabatte hinzu.

»Der Besuch bei einem weiteren Weingut – war das der einzige Grund, weshalb ihr gestritten habt?«

Heimbüchlers Ja kam eine Sekunde zu spät, er hatte gezögert, also musste es noch einen weiteren Anlass oder Grund für einen Streit gegeben haben, doch sosehr Francesca ihn löcherte, er blieb dabei. Dann berichtete er, dass man Arnold nahegelegt habe, einen gemeinsamen Termin ausfallen zu lassen und allein hinzugehen. »Angeblich hatte er unsere Gruppe angemeldet, nicht nur sich selbst, was er uns aber nicht gesagt hat. Er wollte sich nicht blamieren, meinte er, deshalb hat er darauf bestanden, dass wir alle mitkämen.«

Übergangslos brach Heimbüchler das Gespräch ab, er habe gleich einen Termin bei Gericht und müsse dringend los.

Das war ein Argument, mit dem man sich in Anwaltskreisen jeden unliebsamen Frager vom Hals schaffen konnte. Francesca war klar, dass da mehr war, doch es nutzte nichts, darauf in so einem Moment zu insistieren. Sie war selbst spät dran, doch ihr Telefon meldete sich sofort wieder. Diesmal war es Alice. Sie war völlig aufgelöst, sie hatte etwas Schreckliches von ihrem Vater geträumt:

»Er steckte bis zum Hals in einem Sumpf, im Schlamm, und kam nicht heraus. Du hast ihm einen Ast hingehalten, um ihn rauszuziehen, doch der brach immer wieder ab, dann wuchs er nach und brach wieder, und ich stand am Rand und konnte nichts machen, weil meine Füße auch im Schlamm steckten. Es war schrecklich, Mama. Wo ist Papa? Hast du irgendeine Spur?« Zu allem Unglück begann sie zu schluchzen, und Francesca konnte sie nicht wie sonst in die Arme nehmen und trösten. »Hast du irgendwas rausgefunden?«, fragte sie mit erstickter Stimme.

Francesca brachte es nicht übers Herz, ihre Tochter zu

enttäuschen. Sie stellte das bevorstehende Treffen mit dem Präfekten so dar, als sei das bereits ein Teil der Lösung, und konnte sie mit der Information beruhigen, dass er nicht im Flugzeug gewesen war und vorher, also noch in Turin, wieder ausgestiegen sein musste.

»Aber was macht er da? Warum bleibt er in Italien? Warum sagt er uns nichts, wieso meldet er sich nicht? Wir sind schließlich seine Familie. Wie kann Papa uns das antun?«

Francesca wusste um die Praxis, Menschen verschwinden zu lassen. Die Militärdiktaturen in Südamerika hatten das unter anderem massenhaft praktiziert. Missliebige Personen, ob Oppositionelle oder nicht, waren entführt, gefoltert und umgebracht worden. Die Angehörigen der Verschwundenen waren bis heute im Unklaren über den Verbleib der Opfer, jahrelang schwebten sie in einem Zustand zwischen Resignation und der Hoffnung, dass die Vermissten doch wieder auftauchten. Hier in Europa, in Italien würde sie Derartiges den Geheimdiensten, Faschisten oder der Mafia zutrauen, aber das hieße, dass Arnold mit denen … Ihr wurde schlecht bei dem Gedanken an das, was sie letzte Nacht gelesen hatte. Mit Politik hatte er normalerweise nichts zu tun, also nichts mit Faschisten, wohl aber mit Wirtschaft, und da mischten die Geheimdienste mit, etwa wenn es um Wirtschaftsspionage ging. Von ihrer Angst durfte sie ihrer Tochter nichts zeigen, sie musste Alice Mut machen.

»Wir sind auf der Suche. Es hat sich ein Cousin gemeldet, der uns helfen wird, und auch bei der Polizei bin ich gewesen. Wir müssen Geduld haben, mein Kind. Wir werden Papa finden, das verspreche ich dir.« Woher Francesca in diesem Moment ihre Zuversicht nahm, war ihr nicht klar. Dabei bewegten sie dieselben Fragen wie ihre Tochter. Sie bezweifelte selbst, dass sie Arnold jemals wiedersehen würde, dass er am Leben war, doch den Gedanken an sich heranzulassen, wäre fatal, der würde sie nur lähmen. »Wir müssen stark sein, mein Kind, wir alle, Markus auch, wir dürfen nicht verzagen, nicht schwach werden, denn wer schwach ist, hat keinen Erfolg. Und Erfolg brauchen wir dringend, wir werden Papa finden!«

»Soll ich kommen, Mama? Ich komme sofort, wenn du willst. Feltrinelli kommt, Markus sowieso, wir kommen alle, wenn du uns brauchst.«

»Sag Feltrinelli, er soll unbedingt diesen Ludovico anrufen, falls er mich wirklich sprechen will. Ich bin ab heute auf dem Weingut Cascina Rocca in La Morra zu erreichen …«

Es war schwer, Alice zu beruhigen, ihr Optimismus zu vermitteln, sie von etwas zu überzeugen, woran sie selbst kaum glaubte. Als das Gespräch zu Ende war, raffte Francesca sich auf, ging unter die Dusche, spürte das warme Wasser auf dem Kopf, es schwemmte die Tränen weg, die sie jetzt nicht mehr zurückhalten konnte. Als sie vor dem Spiegel stand und die Spuren ihrer Verzweiflung übermalte, kam ihr eine Idee. Wenn in Turin die Passagiere beim Einsteigen ebenfalls gefilmt wurden, so wie in Düsseldorf beim Aussteigen, und wenn sie den Präfekten bewegen könnte, diese Aufnahmen anzusehen, wären sie einen Schritt weiter und könnten die Lücke schließen, die sich zwischen der Kontrolle der Bordkarten und dem Besteigen der Maschine auftat.

Und sie musste heute das Hotel wechseln, der Hotelier kam ihr zu nahe, er wusste zu viel, und sie wusste nicht, mit wem er hier in Verbindung stand. Wahrscheinlich kannte er sämtliche Winzer der gesamten Langhe. Der Bruder besaß ein Weingut, der war mit Sicherheit mit vielen Kollegen vernetzt und redete, schwätzte, was kümmerte es ihn, was mit einem ehemaligen Gast geschehen war? Und wenn sie ihn offen um Hilfe bäte, ihn einweihte? Das war zu riskant, der Präfekt hatte ihr mit seinen Andeutungen über Moretta einen heftigen Schrecken eingejagt.

Zu ihrer Erleichterung standen weder Grimaldi noch seine Tochter an der Rezeption. An der Weinprobe hatte sie sich vorbeigemogelt. Sie nahm die Kreditkare und merkte im letzten Moment, dass sie auf den Namen »Sturm« ausgestellt war, sie aber hatte als Feltrinelli eingecheckt. Glücklicherweise hatte sie die gewünschte Summe in bar, was der Rezeptionist erstaunt zur Kenntnis nahm.

»Bleiben Sie im Piemont? Wenn Sie etwas vergessen haben, wohin sollen wir es nachsenden?«

»Ich habe nichts vergessen«, sagte Francesca kurz angebunden, nahm das Wechselgeld entgegen, griff ihren Koffer nebst der ominösen Flasche von Ludovico und verschwand in Richtung Auto.

Der Weg zu Fontanafredda war viel kürzer als erwartet. Die Straßen waren frei, der morgendliche Verkehr rund um Alba gering. Francesca wusste, dass sie von den Ausmaßen her eines der großen piemontesischen Weingüter besuchen würde, doch die Wirklichkeit war immer überwältigender. Als Vergleich fiel ihr eine griechische Theateranlage ein. Drei- und vierstöckige Häuser, Büros, Keller- sowie Kelteranlagen (oder das, was sie dafür hielt) sowie Wohngebäude bildeten das Zentrum, im Theater *orchestra* genannt, wo die Schauspieler auftraten. Der Gebäudekomplex wurde ähnlich dem Zuschauerraum von Weinbergen umgeben, eingerahmt und auch geschützt. Die Gebäude faszinierten Francesca, die gebänderten Fassaden, quer umlaufende Streifen in Altrosa und Creme, erinnerten an byzantinische Baukunst und trugen zur Eleganz und Leichtigkeit der Anlage bei, Balkone schmückten auf ganzer Breite der Fassade den ersten Stock.

Die den gesamten Komplex umgebenden Rebzeilen verliefen den Sitzreihen des griechischen Theaters gleich quer zum Hang, so akkurat wie mit einem Lineal gezogen, dazwischen die breiteren Wirtschaftswege, so grau wie der tonige Boden hier überall. So konnte jede Traube sehen, wo sie einst enden würde. Das gesamte Ensemble aus Weinbergen und Gebäuden, einzelnen Baumgruppen, hohen Hecken und der historischen Parkanlage erschien ihr wie der berühmte oder berüchtigte Heuhaufen, in dem sie Arnold, die Stecknadel, suchen musste. Wenn er hier festgehalten wäre, würde er dann nicht mit all seiner Kraft versuchen, freizukommen? Er hatte Kraft, das wusste sie, geistig wie körperlich, war noch immer als Handballspieler aktiv. Sie richtete sich auf, atmete durch und schüttelte die Gedanken ab. Sie riss die Augen auf, sie war gefordert, nicht ihre Ängste.

Besitzer des Gutes war die Gesellschaft Eataly, gegründet von Oscar Farinetti und Luca Baffigo Filangieri. Signor Farinetti stammte aus der Gegend, lebte in Alba und sah Turin als die wichtigste Stadt der Region, wo er sein erstes Lebensmittelgeschäft eröffnet hatte, geführt nach den Regeln seiner Philosophie: Nachhaltigkeit, Verantwortung und Beteiligung. Es ging ihm um die Zutaten der gehobenen mediterranen Küche in Kombination mit Italiens Weinkultur. Wichtig war es, einfachste Gerichte, um nicht zu sagen Arme-Leute-Gerichte, nachkochen zu können und sich der ausländischen Einflüsse bewusst zu werden, denn die Tomate zum Beispiel kam aus Mittelamerika, wo die Azteken sie einst *xitomatl* genannt hatten. Die Marke Eataly entstand durch das Zusammenfassen mehrerer kleinerer Unternehmen aus dem Lebensmittelbereich. So wollte der Unternehmer, der sich anscheinend mehr als Erneuerer oder Wegbereiter verstand, die besten handwerklichen Produkte zu akzeptablen Preisen anbieten. Dazu war eine direkte Beziehung zwischen Produzenten und Händlern nötig, die seinen nachhaltigen Maximen folgten.

Es waren schöne Worte. Feltrinelli hatte diesen Text ihren Informationen zu den einzelnen Weingütern beigelegt. Francesca glaubte, dass im Grunde der historische sowie der materielle Wert und die Einzigartigkeit von Fontanafredda, der Kalten Quelle, die Käufer zum Erwerb bewogen hatten. Und wenn sie das Wort »nachhaltig« hörte, wurde sie sowieso misstrauisch. Ihr musste niemand sagen, wie das Wirtschaftssystem funktionierte und wie Marketing- oder

Werbetexte zu lesen waren. Zahlen waren wichtig, Zahlen entschieden, und nicht Kühe, Käse und Kartoffeln. Unternehmen ging es nicht mehr um irgendein Produkt, es ging um Zahlen, die mussten stimmen, alles andere war nebensächlich. Hier, in dieser Anlage vor ihr, wurden Zahlen mittels Wein produziert, schwarze Zahlen, wie sie vermutete. Und den von Markus übermittelten Texten nach zu urteilen, war es Arnold auch um Zahlen gegangen, und sicher um sehr große. Aber bei dem Streit innerhalb des Clubs war es nicht um dieses Weingut gegangen.

»Verantwortung« war ein anderes der schönen, abgenutzten und sinnentleerten Wörter. Wer einen Großbetrieb in den Dreck fuhr, einen Konzern in die roten Zahlen, sodass Zehntausende entlassen werden mussten, um angeblich den Rest zu retten, bekam für seine Verantwortung noch einige Millionen als Abfindung. Und »Beteiligung« bedeutete allgemein, dass die Mitarbeiter meist am Verlust statt am Gewinn teilhatten, dass die Kunden in die Irre geführt wurden und Lieferanten Preise akzeptieren mussten, die um die Gestehungskosten kreisten, oder sie waren aus dem Rennen.

Es waren immer die schönen Worte, die Francesca misstrauisch machen, je schöner sie waren, desto misstrauischer war sie, und desto genauer schaute sie hinter die Zahlen. Als sie dann noch las, dass Slow Food, das sich angeblich für den Respekt gegenüber den zu schlachtenden Kühen, den Kaffeebauern oder Tomatenpflückern, ja vielleicht sogar für die Lesearbeiter im Weinberg einsetzte, irgendeine Patronage oder ein Sponsoring übernommen hatte, war ihr Sack mit Vorurteilen gefüllt. Slow Food hatte eine seiner Veranstaltungen im »Tavolata« durchgeführt. Den Abend über hatte Feltrinelli stillgehalten, aber danach hatte er sich geweigert, diesen, wie er meinte, »Verein von saturierten Essern« ein weiteres Mal zu bekochen und einen Riesenkrach mit Basilio angefangen. Dem war jeder Gast recht, wenn er nur zahlte.

Doch man empfing Francesca bei Fontanafredda nicht mit hohlem Marketinggeschwätz, sondern mit klaren, freundlichen Worten. Die für den Verkauf zuständige Mitarbeiterin beantwortete alle Fragen ohne Schnörkel, während sie Francesca zwischen den gewaltigen Fassreihen in unterirdischen Gängen hindurchführte, alle Fässer mit Baroli verschiedener Gemeinden und Lagen gefüllt, mit Barbaresco, mit Nebbiolo d'Alba und Barbera DOC. Beim Dolcetto kam lediglich eine kleine Partie für den La Lepre in Eichenfässer, sonst blieb er im Edelstahl und reifte auf der Flasche.

Sieben Millionen Flaschen wurden jährlich produziert, selbstverständlich waren das verschiedene Qualitäten zu ganz unterschiedlichen Preisen, und ein großer Teil bestand aus Weinen, die Francesca wenig interessierten, da auch die Düsseldorfer Weinfreunde sie nicht probiert hatten: Pinot Grigio, Moscato, Freisa und Chardonnay. Neunzig Hektar nannte Fontanafredda sein Eigen und kaufte eine gewaltige Menge Trauben hinzu, die hier verarbeitet wurden.

Angefangen hatte alles mit vierundfünfzig Hektar in der Mitte des 19. Jahrhunderts. Damals hatte Viktor Emanuel II., König von Sardinien, einem gewissen Giacomo Roggeri das Landgut bei Serralunga abgekauft und seiner Geliebten, der Bela Rosin, geschenkt. Als seine Ehefrau wurde sie zur Gräfin von Mirafiori und Fontanafredda ernannt.

Zu jener Zeit war der Barolo ein gänzlich anderer Wein als heute, wie Francesca erfuhr. Erst der Graf von Cavour, Landwirtschaftsminister und späterer erster Ministerpräsident des neuen Königreichs Italien, zog im Jahr 1834 einige Berater hinzu, um den Weinbau zu modernisieren. Als Vorbild galt das Burgund und die Methode, einen Wein gänzlich durchgären zu lassen. Bis dato waren die Baroli süß gewesen, da der Restzucker nicht in Alkohol verwandelt wurde. Die neue Geschmacksrichtung war trocken, und die wurde von der Marchesa von Barolo am Hofe von Turin bekannt gemacht. Und was dem König gefiel, gefiel auch seinen Hofschranzen. Damit war Barolo zur Mode geworden, und die Nachfrage stieg.

Nach dem Tod des Königs erbte sein Sohn Emanuele Alberto di Mirafiore das Gut. Er brachte es, mehr moderner Unternehmer als rückwärtsgewandter Adel, durch Investitionen und Hingabe nach vorn, machte den Barolo berühmt als den »Wein der Könige«. Jetzt erst verstand Francesca, wieso vom königlichen Wein für Könige gesprochen wurde. Später wurde der Betrieb zur Aktiengesellschaft, aber die Aktionäre engagierten unfähige Verwalter, Aktienpakete wechselten in die Hände von Spekulanten, es kam in großem Stil zu Unterschlagungen und Diebstählen. Dann wurde die Marke Mirafiore verkauft, und alles verwahrloste in Zeiten der Weltwirtschaftskrise. Bei der Zwangsversteigerung erwarb der größte Gläubiger, das Bankhaus Monte dei Paschi di Siena, schließlich das Landgut. Und erst im Jahr 2009 fanden Fontanafredda und Mirafiore als Marke für die besonderen Weine des Hauses wieder zusammen. Da kostete auch der einfache Dolcetto, sonst für fünf Euro zu haben, bereits fünfzehn.

Auf dem Weg zum Verkostungsraum kam das Gespräch unweigerlich auf die Exporte ins europäische Ausland und nach Übersee. Kunden aus der ganzen Welt bestellten hier, Brasilien, Russland und auch China. Letzteres war für Francesca wieder das Stichwort: China. Ohne Grund hatte Arnold sich nicht so ausführlich mit dem Land beschäftigt, Material über den dortigen Weinbau und seine großartigen Fälscherringe und die illegalen Kapitalströme gesammelt. An einer Datei bastelten Markus und sein anarchistischer Freund Dorian immer noch herum. Bislang hatten sie sie nicht knacken können, was ihren Ehrgeiz anstachelte. Dorian fühlte sich inzwischen auch im »Tavolata« heimisch und verstand sich prächtig mit ihrem Vater, mit dem er heftige politische Debatten führte.

Einem Artikel nach, den Francesca erst gestern gelesen

hatte, kursierten im Land der Mitte große Mengen Lafite-Rothschild, und zwar das Fünffache dessen, was das berühmte Bordelaiser Weingut überhaupt produzierte. Aber wie konnte sie das Thema »China« anschneiden, ohne ihre Absicht oder sich selbst zu verraten?

Es gelang ihr wieder über die Frage nach Besuchergruppen. Nahmen denn auch Chinesen, wenn sie hier Weine kauften, den weiten Weg auf sich?

Das sei selten der Fall, wurde ihr geantwortet.

Wo waren dann die Chinesen, die sie im Hotel getroffen hatte, zum Probieren hingefahren, fragte Francesca sich insgeheim. Sollte sie es wagen und doch Grimaldi danach fragen?

Die Weinprobe war umwerfend. So viele Weine wie hier hatte man ihr bisher nirgendwo vorgesetzt. Der erste Wein gefiel Francesca bereits ausnehmend gut. Es war kein Wein und doch ein Wein, der Contessa Rosa war ein Schaumwein – nein, in der Zusammensetzung von Pinot noir und Chardonnay und nach der dreijährigen Flaschengärung mehr ein Champagner. Nur wer das sagte, bekam es mit französischen Rechtsanwälten zu tun. Auch der Gavi di Gavi, ein Weißwein aus der Cortese-Traube, stellte eine Erholung gegenüber den schweren Roten dar, die Francesca bereits fürchtete, da sie glaubte, mit ihnen nicht richtig umzugehen. Doch für diesen Moment wurde sie noch verschont, es kam ein Arneis aus dem Roero-Gebiet ins Glas, aus dem nordöstlichen Teil der Provinz Cuneo.

Wie entschieden eigentlich die Kellermeister? Nach Gefühl oder nach objektiven Kriterien? Mit ihnen würde Francesca niemals tauschen mögen, sie hielt diesen Beruf für äußerst riskant, die Verantwortung war gewaltig. Feltrinelli hatte ihr erklärt, das, was an Trauben geliefert wird, entscheide, wie ein Wein wird, und dann zählte nur noch, wie der Kellermeister drauf war und ob er damit umgehen konnte: Mag er lieber weiße oder rote Weine, wie lange lässt er den Most auf der Maische, welche Gärtemperatur hält er für sinnvoll, glaubt er, dass sich der Wein im Fass besser entwickelt als im Tank aus Edelstahl, bevorzugt er kleine oder große Fässer, verwendet er alte, gebrauchte Barriques oder neues Holz, innen mehr oder weniger geflämmt? Das alles stand in dem Fragebogen, den Feltrinelli ihr mitgegeben hatte. Er war eine große Hilfe.

Bei Fontanafredda war das alles kein großes Problem, wie Signora Ornella während der Probe meinte, das Unternehmen hätte genügend Kapital, um mit allem ausreichend zu experimentieren. Und sicherlich war auch genügend Zeit vorhanden. Aber die brannte Francesca unter den Nägeln, wie sie beim Blick auf die Uhr feststellte, sie musste die Probe glaubhaft über die Bühne bringen und dann sofort nach Barolo ins Museum, den Präfekten durfte sie keinesfalls warten lassen. Aber sich hier nicht die entsprechende Zeit zu nehmen, wäre ebenso dumm, es würde ihre Rolle ad absurdum führen, als Einkäuferin musste sie die Ware gewissenhaft prüfen.

Zwei sehr schöne Dolcetti wurden ihr vorgestellt, der erste aus Treiso im Barbaresco-Gebiet, der zweite aus Grinzane Cavour, zwei Jahre alt und im kaum gebräuchlichen Zementtank ausgebaut, über den sie beim Rundgang gestaunt hatte. Allerdings kam der Wein nicht mit den rohen Wänden in Berührung, die Tanks waren mit Epoxidharz ausgestrichen. Sie hatte mit den Fingern in einen leeren Tank gefasst und die glatte Oberfläche berührt. Galt das bereits als ein Zeichen von Unkenntnis, das sie sich nicht erlauben durfte?

Der Barbera Superiore aus der Mirafiore-Linie war ihr Wein! Superiore hieß er nicht, weil er so superb war, sondern weil er mit 13,5 Volumenprozent mehr Alkohol hatte als der normale Barbera. Dann kamen die Baroli an die Reihe, ihre Nase, ihr Gaumen, ihre Mundschleimhäute waren gefordert und ihr Erinnerungsvermögen. Gab es hier geschmackliche Parallelen zu dem Wein, den dieser Ludovico ins Hotel gebracht hatte? Ja, das Typische von Barolo waren bittere Schokolade, wie sie es empfand, ein Hauch von Rosen und Kirschen, hinzu kamen Tabak und Teer. Francesca war ein wenig stolz auf sich, das herausgerochen zu haben. Am besten gefiel ihr der Einzellagen-Barolo Lazzarito. Es war ein innerer Triumph, dass auch der Önologe des Hauses diesen Wein für den besten hielt.

Aber als sie einen letzten Blick auf die Ansammlung der vielen Gebäude warf, wurde ihr unheimlich. War Arnold nach dem verpassten Abflug noch einmal hierher zurückgekehrt, um etwas Bestimmtes zu erledigen? Und wenn sie sich auch gut und ohne Misstrauen mit der Mitarbeiterin hatte unterhalten können, die sie durch das Weingut geführt hatte, so konnten doch andere, die hier in Wirklichkeit die Strippen zogen, mit Arnold in Verbindung gestanden haben.

17

Das Castello Falletti in Barolo, vor tausend Jahren eine Festung gegen Hunnen und Sarazenen, wurde später zum Landsitz der adligen Familie Falletti und schließlich Kolleg, bis der den Ort beherrschende mehrstöckige Bau 2010 zum Weinmuseum umgebaut wurde. Unter den wenigen Besuchern an den üblichen Bücherständen, wo sie die Eintrittskarte kaufte, war niemand, von dem sie glaubte, dass er zu der Stimme passte, die sie in der Präfektur durch die Tür und später am Telefon gehört hatte. Nach einem flüchtigen Blick auf übliche Bildbände, Reiseführer und Weinbreviere wurde sie darauf hingewiesen, dass die Tour im obersten Geschoss beginnen würde, schließlich sei dies kein normales Museum, sondern ein Weinprojekt, das einem Plan folge.

Als Francesca aus dem Fahrstuhl trat, umfing sie gedämpfte Dunkelheit und Stille, und beides verwirrte sie. Über ihr in der Schwärze des Weltraums standen kalt und klar die Sterne, darunter, vielleicht als die Sonnen, hingen vereinzelt Glühlampen mit rötlich schimmernden Glühfäden. Der Raum schien grenzenlos und gleichzeitig bedrückend eng, die Lichter oben gaben der Dunkelheit an den Seiten mehr Tiefe, schufen die Illusion der unbegrenzten Weite, sie war hier in einer Weise auf sich allein zurückgeworfen, spürte eine Einsamkeit wie nie zuvor in diesen schrecklichen Tagen. Sie fühlte sich so beklommen, dass sie den Atem anhielt. Wie betäubt sah sie sich um, suchte nach jemandem, der sich ihr zu erkennen geben wollte. Aber weder hörte sie einen Schritt noch drang irgendein Ton der Außenwelt zu ihr herein.

Erst jetzt entdeckte sie über sich so etwas wie einen Vogel, ein stilisiertes Etwas mit weißen Schwingen. War das »der Geist über den Wassern«? Sie musste hier dringend raus, aber sie fand den Weg zum Fahrstuhl nicht mehr. Doch dann entdeckte sie einen Gang und an seinem Ende einen Schimmer – und trat aus der Finsternis in einen hell und strahlend erleuchteten Raum, gleißend von Licht, weich und warm in den Farben der Sonne, der Wärme, der Zuversicht, die von spiegelnden Wänden zurückgeworfen wurde, und erleichtert atmete sie auf.

Dio mio, dachte Francesca, sie dachte es auf Italienisch, was macht dieser Präfekt mit mir, was hat er vor? Wo will er mich hinhaben, ist es ein Spiel, vielleicht ein böses Spiel? Dann sah sie die Erde, aus dem Weltraum fotografiert, vielmehr schwebte sie über ihr, sie fand sich in der gleichen Situation wie der Fotograf oder die automatische Kamera eines Satelliten. Und in ihrem Rücken gab es andere Welten, gehalten von Kräften, die jedes denkbare Maß überstiegen. Doch diese lösten keine Angst aus, denn sie waren vertraut, hielten die Füße am Boden und den Kopf oben. Das war es, was sie brauchte, und als sie in den nächsten Raum hineingezogen wurde, der Erde immer näher raste, dargestellt durch von innen leuchtende Großbilder in rascher Folge – bis sie die Rebzeilen voneinander unterscheiden konnte, hatte sie ihr Gleichgewicht wiedergefunden. Jetzt erst wurde sie gewahr, dass sie den italienischen Stiefel aus dem Weltraum gesehen hatte, auf dem nächsten Bild das Piemont vom Mittelmeer bis an die Alpen, gefolgt von der Luftaufnahme der Provinz Cuneo und endlich die grünen Rebzeilen des Barolo.

Nach dieser Einführung war der nächste Raum in seiner Düsternis kein Schock mehr. Was hatte der Präfekt gesagt, man wolle sich unter der Erde treffen? Dann konnte nur dieser Raum als Treffpunkt gemeint sein. In dieser anthrazitfarbenen, lichtlosen Höhle befand sie sich unter der Erde, es wuchsen die Wurzeln aus der Decke, und als Symbole dessen, was sie aus der Erde heraufbrachten, standen mit Wein gefüllte Dekanter auf dunklen Sockeln. Und aus der Dunkelheit kam ein kleiner Mann langsam auf sie zu. Wie hatte sie ihn nennen sollen?

»Sind Sie der …?«

Der Mann legte die Finger an die Lippen. »Emilio, und Sie müssen Signora Feltrinelli sein, alias Sturm, vermute ich mal. Es ist mir ein Vergnügen, Signora.«

Der Prefetto beugte sich in der Andeutung eines Handkusses über ihre Hand. Wäre er nicht so klein gewesen, zumindest kleiner als Francesca, hätte er eine stattliche Figur abgegeben, trotz seines Alters, seines weißen Haars, trotz seiner oder gerade wegen seiner Lachfalten um die Augen, die den Eindruck entstehen ließen, als nähme er rein gar nichts ernst, nicht einmal sich selbst. Er trug eine helle Hose, ein kariertes Hemd und eine Strickjacke mit einer vom Portemonnaie und Schlüsselbund ausgebeulten Tasche. In der Brusttasche steckte eine große Sonnenbrille. In dieser Gestalt hätte kaum jemand einen Regierungsvertreter vermutet.

Hat er sich extra für unser Zusammentreffen verkleidet, fragte sich Francesca überrascht, oder ist die Kleidung Ausdruck seiner Persönlichkeit? Ich werde es bald wissen …

»Wir müssen leise sprechen, in diesen Räumen hört man jedes Wort, die Stille ist zum Greifen. Wie gefällt Ihnen das Museum? Das hätten Sie sicher nicht vermutet. Man stellt sich meistens Räume mit alten Gerätschaften vor, Pressen, Körbe, Hacken und Handspritzen, aber keine dreidimensionale Welt. Wenn wir jetzt noch einen Barolo in der Hand hielten und uns an Geschmack und Duft ergötzen könnten«, der Prefetto benutzte das italienische Wort *deliziare*, »dann hätten wir die vierte Dimension. Und – was sagen Sie zu diesem Haus? Etwas Ähnliches haben Sie noch nie gesehen, *non è vero*?, nicht wahr?«

Das musste Francesca zugeben.

»Aber ein konventionelles Weinmuseum wird dem Wein beziehungsweise allem, was damit verbunden ist, nicht gerecht. Manche Besucher finden das hier schrecklich, das ist für sie modernistischer Unsinn, sie wollen sehen, was sie bereits kennen, alles andere überfordert sie. Sie sehen auch nur das, was sie schon mal andernorts gesehen haben. Man überschätzt uns Italiener vielfach. Die Zeiten unserer großen Kunst sind längst vorbei, auch hier haben Bier und Hamburger Einzug gehalten. Was hat Ihr Mann hier gesucht?«

Überrascht vom abrupten Themenwechsel blieb Francesca stehen und starrte auf die winterliche Landschaft des Barolo-Gebietes im nächsten Raum, in dem sie, mit verhaltenem Schritt nebeneinander hergehend, angekommen waren. Hier wurde in einem weiten Rund mittels großer Bilder an den Wänden der Kreislauf der Jahreszeiten im Weinberg gezeigt.

»Was Arnold gesucht hat? Das wüssten wir alle gern. Er kam mit anderen Mitgliedern des 1. Düsseldorfer Weinclubs, um Barolo und die anderen Weine bei bestimmten Gütern zu probieren.« Francesca berichtete ausführlich von der ersten Idee zur Reise über die Vorbereitungen bis zur Abreise der Männer.

»Die Mitglieder dieses Clubs, sind das Freunde?«

Francescas Zögern fasste der Prefetto als Verneinung seiner Frage auf. »Wieso sind Sie allein gekommen? Verstehe ich es richtig, dass Sie sich als Weineinkäuferin ausgeben? Es gibt in Düsseldorf ein Restaurant namens ›Tavolata‹, der Besitzer heißt Feltrinelli, wie ich aus dem Internet erfuhr. Ihr Herr Vater?« Der Prefetto wusste bereits von der Sozietät Sachs, Sturm & Partner, hatte sich über den Weinclub informiert und hatte über Facebook erfahren, was Arlitt und Grünleger nach der Reise ins Internet gestellt hatten. »Wieso steht da nichts über das Verschwinden Ihres Mannes? Wollten Sie das geheim halten?«

»Wenn Sie derartig viele Schlussfolgerungen ziehen und so gut informiert sind, was soll ich Ihnen dann noch erzählen?«

»Das, was ich nicht weiß. Zum Beispiel, was ein Wirtschaftsanwalt hier sucht, auf welchen Weingütern die Signori gewesen sind, ob es dort zu Zwischenfällen oder denkwürdigen Begegnungen gekommen ist, ob und wie die deutsche Polizei ermittelt und was Sie unserem sehr geschätzten Vice Commissario Moretta gesagt haben.«

Inzwischen waren sie im Motiv angekommen, das Francesca nur als den Klang des Weins bezeichnen konnte, als sie die ausgebreiteten Schwingen eines übergroßen Vogels unter der Decke schweben sah, doch die Bilder an den Wänden zeigten Hände, die eine Flasche entkorkten, Reben schnitten, Trauben hielten und die zarte Hand eines Kleinkindes in der schwieligen eines Landarbeiters.

Francesca beantwortete die Fragen, so gut es ging, so gut sie es wusste, aber um die Recherche ihres Sohns machte sie einen Bogen. Die Themen Geldwäsche, Fälschung und China mussten ja nicht in Zusammenhang mit der Reise gestanden haben. Es war lediglich eine Vermutung. Sie bat Emilio, falls es in seiner Macht stünde und auch in Turin die Passagierbrücke des Flugzeugs im Fokus einer Überwachungskamera gelegen hatte, die Aufnahmen zu sichten, denn schließlich sei Arnold beim Boarding dabei gewesen, hätte aber die Maschine nicht betreten. »Also kann er die Brücke nur durch die kleine Tür auf der rechten Seite der Passagierbrücke verlassen haben.«

»Freiwillig oder unfreiwillig, das ist hier die Frage«, meinte der Präfekt und wiederholte seine Frage nach dem Wissensstand von Vice Commissario Moretta.

Francesca berichtete ihm von dem Gespräch und erzählte, was sie Moretta gesagt habe.

»Wenn Sie mir einige Schlussfolgerungen erlauben?« Der Präfekt wartete Francescas Zustimmung nicht ab. »Er hat auf der Reise etwas erfahren und wurde deshalb entführt. Was ich für weniger wahrscheinlich halte, ist, dass er auf der Reise etwas gesehen hat und genauer nachforschen wollte, denn bei den gegenwärtigen Sicherheitsmaßnahmen wäre er kaum ungesehen vom Flugplatz gekommen, es sei denn, es stünde eine hiesige Organisation hinter ihm. Aber in dem Falle hätte man ihn als Rechercheur nicht gebraucht. Also ist er entführt worden. Weshalb wird jemand entführt? Um ihn, entschuldigen Sie meine Direktheit, am Reden zu hindern. Lösegeld wurde bekanntlich nicht gefordert, und anderslautende Forderungen wurden nicht gestellt. In dem Fall wäre auch unser Polizeiapparat eingeschaltet worden. *Allora*, was wusste er, und über wen wusste er etwas, und was wusste er über wen? Das Wissen muss brisant sein, sonst hätte man nicht zu dieser Maßnahme gegriffen. Bei seinem Beruf wird es um wirtschaftliche Fragen gehen, von beachtlicher Tragweite, möglicherweise um internationale Verwicklungen, und das Ganze spielt sich in der Welt des Weins ab.«

Mittlerweile waren sie über die Treppe in die darunterliegende Etage gelangt, wo sie die mediterrane Welt mit Szenen empfing, wie die Götter den Menschen den Wein übergaben. Francesca folgte ihm wie unter Schock.

»Wir haben im Piemont nur den Wein, etwas anderes von wirtschaftlicher Bedeutung ist lediglich die Produktion von Haselnüssen, eine Nutella-Verschwörung indes halte ich für ausgeschlossen.«

Francesca brannte eine ganz andere Frage unter den Nägeln, die sie längst hätte stellen sollen. »Weshalb fragen Sie nach Moretta, und weshalb haben Sie mir geraten, die Polizei außen vor zu lassen?«

Der Prefetto meinte, dass er davon ausgegangen war, dass ihr die Gründe klar seien. »Wie soll man einen derart großen und weit verzweigten Apparat wie die verschiedenen Sicherheitsdienste kontrollieren? Es gibt zwar überall eine Anti-Mafia-Abteilung, aber bei der weiß man auch nicht, ob die

Abteilung Wirtschaftsförderung und das Betrugs- wie das Rauschgiftdezernat nicht selbst unterwandert sind. Gerade in Ihrem Fall, das war mir nach dem Gespräch mit unserem gemeinsamen Freund in Mailand klar, müssen wir diskret vorgehen – wenn es nicht bereits zu spät ist. Bitte …«, der Prefetto hob beschwichtigend die Hände, »ich will damit nichts gesagt haben. Aber, Signora Sturm, ich werde Sie nicht schonen. Über den Ausgang dieses, nennen wir es Verfahren, lassen sich keine Prognosen treffen. Man muss mit allem rechnen. Wer dem nicht gewachsen ist, darf sich nicht auf eine solche Reise begeben.«

Francesca schluckte. Die leichte Übelkeit, die sie seit Tagen begleitete, wurde stärker. Sie atmete tief und gab sich einen Ruck, überwand ihr Misstrauen und sprach über ihre Vermutungen hinsichtlich der entdeckten Dateien. Sie erzählte, dass nur Arnold, und zwar in letzter Sekunde, darauf gedrungen hätte, die Großkellerei Alta Monte zu besuchen, was zum Streit in der Gruppe geführt habe.

Sie befanden sich mittlerweile im nachgebildeten Studio eines Malers des 17. Jahrhunderts, der an einem Porträt eines Weingottes malte, bekleidet mit Fassdauben, bekränzt mit Weinlaub.

»Warum sagen Sie das nicht gleich? Alta Monte? Belmonte meinen Sie gewiss. So heißt die Kellerei seit dem Verkauf vor zwei Jahren. Damit hätten wir einen Ansatzpunkt. Sie wissen nicht, was er dort wollte? Belmonte ist nicht gerade der Vorführbetrieb wie Fontanafredda, aber ähnlich groß, doch längst nicht so gut wie die anderen Winzer, von denen Sie sprachen.«

Der Prefetto starrte vor sich hin, und Francesca hätte zu gern gewusst, was er dachte, und wartete, ob er es aussprechen würde. Aber seine Miene blieb ausdruckslos. »Ich werde mich also um die Kellerei und ihren Hintergrund kümmern, zuerst natürlich um die Videos vom Flugplatz – und was machen Sie?«

»Ich werde zuerst den Rundgang durch dieses Museum oder durch diese Installation beenden, dann vielleicht eine Kleinigkeit essen …«

»Ich würde Sie gern begleiten, wir haben sehr schöne Restaurants hier«, das Bedauern des Prefetto schien echt zu sein, Francesca kannte die Blicke, die über das berufliche Interesse hinausgingen. »Aber Sie verstehen, ich möchte nicht gesehen werden. Wenn das alles hier vorbei ist und wir Ihren Mann wohlbehalten wiederhaben, gehen wir in die ›Osteria La Cantinella‹ in Barolo, die haben eine exzellente Weinkarte. Wie ich bei Ihrem familiären Hintergrund vermute, legen Sie mehr Wert auf gutes Essen als darauf, gesehen zu werden. Vorerst werden Sie Ihre Besuchstour fortsetzen? Man nimmt Ihnen Ihre …«, er zögerte, als suche er nach dem richtigen Begriff, »Ihre Profession sicherlich ab. Höchstwahrscheinlich ist auch Ihre Herkunft von Vorteil. Aber bleiben Sie auf Distanz, wir Piemontesen tun es auch. Vermeiden Sie auf jeden Fall, mit einem Winzer über den anderen zu sprechen, auch nicht über deren Weine. Vordergründig ist alles eitel Sonnenschein, *tutto rose e fiori*, aber hinten herum? Da sind sich viele nicht besonders grün. Kooperation ist nicht weit entwickelt, wir haben zwar die Strada del Barolo, eine Art Weinstraße, da beginnt die Zusammenarbeit erste Früchte zu tragen, aber eine wirkliche Straße, so wie die Deutsche Weinstraße zum Beispiel, ist es leider noch nicht. Dem Weinbauverband hier geht es mehr um sich selbst. Und in der Accademia del Barolo, einem privaten Zusammenschluss, ist nur ein Bruchteil unserer Winzer organisiert.«

Soweit Francesca sich erinnern konnte, war Pio Cesare Mitglied der Accademia. Sie streckte dem Prefetto die Hand hin, der sich artig darüberbeugte, ganz Kavalier alter Schule. Mit einer großzügigen Geste reichte er ihr eine Karte mit einer Telefonnummer. Ein Name stand nicht dabei. »Für den Notfall, für wichtige Neuigkeiten, oder falls Sie dringend Hilfe brauchen, ansonsten melde ich mich. Geben Sie die

Nummer auf keinen Fall weiter. Und meiden Sie zukünftig Leute wie Moretta. Er versteht es nicht, manche Dinge auseinanderzuhalten, mehr möchte ich nicht dazu sagen. Sie wohnen ab heute im ›Cascina Rocca‹, bei einem Winzer? Das ist gut, das ist sehr gut, mitten im Geschehen, da gewinnen Sie einen Eindruck, wie es bei uns so zugeht.«

Mit einem Lächeln verschwand er, und Francesca fand sich in einer großen, bestens eingerichteten Küche wieder: auf der einen Seite im erleuchteten Großfoto ein Koch, an der Wand ihm gegenüber die Hausfrau, zwischen beiden die Küchenzeile, doch im Bemühen vereint, das richtige Gericht für den Wein zu finden oder den richtigen Wein zum Essen.

Die nächste Sektion beschäftigte sich mit Filmen, die über den Wein gedreht worden waren, wo der Rebensaft ein Haupt- oder zumindest die wichtigste Nebenrolle spielte und ein Klischee über den erfüllten Traumberuf des Winzers das nächste jagte. Von Humphrey Bogart bis Marlon Brando, vom »Großen Fressen« bis zu »Sideways« oder dem »Guten Jahr« – in der Provence. So wenig wie man den Wein zu ernst nehmen durfte, außer man lebte davon, durfte man diese Leinwandspektakel als getreues Abbild der Wirklichkeit betrachten. Für Francescas Geschmack wurde zu viel Aufhebens davon gemacht, die Experten spielten sich auf, die Fachleute wunderten sich, die Laien staunten, und die Journalisten komponierten für alle die Lobeshymnen. Dabei sah es ganz so aus, als wäre auch Arnold in die Falle gegangen, vom Duft des Weins verführt und in die Irre geführt?

»Der Wein ist das Kondensat eines Territoriums, einer Kultur und eines Lebensstils.« Das hatte sie irgendwo hier gelesen. Für Basilio galt nichts von alledem. Für ihn war er ein Produkt zum Geldverdienen und ein Thema, um sich in Szene zu setzen. Zu Feltrinelli passte die Aussage über den Lebensstil, und für Arnold – was war der Wein für ihn? Ein Spaß, ein Hobby, sicher auch ein Genuss und ein Mittel zur

Kommunikation mit Geschäfts-»Freunden«, die in Wirklichkeit keine waren. Hatte er sich hier mit derartigen Geschäftsfreunden eingelassen, auf fremdem Territorium, um Geld zu verdienen? Hatte nicht er immer den Satz im Munde geführt, dass es im Geschäft keine Freunde gab und man wichtige Kämpfe möglichst auf eigenem Territorium führen sollte? Hatte er diesen Kampf hier geführt, hier führen müssen, um sein eigenes Territorium nicht zu verwüsten? Was würde sie nicht alles für ein Lebenszeichen von ihm geben! Ja bitte, was denn? Was würde sie geben?

Ich werde es hier und heute nicht klären, sagte sich Francesca. Der Gedanke, mit ihren Kindern in Zukunft allein sein zu müssen, trieb sie weiter. Unkonzentriert lief sie die letzten Stationen dieser vier- oder fünfstöckigen Installation ab, setzte sich zuletzt auf eine Schulbank und sah dem Lehrer auf der Leinwand zu, der nur ihr allein in dem ansonsten leeren Klassenzimmer einen Vortrag über Weinbau hielt. Und wie die meisten Kinder stand sie nach dem Unterricht auf und hatte nichts begriffen, sie hatte nicht einmal zugehört.

Es war nicht weit zum Weingut von Rodolfo Cerignola in Sommariva Perno. Von Barolo aus musste sie jedoch nach Monforte über den nächsten Höhenrücken und wieder ins Tal vor Serralunga. Das Anwesen machte einen freundlichen Eindruck, und Francesca fühlte sich willkommen. Ein leicht abschüssiger Asphaltweg führte hinunter zu den allein stehenden, in hellem Braun gestrichenen Gebäuden, nur die Fenster und Türen waren in einem warmen Rot abgesetzt, die Ziegel der nur wenig geneigten Dächer waren naturbelassen und von der Patina des Wetters überzogen. Unter den Rundbögen vor den Gebäuden standen rechteckige Terrakottakästen mit wuchernden Geranien neben Fächerpalmen. Auf dem Parkplatz für sechs bis acht Fahrzeuge stand ein Kleinbus. Sie erinnerte sich an Arnolds Warnung: »Wo Busse vor den Gütern stehen, lässt man das Verkosten besser sein, Massenbetrieb passt schlecht zu ausgesuchten Weinen.«

Hatte nicht der Weinclub genau danach gesucht? Die sieben Männer waren auch mit einem Kleinbus unterwegs gewesen. EasyTravel stand auf der Tür des Fahrzeugs. Francesca glaubte sich zu erinnern, in den Reiseunterlagen diesen Namen gelesen oder auf einem Foto gesehen zu haben.

Der Fahrer saß in der offenen Tür, hatte eine aufgeschlagene Zeitung auf dem Schoß und rauchte. Neugierig schaute er herüber, als Francesca, statt sich dem Weingut zuzuwenden, auf ihn zuging. Hier gab es eventuell einen Anhaltspunkt. Francesca musste zu ihm aufschauen.

»Hat der Winzer noch Besuch? Ist es eine größere Gruppe? Ich war«, sie schaute auf die Uhr, »vor zehn Minuten mit ihm verabredet.«

»Lassen Sie sich Zeit, Signora, die Chinesen tun es auch. Die lassen sich immer Zeit. Mir ist das ganz lieb, da habe ich meine Ruhe. Sonst nerven sie, wollen dies und das und jenes, sind ständig unzufrieden.«

»Sie sind mit Chinesen unterwegs?«

»Man kann sich die Gäste nicht aussuchen. Der Chef teilt uns ein. Ich chauffiere sie erst den zweiten Tag, aber mir reicht es jetzt schon.«

»Sind Sie immer hier in der Gegend unterwegs?«

»Meistens, ich wohne hier und kenn mich auf den Gütern bestens aus. Aber diese Chinesen – man versteht kein Wort von dem Geschnatter. Der Dolmetscher spricht Englisch mit ihnen, das verstehe ich einigermaßen. Doch Touristen sind mir bedeutend lieber, die sind auch zugänglicher als diese Geschäftsleute. Die sind immer langweilig. Von denen hat kaum jemand was zu sagen. Und mich behandeln sie wie einen Kuli. Dabei waren sie zu Maos Zeiten noch selbst welche. Weshalb sind Sie hier? Auch in Geschäften?«

»Ich kaufe Wein.«

»Für Importeure oder für Weinhändler?«

»Für Restaurants.« Francesca staunte wieder, wie einfach es war, mit einem Italiener ins Gespräch zu kommen, bei den Deutschen musste man erst die Mauer aus Misstrauen einreißen, bevor sie den Mund aufmachten.

Der Fahrer lächelte sie an. »Restaurants, das ist ja ganz was anderes, eine andere Welt.«

»Wenn Sie hier viel unterwegs sind, haben Sie dann zufällig in der letzten Woche eine Gruppe aus Düsseldorf gefahren?«

»Wieso? Kennen Sie die Signori, sind Sie etwa auch aus Düsseldorf? Aber Sie sind Italienerin. Nein? Deutsche? Ja, gibt's denn das? Eine Deutsche, die so redet? Na ja, heute gibt's eben alles. Nein, die hätte ich gern gefahren, es soll eine gute Tour gewesen sein. Welcher von meinen Kollegen sie gefahren hat, weiß ich nicht. Wenn Sie wollen, erkundige ich mich, wer die Tour gemacht hat. Dann kann ich Sie anrufen. Warum interessiert Sie das?«

Francesca gab ihm ihre Karte.

»Als Einkäuferin verstehen Sie sicher viel mehr vom Wein als ich, obwohl ich Piemonteser bin. Das müssen Sie auch, aber das wissen Sie selbst ja viel besser. Ich bin mit einem einfachen Wein zufrieden, ein Dolcetto ist was wert, ein schöner Landwein aus Kampanien tut's auch, es muss ja nicht gleich Barolo sein. Kann sich heutzutage auch keiner mehr leisten. Nur als mein Sohn geboren wurde, da haben wir eine Flasche vom besten Barolo des Jahres eingemauert, früher machte man das so, und wenn er heiratet, klopfe ich den Putz ab, hab die Stelle markiert, und hol die Flasche raus. Da haben wir dann 'nen schönen Wein, mindestens fünfundzwanzig Jahre alt, Leone wird nächstes Jahr heiraten. Aber ich halte Sie auf, da wartet jemand auf Sie!«

Francesca wandte sich um. In der Tür unter dem Vordach, wo auf einem großen weißen Tisch Gläser und Flaschen standen, wartete eine junge Frau, anscheinend nicht besonders erfreut, die erwartete Einkäuferin mit dem Fahrer im

Gespräch zu sehen. Sie war extrem schlank, das blond gefärbte Haar reichte ihr bis über den Rücken, ein gelbes, glitzerndes Shirt fiel locker über eine hautenge orangefarbene Hose, und die viel zu hohen und sicher unbequemen Schuhe machten sie noch größer und schlanker.

Sie stellte sich als die Tochter der Winzers Rodolfo Cerignola vor, aber eigentlich erinnerte sie mehr an ein verhindertes Model, das blasiert und gelangweilt über den Catwalk stolziert, so als präsentiere sie sich hier bei »Italy's Next Top Model«. Der Schwachsinn verdrehte europaweit den Mädels die Köpfe. War sie unter dem Vordach stehen geblieben, weil sie in ihren Schuhen nicht laufen konnte?

»Mein Vater hat zu tun, er lässt sich einstweilen entschuldigen, die Besucher aus China haben ihn in Beschlag genommen. Sie wollen alles ganz genau wissen, wir haben nämlich intensive Beziehungen nach China«, sagte sie und machte ein wichtiges Gesicht. »Mein Bruder ist gerade in Guangzhou. Das ist gar nicht weit von Hongkong entfernt.«

Während die Signorina sich voller Stolz in den internationalen Handelsbeziehungen sonnte, gefror Francesca innerlich. Sie musste sich bemühen, ihr freundliches Gesicht beizubehalten, um sich nicht zu verraten, denn sie erinnerte sich daran, was sie in den Unterlagen über China als Weltmeister der Weinfälschungen gelesen hatte. Neben Guangzhou war auch der Name Chonquing aufgetaucht, sie musste sich die Unterlagen heute Abend noch einmal vornehmen.

Signorina Cerignola schlüpfte noch vor Beginn des Rundgangs durch die Kellerei in bequemere Schuhe, dann ging sie voran. In diesen modernen Kellern gab es keine Ziegel mehr, hier waren alle Wände und Decken aus Schüttbeton, die Aufteilung der Räume folgte den Erfordernissen der Weinbereitung. Angeliefert wurden die Trauben auf der obersten Ebene. Von dort fielen die Beeren nach dem Entrappen in die Gärtanks, und von dort gelangte der Wein zur Reifung in die Barriques. Große Fässer, wie in den anderen Kellereien, sah Francesca nicht, und als sie danach fragte, bekam sie als Antwort nur, dass man zu den Modernisten gehöre, die früh trinkfertige, unkomplizierte Weine produzierten, ihre meist jungen Kunden dankten es ihnen auf jeden Fall, außerdem habe niemand die Zeit und das Geld, besonders nicht in der Gastronomie, Weine zu kaufen, die besser erst in fünf Jahren getrunken werden sollten. Mit Verwunderung stellte Francesca fest, dass die junge Frau, sie mochte Mitte zwanzig sein, sich auskannte, alle Fragen ausführlich beantwortete. Aber es klang gleichzeitig so glatt, als hätte sie Besucher bereits einige hundert Mal durch die Keller geführt. Auch hier erstaunte Francesca wieder die Sauberkeit, alles war picobello aufgeräumt, nichts lag herum, kein Mensch arbeitete hier.

»Unsere beiden Mitarbeiter sind im Weinberg, sie sind mit dem Ausbrechen der Triebe beschäftigt. Es ist gerade jetzt die Zeit dafür.«

Francesca gab zu, von der Arbeit im Weinberg, anders als vom Wein, wenig zu verstehen.

»Das lernt man in der Praxis, da bekommt man ein Händchen dafür.«

Francesca schaute ihr auf die Hände und konnte sich nicht vorstellen, wie das Töchterchen mit den langen Fingernägeln mit der Rebschere im Weinberg unterwegs war. Oder waren die aufgeklebt? Sie hoffte nur, dass Alice nicht eines Tages auf die Idee kam, derart aufgebrezelt herumzulaufen.

»Den Rebschnitt lassen wir von Fremdfirmen machen. Das Ausbrechen der überflüssigen Triebe erledigen unsere Leute. Das muss jetzt geschehen. Man muss aufpassen, dass man nicht zu früh eingreift, sonst wachsen sie nach, und der Stock darf nicht verletzt werden. Über die Zahl der Fruchtruten, an denen die Trauben wachsen, steuern wir den Ertrag. Bei Winteranfang wird der Stock zurückgeschnitten, nur eine oder zwei Ruten bleiben stehen. Pro laufendem

Meter Rebzeile stutzen wir sie auf zehn bis zwölf Augen, aus denen später die Triebe wachsen; an denen entwickeln sich Ende Mai die Gescheine, die Blütenstände, aus denen die Trauben entstehen.«

Cerignolas Tochter ging Francesca zu sehr ins Detail, sie konnte sich das, was sie über den Rebschnitt sagte, nicht vorstellen, ihr fehlte die Anschauung. Nach einigen Tagen Intensivkurs war sie beim Wein bei Weitem sicherer als zu Beginn der Reise. Sie hatte von Enzymen gehört, von Schönung und Filtrierung, von Bestockungsdichte und Ertragsreduzierung. Ihr schwirrte der Kopf. Außerdem war sie auf die Chinesen gespannt und darauf, was der Winzer über sie zu sagen hätte, falls er darüber sprach. Und diese Weingüter machten ihr Angst, mit langen Gängen, mit Kammern, Treppen, dunklen Ecken, mit tiefen Schatten hinter langen Fassreihen und einer Unzahl von Türen – hinter jeder konnte Arnold sein, falls man ihn hier festhielt. Francesca hatte das Gefühl, ihm langsam, jedoch viel zu langsam näher zu kommen. Welche Art von Beziehung hatte Cerignola zu China? Hinterzog er bei seinen Verkäufen Steuern, oder lieferte er schlechten Wein oder das Material sowie Know-how, um Fälschungen zu ermöglichen? Oder saß sie Vorurteilen den Chinesen gegenüber auf, wie sie von mancher Seite den Polen entgegengebracht wurden? Deutsche hielten sich ja generell für anständiger und nur die Italiener für korrupt.

Zuletzt begleitete Cerignolas Tochter Francesca in den Probierraum und ließ sie an einem Tisch Platz nehmen, auf dem ein großer weißer Papierbogen lag, bedruckt mit Kreisen in der Größe eines Glasfußes, daneben standen Ziffern von 1 bis 6. Würden es sechs Weine werden, oder würde man sie mit einigen mehr traktieren?

»Mein Vater kümmert sich gleich um Sie«, sagte Cerignolas Tochter, bereits die Klinke der Tür in der Hand.

»Bevor Sie gehen, gestatten Sie mir eine Frage.« Francesca war neugierig geworden, das Outfit der jungen Frau passte in keiner Weise zu ihrem Wissen und der Art, wie sie es vorbrachte. »Woher haben Sie Ihr Wissen?«

Mitleidig blickte Signorina Cerignola ihren Gast an. »Ich bin mit Wein aufgewachsen, hier gibt es nichts anderes. Ich habe in Alba Önologie studiert, Weinbau und Kellerwirtschaft! Ich werde eines Tages das Weingut leiten.«

»Macht es Ihnen Freude, ist es Ihr Traumberuf?«

Die junge Frau trat in den Raum zurück und schloss die Tür wieder. »So romantisch, wie viele sich das vorstellen, ist es nicht. Aber heutzutage können wir uns glücklich schätzen, wie überall in Italien, wenn wir Jungen überhaupt einen Job kriegen, der besser ist, als bei McDonald's die Tische abzuwischen.« Sie ging und schloss die Tür von außen.

In diesem Moment sah Francesca, wie die Besucher aus Asien einem gut aussehenden Endvierziger, wahrscheinlich dem Winzer, zum Autobus folgten. Francesca trat ans Fenster. Die beiden Ältesten trugen eine Krawatte zum Anzug, hielten Mappen in den Händen und blickten mit ernsten, geschäftlichen Gesichtern, ja fast ein wenig verächtlich, auf Signor Cerignola zurück. Er als Einziger lächelte, es wirkte, als hätte er sich bei den Herren für irgendetwas zu entschuldigen. Nachdenklich schaute er seinen Besuchern hinterher. Als er sich umwandte, war alle Verbindlichkeit aus seinem Gesicht gewichen. Seine Tochter fasste ihn am Arm und wies auf den Probierraum.

Schnell setzte Signor Cerignola die geschäftliche Maske wieder auf und steckte den Kopf durch die Tür – dann entglitten ihm die Gesichtszüge. Mit offenem Mund starrte er Francesca an, konnte sich nicht von ihrem Anblick lösen, und Francesca hatte das ungute Gefühl, dass der Mann vor ihr dahinschmolz. Sogar die Stimme versagte, lediglich ein *»buon giorno«* kam ihm krächzend über die Lippen, er räusperte sich und rieb sich vor offensichtlicher Verlegenheit die Hände, bis er aufatmend zu seinem Lächeln zurückfand.

»Es ist eine Freude, Sie hier zu empfangen, Signora Feltrinelli.« Cerignola schluckte, sah sich um, als suche er etwas, dann nickte er beim Anblick der Gläser auf dem Papierbogen. »Meine Tochter hat sich Ihrer bereits angenommen. Sie ist mir wirklich ein große Hilfe.« Cerignola hatte sich aufgerichtet, groß war er nicht, aber jemand, der sich gern in Positur warf, ein Gernegroß, ein Gockel, von seinem Lächeln überzeugt.

»Ich hoffe, Sie hatten bisher eine gute Zeit und interessante Begegnungen ...« Es folgte eine Reihe von Floskeln, die davon ablenken sollten, dass ihm an anderer Stelle die Worte fehlten.

»Leider muss ich Sie noch für einen Moment allein lassen, ich habe nach dem Besuch eben einige Notizen zu machen, wenn Sie so lange hier ... Ach nein, kommen Sie mit in mein Büro, ich sorge dafür, dass man Ihnen einen Kaffee bringt.« Nach der Art, wie er sie mit seinen Augen verschlang, lagen ihm gänzlich andere Fragen am Herzen. »Ach, kommen Sie mit, wenn es Ihnen nichts ausmacht, nur einen Augenblick ...« Einladend streckte er den Arm aus und wies auf die Tür. Es war zu Francescas Erleichterung nicht die seines Schlafzimmers. Es hätte ihr noch gefehlt, dass sie sich gegen fremde Zudringlichkeiten wehren musste, Cerignola hatte sich offensichtlich in sie verknallt.

Sie überquerten den Hof und betraten einen Raum, der bis unter die Decke mit Akten gefüllt war, der Schreibtisch übersät mit Papieren, Mappen, Schriftstücken. Mit den Augen überflog Francesca das Chaos. Ihr Beruf hatte es mit sich gebracht, dass sie auf dem Kopf stehende Schriften lesen konnte, Deutsch, Englisch, Französisch und Italienisch, daher entging ihr auch nicht, dass dort drei Schreiben der Bank of Guangzhou lagen, die im führenden chinesischen Aktienindex Hang Seng gelistet war. Genau diese drei Briefe, wie Spielkarten aufgefächert, räumte der Winzer auffällig schnell beiseite, dann schaltete er seinen Rechner an, griff zum Telefon und bestellte einen Café Americano – »mit Zucker?«.

Francesca verneinte mit einem Lächeln, was Cerignola beinahe den Atem raubte. Sie wollte wissen, ob er wirklich hingerissen war oder lediglich die Mastroianni-Nummer aufführte, die des schmachtenden Italian Lover, im Vorspiel perfekt, beim Hauptgang ungeschickt und beim Nachtisch mit seinen Gedanken längst bei der nächsten Mahlzeit.

Aber seine Begeisterung schien echt zu sein, kein Mann spielte gern den Verwirrten. Fahrig wies er sie zu einem kleinen runden Tisch in der Ecke am Fenster, von wo aus Francesca sowohl ihn wie auch den Hof mit Wohnhaus, Kelterhalle, Lager und Geräteschuppen im Blick hatte. Und was sich unter der Erde befand, die Anlage war schräg an den Weinberg gebaut, hatte sie bereits gesehen. Und nun die Schreiben der Bank of Guangzhou. Hatte sie diesen Neubau finanziert? Wer waren die Chinesen, die mit stoischen Gesichtern abgefahren waren? Banker, die prüften, wo ihr Geld verbaut war, Kunden oder private Anleger?

Über den Hof kam eine kleine Frau mit einem Tablett, Francesca schätzte sie auf etwa fünfzig, sicherlich die Haushälterin oder Köchin, schlicht gekleidet, flache schwarze Schuhe, karierter Wollrock, ein grauer Pullover, eine schmales goldenes Kettchen im Ausschnitt, das Gesicht ernst, nach innen gekehrt, unwillig. Diese Anstellung wird ihr nicht besonders gut gefallen, vermutete Francesca, und das bei einer phänomenalen Aussicht über die Welt, über das Meer der grünen Weinberge, wo die gewaltigen Wellen gleich auf sie zurollten, was ihr ein Lächeln ins Gesicht zauberte, bis ihr der Grund ihres Hierseins wieder einfiel.

Cerignola stand auf und öffnete die Tür, die Frau mit dem Kaffee schien erstaunt über die Geste zu sein.

»Darf ich vorstellen: meine Ehefrau!«

Der reichte ein kurzer Blick auf Francesca und ihren Mann, und sie begriff die Lage. Das Lächeln, das sie sich für eine Sekunde abzwang, mehr ein Zähnefletschen, blieb auf die untere Gesichtshälfte beschränkt. Und auch Francesca verstand sofort, was Signora Cerignola unglücklich machte: Sie hatte den falschen Mann geheiratet. Und jetzt war es viel zu spät für ein neues, besseres Leben, oder der Mut reichte nicht aus, vielleicht war auch die Verzweiflung in Lethargie erstarrt.

Aber was ging es sie an? Rein gar nichts.

Vielleicht aber kann ich mit Cerignolas Gefühlen spielen, dann redet er, sagte sie sich, obwohl sie mit derartigen Strategien keinerlei Erfahrung hatte. Arnold hatte sie als in Liebesangelegenheiten noch recht unerfahrene Studentin kennengelernt und war bei ihm geblieben. Als sie den Zucker in den Kaffee schüttete, dachte sie über Vertrauen nach und darüber, ob die Signora zu jenen vernachlässigten Ehefrauen gehörte, die am liebsten die Eroberungen ihrer treulosen Männer vergifteten. Aber man konnte die Männer auch zu Tode bekochen, nach dem Motto, lieber den eigenen Mann fett und unansehnlich machen als ihn einer anderen überlassen. Was tobten neuerdings für schreckliche Gedanken in ihrem Kopf? Ihre Kompetenz waren die Zahlen, weniger die menschlichen Abgründe. Bosheit und Verstellung sind nicht mein Ressort, dachte sie und blickte der Frau nach, wie sie über den Hof ging.

»Aus Düsseldorf kommen Sie«, hörte sie plötzlich Cerignola sagen. »Die Gastronomie dieser schönen Stadt fehlt mir noch in meiner Kundenkartei. Aber eigentlich habe ich kaum noch genug Wein für alle, wir sind ständig ausverkauft. Sie haben die Herren aus China gesehen? Es waren Sommeliers, den Beruf gibt es inzwischen auch bei den Kommunisten …«

»Was ist an China noch kommunistisch?«, unterbrach Francesca ihn, ohne nachzudenken. »Ich kann mir kein Land vorstellen, das radikaler in Bezug auf den sogenannten freien Markt handelt – wenn man der westlichen Presse Glauben schenkt. Die Diktatur und ihre Vertreter sind schlimmer als die Neoliberalen um Milton Friedman. Ich dachte immer, Kommunismus sei eine Gütergemeinschaft innerhalb einer klassenlosen Gesellschaft.« Kaum hatte sie diese Gedanken geäußert, Markus wäre stolz auf sie gewesen, hätte sie sich auf die Lippe beißen können. Cerignola ging skeptisch auf Abstand. Sie musste besser auf ihre Worte achtgeben und auf Düsseldorf zurückkommen und auf den Weinclub.

»Wie es in China zugeht, ist mir ziemlich egal«, sagte Cerignola, »Hauptsache, sie kaufen meinen Wein. Als Wachstumsmotor für unsere Wirtschaft ist das Land unerlässlich. Stellen Sie sich vor, wie es ohne China aussähe …«

Sicher anders, war alles, was Francesca dazu einfiel.

»… auch bei mir. Wir verkaufen etwa sechzig Prozent unserer Weine über Hongkong dorthin. Die Besucher von eben sind Sommeliers aus Shanghai und Beijing, aus Shenyang und Hangzhou, alles wachsende Millionenstädte mit einem gewaltigen Mittelstand, der den hochwertigen Wein entdeckt hat und einem gehobenen Lebensstil frönt. Da läuft niemand mehr in blauen Wattejacken herum, das kann man gut verstehen, *non è vero*, nicht wahr? Wer will das schon? Der Pro-Kopf-Verbrauch liegt zwar nur bei anderthalb Litern, aber überlegen Sie mal, wie viele Köpfe es da gibt.«

Der Winzer redete sich in Rage und strahlte dabei, als wäre das Podere Rodolfo Cerignola soeben zu Italiens Weingut Nummer eins gekürt worden. »Das Land der Mitte wird in Kürze der größte Weinmarkt der Welt sein, und wir müssen dabei sein, wir sind es bereits. Auch wir müssen wachsen, das ist das Wichtigste, ohne Wachstum kommt Stillstand, und den können wir uns nicht leisten.«

Er betet die gleichen Phrasen herunter wie die meisten Politiker, fand Francesca. Doch auch Unsinn, obwohl in vollster Überzeugung vorgebracht, ergab noch keinen Sinn. Leute wie Cerignola redeten den Konzernen das Wort, die wollten wachsen, auf immer höherem Niveau, und woher das kam, wer für die Folgen aufkam, war klar. Besonders in den Gesprächen mit Arnold, der tiefer als sie mitten im Wirtschaftskampf steckte, war ihr bewusst geworden, dass es nicht so weitergehen konnte wie bisher.

»Der Besuch heute war für mich sehr wichtig, wichtig fürs Piemont, wichtig für unseren Barolo, wichtig für Italien! Die Chinesen trinken hauptsächlich Rotwein, nur das ist Wein für sie, das Wort für Weißwein«, er griff nach einem Zettel und las es ab, »*bái pú tao jiu*, ist erst neueren Datums. Wenn auch die Hälfte aller importierten Weine aus Frankreich stammt, können wir unseren Exportanteil erhöhen. Die Nachfrage nach Luxusweinen ist unbegrenzt. Und Barolo sowie Barbaresco gehören zweifelsohne in diese Kategorie.«

Der Winzer zeigte die Züge eines Irren oder eines Süchtigen, berauscht nicht von Morphium oder Alkohol, sondern vom Wachstum und sich selbst. Davon, dass dieses Wachstum zu Kriegen führte, zu einer generalisierten Konkurrenz, zum Gegeneinander, zu Rohstoffvernichtung und Umweltzerstörung, davon hatte er anscheinend nie gehört. Die Prediger dieser Religion des Wachstums hielten genauso wenig inne und waren Arnolds Ansicht nach kaum weniger gefährlich als irregeleitete Islamisten. Existenzängste, Burnout und Depressionen kannten sie und Arnold aus dem Kollegenkreis, aber derartige »Fehlleistungen« wurden ausschließlich den Schwachen zugeschrieben. Im Krieg überleben auch nur die Härtesten, hieß es dann. Dass dem nicht so war, wusste sie von ihrem Großvater Feltrinelli, der im großen Weltkrieg mitgekämpft hatte. Als die Deutschen das Piemont besetzt hatten, war er als Partisan in die Berge gegangen und gefallen. Seiner Erfahrung nach, so hatte Feltrinelli berichtet, hatten meist die Drückeberger überlebt.

»China ist inzwischen der fünftgrößte Weinproduzent der Welt«, fuhr Cerignola fort, besessen oder berauscht von seiner Idee. »Das muss man sich vor Augen halten. Sie produzieren selbst anderthalb mal mehr als Deutschland. Und denken Sie an die Währungsreserven, wenn man an die rankäme, als investives Kapital ... eine Milliarde US-Dollar stecken sie allein in ihren neuen Wein-Themenpark bei Yantei, siebzig Millionen Euro haben sie in ein einziges Weingut investiert und verkaufen ihre Cuvée aus Cabernet Sauvignon, Merlot und Syrah für schlappe fünfzig Euro.«

»Demzufolge befinden wir uns hier im Piemont dann im Lande Liliput? Familienweingüter, kleine und kleinste Strukturen, geringe Ernte- und Liefermengen. Unter diesen Umständen haben meine Restaurants bei Ihnen nicht die geringste Chance? Da kann ich ja gehen«, sagte Francesca, griff nach ihren Notizen und tat beleidigt. Sie wollte ihn herausfordern, denn sie war überzeugt, dass Cerignola sich in seiner Begeisterung an die Erfolge anderer hängte.

Er sprang sofort auf und beschwichtigte sie. »Sie interpretieren das falsch, selbstverständlich habe ich Wein für Sie, die Mengen werden nicht groß sein, und in Düsseldorfs Gastronomie vertreten zu sein, ist immer eine Auszeichnung.«

Francesca wurde wieder geschäftlich, die letzten Tage hatten sie in ihrer Rolle fit gemacht. »Wie hoch ist Ihre Jahresproduktion? Welche Mengen können Sie liefern? Wie sind die Zahlungsziele? Wie viele Hektar bewirtschaften Sie? Wie hoch ist die Bestockungsdichte?« Von vier- bis fünftausend Rebstöcken pro Hektar hatte sie bei Fontanafredda gehört. Arnold hatte, wenn sie sich recht erinnerte, in Bezug auf Bordeaux erwähnt, dass die berühmten Châteaux bis zu zehntausend Stöcke auf der gleichen Fläche pflanzten. Da trug jeder Weinstock aber nur ein halbes Kilo Trauben.

Cerignola hatte sich nicht gesetzt, er stand vor Francesca und streckte die Hand aus, als bäte er sie zum Tanz.

»Die Fragen einer so charmanten Frau, wie Sie es sind, beantworte ich gern, meine Tochter hat alles gerichtet.«

»Ein wunderschönes Weingut haben Sie hier. Alles ist hypermodern und neu und schön und sicher auch sehr praktisch. Sie müssen ein guter Geschäftsmann sein, um derartige Investitionen zu stemmen.« Männer loben kam immer gut an. Dann sollten sie sich angeblich weiter aufplustern und unvorsichtig werden. Francesca hatte es nie probiert, es passte nicht zu ihrer Art, sich berechnend zu verhalten, wie sie es bei der einen oder anderen Bekannten erlebt hatte. Ihre Freundinnen waren nicht so, aber unter den gegebenen Umständen war ihr auch dieses Mittel recht.

»Was gehört heute nicht den Banken?«, antwortete der Winzer viel- und nichtssagend. »Allerdings müssen wir seit der Finanzkrise verstärkt auf nichteuropäische Kreditinstitute zurückgreifen. Die hiesigen Institute verlangen von uns inzwischen Sicherheiten, die sie selbst ihren Gläubigern nicht bieten können. Es bleibt einem nichts anderes übrig, als sich in Übersee zu bedienen.«

Afrika konnte er nicht meinen, Lateinamerika auch nicht, die hatten genug mit sich selbst zu tun, da blieb nur noch Asien – China, die Bank of Guangzhou?

»Wir kooperieren da mit einem Investor in der Region von Ningxia. Auf dem Hochplateau herrscht ein ideales Klima, warme bis heiße Tage, kühle Nächte, das wünschen sich die Reben, und im Winter erfrieren sie nicht. Wir liefern das Wissen, man darf den Franzosen das Feld nicht überlassen, und dann sind wir von Anfang an dabei und wachsen mit.« Ein befriedigtes Lächeln überzog das Gesicht, bei dem Francesca nicht wusste, ob er seine Zukunftsaussichten derart rosig sah oder sie anhimmelte. Aber das stellte er sofort klar, Letzteres war der Fall, und er sondierte das Terrain.

»Was sagt eigentlich ein Ehemann zu Ihren Aktivitäten? Für uns ist es ungewöhnlich, dass eine Frau eine derartige Arbeit macht und immer unterwegs ist. In Deutschland ist wohl einiges anders, aber war es das nicht immer schon?«

»Er reist auch viel allein, man gewöhnt sich daran, und irgendwann gefällt es einem.« Worauf wollte Cerignola hinaus?

»Da mögen Sie recht haben. Ich merke allerdings, wie

anders es ist, wenn man mit jemandem aus Deutschland verhandelt und dabei die eigene Sprache sprechen kann, ist das nicht wunderbar? Und dazu noch mit einer so charmanten Frau!« Er rückte näher. »Das Englische schafft nur Distanz, es ist für beide Seiten unerquicklich, noch dazu der Gedankenaustausch mittels Dolmetscher, der meist nur in einer Sprache, seiner eigenen, perfekt ist. Da schafft das Italienische eine ganz andere Ebene des Vertrauens, der Kommunikation, finden Sie nicht auch?« Cerignola rückte noch näher. »Was halten Sie davon, wenn wir heute zusammen essen gehen? Ich lade Sie selbstverständlich ein, Sie lernen die piemontesische Küche kennen, wir beginnen mit Sardellen in grüner Soße oder gefüllten Zwiebeln. Wäre Ihnen ein Spinatauflauf lieber?« Cerignola versuchte, seiner Stimme einen betörenden Klang zu geben. »Dann nehmen wir Palmina-Ente, oder wenn Sie Geflügel mögen, lieber Schnepfen auf Polenta? Die entsprechenden Weine nehmen wir selbstverständlich mit, das alles probieren wir im Restaurant, das ist außerdem der ideale Rahmen bei Ihrer Tätigkeit, die Kombination von Speise und Wein.«

»Sehr schön, ja, dann könnte ich auch Ihre Frau näher kennenlernen.«

Für einen Moment rang Cerignola um Fassung. »Sie wird uns leider nicht begleiten können, sosehr ich das bedaure, es sind noch wichtige Dokumente fertigzustellen, von denen ich nichts verstehe.«

»Aber mit mir können Sie auch nicht rechnen.« Francesca tat untröstlich. »Leider kann ich über meinen Abend auch nicht frei verfügen. Es gibt da noch Verpflichtungen, Sie verstehen?« Das war diplomatisch genug. »Lassen Sie uns am besten jetzt zu den Weinen kommen.«

Sie war sich jedoch sicher, dass Cerignola nicht aufgeben würde. War es sinnvoll, ihm Hoffnung zu machen? Möglicherweise tat sich ein Weg zu den Chinesen auf?

18

Der Tag hatte ihr viel abverlangt. Müde und der Vorstellung überdrüssig, sich länger verstellen zu müssen, stieg sie in den Wagen und winkte ein letztes Mal fröhlich lachend dem Winzer zu, doch als sie nach vorn auf die Straße schaute, fiel ihr aufgesetztes Gesicht in sich zusammen. Am liebsten hätte Francesca sich in irgendeinem winzigen Loch verkrochen und sich ihrem Elend ergeben. Aber das verbot sich. Sogar jetzt, da sie nichts wollte, nicht spielen musste ... Doch es war nicht vorbei, es ging weiter, es wurde von ihr verlangt, dass sie Frau Feltrinelli war, Signora Feltrinelli, Weineinkäuferin aus Düsseldorf, ganz in ihrem Beruf aufgehend, für ihre Kunden das Beste suchend, absolut fit in Sachen Wein, in Fragen der Technik, der Weinbereitung und der Beurteilung sowie in der Kunst des Trinkens. Über die richtigen Gläser hatte sie sich nie Gedanken gemacht, die stellte Arnold immer auf den Tisch. Bislang hatte sie Glück gehabt. Niemand hatte sie enttarnt, oder hatte sie es nicht bemerkt?

Frazione Annunziata Nr. 117 gehörte zur Gemeinde La Morra, die den gesamten Hügel rings um das gleichnamige Städtchen umfasste. Seine Türme und Dächer lagen in Sichtweite des Weingutes Franco Molino. Hier liegt alles in Sichtweite, je nach Wetterlage, dachte Francesca deprimiert, als sie am späten Nachmittag den Weg zur Cascina Rocca einschlug, dem Anwesen, zu dem auch das Weingut Molino gehörte. Hier waren die sieben für zwei Nächte abgestiegen, deshalb hatte Feltrinelli für Francesca ebenfalls ein Zimmer auf den Namen ihrer fiktiven Agentur gebucht.

Die Gastgeberin, die sich sowohl um das Haus mit den acht Gästezimmern kümmerte wie auch Weinproben veranstaltete, war eine sympathische Frau Mitte dreißig, bodenständig und direkt, und sie sprach recht gut Deutsch, sie hatte es bereits in der Schule gelernt. Francesca war erstaunt, dass Italiener freiwillig Deutsch lernten. Sonst bekam sie stets von Ausländern zu hören, was für eine komplizierte Sprache das Deutsche sei. Außerdem reiste die Frau des Hauses gelegentlich nach Berlin und präsentierte bei Hausmessen der Händler das Molino-Sortiment piemontesischer Weine. Und da waren dann noch der Sohn und die Tochter, beide jünger als Francescas Kinder. So fehlte es nicht an Gesprächsstoff.

Das langgestreckte Haus war im Mai längst nicht ausgebucht, Francesca bekam ein schlichtes Zimmer nach vorn mit Balkon. Sie stellte ihren Koffer auf das viel zu große Bett, zog die Gardine beiseite und öffnete die Flügeltür. Unter ihr lag der Garten mit Springbrunnen und einer Sitzgruppe für die Gäste auf der Wiese, links, eingerahmt von Weingärten, befand sich die Maschinenhalle des Winzers, daneben der Gemüsegarten. Vorn, direkt an der Straße, wohnten die alten Eltern im eigenen Haus. Die Landstraße, die Alba mit Barolo verband, war weit genug entfernt, dass die letzten Pendler auf dem Heimweg nicht störten und die Scheinwerfer ihrer Fahrzeuge nicht blendeten. Jenseits der Straße stiegen die Weingärten sacht an und zogen sich steiler werdend bis zum Kamm des Höhenzuges. Jedes Fleckchen Erde mit einem Neigungswinkel von mehr als zehn Grad war mit Reben bepflanzt.

Hier fühlte Francesca sich bedeutend wohler als in Alba, die Umgebung strahlte Ruhe aus, die ihre Nerven dringend brauchten. Sie setzte sich auf den Balkon und genoss den beginnenden Abend. Es lag wirklich etwas wie ein heller Klang in der Luft, gedämpft nur von einem leichten, auf die Weinberge herabsinkenden Nebel. Jetzt, da die Anspannung sich löste, spürte sie den steifen Nacken, der Rücken schmerzte, und ihre Hände waren verkrampft. Sie wandte den Kopf in alle Richtungen, rieb sich die Augen, holte sich eine Creme, um sich das Gesicht und die Hände zu massieren, und begann dann langsam, ein wenig tiefer und ruhig zu atmen. Niemand war da, der sie beobachtete, dem sie etwas vorspielen musste oder bei dem sie glaubte, dass er etwas mit Arnolds Verschwinden zu tun haben könnte, von dem sie meinte, dass er sie anlog oder sich aufspielte. Der Abend kam sacht, das Licht wurde weich, es schmeichelte der Landschaft noch mehr, und der Duft von Blüten und warmer Erde machte sie sehnsüchtig. Bevor dieses Gefühl sie übermannte, packte sie den Koffer aus, ging kurz unter die Dusche, schlüpfte in Jeans und einen rosa Pullover und machte sich auf die Suche nach der nächsten Trattoria. Heute verspürte sie zum ersten Mal etwas wie Hunger. Das nächstliegende Restaurant war ihr zu sehr auf vornehm gebrasselt, wie es im Rheinland hieß, da sagte ihr die Fernfahrerkneipe mehr zu; hier unterhielt sich der Landarzt mit dem Bäcker an der Bar, trank den letzten oder vorletzten Espresso, und beide hörten den Klagen des Vertreters zu, der oben im billigen Zimmer logierte und sich müde trank.

Als Vorspeise bestellte sie mit Thunfisch, Basilikum, Anchovis und ölgetränktem Weißbrot gefüllte Tomaten, danach Bandnudeln mit Ragù, zum Kaffee nahm sie, obwohl sie satt war, das letzte Stückchen Apfelkuchen aus der Vitrine, es sah zu gut aus. Unter den neugierigen Blicken der drei Männer und der Serviererin zahlte sie fast wortlos und war nach fünf Minuten Fahrtzeit wieder im Cascina Rocca.

Als sie vom Wagen auf das Haus zuging, erschrak sie. Im fahlen Schein der Laterne, die über der Tür hing, saß ein Mann in einer rot und blau gemusterten Wolljacke und starrte ihr entgegen. Das von oben fallende Licht gab ihm ein maskenhaftes Aussehen. Unsicher blieb Francesca stehen und blickte am Haus empor, ob ein Fenster erleuchtet war und wo sie notfalls jemanden zur Hilfe rufen konnte.

»Francesca?«

Die Stimme des Mannes war ihr unbekannt. Sie klang fragend und fordernd.

»Francesca, ich bin es, Ludovico, dein Vater hat uns angerufen, Feltrinelli, wie ihr ihn nennt …«

Francesca schloss die Augen und atmete auf. Die Panik schwand nur langsam. Wovor sie Angst gehabt hatte, war ihr nicht klar. Sonst hatte sie nie Angst, aber aus reiner Gewohnheit mied sie dunkle Straßen. Hier war es anders, hier nahm die Unruhe von Tag zu Tag zu, sie musste immer mehr Kraft aufwenden, sie zu bändigen und dafür zu sorgen, dass sie nicht ihre Gedanken lähmte.

Der Mann stand langsam auf und kam auf sie zu. »Jetzt lerne ich endlich mal meine deutsche Cousine kennen.« Zögerlich gab er ihr die Hand, nicht entschieden, ob bei der ersten Begegnung ein Kuss auf beide Wangen angebracht war.

»Ludovico?« Francesca musste sich noch einmal versichern, dass er es wirklich war. »Du hast mir …«

»… die Flasche Wein ins Hotel gebracht, richtig.«

»Wozu?« Noch brachte Francesca nicht mehr heraus als dieses einzige Wort. Etwas an dem Mann ließ sie zurückhaltend reagieren. War es der Eindruck, dass er nicht gerade Lebensfreude ausstrahlte?

»Dein Mann ist verschwunden, hier, irgendwo, in Turin, auf dem Flugplatz, das hat mir meine Mutter gesagt, und da ich als Einziger aus der Familie mit Wein zu tun habe, außerdem bin ich zurzeit ohne Job. Da habe ich mir gedacht, ich helfe dir bei der Suche. Aber wenn du meine Hilfe nicht brauchst …«

Francescas Skepsis und ihre Abwehrhaltung waren kaum zu übersehen. »Bitte versteh mich nicht falsch, es ist so viel passiert, aber eigentlich auch gar nichts, das ist das Schreckliche, ich bin völlig durcheinander, völlig fertig …«

Sie sah sich hektisch um, suchte nach einem Platz, wo sie sich ungestört und doch in der Sicherheit und Nähe anderer Menschen mit Ludovico unterhalten konnte. Der Mann war ihr unheimlich.

In diesem Moment trat die Hausherrin aus der Tür, begrüßte sie und prüfte mit einem Blick, wen ihr neuer Gast um diese Zeit noch empfing. Anscheinend nahm sie Francesca den Cousin zweiten Grades ab. »Sie können sich ins Frühstückszimmer setzen, ich mache Ihnen auch gern noch einen Kaffee, oder ziehen Sie ein Glas Wein vor?«

»Bloß nicht!« Davon hatte Francesca genug, zwei Proben an einem Tag waren viel zu viel, ein Tee wäre ihr sehr lieb, ihr grauste bereits jetzt vor den Proben des nächsten Tages. »Kamille, Fenchel oder ein Früchtetee.«

Außerdem verwirrte Ludovico sie. Wenn sie ihn anschaute, ihm in die Augen blickte, glaubte sie, sich selbst zu sehen, in ihre eigenen Augen zu schauen, in ihr Innerstes. Es war anders, als sich selbst im Spiegel zu betrachten. Die Augen ihres Gegenübers waren kein totes Spiegelbild, sie waren lebendig, etwas Ähnliches war ihr nie passiert, außer bei Alice, aber auch da war das Gefühl nie so stark gewesen.

Für einen Italiener war Ludovico ziemlich groß, so wie alle Männer der Familie. Er machte einen durchtrainierten Eindruck, hatte ein markantes Gesicht, die Falten um Nase und Mund machten ihn ernst, besonders die zwei steilen Falten zwischen den Augenbrauen. Er war jemand, der ungern Anordnungen entgegennahm, und wenn, dann mit zusammengebissenen Zähnen; er traf die Entscheidungen, er setzte sich durch. Aber der Wille wirkte verzerrt oder gebrochen.

»Du hast die gleichen Augen wie alle in der Familie«, sagte er lächelnd, »wenn ich dich ansehe, habe ich das Gefühl, dich schon lange zu kennen. Man macht sich über derartige

Phänomene normalerweise keine Gedanken, Familie ist einfach da, aber wenn dann jemand kommt, den man nicht kennt, der oder die aber irgendwie dazugehört und dann solche Augen hat, ist das sehr verwirrend.«

Erleichtert gestand ihm Francesca, dass sie es ähnlich empfand, und war ihm dankbar, dass er es ansprach und dass er oder vielmehr sein Blick sehr deutlich dem ihrer Tochter Alice glich. Sie zeigte ihm die Fotos ihrer Kinder und zuletzt das von Arnold, wie er dabei war, den Reifen von Alices Fahrrad zu flicken. Er lachte durch die Speichen des umgedrehten Fahrrades hindurch. Dann hatte sie noch eines, wie er am Rheinufer saß, die Arme um die Knie geschlungen, und sie anlächelte. Sie hatte das Bild an einem der ersten Sonnentage dieses Jahres bei einem abendlichen Spaziergang gemacht.

»Das ist er?«, fragte Ludovico. »Den müssen wir suchen?«

»Nicht suchen, finden müssen wir ihn!« Francesca führte Ludovico ins Frühstückszimmer, sie setzten sich an die offene Verandatür, und sie erzählte ihm leise, was sie in diesem Zusammenhang für wichtig und auch für unwichtig hielt. Von den Informationen, die Arnold auf dem PC zu Hause gesammelt hatte, berichtete sie jedoch nichts. Ludovico unterbrach sie kein einziges Mal, beim Sprechen jedoch glaubte sie, dass eine Veränderung mit ihm vonstattenging. Er wirkte in sich gekehrter, stiller, und obwohl er weiter schwieg, schien er, auch ohne es auszusprechen, ehrlich betroffen zu sein.

Nach ihrem Bericht sah er sie lediglich fragend an, wobei sie das Gefühl überkam, dass er etwas ahnte oder mehr wusste, als er sagte. Das ist sicherlich nur eine dumme, sentimentale Hoffnung von mir, sagte sie sich, und ärgerlich verwarf sie den Gedanken.

»Ich habe lange genug geredet, jetzt bist du dran, *cugino.*« Sie hätte ihn niemals ›Vetter‹ genannt, wenn sie nicht in dieser kurzen Zeit ein Gefühl von Nähe hätte aufbauen können, nein, es war ohne ihr Zutun entstanden, es waren die Augen. Da sie sich selbst traute, vertraute sie auch ihm.

Er sprach von seinen Eltern, Ludovico hieß mit Nachnamen Colonna, und davon, dass durch Feltrinellis Auswanderung nach Deutschland der Kontakt abgerissen sei, aber wie sie sehe, existiere ihre Familie im Piemont weiter, und es fände sich immer jemand, der helfen würde. Er selbst sei immer vom Wein fasziniert gewesen, zuerst als Kind, damals von den Früchten, später, als Jugendlicher, vom Wein und heute von den Möglichkeiten, die er einem bot, damit zu experimentieren.

»Es ist faszinierend, ein Material in die Hände zu bekommen, das lebt und sich verändert, ein Stoff, der verschiedenste Wandlungen durchläuft, chemische Reaktionen zeigt, dich zu bestimmten Maßnahmen zwingt, sein Eigenleben hat und dir gleichzeitig Freiheit zur Gestaltung lässt. Es ist ein Stoff, der Zeit braucht zu werden, für den Zeit eine Rolle spielt, der sich in nur zwei Tagen am Rebstock kolossal verändern kann. Manches ereignet sich dann wieder in mehreren Tagen, wie die Gärung, manches dauert Wochen, wie die malolaktische Gärung, sie stoppt und geht nach zwei Wochen weiter. In einem Fass entwickelt sich der Wein bestens, im nächsten gar nicht, schmeckt völlig anders, und Reifung geht innerhalb von Jahrzehnten vonstatten, besonders bei unseren Großen, beim Barbaresco und beim Barolo. Es sind die einzigen italienischen Weine, die man wirklich so lange aufbewahren kann. Bis September letzten Jahres habe ich in der Kellerei schalten und walten können, wie ich wollte, alle waren mit mir und mit den Ergebnissen zufrieden, so kam es mir zumindest vor. Aber die Veränderungen kündigten sich bereits vor zwei Jahren beim Verkauf an. Dann eines Morgens, im Herbst letzten Jahres, als alle Weingärten abgeerntet waren, als das gesamte Lesegut eingebracht war, als noch jede Hand gebraucht wurde, jede Erfahrung – ich kenne alle Weinberge seit fünfzehn Jahren –, da haben sie gesagt, ich hätte eine Palette eines Lagen-Barolo, also den teuersten, verschwinden lassen, ich hätte Frachtpapiere und Lieferscheine gefälscht und den Wein auf meine Rechnung verkauft. 560 Flaschen zu 22 Euro, das macht 12 320 Euro! Sie haben mich auf der Stelle entlassen und mich angezeigt. Die Carabinieri standen vor der Tür. So eine Schande. Der Prozess läuft, es ist alles erstunken und erlogen, *inventato da cima a fondo.*« Seine Augen glühten vor Hass, sie machten auch Francesca Angst.

»Das wird sich bestimmt aufklären lassen«, wandte sie ein. »Man merkt doch, ob Beweise gefälscht wurden. Ich habe ständig mit Dokumenten zu tun, und die Richter sind nicht dumm.«

»Sie besuchen dieselben Restaurants wie die neuen Manager und kriegen die Weinkeller vollgestellt – mit Wein, der nirgends in Papieren auftaucht. Die vorgelegten Beweise sind gefälscht, sogar meine Unterschrift wurde unter eines der Papiere gesetzt, und die Zeugen sind gekauft. Sie arbeiten in der Kellerei und wollen ihre Jobs behalten.«

Ganz so überraschend war der Rausschmiss dann doch nicht erfolgt, wie Ludovico zugeben musste. In den anderthalb Jahren zuvor war nach und nach nicht nur das Management ausgetauscht worden, sondern auch die gesamte Belegschaft, und sogar den Fremdfirmen, die Rebschnitt und Laubarbeiten im Auftrag ausführten, war gekündigt worden.

»Zuletzt wechselten sie alle Schlösser aus. Es scheint, sie trauen niemandem.«

Nichts von alledem war überraschend passiert, keine massiven Entlassungen, die zu Protesten hätten führen können, alles war leise vonstattengegangen, es gab nur jeden Monat irgendeine neue kleine Maßnahme. Ihm hatte man vor mehr als einem Jahr einen jungen Önologen an die Seite gestellt, angeblich als Assistenten, um ihn zu entlasten, der ihn auf Schritt und Tritt begleitet hatte.

»Ich Dummkopf habe ihm alles gezeigt, er lernte schnell,

und er hat mich bespitzelt, wie ich feststellen musste, so wie sie es früher in Russland gemacht haben, wie mein Vater erzählte. Du weißt, dass er in der Kommunistischen Partei war? Nein? Als er dann mal eine Reise nach Russland gemacht hat, ist er nach der Rückkehr sofort ausgetreten. ›Kommunismus ist das nicht‹, hat er gesagt, aber was Kommunismus nun wirklich ist, hat er auch nicht gewusst. Belmonte heißt der Laden, bei dem ich gearbeitet habe, er ist ungefähr so groß wie das Weingut Fontanafredda, wenn dir der Name was sagt. Liegt da oben.« Ludovico wies in die Richtung, in der sich der Mond langsam über die Hügelkette in den Himmel schob.

Francesca erstarrte. Belmonte! War das nicht die Kellerei, die Arnold … Ja, das war sie, da wollte sie morgen hin. Sollte sie es Ludovico sagen? Sein Wissen wäre sicher hilfreich …

In diesem Moment meldete sich ihr Telefon, sie sah auf dem Display Markus' Nummer.

»Alles gut bei euch?«, fragte sie besorgt.

»Klar, Mama, alles bestens. Reg dich nicht auf. Ich wollte dir nur sagen, dass dieser Heini aus Münster wieder angerufen hat, von diesem Institut. Er fragte, ob Papa endlich zurück ist. Gesprächig war er nicht, denn als ich gefragt habe, was er von ihm will, blieb er ziemlich einsilbig, hat rumgestammelt und dann aufgelegt. Die Rufnummer auf dem Display war unterdrückt. Was bedeutet das alles, Mama? Wir machen uns Sorgen, alle machen sich Sorgen, sogar Feltrinelli läuft inzwischen wie ein Tiger durchs Restaurant und scheißt Basilio alle fünf Minuten zusammen. Der ist ganz klein geworden, weil er überhaupt nicht versteht, was abgeht. Aber ich auch nicht, niemand weiß es. Mama, sag doch, worum geht es? Weiß Feltrinelli mehr?« Auch Markus nannte seinen Großvater manchmal beim Nachnamen.

»Ich würde viel drum geben, wenn ich deine Fragen beantworten könnte, mein Junge«, sagte Francesca. Sie erzählte ihm, mit wem sie hier saß und dass sie froh sei, ihn getroffen zu haben, und dass Ludovico ihnen helfen wolle, und es gäbe da noch jemanden, der ziemlich wichtig und einflussreich sei.

»Markus, ich muss aufhören, Ludovico schaut mich an und versteht nichts, er spricht kein Deutsch. Kannst du Herrn Heimbüchler und Herrn Kirsch anrufen und fragen, ob sie etwas von dem Münsteraner Institut wissen, ob sie da zufällig oder gerade nicht zufällig jemanden kennen? Das ist die nächste mysteriöse Geschichte.«

»Soll ich kommen, Mama, soll ich dir helfen? Ich komme sofort.«

Sie glaubte ihm aufs Wort. »Du hilfst mir mehr, wenn du zu Hause bleibst, da weiß ich dich sicher. Pass lieber gut auf deine Schwester auf!«

Francesca schaltete das Gerät ab und starrte Ludovico an. Sie wusste nicht, warum ihr Tränen in die Augen traten.

Ludovico blickte diskret zur Seite. »Ich habe so gut wie nichts verstanden, aber ich glaube, die Situation ist ernster, als ich dachte.«

»Wie kommst du darauf?«

»Ich bin bisher davon ausgegangen, dass es sich um eine Familiengeschichte handelt, dass ich helfen soll, jemanden zu suchen, und dass ich vermitteln muss, aber nicht, dass jemand entführt wurde.«

»Wie kommst du darauf?«

Ludovico ließ die Frage unbeantwortet. »Wir sollten uns konkret mit den offenen Fragen beschäftigen, statt Theorien zu entwickeln und uns Sorgen zu machen, ich habe genug davon.«

»Wirst du woanders Arbeit finden? Wie willst du deine Familie weiter ernähren? Der Verdacht, dass jemand stiehlt oder betrügt, auch wenn die Beweise gefälscht sind, ließe sich kaum aus der Welt schaffen. Irgendwas bleibt immer hängen.«

Das konnte Francescas Cousin nur bestätigen. »Die Leute

hier glauben derartige Gerüchte zu gern. Sie haben was zu quatschen, jeder kennt jeden, aber das heißt nicht, dass man sich gegenseitig vertraut. Ich werde mir irgendwo anders in Italien etwas suchen, ich habe mich bereits bei Weingütern im Süden beworben, aber der Strafprozess steht noch aus. Im Piemont jedenfalls sehe ich für uns keine Zukunft.«

»Ist das nicht schrecklich? Du bist hier zu Hause.«

»Deine Eltern sind auch ausgewandert und haben, wie ich es sehe, ihr Glück gemacht, ein eigenes Restaurant, die Kinder haben studiert ...«

»Ich zumindest, mein Bruder Basilio ist aus anderem Holz geschnitzt.« Der Satz ließ sie schmunzeln.

»Ist das zum Lachen?«, fragte Ludovico.

»Eigentlich nicht, ich dachte an die harte deutsche Formulierung. Im Italienischen heißt es ›aus derselben Pasta gemacht‹, auf Deutsch sagt man ›aus demselben Holz geschnitzt‹. Aber wir haben über Entführungen gesprochen.«

Schlagartig wurde sie wieder ernst. Sollte sie ihm von Arnolds Informationen und ihren Vermutungen hinsichtlich Geldwäsche, Strohmännern und chinesischer Fälschungsindustrie erzählen? Welchen Beweis hatte sie, dass Ludovico es mit seiner Hilfe ernst meinte und verschwiegen war? Es gab nur Worte und irgendwelche lockeren Familienbande in der Vergangenheit. Ihr Begriff von Familie beschränkte sich auf ihre Eltern, die Kinder und Arnold, aber nicht auf einen Clan, der bislang tausend Kilometer entfernt sehr gut ohne die deutschen Feltrinellis existiert hatte und von dem sie lediglich fünf oder sechs Mitglieder kannte.

Ludovico bemerkte Francescas plötzliche Zurückhaltung. »Ich verstehe deine Vorsicht gut. Es war auch dumm von mir, nicht im Hotel in Alba auf dich zu warten, aber der Chef kennt mich, er hätte mich in ein Gespräch verwickelt, und was dabei herauskommt, weiß niemand. Wir machen es am besten so: Du sagst mir, was du brauchst, was du wissen willst, und ich werde sehen, wie ich dir helfen kann. Hier, meine

Telefonnummer.« Er schrieb sie auf die Rückseite einer Visitenkarte. »Ich habe momentan ziemlich viel Zeit, nur Bewerbungen zu schreiben lastet mich nicht aus. Wie hat dir übrigens der Wein geschmeckt, den ich dir gebracht habe?«

Francesca meinte, dass er mittelmäßig sei, aber sie könne das nicht richtig beurteilen. Der Hotelier, mit dem sie ihn probiert hatte, sei der gleichen Meinung gewesen und hätte geäußert, dass die Cuvée zwar Nebbiolo enthalte, aber zum größten Teil eine andere Rebsorte, eine aus Süditalien, und das sei illegale Panscherei.

»Das hättest du nicht tun sollen!« Zum ersten Mal an diesem Abend wurde Ludovico barsch. »Frag mich in Zukunft gefälligst, wenn du dich mit Leuten triffst und wen du konsultierst. Sprich mit niemandem über mich, wenn ich dir weiter helfen soll. Es könnte auch auf dich zurückfallen.«

Erst als Francesca die Rücklichter seines Wagens sah und den Kies unter den Reifen knirschen hörte, fiel ihr noch etwas ein. Sie hatte ihm sagen wollen, dass Belmonte genau das Weingut war, das Arnold nur gegen den Widerstand der anderen Clubmitglieder auf die Besuchsliste hatte setzen können.

Sie griff zum Telefon und wählte die Nummer, die Ludovico ihr aufgeschrieben hatte, doch das Gerät war ausgeschaltet.

19

Er war wach, zum ersten Mal seit Langem. Er fuhr sich mit der Hand durchs Gesicht. Ihm stand bereits ein Bart, er musste sich tagelang nicht rasiert haben, das Kinn juckte, überall am Körper juckte es, er hätte sich die Haut vom Rücken kratzen mögen, die Hände waren rau, die Fingernägel lang, die Lippen, als er mit der Zunge darüberfuhr, waren rissig, und der Mund war trocken. Er schlug die Augen auf. Da war sie, die Flasche, gefüllt bis zum Rand. Als er danach griff, zuckte seine Hand im letzten Moment zurück wie vor einer heißen Herdplatte. Was war mit der Flasche?

Diesmal verschwand der Dunst schneller, verflog wie von einem leichten Wind fortgetrieben. Er durfte das Wasser nicht anrühren. Er sackte entnervt zurück auf sein Lager, auf diese eklige Matratze. Kam der Geruch von dieser schmuddeligen, fast schmierigen Wolldecke, dieser kratzigen Pferdedecke, oder roch er selbst so abscheulich? Das Wasser war verlockend, es war trinkbar, man konnte sich damit waschen. Was für eine wunderbare Vorstellung. Aber mit dem Wasser war irgendetwas faul. Er sah das Wasser an, gierig danach, es sich die Kehle herunterlaufen zu lassen, es sich über den Kopf zu gießen, eine warme Dusche nehmen. Er nahm die Flasche in die Hand, griff nach dem Verschluss – und als er merkte, dass die Flasche bereits offen war, der Verschluss aufgebrochen, erinnerte er sich. Am Boden der durchsichtigen Flasche entdeckte er winzige weiße Krümel. Schlafmittel, Beruhigungsmittel oder beides? Jedenfalls Gift. Es musste beides sein, sonst hätte er nicht das Gedächtnis verloren, die Erinnerung an die Ereignisse vorher, an sein Leben vorher, bevor er in diesem Loch zu sich gekommen war und es als …

Schon wieder wusste er nicht mehr, was er gerade eben gedacht hatte, wusste nicht, was gewesen war, alles hatte im Nebel gelegen, der nicht nur vor den Augen, sondern sogar innen im Kopf gewesen war, vor und hinter den Augen, der auf allem gelegen hatte wie ein Überzug aus Eis, das langsam abtaut.

Aber jetzt war es weg, das Eis, der Nebel. Trotzdem ging alles ganz langsam vor sich, die Gedanken kamen allmählich, schlichen sich an, die Erinnerung an das Klo, die abgeschlossene Tür, die Kapuze auf der Passagierbrücke, die sie ihm über den Kopf gestülpt hatten, die gelbe Jacke, die sie ihm übergeworfen hatten, bevor er in den Wagen verfrachtet worden war, den er nur gehört und nicht gesehen hatte und der nach Holz und Pappe roch. Den Mund hatten sie ihm zugeklebt.

Er betastete sein Gesicht und fand noch Klebereste, und in seinem Gehirn fand sich die Erinnerung an das Entsetzen, als er meinte zu ersticken. Um tief Luft zu holen, stand er auf, ihm wurde schwindlig dabei, und er musste sich an der Wand abstützen. Er sah nach oben. Vielleicht würde es ihm gelingen, zum Oberlicht mit der geriffelten Scheibe zu kommen, die ihm mit einem schmutzigen Gelb signalisierte, dass es Tag war. Niedergeschlagen musste er erkennen, dass das Fenster unerreichbar hoch lag und sich nicht öffnen ließ, der Hebel war abgeschraubt, und ob es wirklich nach draußen führte, war zweifelhaft. Schimmerte dahinter das Tageslicht, oder brannte da eine Lampe, die ihm die Tageszeiten suggerieren sollte, Tag und Nacht durcheinanderbrachte?

Wie lange war er hier? Den Bartstoppeln nach waren es mindestens – er erschrak, als ihm die Zahl fünf einfiel. War er hier seit fünf Tagen gefangen? Oder sogar noch länger?

War das nicht gleichgültig? Dann konnte er auch noch länger bleiben. Die Gedanken verselbständigten sich bereits wieder, aber er würde dahinterkommen, wie sie sich immer wieder davonschlichen, ihn in die Irre führten, ihn vom Erkennen abbrachten, und er hielt sie fest, obwohl sie sich sträubten. Es musste ein Psychopharmakon im Wasser oder im Essen sein. Brachten sie ihm heute salzigen Fisch, damit er Durst bekam und trank?

Er nahm einen Schluck aus der Flasche und spülte den Mund, spuckte das Wasser in den Abfluss und kniete sich dazu über das Gitter, um beim Ausspucken keine Flecken zu hinterlassen, die ihn hätten verraten können. Wenn er Wasser wäre, dann könnte er sich durch das Rohr davonmachen … Quatsch, Unsinn. Wieso suchten sich seine Gedanken immer wieder Wege, um von der Wirklichkeit abzulenken – weil er sich selbst nicht damit beschäftigen wollte? War das hier Realität, oder war das, was die Gedanken ihm suggerierten, die Wirklichkeit? Schon wieder ließ er sich ablenken.

Er musste endlich zu Bewusstsein kommen, er musste wissen, wo er war, was er hier sollte, wie lange er hier war, was sie mit ihm machten und vorhatten, wer SIE überhaupt waren und warum sie ihn hier festhielten. Das waren zu viele Fragen auf einmal, und sein Gehirn machte nicht mit.

Er könnte das Wasser trinken, dann wäre er alle Probleme los, keine der Fragen hätte mehr Bedeutung, er hätte schlafen können, und trotzdem kämpfte er mühsam gegen die Schwäche an und behielt die Oberhand. Es machte ihn glücklich. Wieso eigentlich wollte er bewusst leiden? Die Wirklichkeit war schrecklich, der Traum bequemer.

Als er sich über die Brust strich, spürte er einen Knoten auf der linken Seite, direkt unter der Brusttasche seines ehemals weißen Oberhemdes, und er griff hinein. Da war ein Steinchen, er erinnerte sich, wozu er es benutzen wollte, und steckte es sich in den Mund, setzte sich aufs Trockenklo und sah vor der Pritsche wieder den Pappteller mit der Sardellen-Pizza stehen. Hatte die nicht unlängst dort gestanden, fürchterlich salzig? Nicht einen Bissen davon würde er anrühren, obwohl ihm der Anblick das Wasser in den Mund trieb, sein Durst würde nur umso unerträglicher werden. Zumindest hatte ihm jemand Toilettenpapier hingestellt, das hatte er auch vorher schon bemerkt. Die Entwürdigung hatte also Grenzen, aber wenn man jemanden so hielt wie ihn in diesem Dreckloch, tagelang zwischen Schlaf, Ohnmacht und Delirium taumelnd, musste man ihn hassen, verabscheuen, vernichten wollen. Töten war sicher einfacher, als ihn verschmachten zu lassen. Eine Revolverkugel reichte. Weshalb ließ man ihn am Leben? Wofür wurde er gebraucht? War er so etwas wie eine Ratte im Labor? Seit wann führten Italiener sich auf wie ehemals deutsche KZ-Ärzte? Italiener? Ja! Es dämmerte ihm, dann war er sich gewiss: Er war aus Italien gar nicht herausgekommen! Er war in Turin gewesen, an jenem Nachmittag. Wo waren die anderen, sie waren sieben gewesen? Waren die auch eingesperrt? Vielleicht nebenan? Die Gleichgültigkeit allem gegenüber wich dem Schrecken, mit unsicherem Schritt ging er zur Tür in der Hoffnung auf … Hoffnung, das war es.

Aber die Tür ließ sich nicht öffnen. Wenn die anderen auch eingesperrt waren, nein, sie waren vor ihm in die Maschine gestiegen, er hatte sie von hinten gesehen, während er sich mit diesem Mitreisenden auf Englisch unterhielt, ein unsympathischer Mensch, mit dem er über Wein gesprochen hatte. Dieser Fremde hatte ihn ins Gespräch gezogen, geradezu festgehalten, sogar als aufdringlich hatte er den Mann empfunden, ein Italiener mit mangelhaften Englischkenntnissen, einen Bart hatte er gehabt, graue Haare darin, jemand, der unbedingt sein Weinwissen an den Mann bringen musste und ihn über die Reise ausgefragt hatte. Die Reise, er war auf der Reise gewesen, durchs Piemont. Er war im Piemont. Und er hatte nach Zusammenhängen gesucht, zwischen den Chinesen und …? Wieso fiel ihm das jetzt erst ein?

Er musste sich bereits vorher verraten haben, nur womit, was hatte er gesagt? Man konnte sich auch mit zu vielen oder den falschen Fragen verraten, oder mit denen, die man zum falschen Zeitpunkt stellte. Darüber müsste er nachdenken. Noch kostete es ihn unendlich viel Mühe, und die Gedanken waren zäh wie ein Teig in den Händen eines Bäckers. Wieso fiel ihm diese Metapher ein, wo hatte er ein solches Bild gesehen, diesen Mann am Trog, die Hände im Teig, in seinem Gehirn? Nein, er durfte seine Gedanken nicht sich selbst überlassen. Sie machten sich selbständig und entglitten ihm.

Es ist so gut, dass ich wieder nachdenken kann, sagte er sich und setzte sich mit dem Ohr an der Tür auf den Boden, um von den Geräuschen draußen auf dem Flur oder Gang oder Nebenraum etwas mitzukriegen. Das Keckern kam von der anderen Seite, wo das Oberlicht war. In der Nacht, als er aufgewacht war, war es still gewesen, bis auf das ferne Brummen, das er auch jetzt hörte. Wenn er die Hände flach auf den Boden legte, spürte er eine leichte Vibration.

Wo war er, in was für einem Haus hielten sie ihn gefangen? Dem Geruch nach musste es eine Kellerei sein, der Keller einer Kellerei, der typische Geruch von Ester zog ihm in die Nase, unverwechselbar. Er musste hier raus, unbedingt, bedingungslos, er musste seine Kinder wiedersehen, sie waren noch klein, richtig, jetzt erinnerte er sich an sie, er musste sich um sie kümmern. Noch brauchten sie ihn. Aber so klein waren sie auch nicht mehr. Verdammt, jetzt kam er ins Trudeln. Wie alt waren sie wirklich? Das verfluchte Scheißzeug in der Flasche.

Wieder glitt sein Blick zur Flasche, durstig starrte er sie an, aber sie war gefährlich für ihn, er begriff, dass schon die kleinste Dosis des Schlafmittels wie ein Schlag auf den Kopf oder in den Kopf wirkte, weil er nichts aß. Er musste dringend etwas essen. Wieso schabte er nicht die Sardellen von der Pizza sowie den Rest von der salzigen Oberfläche und warf es ins Klo? Sie würden doch wohl nicht nachprüfen, ob er regelmäßigen Stuhlgang hatte. Und der ihn versorgende Wärter musste sowieso ein Tier sein, ein Mensch hätte sich dafür nicht hergegeben. Oder war es umgekehrt? Ja das war es, Tiere machten keine Gefangenen.

Vor der Tür war nichts zu hören, Arnold kroch über den Boden zur Pizza, nahm mit den Fingern die Fischchen vom Teig und warf sie ins Klo, es waren viele. Dann kratzte er mit den Fingernägeln den übrigen Belag herunter und leckte am Rest, der Salzgehalt war erträglich. Mühsam würgt er das trockene Zeug herunter, kaute auf jedem Bissen mit Inbrunst, um ihn einzuspeicheln, und schluckte, würgte. Ekelhaft, aber essbar.

Ich komme hier raus, sagte er sich, ich tue so, als ob ich schlafe, dann schnappe ich mir den Wärter, ich werfe ihm die Decke über den Kopf, wenn er reinkommt, dann nehme ich seine Schlüssel. Aber erst mal trinke ich noch ein wenig und wasche mich mit dem Rest. Durch die Haut dringt das Schlafmittel wohl kaum ein …

Als er müde wurde, nahm er vorsichtshalber das Steinchen aus dem Mund, steckte es in die Brusttasche und sackte zurück auf die ekelhafte Matratze. Dann zogen die erlösenden Nebel wieder auf und dämpften sein Bewusstsein, er war zufrieden, er hatte einen Plan …

20

Beim Läuten ihres Smartphones schrak sie zusammen, fast fiel ihr der Teller aus der Hand, mit dem sie gedankenverloren am Frühstücksbüfett stand, unentschlossen, ob sie den fein aufgeschnittenen gekochten Schinken nehmen sollte oder den Toma und den Robiola, aber mit Käse anzufangen, war falsch, ach, sie war unentschieden, ob sie überhaupt etwas essen sollte. Umständlich stellte sie den Teller ab und eilte auf die Terrasse, wo ihre Handtasche mit dem Smartphone darin stand. Seit Arnold verschwunden war, hasste sie das Ding. Immer hatte sie Angst davor, dass es klingelte, Angst vor einer schlechten Nachricht. Gleichzeitig, und das immer mit einem flauen Gefühl in der Magengegend, klammerte sie sich an die Hoffnung, dass er plötzlich zur Tür hereinkäme, wohlbehalten selbstverständlich, und sie strahlend in die Arme schloss …

Am Telefon war Emilio Cavaletti, er wünschte freundlich einen guten Morgen und erkundigte sich artig nach ihrem Befinden, wobei Francesca nicht einschätzen konnte, ob reine Höflichkeit ihn trieb oder echte Anteilnahme. Ging es dem Präfekten um den Fall? Aus Sorge um Arnold oder aus Sorge darum, was ohne sein Wissen im Polizeiapparat geschah?

»Was haben Sie heute vor, wen werden Sie besuchen?«

Sie nannte Belmonte. Sie erzählte, dass ein entfernter Verwandter von ihr dort gearbeitet und beobachtet hatte, dass in den letzten beiden Jahren die gesamte Belegschaft ausgetauscht worden war, inklusive seiner selbst.

»Er hat nicht herausgefunden, wer die neuen Besitzer sind, außer dass es sich um eine Aktiengesellschaft handelt, anscheinend in der Hand weniger Investoren.« Dass sie diese Leute für die gefährlichsten Heuschrecken der Gegenwart hielt, die ausschließlich für Zahlen lebten, vor deren gierigen Kiefern nichts sicher war, weder Schiffe noch Kaufhäuser, Wohnungen oder Mastställe, diese Gedanken behielt sie für sich.

»Ich hatte die Gelegenheit, mir die Videoüberwachung anzusehen«, sagte der Prefetto leichthin. »Ich finde es zwar schrecklich, dass heutzutage der Bürger auf Schritt und Tritt beobachtet, überwacht und kontrolliert wird, aber in manchen Fällen ist es hilfreich.«

»Ja, und?« In Francesca keimte Hoffnung, denn wenn es eine schlechte Nachricht wäre, hätte er seine Worte anders gewählt. So viel verstand sie von der Art ihrer Landsleute.

»Wir haben eine Aufnahme vom Boarding der Maschine nach Düsseldorf, darauf ist jemand zu sehen, der der Person ähnelt, deren Foto Sie mir gezeigt haben.«

»Also mein Mann?«

»Ich kann mich nicht anders ausdrücken, eine sehr große Ähnlichkeit ist vorhanden, aber ob er genau der Gesuchte ist, kann ich nicht sagen. Er trägt eine Aktentasche und eine Plastiktasche aus dem Dutyfree-Shop in der Hand.«

»Keine Ahnung, ob er was gekauft hat«, sagte Francesca unwillig, »das müsste ich die Reisebegleiter fragen. Mehr nicht?«

»Geduld, Signora, das waren die frontalen Aufnahmen. Dann gibt es Aufnahmen von hinten. Hat Ihr Mann an jenem Tag einen dunklen Anzug getragen, mittelgrau?«

»Den trägt er meistens, das bringt der Beruf mit sich, er hat noch den grünbeigen Sommeranzug mitgenommen, aber der war in seinem Koffer …«

»Jemanden in Mittelgrau haben wir zeitgleich auch in der Rückenansicht. Es ist der vorletzte Passagier. Dem wird vom

Hintermann kurz vor Besteigen des Flugzeugs eine gelbe Jacke übergeworfen, die hatte der Mann in der Hand, die blaue Innenseite nach außen gekehrt. Diese Art von Jacken trägt das technische Bedienungspersonal des Flughafens. Dann wird der Mann nach rechts rausgezerrt, es sah aus, als würde er einfach aus dem Bild gerissen, genau dort, wo die Passagierbrücke abknickt und wo auch die Tür ist.«

»Dann ist er also entführt worden!« Erleichterung und Schrecken mischten sich in Francesca, wobei der Schrecken überwog. Sie schloss die Augen und kämpfte um ihr Gleichgewicht. Nein, sie durfte keine Schwäche zeigen.

»Ich vermute es, hundertprozentig sicher sind wir uns nicht, dass es Ihr Mann ist.«

Wenn er entführt wurde, dann lebt er noch, dachte sie. Aber wo blieb dann die Forderung der Entführer?

»Worum geht es hier, Signora Sturm? Worin war Ihr Mann verwickelt, womit hat er sich beschäftigt? Für ein Kapitalverbrechen muss es triftige Gründe geben. Jemand muss bereit sein, das Risiko auf sich zu nehmen, oder er ist sich absolut sicher oder fühlt sich den Sicherheitsbehörden überlegen. Angeblich gibt es keine Forderung, zumindest haben Sie mir nichts davon erzählt.« Es war klar, dass Cavaletti misstrauisch blieb.

»Ich weiß nicht, worum es geht.« Francesca sagte es wider besseres Wissen. »Er ist Wirtschaftsanwalt, er beschäftigt sich mit Verträgen, mit Beteiligungen, er begleitet und strukturiert die Übernahme von Unternehmen und Fusionen, es hat auch mal die Vorbereitung eines Börsengangs gegeben. In konjunkturell schlechteren Zeiten verlagert sich seine Tätigkeit auf Restrukturierungen von Unternehmen und Liquidationen. Im Bereich von Prüfungen in der Wirtschaft arbeiten wir auch schon mal zusammen, also seine Kanzlei und die Betriebsprüfer, mit denen ich arbeite, aber das ist selten.«

»Wenn es keine Forderung gibt, vonseiten der Entführer, nun bleiben Sie mal ganz ruhig, Signora, dann verfügt er über Wissen, oder jemand soll unter Druck gesetzt werden. Was könnte das sein, wer könnte das sein?«

»Ich habe nicht die geringste Ahnung.«

»Stellen Sie sich nicht unwissender, als Sie sind! Sie schaden sich nur selbst – und Ihrem Mann.«

Francesca brauchte Zeit zum Nachdenken, sie wollte gegenüber Cavaletti nicht sämtliche Karten auf den Tisch legen, sie musste sich zuvor mit Ludovico und Feltrinelli besprechen.

»Der Mann, der Arnold die Jacke übergeworfen hat«, fragte sie, um abzulenken, obwohl sie annahm, dass der Präfekt ihr bei derartigen Winkelzügen überlegen war, »was ist mit ihm? Weiß man, wer das war?«

»Er ging weiter in die Maschine und wird nach Düsseldorf geflogen sein.«

»Dann muss er auf der Passagierliste stehen. Kann ich die Aufnahmen sehen? Ich könnte Arnold am besten identifizieren.«

»Dazu müsste es eine offizielle Untersuchung geben.«

»Dann leiten Sie doch eine ein! Die Macht dazu haben Sie ja wohl!« Sofort merkte Francesca, dass sie den falschen Ton getroffen hatte, und schob ein »bitte, Herr … bitte, Signor Emilio« hinterher. Sie schaute sich auf der Terrasse um und prüfte, ob bereits andere Gäste zum Frühstück erschienen waren und ob ihr jemand zuhörte. Noch war sie allein. Die anderen Gäste genossen die Ferien.

»So einfach geht das nicht, Signora. Sie müssen Anzeige erstatten, was ich Ihnen aus den bereits angedeuteten Gründen nicht raten würde, jetzt noch nicht, einen oder zwei Tage sollten Sie noch warten, ich möchte erst etwas klären.«

»Ist es wegen dieses Vize, dieses Mor …«

Noch bevor sie den Namen ganz ausgesprochen hatte, war die Leitung tot. Francesca ließ sich auf einen Stuhl fallen und schaute nach unten, wo der Winzer irgendein Gerät, das von einem weißlichen Pulver überzogen war, vor der Halle an seinen Traktor koppelte. Sie hatte keine Ahnung, wozu die Maschine diente. Sie glich einem Ventilator auf Rädern. Sie könnte den Winzer fragen, ihn in ein Gespräch verwickeln, aber auch hier musste sie vorsichtig sein, um sich nicht zu verraten.

Das Navigationsgerät führte Francesca auf schmalen Wegen von Cascina Rocca den gegenüberliegenden Weinberg hinauf nach Castiglione Falletto, weiter durch den Ort in Richtung Serralunga, aber dann wieder auf einer winzigen Straße in Richtung Monforte d'Alba. Sie war mit dem Gefühl von Angst in den Wagen gestiegen, Angst war zu einer ständigen Begleiterin geworden. Heute war die Angst noch stärker, schließlich war sie auf dem Weg zu Belmonte, der Kellerei, bei der Ludovico rausgeschmissen worden war, die Arnold auf den Besuchsplan gesetzt hatte und gegen deren Besuch Trautmann am heftigsten protestiert hatte. Da Ludovico die Besitzverhältnisse nicht klären konnte, hoffte Francesca, dass der Präfekt von sich aus auf die Idee kam, sich zu informieren, wenn er denn wirklich am Fall interessiert war. Emilio Cavaletti standen weit mehr Mittel als normalen Sterblichen zur Verfügung.

Am liebsten wäre Francesca ausgestiegen und hätte sich an den Straßenrand in die Sonne gesetzt, Arnold an ihrer Seite. Sie konnten wunderbar zu zweit allein sein, in der Gesellschaft des jeweils anderen brauchten sie sonst niemanden. Manchmal gingen ihr auch die Kinder auf die Nerven, wenn sie ständig an ihnen herumzerrten, Fragen hatten, patzig wurden, alles besser wussten, nach Erklärungen verlangten, Hunger hatten, am Essen herumnörgelten, sich wie Markus beim Handball den Arm brachen, Geld verlangten oder man sich der falschen Freunde wegen Sorgen machen musste. Aber das durften Eltern ihnen gegenüber niemals durchschimmern lassen, höchstens denken.

Der riesige Barockbau auf der linken Seite, die lang gestreckte Fassade mit hohen Fenstern, weiß gestrichen, Fensterrahmungen, Einfassungen und Simse lindgrün abgesetzt, leuchtete weithin. Weinberge schien das Grundstück auf der lang gezogenen Hügelkuppe zu tragen, was dem Bau Leben und Leichtigkeit einhauchte und ihre Neugier weckte. Den finsteren Eindruck, den Ludovico ihr vermittelt hatte, konnte sie nicht nachvollziehen. Außerdem ließ die Morgensonne, die von Südosten her den Komplex mit Licht überflutete, keinerlei finstere Ahnung zu. Aber sicher war es hier ähnlich wie bei allen Palästen, die einem anderen Zweck zugeführt waren oder von Touristen besucht wurden. Welche Schweinereien und Verbrechen vor Jahrhunderten hier ausgebrütet worden waren, von Eroberungskriegen bis zum Mord der Königsfamilie, entzog sich meist dem Wissen der heutigen Nutzer. Blieb etwas davon in den Räumen hängen, an den Wänden, auf den Fluren, in den Kellern?

Francesca bog links ab und folgte einer Allee auf unebener Straße, wo an etlichen Stellen der Asphalt weggebrochen war und alte Steine zum Vorschein kamen. Jetzt erst bemerkte sie, dass hinter dem alten Gebäude ein wesentlich größerer Zweckbau entstanden war. Die Zufahrt teilte sich am Pförtnerhäuschen, das nach allen Seiten hin verglast war, eine Schranke hinderte Francesca an der Einfahrt. An der Ausfahrt hob sich die Schranke, ein Tankwagen verließ in diesem Moment das Grundstück, der Fahrer winkte den Sicherheitsleuten zu, die sich jetzt Francesca zuwandten. Nachdem sie erklärt hatte, mit wem sie verabredet sei, telefonierte einer der beiden mehrmals. Nach fünf Minuten wurde sie eingelassen und durfte in den großen Hof einfahren. Personenwagen mussten links unter den großen Fenstern abgestellt werden. Ganz hinten, vor einer den Hof begrenzenden Mauer, war ein Platz frei.

Nach dem Aussteigen hörte Francesca ein lautes Keckern hinter dieser Mauer, sie musste sich recken, um drüberzuschauen. Dahinter fiel der mit Reben bestockte Hang steil ab, jetzt sah sie, dass eine Straße in einem Bogen außen um die

Kellerei herumführte und unterhalb von ihr endete. Sie nahm an, dass sie dort in den Hügel hineinführte. Wie sie jetzt bemerkte, stammte das Keckern von einem Schwarm Elstern, der sich auf einer Wiese und in dem baumbestandenen Hain dahinter tummelte, aufflog, herumjagte und sich wieder niederließ.

Auf dem Weg zum Hauptportal wurde Francesca erst richtig des in seiner Funktionalität fast hässlich zu nennenden Neubaus und seiner Ausmaße gewahr. An der Längsseite befanden sich in den Boden eingelassene Kammern, weiß gekachelt, mit schrägen Wänden. Erst beim Näherkommen erahnte Francesca den Zweck. Hier wurden nach der Lese die Trauben abgekippt und von einem Schneckengewinde ins Innere des Gebäudes transportiert. Eine derartige Anlage gab es bei Fontanafredda nicht, dafür mannshohe Stapel von Kisten. Alle Winzer hatten betont, dass sie Trauben nur von Hand lasen und sie in eben diesen Kisten in die Kellerei brachten, damit die Beeren nicht beschädigt wurden und die Gärung zu früh und unkontrolliert einsetzte und Essigfliegen anzog. Die Anlage hier war dem Anschein nach auf Massenproduktion eingestellt. Der Blick ins Innere der Halle war verwehrt, die Tore geschlossen und Arbeiter nirgends zu sehen. In den Eingeweiden der Kellerei, wie sie die Gänge, Tunnel und riesigen Keller unter der Erde insgeheim nannte, sah es sicherlich ähnlich aus, da verlor sich jeder Fremde. In den kleinen Kellern der mehr handwerklich arbeitenden Winzer hatte sie sich besser gefühlt.

Cavaletti meinte also, Arnold sei entführt worden, klarer hätte er es nicht äußern können. Sollte man ihn in einem dieser Tunnelsysteme versteckt halten, würde sie ihn niemals finden.

Als sie sich der halbrunden Freitreppe zuwandte, die zum Haupteingang hinaufführte, sah sie den Kleinbus. In seinem gelb-roten Anstrich glich er dem, der bei Cerignola auf dem Hof geparkt hatte, EasyTravel stand auf der Fahrertür, doch der Mann auf dem Fahrersitz, der lustlos an einem Baguette herumkaute, war es nicht, der ihr die Telefonnummer des Kollegen besorgen wollte, der Arnold und seine Weinfreunde gefahren hatte. Sicher hatte er das vergessen. Wenn er nicht reagierte, musste sie handeln, und sie fragte den Fahrer nach der Telefonnummer von EasyTravel.

»Wozu brauchen Sie die?«

Francesca war nicht darauf gefasst, nach einer Begründung gefragt zu werden.

»Wir veranstalten Wein-Reisen mit Gastronomen«, antwortete sie, auf die Schnelle fiel ihr nichts Besseres ein.

Der Fahrer legte unendlich langsam sein Baguette auf das Armaturenbrett und kramte unwillig im Handschuhfach. Seine üble Laune war kaum zu übersehen. Erst jetzt bemerkte Francesca, dass es sich bei dem Bus um die gleiche Ausführung handelte wie gestern, nur mit abgedunkelten Scheiben.

»Gastronomen?«, fragte der Fahrer gedehnt, »Restaurantbesitzer? Welche Nationalität?«

»Deutsche … aus Düsseldorf.«

Ein Stöhnen war die Antwort. »So was hatte ich letzte Woche. Fing ganz gut an, aber dann kriegten sie sich in die Wolle, schon beim Einsteigen bei Cascina Rocca fing es an, und hier ging es weiter, und als wir abfuhren, war die Stimmung mies! Fragen Sie mich nicht, worum die gestritten haben, ich verstehe Deutsch so wenig wie Chinesisch. So was habe ich dieser Tage am Hals. Wenn die Stimmung in der Gruppe nicht stimmt, überträgt sich das, da kann man nichts machen, nur den Mund halten und weiterfahren. Die Deutschen haben einen ja noch ganz gut behandelt, mich zum Essen eingeladen, und beim Trinkgeld waren sie nicht geizig. Aber die Chinesen? Die halten sich für was Besseres, alles Topmanager, hat der Chef gesagt, dafür behandeln sie jeden von uns wie ihre Kulis, das sind sie von zu Hause gewohnt. Die sind nur hier, weil sie rauskriegen wollen, wie man Barolo macht, und zu Hause stellen sie dann den Wein aus irgendeinem Zeug her. Petroleum oder Lumpen oder Reis reicht denen als Rohstoff, und uns machen sie die Preise kaputt. Bis wir auf ihrem Wanderarbeiter-Niveau sind. Wenn es nette Leute sind, Signora, die Sie mir bringen, dann gebe ich Ihnen eine Karte. Wenn nicht – Sie finden EasyTravel auch im Internet, ist ganz einfach.«

Das war der Mann, der Arnold und seine Weinfreunde gefahren hatte. Ein freundlicher kleiner Mittfünfziger, Halbglatze, die ihn intelligenter aussehen ließ, als er war, die wahrscheinlich in China gefälschte Ray-Ban-Sonnenbrille auf den Kopf geschoben. Die letzten Touren jedoch mussten ihm die Laune verdorben haben. Streit hatten die Weinfreunde bekommen, hier, genau hier, wie der Fahrer meinte. Doch wenn der Fahrer kein Deutsch verstand, konnte sie sich jede Nachfrage sparen. Hatten sie wegen des Besuchs bei Belmonte gestritten?

Francesca bedankte sich mit besonders freundlichen Worten für das Entgegenkommen, und mit dankbarem Lächeln nahm sie die Karte des Unternehmens entgegen. Der Fahrer war zufrieden, er hatte seine Ruhe und widmete sich wieder mit Inbrunst seinem Baguette.

Oben auf der Freitreppe in der Mitte des Prachtbaus stand ein Mann, der die Szene mit deutlichem Missfallen beobachtet hatte. Er war überaus korrekt gekleidet, ein Dutzendgesicht, das man in jedem mittleren Management finden konnte, kurzer Haarschnitt, dunkelgrauer Anzug, Krawatte, unsteter Blick, schmaler Mund und derart von sich eingenommen, dass es lächerlich wirkte. »Die Kofferträger des Kapitals«, nannte Markus diese Spezies, seit er die marxistischen Klassiker entdeckt hatte und sich für einen Anarchisten hielt. Sie nahm an, dass Markus unter dem Einfluss ihres Vaters stand. Der äußerte ähnliche Ideen. Aber auch Arnold brachte immer häufiger seinen Unmut über den Beruf zum Ausdruck. Er sei nur noch dazu da, nörgelte er, für zukünftige Schweinereien den richtigen rechtlichen Rahmen zu finden …

»Signora Feltrinelli?« Der Kofferträger hielt ihr die ausgezehrte Hand hin. »Ich bin John Howards, ich bin der Host für Besucher aus dem Ausland, aber ich wusste nicht, dass Sie Italienisch sprechen, ja sogar italienische Vorfahren haben. Im Grunde ist das sehr sinnvoll, dass Ihre Agentur jemanden schickt, der sich in dem Land und mit der Sprache auskennt. Nennen Sie mich John.«

Das Lächeln hatte John offenbar beim Seminar für mittlere Führungskräfte gelernt. Sein Italienisch war miserabel.

»Es handelt sich um meine eigene Agentur.«

»Sind Sie zufällig mit einem Restaurantbesitzer namens Feltrinelli verwandt? Ich habe vor Ihrem Besuch ein wenig gegoogelt«, Howards grinste wissend. »Ich habe leider nur gefunden, dass sich Ihre Website gegenwärtig im Umbau befindet.«

Demnach hat Markus gut gearbeitet, Francesca war erleichtert, aber sie hütete sich, davon etwas nach außen dringen zu lassen.

»Es wird sicher nicht viele Feltrinellis in Düsseldorf geben. Sind Sie mit ihm verwandt? Das ›Tavolata‹ hat den Kritiken nach einen exzellenten Ruf, dreizehn Punkte im Gault-Millau, aber nicht einen Stern im Guide Michelin …«

Francesca ließ sich von seinem Geschwätz nicht aufs Glatteis führen. Als sie auf der obersten Stufe angekommen war, wirkte Howards gar nicht mehr so groß und überheblich. Diese Art Männer war ihr unangenehm, und sie forderte ihren Widerspruch heraus.

»Ich kenne den Besitzer zwar, habe in dem besagten Restaurant auch gegessen, aber den Namen Feltrinelli gibt es häufiger, als Sie denken. Das ist wie Miller oder Smith in Großbritannien.« Sie vermutete seinem Akzent nach in ihm eher den Briten. Australier oder US-Amerikaner war er auf keinen Fall. Deren Akzente kannte sie. Statt das Thema zu vertiefen, hielt Howards ihr die Tür auf. In diesem Moment hielt ein weiterer Tankwagen beim Pförtner, und Howards hatte es plötzlich sehr eilig, Francesca ins Haus zu drängen, was sie irritiert zurückschrecken ließ. Sie konnte es auf den Tod nicht leiden, wenn fremde Menschen sie anfassten, noch dazu derart energisch und distanzlos. Sogar der uniformierte Pförtner trat schnell beiseite und ließ beide passieren. Wollte Howards nicht, dass sie den Tankwagen sah?

Sie schritten wortlos durch einen langen Gang, an den Wänden Fotos aus dem Piemont: Arbeiter bei der Lese, Berge von Trauben, unterschiedlich alte Rebstöcke und Männer im Schnee, die entlaubte Rebstöcke schnitten. Auf einem Foto entdeckte sie auch die Maschine, die auf dem Weingut Molino am Morgen an den Traktor angekoppelt worden war. Jetzt erschloss sich für Francesca der Zweck des Gerätes, denn dahinter verteilte sich ein feiner Sprühnebel auf die Reben.

Sie blieb stehen und tippte mit dem Finger auf das Bild. »Sie haben Probleme mit Schädlingen?«

»Oidium, der echte Mehltau, er hat das Piemont um etwa 1850 erreicht, er kam aus Amerika. Schwefel hilft dagegen immer. Peronospora, der falsche Mehltau, kam erst gegen Ende des 19. Jahrhunderts. Die Bauern haben die beiden Krankheiten oft verwechselt und die Schuld den neuen Dampflokomotiven … Das auf dem Foto ist ein Spritzdurchgang mit Bordelaiser Brühe gegen Peronospora, ohne das Mittel wäre unser Weinbau bald am Ende. Kalk, Wasser und eine Kupfersulfatlösung.«

»Da geht es dem Süden besser.« Francesca war bei einem Treffen des Weinclubs in ihrem Hause einer Unterhaltung gefolgt, in der es um dieses Thema gegangen war. Jetzt wirkte der Einwurf so, als verstünde sie viel von der Materie.

»Zu unserem großen Problem kann die *Drosophila suzukii* werden, die Kirschessigfliege, eingewandert ist sie aus …«

»Darüber bin ich nicht informiert«, sagte Francesca mit

Überzeugung, als sei ihr alles andere über Schädlinge im Weinbau bestens bekannt und als würde sie darauf brennen, alles über diese Fliege zu erfahren.

Aber Howards ging schweigend weiter, öffnete die Tür eines steril wirkenden Besprechungszimmers, bat sie, Platz zu nehmen, und verschwand. Nach einigen Minuten kehrte er mit einigen Prospekten zurück, die er Francesca zuschob, und begann, sie auszufragen. Wann sie die Agentur gegründet habe, wie erfolgreich sie sei, auf welche Städte des Ruhrgebiets sich ihre Tätigkeit beschränke, ob sie sich auszudehnen gedenke, welche Weine und Winzer in ihrem Portfolio zu finden seien und welche Mengen an Weinen sie abzunehmen gedenke.

Feltrinelli hatte sie gut vorbereitet, Francesca gab mehr oder weniger konkrete Antworten, einiges erfand sie aus dem Stegreif, und als Howards weiter nachhakte, wurde sie zuletzt ein wenig unwillig, was sie auch zeigte.

»Warum fragen Sie mich nach all diesen Einzelheiten?« Bisher hatte sie keiner der piemontesischen Winzer derart ins Kreuzverhör genommen, was sie vermuten ließ, dass Howards ihre Rolle anzweifelte, wobei für ihn ausschlaggebend zu sein schien, dass ihr ein entsprechender Internetauftritt fehlte. War er einer dieser Junkies, die vom Bildschirm nicht loskamen und für die das Internet die Quelle allen Wissens war?

Howard hatte es schließlich auch nicht für nötig befunden, sich mit seiner Funktion im Hause vorzustellen. Er zögerte mit der Antwort.

»Ich frage das, damit ich weiß, was ich Ihnen erklären muss, wie tief Sie im Thema sind, was für Sie bei uns interessant wäre und wie ich Ihre Tätigkeit zu verstehen habe. Ich möchte Sie keinesfalls langweilen. Danach richtet sich, was ich Ihnen zeige.«

Das Lächeln, mit dem er das sagte, war desinteressiert. Er hatte, wie Francesca empfand, ein ernstes Problem mit

Frauen, besonders mit denen, die ihm Paroli boten, oder er hielt sie für bedeutungslos. Weshalb nur hatte Arnold darauf gedrängt und sogar einen Streit riskiert, um diese Kellerei zu besichtigen? Dass Ludovico sich hier nicht wohlgefühlt hatte, war nur zu verständlich, ein Wunder, dass er es überhaupt so lange ausgehalten hatte.

»Meine Arbeit ist Vertrauenssache, niemand wendet sich an mich, nur weil er Weine sucht.« Francesca glaubte, noch eine Erklärung nachschieben zu müssen. »Viele Kunden kommen aufgrund von Empfehlungen von Kollegen, und ich entscheide dann, nach Beschäftigung mit dem jeweiligen Haus, also mit dem Restaurant und seiner Küche, seiner Gäste- und Preisstruktur, welche Weine passen und was ich empfehlen kann. Das bedeutet natürlich auch Mitarbeit am Menü sowie an der Speisekarte.«

Ob die Antwort Howards zufriedenstellte, wusste sie nicht, denn eine junge Frau trat eilig ins Besprechungszimmer und raunte ihm einige Worte zu, woraufhin er wortlos verschwand. Nach einer Weile kam er zurück, ohne sich für die Abwesenheit zu entschuldigen und ohne ihr zumindest ein Glas Wasser oder einen Kaffee anzubieten.

»Wo waren wir …?«

»Wieso werde ich bei Belmonte nicht von einem Italiener empfangen?« Howards' Verhalten wirkte auf Francesca ziemlich befremdlich. So unfreundlich war man ihr nirgends begegnet.

»Wie ich bereits sagte, wussten wir nicht, dass Sie Italienisch sprechen. Wir sind ein international aufgestelltes Unternehmen, wir exportieren weltweit. Da geht es um Mengen, die wir in der europäischen Gastronomie niemals …«

Die junge Frau kam zurück und nickte Howards zu, er ging mit ihr zur Tür, wo beide flüsternd stehen blieben.

»Sie müssen mich entschuldigen, ich bin anderweitig dringend gefragt, und da Sie ohnehin Italiener als Gesprächspartner vorziehen …« Wieder beendete er den Satz nicht, es war entweder eine dumme Angewohnheit, oder er sah sich nicht genötigt, weitere Erklärungen abzugeben. »… lasse für Sie einen Kellermeister kommen, einen Italiener!« Er verließ mit der jungen Frau den Raum, als wäre Francesca gar nicht vorhanden.

Nach fünf Minuten wurde sie unruhig. Sollte sie den Besuch abbrechen? Aber beleidigt zu sein, wäre falsch, schließlich wollte sie etwas von Belmonte, und sie hatte nicht einen Wein probiert. Sie trat auf den Flur mit den vielen schönen bunten Bildern, wandte sich zur anderen Seite und klopfte an eine Tür, öffnete ungefragt und wurde von zwei jungen Frauen – der gleiche Typ wie eben – angestarrt, die sich an Bildschirmen gegenübersaßen.

Eine von beiden erklärte sich bereit, in der Direktion nachzufragen, wer sich um den Besuch kümmern konnte, und drängte sie aus dem Raum.

21

»Wir haben wichtige Gäste im Haus«, meinte Signor Tommaso entschuldigend, der Francesca zugeteilt war. Er wirkte ein wenig wie der Ritter von der traurigen Gestalt, trug das graue Haar lang wie ein alternder Hippie, ging ein wenig gebeugt, wodurch sein blauer Kittel nach vorn fiel, als hätte er darunter etwas verborgen. »Da sind die jeweiligen Experten unseres Hauses gefragt und werden kurzfristig abberufen.«

Das hieß für Francesca, dass sie als unwichtig eingestuft wurde, was letztlich bedeutungslos war, wenn man sie nur herumführte. Grund für die wichtigen Besprechungen konnten nur die Chinesen sein. Genossen Sommeliers eine derartige Bedeutung, oder gaben sie das nur vor? Was geht es mich an, sagte sich Francesca und folgte dem Mann über den Hof, der Kleinbus stand noch immer dort, der Fahrer schlief.

Ihr Begleiter erschien ihr als jemand, der, obwohl er die sechzig knapp erreicht hatte, die besten Jahre längst hinter sich hatte und nur noch wenig vom Leben erwartete. Seine Lebensmaxime schien darin zu bestehen, sich widerspruchslos anzupassen. Engagement oder Freude an der Arbeit waren seinen Worten und auch seiner Stimme nicht zu entnehmen, und das Lächeln war gequält. Mit einem Seufzer öffnete der Kellermeister ohne Geschäftsbereich, wie er sich selbst vorgestellt hatte, eine der großen Flügeltüren des dreigeschossigen Kelterhauses und schaltete die Deckenbeleuchtung ein. Das Flackern der Neonröhren und die Lichtreflexe auf den gewaltigen glänzenden Stahltanks erinnerten an ein Blitzlichtgewitter.

Die Weite, die Kühle und Höhe der Halle riefen bei Francesca ein ähnliches Gefühl wie beim Betreten einer Kathedrale hervor, und sie erinnerte sich an ihre letzte gemeinsame Reise mit Arnold. Er liebte Kirchen nicht so sehr, für ihn waren es lediglich Zeugnisse der Baukunst vergangener Epochen, darüber hinaus waren sie Ausdruck von Machtgier, Unterwerfung und Verblendung. Für sie waren es Zeugnisse von Menschen für ihren Glauben, es waren Orte der Andacht, während ihm zur Besinnung ein Platz unter einer Weide an einem Bach reichte. Flüsse waren sein Element, deshalb liebte er den Rhein. Dahin wollte sie mit ihm zurück, sie durfte sich nicht mit der Vergangenheit zufriedengeben, sie wollte eine Zukunft mit dem Mann, den sie liebte. Und dafür nahm sie die nächste Kellereibesichtigung auf sich.

Tommaso erklärte ihr, wie die Trauben in die Kellerei kamen, er zeigte ihr die durchlöcherten Röhren, in denen sie entrappt wurden, und wie die weißen Trauben nach der Zugabe von Schwefel in die Presse gelangten, gewaltige silberne Zylinder, horizontal gelagert. Die roten Trauben wurden aufgebrochen und in die senkrecht stehenden Tanks gepumpt, wo sie von Paddeln bewegt wurden, damit Farbe und Gerbstoffe sich aus den Schalen lösten und nicht alles zum sogenannten Tresterhut verklumpte. In diesen Säulen aus Edelstahl fand gleichzeitig die alkoholische Gärung statt, bei der Hefen den Zucker in Alkohol verwandelten. In den Tanks fand noch weit mehr statt, was ihr Tommaso erklärte und was sie sofort wieder vergaß. Dann eilte er weiter zu einem Steuerpult, von wo aus die gesamte Anlage kontrolliert wurde.

Mit den Grundzügen der Weinbereitung war Francesca inzwischen vertraut, was sie aber verwirrte, waren die zahllosen silbern oder mattschwarz glänzenden Rohrleitungen.

Andere wieder waren rot und grün markiert. Sie kamen aus dem Boden, führten unter den Tanks entlang und dahinter vorbei, verbanden sie miteinander, endeten in Wänden, teilten sich oder mündeten ineinander.

»Wie kann da jemand durchblicken?«, fragte sie ihren Begleiter.

»Das ist auch für mich ein Buch mit sieben Siegeln.« Tommaso lächelte verlegen. »Wir haben dafür Spezialisten und Installateure, die kennen jeden Zentimeter der Verbindungen. Es werden noch mehr werden. Die Direktion will den gesamten Betrieb so organisieren, dass oben sozusagen die Trauben reingeschüttet werden, und drei Etagen tiefer sollen die etikettierten Flaschen herausgefahren werden. Alles soll der Schwerkraft folgen, der Wein soll fließen, statt gepumpt zu werden, denn das stresst ihn und wirkt sich negativ auf den Geschmack aus.«

»Und Menschen arbeiten dann nicht mehr hier?« Manches fand Francesca albern, denn wenn sie sich vorstellte, wie der Wein auf dem Lkw auf dem Weg nach Düsseldorf beim Überqueren der Alpen durchgerüttelt wurde, glaubte sie nicht, dass ein Unterschied merkbar war. Vieles in dieser Branche empfand sie als Geschwätz, als reine Wichtigtuerei, es war ein Teil eines gewaltigen Showbusiness. »Haben Sie Weine probiert, miteinander verglichen, die geflossen sind und gepumpt wurden?«

»Leider hatte ich noch nicht die Gelegenheit dazu.« Ihr Begleiter hätte lügen können, aber er merkte, dass Francesca sich nicht verblüffen ließ, mit Größe nicht zu beeindrucken war und seinen Erklärungen kritisch lauschte. Entweder war er vorsichtig oder glaubte selbst nicht daran. Francesca musste es ausprobieren.

»Sie arbeiten noch nicht lange bei Belmonte?«

»Das ist richtig, hat aber damit nichts zu tun. Viele großartige Winzer arbeiten in ihren kleinen Kellereien mit der Kraft des Gefälles, aber hier, bei unserer Massenproduktion, kann man sich nicht mit so viel Hingabe einem Wein widmen. Wir produzieren mehr als acht Millionen Flaschen.«

»Demnach werden Sie riesige Ländereien bewirtschaften – oder bringen die Tankwagen den nötigen Nachschub? Wie gehen Sie vor? Wird der Wein hier zwischengelagert, kommt dann in die großen Fässer aus Holz, oder wird er hier lediglich abgefüllt?« Feltrinelli hatte sie darauf hingewiesen, dass auf den Flaschen vermerkt werden musste, ob es sich um eine Erzeugerabfüllung handelte oder um eine Gutsabfüllung, was bedeuten konnte, dass fremde Weine von diesem Gut nur auf Flaschen gezogen worden waren, ohne dass man mit der Weinbereitung zu tun hatte.

»Wir kaufen Wein dazu, von ausgesuchten Winzern, die wir alle genauestens kontrollieren.« Tommaso wandte das Gesicht ab, er war ein schlechter Lügner, es schien, als habe Francesca ihn in die Enge getrieben. »Wir gehen gleich nach unten, dann sehen Sie es selbst«, sagte er ausweichend und steuerte die nahe Treppe an.

Francesca warf noch einmal einen Blick zurück auf die Säulen aus Edelstahl. Das Ganze erschien ihr mehr wie eine Chemiefabrik als eine Kellerei; sie wandte sich um und folgte der Treppe ins Untergeschoss. Hier empfing sie sogleich der Duft, den sie einer Kellerei zuordnete: Holz und Wein. Und aus dem Treppenaufgang schallte von weiter unten das Klirren von Glas herauf.

»Wir füllen ab«, erklärte Signor Tommaso, als hätte er sich für etwas zu entschuldigen. »In manchen Fragen bin ich noch nicht so firm, Signora, ich bin erst ein halbes Jahr hier. Ich war vorher Kellermeister bei einem kleinen Betrieb. Mein Chef ist gestorben, seine Frau wollte nicht weitermachen, ich habe es ihr angeboten, aber Belmonte hat ihr ein gutes Angebot gemacht. Sie hat unter der Bedingung verkauft, dass man mich bis zur Rente weiterbeschäftigt, das rechne ich ihr hoch an. Aber die Chefs lassen mich an nichts Wichtiges wirklich heran – *mi dispiace*«, erschrocken hielt er die Hand vor den Mund, »damit meine ich natürlich nicht Gäste wie Sie. Signora, verstehen Sie mich nicht falsch.« Peinlich berührt von der eigenen Unhöflichkeit und Redseligkeit senkte er den Blick. Francescas begütigendes Lachen ließ ihn aufatmen.

Es war überflüssig, auf das Gesagte einzugehen, Francesca glaubte auch nicht, einen Verbündeten gefunden zu haben. Auf jemanden, der ums Gnadenbrot bat, durfte man sich nicht verlassen. Aber ihn nach Howards' Funktion zu fragen, war nicht zu viel.

»Der schaut sich alle Besucher an, bevor er sie an andere Mitarbeiter weitergibt. Der kommt, soweit ich weiß, von den Bahamas, ich hab's lediglich gehört, wir reden kaum miteinander, es ist eine zusammengewürfelte Mannschaft, viele stammen aus dem Ausland, es gibt Sprachprobleme, und es fehlt an Zusammenhalt. Manchmal hat man den Eindruck, als sei das Absicht … Das führt zu Missverständnissen, dann gibt's Ärger, einer wird rausgeschmissen, und der neue Kollege kennt sich noch weniger aus. Die Erfahrung von uns Alten wird nicht mehr geachtet und auch nicht gebraucht. Jeder fünfundzwanzigjährige Hochschulabsolvent meint, dass er mehr draufhat als ein gestandener Kellermeister, der die Entwicklung des Piemont mitgetragen hat.«

Die Kreideschrift auf einem gewaltigen lackierten Fassboden erregte Francescas Aufmerksamkeit. Sie wollte von den Offenbarungen des Kellermeisters weg, sie verstand ihn, aber sie hatte ihren eigenen Krieg zu führen.

»Dort auf dem Fass stehen die Worte Nebbiolo per Barolo. Auf dem anderen hier steht Nebbiolo d'Alba, und da drüben«, sie ging zu dem Fass, »steht Langhe Nebbiolo. Worin bestehen die Unterschiede?«

»Das ist nicht kompliziert. Wir müssen den Wein zur Prüfung einreichen, dann entscheidet eine Kommission, ob der Nebbiolo wirklich als Barolo geeignet ist, ob er die entsprechenden organoleptischen Eigenschaften zeigt, wie Duft, Geschmack, Struktur. Da darf dann auch keine andere Rebsorte beigemischt werden, wie zum Beispiel beim Nebbiolo d'Alba, dem Nebbiolo aus Lagen im Anbaugebiet von Alba, was mit der Herkunftsgarantie DOC klargestellt wird. Ein Langhe Nebbiolo kann eine Mischung diverser Lagen sein, kann also aus Grinzane stammen, da können vierzig verschiedene Weinberge vermischt werden. Und es dürfen auch bis zu fünfzehn Prozent anderer Weine untergemischt werden, also Dolcetto oder Barbera, aber man nimmt lieber Dolcetto, Barbera ist zu teuer, der Dolcetto zeigt auch gebietstypische Eigenschaften, er ist schließlich hier gewachsen. Aber eben nicht auf den besten Lagen.«

»Andere Rebsorten kommen da nicht rein?« Francesca dachte an Ludovicos Wein, an sich häufende Betrugsfälle, bei denen billigster Wein aus Süditalien untergemischt worden war. Und sie erinnerte sich an den Tankwagen.

»Nein!«

»Wie, nein?«

»Nein, ganz einfach nein!« Beim ersten Nein hatte Tommaso Francesca noch angesehen, beim zweiten blickte er irgendwohin.

Die Antwort war Francesca viel zu kurz, als dass sie ihm geglaubt hätte. Das kategorische Nein entsprach vielmehr einem undeutlichen »Ja, aber wir reden nicht darüber«. Sie sah keine Veranlassung, den alten Kellermeister in Schwierigkeiten zu bringen. Er schlug einen Weg zwischen mannshohen Holzfässern und in die Wände eingelassenen Tanks ein, in denen, wie er sagte, die »Cuvées vermählt werden und der Wein ruht und reift«.

Zuletzt erreichten sie einen schmalen Gang, der sie zu einer halb natürlichen, halb künstlichen Grotte führte. Hinter schwerem Glas und schmiedeeisernen Gittern lagen Flaschen in gemauerten Regalen. Ein Teil war wie die Wände auch mehr oder weniger von einer Art schwärzlichen Flors überzogen, andere Flaschen wieder waren gänzlich sauber.

Indirektes Licht gab der künstlichen Grotte ein geheimnisvolles Aussehen, Punktstrahler setzten Akzente. Kostbar und edel sollte es wirkten, von einem Geheimnis umgeben.

»Das ist Belmontes Schatzkammer, hier liegen die besten Weine, die besten Jahrgänge, das beginnt um 1950 und geht bis heute, von den aktuellen wird immer eine gewisse Anzahl zurückgelegt. Ältere als die von 1950 sind auch vorhanden, allerdings hat man bei denen kein Trinkvergnügen mehr.«

»Die Flaschen dienen mehr als Kapitalanlage?«

»Das ist Unsinn, sollen sich die Reichen besser Gold und Grundstücke kaufen und was weiß ich noch. Wein ist zum Trinken da, so eine Schatzkammer hingegen zum Vergleichen, zum Lernen, wie unsere Weine früher gemacht wurden, welche Stile wann gefragt waren …«

Fast gleichzeitig wandten Francesca und Tommaso sich um, aufgeregte Männerstimmen näherten sich, die Stimme einer Frau klang besonders hell heraus, dann brach die Gruppe der Chinesen unter Führung von John Howards aus dem Gang und drängte sie achtlos beiseite, als würde man sich einen Weg durch lästiges Gestrüpp bahnen. Die Frau, eine Chinesin, öffnete die Schlösser der Panzerglastür, und ihre Begleiter stürzten sich in die Grotte, die Tür hinter sich schließend, was die Stimmen dämpfte.

Als sie hier vor der Tür stand und den Chinesen zusah, die ohne jeden Respekt alle möglichen Flaschen aus den Regalen zogen und einige in Plastiktüten mit dem Firmenlogo verschwinden ließen, erinnerte sie sich an den Besuch im Düsseldorfer Zoo mit ihren Kindern: Die Fütterung der Raubtiere hatte begonnen. Auch Frauen waren, als es noch den Winterschlussverkauf gegeben hatte, in ähnlicher Weise über die Grabbeltische hergefallen, wie jetzt die Männer über die ältesten Weine des Piemont, zumindest die aus dieser Kellerei.

Dem Kellermeister stand die Scham ins Gesicht geschrieben, und auch Francesca berührte die Szene derart peinlich, dass sie sich zurückzog. Endlich konnte sie die Frage stellen, die sie bewegte, ohne Verdacht zu erregen.

»Was sind das für Leute?«

Ein Stöhnen war die Antwort. »Es heißt, es seien Sommeliers, ich nehme an, es sind entweder Großkunden oder Anteilseigner, ich vermute mal das Letztere, sonst hätte man sie nicht auf die Schatzkammer losgelassen.«

»Haben Sie gesehen, wie hemmungslos die sich bedient haben? Müssen die das nicht bezahlen?«

»Da fragen Sie mich zu viel. Ich glaube, die wissen gar nicht, was sie trinken werden. Die sehen die Jahreszahl auf dem Etikett und den Namen Barolo und können ihren Geschäftsfreunden zu Hause damit imponieren. Nur darum geht's. Lassen Sie uns den Rundgang zu Ende führen.«

Der alte Kellermeister wollte den Tumult möglichst rasch hinter sich lassen. Als säße ihm der Teufel im Nacken, eilte er zurück in den endlos langen Gang zwischen Zementtanks und Fässern und weiter die Treppe hinab in den Lärm, wo eine riesige Abfüllstraße in Betrieb war. Daneben stand zu Francescas Erstaunen ein Tankwagen, der über die untere Zufahrt hereingekommen sein musste. Hinter ihm war das Tor offen, und Francesca erhaschte einen Blick auf die Hügel. Das große Fahrzeug füllte die Halle aus, es stieß fast an die Decke, Schläuche verbanden das Ungetüm mit Stutzen in der Gebäudewand, einem Patienten auf der Intensivstation nicht unähnlich.

Tommaso schenkte dem Fahrzeug keine Aufmerksamkeit und zog Francesca weiter. Hektisch, als wolle er das Gesehene nicht wahrhaben, erklärte er die Anlage. Hier geschah fast alles automatisch. Aus dem Nirgendwo kam ein Schlauch und führte am Anfang der Straße in einen mannshohen Tank, palettenweise wurden leere Flaschen herangekarrt, von Frauen mit grünen Hauben auf Bänder gesetzt, die Flaschen automatisch gewaschen, getrocknet, mit lautem Zischen befüllt und verkorkt. Am Ende der Straße war ein Gabelstaplerfahrer damit beschäftigt, Paletten mit gefüllten Kartons ins Lager zu bringen. Entlang der Straße waren Weißkittel unterwegs, die das reibungslose beziehungsweise scherbenlose Funktionieren der Anlage kontrollierten. Dann gab es noch Hilfsarbeiterinnen mit grünen Hauben, die nichts anderes taten, als Flaschen aus Metallkörben auf eine schräge Fläche zu stellen. Der Lärm war infernalisch, und die Blicke der Frauen, die Francesca trafen, reichten von apathisch bis zu feindlich.

»Das sind Aushilfen, die machen das nicht immer«, versuchte Tommaso sich zu entschuldigen.

Francesca verstand, was er sagen wollte. Sie gingen an der Straße zurück und betraten das gewaltige Lager, wo die Kartons für den Abtransport vorbereitet wurden.

»Wenn, wie Sie vorhin sagten, die Chinesen Anteilseigner sind, dann sind sie die Besitzer von Belmonte?«

»Nein, das habe ich nicht gemeint, nein!«

Wehrte sich der Kellermeister mit Händen und Füßen gegen diesen Gedanken? Weshalb tat er daß?, fragte sich Francesca.

»Aktionäre, ja, vielleicht, Kleinaktionäre, vielleicht sind es auch Großimporteure, ich weiß es nicht. Sie wissen ja, die Chinesen wimmeln heutzutage überall herum«, stammelte er und eilte weiter, öffnete eine Metalltür, und als er sie hinter Francesca wieder geschlossen hatte, herrschte erholsame Stille. Sie standen in einem langen, niedrigen Gang, in dem orangefarbene Plastikkisten auf mehreren Metern Länge bis knapp unter die Decke gestapelt waren. An einigen Stellen lagen Bretter dazwischen. Verwundert blieb der Kellermeister stehen.

»Die Kisten gehören gar nicht hierher«, sagte er in Gedanken und betrachtete den Zettel, der an einer der vorderen befestigt war.

»Unbedingt stehen lassen«, las Francesca, darunter eine

krakelige Unterschrift und ein Stempel. Der Kellermeister kratzte sich nachdenklich am Kopf und versuchte, die Unterschrift zu entziffern.

Francesca wusste, dass Winzer betonten, dass sie die Trauben von Hand lasen. »Wie halten Sie das bei Belmonte, Signor Tommaso, Hand- oder Maschinenlese?« Hier konnte sie mal wieder so tun, als verstünde sie was von der Materie.

»Was bitte? Ach ja, Maschine – äh, nein, nein wir lesen von Hand«, stammelte er und ging weiter.

Da sah Francesca die dunkelgraue Jacke. Sie hing zur Hälfte aus einer der Kisten heraus, es war ein Herrensakko, mit einer Lasche über der Außentasche. Als sie danach greifen wollte, zog Signor Tommaso sie am Arm weiter. »Die wird eine der Hilfskräfte vergessen haben. Lassen Sie das, hier im Betrieb mischt sich niemand in fremde Angelegenheiten ein. Kommen Sie. Man erwartet uns zur Weinprobe.«

Widerwillig folgte Francesca und wandte sich noch einmal um. Sie glaubte, die Jacke zu kennen, Arnold besaß so eine. Würde ein Arbeiter ein derart feines Sakko hier tragen? Er würde sich eines aus diesem feinen Stoff kaum leisten können, sie musste das Etikett sehen, dann wüsste sie … doch der Kellermeister drängte sie weiter. Aber sie würde garantiert wiederkommen, sie musste wiederkommen …

22

Ludovico hatte auf dem Parkplatz vor der Cascina Rocca gewartet und sich mit dem Winzer unterhalten. Die beiden kannten sich. Als Francesca aus ihrem Wagen ausgestiegen war, kam Ludovico auf sie zu.

»Wie war die Weinprobe?«, fragte er, ohne sie zu begrüßen. Er machte einen angespannten und gehetzten Eindruck, wie er mit eingezogenem Kopf und leicht vorgezogenen Schultern vor Francesca stand und sie anstarrte. Er war müde und blass.

»Der Wein, den du mir ins Hotel gebracht hast, war der von Belmonte?«

»Weshalb sonst hätte ich ihn dir gegeben. Ich wollte dich neugierig machen …«

»Du wolltest mich auf eine Spur setzen, mein lieber Cousin. Was hältst du in der Hinterhand? Weshalb spielst du mit verdeckten Karten? Ist das nötig?« Der Vorwurf war unüberhörbar.

»Wie soll man mit jemandem umgehen, den man nicht kennt? Du spielst auch nicht offen. Alles andere wäre dumm, gerade unter diesen Umständen.« Er wiederholte die Frage nach der Weinprobe.

»Ich habe bessere probiert.« Kaum ausgesprochen, bereute sie ihre Worte, denn sie erinnerte sich, dass Ludovico dafür verantwortlich war. »Sie haben mir nach der ersten Probe vorgesetzt«, schob sie nach, »was sie als Top-Linie bezeichnen, was angeblich nach Europa und in die USA exportiert wird. Nur das war vergleichbar mit dem, was ich auf den anderen Weingütern probiert habe.«

»Du hast anscheinend in den letzten Tagen viel gelernt, oder du hast von Hause aus einen guten Geschmack …«

»Ich bin eben eine Feltrinelli …«

Sie ging voran ins Haus, Ludovico folgte ihr die Treppe hinauf bis auf den Balkon ihres Zimmers, wo sie die Stühle zurechtschob und kurz über den Tisch wischte. Von hier aus hatte sie die Zufahrt zur Cascina Rocca im Blick. Sie merkte, dass sie von Tag zu Tag vorsichtiger wurde, sich versicherte, dass die Türen der Nebenzimmer geschlossen waren und niemand mithören konnte. Dann holte sie Gläser und eine Flasche Dolcetto aus dem Frühstückszimmer. Ihn konnte man genießen, auch ohne etwas dazu zu essen, und er schmeckte Ludovico ebenfalls.

»Wer hat bei Belmonte die Weinprobe geführt?«

»Ein alter Kellermeister, Tommaso …«

»… der arme Teufel«, warf Ludovico ein, »aber besser Gnadenbrot, als nichts zu essen. Der ist froh, wenn er den Wein von einem Fass ins andere umpumpen oder Filter auswaschen darf. Meinen Nachfolger hast du nicht getroffen?«

Francesca schüttelte den Kopf. »Wüsste nicht, wer das gewesen sein soll, nur eine Gruppe von Chinesen.«

Ludovico starrte sie an. »Chinesen? Viele?« Er wirkte plötzlich sehr beunruhigt.

»Sechs oder sieben, ist das wichtig?«

»Nein«, sagte Ludovico, aber das Gegenteil klang durch. »Wo hast du sie getroffen?«

»Du stellst merkwürdige Fragen.«

Francesca verstand nicht, worauf er hinauswollte.

»War eine Frau dabei?«

»Anfangs ja, die Leute drängten uns beiseite.«

»Typisch. Wo war das?« Die Frage war gestellt, als bliebe Francesca nichts anderes übrig, als sofort und ehrlich zu antworten. Andernfalls …

»Unten, in der Schatzkammer, in dieser Kapelle für Wein, quasi ein Heiligenschrein. Die Chinesin hatte die Schlüssel. Und neulich im Hotel traf ich sie auch.«

»Die Chinesin?«

»Nein, die Männergruppe.«

»Dann sind sie es. War da ein großer, breitschultriger Mann darunter?«

»Unter den Chinesen?«

»Ja. Er ist der Stellvertreter vom Boss, und die Frau ist seine rechte Hand, ein grauenhaftes Weib, scharf wie eine Rasierklinge, wer ihr zu nah kommt, blutet aus, die Schnitte sind tief.«

»Das hört sich wirklich grauenhaft an.« Francesca fand seine Ausdrucksweise maßlos übertrieben und wichtigtuerisch. »Aber einen Mann, auf den deine Beschreibung passen würde, habe ich nicht gesehen. Und was hat es mit der Frau auf sich?«

»Xia Mai, sie winkte die Leute immer raus, fast wie zum Rapport, dann kamen sie entweder ganz klein und zerknirscht zurück oder gar nicht, weil sie gefeuert worden waren. Heute gibt es keine unbefristeten Arbeitsverträge mehr, weil man in Italien angeblich niemandem kündigen kann. Das ist Unsinn, alles geht, mit Geld. Man kann auch Leute rausekeln. Man nimmt ihnen die Arbeit, stellt sie kalt, mobbt sie weg, hängt ihnen was an, so wie mir. Irgendwann gehen sie von allein, wenn die Nerven nicht mehr mitmachen. In so einer Situation wagt es niemand, aufzumucken.«

»Weshalb haben sie dich wirklich entlassen?«

»Wie ich schon sagte, sie haben innerhalb von zwei Jahren die gesamte Belegschaft ausgetauscht, das hat mir gar nicht gefallen, ich habe zu viel kritisiert, nachgefragt, mich mit den Vermögensverhältnissen der Aktiengesellschaft beschäftigt, da bin ich nicht weitergekommen. Ich habe Betriebsergebnisse überprüft, das in Verhältnis zu den verarbeiteten und produzierten Weinmengen gesetzt und bin auf Unregelmäßigkeiten gestoßen ...«

»Das mag kein Arbeitgeber.«

»Soll man warten, bis sie den Laden in den Sand setzen und alle auf der Straße stehen? Das kann man sich nicht gefallen lassen.«

»Wozu gibt es Aufsichtsräte bei Aktiengesellschaften?«

»Ein Witz ... die hängen mit drin ...«

»Und die Gewerkschaft?«

»Gekauft. Na ja, dann kamen sie mit der alten Masche, teilen und herrschen, zogen einige ins Vertrauen, angeblich, die fühlten sich gebauchpinselt und haben die anderen bespitzelt. Aber es ging nur vordergründig um Sparmaßnahmen, um Rationalisierung. In Wirklichkeit geht es um was anderes.«

Auf dem Kiesweg näherte sich langsam ein Fahrzeug – die Scheinwerfer waren bereits eingeschaltet – und blieb auf dem Parkplatz neben der Kellerei stehen. Ludovico schüttelte leicht den Kopf, als Francesca ihn fragend ansah.

»Und worum geht es in Wirklichkeit?«, fragte sie, als eine unverdächtige Familie ausgestiegen und ins Haus gegangen war. Im übernächsten Raum wurde das Licht eingeschaltet. Francesca wollte nichts von Verschwörungstheorien hören, Ludovico schien ihr dafür besonders empfänglich. Andererseits gab es keinen Grund, ihm nicht zu glauben, und ihre eigene Situation war verworren genug.

Er erzählte, dass Belmonte seine Weine, zumindest einen großen Teil, an eine Firma in Genua verkaufe. Auch da waren die Besitzverhältnisse unklar. Er sei dabei, es herauszufinden, und vermutete, dass sie auch Belmonte gehöre, nur anders firmiere, jedenfalls seien wieder Treuhänder im Spiel. Von Genua aus, Ludovico hatte dort einen Mitarbeiter für seine Zwecke gewinnen können, wurden die Weine verschifft. Zurzeit warte er auf Kopien der Frachtpapiere. Die Abnehmer in Europa wurden per Spedition beliefert.

»Es gibt hier einen Mann von den Bahamas ...«

»Könnte er Howards heißen?«

»Du hast ihn getroffen?«

»Er war mein erster Kontakt, hat mich gleich auf der Treppe in Empfang genommen. Abgefangen trifft es besser.«

»Und wer hat den Besuchstermin vereinbart?«

»Feltrinelli, mein Vater. Aber jetzt hör endlich auf mit dieser Fragerei. Du verwirrst mich. Machst du das absichtlich?« Francesca fühlte sich an der Nase herumgeführt, denn immer wenn es interessant wurde, wich Ludovico ihr aus und stellte neue Fragen. »Du sagst mir nicht alles, was du weißt. Es geht doch nicht nur um deinen Job, da steckt mehr dahinter, und was soll das mit den Chinesen?« Francesca konnte sich gut vorstellen, dass hier illegale Geschäfte abgewickelt wurden, besonders nach der Lektüre von Markus' Informationen.

»Sagst du mir denn alles?«

An der Art, wie Ludovico die Frage stellte, merkte Francesca, dass auch er ihr misstraute, und sie wich seinem Blick aus.

»Seit wann weißt du das mit der Entführung? Von wem hast du es erfahren. Was ist mit der Polizei, der deutschen, der italienischen? Gibt es Forderungen vonseiten der Entführer – und wenn ja, was fordern sie? So weit meine Fragen. Siehst du, jetzt fehlen dir die Worte. Da sind mehr Fragen offen als beantwortet. Meinst du nicht, dass auch du mir einiges zu erklären hast? Womöglich ergibt sich ein neues Bild, wenn wir unser Wissen austauschen, vielleicht kommen wir dann weiter?«

Im Flüsterton erzählte ihm Francesca, was sie wusste. Sie sprach über die Art, wie man Arnold hatte verschwinden lassen, sie erzählte vom Treffen mit dem Konsul in Mailand, mit dem Präfekten in Cuneo, über den Fahrer des Busses. Sie berichtete von der verschlüsselten Datei und von Markus' Bemühungen. Sie erwähnte, dass einer aus der Gruppe, ein

Völkerkundler, mehrmals in China gewesen sei, wie andere Mitreisende inzwischen in Erfahrung gebracht hatten, und dass Professor Trautmann auf ziemlich großem Fuße lebte, wie sie von Kirsch erfahren hatte.

»Und immer wieder stoße ich auf Chinesen. Sie tauchen plötzlich auf und drängen einen sofort beiseite, so als sei man Luft, im Hotel, heute bei Belmonte.«

»Luft sind wir für sie; sie verachten uns, wir sind Langnasen, wir sind dekadent, sie halten sich für das Volk der Zukunft und glauben, uns nicht nur zahlenmäßig überlegen zu sein. Kein Weißer, kein Schwarzer, niemand dringt zu ihnen durch. Damit meine ich nicht den Chinesen, der seine Ziege zum Markt treibt oder den Wanderarbeiter. Ich meine die Konzernchefs, Kaufleute, Manager, Parteifunktionäre, auch Militärs hatten wir hier, in Zivil natürlich. Ich denke, ich sehe nicht recht, als da einer plötzlich salutiert. Der wurde heftig zusammengefaltet. Das sollte wohl geheim bleiben.«

Ludovico starrte in den Abend, der sich in totalem Frieden und einem weichenden, fließenden Licht über das Tal senkte und die Häuser auf den Hügelrücken noch einmal aufleuchten ließ, bevor sich ihre Silhouetten hart in den Abendhimmel zeichneten.

»Seit sie hier sind, geht es bergab, menschlich und wirtschaftlich. Ich versuche, an Unternehmenszahlen zu kommen, aber die werden wie Staatsgeheimnisse gehütet. Es gibt ein hochmodernes Zugangskontrollsystem. Die Abteilungen, du wirst es gesehen haben, sind nur noch autorisierten Personen zugänglich, wer da nicht hingehört, muss sich in der Personalabteilung eine Scheckkarte holen, eine Art Passierschein. Man weiß genau, wer sich wann und wie lange in welcher Abteilung aufgehalten hat. Es fehlt nur noch, dass sie den Mitarbeitern einen Strichcode in die Haut tätowieren, damit ein Scanner sie erfasst, ein totales, nein, ein totalitäres System. Das ist doch Faschismus! Der braucht keine Schwarzhemden mehr. Die moderne Variante ist die Eroberung des Staates durch das Innenministerium. In China gilt das Verteilen eines Flugblatts bereits als Umsturzversuch. Und eure deutsche Kanzlerin pflegt beste Beziehungen dorthin! Eigentlich nicht verwunderlich, schließlich gehörte sie auch zu den DDR-Funktionären. Sie kennt sich aus. Sie waren alle auf derselben Schule, Parteikader eben.«

»Glaubst du nicht, dass du übertreibst?« Francesca merkte, dass sie auf Abstand ging. Ludovico hatte sich in Rage geredet. Das ging ihr zu weit, aber sie wollte ihn nicht verärgern. Sie brauchte ihn, das spürte sie jetzt stärker als zuvor. Er wusste mehr, er hatte anscheinend immer noch Zugang zu Belmonte und zu Informationen, die ihr helfen konnten.

»Es ist wohl eher das Gegenteil der Fall«, sagte Ludovico, als würde er resignieren. »Wem nutzen diese Sicherheitsmaßnamen? Den Mitarbeitern auf keinen Fall, sie erschweren die Kommunikation, stattdessen gibt es sogenannte Kommunikatoren, die kontrollieren gleichzeitig den Informationsfluss. Wozu dienen die Methoden? Damit niemand mehr die Zusammenhänge durchschaut. Dabei ist Belmonte kein Rüstungskonzern, da ließe sich das verstehen. Wenn man weiß, dass China als Weltmeister im Fälschen von Produkten gilt, sieht das schon anders aus, und es tauchen Fragen auf, besonders in Bezug auf Wein. Sie fälschen alles, jede Sorte, jedes Etikett, die Korken, die Kapseln, den Strichcode, sie benutzen hemmungslos jeden Namen, das ist bei der Größe des Landes kein Problem. Wer soll es kontrollieren? Auch Ursprungszeugnisse und die Banderolen am Flaschenhals, mit denen sich ein Barolo und Barbaresco ausweist, werden gefälscht. Technisch gesehen kann man den Wein zuckern und entsäuern, es gibt Hefen, die bei der Gärung Geschmacksbilder erzeugen, man kann Eichenchips oder künstliches Eichenaroma zusetzen, genau wie künstliche Tannine. Das alles findet in einem riesigen Ausmaß statt, ohne die entsprechenden staatlichen oder unabhängigen Kontrollinstanzen. Beim Kinderspielzeug weiß man inzwischen, dass die Hälfte giftige Substanzen enthält. Wer weiß denn, wer merkt es überhaupt, und wen interessiert es, ob in dem Riesenreich Weine kursieren, auf denen Barolo steht, über dem Namen eines bekannten Winzers? Niemand! In Wirklichkeit ist in der Pulle irgendein billiger Vino da Tavola, ein Tafelwein für sechzig Cent der Liter! Was liefern die Tankwagen, die hier vorfahren, besonders in der Nacht?«

Francesca wandte ein, dass es in Italien Gesetze gäbe, Steuerbehörden, eine Finanzpolizei und Zoll an den Außengrenzen.

»Ich will dir nicht zu nahe treten, liebe Cousine, aber du bist ein wenig naiv. Für Deutschland mag das vielleicht stimmen. Aber wenn du bedenkst, dass jemand wie der Gangster Mario Draghi in Europa Zentralbankchef ist, dann glaubst du nicht einmal mehr an Gott. Als Bankenlobbyist bei Goldman Sachs hat er noch Kredite für Griechenland lockergemacht, es war ein Trick, damit das Land überhaupt in die Europäische Union reinkam. Der wusste genau um die Verhältnisse. Dann kam die Krise, und uns lässt er das Geld zurückzahlen. Eine andere Nummer hat er als Chef unserer Notenbank und oberster Bankenkontrolleur aufgeführt. Italiens älteste Bank hat krumme Dinger gedreht, die Monte dei Paschi di Siena. Da ging es um Bilanzfälschung, Schmiergelder und Geldwäsche, und Draghi hat Milliarden zur Rettung der Bank rübergeschoben. Er ist ein Gangster, der reißt im Fallen zu viele andere Politiker mit, seine Spießgesellen. Er hat das Schattenbankensystem aufgebaut, wo die Schulden versteckt sind … Solche Typen haben wir in Europa in den Führungspositionen. Deshalb geht keiner mehr wählen. Und der neue Kommissionspräsident aus Luxemburg erst! Und du redest mir von Finanzpolizei? Ich denke, du bist Italienerin – und Wirtschaftsprüferin. Das ist unter deinem Niveau, Francesca.«

Das waren härteste Vorwürfe, sie trafen, und sie erinnerten Francesca an die Anklagen von Markus, die er ihr in letzter Zeit häufiger machte, und den Vorwurf, dass sie die Augen verschloss. »Das bin ich eben nicht, Italienerin«, sagte sie kleinlaut und fühlte sich von Ludovico an die Wand geredet. »Wenn du das alles weißt, dann weißt du sicher auch, was hier wirklich läuft, warum Arnold entführt wurde und warum er als Einziger aus der Gruppe dafür war, Belmonte aufzusuchen.«

Ludovico glaubte zwar zu wissen, was hier ablief, wie er sagte, aber sein Problem war, dass er lediglich seinen Verdacht äußern konnte, über das eine oder andere Indiz verfügte, Beobachtungen angestellt hatte, aber keine stichhaltigen Beweise vorzuweisen hatte. Und auf die aus Genua warte er noch, betonte er.

Er sah sich nach allen Seiten um, stand sogar auf und schaute übers Geländer nach unten, ob dort jemand stand und zuhörte. Er setzte sich umständlich und neigte sich Francesca zu, bis er dicht an ihrem Ohr war.

»Belmonte wurde von Leuten aufgekauft, die ich nicht kenne und an die nicht ranzukommen ist, dabei war ich sieben Jahre dort beschäftigt. Mit dem neuen chinesischen Chef wurde plötzlich alles anders. Belmonte wurde in eine Aktiengesellschaft umgewandelt, eine sogenannte S.p.A. Dadurch wurde alles anonymisiert. Seit zweieinhalb Jahren herrscht ein Geschäftsführer, den Vorstand kennt keiner, alles andere sind *amministratori fiduciari*, Treuhänder, eine Firma gehört der nächsten, dann ist das Kapital wieder geteilt, die Käuferfirma wieder gehört zwei anderen Firmen, oder die haben die Aktien. Das verzweigt sich weiter und führt wieder zusammen. Bis dahin bin ich aber nicht gekommen. Und wenn ich daran denke, welchen Beruf dein Mann hat, dann wollte er an die Verträge ran. Klar, das lässt sich keiner gefallen!«

Mein Gott, wo war Arnold hineingeraten? Francesca merkte, wie sich ihr Hals zuschnürte und ihr Mund trocken wurde. Ludovico bestätigte ihre schlimmsten Befürchtungen. Hatte er sich da selbst hineinmanövriert, oder hatte ihn jemand getrieben? Für Geld war er eigentlich nicht zu haben, aber wer konnte schon in den anderen hineinblicken? Er tat normalerweise nichts, was er nicht verantworten konnte. Aber Fehler machte schließlich jeder. Vielleicht hat er helfen wollen und die Sache als nicht so gefährlich angesehen – und dann hing er drin, und es war es zu spät. Wenn er tatsächlich an die Hintermänner rangekommen war oder an den Fluss des Geldes, dann schwebte er in allergrößter Gefahr. Der Boden unter ihr schwankte.

»Was macht denn Belmonte konkret, weißt du das? Weshalb haben diese Hintermänner die Kellerei verkauft?«

Es dauerte einen Moment, bis Ludovico sich zu einer Antwort entschloss.

»Die vormaligen Besitzer müssen gutes Geld bekommen haben, weil sich die neuen noch mehr Geld erhoffen. Belmonte liefert einen Wein, genannt Barolo, der auf Nebbiolo getrimmt und mit anderen Rebsorten verschnitten ist, mit billigster Ware aus Süditalien, die hier untergemischt und unter Fantasienamen nach China verkauft wird. Ich habe eine Partie entdeckt, da war nur die oberste Lage von Flaschen etikettiert, der Rest darunter war blank.«

»Und was soll das?«

»Hast du die Drahtkörbe mit Tausenden nicht etikettierter Flaschen im Lager gesehen? Man legt etikettierte Flaschen obendrauf, und in China wird der Rest mit entsprechenden Etiketten beklebt, die sind eigentlich nicht gefälscht, die werden sogar hier gedruckt und dann auf anderem Weg hingeschafft.«

»Das ist Unsinn, das lässt sich in China billiger machen. Außerdem ist der Transport teuer.«

»Der kostet lediglich zwölf Cent pro Flasche. Ein Barolo oder Barbaresco wird für sechzig bis achtzig Euro oder mehr verkauft, Herstellungskosten drei Euro. Und das mit scheinbar legalen Frachtpapieren, da geben die Behörden Ruhe.

Außerdem hat Belmonte im Reich der Mitte seine eigene Händlerorganisation aufgebaut.«

»Sind das die, denen man hier auf Schritt und Tritt begegnet?«

»Das sind sowohl die Händler wie auch Anleger, die nach Möglichkeiten suchen, ihr Schwarzgeld gewinnbringend unterzubringen.«

»Leider kannst du von alledem nichts beweisen, Ludovico! Kein Mensch wird dir glauben, keine Behörde, niemand.«

»Deshalb brauche ich dich. Du kennst dich mit Zahlen aus, mit Verträgen, mit Bilanzen – und du sprichst Italienisch.«

»Aber kein Chinesisch.«

»Der Schriftwechsel muss auf Italienisch abgewickelt werden.«

»Willst du, dass ich verschwinde, so wie Arnold?«

»Im Gegensatz zu ihm hast du einen Begleiter und Bewacher, der sich auskennt.«

»Du meinst, dass Arnold heimlich bei Belmonte unterwegs war, um Dokumente zu suchen?«

»Weshalb sonst hätten sie ihn verschwinden lassen?«

»Dass es so war, wissen wir nicht.«

»Das können wir morgen Nacht herausfinden. Ich habe die Codes für die Türen zu den Abteilungen, auch zur Geschäftsleitung. Hast du keinen Plan, wie du vorankommen willst? Du hoffst in Wirklichkeit doch nur auf einen Zufall.«

»Auf solche Eskapaden lasse ich mich nicht ein.« Francesca hielt es für unsinnig, bei Nacht in der Kellerei herumzuirren, ohne zu wissen, wonach sie suchen sollte.

Dann erinnerte sich Francesca an die auf den Lesekisten zurückgelassene Jacke. Hatte sie eine Wahl?

23

Er hatte etwas gehört, ganz in der Nähe, das erste Geräusch, seit er sich erinnern konnte. Es kam von der Tür her, ein Scharren, ein Rumpeln, etwas wurde über den Boden geschleift oder gezogen, irgendein Hohlkörper. Als er die Augen öffnete, fiel ihm sofort die Wasserflasche auf. Aber sie war jetzt nicht randvoll, sie war fast leer. Hatten sie vergessen, die Flasche aufzufüllen? Hatte er getrunken, ohne es zu merken? Er glaubte es nicht. Aber jetzt war er durstig, der Mund trocken wie immer nach dem Schlafen, doch wenn er trank, würde er wieder schlafen wie ein Toter, er würde ins Koma fallen. Lange konnte er nicht geschlafen haben, links stand der Pappteller mit der Salzpizza, er glaubte, ihn dort hingestellt zu haben, und am Oberlicht bemerkte er noch immer einen fahlen Schein, der war beim letzten Wachwerden auch dort gewesen. Oder war der schon wieder dort? Er hörte das Keckern. Das hatte er in der Nacht nicht bemerkt. Waren es Vögel?

Das Rumoren an der Tür wurde lauter, es hörte sich an, als wolle jemand hereinkommen. Nun war es zu spät, sich den Mund auszuspülen, aufzustehen und den Weg bis zum Abflussrohr zu schaffen, um auszuspucken, zur Pritsche zurückzukehren und sich wieder unter der Decke, diesem stinkenden Dreckding, zu verkriechen. Außerdem wäre in der Flasche die Bewegung des Wassers sichtbar. Da erinnerte er sich an das Steinchen und steckte es in den Mund. Er war froh, dass er wieder denken konnte und Schlüsse zog, dass der Nebel sich gelichtet hatte. Schon merkwürdig, dachte er, über was für kleine Dinge man sich freuen konnte.

Das Scharren wurde lauter, Arnolds Herz schlug schneller in einer Mischung aus Angst und Erwartung. Er würde jemanden zu Gesicht kriegen. Würde ihm das Gesicht seines Wärters weiterhelfen? Wenn er maskiert wäre, schon gar nicht, oder er müsste ihm die Maske vom Gesicht reißen.

Ich werde den Schlafenden mimen, sagte er sich, so wie er es als Kind praktiziert hatte, mit der Taschenlampe unter der Bettdecke, wenn sein Vater ins Zimmer kam, um nachzusehen, ob er heimlich las. Man muss sich immer so verhalten, wie die Feinde es erwarteten, das wiegt sie in Sicherheit. Ich werde sehen, was sie tun, und mich darauf einstellen, dann kann ich überlegen, wie ich hier rauskomme.

Er versuchte ruhiger zu atmen, seinen Herzschlag runterzufahren und eine Position auf der rechten Seite zu finden, die ihm das Sehen erlaubte, ohne dass es der Wärter bemerkte; denn nur um den konnte es sich handeln.

Jetzt hörte er einen Schlüsselbund klimpern, hörte den Schlüssel im Schloss, die Tür öffnete sich nach innen. Ein Mann kam gebückt wie ein Affe herein, mit einer Hand auf den Boden gestützt. Mit der anderen zog er eine Plastiktüte hinter sich her. Als er sich aufrichtete, sah Arnold, dass er eine Skimaske trug. Er streckte sich, stellte die Tüte ab und blickte Arnold an, als begutachte er ein Tier im Käfig. Dann schob er die Maske hoch. Das Gesicht des Dreißigjährigen war dumm und gelangweilt, es lag Verachtung darin. Sein Wärter wirkte kräftig wie jemand, der körperliche Arbeit gewohnt ist oder im Fitnessstudio trainiert. Kein leichter Gegner, im Gegenteil. Er trug Jeans, ein T-Shirt und darüber eine blaue Fleece-Jacke, der Reißverschluss war offen. Mit in die Hüften gestemmten Fäusten stand er da, ziemlich groß, der Türrahmen diente Arnold als Maß.

Aber er selbst war größer. Diesen Mann musste er ausschalten, wenn er hier rauswollte, mit dem war nicht zu reden, aus dem groben Mund wären höchstens Drohungen zu hören. Hier war Gewalt das einzige Mittel. Aber jetzt sah er erst einmal den breiten Rücken, als der Wärter sich umdrehte und nach der Tüte griff, die im Türrahmen stand. Arnold merkte, dass sein Gehirn doch noch nicht gut funktionierte, es dauerte eine Weile, bis er begriffen hatte, dass die obere Hälfte der Tür von außen zugebaut war. Trotz eines Schimmers von draußen war es zu dunkel, um zu erkennen, was den Eingang verstellte. Wenn sein Wärter da durchgekommen war, müsste auch er es schaffen. Und es dauerte wieder lange, bis er begriff, was hinten auf die blaue Jacke gedruckt war, was diese Schrift bedeutete: Belmonte!

Das Wort zu lesen, war so, als zöge er eine auf dem Kopf stehende Schublade heraus und der gesamte Inhalt fiele zu Boden, wo alles in völligem Durcheinander liegen bliebe. Sachverhalte, Bilder, Zeitungsartikel, Gesichter, Dateien, Telefonate, Schlussfolgerungen und Wörter lagen da, und er wusste nicht, wie er alles sortieren sollte. Er hatte einen Blick in den Wirrwarr seines vernebelten Gehirns und den Dunst seiner Erinnerungen gewagt.

Verzweifelt wollte er sich gerade den Rücken kratzen, als der Wärter auf ihn zukam und ihm die volle Flasche Wasser vor die Pritsche stellte, den Pappteller mitnahm und stattdessen eine große Tüte mit Kartoffelchips hinlegte. Das war fatal, das war grauenhaft, von ihnen ließ sich das Salz nicht abkratzen, und wenn sie zusätzlich scharf gewürzt waren, steigerte das den Durst. Man ging offenbar auf Nummer sicher.

Ein Gutes hat das Mittel im Wasser, dachte Arnold, es vertreibt die Angst, denn die hätte er haben müssen. Teilnahmslos bemerkte er, wie sein Wärter das Klo unbeachtet ließ und so die entsorgten Speisereste unentdeckt blieben.

In diesem Moment meldete sich ein Mobiltelefon mit den ersten Takten von »We are the Champions« …

»Pronto! Si?«

Der Wärter kam mit dem Telefon am Ohr näher, zog die Decke zurück, und Arnold erstarrte. Er wurde zu Eis, er glaubte nicht, dass er nach Tagen der erzwungenen Lethargie aufspringen und den Wärter zu Fall bringen konnte. Doch der ließ ihn unbehelligt und legte ihm nur zwei Finger an die Halsschlagader.

»*Dorme. Polso regolare.* Sie können kommen«, die letzten drei Worte auf Englisch. Danach klappte er das Telefon zu, steckte es ein, setzte sich auf das zugeklappte Klo und starrte seinen Gefangenen an.

Jeder Zeitbegriff war Arnold abhandengekommen, er dämmerte bereits wieder vor sich hin, als er die unverkennbaren Schritte einer Frau hörte. Auch sie musste sich beim Eintreten auf alle viere niederlassen. Es war eine Chinesin, und als sie sprach, erinnerte er sich an ihre Stimme. Panik erfasste ihn. Was hatten sie mit ihm vor? Sie hatte auf dem Flughafen die Kommandos gegeben, und er öffnete die Augen ein wenig. Mehr als ein Blinzeln jedoch gestattete er sich nicht. Jetzt sah er sie zum ersten Mal. Sie war klein und zart gebaut, ihre Augenwinkel waren nach unten geneigt, das Gesicht glich einem Dreieck, einem Keil, der zum Kinn spitz zulief. Das glatte schwarze Haar, zum Pagenkopf geschnitten, berührte ihre Schultern. Sie trug einen schwarzen Hosenanzug – wie Francesca. Mein Gott, Francesca! In seinem Gehirn überschlugen sich die Gedanken. Wo ist sie, fragte er sich, was tut sie? Sie wird umkommen vor Sorge. Dann rissen ihn die Worte seiner Bewacher aus seinen Gedanken. Sie sprachen Englisch, sonst hätte er sie nicht verstanden.

»Wie geht es ihm?«

»Normal, wie ich sagte, er schläft.«

»Isst er?«

»Ja, er trinkt auch, aber nur die Hälfte.«

»Das reicht, er bleibt am Leben.«

»Wie lange soll das hier dauern?«

»So lange, bis Bao Tàng wieder hier ist. Er entscheidet, was weiter geschieht!«, kam im Befehlston.

»Das kann dauern.«

»Was geht es dich an? Nicht länger als zwei, höchstens drei Tage.«

»Er stinkt!«

»Ist mir egal, Hauptsache ist, er merkt nichts und sieht keinen.«

»Sucht keiner nach ihm?« Da klang Besorgnis durch.

»Ach, was du nicht sagst, du Klugscheißer, natürlich tun sie das.«

»Und woher weißt du das?«

»Das sage ich dir draußen.«

Als beide zurückgekrochen waren und abgeschlossen hatten, hörte es sich an, als würde draußen wieder etwas vor die Tür gerückt. Jetzt wusste Arnold, dass er beim nächsten Besuch seines Wärters handeln musste. Er wusste auch, was zu tun war. Es war unvermeidlich. Die Zeit bis dahin musste er dafür nutzen, Ordnung in seine Gedanken zu bringen, Struktur, Strategie und seinen Plan hundert Mal zu durchdenken. Jede Handbewegung musste er planen, jeden Schritt vorhersehen. Er stellte sich alles genau vor, dann stand er auf, um seine Arme und Beine beweglich zu machen und um den genauen Ablauf einzuüben. Jetzt merkte er, wie schwach er war. Aber es würde klappen. Sie brauchten ihn höchstens noch für zwei bis drei Tage, bis dieser Bao Tàng wiederkam, und dann … würden sie ihn umbringen?

24

Der Sonntag war ein schrecklicher Tag. Gern hätte sie ausgeschlafen, aber um sechs Uhr stand sie bereits senkrecht im Bett. Sie liebte den Sonntagmorgen, es war eine Zeit, die nur ihr und Arnold gehörte, seitdem die Kinder groß waren, sich selbst Frühstück machten und keine Ansprüche mehr auf das elterliche Bett stellten, da sie selbst lange schliefen.

Aber dieser Sonntag war furchtbar, es stand keine Abwechslung durch Besuche auf Weingütern auf dem Plan, daher gehörte dieser Tag ihrer Angst, ihren Gedanken, die sich im Kreise drehten, in denen Menschen auftauchten, die sie erst wenige Tage kannte und auf die sie sich nicht verlassen konnte. Auch Ludovico war ihr rätselhaft. War er auf einem persönlichen Rachefeldzug? Wollte er tatsächlich helfen, weil irgendeine Art von Familiensinn in ihm spukte? Sie hatte ihn gestern ganz direkt danach gefragt.

»Wir haben keinen Staat, der uns rettet, wie ihr in Deutschland. Aber dass er das tut, das glaubt ihr nur. Uns rettet, wenn überhaupt, nur unsere Familie, aber auch das geht durch Europa in die Binsen, hier geht alles in die Binsen, nur die Konzerne werden leben, und wir alle dürfen zum Mindestlohn bei ihnen putzen.«

Es war Francesca nicht klar, ob Ludovico wirklich so dachte oder ob sich hier seine theatralische Ader zeigte. Tendenziell dachte sie ähnlich, aber sie ließ derartige Gedanken nicht an sich heran, schließlich hatte sie Kinder, denen sie eine goldene Zukunft wünschte. Aber besser als ihr jetziges

Leben würde diese Zukunft kaum werden. Und momentan sah es besonders dunkel aus. Der Gedanke an eine Zukunft ohne Arnold war finster …

Sie brach diesen Gedanken ab. Ludovico hatte sie zum Mittagessen eingeladen, sie würde seine Frau kennenlernen, sie gehörte schließlich zur Familie, es klärte und vervollständigte das Bild. Und sie musste wissen, ob sie sich auf Ludovico wirklich verlassen konnte.

Am liebsten hätte sie Feltrinelli angerufen oder ihre Mutter, aber im »Tavolata« wurde es samstags immer spät, vor zwei Uhr in der Frühe kam niemand ins Bett, und ihre Eltern brauchten den Schlaf. Als sie den Kopf zur Seite wandte und sich mit dem Blick auf die grünen Hügel zu beruhigen suchte, klingelte ihr Telefon. Es war Feltrinelli, ihr innerer Hilferuf schien die Alpen überflogen und ihren Vater geweckt zu haben, der ebenso wenig schlafen konnte wie sie. Es gelang ihm, sie in Hinsicht auf Ludovico zu beruhigen. Eine halbe Stunde lang besprachen sie die jüngsten Ereignisse und die nächsten Schritte, was sie einigermaßen zur Ruhe kommen ließ.

»Übrigens macht sich Funkin Akidele hervorragend, du erinnerst dich an ihn? Aber ich gebe dir Marcella, sie hat mit ihm gesprochen und gute Nachrichten.«

»Funkin Adikele, der Nigerianer?«

»Genau, unser Nigerianer, mein Kind«, sagte ihre Mutter, als gehörte er bereits zur Familie, »er ist eine Koryphäe in der Küche, er kocht wunderbar, hat eine schnelle Auffassungsgabe, er hat afrikanische Gerichte hingezaubert, dass einem die Augen übergehen …«

»Wenn du das sagst, muss es stimmen«, antwortete Francesca gutwillig, aber der Nigerianer in der Küche des »Tavolata« interessierte sie im Moment nicht im Geringsten. »Warum erzählst du mir das?«

»Er gehört zu den Yoruba, er ist so eine Art Magier oder Wahrsager, er hat mir erzählt, dass …«

»Mama! Was soll der Unsinn!«

»Es ist kein Quatsch, ich glaube ihm. Er hat das Kauri-Orakel befragt. Arnold lebt, ihr werdet euch wiedersehen, sagte er, aber ein anderer wird sterben, einer, den er nicht kennt.«

»Mama, das ist Humbug, lass dich nicht durcheinanderbringen, ältere Frauen fallen leicht auf solchen Unsinn herein. Diese Leute erzählen einem genau das, was man hören will.«

»Ich war dabei, Fran, ich habe zugesehen. Er hat farbige Ketten zu einem Kreis gelegt und dann in der Mitte die Muscheln geworfen. Er hat mir genau erklärt …«

Francesca wurde wütend. Quacksalber waren das Letzte, was sie in dieser Situation ertrug. »Was macht er hier, wenn er Zauberer ist. Soll er sich ein besseres Leben zaubern.«

»Er sucht seinen Sohn, so wie du deinen Mann suchst, mein liebes Kind!« An der Art, wie sie es sagte, merkte Francesca, dass es ihrer Mutter ernst war. »Er weiß nur, dass er nicht im Mittelmeer ertrunken und in Italien angekommen ist und weiter nach Deutschland wollte. Und wenn er Klarheit hat, geht er wieder nach Hause.«

»Wieso glaubst du ihm? Die Leute erzählen viel.«

»Und wieso legst du bei anderen Menschen andere Maßstäbe an als bei dir selbst?«

Über den letzten Satz ihrer Mutter, in seltener Schärfe vorgebracht, dachte sie lange nach und starrte auf die Hügel jenseits der Landstraße. Dass ihre Mutter dem nigerianischen Koch eine Chance gab, hatte sicher viel damit zu tun, dass ihre Eltern selbst Emigranten waren, ihre Heimat verlassen hatten. Sie hatten sich im fremdenfeindlichen Deutschland durchschlagen müssen, und das in einer Zeit, als es noch nicht Mode war, zum Italiener essen zu gehen und sich glücklich zu fühlen, wenn man mit *buona sera* und einem einschmeichelnden Lächeln begrüßt wurde.

Nach dem Frühstück – sie musste sich zwingen, etwas zu essen – unternahm sie einen ausgedehnten Spaziergang durch die Weinberge, trabte die grauen Wege hinauf, und je steiler es wurde, je anstrengender der Anstieg, desto besser konnte sie vergessen. Immer dann, wenn ihr das auf der Lesekiste bei Belmonte liegen gelassene Sakko in den Sinn kam, erhöhte sie das Tempo. Dann dachte sie auch an das Orakel des Nigerianers und wurde maßlos wütend darüber, dass sie sich falsche Hoffnungen machte, und rannte, bis sie kurz unterhalb von La Morra keuchend und zitternd vor Anstrengung ins Gras sank.

Wenn ich so weitermache, gehe ich kaputt. Ich muss an die Kinder denken, sagte sie sich, ich darf sie nicht aus den Augen verlieren, egal, was auf mich zukommt, ich muss für sie sorgen. Oder hat dieser Nigerianer doch recht? Nein, verflixt noch mal, ich darf nicht auf diesen Mumpitz reinfallen.

Erst unter der Dusche fand sie zu sich zurück und wurde ruhiger. Außerdem musste sie sich konzentrieren, es war an der Zeit, Justus Heimbüchler anzurufen. Der Anwalt musste ihr sagen, was zum Streit in der Gruppe geführt hatte.

Heimbüchler machte keinen Hehl daraus, dass es ihm unangenehm war, Francesca die Auseinandersetzung bisher verschwiegen zu haben. Eine Erklärung für sein Verhalten fand er auch nicht und hörte sich Francescas Vorwürfe widerspruchslos an.

»Nun sag endlich, was los war«, schloss sie.

»Ich wollte dir gegenüber nicht schlecht von Arnold sprechen. Außerdem weiß ich bis jetzt nicht, wieso das wichtig sein soll; es war mir peinlich, dieser Streit zwischen unserem Ethnologen und deinem Mann. Arnold kam erst kurz vor der Abreise mit der Idee, dass wir auch ein Weingut besuchen müssten, das sich der Massenproduktion verschrieben hat. Wir würden sonst den Unterschied nicht erkennen. Für mich war das nebensächlich, wir waren nicht auf einer wissenschaftlichen Exkursion, es ging einfach nur um Spaß, um

Genuss, jeder wollte mal aus dem Alltag raus. Den anderen war es gleichgültig, man wollte Arnold den Spaß nicht verderben und ließ ihm seinen Willen. Die Sache eskalierte, als Trautmann hörte, dass Arnold die Kellerei Belmonte ausgesucht hatte. Seine Attacken waren uns unverständlich. Wir würden unser Niveau nach unten schrauben, das hätte er nicht nötig. Zuletzt führte er sogar gesundheitliche Argumente ins Feld, man könne von diesen Weinen krank werden. Er wetterte so heftig gegen ihn, dass die Stimmung umschlug und alle hinwollten, gerade weil er so sehr dagegen polemisierte. Unser Verhalten war albern, so sehe ich das jetzt. Die Zeit, den Besuch dazwischenzuschieben, hatten wir allemal. Schließlich wollten wir unsere Ruhe haben, denn vorher gab es auch schon Krach. Trautmann verschwand am ersten Abend, zusammen mit Arlitt. Wir dachten, die beiden seien zusammen losgezogen, weil der Hotelbesitzer so merkwürdige Andeutungen machte, aber sie kamen zu verschiedenen Zeiten zurück. Arlitt hatte das Zimmer neben mir. Ich hörte ihn, als er gegen zwei Uhr reinpolterte, er muss ziemlich angetrunken gewesen sein. Ich glaube, dass er ein wenig Auslauf brauchte. Aber du schweigst darüber, bitte! Ja?«

Natürlich verstand Francesca, was Heimbüchler meinte. Bei der Art, wie Arlitt von seiner Frau auf dem Flughafen behandelt worden war, war der Wunsch nach ein wenig Abwechslung durchaus verständlich.

»Und wo war Trautmann?«

»Das hat er nicht verraten. Wir seien verdammt noch mal nicht auf einer Klassenreise, wo jeder sich um zweiundzwanzig Uhr in der Jugendherberge einzufinden hat.«

»Und wie war der Besuch bei Belmonte?« Das interessierte Francesca am meisten.

»Überflüssig! Man begegnete uns, insbesondere Arnold, vornehmlich mit Misstrauen. Seine Fragen wurden ausweichend beantwortet, da stellte sich unweigerlich das Gefühl ein, dass wir nicht willkommen waren. Deshalb habe ich im

Nachhinein überhaupt nicht kapiert, was der Besuch dort sollte. Zwischen ihm und Trautmann war danach die Stimmung im Keller. Wir haben kaum etwas gesehen, angeblich wurde überall gebaut, eine neue Abfüllstraße würde eingerichtet, hieß es ...«

»Lüge!«

»Das dachten wir auch. Einige Weine, drei oder vier, waren recht gut, aber viel zu teuer, das meiste war Durchschnitt.«

Francesca setzte sich auf ihren Balkon und schrieb alles auf, was möglicherweise einen Hinweis enthielt oder ihr einen weiteren Schritt vorgab, wobei sie immer wieder an das Sakko denken musste. Silvana Molino, die Frau des Kellermeisters, die das Frühstücksbüfett herrichtete und sich auch sonst um die Gäste kümmerte, brachte ihr noch einen Kaffee.

Als sich ein kleiner weißer Fiat 500 dem Anwesen näherte und knirschend im Kiesbett hielt, schenkte Francesca ihm zunächst keine Aufmerksamkeit. Doch dann erkannte sie den Mann, der ausgestiegen war und gut gelaunt aufs Haus zuging. Unten vor dem Haupteingang saß eine italienische Familie, deren Kinder um den kleinen Brunnen herumhüpften, der einer alten Pferdetränke nachempfunden war. Emilio Cavaletti grüßte freundlich, Francesca wollte diskret auf sich aufmerksam machen; der Präfekt hatte sie längst gesehen, und sie bedeutete ihm, dass sie herunterkäme. Schon wieder Herrenbesuch. Gut angezogen war sie, aber sicher nicht, um mit ihm in einem Nobelrestaurant essen zu gehen. Aber das war auch kaum der Grund seines Besuchs.

Cavaletti ließ den Wagen stehen. Gemeinsam gingen sie zur Landstraße und folgten einem Wirtschaftsweg in die Weinberge. Was Francesca verunsicherte, war der Umstand, dass er sich mehrmals umwandte und zurückblickte.

»Ich bin ein wenig weitergekommen«, meinte er nach einer Weile des Schweigens. »Ich habe mich umgehört. Zuerst einmal möchte ich Sie warnen.« Er blieb stehen, was seine

Worte umso eindringlicher wirken ließ. »Wie die Bilder der Überwachungskamera des Flughafens von Turin beweisen, wurde Ihr Mann entführt. Er hatte eine Tasche dabei. Er trägt möglicherweise ein Foto von Ihnen bei sich, dann wissen die Leute, die ihn entführt haben, wie Sie, Signora, aussehen. Das könnte Ihre Arbeit gefährden, wenn nicht sogar Sie persönlich. Haben Sie den Wagen gesehen, der etwa zwanzig Meter von der Einfahrt zu Ihrer Herberge steht? Nein? Das ist gut, da sitzt ein zuverlässiger Mann drin, der ein Auge auf Sie hat. Ich möchte nicht, dass Sie sich verfolgt fühlen. Ich zeige Ihnen den Wagen auf dem Rückweg. Zum nächsten Punkt: Ihr Gatte hatte sicher, wie jeder heutzutage, ein Mobiltelefon bei sich. Da sind normalerweise alle wichtigen Rufnummern gespeichert, alle Kontakte, leider auch die, um die es in diesem Fall wohl geht.«

»Sie nennen es einen Fall?« Francesca war ebenfalls stehen geblieben und betrachtete die auf dem Hügel immer stärker austreibenden Rebstöcke. Die Sonne schien, es war Frühling, keine Jahreszeit für dieses Thema.

»Wie sollte ich die Angelegenheit sonst nennen?« Als er keine Antwort bekam, sprach er weiter. »Wenn Ihr Gatte in dieser Sache – der Begriff ist Ihnen wohl lieber – mit dem Gerät herumtelefoniert hat, dann wissen es die Entführer und können sein Netzwerk aufdecken. Ich vermute, Signor Sturm wollte herausfinden, wem Belmonte gehört und was dort geschieht, und das habe ich ebenfalls versucht. Es ist kompliziert.«

»Woher wissen Sie, dass es um Belmonte geht?«

»Weil ein Commissario der Kriminalpolizei eine Weile nach Ihrem Besuch mit Belmonte telefonierte und gestern einen Herrn traf, der dort für Sicherheitsfragen zuständig zu sein scheint. In Wirklichkeit geht seine Kompetenz weit darüber hinaus.«

»Jemand von den Bahamas? Vielleicht ein gewisser John Howards?«

»Ah, Sie sind informiert?« Der Präfekt wählte Ausdrücke, die der Dramatik der Situation die Schärfe nahmen. »Das ist gut. Ich nehme an, Sie waren dort, haben die Kellerei besichtigt, so wie Ihr Gatte. Es scheint, als sei er nach dem Besuch mit der Gruppe noch einmal allein dorthin zurückgekehrt. Das wird ihm zum Verhängnis geworden sein. Man mischt sich nicht in Geldangelegenheiten fremder Leute ein, besonders nicht bei … dieser Größenordnung.«

Bestätigte damit Cavaletti letzten Endes nicht Ludovicos Vermutungen? Die Quellen des Präfekten waren tiefer und lieferten besseres Wasser.

»Das Aktienkapital liegt bei zwei Treuhändern, einer davon residiert in Luxemburg, der andere in Vaduz, ein Drittel findet sich bei einer Holding in Italien. Vorstand und Aufsichtsrat scheinen alles Italiener zu sein, bis auf einen hier ansässigen Chinesen, einen Geschäftsmann. Ja, und da könnten sich die Spuren verlieren, wenn es in diesem Fall, Entschuldigung, nicht eine Verbindung von Liechtenstein über die Cayman Islands zu den Bahamas gäbe. Ich muss natürlich sehr umsichtig vorgehen, denn was ich Ihnen mitteile, sind alles keine offiziellen Ermittlungsergebnisse, nicht einmal inoffizielle. Wenn Politik im Spiel ist, oder Politiker, was man vermuten könnte, muss man sehr behutsam sein – oder sich zurückziehen. Wissen Sie von diesen Sachverhalten?«

Um die richtige Antwort zu geben, musste Francesca nachdenken, was den Prefetto zu der Feststellung veranlasste, dass sie einigermaßen im Bilde sei.

»Wer hat Sie informiert?«

»Ein entferntes Familienmitglied, ein Cousin um zwei Ecken.«

»Sehr gut. Hat er auch über die Chinesen gesprochen?«

Francesca erzählte ihm von den Begegnungen und das, was Ludovico ihr berichtet hatte. Sie drückte sich sehr vorsichtig aus, was den Prefetto zum Schmunzeln veranlasste.

»Signor Prefetto, spannen Sie mich nicht auf die Folter, worum geht es wirklich?« Francesca wurde unruhig, denn Cavaletti war zwischen die Rebzeilen getreten und sah sich um.

»Haben Sie sich genauer mit dem Wein beschäftigt? China wird in vier oder fünf Jahren der weltgrößte Weinproduzent sein. Sie schicken ihre Leute in sämtliche Weinbaugebiete zum Lernen. Sie haben ausreichend Boden, die entsprechenden Klimazonen und Höhenlagen, das Know-how liefern wir ihnen oder unsere Hochschulen, oder sie kaufen uns die Önologen weg. Schauen Sie hier.« Cavaletti wies auf die Reben. »Die Klone kann man kaufen, vier- bis fünftausend Stück braucht man pro Hektar, bei uns jedenfalls. Die Spaliererziehung der Reben ist die am wenigsten arbeitsintensive Methode, das Gipfeln und der Laubschnitt können, anders als bei uns, in flachen Lagen maschinell erledigt werden. Das geht ruckzuck. Wir sind hier auf dreihundert Meter über dem Meer, solche Lagen hat China tausendfach und lehmigkalkige Böden auch. Nach vier, spätestens nach fünf Jahren sind sie im Ertrag, können lesen und haben Wein, dann stehen auch die Kellereien und die Vertriebsstrukturen. Das werden alles legale Geschäfte sein. Nur die Anschubfinanzierung findet mit illegalem Geld statt, was durch die Investitionen gewaschen wird. Also, was hindert sie, unseren mehrheitlich handwerklich ausgerichteten Weinbau niederzumachen? Nichts. Wer chinesisches Spielzeug kauft und in China produzierte Computer, weshalb sollte der keinen chinesischen Wein kaufen?«

Cavaletti sah Chinas Bestreben, die wirtschaftliche Weltmacht Nummer eins zu werden, als Gefahr für Italien und die Europäische Union, auch als Gefahr für den sozialen Frieden. »Wollen Sie zu chinesischen Löhnen arbeiten? Darauf läuft's hinaus, da arbeitet die EU-Kommission bereits dran. Da helfen auch keine Geheimabkommen mit den Amerikanern. Europa verkauft seine Seele!«

25

Sich nach allen Seiten umschauend, ging Cavaletti zu dem am Straßengraben postierten Wagen und sprach mit dem Fahrer. Francesca hielt sich diskret im Schatten einer Reihe von Zypressen, bis der Prefetto ihr bedeutete, zur Cascina Rocca zurückzugehen. Er blieb weit hinter ihr, denn der Kiesweg war sowohl vom Hotel wie auch von der Straße und der dazwischenliegenden Wiese her einsehbar.

Zu Francescas Entsetzen kam ihr auf den letzten Metern ein Winzer entgegen, dem sie lieber aus dem Weg gegangen wäre. Rodolfo Cerignola, den sie im Stillen *cipolla* nannte, die Zwiebel. Er hatte sich in Schale geworfen und seinen hellbeigen Leinenanzug aus dem Schrank geholt. Sicher hat er seine Frau angewiesen, ihn noch rasch aufzubügeln, dachte Francesca und zwang sich zu einem möglichst nichtssagenden Lächeln.

Hatte sie ihm nicht klar genug zu verstehen gegeben, dass mit ihr nichts anzufangen war? Musste sie deutlicher werden? Aber unhöflich zu sein, widersprach ihren sonstigen Gepflogenheiten. Sie verlangsamte ihren Schritt, sodass Cavaletti aufschließen konnte. Sie ging nicht davon aus, dass die beiden sich kannten.

»An so einem wunderbaren Tag muss ich eine so wunderbare Frau wie Sie einfach in eines unserer fantastischen Restaurants entführen, wo man piemontesisch kocht und auch meine geschätzten Weine führt. Das ist bei der Qualität, die ich liefere, wahrlich kein Wunder.«

An Selbstvertrauen mangelte es dem Mann keineswegs, und obwohl seine Frau sicherlich zu Hause saß und, wenn nicht die Kinder, so doch zumindest das Weingut hütete oder gerade eine Gruppe von illustren Gästen mit den ach so geschätzten Weinen verwöhnte, versuchte er, sie hier auf Teufel komm raus anzubaggern. Einem unverbindlichen Flirt war sie, wenn der Mann es denn wert war, selten abgeneigt. Aber in ihrer jetzigen Verfassung erschien es ihr wie eine Missachtung, eine Bedrohung ihrer Integrität. Alles andere war wichtig, nur nicht das. Allem Anschein nach ging Cerignola jede Sensibilität für Menschen und Situationen ab. Seine Ehefrau tat ihr nicht im Geringsten leid, sie war selbst schuld, dass sie so jemanden geheiratet hatte. Wenn jedoch ihm das Weingut gehörte und sie ihm den Laufpass gab, stand sie wahrscheinlich mittellos auf der Straße. Oder sie war inzwischen abgehärtet. Auch das sollte vorkommen.

Mittlerweile war Cavaletti herangekommen. Dass er den Winzer nicht kannte, machte es ihr leicht, ihn vorzuschieben. »Darf ich vorstellen, ein entfernter Verwandter von mir, Signor Dal Vino«, ein anderer Name fiel ihr nicht ein, Dal Vino, sie wusste nicht, ob es den im Italienischen überhaupt geben konnte. Zumindest hatte er mit Wein zu tun. »Wir haben uns lange nicht gesehen.«

Der Prefetto begriff den Trick und Francescas Absicht sofort, deutete eine Verbeugung an und trat näher, einen Grad von Intimität vorgebend, der in Wirklichkeit nicht gegeben war.

»Wir nehmen ihn mit, Signor Cerignola, in dieses fantastische Restaurant. Du hast doch sicher auch großen Appetit, nicht wahr, … Valerio?« Francesca hakte Cavaletti freundschaftlich unter.

»Aber ja doch, mit dem größten Vergnügen.« Der Prefetto wirkte dabei so aufdringlich, dass Cerignola Schwierigkeiten hatte, sich aus der Affäre zu ziehen. Er fand die rettende Ausrede.

»Ich wollte Signora Feltrinelli mit einigen Freunden bekannt machen, auch mit Weinproduzenten und Händlern, da dreht sich natürlich alles um Wein, das wird Sie langweilen, Signore. Wie schade, ja, aber ich habe natürlich vollstes Verständnis dafür, dass man sich viel zu sagen hat, wenn man sich lange nicht gesehen hat.« Wieder kam eine Verbeugung.

Was will eine Frau wie du mit so einem alten Knacker, schien sein Blick in Wirklichkeit zu sagen, wo du mich haben könntest.

Mit übertriebenem Getue und vielen Floskeln verabschiedete sich Cerignola und stieg in seinen ferrariroten Alfa Romeo und winkte noch einmal besonders jugendlich aus dem offenen Fenster.

»Einen schönen Tag noch und grüßen Sie Ihre Gattin herzlich«, rief ihm Francesca nach. Hoffentlich kapierte er endlich, dass sich seine Träume ein anderes Opfer holen mussten.

Francesca und Cavaletti sahen ihm feixend nach, wie er ein wenig zu schnell den Kiesweg zur Landstraße nahm, sodass die Steinchen flogen.

»So sind wir nun mal«, sagte Cavaletti lachend, »immer *bella figura*.« Er wurde rasch wieder ernst. »Was wollte der Mann wirklich?«

»Er sucht vermutlich ein erotisches Abenteuer, und er will mich aushorchen, er nimmt mir meine Rolle nicht ab. Wer selbst eine spielt, bemerkt auch die der anderen schneller. Man bekommt den Blick dafür.«

»Ich hoffe, Sie haben ihn auch, diesen Blick, Signora Feltrinelli-Sturm.« Besorgnis war dem Prefetto ins Gesicht geschrieben, er notierte die Autonummer des Winzers. »Ich nehme an, es wird nicht lange dauern, und Sie haben einen Schatten, achten Sie darauf. Wenn diese Leute Ihr Foto haben, kennen sie Ihre wahre Identität, und man kann Sie enttarnen. Außerdem hat man die Kontakte Ihres Mannes. Sein Smartphone konnten wir nicht orten, obwohl die Geräte nicht abzuschalten sind. Wenn meine Vermutung richtig ist, dass es um Schwarzgeld geht – davon kursieren Milliarden, die auf skrupellose Weise gewonnen wurden –, dann müssen Sie schnell sein, schneller als die anderen. Denken Sie daran, dass es jemanden gibt, der auf Sie aufpasst, zur Not greift er ein, und der steht mit mir in Verbindung.« Er wies auf den Wagen an der Landstraße.

»Warum tun Sie das, Signor Prefetto, weshalb helfen Sie mir?«

»Warum? Auf eine nicht ganz so kluge Frage gibt es nur eine einfache Antwort: weil es mein Beruf ist, Ordnung zu halten. Ich mag nun mal keine Gangster, egal, aus welcher Branche. Dann liebe ich mein Land und möchte es keinen fremden Mächten ausliefern, egal, ob es sich um Finanzmächte oder militärische handelt. Außerdem sind Sie eine sehr sympathische Frau. So, um Ärger mit meiner Signora zu vermeiden, muss ich los, wir treffen uns gleich mit der gesamten Familie, etwa fünfundzwanzig Personen, zum Essen. Sie werden das kennen. Unter anderen Umständen hätte ich Sie und Ihren Gatten dazu eingeladen. Wir holen das nach. Und passen Sie auf sich auf. Wenn etwas Unvorhergesehenes geschieht, rufen Sie mich sofort an, versprochen? Welchen Winzer treffen Sie als Nächstes?«

»Aldo Vajra.«

»Oh, Sie gehen wohl nur zu den Besten? Recht so. Er macht fantastische Weine. Wir sind gut miteinander bekannt. Grüßen Sie ihn von mir … nein, besser nicht.«

Das Haus, in dem Ludovico in Castiglione Falletto mit seiner Familie wohnte, war nicht leicht zu finden. Erst als Francesca sich den Grundriss des alten Städtchens vorstellte, das um die Festung auf dem Hügel herum angelegt worden war und sich abwärts ausgebreitet hatte, fand sie sein Haus. Es lag am Rand des einstigen Stadtkerns, war eingekeilt zwischen anderen, von außen unbewohnt wirkenden zweistöckigen

Häusern, die Fenster von Rollläden verschlossen, die Straße so schmal, dass Francesca um die Außenspiegel des Wagens bangte. Deshalb fuhren hier so viele Autos mit Schrammen – wer sie ausbessern ließ, lief Gefahr, sich bereits an der Ausfahrt der Werkstatt die nächste zu holen. Weiter oben wendete sie, nur um nach vergeblichem Suchen zuletzt am entgegengesetzten Ende der Straße einen Parkplatz zu finden.

Ludovicos Frau Belinda, bedeutend jünger als er und noch immer eine Schönheit, trug einen bitteren Zug von Missmut um den Mund. War es dem Umstand geschuldet, dass sie ihre (leider vergängliche) Schönheit hier in diesem Dorf an der Seite eines arbeitslosen Kellermeisters vergeudete? Francesca spürte eine starke Ablehnung, die sich direkt auf Belindas kleinen Sohn übertrug. Die Tochter hingegen freute sich über den Besuch und war begierig zu erfahren, was Francesca über Deutschland zu erzählen hatte. Das gefiel der Mutter gar nicht. Ihre Bitterkeit mochte auch daher rühren, dass ihre Tochter nicht auf sie hörte, das Leben sie nicht gerade mit Luxus überhäuft hatte und sie zwischen ihrem Mann und Francesca eine Gemeinsamkeit zu spüren meinte, die sie nicht teilte. Eifersüchtig beäugte sie jeden Schritt dieser Frau, die sie für einen Eindringling hielt. Die Voraussetzungen für das gemeinsame Mittagessen am Familientisch waren denkbar schlecht. Ludovico fühlte sich verantwortlich, auch dafür, dass man ihn rausgeworfen hatte. Von einer Unterstützung, wie sie in Deutschland zumindest im ersten Jahr üblich war, könne man hier nur träumen, wie er Francesca kleinlaut erzählte, als sie auf die von Frühlingsblumen eingefasste Terrasse hinter dem Haus traten.

Dafür raubte der Blick aus der Höhe übers Piemont und auf die schneebedeckten Alpen ihr für Sekunden den Atem. Die Luft war klar, die Weite grandios, die Flicken der Weinberge fügten sich zu einem geschlossenen grünen Teppich zusammen, nur am Hang unterhalb des Gemüsegartens zeichneten die grauen Wirtschaftswege die Umrisse der einzelnen Lagen nach, deren Grün sich täglich weiter ausbreitete. Das Einzige, was ihr auffiel, war die Besonderheit der Terrasse hinter Ludovicos Haus. Anders als in anderen Weinbauregionen war sie nicht von einer Steinmauer gestützt, sondern von langen, quer liegenden Baumstämmen, gehalten von schräg ins Erdreich gerammten Pfählen. In den Lücken zwischen den Stämmen wuchsen blühende Stauden.

»Wieso verwendet ihr keine Steine?« Francesca kannte die Mosel und ihre terrassierten Steilhänge.

»Hast du hier irgendwo Stein gesehen, irgendeinen Steinbruch, Feldsteine am Rand der Weinberge oder gepflasterte Straßen? Auch die Häuser sind aus Erde, aus *terra cotta*, aus gekochter Erde, Kirchen, Paläste, Kellergewölbe, alles gekochte Erde, nichts anderes sind die Ziegelsteine, die wir für unsere Mauern verwenden. Steine müsste man von den Alpen holen, deshalb ist hier alles rund, geschwungen und weich wie unsere Hügel. So ist auch unsere Lebensart.«

Francesca hob den Kopf und blickte wieder in die Ferne, von der Höhe in die Ebene und wieder auf die graue Wand des Gebirges mit den weißen Kronen, darüber der tiefblaue Himmel. Dann blickte sie Ludovico an und fragte, wie man diese Schönheit tagtäglich ertragen konnte. Doch ihr Cousin zuckte nur mit den Achseln.

»Wenn das innere Gefüge nicht stimmt, hilft die Außenansicht auch nicht weiter.«

Bezog er das auf seine Ehe oder auf die momentane Situation? Francesca drehte sich um und blickte am Haus hinauf. »Ich würde mich hier sehr wohlfühlen, ein begnadeter Ort.«

Im ersten Stock stand Belinda mit verschränkten Armen hinter dem Fenster und beobachtete sie. Es war ihre Haltung, die Francesca verstehen ließ, wie Ludovico sich fühlen musste. Es war also nicht der Rausschmiss allein. Da gab es jemanden, der ihn dafür verantwortlich machte, dass man selbst die falsche Wahl getroffen hatte und ein Leben führte, das man sich besser erträumt hatte, wofür man aber selbst nichts tun wollte. Und die Schönheit einer griesgrämigen Frau verging schnell. Auch das würde sie ihm anlasten. Jetzt verstand Francesca ihn besser, seine Verschlossenheit, die unklare Art, sich auszudrücken.

»Wir gehen heute Nacht rein!«

»Wo gehen wir rein? Und wieso wir?«

»Belmonte. Jetzt, wo du hier bist, macht es Sinn. Ich komme rein, ich kenne mich aus, ich habe die Codes für die Türen. Du verstehst was von Geschäften, von Geld, von Bilanzen und Zahlen. Du musst herausfinden, was oder wer hinter Belmonte steckt, wer die Drahtzieher sind, du verstehst sicher was von Computern und wie man Passwörter umgeht. Dann finden wir auch deinen Mann!«

»Da irrst du dich, mein lieber Cousin.« Francesca wollte nicht direkt mit einer offenen Abfuhr reagieren. »Ich bin kein Hacker, mein Sohn, der vielleicht.«

»Dann lass ihn kommen!«

»Auch er kommt nicht ohne fremde Hilfe aus. Außerdem weiß ich gar nicht, wo und wonach ich in einem solchen System suchen sollte. Bestimmt sind Sperren eingebaut oder ein Alarm, wenn sich nicht autorisierte Personen Zugriff verschaffen.«

»Denk darüber nach, bis heute Nacht hast du Zeit. Du willst deinen Mann wiederhaben. Also musst du wissen, wer ihn entführt hat, wenn er nicht bereits tot ist.«

Wie leicht sich so etwas dahinsagt: Tot! Menschen, die selbst verletzt worden waren, sollten angeblich empfindlicher sein als andere und daher leichter zurückschlagen. Francesca hatte lediglich davon gehört, heute erlebte sie es zum ersten Mal. Es tat sehr weh, es verletzte, sie ging wieder auf Abstand. Nein, sie würde nicht reingehen – oder doch? Sie erinnerte sich an das Sakko. Sie musste hin, nur Ludovico konnte sie reinbringen. Sie brauchte die Gewissheit, ob es wirklich Arnolds Sakko war. Und wenn nicht?

»Es gibt noch einen weiteren Grund, einen ganz wichtigen, sich zu beeilen.«

Francesca schaute Ludovico in die Augen, er stand nur einen halben Meter vor ihr, auszuweichen ging nicht mehr.

»Mein Gewährsmann bei der Vertriebsfirma in Genua ist seit gestern verschwunden. Er wollte mich anrufen, er tat es nicht, es war unser tägliches Zeichen. Er weiß, was auf dem Spiel steht ...«

Das Mittagessen verging mit nichtssagenden Gesprächen, wobei Francesca vorsichtig bei dem war, was sie von ihrer Familie erzählte. Die uralten Geschichten aus den schwierigen Anfängen in Düsseldorf, aus der Zeit der Pizzabude würden Belindas Neid nicht beflügeln. Die daraus entstehenden Fragen der Kinder retteten über die Pausen hinweg, der Junge taute im Wetteifer mit seiner Schwester um Francescas Gunst weiter auf, und sie glaubte, dass Belinda sich entspannte. Aber das war ein Irrtum.

Um den Espresso zu machen, ging Ludovico in die Küche, die er als der perfekte Handwerker selbst gebaut hatte, so wie das gesamte Haus. Er hatte es als Ruine günstig gekauft und eigenhändig in jahrelanger Arbeit hergerichtet. Im Flur hing ein Foto aus den Anfängen, als zwischen den Trümmern noch Ziegen grasten. Das Haus war eine Meisterleistung, die ihn sichtlich mit Stolz erfüllte.

Auch Belinda stand auf und folgte ihm, Geschirr in Händen. Es dauert nicht lange, bis die Stimmen so laut wurden, dass Wortfetzen verständlich wurden. Es ging um sie, um Francesca und darum, dass er *da* nicht hingehen sollte, dass er sich nicht um *sie* kümmern sollte, dass ihn das Schicksal *anderer* nichts angehe und dass *es* viel zu gefährlich sei. Außerdem habe ihnen sein unverschämtes Mundwerk bereits die Arbeitslosigkeit beschert, als Nächstes würde er mit der Polizei aneinandergeraten.

»Es ist aber unsere Familie«, hörte Francesca ihn sagen,

woraufhin Belinda mit spitzer Stimme meinte, dass es genug andere Feltrinellis gebe, die sich kümmern könnten, wieso gerade er sich engagiere, irgendwelchen skrupellosen Investoren, aus China oder sonst woher, das Handwerk zu legen. Das würde ihnen nichts nutzen und nur seine Familie, also sie und die beiden Kinder, in Gefahr bringen. *Ihre* Familie habe schließlich noch nie etwas für *sie* getan, der ginge es blendend mit ihrem Restaurant. Sie selbst hätte bis vor Kurzem gar nichts von *ihrer* Existenz gewusst, und sie seien Francescas Familie auch egal gewesen. Er solle sich endlich um einen Job kümmern und damit um ihr Leben und nicht so wählerisch sein. Spitzenkellerei oder nicht, das könnten sie sich nicht erlauben, beruflicher Ehrgeiz hin oder her, immerhin habe er Frau und Kinder, habe eine Verantwortung, und sie alle hätten schließlich ein Recht auf ein angenehmes Leben.

Wer hat überhaupt ein Recht auf ein angenehmes Leben, ein Recht auf Glück?, fragte sich Francesca und schaute in die ängstlichen Gesichter der Kinder. Friss, Vogel, oder stirb, lautet die Devise. Vielleicht ist Arnold bereits tot? Francesca presste wütend die Lippen aufeinander. Ein Recht auf ein angenehmes Leben? Gut, vielleicht war sie zu undankbar, vielleicht nahm sie ihren Wohlstand zu selbstverständlich hin, trotzdem hatte sie nicht übel Lust, sofort zu verschwinden, unter irgendeinem Vorwand, sie hatte gleich gemerkt, dass sie die engstirnige Belinda, so schön sie auch sein mochte und so vernarrt Ludovico in sie war, nicht länger ertrug. Was hielt diese Leute zusammen, was war der Kitt dieser Ehe? Er war hart geworden, er bröckelte aus den Fugen wie bei alten Fenstern, und irgendwann würde die Scheibe aus dem Rahmen fallen.

Er hätte froh über das Erreichte sein können, zumindest hatte er sein eigenes schuldenfreies Dach über dem Kopf, aber seine Miene war versteinert, als er zurückkam und die Kinder sich bedrückt trollten.

»Ich habe wohl zu viel von dir erwartet«, sagte er leise. »Doch ich verstehe dich. Du kennst dich nicht aus, du hast Angst, wie solltest du Vertrauen zu mir haben, wo wir uns kaum kennen? Dir fehlt einfach der Mut, wobei es ja auch nicht klar ist, dass dein Mann dort festgehalten wird, ob Belmonte überhaupt mit seinem Verschwinden in Verbindung steht. Nein, ich an deiner Stelle würde mich genauso verhalten. Es ist wirklich besser, wenn du nicht mitkommst, außerdem könnte deine Anwesenheit mich gefährden.« Mitleidig betrachtete er Francesca.

Sie wusste nicht, ob er sie beleidigt hatte, um sie herauszufordern, um sie doch noch umzustimmen, oder ob es sein abschließendes, vernichtendes Urteil über sie war. Nein, so leicht würde sie es ihm nicht machen. Sie hob den Kopf.

»Wo und wann treffen wir uns?«

»Also doch eine Feltrinelli!« Ludovico kam auf sie zu und schloss sie in die Arme. »Nichts anderes habe ich erwartet. Wir treffen uns am Anfang der unteren Zufahrt, eine Stunde nach Mitternacht.«

Francesca blickte ihm über die Schulter. In der Tür stand Belinda, hässlich vor Zorn und Hilflosigkeit.

26

Es war erstaunlich, wie gut man nachts sehen konnte. Francesca hatte den Wagen abgestellt und die Scheinwerfer ausgeschaltet. Sie ging zu Fuß weiter. Der Aufpasser des Präfekten schien sich zur Ruhe gelegt zu haben, sein Wagen jedenfalls war ihr nicht gefolgt. Am Morgen würde er wohl wieder an der Landstraße stehen – oder an anderer Stelle? Ihre Augen gewöhnten sich an die Dunkelheit. Das Nebenlicht der Straßenlaternen entschwand in der Finsternis, und der zunehmende Mond warf fahle Schatten. Ihr Stadtteil Oberkassel in Düsseldorf war auch bei Nacht hell erleuchtet. Nur aus dem Urlaub auf Sardinien kannte sie diese Dunkelheit oder von der Karibikinsel San Andrés, wo sie ein Ferienhäuschen in Strandnähe gemietet hatten, damit Arnold und Markus tauchen konnten. Sie erinnerte sich an die Dunkelheit auf dem Bauernhof an der Müritz, wo sie zum Paddeln hingefahren waren, was Alices und ihren Interessen mehr entgegenkam. Die letzte Straßenlaterne von Serralunga schwand aus ihrem Gesichtskreis, nur ein fahler Widerschein zeigte ihr die Richtung für den Rückweg.

Angst hatte sie nicht, worüber sie sich wunderte, sie hatte sogar am Nachmittag schlafen können, was sie noch mehr erstaunt hatte. Sie fühlte sich vielmehr wie ein Automat, der eingestellt worden war und der nun, eben maschinengleich, sein Programm abspulte. Sie hielt sich am Straßenrand und achtete auf Fahrzeuge, denn jedem Fahrer würde es merkwürdig vorkommen, wenn er mitten in der Nacht eine Frau in Schwarz allein am Straßenrand erblicken würde. Ein Stück voraus hob sich ein Silo gegen den Nachthimmel ab, der Treffpunkt. Am Nachmittag war sie gemeinsam mit Ludovico dort vorbeigefahren. Eigentlich war es vereinbart, die Autos dort abzustellen, doch Francesca ging lieber auf Nummer sicher. Wenn ein Fahrzeug entdeckt würde, gab es immer noch ein zweites, mit dem man verschwinden konnte. Ein schmaler Pfad führte neben der Straße entlang, hier konnte sie von niemandem gesehen werden, dafür bemerkte sie vor sich einen Wagen auf der Straße, der noch vor dem aufgegebenen Silo die Scheinwerfer löschte und hinter den vier senkrechten Betonröhren zum Halten kam. Das musste Ludovico sein, von der Landstraße aus war er nicht sichtbar, doch seine Silhouette war unverwechselbar. Er war pünktlich und bass erstaunt, als sie plötzlich aus den Büschen trat.

»Hast du die Turnschuhe dabei?« Francesca hatte ihn darum gebeten, da sie nicht über entsprechendes Schuhwerk verfügte, um nächtliche Wanderungen durch fremde Weinberge zu bestreiten. Und für den Betonboden in der Kellerei war eine Ledersohle zu laut, bei Nacht hallte jeder Schritt meilenweit.

»Ich habe sie heimlich genommen, ich hoffe, sie passen, Belinda hat Schuhgröße 39.«

Francesca setzte sich ins Gras und zog die Schuhe an. Fremde Schuhe waren nie gut, aber sie war nicht abergläubisch. Die Turnschuhe waren ein wenig zu groß, doch besser so als zu klein. »Und wie geht's weiter? Wie kommen wir rein? Die Codes sind, wenn ich mich recht erinnere, nur für die Innentüren. Außen habe ich keine Tastaturen bemerkt.«

Ludovico legte den Finger an die Lippen. »Es gibt eine Tür, in der untersten Ebene«, sagte er flüsternd, »die führt in einen Raum mit Armaturen, dort sind die Rohrleitungen, die Wasseranschlüsse, Abwasser, die hat jemand für mich offen gelassen.«

»Und wenn er dich reinlegt, dir eine Falle stellt?« So, wie

Francesca Belmonte erlebt hatte, und nach dem, was sie wusste, hielt sie alles für möglich. »Wieso sollte dir jemand helfen? Du sagtest, das gesamte Personal sei ausgetauscht worden, dann sind auch die vertrauenswürdigen Kollegen weg.«

»Sei nicht so pessimistisch. Mir schuldet jemand was. Je weniger du weißt, desto besser. Hier, die Handschuhe für dich und ein Haarnetz, und nimm das hier. Wirst du wohl schaffen, ist nicht schwer.« Er hielt Francesca einen Rucksack hin. Auch er trug einen.

Er war schwerer als gedacht. »Was ist da drin?«, fragte Francesca skeptisch.

»Material«, sagte er vieldeutig, »Werkzeug, und jetzt los …«

Schweigend schritten sie durch die Nacht, die Francesca viel zu hell und klar war, besser wären Neumond oder Nebel, *nebbia*, der dem Nebbiolo den Namen gegeben hatte. Heute leuchteten sogar die Sterne, es wäre eine Nacht zum Träumen gewesen, irgendwo auf einer Terrasse, Arnold neben ihr, ihre Hand in der seinen, oder sein Atem in ihrem Haar. Nein, sie verbot sich das Träumen. Damit es wieder so würde, dafür nahm sie das alles auf sich.

Ludovico war bereits ein Stück voraus und zwischen die Rebzeilen getaucht, und Francesca musste rennen, um ihm zu folgen, was auf der weichen Erde viel Kraft kostete.

Plötzlich blieb er stehen, Francesca prallte auf ihn, Ludovico hockte sich auf den Boden und bedeutete ihr, das Gleiche zu tun.

»Ich hätte nicht gedacht, dass sie auch bei Nacht arbeiten.« Er wies auf die Lichter, die sich auf der Zufahrt bewegten und der U-förmigen Straße folgten. Schemenhaft sah sie den Tankwagen, der mit Abblendlicht leise brummend die hintere Auffahrt nahm. Kurz darauf glitt das Rolltor der Halle in die Höhe, der Tankwagen fuhr hinein, hinter ihm schloss sich das Tor, und das Licht erlosch.

»Entweder ist er zu früh für den Montagmorgen, oder er darf nicht gesehen werden. Man müsste das Kennzeichen notieren«, sagte er und holte einen kleinen Block und einen Stift aus seinem Rucksack. »Die Tankwagen, das jedenfalls habe ich beobachtet, tragen fast nie den Namen der Spedition, was eigentlich normal wäre. Wenn wir näher dran sind, schreibst du die Nummer auf und gibst sie morgen deinem Präfekten. Er soll sich darum kümmern, wer dahintersteckt.« Er riss einen Zettel von einem Block und gab Francesca einen kurzen Bleistift. »Da sind die miesen Weine drin, die sie mit hiesigem Nebbiolo verschneiden. Ich frage mich, warum ich nicht längst die Kennzeichen notiert habe. Aber wenn man nicht weiß, ob die Polizei bestochen wurde oder ob die Beamten korrekt sind, solche soll es auch geben, ist man vorsichtig. Wenn es um Geld geht, das weißt du ja selbst …« Ludovico blieb in der Hocke. »Für jeden Tanklaster muss nur ein Mann Bescheid wissen, welche Tanks gefüllt werden sollen, welche Rohre anzuschließen sind. Ich bin mir sicher, dass es mein Nachfolger ist. Einen so zugeknöpften Menschen habe ich noch nie zuvor getroffen.«

Ludovico hatte bereits seit einer Stunde das Gelände umkreist und auch den Parkplatz vor dem Verwaltungsgebäude gecheckt, aber nur ein Pkw stand an der hinteren Zufahrt. Hier waren die Entfernungen zu weit und die Hügel zu steil, um zu Fuß oder mit dem Fahrrad zur Arbeit kommen. »Wie ich mir gedacht habe, der Wagen meines Nachfolgers, nicht der des Alten, der mit dir geredet hat.«

»Und wenn andere sich haben absetzen lassen oder er sie mitgenommen hat?«, gab Francesca zu bedenken. »Kann auch sein, dass sie ähnlich denken wie wir und ihre Autos versteckt haben.«

»Wir sollten häufiger zusammenarbeiten«, meinte Ludovico, »du gefällst mir immer besser.« Er schlich weiter. An einem Weg blieb er stehen, der helle Boden leuchtete im Mondlicht, und Ludovico wies nach links. Nach wenigen

Schritten richtete er sich auf und spähte in die Runde. Niemand war zu sehen, die Kellerei war jetzt dunkel, nirgends brannte Licht, und bis auf das leise Rascheln von Blättern und das Gebell eines Hundes in der Ferne war nichts zu hören. Wieder schlug sich Ludovico zwischen die Rebzeilen, Francesca hasste es, jemandem zu folgen und nicht zu wissen, wohin es sie führte. Ein kurzes Stück ging es leicht bergan, dann wieder abwärts, rechts zogen sich die Rebzeilen den Hang hinab, sie aber standen vor der hohen äußeren Wand der Kelterhalle neben einem viereckigen Betonklotz, abgedeckt von einer Metallplatte. Daneben befand sich eine Tür, in derselben Farbe gestrichen wie die Wand, nur der feine Schatten des Rahmens deutete darauf hin, dass sich hier ein Einlass befand.

Einerseits hoffte Francesca, dass die Tür sich öffnen ließ, andererseits wäre es ihr recht gewesen, sie geschlossen vorzufinden, denn jetzt gestand sie sich ein, dass sie Angst hatte. Sie griff nach ihrer kleinen Wasserflasche und trank gierig, während Ludovico sie mit einem Ausdruck von Mitleid und Neugier beobachtete.

Er zog einen Sicherheitsschlüssel aus der Tasche und schob ihn ins Schloss, wobei er böse grinste, zumindest war das Francescas Eindruck im fahlen Licht. Der Schlüssel drehte sich, die Tür ließ sich öffnen, und in dem Moment, in dem sie eintraten, schaltete Ludovico die Taschenlampe ein und gab Francesca eine zweite. Sie standen in einem Raum mit Wänden aus nacktem Zement. Rohrleitungen führten aus allen Richtungen herein, liefen hier zusammen und führten in einen Schacht. Die kurze Eisentreppe endete an der Feuertür vor ihnen. Zaghaft setzte Francesca die Füße auf die Stufen, beim Öffnen der Tür hielt sie die Luft an, sie fürchtete lautes Quietschen, aber Ludovicos Vertrauensmann musste sie geschmiert haben. Hier war das Brummen einer Maschine zu hören.

»Sie pumpen den Tankwagen aus, mehr als zwanzigtausend Liter minderwertiger Wein. Wie sie das mit den Papieren hinkriegen – ich vermute, sie haben Leute bei den Behörden, die die gefälschten Dokumente einfach durchwinken. Wahrscheinlich funktioniert das wie in der Genossenschaftskellerei Terre d'Oltrepò. Die haben ihr Kellerregister gefälscht und jahrelang minderwertigen Wein unter dem Namen Pinot Grigio verkauft. Und EU-Fördermittel haben sie auch kassiert. Hier kannst du jeden zweiten Beamten kaufen.«

Francesca war sich über ihren Vetter noch immer nicht im Klaren. Wollte er wirklich herausfinden, wem die Kellerei gehörte und wer hinter ihren Geschäften steckte? Er war bisher nicht damit herausgerückt, was er mit den Informationen anfangen wollte, ob er beabsichtigte, sie an eine Zeitung weiterzuleiten, damit sie an die Öffentlichkeit gelangten, wenn er schon zur Polizei kein Vertrauen hatte. Waren es ähnliche Gedanken, die Arnold dazu getrieben hatten, sich einzumischen? Wieso hatte er davon gewusst, wer hatte ihn informiert, sodass er darauf bestanden hatte, Belmonte zu besuchen? Der Unbekannte aus Münster?

»Trödel nicht!« Ludovico trieb sie zur Eile. »Die Nacht ist schnell rum. Jetzt kommt der zweitschwierigste Teil«, sagte er nahe an Francescas Ohr. »Wir müssen die große Halle durchqueren, wo die Abfüllstraße steht, du erinnerst dich? Dort entladen sie jetzt den Tanklaster. Es sind also mindestens der Fahrer und mein Nachfolger da. Es ist schon verrückt. Da arbeitet man mit jemandem Seite an Seite und erfährt nichts von dem Menschen. Was man erfährt, ist Lüge oder vorgeschoben, die kriminellen Absichten bleiben im Dunkeln. Geahnt habe ich allerdings schon immer was.«

Als Ludovico die Tür weiter öffnete, war trotzdem nicht zu sehen, was genau in der Halle geschah. Die Abfüllstraße verdeckte die Sicht, das Monstrum von Tanklaster dahinter jedoch war unübersehbar. Wie erwartet standen zwei Männer am Heck des Fahrzeugs, von wo aus ein dicker Schlauch mit einer dazwischengesetzten Pumpe zu einem glänzenden

Rohr in der Wand führte. Francesca fühlte sich an die Lieferung von Heizöl erinnert, wenn die Straße für eine halbe Stunde blockiert war.

»Sie gehen den umgekehrten Weg, was sonst von oben kommt, wird jetzt von unten reingedrückt. Wir müssen leider einen Umweg machen.« Ludovico zog sie mit sich. Die Tür, auf die er zuging, trug ein Codeschloss; war es nicht hier gewesen, wo sie Arnolds Jacke gesehen hatte? Fieberhaft wartete sie darauf, dass er die Zahlen von seinem Zettel eintippte, dann, kaum dass sich die Tür geöffnet hatte, richtete sie den Strahl ihrer Taschenlampe auf die linke Seite und holte wie ein Scheinwerfer das graue Sakko aus der Finsternis. Mit einem Satz war sie da, hielt die Taschenlampe mit den Zähnen, um die Hände frei zu haben, und ergriff das Kleidungsstück.

»Die Kisten standen hier nie.« Verwundert sah Ludovico Francesca zu. »Solange ich hier gearbeitet habe, gab's das nicht. Nichts anrühren, lass die Jacke liegen, sonst …«

»Es ist seine!«, entfuhr es ihr entsetzt, und sie strich mit der Hand darüber, dann roch sie zögerlich daran.

»Davon gibt es Tausende«, entgegnete Ludovico, »lass das liegen, sonst merken sie, dass jemand hier war.«

»Sie gehört ihm! Und das hier?« Francesca hielt ihm das Etikett entgegen. »Schaeffner, Düsseldorf«, war auf dem Etikett zu lesen, das auf die linke Innentasche genäht war. »Exquisite Herrenmode«.

»Leg es trotzdem wieder hin, so wie es vorher lag. *Cazzo*, du hast die Jacke bewegt, jetzt wissen sie's.«

Er war nicht mehr der ruhige Führer, der sich souverän seinen Weg durch feindliches Territorium bahnte. Francesca betrachtete ihren Vetter mit einer Mischung aus Mitleid und Resignation, er verlor die Fassung. Sie drapierte das Sakko, so wie sie meinte, es vorgefunden zu haben.

»Endlich fertig?« Nervös trieb Ludovico sie zum Weitergehen an, fast zerrte er sie weiter.

Francesca folgte ihm. Jetzt war sie ruhiger, jetzt wusste sie, dass er hier irgendwo war, sein musste, jetzt war ihr Hiersein berechtigt, sie hatte einen Grund, sie brauchte immer einen Grund für das, was sie tat. Jetzt war sie überzeugt, das Richtige zu tun. Sie musste die Führung übernehmen, im übertragenen Sinn natürlich, nicht die Führung durch die Räumlichkeiten, wenn man die »Eingeweide« der Kellerei so nennen konnte, mehr die Führung im strategischen Sinn. Und ihre Angst löste sich auf. Francesca fühlte sich vital, bis sie den feuchtkalten, muffigen Luftzug spürte. Ludovico hatte in der Kammer für zerbrochene Flaschen, alte, modrige Kisten sowie verrostete Werkzeuge ein Regal beiseitegerückt und nur unter äußerster Kraftanstrengung die verzogene und aufgequollene Holztür dahinter aufgebrochen.

»Das Hauptgebäude wurde siebzehnhundert und noch was gebaut, der Gang führt vom Keller hierher, er war der Fluchtweg des Adels vor den Edlen der anderen Stadtstaaten, wenn sie sich gegenseitig die Schädel einschlagen wollten. So sparen wir uns den Weg an den Männern vorbei und durch die Gärhalle sowie über den Hof. Ich kenne hier jeden Stein und jeden alten Durchlass«, sagte Ludovico auf Francescas entsetzten Blick hin. »Ich habe die letzten beiden Jahre genutzt und mir die Pläne der diversen Umbauten besorgt – und dafür gesorgt, dass niemand davon erfährt.« Ludovico stand wieder das gefährliche Grinsen im Gesicht, das sie auf Distanz brachte, und in Francesca keimte ein Verdacht.

»Hast du … Arnold ursprünglich über das informiert, was hier abläuft?« Sie war vor dem Gang stehen geblieben, der ihr doch ziemlich unheimlich erschien. Die feuchte, muffige Schwüle darin wirkte auf sie wie eine Mauer.

»Unsinn«, sagte er entrüstet, »glaub mir, dann wäre das alles anders verlaufen. Komm weiter, wir haben keine Zeit für Diskussionen.«

Widerwillig folgte ihm Francesca über die kaum ausgetretenen Stufen, wich Pfützen und Löchern aus. An einigen

Stellen waren Teile der Wände eingebrochen, sodass sie über Steinhaufen klettern mussten, an anderer Stelle wieder waren die Treppenstufen und das Gewölbe eingestürzt. Francesca fürchtete, dass der Rest des Ganges einstürzte und sie hier begraben würde, falls eine der Ratten ihr über den Fuß lief und sie einen lauten Schrei ausstoßen würde. Wie besessen und so schnell, dass Francesca mit dem Gewicht auf dem Rücken kaum mithalten konnte, hastete Ludovico weiter. Er hatte diesen Gang sicherlich mehrmals benutzt – doch wofür? Hatte er sich hier in den letzten Jahren das Material beschafft, mit dem er sein Haus auf Vordermann gebracht hatte? Es wäre dumm, ihn danach zu fragen. War es ein Verbrechen, Betrügern und Entführern, die selbst Verbrechen verübten, etwas zu stehlen?

Irgendwann würden sie hier rauskommen, irgendwann würde er es ihr sagen. Sie gelangten in einen chaotischen Keller, in dem Büromöbel, nein, nicht aufbewahrt, sondern dem Verrotten und den Holzwürmern anheimgegeben worden waren, genauso wie uralte Aktenordner, sicher noch aus den Zeiten der Vorbesitzer. Ludovico holte eine Bürste aus einer Seitentasche ihres Rucksacks und begann, Francescas Kleidung damit zu bearbeiten, dann musste sie ihm die Flecken von der Hose bürsten. Zuletzt wurden die Schuhe gereinigt, er zog eine Fusselrolle aus dem Rucksack und strich damit über die Sohlen.

»Sonst sehen sie gleich, dass wir hier waren. Den Feind zu unterschätzen, ist der größte Fehler, den man machen kann.« Er verzog das Gesicht, als könne er im nächsten Moment jemandem die Gurgel zudrücken. Oder schuf das gespenstische Licht aus den Taschenlampen diesen Eindruck?

Anhand der Fotos an den Wänden des Flurs, Motive der Lese und der im Nebel liegenden Weinberge, erkannte sie sofort, dass sie hier gewesen war. Aber das Stockwerk über dem Hochparterre, die Chefetage, kannte sie nicht. Ludovico folgte zielstrebig den Anweisungen auf dem Zettel. Zuletzt standen sie in einem Raum mit teuren Büromöbeln und bequemen Ledersesseln neben einem flachen Tisch. Sie waren im Vorzimmer des Chefs angekommen.

»Jetzt hilft uns nur noch Gewalt!« Ludovico holte ein Brecheisen aus dem Rucksack

Was mochte er noch alles mitschleppen? Hoffentlich keine Schusswaffe. Francesca traute ihm mittlerweile alles zu. Er setzte das Eisen unter die Tür zum Nebenraum und hebelte sie mit einem kurzen, kräftigen Ruck auf. Es war ihm gleichgültig, dass der Einbruch bemerkt werden würde. Es war das Chefzimmer.

Obwohl die Rollläden heruntergelassen waren, bestand Ludovico darauf, den Strahl der Taschenlampen immer auf den Fußboden zu richten, damit niemand einen Lichtschein bemerkte.

»Der Rechner gehört dir, du bist an der Reihe.« Ludovico wies auf den Schreibtisch mit dem Bildschirm und der Tastatur. »Ich kümmere mich um die Akten.« Er hatte bereits wieder das Brecheisen in Händen und das gefährliche Funkeln im Blick.

Hoffentlich überraschte sie niemand; für dessen Leben hätte Francesca nicht eine Sekunde garantiert. Sie hatte nachmittags darüber nachgedacht, was Cavaletti ihr über Firmen, Scheinfirmen, Treuhänder und Offshore-Anleger erzählt hatte, sie hatte darüber nachgedacht, wonach sie suchen müsste. Sie schaltete den Rechner unter dem Schreibtisch ein und blickte auf die Tastatur. Sie hatte chinesische Schriftzeichen befürchtet, sie wusste nicht, ob Chinesen nun mit lateinischen Buchstaben arbeiteten oder mit ihren eigenen. Bis zu fünftausend Schriftzeichen sollten allgemein üblich sein. Aber es handelte sich um eine italienische Tastatur, mit der sie umgehen konnte.

Hinter ihr krachte es, Ludovico war in seinem Element, er tobte sich am Schrank aus, nichts würde ihm standhalten, aber kaum wurde der Bildschirm hell und die gewohnte

Oberfläche sichtbar, geschah das, was Francesca befürchtet hatte. Ein Fenster öffnete sich mit der Frage nach dem Zugangscode oder einem Fingerabdruck. Es war die Frage, nach wie vielen falschen Eingaben sich das System endgültig verschloss. Francesca stützte den Kopf in die Hände und schloss die Augen. Was war logisch, was war wahrscheinlich? In Firmen wie diesen, noch dazu mit halblegalen Aktivitäten war das Passwort sicher nicht der Vorname der Freundin. Drei Worte fielen ihr ein: Nixia, Guangzhou und Chonquing. Das erste war, wenn sie sich recht erinnerte, eine aufstrebende Weinregion, so hieß auch die Weinhandelskette, die von Belmonte beliefert wurde. Das zweite war die Bank of Guangzhou, und Chonquing galt als größte Stadt im Südwesten. Sie hielt es auch für möglich, dass irgendwo der Name Rodolfo Cerignola auftauchte, was sie Ludovico sagte.

»Der Aufschneider? Was hat der mit Belmonte zu schaffen?«

»Er hat von Geschäftsbeziehungen mit China gesprochen.«

»Reine Angeberei, der spielt sich auf.«

Wieder den Bildschirm vor Augen, erinnerte sie sich an die Verbindung von Belmonte nach Vaduz in Liechtenstein, sie hatte eine Liste der wichtigsten Banken zusammengestellt, die sie Ludovico gab. »Da ist die Bank Alpinum, die Bank Frick und Co., die Caribbean Investment Bank, dann ist Vontobel wichtig, die Bank Monte dei Paschi di Siena, die Centrum Bank. Ich möchte nicht wissen, wie viele Jahrhunderte Gefängnis bei den Managern zusammenkommen, wenn alle für ihre Verbrechen bestraft würden.«

»Solche Leute kriegen nur Orden«, knurrte Ludovico gefährlich.

»Wenn du einen dieser Namen in den Ordnern findest – der Kapitalverkehr ist am wichtigsten, er sagt uns am meisten, neben den Gesellschafterverträgen –, dann pack das Dokument ein.«

Inzwischen war es auch Francesca gleichgültig, ob man den Diebstahl bemerken würde. Ihr Problem war das Passwort, sie gab Nixia ein, und das Programm öffnete sich. Sie schob den USB-Stick in den Rechner, sie hatte ausreichend Speicherplatz, um all das abzusaugen, was ihr sinnvoll erschien. An die Auswertung würde sie sich später machen, denn die Nacht war kurz. Sie glaubte, zwischen den Lamellen der Jalousie den ersten morgendlichen Schimmer zu bemerken. Aber es war ein vorbeifahrendes Fahrzeug, was allerdings Ludovicos Nervosität steigerte.

Er drängelte, nörgelte, nichts ging ihm schnell genug, das Durchforsten der Aktenordner dauerte ihm zu lange. Francesca konnte ihm nicht helfen. Während Daten kopiert wurden, sichtete sie die nächsten Dateien, das musste sie im Auge behalten. Das Buchhaltungssystem wäre ihr wichtig gewesen, wer welche Beträge bekam, was offiziell verbucht wurde. Sie hatte im Laufe der Jahre einen Blick für die sogenannten »Unregelmäßigkeiten und Irrtümer« gewonnen, wie sie in manchen Unternehmen verharmlosend genannt wurden, doch an die Konten kam sie nicht ran, außerdem war sie mit den hiesigen Gesetzen und Gepflogenheiten wenig vertraut. Die Einkäufe illegalen Weins waren hier höchstwahrscheinlich nicht verbucht.

Eine Datei ließ sie aufmerken, sie war mit TSZ überschrieben. Stand die Abkürzung für *transazione*, für Transaktionen? Francesca zog sie auf den Stick, analysieren würde sie das Material später. Es war bereits halb vier, sie mussten weg.

Ludovico packte den Rucksack aus, es waren mehrere Plastikbeutel mit der Aufschrift *Cemento a presa rapida*.

»Wozu brauchst du Schnellbinderzement?«

»Ich weiß, was ich tue«, antwortete Ludovico barsch und schob an Stelle der Beutel die letzten Papiere in den Rucksack. »Mach dich auf den Rückweg, ich habe noch etwas zu erledigen.«

Also hatte ihr Gefühl sie nicht getäuscht, er hatte noch andere Absichten. »Vorher bringst du mich hier raus, allein finde ich den Rückweg nicht.«

»Stell dich nicht an, so viel Zeit haben wir nicht.«

»So viel Zeit hast du nicht, willst du sagen.« Francesca stellte sich quer. »Ich habe bisher alles mitgemacht, ohne viel zu fragen. Du hast mich nicht in alles eingeweiht, es war nicht abgesprochen, dass du jetzt noch irgendwelche obskuren Sachen unternimmst. Entweder bringst du mich bis zur Außentür, oder ich bleibe hier!« Es war so entschieden vorgebracht, dass ihrem Cousin nichts anderes übrig blieb, als sich mit ihr auf den Rückweg durch die leeren Flure und den unterirdischen Fluchtweg zu machen. Die Ratten blieben ihr erspart.

Sie nahmen einen anderen Weg, an den Kistenstapeln mit Arnolds Sakko kamen sie nicht wieder vorbei. Im Gebäude war alles ruhig. Der Tanklaster hatte die Kellerei verlassen, der Wagen des Kellermeisters war fort, wie Francesca bemerkte, als Ludovico hinter ihr die Tür geschlossen hatte und sie wieder draußen im Weinberg stand. Der Himmel war fahl geworden, er hatte seine Tiefe verloren, im Osten zeigte sich der erste Schimmer, es würde ein strahlend schöner Frühlingstag werden. Jetzt musste sie besonders vorsichtig sein. Erste Fahrzeuge waren zwar nicht zu sehen, doch sie hörte in der Ferne die Motoren.

Francesca hetzte zu ihrem Auto und warf den Rucksack mit den Dokumenten und dem USB-Stick in den Kofferraum. Wenn sie jetzt in eine Polizeikontrolle geriete, wäre alles umsonst gewesen. Aber so viel Pech konnte man nicht haben. Auf dem Weg zurück zur Cascina Rocca erschien ihr der nächtliche Raubzug wie ein böser Traum, und sie zerbrach sich den Kopf darüber, was Ludovico mit dem Zement vorhatte. Sprengstoff ist es hoffentlich nicht, dachte sie, obwohl er seinen Gefühlen nach den Laden am liebsten in die Luft sprengen würde.

27

Pünktlich um zehn Uhr fuhr sie auf den Parkplatz der kleinen und feinen Kellerei von Aldo Vajra. Sie hielt sich an den Rat des Präfekten, genau dort weiterzumachen, wo sie am Samstag aufgehört hatte, und ihrem Besuchsplan zu folgen.

»Alles andere macht Sie verdächtig, falls Sie beobachtet werden.«

Nach drei Stunden Schlaf war sie übernächtigt wieder losgefahren. An der Zufahrt zur Landstraße stand wieder der von Cavaletti bestellte Aufpasser. Aber heute folgte ihr ein zweiter Wagen. Also fuhr sie zuerst in Richtung Barolo, bog vor dem Ort rechts ab, vorbei an der Cà San Ponzio, einem Anwesen von gewaltigen Ausmaßen, das aufwendig renoviert oder restauriert wurde, und nahm die zweite Ausfahrt im Kreisverkehr. Beide Wagen folgten. Sie fuhr durch das winzige Vergne und wendete erst am Ortsende, obwohl Aldo Vajras Betrieb am Ortseingang lag. Cavalettis Aufpasser, den sie nicht als bedrohlich empfand, hatte sich unsichtbar gemacht, der zweite Wagen folgte ihr. Als Francesca in die Einfahrt der Kellerei einbog, tauchte der zweite Wagen wieder auf und schlich an ihr vorbei. Ein Gesicht war hinter den spiegelnden Scheiben nicht zu erkennen. War es unter diesen Umständen überhaupt sinnvoll, die Tarnung als Einkäuferin aufrechtzuerhalten? Aber was blieb ihr übrig? Eigentlich war alles klar, Arnolds Sakko war der Beweis. Er hatte es auf die Reise mitgenommen und auf der Passagierbrücke getragen, sie hatte die Videomitschnitte der Überwachungskamera zwar nicht gesehen, aber sie hatte Arnolds Koffer ausgepackt. Nur sein Sommeranzug war drin gewesen, für den es trotz guten Wetters noch zu kühl gewesen war. Ja, die Jacke war da, jetzt musste sie nur noch den dazugehörigen Mann finden. Cavaletti musste helfen, sie hatte sich hier mit ihm verabredet, um ihm den Rucksack voller Dokumente zu übergeben. Er musste die Kellerei durchsuchen lassen und Howards und diese Chinesin verhören.

Francesca hatte sich am Morgen entschieden, ohne Rücksprache mit Ludovico dem Prefetto alles zu überlassen und auch die Computerdateien mit ihm oder zumindest in seiner Gegenwart oder unter inoffiziellem Polizeischutz zu sichten. Die Auswertung würde länger dauern. Alles andere war ihr zu gefährlich. Die Dateien, die sie für wichtig hielt, hatte sie auf ihren Laptop kopiert, der USB-Stick war bereits per Post nach Düsseldorf unterwegs.

Arnold hatte ihr einiges von seinen Weinreisen erzählt, unter anderem, was Winzer bewogen hatte, diesen sogenannten Traumberuf zu ergreifen, der sich nur mit Hingabe ausüben ließ. Junge Männer hatten die Ausbildung abgebrochen, um nach der Erkrankung des Vaters den Betrieb zu übernehmen, Töchter mussten nach einem tödlichen Unfall einspringen, Weinliebhaber hatten sich einen lange gehegten Wunschtraum erfüllt und waren in der harten Realität angekommen, selbstgefällige Großverdiener punkteten in ihren Kreisen mit Grand-Cru-Lagen, und Showstars wie Brad Pitt, Gérard Depardieu und David Beckham meinten, edle Gewächse produzieren zu können. Das taten dann in der Stille die Kellermeister sowie teuer eingekaufte internationale Berater für sie.

Dass aber Eltern ihren Sohn aufs Land schickten, damit er sich nicht an den Schüler- und Studentenprotesten im Turin der Siebzigerjahre beteiligte, hatte Arnold nie erwähnt. So war es Aldo Vajra ergangen. Er hatte sich dem elterlichen Diktat gefügt und auf ihrem Weingut, das bis dahin wenig

Aufmerksamkeit erfahren hatte, den Wein entdeckt und seine Passion. Man hatte dort Trauben produziert und sie an Kellereien verkauft, und als der junge Mann plötzlich Winzer werden wollte, war die Familie wieder dagegen gewesen. Aber diesmal setzte er sich durch. In den siebziger Jahren hatte niemand Trauben kaufen wollen, also musste er gezwungenermaßen Wein machen und dazu den gesamten Betrieb umgestalten.

Wie schön, dachte Francesca, wenn die Eltern oder die Familie die entsprechende Kohle haben, und einmal mehr erinnerte sie sich an den traumatisierenden Dunst der Pizzabude. Aber auch sie hatten es geschafft, aus eigener Kraft, und das machte sie zufrieden, und ihre Kinder erwarteten keine Schlösser. Aber was hätte das alles ohne Arnold für einen Sinn? Sie schaute den zuvorkommenden und überaus höflichen Winzer an, der ihr ohne Scheu aus seinem Leben erzählte.

In seinem Leben war der 29. Mai 1980 einer der schrecklichsten Tage gewesen, als ein gewaltiger, einstündiger Hagelschauer alles vernichtete, die jungen Blätter zerschlug, die Triebe und sogar die Weinstöcke. Aldo Vajra erinnerte sich noch gut an die darauffolgende Stille, sie dauerte mehrere Tage, über der Provinz von Cuneo lastete Schweigen. Und dann begann der Exodus, denn neben dem Wein hatte der Hagel auch die Existenz vieler Menschen vernichtet, und sie verkauften ihre Weinberge. Aldo Vajra kaufte sie. Und wieder wurde Francesca des Unterschieds zwischen den Feltrinellis und den Möglichkeiten der anderen gewahr. Wenn sie Bücher prüfte, Bilanzen, wenn sie mit großen Zahlen hantierte wie andere mit einem Schraubenzieher, war ihr das nie so bewusst geworden wie hier. Aber Neid? Nein, das Gefühl kannte sie nicht, und gegen Ungerechtigkeit aufzubegehren, hatte damit auch nichts zu tun. Hier stellte sich auch keine Antipathie ein, keine Ablehnung, nicht dieser Widerwille, den sie in letzter Zeit immer häufiger den Insekten der Finanzbranche entgegenbrachte. Hier spielte vielmehr die Anerkennung und Bewunderung der Lebensleistung die tragende Rolle.

Das passte auch viel mehr zu Aldo Vajra, der sich als junger Mann vorgenommen hatte, mit die besten Weine der Welt zu machen. »Ein Wein ist nur dann gut, wenn er mit Liebe gemacht ist.« Ein mit Liebe gemachter Immobilienfonds? Mit Liebe aufgelegte Anleihen? Unmöglich. Denn Aldo Vajra sah das Ziel seiner Arbeit darin, andere glücklich zu machen. Was für ein gewaltiger Unterschied tut sich zu Belmonte auf, dachte Francesca und war gespannt auf die Probe.

Sie waren im Barolo-Gebiet, der Ort Barolo und das Anwesen der Marchesi di Barolo im Zentrum waren von hier aus sichtbar, auch dort stand noch ein Termin an – wenn nicht Arnold vorher …

Aber daran durfte sie jetzt nicht denken, der Tag war da für die Suche, für die Hoffnung, die Nacht für die Ängste.

Sie zwang sich zur Aufmerksamkeit, denn Vajra brachte das Gespräch auf den aus Nebbiolo-Trauben gekelterten Barbaresco, die Schwester des Barolo, wie er meinte. Die Winzer suchten lediglich nach Unterschieden und betonten sie, um zu behaupten, dass ihr Wein besser sei als ein anderer, dabei sei vieles so ähnlich, sogar die Klone der Weinstöcke, nur sei eben der Boden anders, das Mikroklima ebenfalls, was dazu führe, dass Barbaresco leichter ausfalle, früher trinkreif sei und nicht so alt würde.

»Die wenigen, die ich probiert habe, sind ausgezeichnet, wenn nicht sogar besser als Baroli.« Das scheute sich der Barolo-Winzer nicht zu sagen. Im Barbaresco-Gebiet würde er den Weinbau auch nicht anders betreiben als hier, zwanzig Kilometer Luftlinie entfernt. »Der Unterschied liegt im Menschen, der den Wein macht.«

Sechzig Hektar insgesamt standen bei ihm im Ertrag. Den Barolo sah er als den großen Wein für die großen Momente, davon machte er fünftausend Flaschen pro Hektar. Er war viermal mehr wert als ein Dolcetto, von dem ein Hektar mehr als siebentausend Flaschen brachte. Der hingegen gehöre in die Bauernwelt, es war der Wein der Angst vor Schimmelbefall, deshalb wurde er früh gelesen, bevor es regnete und dann schneite. Barbera schließlich klassifizierte er als einen Wein für Männer, die viel leisten mussten und viel Energie brauchten. Sie alle gehörten in das große Konzert des Piemont.

Da hörte Francesca plötzlich eine Autotür klappen und eine bekannte Stimme. Sie blickte auf. Vor dem Fenster stand Signor Cavaletti, heute war er im alten Ford mit der stumpfen Lackierung und etlichen Kratzern unterwegs.

Aldo Vajra entschuldigte sich für einen Moment, um den neuen Gast zu begrüßen, der zu ihnen an den Tisch kam, wo bereits die Flaschen für die Probe standen.

»Da mache ich gerne mit.« Die Vorfreude war Cavaletti anzumerken, und er setzte sich, nachdem er Francesca mit einem angedeuteten Handkuss begrüßt hatte. »Aldos Weine machen Freude, und davon kann man selten genug bekommen, besonders heutzutage.«

Was er damit andeuten wollte, würde Francesca noch früh genug erfahren. Obwohl die Worte nett und freundlich klangen, trugen sie doch eine gänzlich andere Botschaft, die nur sie verstehen konnte. Auch ihr fragender Blick veranlasste den Präfekten zu keiner weiterführenden Erklärung. Vielmehr widmete er sich mit Inbrunst der Betrachtung aller auf dem Tisch stehenden Flaschen und Etiketten.

Die Überraschung war ein Riesling, nicht von der Italico oder Welschriesling genannten Rebsorte, sondern von der Rhenanus, wie er in Deutschland angebaut wurde. Hier nannte man ihn Pètracine. Wie weit er dem echten Riesling vom Aroma her entsprach, wusste Francesca nicht, doch sie schloss sich einfach Cavalettis Begeisterung an, der daraus keinen Hehl machte und von den Aromen des Apfels und der Aprikose sprach, von Nuss und einer kräuterigen Note. Erst jetzt fiel Francesca auf, dass wirklich niemand ihre fachliche Qualifikation hinterfragte, auch nicht den Hintergrund ihrer Agentur. Die Winzer waren vielmehr daran interessiert, ihre Weine zu präsentieren, lauerten auf Bewertungen und hofften auf zukünftige Geschäfte.

Einem Moscato war sie bislang noch nicht begegnet. Sie mochte süße Weine, feinherb durfte es durchaus sein, trocken war ihr manchmal zu sauer. Dieser hier erstaunte sie, denn hinter der Süße zeigte sich eine Melange aromatischer gelber Früchte. Mittlerweile glaubte sie sogar, das eine oder andere Aroma zu schmecken oder herausriechen zu können. Das war auch beim Dolcetto der Fall. Zwar wartete sie Cavalettis Urteil ab, doch es deckte sich mit ihrem in Hinblick auf gekochte Pflaume, dunkle Blüten, und sogar Rosenduft meinte sie zu riechen. Der Wein war nicht adstringierend, ihre Mundschleimhaut reagierte gelassen. Das war beim Barbera d'Asti ein wenig anders, er war dunkler als der Vorgänger, viel dichter, so empfand sie es, hier war Kirsche der vorherrschende Geschmack. Beim Barbera Superiore, er hatte ein Prozent mehr Alkohol, kamen dann noch der Duft von Baumrinde und Waldboden hinzu, nicht der von Erde, das war ihr wichtig zu betonen, und sie wunderte sich selbst, wie sie darüber sprach und sich ein Urteil erlaubte. Bei dem drei Jahre alten Wein aus der Freisa-Traube, der achtzehn Monate im großen Holzfass gelagert war, musste Cavaletti ihr wieder vorsagen, auf Kirsche wäre sie zwar gekommen, aber nicht auf Waldbeeren, die Charakteristik war ihr zu nebulös.

Da lag Schokolade beim Langhe Nebbiolo schon näher, wie auch die Blaubeere beim erst drei Jahre alten Barolo Albe, einem Cuvée dreier Lagen. Wie Cavaletti dann beim nächsten Barolo auf bissig, hart, im Mund stark und dabei schlicht kam, war ihr schleierhaft, auch Reife und Tiefe im Duft konnte sie nicht nachvollziehen, ein großer Wein, ja, das war es allemal. Sie empfand es über die Maßen entlastend, dass sie in Wirklichkeit kein Urteil abgeben musste, und erleichtert schloss sie sich zuletzt dem gemeinsamen Rundgang durch die Keller an. Wie von einer Last erlöst, schleppte sie sich müde nach draußen, obwohl die Weine allesamt wunderbar gewesen waren. Sie war froh, endlich an die frische Luft zu kommen, sie hatte mehrmals das Gefühl gehabt, dass ihr Kopf vor Müdigkeit und Alkohol zwischen die Gläser auf den Tisch fallen könnte.

Der Unterschied zu den bisher besuchten Kellern bestand für Francesca hauptsächlich darin, dass hier nirgends ein Barrique stand, eines der kleinen 225 Liter fassenden Holzfässer. Vajra bevorzugte slawonische Eiche, er wollte keinen Holzgeschmack im Wein, seine Weine sollten lieber länger in großen Fässern reifen, wo sie weniger mit Luft in Berührung kamen.

Aldo Vajra entschuldigte sich dafür, dass er seine Gäste leider nicht zum Essen ins »Piazza Duomo« in Alba einladen könnte, da er einen dringenden Termin wahrnehmen müsse, aber Francesca habe ja in Cavaletto einen äußerst angenehmen Begleiter. Er würde sie in den nächsten Tagen anrufen, dann könne er ihr immer noch das beste Restaurant der Stadt vorführen.

Das »Piazza« gegenüber vom Dom sei in der Tat ein Erlebnis, meinte auch Cavaletti, als sie zu den Autos gingen. Francesca blieb vor seiner Rostschleuder stehen. »Dass jemand wie Sie einen solchen Wagen fährt, wundert mich.«

»Es ist ein Polizeifahrzeug, ein Dienstfahrzeug, Signora, allerdings mit der Motorleistung eines Ferrari. Für alle Fälle«, wie er feixend erklärte. »Ich hätte natürlich viel lieber den Lamborghini genommen, den das Werk der Autobahnpolizei gestiftet hat.«

Wie alle Italiener liebte er schnelle und schöne Autos. Francesca, die sich selbst einen forschen Fahrstil attestierte, hatte zwischen den Rennfahrern auf piemontesischen Landstraßen das Gefühl, zum alten Eisen zu gehören. »Es freut mich, Prefetto, und es entlastet mich, dass Sie gleich gekommen sind.«

»Ihr Wunsch ist mir Befehl, Signora.« Er war charmant wie immer. »Sie haben etwas Besonderes für mich, sagten Sie am Telefon?«

Francesca holte den Rucksack mit den Dokumenten aus dem Kofferraum und gab ihn Cavaletti.

»Wiegt ziemlich schwer.« Er hielt den Rucksack in der Hand. »Papier? Mehr als fünf Kilo? Was ist das, Geschäftsunterlagen?«

»Ich weiß es nicht.« Es war für Francesca erstaunlich, wie einfach ihr das Lügen inzwischen fiel. Wenn es ihr schon so erging, wie leicht mussten dann Menschen die Lügen über die Lippen gehen, die tagtäglich die Unwahrheit sagten, zu deren Lebensstil es gehörte, zu lügen, wobei sie an die Politiker dachte, an Leute aus der Werbung und Firmensprecher. Hatten sie jeden kritischen Sinn ausgeschaltet und nahmen das, was sie sagten, selbst als bare Münze?

»Sie wollen mir nicht sagen, woher dieser Papierhaufen stammt?«

»Ein Freund hat ihn mir zugespielt.«

»Ach, tatsächlich. Zugespielt? Einfach so?« Cavaletti blätterte kurz in den Dokumenten. »In einem Prozess ist es von entscheidender Bedeutung, auf welche Art und Weise die Ermittlungsbehörden in den Besitz bestimmter, prozessrelevanter Beweismittel gelangt sind. Vielleicht hilft uns das, den Fall besser zu verstehen, die Hintergründe zu begreifen und dann nach gesicherten Beweismitteln zu suchen. Kennen Sie den Inhalt?«

»Ich hatte bisher leider keine Gelegenheit dazu.«

»Neugierig sind Sie gar nicht? In welcher Sprache sind die Unterlagen abgefasst, Englisch, Italienisch oder Chinesisch?«

»Schauen Sie nach.« So leicht ließ sie sich nicht packen. Francesca zuckte mit den Achseln.

In diesem Moment meldete sich das *cellulare* des Präfekten mit dem Triumphmarsch aus »Aida«. Es war befremdlich, die Posaunen – oder waren es Trompeten? – aus einer Jackentasche heraus zu hören. Aber ihr gefiel die kauzige Art dieses Mannes. Sie würde nicht den Fehler machen, ihn zu unterschätzen. Das Gesicht, das er nach seinem anfänglichen *»pronto«* machte, wirkte gar nicht mehr kauzig. Nachdem er still zugehört hatte, hob er den Blick und starrte sie an, dass sie sich wünschte, niemals bei einem Verhör ihm gegenübersitzen zu müssen. Er wechselte zu einer Härte, die sie nie bei ihm vermutet hätte, dann drehte er sich weg und entfernte sich einige Schritte, sodass sie nicht hören konnte, was er sagte. Es war klar, dass es heute herauskommen würde, sagte sich Francesca, er musste es erfahren, und wahrscheinlich war jetzt der Zeitpunkt gekommen.

Cavaletti wandte sich um, noch immer den Verhörblick im Gesicht, erst langsam kehrte seine ironische Neugier zurück. Sie machte Francesca weniger Angst.

»Sie wussten davon? Fragen Sie mich jetzt nicht, wovon. Wenn wir offen miteinander umgehen, wenn ich Ihnen helfen soll, dann verzichten Sie besser auf überflüssige Spielchen. In der Beziehung bin ich bedeutend besser, da sind Sie längst keine Italienerin mehr, Frau Sturm. *Allora*, was ist nun, Sie wussten es? Kommen Sie schon, gut, wenn Sie nicht antworten, fasse ich das als ein Ja auf!« Er betrachtete den Rucksack und wog ihn erneut. »Da werden andere wenig finden. Die Untersuchung wegen des Einbruchs bei Belmonte leitet übrigens Vice Commissario Moretta. Was will uns das sagen?«

»Moretta? Im Ernst?«

»Bei uns ist alles ernst gemeint, Signora.« Cavaletti war die Freude darüber anzumerken.

»Wenn es so ist, könnte man ihn fragen, ob man zufällig meinen Mann dort gefunden hat?«

»Sie verstehen das falsch. Es geht bei Belmonte nicht um

eine Hausdurchsuchung. Belmonte sind die Geschädigten, Signora Feltrinelli. Es geht um die Sicherung des Tatorts, um Spurensuche, um die Befragung von Zeugen. Allem Anschein nach hat Ihr Auftauchen im Piemont, oder bereits das Ihres Mannes, gewisse Personen scheu gemacht und andere herausgefordert. Ich hoffe nur, dass sich niemand übernimmt.«

Francesca war heiß geworden, sie spürte, wie ihr das Blut ins Gesicht stieg, und ihr war klar, dass Cavaletti es bemerkte. Sie fürchtete um Ludovico, und mit Entsetzen erinnerte sie sich an ihre Schuhe, sie hatte sie bei dem alten Silo stehen lassen. Sie musste sie holen. Und sie hätte Ludovico fragen müssen, was er weiter vorhatte. In seinem fanatisierten Zustand war ihm alles zuzutrauen. Für einen Moment fürchtete sie, dass irgendwo in der Kellerei eine Bombe hochgehen könnte. Sie wagte einen Vorstoß, der sie selbst in Schwierigkeiten bringen konnte.

»Ich habe Arnolds Jacke bei Belmonte gefunden, sie lag auf …«

»Also waren Sie doch dort?«

»Am Samstag, Emilio, am Samstag. Es war mein offizieller Besuch.«

»Hatte ich den Zeitpunkt des Einbruchs erwähnt? Ich kann mich nicht erinnern. Was ist nun mit der Jacke? Woher nehmen Sie die Gewissheit, dass Sie Ihrem Mann gehört und nicht einem Arbeiter?«

»Wegen des Etiketts eines Düsseldorfer Herrenausstatters.«

»Das ist allerdings mehr als ein Indiz, es ist ein Beweis. Sie haben die Jacke hoffentlich nicht mitgenommen?«

Francesca schüttelte langsam den Kopf, jetzt hoffte sie wieder, das könnte ein Grund sein, die Polizei bei Belmonte nach Arnold suchen zu lassen.

Cavaletti erriet ihren Gedankengang. »Leider muss ich Sie enttäuschen. Hätten Sie die Jacke mitgenommen, würde sie als Beweismittel ausfallen, Sie könnten sie selbst mitgebracht haben. Sollte ein Verbrechen vorliegen oder sich Ihr Mann noch in der Kellerei befinden, hätte man sie vor dem Eintreffen der Polizei längst verschwinden lassen. Wie ich weiß, hat Moretta über ihren Besuch zwar eine Aktennotiz schreiben lassen, aber daraufhin ist nichts erfolgt. Ich schlage vor, wir gehen den offiziellen Weg: eine Vermisstenanzeige seines Partners in Düsseldorf, eine seiner Schwiegereltern, Intervention beim italienischen Konsulat in Köln und unseres Freundes in Mailand. Ich spreche mit ihm. Und Sie suchen die Polizei in Cuneo noch einmal auf und spielen die hysterische Ehefrau, natürlich vor Zeugen. Presse fällt mir noch ein. Ja, an die sollten Sie sich wenden und die Behörden aufs Schärfste kritisieren.«

»Das soll etwas nutzen? Das hat nicht einmal im Fall Berlusconi gewirkt. Die Presse gehört ihm und schreibt bekanntlich nur, was der Verleger will. Berlusconi konnte ganz Italien vor der Welt lächerlich machen.«

»Leider muss ich Ihnen zustimmen, sogar die Justiz hat er vorgeführt, doch die hier kursierenden Zeitungen gehören nicht ihm. Wenden Sie sich an die lokalen Redaktionen, irgendwer wird die Nachricht aufgreifen. Ich lasse Ihnen die Adressen per E-Mail zukommen. Dann empfehle ich Ihnen das Online-Portal targatocn.it, die machen uns am meisten Ärger. Die offiziellen Blogs kann ich weniger empfehlen, da geht es nur um Mode, Fußball, Kosmetik und Küchentipps – Italien eben. Halten Sie auf jeden Fall die Mafia raus. Wenn klar wird, dass die Schwiegereltern von Signor Sturm ein Restaurant betreiben, wird sofort eine Schutzgelderpressung vermutet oder das Begleichen offener Rechnungen.«

»Ich werde mich an Ihren Rat halten.«

Cavaletti hob den Rucksack wie eine Trophäe noch einmal in die Höhe. »Besten Dank für das Vertrauen. Mein Rat wird jetzt allerdings anderweitig dringend gebraucht«, sagte er in seiner verbindlichen Art, »und mein wachsames Auge. Ich wüsste selbst gern, was bei Belmonte passiert. Schließlich bin ich bei Angelegenheiten wie dieser mit internationalen Bezügen selbstverständlich auch Rom gegenüber in der Pflicht.«

Galant ergriff er Francescas Hand und führte sie bis fast an die Lippen. »Das mit der Einladung zum Essen verschieben wir. Bitte, passen Sie gut auf sich auf. Ein Verschwundener reicht uns.« Er ging zu seinem Wagen, drehte sich aber nochmals um. »Ich werde es auch tun. Ach – und besorgen Sie sich schleunigst ein neues *cellulare*«, schloss er im Weggehen. »Sie möchten sicher nicht, dass jemand mithört. Ich hoffe, das alte lag letzte Nacht neben Ihnen auf dem Nachttisch?«

28

Das Mittagessen wollte Francesca ausfallen lassen. Als sie in der Nähe ihres Quartiers an der Osteria für die Fernfahrer vorbeikam, hielt sie doch und bestellte eine Lasagne und ein Glas Weißwein, einen Roero Arneis. Der Wein war eine Art Vorspiel für den Nachmittag, denn um sechzehn Uhr war sie in Govone mit dem Winzer der Azienda Agricola Ceste verabredet. Dort, im Roero, gab es laut Feltrinelli die besten Weißweine der Region.

Seit Cavalettis Hinweis auf das Mobiltelefon wagte sie nicht, es zu benutzen, um Ludovico anzurufen, wobei die Verbindung zu ihm längst bekannt sein dürfte, obwohl sie kaum miteinander telefoniert hatten. Deshalb fuhr sie nach Alba und besorgte sich das billigste Telefon, das sie auftreiben konnte. Sie beeilte sich, zur Cascina Rocca zurückzukommen, denn ihr fielen beim Fahren die Augen zu, und sie schreckte glücklicherweise auf, bevor sie in den Graben fuhr.

Der Mittagschlaf war wenig erholsam, sie träumte wirres Zeug und auch davon, wie Arnold einer kaum bekleideten Frau, die das Gesicht abwandte, seine Jacke überhängte und ihr dabei zulächelte, was sie zutiefst empörte. Daraufhin wiederholte er es, beim zweiten Mal jedoch, ohne sie anzusehen. Sie verschob den Termin bei Ceste um eine Stunde, damit sie duschen konnte, denn in ihrem Zustand, verwirrt, von Befürchtungen verfolgt und nassgeschwitzt, wollte sie niemandem unter die Augen treten. Und sie hatte vergessen, die Schuhe zu suchen. Hoffentlich waren nicht Moretta oder einer seiner Leute darüber gestolpert. Es kam darauf an, ob sie den Kreis ihrer Ermittlungen bis in den Weinberg ausdehnten.

Zum zweiten Mal innerhalb weniger Stunden fuhr Francesca nach Alba und von dort aus auf der linken Seite des Tanaro über die Landstraße weiter nach Govone. Links stieg das Land wesentlich steiler an als auf der südlichen Seite der Langhe, wo sich die Dächer und der Turm von Barbaresco auf dem Hügelrücken zeigten. Hier aber, im Roero, zeigten sich schroffe und steile Wände und Abhänge, die Hügel waren weniger für den Weinbau geeignet. Die Dörfer lagen weiter auseinander, die Geschwindigkeitsbegrenzung zwang zum langsamen Fahren, und Francesca nutzte die Zeit, Feltrinelli telefonisch über die Vorfälle des Sonntags und der letzten Nacht zu informieren. Ob Moretta sie abhören ließ?

Ihr Vater sah die Entwicklung positiv. »Du weißt, wo Arnold wahrscheinlich festgehalten wird und warum, du hast wichtige Verbündete, und wir werden hier alle möglichen offiziellen Hebel in Bewegung setzen. Sein Sozius kann eine wichtige Rolle spielen, Sachs verfügt über Verbindungen in die Politik, man muss die italienische Botschaft einbeziehen und die deutsche, zumal es diese Aufnahmen von der Passagierbrücke gibt.«

»Die sind inoffiziell, Papa, damit können wir nicht arbeiten. Der Präfekt vermutet, dass es Verbindungen zwischen den Entführern und der Polizei gibt, du kannst dir das nicht vorstellen, du bist schon zu lange aus Italien weg. Und es muss Verbindungen zum Sicherheitsdienst des Flughafens geben, sonst hätten sie Arnold nicht vom Flughafengelände fortschaffen können. Die haben ihn kaum auf dem Beifahrersitz eines Cabrios abtransportiert, sondern höchstwahrscheinlich in einer Kiste oder unter Decken in einem Lieferwagen. Ihr müsst den ganz offiziellen Weg gehen, Sachs soll seine Pressekontakte nutzen, auch die zur Handelskammer, meinetwegen, obwohl es denen hauptsächlich um Geschäfte geht.«

»Und was ist mit Ludovico?«

»Seine Frau ist gegen alles, sie kann mich nicht leiden, aber ich sie auch nicht, und er dreht anscheinend durch.«

»Was meinst du damit?«

»Er hat gar keinen Plan, ich glaube, er will möglichst viel Schaden anrichten. Ich finde es kontraproduktiv. Damit hat er bald die Polizei am Hals und ich auch, und wenn sie Arnold wirklich bei Belmonte verstecken, haben sie ihn jetzt woanders hingebracht.«

»Ich komme, ich komme morgen!« An der Art, wie Feltrinelli das sagte, merkte Francesca, dass es ihm ernst war. »So geht das nicht weiter, ich kann dich nicht allein lassen.«

»Und wer passt auf Basilio und auf das ›Tavolata‹ auf?«

»Mama, die kann das! Sie wächst gerade über sich hinaus, und sogar deine Kinder parieren ihr aufs Wort. Mach weiter, lass dich nicht beirren, besuche die Winzer, halte deine Tarnung aufrecht. Wir gehen dann auch zusammen zu Angelo Gaja, der Besuch wurde bestätigt.«

»Ah, nur deshalb willst du kommen.«

»Wenn ich nicht wüsste, dass du es nicht so meinst, wäre ich jetzt beleidigt.«

Der Gedanke, dass ihr Vater kommen wollte, ließ Francesca wieder hoffen. So sah sie dem Besuch in Govone gelassener entgegen, sie fand sich in der Rolle als Weineinkäuferin zurecht, es war beinahe zur Gewohnheit geworden, und sie spürte sogar etwas wie Neugier, sowohl auf die Weine als auch auf die Menschen, die dahinter standen. Sie wusste ihre Fragen jetzt besser zu formulieren und begriff langsam, dass Fragen nicht auf Unkenntnis schließen ließen, sondern Interesse signalisierten. Bei jedem Besuch hatte sie gelernt, ob es um den Ausbau ging, um das Holz, in dem der Wein reifte, um das Volumen der Fässer, die Erde, das Wetter oder die Anzahl der Rebstöcke je Hektar. Nur bei den Aromen hatte sie Schwierigkeiten, sie hatte den Eindruck, dass bei jedem die Wahrnehmung anders war, jeder etwas anderes roch. Bei einem Parfüm oder einer Lotion konnte sie lediglich sagen, ob ihr die Mischung gefiel, es kam auf die Komposition an. Sollte es beim Wein anders sein? Niemand, den sie kannte, zerlegte ihn in seine Bestandteile, das taten nur die Freaks vom 1. Düsseldorfer Weinclub. Was dabei herauskam, merkte sie jetzt. Es war die Hölle, für sie selbst und bestimmt in weit größerem Ausmaß für Arnold. Wie mochte es ihm gehen? Was hatten sie ihm angetan? Was waren das für Menschen, die ihn entführt hatten, die Belmonte übernahmen und anschließend die gesamte Belegschaft hinauswarfen? Aber wozu Menschen fähig waren, las man täglich in der Zeitung.

Das Roero-Gebiet existierte als Denominazione di Origine Controllata e Garantita, als geschütztes und garantiertes Ursprungsgebiet, erst seit zwanzig Jahren. Im Mittelalter hatte das Land mitsamt dreier Dörfer ausschließlich der Familie Roero gehört. Heute gehörte es Hunderten von Familien, eine davon war die von Franco Ceste. Sein Großvater Lorenzo hatte mit dem Weinbau begonnen, der bereits betagte Vater Guido, der eigens die Wohnung verließ, um Francesca zu begrüßen, hatte den Betrieb erweitert, und Sohn Franco hatte durch die Ausrichtung auf den Export die Firma auf gesunde Beine stellen können. Die Cestes waren Bauern geblieben, Francesca sah es ihnen an, schlicht und einfach, keine Adligen mit Geld und Ländereien im Hintergrund, aber mit Geschmack. Wer den nicht besaß, ging unter und verkaufte sein Land oder hatte es längst verkauft. Fünfzehn Hektar nannte Franco Ceste sein eigen, zusätzlich bewirtschaftete er weitere sieben. Kleine Weingüter, wie sie in Deutschland noch üblich waren, gab es kaum, es lohnte sich nicht. Wer nur wenig Land besaß und es nicht verkaufen wollte, hatte es verpachtet oder produzierte Trauben für andere.

Auch die Anlagen des Betriebes waren nicht für Hochglanzprospekte geschaffen, sondern um auf schlichte Art guten, bodenständigen Wein zu machen, nichts für die Edelgastronomie Düsseldorfs, aber durchaus etwas für Weinkenner, wie Francesca bei der Probe empfand. Und Ceste unterschied sich wohltuend von anderen Produzenten durch andere Rebsorten.

Nachdem sie den Roero Arneis aus dem vergangenen Jahr probiert hatte, dachte sie daran, diesen Weißwein Feltrinelli zu empfehlen. Den würde sie im »Tavolata« gern trinken, zu einem Meeresfrüchtesalat und zu seinem marinierten Gemüse. Hier durfte sie den Wein lediglich betrachten, daran riechen und vorsichtig kosten. Das schöne Goldgelb und die Aromen von Aprikose, Banane und kandierten Früchten gefielen ihr sehr. Darauf folgte ein Wein in einer für sie völlig neuen Machart. Die roten Barbera-Trauben waren gepresst und der weiße Most ohne Schalen vergoren worden, dadurch waren keine Farbpigmente in den Wein gelangt. Dass in Frankreich ein Blanc de Noir – ein weißer Wein aus schwarzen Trauben – und der Champagner ähnlich gekeltert wurden, erfuhr sie von Signor Ceste.

»Die Franzosen haben uns den Weg gewiesen, und bei den Weißen macht den Deutschen mit ihrem Riesling niemand etwas vor.« Aber auch die badischen Weine fanden seine Anerkennung. »Von meinen Reisen bringe ich immer etliche Flaschen mit, und wir probieren und diskutieren sie, denn wir dürfen nicht schlafen.«

Für den Dolcetto sah er wenig Zukunft. »Er gerät in Vergessenheit, obwohl die Qualität gut ist, doch weder bei uns noch anderswo lässt er sich verkaufen, obwohl hier der Trend zu Billigweinen geht, besonders durch die neuen Italiener: Rumänen und Mazedonier, die neuen Armen. Sie kaufen den billigsten Wein gleich kistenweise.«

Um Govone herum und im Roero generell trank man zu besonderen Gelegenheiten einen Barbaresco. Das war zwar

Nebbiolo wie beim Barolo, auch die reinen Südlagen wurden bevorzugt, beide Weine reiften gleich lange in großen Fässern, aber trotzdem war Barbaresco früher zugänglich, was eindeutig an der Bodenbeschaffenheit lag. Barolo hingegen war für den Export. Ceste verkaufte den größten Teil auch nach China, »obwohl den Leuten dort jegliche Weinkultur abgeht«, wie er nachsichtig meinte. »Die chinesische Lebensart ist nicht gewachsen, sie ist übergestülpt, auch das kopieren sie.«

Bei dem Wort »China« wurde Francesca sich auf schmerzhafte Weise wieder ihrer Doppelrolle bewusst, die sie, eingetaucht in die Welt des Weins, für einen Moment vergessen hatte. Deshalb war sie weniger konzentriert, als sie den Barolo probierte, den sie als gut empfand. In einigen Jahren, sie wagte sogar ein Urteil, würde er besser sein, was sie bisher von anderen Baroli nicht hätte sagen wollen oder nicht zu sagen gewagt hätte. Ihr Favorit mit weitem Abstand war der Barbera Superiore, so wie sie Ceste verstand, war es auch sein Lieblingswein, mit fast allen Eigenschaften, die man dem Barolo zuschrieb. Er war leicht und doch voll und würzig, dabei hätten seine 14,5 Vol. Alkohol den Wein eigentlich schwerer gemacht und weniger elegant. Die Trauben stammten von einer Lage am Rand von Govone und wurden wie alle Trauben von Hand geerntet. »Bis mittags muss die Arbeit erledigt sein, dann wird es zu heiß, die Trauben werden zu warm.«

»Worin sehen Sie den Vorteil dieser Methode?«, fragte Francesca, wobei sie die Betonung auf das *Sie* legte, um ihre Unwissenheit zu verschleiern.

»Zum einen können wir an den Hängen keine Maschinen einsetzen, zum anderen machen Maschinen keinen Unterschied zwischen faulen und überreifen Beeren. Dann sind innerhalb der Traube die Reifeprozesse verschieden. Die Beeren an den Seiten und unten sind noch unreif, während die nah am Stielansatz bereits ausgereift sind. Da braucht es ein geübtes Auge. Bei den hochwertigen Trauben schneiden wir sogar unreife Teile heraus, um nur reifes Lesegut zu verarbeiten.«

Später, als sie im »Concordia« in San Martino Alfieri beim Essen saßen – Francesca hätte das Restaurant im Hinterhof eines Wohnhauses nie bemerkt –, löste sich die Unterhaltung von den technischen Einzelheiten und bewegte sich in Richtung Philosophie. Wein war für Franco Ceste zwar auch ein Getränk, aber er sah darin eine Welt, es war sein Leben, ein Beruf sowohl wie eine Passion, es war Hobby und Freizeit in einem – und auch ein knallhartes Geschäft. Ohne Opportunist sein zu wollen, folgte er dem Geschmack der Jugend, den zukünftigen Konsumenten, »denn was nützt der schönste Wein, wenn ihn niemand kauft? Doch ich biedere mich nicht an«.

Den Unterschied zwischen Deutschen und Italienern brachte er auf eine einfache Formel. »Wir lieben gutes Essen und schöne Kleidung, dafür habt ihr die besseren Autos, seid aber schlecht angezogen.« Zu seinen Landsleuten hatte er ein zwiespältiges Verhältnis. Mit Europa verband ihn nichts, mit Italien verband ihn wenig, ihm war das Piemont wichtig, was sicherlich der Nähe zu Frankreich geschuldet war und der früheren Herrschaft der Savoyer über sein Land. Im Piemont war der Widerstand gegen die Wehrmacht härter als anderswo erfolgt, dementsprechend brutal waren auch die Strafaktionen gewesen. Winzer sah er sowohl als Kollegen wie auch als Konkurrenten. »Und auch einem Freund sagt man besser nicht immer die Wahrheit.«

Ceste brachte sie zurück zur Kellerei, wo Francesca ihre Notizen holte, und kaum hatte sie den Hof im eigenen Wagen verlassen, fühlte sie sich wieder beobachtet. Ihr Eindruck täuschte nicht. Ein grüner Toyota folgte ihr. Sie sah ihn, er stand oberhalb der Einfahrt, näher an Govone, als sie in die Landstraße einbog. Das hielt sie davon ab, einen Abstecher zur ehemaligen sabaudischen Königsresidenz zu machen, dem alten Barockschloss, sich dort entweder im italienischen oder im englischen Garten niederzulassen und über ihre nächsten Schritte nachzudenken.

Sie hatte das Gefühl, auf der Stelle zu treten, sie wusste nicht weiter. Sollte sie noch einmal, diesmal allein, in die Kellerei schleichen? Einen zweiten Einbruch würde kaum jemand vermuten, falls Ludovico alle wichtigen Unterlagen eingepackt hatte, was sie nicht glaubte. Den Weg kannte sie und hatte sich die Codes gemerkt. Zahlen vergaß sie niemals. Ob er den Rechner des Geschäftsführers auch mitgenommen hatte, wie sie ihm geraten hatte? War es sinnvoller, nochmals bei ihm vorbeizufahren? Seiner Frau wollte sie lieber nicht wieder begegnen, und ihren Wagen sollte sie besser nicht vor seinem Haus abstellen.

Der grüne Toyota gehörte nicht ihrem Beschützer, das war ein anderes Fahrzeug gewesen. Hatte Cavalettis Mann etwa das Fabrikat gewechselt? Francesca wandte sich nach links, wo die Straße in weiten Kurven durch Wiesen und Weinberge auf das Tal des Tanaro zuführte, der mit seinem weißlichen Blau und dem steinigen Bett an einen Gebirgsfluss erinnerte. Sofort wurde der grüne Toyota überholt. An einem Feldweg blieb Francesca stehen, da hielten beide Fahrzeuge gleichzeitig, etwa hundert Meter hinter ihr. Als sie weiterfuhr, blendete der Fahrer des ersten Wagens auf, was Francesca als Signal verstand, und sie gab Gas, während ihr Beschützer den Bewacher blockierte. Glücklicherweise war der Feierabendverkehr vorbei, es kamen ihr nur wenige Autos entgegen. Am ersten Kreisverkehr übersah sie den Wegweiser und bog in eine Straße, die nach fünfzig Metern endete. Irgendwann sollte sie wohl weitergebaut werden. Als sie mit zitternden Händen gewendet hatte und zurückfuhr, bemerkte sie, wie ihr Beschützer und der Verfolger sich gegenseitig behinderten und sie dabei übersahen. Als die beiden längst außer Sichtweite waren, fuhr sie weiter, der Schweiß rann ihr in die Augen.

Der nächste Schock traf sie, als sie die Cascina Rocca erreichte. Hätte sie besser aufgepasst, dann hätte sie den Wagen von Rodolfo Cerignola gleich entdeckt. Die Zwiebel, wie sie ihn nannte, sah wirklich aus wie aus dem Ei gepellt, der Vergleich passte. Heute war es ein hellblauer Anzug, feinstes Tuch, ohne jede Falte, wie gewöhnlich, das Haar mit Pomade an den Kopf geklebt. Er musste bei etlichen Frauen Erfolg haben, denn die Ehefrau des heute eingetroffenen Gastes wirkte total beeindruckt, und sogar die höchstens achtzehn Jahre alte Tochter hing fasziniert an seinen Lippen, was Cerignola veranlasste, sich noch weiter zu spreizen. Warum mussten manche Männer sich derart aufplustern? Er hätte es nicht nötig gehabt. Gorillas stellten die Haare auf den Schultern auf und machten sich dadurch breiter, bei Generälen taten es Epauletten und Achselstücke, und Pfauenmännchen beeindruckten mit einem gewaltigen Rad aus Federn. Womit hatte Arnold sie damals beeindruckt? Es war seine stille Entschiedenheit gewesen, die sie in seinen Augen bemerkt zu haben glaubte, entschieden für sie. Er hatte verdammt gut ausgesehen, was er noch immer tat, nur heute mit grauen Strähnen im schwarzen Haar. Und er war groß, wie Feltrinelli, sie hatte immer schon auf große Männer gestanden.

»Da kommt ja endlich die Dame, auf die ich seit Stunden warte«, sagte Cerignola und unterbrach den Vortrag über seine Weine und die Besonderheiten der Langhe, die das beste Weinbaugebiet der Welt überhaupt seien. »Endlich wird sie mich erhören und mich in mein Lieblingsrestaurant begleiten. Ich habe für uns einen Tisch bestellt.« Seine Worte waren an die anderen Gäste gerichtet, mit denen er einen Nebbiolo DOC-Wein trank, aus dem Hause Molino. »Wo kommen Sie denn jetzt erst her, Signora? Es ist beinahe dunkel. Man macht sich ja Sorgen. Sie werden doch nicht so lange gearbeitet haben? Ja, ja, die Deutschen, die können es nicht lassen, das haben sie uns voraus. Arbeit ist ihr Leben,

Teil ihrer Natur. Deshalb sind sie auch so erfolgreich. Die Lokomotive Europas, mit einer Frau als Lokführer, die weiß, was für alle und besonders für uns Italiener gut und richtig ist.« Diesen Sermon trug er theatralisch vor, wieder an die neuen Gäste gewandt. Er hätte auf einer Opernbühne eine *bella figura* abgegeben, hier wirkte er lächerlich, aber den anderen Gästen gefiel es.

Francesca war zwei Schritte vor ihm mit hängenden Armen stehen geblieben, in der linken Hand die große Handtasche. Schweigend blickte sie Cerignola an, ihr entsetzter Blick ließ ihn verstummen, dann liefen ihr die Tränen übers Gesicht, sie schluchzte nicht einmal. Sie war am Ende ihrer Kraft. Das alles war zu viel. Sie hatte das Gefühl, im nächsten Moment umzufallen. Wieso ließ man sie nicht ganz einfach in Ruhe?

Peinlich berührt standen die neuen Gäste auf und verließen den Tisch, Cerignola noch einmal zuwinkend, der bestürzt erstarrte. Wortlos ging Francesca an ihm vorbei ins Haus und die Treppe hinauf zu ihrem Zimmer, ohne sich umzusehen, ohne sich die Tränen abzuwischen.

29

Er wartete, er lauerte im Halbdunkel wie ein Raubtier auf Beute. Der Tag war vergangen, er hatte das Keckern gehört, es war verstummt, als das Oberlicht dunkler geworden war, also waren es Vögel. Niemand war erschienen, obwohl er Schritte gehört hatte, viele, und undefinierbare Geräusche. Jetzt herrschte wieder Nacht. Er wartete auf seinen Moment, auf seine Chance, irgendwann würde jemand kommen, entweder der namenlose Wärter oder die Frau. Sie war die Gefährliche, er der Dumme, dafür aber kräftig. Und der Boss sollte kommen, Bao Tàng. War er überhaupt der Boss? Entschied er über Leben und Tod?

Seit Arnold das Wasser nicht mehr trank und sich damit lediglich den Mund spülte, schlief er wenig und leicht, immer im Alarmzustand. Beim Militär hatte er gelernt, sogar auf Wache im Stehen zu schlafen und gleichzeitig wach zu bleiben. Sein Magen knurrte so laut, dass er davon aufwachte. Hätten sie ihm Pizza statt der ekelhaften Kartoffelchips gegeben, hätte er wenigstens etwas zwischen die Zähne bekommen, so blieb ihm nur das Steinchen. Sonst hatte er nichts mehr, keine Uhr, keine Schuhe, keinen Gürtel. Sogar seinen Ehering hatten sie ihm abgenommen. Ich werde mir einen neuen machen lassen, dachte er, eine genaue Kopie von dem, den Francesca trägt. Ich werde sie bald wiedersehen, ich werde meine Kinder wiedersehen, denn ich komme hier raus, und wenn es mich mein Leben kostet. Aber was hätte ich dann davon?

Er wischte Francescas Gesicht in seinen Gedanken beiseite und konzentrierte sich wieder auf die Flucht. Er quälte seinem Gehirn jeden einzelnen Schritt ab, jeden scheinbar noch so unwichtigen Handgriff, und wenn er das Programm abgespult hatte, begann er von vorn. Es hielt ihn wach. Die entscheidende Frage war, wo in der Kellerei er sich befand, auf welcher Ebene und in welchem Teil, im alten Verwaltungstrakt oder in der neuen Kelterhalle mit den Gärtanks, den alten Fässern. Der Bauweise der Wände nach konnte er sich sowohl im alten wie im neuen Gebäudeteil befinden, das alte Gebäude konnte mit Zement ausgebessert worden sein, im neuen hätten man Klinker verbaut haben können. Er untersuchte die Klinker, sie waren neu, also befand er sich in der Kellerei. Was er jedoch nicht wusste, war, wie sie auf ihn gekommen waren, wodurch er sich verraten hatte, oder von wem sie wussten, dass er sich auf ihrer Spur befand. Die Fragen während des Besuchs mit dem Weinclub konnten höchstens ihren Verdacht geweckt haben. Bei seiner Anfrage auf den Bahamas, wo sie ihr Geld über Investitionen wuschen, und den Recherchen über Treuhänder in Liechtenstein und in Luxemburg, die in Verbindung mit chinesischen Investoren standen, sah es anders aus. Das gesamte Unternehmen war mit Schwarzgeld gekauft worden, dazu mussten die Firmensitze in Steueroasen liegen, um Fragen nach der Herkunft des Geldes zu vermeiden oder sie beantworten zu können. Mit den Fälschungen machte Belmonte ein Vermögen, das transferiert und wieder investiert wurde, wobei sie die gesamte Wertschöpfungskette in Händen hielten, von der Weinlese hier bis zum Verkauf in China. Arnold war für einen Moment lang richtig glücklich, dass sich der Nebel fast verzogen hatte und sein Gehirn wieder funktionierte.

Hatte ihn jemand verraten? Wenn es Leute gab, die Steuerflüchtlinge an Regierungen verrieten, und Bankmitarbeiter, die Daten-CDs für Millionen verkauften, so gab es auf der Gegenseite auch Denunzianten. Es konnte sich nur um

Trautmann handeln, der hatte am heftigsten gegen den Besuch von Belmonte polemisiert, und er hatte sich am ersten Abend bereits abgesetzt, aber nicht in Richtung Amüsierlokal, so wie Arlitt. Roland Richter vom Münsteraner Institut hatte Francesca und die Polizei sicher längst auf die richtige Fährte gesetzt, denn schließlich hatte er ihn erst auf die Spur des Barolo geführt und ihn heißgemacht. Wenn sie nach ihm suchten, wieso kamen sie dann nicht auf Belmonte? Sie hätten hier jeden Stein umdrehen müssen. Oder hatte er in seinem Pharmakoma nichts davon mitbekommen?

Arnold lauschte in das schwächer werdende Licht, er wartete geduldig und voller Spannung. Irgendwann würde der Wächter kommen. Er war sich bewusst, dass seine Kraft nur für den Überraschungsangriff reichen würde, in diesem Moment musste er alles entscheiden, selbst wenn sie wieder zu zweit erschienen.

Er erinnerte sich daran, wie er den Weinkontrolleur kennengelernt hatte, wie gut sie sich bei einer Probe bester Italiener ausgetauscht hatten. Ihre Ansichten hatten sich größtenteils gedeckt. Richter verstand wirklich viel von Wein, vielleicht nicht von der Herstellung, wohl aber von der Bewertung und der Analyse.

Wie viele Tage waren vergangen, seit er hier war? Arnold schrak auf. Hatte er geschlafen? Er sah nicht einmal mehr die Schatten. Da war das Geräusch wieder, das Scharren oder Schleifen, das er vor Kurzem – gestern oder neulich? – gehört hatte. Wann es gewesen war, wusste er nicht, er lebte ohne Zeit. Aber er kannte den Laut. Lange konnte es nicht her sein, der Bart war nicht weiter gewachsen, nur war der inzwischen so lang, dass er keine Rückschlüsse auf die Zeit der Gefangenschaft zuließ. Es polterte, eindeutig draußen vor seiner Tür, war es inzwischen seine geworden? Setzte bereits die Identifikation mit den Entführern ein? Nein, niemals! Ein Gegenstand stieß gegen die Tür, Arnold wartete so gespannt auf eine Stimme, dass ihm fast der Kopf platzte.

War es die Chinesin, die nach ihm sah oder ihn holen wollte? Wieder nein! Und wenn doch? Er würde kämpfen wie nie zuvor, er würde keine Skrupel haben, auch wenn es zum Äußersten käme. Er zog die Flasche näher an die Pritsche, so musste der Wärter näher an ihn herankommen, dann war er in Reichweite, und sein Plan konnte aufgehen.

Wieso hatten sie ihn nicht längst umgebracht? Es war ein Leichtes, ihn in einem ihrer Weinberge zu verscharren, Erdarbeiten waren üblich, ein tiefes Loch schnell ausgehoben, einmal mit dem Pflug drüber und fertig. Trotzdem würden die Ermittlungen weitergehen, der Münsteraner würde keine Ruhe geben, die Beweise ließen sich nicht in einer Woche beseitigen. Man musste die Strukturen nur erkennen und die Fakten richtig zusammensetzen. Den Drahtziehern drohte, wenn sie entdeckt wurden, in China die Todesstrafe. Wenn sie gewarnt würden, würden sie sich absetzen, wenn sie das nicht längst getan hatten. Sie verfügten über Millionen.

Ein Schlüssel drehte sich im Schloss, Licht fiel von außen durch die Tür, jetzt konnte er sehen. Arnold zog die Decke – sie stank mittlerweile wie die Pest – halb über die Augen. Wie beim letzten Mal kroch der Wärter gebückt durch die Öffnung. Er war allein, seine Hände berührten den Boden an denselben Stellen wie beim letzten Mal, der Bewegungsablauf war gleich, aber dann wandte sich der Mann um und zog eine Plastiktüte durch die Öffnung. Arnold meinte, das dumpfe Poltern der vollen Wasserflasche zu hören. Dann richtete der Wärter sich auf und vergewisserte sich, dass sein Gefangener schlief, dass er gegessen und getrunken hatte. Demnach bestand keine Gefahr, und er zog sich die Maske vom Gesicht und wischte sich den Schweiß von der Stirn. Es war der Mann, den er kannte.

Arnold atmete ganz ruhig, sogar das hatte er geübt, war zwanzigmal aufgestanden, hatte sich gelockert, gedreht, gebückt, jede Bewegung zwanzigmal geprobt. Er hatte sich den Ablauf seiner Flucht haarklein vorgestellt, soweit es diesen

Raum betraf, die vielleicht fünfzehn Quadratmeter, und immer wieder die Muskeln aufgewärmt. In seiner Jugend hatte er im Verein Handball gespielt, heute trainierte er einmal wöchentlich mit der Seniorenmannschaft. Es war ein aggressives Spiel, und er wusste genau, wie und wo er zugreifen musste, ein Kopf war wie ein Ball, und er konnte werfen – und als sein Wärter sich nach der Wasserflasche bückte, warf Arnold ihm die Decke über. Darunter zeichnete sich der Kopf ab. Er packte ihn von oben mit einer Hand, er warf sich fast darauf und schlug ihn mit aller Kraft wie bei einem Fallwurf auf den Boden. Es krachte dumpf.

Beim zweiten Mal knallte Arnold ihn mit beiden Händen erneut auf den Zement. Als der Wärter den Kopf erneut hob, hielt er erschrocken inne. Was hatte er getan? War er dabei, den fremden Mann zu töten, hatte er ihm den Schädel gebrochen? Er zögerte, es war ein innerer Kampf von höchstens einem Augenblick, dann ließ er den Kopf los, der wie abgeschlagen zu Boden fiel. Der Mann hatte keinen Laut von sich gegeben. Nein, er würde die Decke nicht anheben, sich den Kopf nicht ansehen, er wollte hier nicht raus mit dem Bild eines eingeschlagenen oder blutüberströmten Gesichts.

Er sah sich um. Gab es irgendetwas, das er als Waffe benutzen konnte, falls der Wärter zu sich kam? Mit zitternden Händen durchsuchte er den leblosen Körper, peinlich darauf bedacht, nicht die Decke zu verschieben, das Blut färbte sie dunkel. Dass er und kein anderer dieses Werk vollbracht hatte, war offensichtlich, nichts kam in diesem Raum häufiger vor als seine DNA, daran sollte er jetzt lieber keinen Gedanken verschwenden.

Arnold fand einen Zettel mit Nummern, das waren sicher die Codes für die Türen, was ihm sagte, dass sein Wärter nicht hier arbeitete, andernfalls würde er die Codes auswendig kennen. Und als Arnold in der Hosentasche den Totschläger mit dem Teleskopgriff fand, schwanden seine Skrupel wegen des Blutes, das unter der Decke herauslief. Mit der tödlich wirkenden Waffe in der Hand fühlte er sich sicherer, als er nach der Halsschlagader seines Opfers tastete. Erleichtert nahm er wahr, dass sie pulsierte. Dann zog er dem Mann umständlich die Jacke aus, den Kopf weiter von der Decke verhüllt, und schlüpfte hinein. Die Schuhe konnte er gut gebrauchen, sie waren ein wenig zu eng, aber sie würden ihm bei seiner Flucht helfen. Leider trug der Wärter keinen Gürtel, den hätte Arnold dringend benötigt, man hatte ihm den seinen abgenommen und zusätzlich die Knöpfe am Bund abgeschnitten. Er nahm dem leblosen Mann die Armbanduhr ab, sogar ein Mobiltelefon hatte er bei sich, doch es war gesperrt. Niemand ließ sich damit anrufen, so musste er sich etwas anderes einfallen lassen, um mit Francesca Kontakt aufzunehmen. Aber über die eingespeicherten Nummern kam man später vielleicht an die Hintermänner heran, oder an diese Chinesin. Sie war von Anfang an dabei gewesen, schon auf dem Flughafen.

Sein letzter Blick galt dem Raum. Wie lange hatte er dort auf der Pritsche gelegen? Vier Tage oder fünf? Der Bart war lang, er war dünner geworden, und die Hose schlabberte, er musste sie festhalten. Dann hatte sein Dämmerzustand wesentlich länger gedauert. Er lächelte bei dem Gedanken an einen Spiegel. Wie schrecklich mochte er aussehen? Wenn er so aussah, wie die Decke roch, würde ihm die Flucht ohne Weiteres gelingen, denn niemand würde sich in die Nähe eines solchen Stinktiers wagen. Er erblickte die Plastiktüte, in der er die Wasserflasche vermutete. Da war sie auch, genau wie die Pizza mit Salami. Was für eine grandiose Abwechslung nach Anchovis und Kartoffelchips, sicher mit einer extra Portion Salz. Er nahm beides an sich. Bald würde er eine Wasserleitung finden, dann durfte er endlich trinken und essen. Die restlichen Kartoffelchips ließ er zurück, genau wie die zweite Wasserflasche. Den Mann mit dem Kopf unter der Decke ignorierte er weiter geflissentlich.

Arnold bückte sich und kroch durch die Tür. Jetzt erst begriff er, weshalb man nur auf allen vieren hindurchkam. Man hatte die Außenwand mit Lesekisten zugestellt, um die Tür zu verdecken, damit ihn nicht zufällig jemand fand. Ein Brett war so dazwischengeschoben worden, dass die Kisten direkt vor der Tür herausgezogen werden konnten, ohne dass man die gesamte Wand abbauen musste. Der Schlüsselbund steckte von außen. Er schloss ab, rückte die Kisten wieder in ihre Position und wandte sich nach rechts, wo er eine Tür sah und einen Lichtschalter. Als er ihn betätigte, stand er im Dunkeln. Er öffnete vorsichtig die Tür, so konnte er nicht gesehen werden, falls ein Helfer herumgeisterte. Zu seinem Glück hatte der Wächter in der Halle das Licht brennen lassen. Hier stand die Abfüllanlage.

Einen zweiten Mann gab es nicht, sein Wärter war also allein gekommen, obwohl Arnold über sich Geräusche hörte. Schritte? Wenn er sich recht erinnerte, gab es drei Ebenen. Zu ebener Erde und vom Hof aus zugänglich standen die Gärtanks, Kolosse aus Edelstahl. Eine Etage tiefer reihten sich die großen Holzfässer auf, davor in Reihen und dreifach übereinandergestapelt die Barriques, wie auch unten im Hauptgebäude. Hier aber hatte er jetzt die Abfüllstraße vor sich, ein ruhendes Ungeheuer, schlafend und starr, Reflexe wie kleine Lichter auf den gläsernen Schutzwänden und spiegelnden Chromteilen. Also befand er sich auf der untersten, der dritten Ebene. Wieder hörte er ein Geräusch, als hackte jemand Holz, ein Schlag nur, dann eine Pause, wieder ein Schlag. Dann war da ein Rauschen, in den Wänden blubberte es, als stünden Luftblasen in den Rohren, was ihn an das Glucksen ihrer Heizung erinnerte, wenn er zu Beginn des Winters die Rohre entlüftete. Er musste sich konzentrieren, er durfte es nicht riskieren, jemandem zu begegnen.

Als er an einer Tür das WC-Zeichen sah, blieb er stehen, ihm war, als sei die Flucht bereits gelungen, als sei er bereits frei und fort. Dort musste es ein Waschbecken geben, dort war Wasser, und er stürzte, ohne nachzudenken, durch die

Tür, wagte nicht, das Licht anzumachen, mehr aus Angst vor dem eigenen Anblick als vor Entdeckung, fand den Wasserhahn, drehte ihn auf und trank, trank sich satt, ließ sich volllaufen, tauchte das Gesicht beim Trinken hinein, ließ das Wasser über die Hände rinnen, über die Unterarme und war für eine kurze Weile vollkommen glücklich. Dass Wasser wirklich Leben bedeutete, begriff er jetzt, und er würde es niemals vergessen. Wieder formte er seine Hände zur Schale, das Wasser lief hinein und kühlte sein heißes Gesicht. An einem Garderobenhaken hing ein Kittel, er stopfte ihn in die Plastiktüte. Da standen Gummistiefel. Er zog sie an. Sie passten besser.

Als er meinte, dass sein Körper keinen Tropfen mehr aufnehmen konnte, kehrte er zurück zur Abfüllstraße. Auf einem Stapel Pappen lagen Schnüre. Er drehte sie ineinander und besaß jetzt einen Gürtel, wieder etwas geschafft. Der Durchgang zum hinteren Teil der Halle mit dem großen Tank aus Zement war mit einem schweren Streifenvorhang dicker halb durchsichtiger Plastikbahnen verhängt. Dort musste sich auch das Lager befinden, wo Zigtausende von Flaschen in Drahtkörben bis unter die Decke gestapelt waren und wo Mengen von Pappen darauf warteten, von einer Maschine zu Kartons gefaltet und mit Flaschen gefüllt zu werden. Seine Erinnerung funktionierte wieder. Hier war das Tor, dort war das Lager. Sollte er sich ein Versteck bauen, eine Höhle aus Pappen, und darin warten, bis am Morgen das Tor geöffnet wurde? Er müsste an allen Arbeitern vorbeilaufen, sie würden ihn für einen Dieb halten und einholen. Nein, das war zu riskant. Er musste weiter nach oben, da würde es bestimmt auch eine Tür geben, um ins Freie zu kommen. Bei ihrem Besuch waren sie vom Hauptgebäude über den Hof gegangen und hatten durch ein Tor diesen Teil der Kellerei betreten, allerdings zwei Etagen darüber.

Das Geräusch fließenden Wassers unterbrach seine Gedanken, das Plätschern wurde stärker, jetzt folgten die Schläge hintereinander, dann war Stille, kurz darauf wieder dumpfe Schläge. Dann klang es hell, als stieße Metall auf Metall, Metallteile polterten zu Boden, und das alles geschah direkt über ihm. Was ging da vor? Arbeitete noch jemand in der Nacht? Er musste sich in Sicherheit bringen und den Treppenschacht finden, um nach oben zu kommen – und als er sich durch den Streifenvorhang gezwängt hatte und den Treppenschacht neben dem Lastenaufzug sah, kam ihm über die Treppe ein rotes Rinnsal entgegen. Blut? Nein, das war kein Blut, das war viel zu dünnflüssig und floss zu schnell. Das Rinnsal plätscherte über die Stufen, schwoll in Sekunden an, wurde zur strömenden Flut, er roch, was es war, eine Flutwelle aus Wein kam ihm entgegen, die Papierfetzen und Dreck mit sich spülte, das alles ergoss sich die Stufen hinab auf ihn zu.

Arnold sah sich hektisch um. Über die Treppe kam er nicht mehr nach oben, aus dem Rinnsal waren Kaskaden von Wein geworden, der auch im Treppenschacht auf den Zementboden pladderte, wo sich in rasender Geschwindigkeit ein See ausbreitete und den Hallenboden überschwemmte. Ein Teil floss in den Fahrstuhlschacht ab, aber der lief rasch voll, die Abflüsse schienen verstopft zu sein, nirgends bildeten sich Strudel. Arnold zog sich zurück, in Sekunden würde er im Wein stehen, der sich einen Ausgang in Richtung Rolltor suchte, wo er sich staute. Der Weinspiegel stieg zusehends. Jetzt stand er wie auch die Abfüllanlage in dem riesigen Weinsee, und der Zustrom nahm kein Ende. Hatte ein Wahnsinniger oben sämtliche Lagertanks geöffnet und die Kellerei geflutet? Waren hier alle wahnsinnig geworden? Arnold war froh, die Gummistiefel gefunden zu haben, er stand bereits knöcheltief im Wein.

Das Versteck zwischen den Kartonagen war hinfällig, die Pappen würden sich mit Wein vollsaugen. Er musste schleunigst ein besseres Versteck finden. Es war eine Frage der Zeit, bis jemand Alarm schlug, dann würde die Chinesin mit ihrer gesamten Bande anrauschen, die Polizei im Schlepp, und beiden musste er aus dem Wege gehen. Sie würden ihn für die Sabotage verantwortlich machen. Es war nur gut, dass der Weinpegel weiter anstieg und alle Spuren verwischte.

Arnold watete zurück zum Streifenvorhang, als er auf der Treppe schemenhaft die Beine eines Mannes in Gummistiefeln sah, der in dem roten Wasserfall herunterkam und sich am Geländer festhielt, mit Mühe in der Strömung das Gleichgewicht haltend. Oben mussten sämtliche Fässer und Tanks geöffnet worden sein, der Zufluss war gewaltig, der Schaden riesig, und der vom Wein aufsteigende Dunst benebelte ihn. Bitte nicht schon wieder, dachte Arnold, er hatte seinen Kopf noch nicht gänzlich von den Nebeln seiner Gefangenschaft befreit, das Denken und Schlussfolgern fiel ihm immer noch schwer. Hatte dieser Mann, der sich hinter dem milchigen Kunststoff wie ein Gespenst bewegte und eine Kapuzenjacke trug, die Ventile geöffnet? Wer war das, und was mochte ihn dazu bewogen haben, dieses Chaos anzurichten? Er bewegte sich, einen länglichen Gegenstand in Händen, auf die Reihe der in die Wände eingelassenen Tanks zu.

Hilflos sah Arnold sich um. Wo sollte er hin? Sollte er zum Tor laufen und versuchen, irgendwie hinauszukommen? Er bewegte sich entlang der Abfüllstraße auf das Tor zu, drückte dort auf einen grünen Knopf mit dem Schild *Aprire*, aber es tat sich nichts. Dann erinnerte er sich an den mannshohen Füllkessel am Anfang der Abfüllstraße. Erst neulich hatte man ihm erklärt, dass der Wein aus den großen Fässern dort hineingepumpt wurde, bevor man die Flaschen füllte. Rechts stand eine Leiter, mit ihr würde er oben an den Tankdeckel gelangen. Wenn der Tank leer war, könnte er reinkriechen.

Der Plan ging auf, er musste nur nach dem Einstieg die Leiter umstoßen, der Wein bedeckte sie. Als er gerade wie bei einem Unterseeboot durch das Turmluk einsteigen wollte, hörte er die ersten heftigen Schläge. Metall auf Metall! Demnach hatte der Unbekannte eine Axt oder etwas Ähnliches in Händen gehabt und ging jetzt auf die zehntausend und mehr Liter fassenden Tanks los. Schlug er einfach die Ablaufstutzen raus? Der Schaden würde unermesslich sein, Hunderttausende Liter verdorbener Wein, jetzt vernichtete er auch noch den gereiften Nebbiolo – das einzig Gute, das diese Kellerei zu bieten hatte. Ein Verlust von Millionen. Wenn der Täter rechtzeitig verschwand, würde man ihn selbst für den Schaden verantwortlich machen. Arnold grauste vor den Folgen.

Aber wieso benutzte der Mann eine Axt? Jeder Tank und jedes Fass hatte mindestens vier Öffnungen: eine zum Befüllen, einen kleinen Hahn, um den Inhalt zu probieren, einen Stutzen, um Schläuche anzuschließen, und letztlich die Öffnung, um hineinzukriechen und den Tank von innen zu säubern.

Der Pegel stieg, die anschwellende Flut bewegte sogar die Streifen des Vorhangs, Arnold begab sich vollends in den Füllkessel, seine Füße erreichten den Boden, er konnte stehen und die Umgebung beobachten, das Turmluk ließ sich rasch schließen. Um nicht in dem Kessel eingeschlossen zu werden, zerrte er die Gummidichtung aus der Fassung, klemmte sie ins Scharnier und legte die Unterarme wie ein Panzerkommandant auf die Umrandung. So konnte er sofort untertauchen, der Beobachtungsposten war ideal, wenn ihm nur der Vorhang nicht die Sicht in die Halle nebenan genommen hätte. Und der Pegel stieg weiter. Wenn sämtliche Tanks geöffnet waren, mussten es mehrere Hunderttausend Liter sein. Wenn Belmonte sieben Millionen Flaschen Wein jährlich produzierte, waren das knapp fünf Millionen Liter Wein … Der Irrsinnige wütete weiter, immer wieder waren Schläge zu hören. Seit Arnold der Wein von der Treppe her entgegengekommen war, war eine Ewigkeit vergangen.

Dann herrschte Stille, eine lange Stille, unheimlich, unwirklich, nur unterbrochen vom Gurgeln, vom Blubbern und Rauschen. Es wirkte beängstigend, wie die Ruhe vor dem Sturm. Arnold war sich sicher, dass etwas passieren würde. Die Sache war nicht ausgestanden. Wie lange war er in diesem Tank? Er erinnerte sich an die Armbanduhr in der Hosentasche – es war jetzt fünf Uhr und draußen längst hell. Da drang ein Geräusch an sein Ohr, als würde jemand durch Wasser beziehungsweise durch den Wein stapfen, der inzwischen mehr als kniehoch stand.

Er sah einen Schemen hinter dem Vorhang, eine Hand bog die Streifen zurück, da stand hoch aufgerichtet ein Mann, den er nie zuvor gesehen hatte, und überblickte die Halle. Seinem Gesicht nach betrachtete er wohlgefällig sein Werk der Vernichtung. Oder befand er sich in Alarmzustand? Von der Treppe her schallten Rufe, die den Unbekannten verharren ließen, dann krachten zwei Schüsse. Sie warfen den Mann um, er fiel nach hinten, über ihm schlug der Wein zusammen, und der Vorhang schloss sich.

Entsetzt starrte Arnold auf den Erschossenen, der leblos wieder an die Oberfläche trieb. Sollte er raus aus seinem Kessel und ihm helfen? Man würde auch ihn erschießen, als Komplizen des Wahnsinnigen. Die Gewissheit nahm zu, als der Schütze den Vorhang beiseiteschob, die Pistole in der Hand, und hinter ihm erschien eine Frau – die Chinesin? Als sie etwas sagte, erkannte er sie, die Stimme hatte er zweimal gehört, zuerst auf dem Turiner Flughafen, danach in seinem Verlies. Jetzt tat ihm nichts mehr leid, auch nicht, dass er seinen Wärter so übel zugerichtet hatte. Wenn er sich nicht auf die Pritsche rettete, würde er ertrinken. Falls der Wein in den Raum eingedrungen war. Sein Pech! Damit schüttelte Arnold den Gedanken ab und sah, wie der Pistolenschütze auf das Rolltor zuging, einen Schlüssel in das Schloss unterhalb des Öffnungsmechanismus schob und das Tor hochfahren ließ. Sofort kam der Wein in Bewegung, strömte auf das Tor zu, der Mann am Rolltor taumelte, griff Halt suchend nach der Wand, ein Schuss löste sich, doch der Sog der Strömung unter dem kaum geöffneten Tor zerrte an ihm, er stürzte, die Flut riss ihn mit, vergeblich versuchte er, an die Oberfläche zu gelangen, wild und verzweifelt fuhren die Arme durch die Luft, der Körper blieb unter Wasser, die Bewegungen der Hände wurden verzweifelter, dann verschwanden sie.

Auf der anderen Seite kämpfte die Chinesin um ihr Gleichgewicht, und obwohl sie kleiner und leichter war, schaffte sie es, sich gegen die Strömung zu stemmen und vom Vorhang aus die rettende Abfüllanlage zu erreichen. Sie stand zwei Meter entfernt, in ihrem Gesicht keine Regung. Stoisch starrte sie in Richtung des Tors, eine Waffe trug sie nicht. Es schien eine Ewigkeit zu dauern, bis der Wein abgelaufen war, doch bereits vorher machte sie sich auf die Suche nach dem Schützen. Erst als der Pegel sich weit gesenkt hatte, kamen die Arme des Ertrunkenen im Rolltor zum Vorschein, doch sie suchte nach etwas anderem.

Sie sucht nach der Pistole, dachte Arnold, doch die fand sie nicht. Dann machte die Frau sich eilig auf den Rückweg zum Treppenschacht. Der andere Tote in der Lache aus Wein war ihr kaum einen Blick wert. Arnold wartete, bis der Wein durchs Tor abgelaufen war. Er kletterte aus seinem Versteck und ließ sich außen am Tank herunter. Er konnte sich neben der Leiche des Ertrunkenen durch den Spalt zwischen Rolltor und dem Hallenboden zwängen, ohne nass zu werden. Dann trat er ins Freie. Die Sonne ging auf.

30

Die Sonne war über die Hügel gestiegen, sie warf ihre Strahlen quer über Francescas Bett. Sie hatte vergessen, die Fensterläden zu schließen und die Vorhänge vorzuziehen. Sie war gestern wie ohnmächtig ins Bett gefallen, hatte sich weder abgeschminkt noch ausgezogen, und als sie frierend tief in der Nacht aufwachte, hatte sie es gerade geschafft, in ihren Pyjama zu schlüpfen. Obwohl sie mindestens acht Stunden geschlafen hatte, fühlte sie sich zerschlagen und erschöpft. Wo sollte sie noch nach Arnold suchen? Ludovico frönte lediglich seiner Rache. Seit er im Besitz des Rechners war, konnte sie kaum mehr auf ihn zählen. Die schöne Belinda würde ihm die Hölle heißmachen, falls er sie doch bei der Suche unterstützen sollte, wofür Francesca sogar ein gewisses Verständnis aufbrachte. Er hatte vergangene Nacht noch einmal in die Kellerei gehen wollen – aber mit welchem Ziel? Alles lief bei Belmonte zusammen. Was wollte Ludovico dort suchen? Ich bin kein Mensch für Heimlichkeiten, sagte sie sich, niemand für Verschwörungen und Ermittlungen, sofern es sich nicht um Zahlen handelt. In der Welt der Zahlen fühlte sie sich sicher, in einer Bilanz fand sie jeden Fehler, jede Ungereimtheit einer Buchhaltung, jeden Betrug. Die beschafften Dokumente beinhalteten auch Zahlen, hatte ihr Ludovico versichert. Damit hätte sie etwas anfangen können, sie brauchte Zahlen, um weiterzukommen, Transferleistungen und Konten, Summen und Debitoren.

Der einzige Lichtblick an diesem strahlend schönen Morgen war, dass Feltrinelli sich im Anflug befand. Wann er eintreffen würde, wusste sie nicht. Deshalb rief sie noch vor dem Frühstück in Düsseldorf an und erreichte ihre Mutter.

Er käme am Nachmittag, sagte Marcella, »du brauchst ihn nicht abzuholen, er nimmt sich einen Wagen«. Dann versuchte sie, Francesca ein wenig aufzurichten. Francesca tat so, als zeigten die Worte Wirkung, aber nur, um ihre Mutter nicht zu enttäuschen.

Der Weg zur Cantine Marchesi di Barolo war kurz, mehr als zehn Minuten würde sie nicht brauchen, den Wagen konnte sie entweder dort im Hof oder vor dem *Municipio* abstellen, allerdings durfte man vor dem Rathaus nur für zwei Stunden parken, wie sie auf einem Schild gelesen hatte, aber länger wollte sie auf keinen Fall bleiben. Sie war zu früh dran, deshalb machte sie einen Umweg und fuhr nach La Morra hinauf, sie musste etwas gegen ihre Verzweiflung tun. Inzwischen war sie mit der Gegend und den Straßen einigermaßen vertraut. Sie durchquerte den Ort und nahm die Kammstraße in Richtung Vergne, wo sie das Weingut von Aldo Vajra besucht hatte. Hier in der Höhe wurde ihr freier ums Herz, der Kopf etwas klarer, die Brillanz des strahlenden Morgens dämpfte ihre Traurigkeit. Je höher sie hinaufkam, desto leichter wurde ihr Geist. Vor sich die schmale Landstraße mitten durch die jungen Farben des Frühlings, blühende Bäume und Blumen an beiden Seiten des Wegs; die alten, schiefen Telegrafenmasten erinnerten sie an ihre Kindheit und riefen Fernweh hervor. Rechts fielen die Langhe in die weite, wellige Ebene ab, dahinter standen die massig grauen Berge.

Die Alpenkette war die Begrenzung ihrer momentanen Arena, sehr fern, zugleich trennte diese sie von ihrem normalen Leben: weiße Schneekappen und darüber der hellblaue Himmel, der sie den Wagen anhalten ließ, und unmittelbar schwanden die schweren Nachtgedanken. Nein, nicht gänzlich, sie blieben auf der Lauer, jederzeit bereit, sie wie ein Raubtier aus dem Hinterhalt anzufallen und niederzudrücken. Sie würden sie nicht zerfleischen, sie würde es nicht zulassen, schließlich hatte sie Kinder, für die würde sie leben. Wieso erinnerte sie sich hier oben daran, was der Nigerianer über Arnold gesagt hatte? Gab es darauf eine Antwort? Sie fand keine. Es war wie bei jeder Weissagung: Man wollte daran glauben. Und wer wagte es, schlechte Prognosen abzugeben?

Hier von der Höhe aus konnte sie auf das Dorf Barolo herabsehen, im Zentrum das ehemalige Schloss mit dem Weinmuseum. Das zweiflüglige, sonnengelbe Gebäude der Kellerei mit den Königspalmen, an dem sie mehrmals vorbeigekommen war, lag verdeckt jenseits des Hügels. Sie konnte gut verstehen, dass es die Düsseldorfer Weinfreaks hierhergezogen hatte.

Heimbüchler und Kirsch wollten nichts mehr mit Trautmann und Schilling zu tun haben, sie würden den Weinclub verlassen, wie sie angedeutet hatten, auch Arlitt hatte sich weder engagiert noch betroffen gezeigt, gelinde ausgedrückt. Hatte Trautmann sich abgesetzt, ausgerechnet nach China? Angeblich musste er mit den Behörden des Landes eine Exkursion für Studenten der Sinologie vorbereiten. Oder steckte er bis zum Hals in der Sache und war auf der Flucht? Irgendwann würde er reumütig zurückkommen, deutscher oder italienischer Knast war sicher erträglicher als ein Exil in China. Was auch immer mit Arnold geschehen war, sie würde ihm und Arlitt keine ruhige Minute mehr lassen. Das schwor sie sich in diesem Moment.

Die Geschichte der Cantine Marchesi di Barolo begann, wie Kellermeister Flavio Fenocchio erzählte, um 1807, als der Marquis von Barolo, Carlo Tancredi, sich in die französische Adlige Juliette Colbert de Maulévrier verliebte. Das waren Geschichten, die Francesca gefielen. Die Französin verstand anscheinend viel vom Wein, sie begriff das Außergewöhnliche der Lage, des Bodens und des Mikroklimas, »das Potenzial unserer Region für die Nebbiolo-Rebe, würde man heute sagen«, so der Kellermeister des Hauses. Die wichtigen Impulse sollten von Camillo Benso Graf von Cavour ausgegangen sein, Förderer des Weinbaus, der nationalen Entwicklung und der Einigung des damals zerstückelten Italiens.

Francescas Vermutung war richtig, die begüterte Dame hatte sich die entsprechenden Berater leisten können und aus Reims den damals bekannten Önologen Louis Oudart kommen lassen. Wer oder was aus Frankreich kam, war damals sowieso als wegweisend betrachtet worden. Die Winzer hier hatten sich sogar in Bezug auf die Gegenwart ähnlich geäußert und Italien einen Rückstand von zwanzig Jahren attestiert. Es waren damals auch sogleich Kelleranlagen gebaut und die Lagerung der Weine in kleinen und großen Eichenfässern eingeführt worden. Vor denen standen sie jetzt, zwanzig Fässer zu fünfhundert Liter, dreißig zu zweitausend Liter, sie zählte sie nicht mehr, denn im Nebengewölbe standen die zu fünftausend Liter in langen Reihen, das größte Fass achtzehntausend Liter fassend. Wer trank das? Irgendwer musste es tun, dabei waren die Weine nicht gerade billig, ein Barolo begann bei fünfundzwanzig Euro. Die Ware der Discounter zählte sie nicht dazu.

Man schrieb Juliette Colbert auch zu, den Barolo in der neuen Art des Ausbaus im wahrsten Sinne des Wortes erst salonfähig gemacht zu haben, denn in den Salons wurde er getrunken, und was der Adel genoss, musste gut sein, der Geldadel ahmte es sogleich nach. Francesca erinnerte sich, dass ihr Vater etwas Ähnliches von der Einführung des Champagners erzählt hatte, den hatten sich anfangs auch nur Könige und Hofschranzen einverleiben dürfen.

Im neuen Keller der Marchesi lagen die Barriques in mehreren Reihen nebeneinander und in drei Reihen übereinander, und in der Luft lag wieder das Francesca inzwischen vertraute Aroma von Wein und Vanille. Es waren, wie Kellermeister Fenocchio erklärte, Hölzer aus den französischen Eichenwäldern aus Allier und dem Limousin verarbeitet worden. Fenocchio hatte alle Modernisierungen im Unternehmen mitgestaltet, fünfunddreißig Jahre arbeitete er hier. Er kannte jedes Fass, jeden Rebstock, es gab keine Rebzeile im Weinberg, die er nicht abgeschritten hatte. Seine größte Zuneigung galt dem Cannubi, wiederholt war er Francesca als eine der besten und teuersten Lagen der Langhe genannt worden. Auf 1,5 Millionen Euro wurde der Wert eines Hektars hier geschätzt, aber niemand wäre auf die Idee gekommen, auch nur einen Quadratmeter zu verkaufen.

Was Fenocchio über die Elveziano- und Tortoniano-Böden sagte, interessierte Francesca wenig, sie zwang sich aber zum Hinhören, denn die anderen drängenden Gedanken hätten sie nur runtergezogen. Es sollten Überschichtungen kalkhaltigen Sedimentgesteins und Quarzsand-Böden sein, die sich mit blauem Mergel vermischten und angeblich für die besondere Komplexität des Barolo aus Cannubi verantwortlich seien. So wie sie Komplexität inzwischen verstand, wurde sie durch viele verschiedene Duftnoten geschaffen, die sie selbst einzeln kaum unterscheiden, geschweige denn benennen konnte. Aber immer deutlicher nahm sie das wahr, was sie als den typischen Duft eines Barolo bezeichnen würde. Sie war gespannt, ob sie ihn bei der späteren Probe wiederfinden würde. Die Aromen waren so vielschichtig, jeder würde etwas anderes wahrnehmen, meist das, was er kannte oder woran er sich erinnerte. Für sie waren Tabak, ein Hauch von Asphalt, der sie stets irritierte, und bittere Schokolade vorherrschend, hinzu kamen Kirschen und Rosinen – und Rosen. Gerade dieser Duft bereitete ihr Schmerzen. Sie schaute auf die Uhr, sie fühlte sich unter Druck. Sie wartete auf Feltrinelli, sie wurde fast verrückt beim Gedanken an Arnold, und gleichzeitig hatte sie Angst, dass Ludovico irgendetwas ganz Dummes anstellen würde. Ihm war alles zuzutrauen.

Dass die Familie Abbona sich Zeit nahm und sie zum Mittagessen im hauseigenen Restaurant bat, begriff Francesca als besonderes Privileg. Was war sie denn? Nichts als eine Hochstaplerin in der Rolle einer Einkäuferin für italienische Restaurants, von denen es Hunderte, wenn nicht Tausende auf der Welt gab. So zumindest war sie angekündigt worden. Oder galt die besondere Aufmerksamkeit dem Umstand, dass ansonsten nur Männer vorbeischauten? Ihr war nicht wohl in ihrer Rolle, Menschen, die freundlich und offen auf sie zukamen, zum Dank zu belügen. Später, so hoffte sie, würde sie alles aufklären, sie würde überall vorbeigehen und sich entschuldigen, wenn Arnold … Nein, sie musste weiterspielen. Das Stück war längst nicht vorbei, noch hatte der Vorhang sich nicht gesenkt.

Warme weiche Töne empfingen sie im Speisesaal, das warme Gelb der Wände fand sich im Stoff der Stuhlbespannung wieder, dezent gemustert waren die Tapeten und Tischdecken. Das Licht der winzigen Deckenlampen wurde von zahllosen Gläsern reflektiert und warf ein eigenes Glitzern über die stilvoll gedeckten Tische.

Heute tafelte hier nur eine größere Gesellschaft am anderen Ende des Speisesaals. So war man an dem runden Tisch mit Anna und Ernesto Abbona und ihrer Tochter Valentina, Ebenbild der sehr gut aussehenden Mutter, ganz für sich und ungestört. Es waren keine Marchesi, die Abbonas waren bürgerlich. Der Sohn studierte Önologie in Alba, die Tochter kümmerte sich um den weltweiten Vertrieb. Unternehmensgründer Pietro Emilio Abbona musste bereits damals über erhebliche Mittel verfügt haben, um die Kellerei und Ländereien der kinderlos gebliebenen Vorbesitzer im Jahr 1895 aufzukaufen. Der anfängliche Erfolg basierte auf der Teilnahme an Weltausstellungen, internationalen Weinwettbewerben und der Prämierung mit Goldmedaillen und Verdienstkreuzen. Heute bewegten sich die Bewertungen zwischen einem und drei Gläsern im »Gambero Rosso«, wie

Francesca Feltrinellis Unterlagen entnommen hatte, und mindestens 92 Punkten im Weinführer »Veronelli«.

Was das Gespräch bei Tisch für Francesca so schwierig machte, war die Zuvorkommenheit ihrer Gastgeber, die Geschliffenheit ihrer Umgangsformen, die herzliche und völlig unprätentiöse Art, in der sie sich ihr zuwandten. Hinzu kamen das exzellente Menü und die Weine. Es war überaus angenehm, mal nicht die Weine der Reihe nach probieren zu müssen, sondern sie in Verbindung mit Speisen zu probieren.

Der weiße Roero Arneis Le Selezioni passte hervorragend zum marinierten Gemüse und auch zum gereichten Cocktail von Meeresfrüchten. Der Coste di Rose danach war der erste Barolo von Trauben ausschließlich auf der gleichnamigen Lage gewachsen, er hatte die für Francesca typischen Aromen, wobei hier ein Hauch von Minze hinzukam. Den erst dreieinhalb Jahre alten Cannubi, die Toplage schlechthin, empfand sie als noch zu rau. Dass sie sich dazu verstieg, zu behaupten, man müsse ihn noch gut vier oder fünf Jahre ruhen lassen, wunderte sie. Was bildete sie sich ein, dass sie sich ein Urteil erlaubte? Dann folgte der Sarmassa, eindeutig der stärkere Wein, auch ein Jahr älter und im Reifeprozess weiter fortgeschritten. Und der Brasato al Barolo dazu war eine grandiose Idee. Da stellte sich bei ihr sogar der Appetit wieder ein. Das über mehrere Tage in Barolo marinierte Rindfleisch zerfiel hauchzart auf der Zunge und trug ebenfalls den Geschmack des Weins. Einen Brasato al Vino kannte sie, hatte ihn selbst zubereitet, doch niemals mit einem derart außergewöhnlichen Wein, dreißig Euro lediglich für die Marinade waren schlicht zu viel, obwohl Arnold sich immer fürchterlich darüber aufregte, wenn jemand einen schlechten oder überalterten Wein zum Kochen verwendete.

Die große Überraschung war der Barolo von 1958! Etwas Derartiges hatte sie noch nie zuvor probiert. Die Farbe hatte er zum Teil verloren, in hellem Granatrot stand er neben den jüngeren, tiefroten Brüdern (oder Schwestern?), noch war ein wenig vom typischen Duft vorhanden, aber die Aromen verflüchtigten sich bereits im Glas, ein medizinischer Hauch blieb. Tannin war kaum noch vorhanden, von Harmonie war nicht zu sprechen. Ein Genuss war dieser Wein nicht, eine Sensation allemal, besonders für sie, einen Wein zu probieren, der über zehn Jahre vor ihrer Geburt gekeltert worden war.

»Weitermachen, du musst weitermachen!«

Genau diese Worte hatte Feltrinelli vorhin am Telefon benutzt, nachdem er in Turin gelandet war. »Mach weiter, mein Mädchen«, so nannte er sie immer, wenn er ihr Mut machen wollte, wenn sie nicht weiterwusste. »Wir kriegen das hin!«

Seine Worte waren tröstlich, und sie hätte ihm zu gern geglaubt. Sie hatten sich in Monforte d'Alba verabredet, wo sie den nächsten Termin wahrzunehmen hatte, Feltrinelli wollte direkt dorthin kommen.

Sie war es nicht mehr gewohnt, zu Mittag zu essen, heute jedoch hatte sie es genossen. Aber jetzt fühlte sie sich voll, geradezu genudelt, dabei hatte sie nicht viel zu sich genommen. Es war das Drama, in dem sie sich bewegte, das ihr auf den Magen drückte und ihr das Herz schwer machte.

Zuerst verfuhr sie sich, irrte oberhalb des Ortes herum, bis ihr jemand den richtigen Weg wies, eine Stichstraße am unteren Ende von Monforte, der kurvenreich zwischen die Weinberge führte.

Azienda Agricola, Fattoria, Tenuta und Podere waren allesamt Bezeichnungen für Weingüter, die entweder aus Bauernhöfen, Besitzungen, Gütern oder rein landwirtschaftlichen Betrieben hervorgegangen waren. Die Fattoria, eine Faktorei, war im Mittelalter eine Handelsniederlassung gewesen. Nicola Argamante hatte sich für Podere entschieden und seinen Betrieb Podere Ruggeri Corsini genannt. Er lag gut versteckt und war der kleinste, den sie bisher besucht hatte. Siebzig- bis achtzigtausend Flaschen produzierten Argamante und seine Frau – ebenfalls Agronomin – jährlich auf zehn Hektar. Sie waren damit zufrieden, es ernährte die Familie und machte Freude. Nicola musste nicht groß hinaus, er wollte nicht um jeden Preis wachsen, um dann irgendwann »Manager einer Großkellerei« zu werden, wie er sagte. Er wollte seine Arbeit gut machen und nahm sich Zeit dafür. Andere Jungen hatten in ihrer Jugend von Computern geträumt, seine Leidenschaft gehörte dem Landleben, den Pferden und der Landwirtschaft. Jedes Fachbuch, das er in jungen Jahren in die Hände bekam, lernte er auswendig, und so war es nur folgerichtig für ihn, die Landwirtschaftsschule zu besuchen.

»Ich mache den Barolo eigentlich für mein Lieblingsessen, das ist Pasta mit Kaninchenragout, und nicht für den Markt, obwohl mich die Meinung meiner Kunden schon interessiert. Und wenn ich ihn selbst trinke, öffne ich die Flasche bereits zwei Tage vorher.«

Francesca war gespannt, was ihr Vater dazu sagen würde. Er hatte Stammgäste, die gaben bei der Tischbestellung an, wann sie welchen Wein vorher geöffnet haben wollten, oder er fragte sie danach. Wichtig war Nicola, dass die Weine relativ früh trinkbar waren und niemand fünf Jahre warten musste, bis die Tannine sich geglättet und die Aromen sich entfaltet hatten. Aber an die Regel, dass ein Barolo mindestens drei Jahre reifen musste, davon mindestens zwei Jahre im Fass aus Kastanie oder Eichenholz, musste auch er sich halten.

Maximal durften nur 8 000 Kilo je Hektar geerntet werden, was etwa 6 900 Flaschen Wein ergab. Riserva durfte ein Wein erst genannt werden, wenn er fünf Jahre im Keller des Produzenten gelagert worden war. Aber darauf verzichtete Argamante, genau wie auf chemische Analysen. Ob die Trauben reif zur Lese waren, entschieden keine chemischen

Analysen, sondern sein Empfinden. Für die Mazeration, also die Standzeit des Mostes auf der Maische, wendete er ein besonderes Verfahren an, so auch beim Armujan, seinem Barbera, der nicht nur hochgelobt wurde, sondern auch Francesca ausnehmend gut gefiel. Er war leicht und gefällig, der Duft dunkler, roter Früchte trug ihn, Brombeere kam darin vor, ein Hauch von Erde. Und was Francesca verblüffte, war die Tatsache, dass sie nach dem Einschenken den Eindruck hatte, dass die Tannine grob waren, sie machte sich auf angegriffene Mundschleimhäute gefasst, doch eine Minute später war der Wein weich wie …

Hatte ihr Vater nicht gesagt, dass er allein kommen würde? Wieso fuhren jetzt zwei Fahrzeuge gleichzeitig vor? Argamante sah sie fragend an, weitere Besucher waren nicht angemeldet. Hätte Francesca ihm sagen sollen, dass sie ihren Vater erwartete? Ihr Herz klopfte bis zum Hals.

Der Winzer unterbrach seine Erklärung mitten im Satz, den nächsten Wein von fünfundvierzig Jahre alten Reben betreffend, neigte den Kopf zur Seite, um durchs Fenster zu blicken, zuerst neugierig, dann verblüfft und schließlich erschrocken. Er wandte sich wieder Francesca zu, als wisse sie eine Antwort auf die nicht gestellte Frage. Was geschah da draußen? Er stand auf und nahm eine eindeutige Abwehrhaltung ein, als er auf die Tür zuging. Sie wurde ihm von außen fast vor den Kopf geknallt, während vor dem Haus Autotüren zugeschlagen wurden.

31

Die Uniform des Polizisten konnte Francesca nicht deuten, es hätte ein Carabiniere sein können, jemand von der Polizia di Stato, dicht gefolgt von … nein … Vice Commissario Moretta? Er trug wieder sein höhnisches Grinsen im lackierten Gesicht. Francesca erstarrte. Der Besuch konnte nur ihr gelten. Moretta würdigte den Winzer keines Blickes, er kam gleich auf sie zu.

»Signora Francesca Sturm, alias Feltrinelli, ich verhafte Sie wegen des Einbruchs in die Kellerei Belmonte, wegen des Diebstahls von Dokumenten, von Daten und von Computern, wegen Sachbeschädigung sowie wegen der Irreführung von Polizeiorganen.« Er wandte sich an Argamante. »Sie spioniert, sie ist Hochstaplerin, sie forscht hier in den Langhe Kellereien aus und bricht dann nachts mit einem hiesigen Komplizen ein. Seien Sie froh, Signore, dass wir sie gefasst haben.«

Er beugte sich dem Winzer zu, um ein dankbares Händeschütteln entgegenzunehmen. Der aber blickte in ungläubigem Staunen von einem zum anderen. Die meisten Italiener standen der Polizei mit Misstrauen gegenüber, vor allem, weil man sich hier weniger als Italiener denn als Piemontese verstand.

Francesca blieb die Luft weg. Sie spürte, dass ihr Herz einige Schläge vergaß. Ihr wurde schwindlig. Hätte sie nicht gesessen, sie wäre umgefallen. Gleichzeitig hatte die Situation für sie einen gänzlich irrealen Charakter, sie war absurd wie ein Traum, aus dem man im nächsten Moment wach wird. Sie begann zu lachen.

»Verhaftet? Ich? Ihr seid ja wahnsinnig …«

»Bleiben Sie ruhig, räumen Sie Ihre Utensilien zusammen.« Moretta meinte den Schreibblock, den Kugelschreiber, die Kamera sowie die Sonnenbrille und die Handtasche, dann war da noch die Plastiktüte mit den Prospekten der Marchesi. »Ich nehme Ihnen das alles gerne ab.« Er hielt ihr die Hände entgegen.

Mit einer flinken Bewegung schob Francesca ihr Telefon unter ein Blatt Papier, sie hatte bemerkt, dass Argamante sie dabei beobachtete, und sie nickte ihm kaum merklich zu. Er verstand und nahm es an sich.

»Wo ist Ihr Mobiltelefon?« Moretta griff nach Francescas Handtasche und durchwühlte sie.

»In meinem Quartier, nehme ich zumindest an, wenn es nicht in der Tasche ist. Und – ist es nicht da?«

»Weder in der Handtasche noch in Ihrem Quartier, das haben wir bereits durchsucht.«

»Haben Sie einen Haftbefehl? Zeigen Sie mir Ihren Hausdurchsuchungsbeschluss!« Francesca hatte sich schnell gefasst.

»Wir benötigen weder das eine noch das andere, *per pericolo imminente*, wenn Gefahr im Verzug ist. Wo ist Ihr Mobiltelefon?«

»Dann vielleicht im Auto?«

»Die Schlüssel!« Moretta streckte gebieterisch die Hand aus. »Hat sie getrunken?« Er betrachtete die Flaschen und Gläser, die zwischen Francesca und Argamante auf dem Tisch standen.

»Bei Proben trinkt man nicht«, sagte der Winzer tadelnd. »Das sollten Sie wissen, Commissario. Sie sind kein Piemontese?«

»Die Schlüssel sind in der Handtasche«, sagte Francesca, »und die haben Sie in der Hand. Ein wenig verwirrt heute?«

Hätte sie die Verhaftung nicht als Farce betrachtet, wären ihr diese Worte nie in den Sinn gekommen. Außerdem hielt Cavaletti den Vice Commissario für gekauft.

Moretta fand den Autoschlüssel und schickte einen der Uniformierten, die unschlüssig und in viel zu großer Zahl an der Tür standen, nach draußen, um den Wagen zu durchsuchen.

»Ich nehme an, Sie benötigen einen Anwalt.« Der Winzer griff nach Francescas Telefon. »Wo wird Signora Feltrinelli hingebracht?«

»Sturm heißt sie in Wirklichkeit.« Moretta machte ein Gesicht, als hätte er Francesca eines Kapitalverbrechens überführt. »Sie benutzt ihren Mädchennamen in ihrer Rolle. Ihr Vater betreibt in Düsseldorf ein Restaurant, das wissen wir, wahrscheinlich mit den entsprechenden Verbindungen zu gewissen sizilianischen Kreisen, Sie verstehen? Uns wollte sie in die Irre führen, indem sie behauptete, ihr Ehemann sei auf dem Flug von Turin nach Düsseldorf entführt worden.«

»Nein, noch auf dem Flughafen in Turin, direkt vor dem Rückflug.«

Für einen Moment zeigte Moretta Unsicherheit, als suche er nach einer richtigen Antwort. »Unsinn, das ist ein Hochsicherheitsbereich. Allein daran sehen Sie, dass man dieser Signora nichts glauben darf.«

»Bitte, Signor Argamante, wenn Sie einen vertrauenswürdigen Anwalt kennen, wäre ich Ihnen dankbar. Mein Vater wird in Kürze bei Ihnen eintreffen, er wird Ihnen alles erklären, die Umstände, die Hintergründe, die Vorgeschichte, auch weshalb …«

»Genug, wir gehen. Ispettore!«, der Commissario rief einen seiner Männer, »die Handschellen!«

»Aber Vice Commissario, für eine Frau …?«

»Tun Sie, was ich sage.«

»Sí, certo!« Widerwillig gehorchte der Uniformierte. Auch die Kollegen fanden die Maßnahme völlig überzogen – fünf

Männer gegen eine Frau. Doch Moretta störte ihr stummer Protest wenig.

»Sie bringen Sie nach Cuneo?« Argamante stellte sich mit dem Telefon am Ohr in den Weg. »Damit der Anwalt weiß, wohin er sich wenden muss. Und Sie sind …?«

»Commissario Antonio Moretta!« Er reichte dem Winzer seine Karte. »Womöglich komme ich mal vorbei und probiere einen Ihrer Weine.«

»Nur Vice Commissario«, tönte es leise aus der Reihe der Polizisten.

»Machen Sie sich keine Mühe.« Argamante war die Verachtung für den Vice Commissario anzusehen. »Ich glaube nicht, dass meine Weine Ihnen gefallen.«

Ein Spinner, dieser Moretta, aber ein gefährlicher, dachte Francesca, starrte auf ihre glücklicherweise vor dem Körper und nicht hinter dem Rücken gefesselten Hände und erinnerte sich daran, was Cavaletti über ihn gesagt hatte. Darüber sollte sie schweigen, es gab sowieso nichts mehr zu sagen. Arnold von obskuren Investoren oder deren italienischen Handlangern entführt – und sie selbst verhaftet? Hoffentlich habe ich bei Belmonte nichts verloren, dachte sie, als sie auf den Rücksitz eines Polizeiwagens gesetzt wurde. Aber sie können nicht die gesamte Kellerei auf DNA-Spuren untersuchen. Schließlich ging es hier ja nicht um Mord.

Der Anwalt ließ auf sich warten, während die Fragen in der Questura von Cuneo auf Francesca einprasselten. Sie sagte nichts, sie machte keine Angaben zur Person, sie war zu Eis erstarrt. Aber es musste viel mehr hinter der Sache stecken, denn alle fünf Minuten betrat ein anderer Uniformierter den Raum mit dem großen Spiegel und flüsterte mit Moretta, oder es wurde jemand zu ihrer Bewachung abgestellt, während der Vice Commissario den Verhörraum verließ. Am unangenehmsten und in höchstem Maße erniedrigend war die Leibesvisitation durch eine Polizistin gewesen, und Francesca fragte sich, was für Frauen sich für derartige Maßnahmen zur Verfügung stellten. Bei Männern war man Verbrechen, Brutalität und Gewalt gewohnt, aber nicht bei Frauen, und sie dachte an die KZ-Aufseherin Hannah aus Bernhard Schlinks Roman »Der Vorleser«. Für alles fand sich jemand, bei beiden Geschlechtern. Aber man selbst musste Nein sagen! Das erklärte sie dem Vice Commissario.

»Nein, ich war nach meinem offiziellen Besuch nicht wieder bei Belmonte. Nein, ich war auch nicht mit meinem Cousin Ludovico dort, wir haben uns lediglich in Alba im Hotel getroffen, und in meinem Quartier, der Kellerei Cascina Rocca, hat er mich besucht.«

»Weshalb reisen Sie unter fremder Identität?«

»Weil Sie Ihre Arbeit nicht machen und meinen Mann nicht suchen.«

»Das ist keine Antwort.«

»Lassen Sie nur das als Antwort zu, was Sie hören wollen? Von mir kriegen Sie keine andere.«

»Ihre Anschuldigungen wegen polizeilicher Untätigkeit sind lächerlich, Sie greifen Italiens Behörden und den Staat an.«

»Sind Sie der Staat? Ich greife niemanden an, ich werfe Ihnen ganz persönlich vor, Ihnen, Vice Commissario, sich nicht um einen Entführungsfall zu kümmern, nicht Ihre Pflicht zu tun.«

»Meine Pflichten kenne ich besser als Sie. Außerdem ist Ihr Mann nicht entführt worden, sondern ganz normal ausgereist, das ist belegt und dokumentiert. Und weshalb sollte Ihr Mann entführt werden, wenn die Entführer, wie Sie neulich sagten, keinerlei Forderungen gestellt haben? Für wen arbeitet Ihr Mann?«

»Für seine Firma, für Sachs, Sturm & Partner.«

»Deshalb war er nicht im Piemont. Was hatte er für einen Auftrag? Arbeitet er mit deutschen Behörden zusammen?«

»Daher weht der Wind? Es war eine Privatsache, das sagte

ich bereits.« Francesca hatte das Gefühl, endlich wieder zu ihrer alten Stärke zurückzufinden. Die Angriffe taten ihr gut.

»Weinenthusiasten besuchen normalerweise keine Großkellereien, sie gehen zu Aldo Conterno, zu Bruno Giacosa und Pelisserro, da zieht es sie hin. Wie wir erfahren haben, war Ihr Mann derjenige, der unbedingt dorthin wollte.«

Das hatte nichts mit dem Grund ihrer Verhaftung zu tun, und woher wusste Moretta das überhaupt? Hatte sie Ludovico gegenüber davon gesprochen? Nein. Sie wusste ziemlich gut, wem sie was gesagt hatte. Wenn Cavalettis Annahme richtig war und Moretta mit den Chinesen kollaborierte, dann konnte er es nur von Trautmann wissen. Der war jetzt in China, angeblich, um seine Exkursion vorzubereiten.

»Für wen arbeitete Ihr Mann wirklich? Immerhin ist er Wirtschaftsanwalt. Wenn Sie mit uns kooperieren, Signora, kann es für Sie hilfreich sein, ich werde mich beim Untersuchungsrichter für Sie einsetzen. Also, noch einmal, in wessen Auftrag war Ihr Mann unterwegs?«

Als er keine Antwort bekam, versuchte er es mit einer anderen Frage: »Wozu die fremde Identität, Ihr Auftritt als Weineinkäuferin? Wozu der Besuch bei Belmonte? Weshalb verstecken Sie Ihre wahren Absichten, Signora … Sturm?« Ihren Nachnamen betonte er, als spräche ein deutscher Wehrmachtsoffizier in einem Hollywoodschinken.

»Ich wollte ganz einfach die Reise der sieben Herren des Weinclubs nachvollziehen, um herauszufinden, ob es irgendwo einen Grund für Arnolds Verschwinden gibt.«

»Und haben Sie unsere schöne junge Italienerin gefunden, die ihm den Kopf so verdreht hat, dass er den Weg nach Hause nicht mehr findet?« Moretta ließ sich die Worte auf der Zunge zergehen. Wollte er sie provozieren, oder beleidigte er sie, weil eine Frau wie Francesca für ihn immer unerreichbar bliebe?

»Das ist lächerlich. Ihnen geht es um etwas ganz anderes.«

»Dann werden Sie es mir sicherlich sagen.«

Als Francesca schwieg, fragte er weiter. »Noch mal: Geben Sie zu, dass Sie nach dem offiziellen Besuch bei Belmonte noch einmal dort waren, in der Nacht, von Sonntag auf Montag?«

»Nein!«

»Das ist eine Lüge.« Moretta ließ sich die Worte langsam auf der Zunge zergehen. »Wir haben eine Zeugin. Und in der vergangenen Nacht? Wo waren Sie da, wieder bei Belmonte?«

»In meinem Bett selbstverständlich!«

»Gibt's dafür Zeugen?«

»Sie sind unverschämt. Ich bin verheiratet.«

Francesca wurde heiß, ihr Eispanzer schmolz. Eine Zeugin? Hatte sie in der Nacht jemand gesehen? Sie und Ludovico waren niemandem begegnet. Nein, es konnte sie niemand gesehen haben, kein Mensch war in der Kellerei gewesen, Moretta bluffte. Und was sollte das mit letzter Nacht? Hatte man Ludovico gesehen, sogar überrascht? War er festgenommen worden?

»Wollen Sie … sie sehen, diese … Zeugin?«

»Nur zu gern«, sagte Francesca gespielt souverän, dabei ahnte sie, um wen es sich handelte. Nur eine Person konnte sie verraten. Damit würde sie auch ihren Mann verraten. Der Schweiß brach ihr aus. Das würde sie niemals wagen, das Aas …

»Soll ich … sie holen?«

»Tun Sie das.«

Moretta ging zur Tür. »Bringen Sie die Signora«, rief er in den Flur, »sie wird gebraucht. Aber bitte mit Begleitung.« Im Bewusstsein seiner Überlegenheit drehte er sich um, setzte sich wieder, streckte die Beine unter dem Tisch aus, sodass Francesca die ihren zurückziehen musste, und verschränkte die Arme vor der Brust. Dann lachte er, als hätte er einen guten Witz gemacht.

Belinda, Ludovicos Frau, die Mutter seiner Kinder. Wieso

fiel sie ihnen beiden in den Rücken? Wenn sie ihn mit einer Aussage belastete, schadete sie nur sich selbst. War die Eifersucht so groß, oder war es der Wunsch, endlich emporzukommen?

Da trat sie durch die Tür, schön, elegant im engen Rock, mit Pumps und einem zu engen Pullover, allerdings blass und mit rot gerändert die Augen.

»Ja, sie war's.« Die Worte wurden mit gefletschten Zähnen ausgesprochen. »Sie haben bei uns im Haus darüber gesprochen, bei Belmonte einzubrechen, am Sonntag, ich hab's gehört.« Jetzt kreischte sie und ging auf Francesca los. »Sie ist schuld, dass er nicht ... Sie hat ihn auf dem Gewissen!«

Was sie dann sagte, verstand Francesca nicht, der Vice Commissario war aufgesprungen und drängte mit dem Kollegen zusammen die rasende Frau aus dem Raum.

Alles ist aus, dachte Francesca, jetzt ist alles aus, endgültig. Dann hörte sie eine Stimme, die sie kannte und die sie hoffen ließ, und über den Köpfen der drei kämpfenden Personen sah sie das weiße Haupt ihres Vaters. Er reckte den Hals, um sie zu sehen, Moretta ging dazwischen, doch Feltrinelli wischte ihn mit einer Handbewegung beiseite.

»Alles wird gut, Fran«, sagte er laut.

Dann schlug Moretta ihm die Tür vor der Nase zu. »Ich verhafte Sie ...« Er zählte noch einmal die Gründe auf. »Sie bleiben hier, wir können Sie achtundvierzig Stunden festhalten, dann entscheidet der Haftrichter.«

»So lange wird's nicht dauern!« Ein unbekannter vierschrötiger Mann, etwa in Francescas Alter, stiernackig und glatzköpfig, hatte die Tür geöffnet, hinter ihm reckte Feltrinelli den Hals, um ihr zu winken und einen Blick auf seine Tochter zu erhaschen.

»Ich bin Avvocato Emmanuelle Ravelli und will mit meiner Mandantin sprechen, allein, wenn ich bitten darf, wie das Gesetz es vorschreibt.«

»Oh, der Herr kennt seine Rechte.«

»Das sollte man erwarten. Meine Linke kennen andere«, sagte er versonnen, fast wie zu sich selbst, und betrachtete seine mächtige, zur Faust geballte Linke.

Moretta stand verunsichert auf. »Sie scheinen neu in unserer Stadt zu sein. Stammen Sie aus Neapel?«

»Ich verlange einen Raum ohne durchsichtigen Spiegel, Sie hören uns womöglich ab oder sehen von der anderen Seite zu und filmen uns. Ich hatte mal einen Fall, da hat man später einen Experten für das Ablesen von den Lippen geholt. Wir bleiben schön im Rahmen des Rechtsstaates, mein lieber Vice Commissario.«

»Ich bin nicht Ihr lieber Vice Commissario …«

»Das war mir von Anfang an klar, mein lieber Vice Commissario. Wie ich gehört habe, ist die Dame jetzt seit zwei Stunden hier, hat weder einen Kaffee bekommen noch etwas zu essen. Geht man so mit Damen um, Vice Commissario, dazu noch mit einer aus dem Ausland? Wo bleiben Ihre Manieren?«

»Machen Sie nicht so viel Theater, Avvocato, immerhin haben wir es mit einer Verdächtigen zu tun.«

»Sie sagen es, mit einer Verdächtigen – und nicht mit einer verurteilten Straftäterin. Im Zweifel für den Angeklagten ist einer der Grundpfeiler des römischen Rechts. Soweit ich weiß, wird das sogar an Polizeischulen gelehrt. Jetzt möchte ich gern das abhörsichere Einzelzimmer. Und den Unsinn mit den Handschellen lassen wir in Zukunft, *va bene*? Machen Sie sich nicht lächerlich.«

Moretta verbiss sich jeden Kommentar, er würde nicht auf die Gelegenheit warten, den Avvocato in seine Schranken zu weisen, er würde die Gelegenheit suchen oder selbst herbeiführen.

»Und etwas zu essen für meine Mandantin«, rief Ravelli ihm hinterher, nachdem er sie in einen schmucklosen Raum mit einem vergitterten Fenster, zwei harten Stühlen und einem Tisch gebracht hatte, nicht ohne einen zweiten Polizisten hinzuzuziehen.

»Der Gockel plustert sich auf, dem muss man die Federn rupfen, das sagte mir ein Kollege auf dem Weg hierher. Und nun zu Ihnen, meine liebe Signora Feltrinelli oder Sturm. Letzteres ist Ihr richtiger Name? Ich berate den Winzer, bei dem man Sie festgenommen hat. Er rief an, das Haus stünde in Flammen. Wessen beschuldigt man Sie? Und wieso sprechen Sie akzentfrei Italienisch bei einem deutschen Nachnamen?«

»Es ist eine lange Geschichte, ich hoffe, Sie haben genügend Zeit mitgebracht, obwohl wir die nicht haben.«

Francesca begann mit dem Düsseldorfer Flughafen. Sie fürchtete, dass der Anwalt nicht bereit war, sich alles anzuhören, was unbedingt gesagt werden musste, um den Fall und seine Implikationen zu verstehen. Aber ihre Angst war unbegründet, Ravelli war ein Experte im Zuhören, er stellte kurze Zwischenfragen und schrieb aufmerksam mit. Besonders hellhörig wurde er, als Francesca ihm im Flüsterton von dem nächtlichen Einbruch berichtete.

»Also geht es im Grunde um den Vice Commissario, nicht um Sie, es geht um Ihren Mann und darum, wohin man ihn gebracht hat. Von wem die Information stammt, dass er entführt wurde, wollen Sie mir nicht sagen.«

»Ich habe es versprochen, aber die Quelle scheint hundertprozentig zuverlässig.«

»Scheint sie es, oder ist sie es?«

»Sie ist es.« War das ein Freibrief für Cavaletti? Und wenn es doch so war, dass er andere, eigene Ziele verfolgte? Das tat schließlich jeder.

»Der Winzer, bei dem Sie verhaftet wurden, hat mir etwas gegeben, was Sie dort … haben liegen lassen.«

Francesca bat ihn, das Telefon ihrem Vater auszuhändigen, aber vorher solle er, egal, um welche Zeit, eine Nummer anrufen, die sie unter dem Namen »Springstange« gespeichert hatte. Markus hatte erklärt, dass man diese Übungsgeräte für Pferde mit den seitlich gekreuzten Streben in Deutschland Cavaletti nannte. »Nehmen Sie dazu nur Ihr eigenes Telefon, ich gehe davon aus, dass es eine Geheimnummer ist. Dieser Herr weiß mehr als ich über die Geschäftspraktiken von Belmonte, er hat Verbindungen und verfügt über nicht öffentlich zugängliche Unterlagen«, womit sie die beschafften Dokumente meinte. »Sie können ihn in alles einweihen und mit ihm Ihre Strategie festlegen. Außerdem …«

»Ja? Ich höre?« Der Avvocato auf der anderen Seite des wackligen Tisches hing Francesca geradezu an den Lippen, die Geschichte, der Fall faszinierte ihn offensichtlich. »Außerdem …?«

»… scheint Moretta, wie soll ich sagen, in seinen Augen nicht sauber zu arbeiten.«

»Wundert mich nicht, habe ich auch schon gehört, aber wer tut das schon in unserem Land? Besser schmutzig gewinnen als sauber verlieren, das habe ich irgendwo gelesen. Verdammt, wo bleibt Ihr Essen? Dieser Moretta taugt nicht mal als Kellner. Wer ist es denn nun, den ich in alles einweihen darf …?«

»Möglich, dass Sie ihn kennen, er heißt Cavaletti.«

»Der Prefetto?« Ravelli war beeindruckt. »Sieht aus, als hätten Sie sich die richtigen Verbündeten ausgesucht. Respekt. Das macht es einfacher, jedoch nur, wenn Sie mir alles gesagt haben. Wir müssen Sie als Erstes hier rausholen, das wird klappen. Cavaletti kennt den Untersuchungsrichter, ein Telefonat, und Sie stehen wieder in der Sonne. Moretta will Sie hierbehalten. Streiten Sie alles ab, sagen Sie am besten gar nichts mehr, verweigern Sie jede Aussage. Wir erledigen den Rest. Für heute wird Ihnen kaum ein anderes Hotel angeboten werden, der Trakt für Untersuchungsgefangene wurde vor einem halben Jahr renoviert, ist also einigermaßen in Schuss.«

Ravelli öffnete die Tür, draußen stand ein Uniformierter, sofort kam Moretta auf ihn zu, gefolgt von Feltrinelli.

»Ich will meine Tochter sehen!«

»Das hier ist keine Jugendherberge«, sagte Moretta mehr resignierend als in seiner üblichen hochfahrenden Art. »Ihre Tochter ist eines Verbrechens verdächtig. Wenn Sie sich nicht auf der Stelle zusammenreißen, lasse ich Sie hinauswerfen oder festnehmen. Was ist Ihnen lieber?«

Feltrinelli musste vor Wut kochen, Francesca kannte ihren Vater. Wenn er in Wut geriet, war er gefährlich. Aber sehen konnte sie das alles nicht, es spielte sich draußen vor der halb offenen Tür ab.

»Wenn meine Mandantin nicht auf der Stelle etwas zu essen und zu trinken bekommt, haben auch Sie eine Anzeige am Hals, ehrenwerter Herr Vice Commissario. Gegenüber ist eine Osteria …«

Nachdem Francesca gegessen hatte, durfte sie ihren Vater kurz umarmen, Moretta musste höllischen Respekt vor Avvocato Ravelli haben. Oder plante er seinen Rückzug?

32

Francesca starrte die weiße Wand an. Nie zuvor in ihrem Leben war sie eingeschlossen worden. Der Raum war nicht länger als ein Zugabteil und so breit wie ihr dreisitziges Sofa. Es gab unterhalb des verglasten Oberlichts eine Bank vor einem Klapptisch, das Klobecken und die winzige Waschschüssel befanden sich gleich neben der Tür in einer Art Nische.

Mich totzustellen, ist wohl das Beste, was ich tun kann, dachte sie. Aber eigentlich wollte sie nicht denken, sie wollte nicht grübeln, sie wollte sich nicht vorstellen müssen, wie es weitergehen mochte und was noch auf sie zukommen würde. Zu der Angst um Arnold kam die Sorge um Ludovico. Wieso hatte seine Frau gesagt, sie, Francesca, habe ihn auf dem Gewissen? Diese Formulierung benutzte man nur, wenn jemand … nein, wieso sollte er tot sein? Sie hätte den Anwalt fragen müssen. Aber wenn sie wegen des Einbruchs verhaftet worden war, wieso dann nicht auch Ludovico? Wo war Ludovico? Vielleicht in einer der Nachbarzellen? Wohl kaum, man hatte ihn sicher längst ins Untersuchungsgefängnis gebracht.

Die weiße Zellenwand gegenüber wurde für sie zur Projektionsfläche, sie sah Schlösser auf Hügelkuppen, Dörfer auf den Höhenrücken, eingerahmt von Wald, die Alpenkette dahinter, gezackte, aufgefaltete Berge, Rebgärten als Vierecke, Dreiecke, als Rhomben und schmal wie Handtücher, dann wieder einen ganzen Berg umfassend, Rebzeilen wie mit dem Lineal gezogen, meist quer zum Hang. Hatte man es so eingerichtet, um bei dem weichen Boden die Erosion zu verhindern? War es dem Umstand geschuldet, dass man so besser mit Fahrzeugen arbeiten konnte, den kleinen Traktoren, die sie überall sah? Sie würde beim nächsten Winzerbesuch genauer nachfragen müssen. Sie staunte selbst, wie sehr sie sich in ihre Rolle hineingefunden hatte. Nein, es würde keinen nächsten Winzerbesuch mehr geben, dabei war die Sache längst nicht ausgestanden. Jetzt diente sie als Zielscheibe. Sie stand auf dem Hof bei Belmonte, bekleidet mit einem dunkelgrauen Sakko, auf dem Rücken ein Fadenkreuz, mit Kreide aufgemalt. Als sie die erste Kugel traf, fiel sie zur Seite … und erwachte, sie war auf der Pritsche sitzend eingenickt und umgefallen. Wie hielt man es im Untersuchungsgefängnis, was zog man nachts aus? Sie ekelte sich vor der rauen Wolldecke, ihr Körper brauchte etwas anderes, sie brauchte Arnold, sie wollte sich an ihn schmiegen, seine Wärme spüren, die Bartstoppeln an ihrem Hals, kratzig und doch vertraut, seine Hände auf ihrer Hüfte, sein Atem in ihrem Nacken, seine Lippen auf ihrer Schulter …

»Guten Morgen. Ich hoffe, Sie haben einigermaßen schlafen können? Sehr bequem machen wir es unseren Gästen gemeinhin nicht, aber nach einer Nacht werden Sie kaum ein Trauma mit nach Hause nehmen.«

Emilio Cavaletti stand mit einem Uniformierten zusammen in der offenen Zellentür, einen Becher Kaffee in der Hand, eine Zeitung unter dem Arm. Ihr rettender Engel? Francesca zog sich die Decke, unter der sie komplett angezogen lag, bis zum Kinn hoch.

»Zumindest hat er Ihnen eines unserer besten Zimmer überlassen, da hat Moretta sogar noch etwas geleistet, das muss man ihm lassen. Wir haben ihn übrigens letzte Nacht auf diesem Flur einquartiert.«

Cavaletti trat in die Zelle, bedeutete seinem Begleiter, im

Flur zu warten und die Tür anzulehnen, dann reichte er Francesca den Kaffeebecher, den sie dankbar entgegennahm. Der Präfekt setzte sich auf die Bank wie ein Arzt zu einer Kranken.

»Hier sind wir ungestört«, sagte er flüsternd. »Draußen ist die Hölle los. Schnell zwischendurch, damit Sie informiert sind und sich nicht länger grämen: Sie können nachher gehen, Sie werden entlassen. Der Untersuchungsrichter erwartet Ihre Aussage, allerding muss sie komplett sein, keine Ausflüchte, bitte, die sind auch kaum mehr nötig. Ihr Anwalt ist gut, Sie können sich auf ihn verlassen, er ist der Sohn eines Freundes. Er wird die Angelegenheit so wenden, dass der Einbruch, bei dem Sie Mittäterin waren, aber nicht der Urheber, erheblich zur Aufklärung von Steuervergehen, Geldwäsche und Bestechung beiträgt. Ihre Tat nutzt dem italienischen Staat, dem Sie ja die Unterlagen überlassen haben. Eigentlicher Urheber war Ihr Cousin Ludovico … Seine Frau Belinda stellt er im Verfahren als unglaubwürdig und als befangen dar. Sie war nicht dabei, hat nur von einer Absicht gehört.«

»Wieso war es Ludovico, was bedeutet …?« Francesca ließ die Decke los, sie legte beide Hände entsetzt vor den Mund. »Was ist mit ihm?«

»Wir haben ihn in der Kelterhalle gefunden, er ist tot. Er wurde erschossen, was ich zutiefst bedauere, menschlich und juristisch. Er hätte uns sehr helfen können, aber das hat er bereits.«

Francesca starrte ihn an, die Augen vor Schreck aufgerissen, das Kinn fiel ihr herunter. »Ludovico?«, sagte sie nur.

»Ja. Die Unterlagen sind brisant und Gold wert. Der Schütze oder der, den wir dafür halten, ist ertrunken, im Wein vermutlich. Die Waffe wurde vom ablaufenden Wein nach draußen geschwemmt, wir haben sie gefunden.« Cavaletti berichtete, wie es bei Belmonte aussah und wer vermutlich das Chaos angerichtet hatte. »Dann lag bei Belmonte noch ein Schwerverletzter in einer Art Zelle, mit Pritsche, Trockenklo …«

»Doch nicht Arnold?« Francesca presste die Hände vor die Brust und starrte den Prefetto voller Entsetzen an, hilflos fühlte sie sich ihrer Panik ausgeliefert, wie am Düsseldorfer Flughafen, als man ihr Arnolds Koffer vor die Füße gestellt hatte. Die Tränen flossen ihr übers Gesicht. Das war zu viel für sie. Sie hatte versagt. Belinda hatte recht, sie hätte Ludovico von seinen Vorhaben abhalten müssen, sie hätte wissen müssen, dass er durchdreht.

»Er war es nicht, und er war nicht in der Kellerei. Wir wissen absolut nichts über seinen Verbleib, wir nehmen an, dass er dort in dem Raum gefangen gehalten wurde. Der Verletzte ist uns unbekannt, aber der ist noch lange nicht vernehmungsfähig. Den Toten hingegen kennen wir. Seine Fingerabdrücke sind in der Kartei, er war ein Gangster, er arbeitete sonst für die Security am Turiner Flughafen, womit wir die Verbindung zur Entführung herstellen können. Allein jedoch hätte der Mann die Kontrollen nie umgehen können. Da gibt es also einiges zu klären. Etwas viel auf einmal, nicht wahr?« Cavaletti machte eine Pause und reichte Francesca sein großes Taschentuch. Er schwieg, während Francesca die Augen schloss und ihr Gesicht bedeckte.

Sie wollte nichts hören, nichts sehen und nichts sagen, wie viel konnte ein Mensch ertragen? Aber es ging hier nicht um sie, es ging um Arnold, und er lebte hoffentlich. »Weitere Katastrophenmeldungen?« Ihre Hände krampften sich um das Taschentuch.

»Leider, Signora, die gesamte Kellerei war überflutet, mit Wein, der rote See steht noch draußen in einer Mulde, er hat die Zufahrt überflutet. Irgendwer hat alle Schleusen, sämtliche Lagertanks geöffnet und die Holzfässer zerschlagen. Alle Welt fährt hin, den Lago di Barolo anzuschauen, eine makabre Attraktion.« Ihn schien es zu amüsieren.

»Wo ist Arnold?« Francescas Ton wurde flehend. »Bitte!«

»Von Ihrem Mann gibt es keine Spur. Es wäre mir sowieso lieb, wenn Sie mir bei den jetzt folgenden Untersuchungen helfen könnten. Wir wissen längst nicht, wer alles auf der Gehaltsliste unserer Chinesen stand. Das Chaos wird Ihr Mann kaum angerichtet haben. Das war ein anderer. Ich sehe es Ihnen an, Signora, Sie haben eine Vermutung.«

Jetzt, da Ludovico nicht mehr lebte, durfte sie sprechen. »Ich könnte mir vorstellen, dass es mein Cousin war, Ludovico, in seinem Hass. Er wollte nochmals zu Belmonte, also vorletzte Nacht. Ich wollte ihn davon abbringen.« Francesca starrte zu Boden und sagte nach einer Weile betretenen Schweigens: »Wie ich höre, ist es mir nicht gelungen. Wenn ich mich nicht mit seinen schwammigen Antworten zufrieden gegeben hätte, wäre er vielleicht noch am Leben. Wenn – dann …« Verzweifelt blickte sie Cavaletti an. »Das heißt, Moretta hat gestern, als er mich verhörte, bereits alles gewusst?«

»So sieht es aus.« Er reichte Francesca die Lokalzeitung, auf der Titelseite prangte ein Foto: Moretta mit ausgestreckter Hand beim vermeintlichen Versuch, den Fotografen an der Aufnahme zu hindern, Francesca im Hintergrund in Handschellen.

Sie war entsetzt, sie schämte sich, alle Welt würde das sehen, alle Winzer, bei denen sie gewesen war. Was würden sie von ihr denken?

»Das Schlitzohr hat es so arrangiert, der Fotograf ist einer seiner Informanten, wir haben die Kontakte von seinem Telefon. Moretta hat uns abgehört und wir ihn, Carabinieri gegen Polizia di Stato, keiner darf zu stark werden, exakt deshalb haben wir mehrere Polizeiorgane. Ich garantiere, er wird nicht lange in U-Haft bleiben, der Schlaumeier hat sich bereits als Kronzeuge angeboten, seine Großzügigkeit ist geradezu beispielhaft.« Der Prefetto lachte hämisch. »Vielleicht fühlt er sich im Gefängnis sicherer? Bei den Leuten, mit denen wir es zu tun haben, wird nicht lange gefackelt, besonders jetzt, wo ihre Geschäfte gescheitert sind.«

»Die machen anderswo weiter ...«

»Davon dürfen wir leider ausgehen.«

»Oder andere machen anderswo weiter.« Francesca fragte, ob man die dunkelgraue Jacke gefunden habe, von der sie ihm erzählt hatte. »Sie verfügen doch über allerlei technische Einrichtungen. Wenn es seine Jacke war, dann sind da sicher diese sogenannten DNA-Spuren dran, und die müssten dann auch in dem Raum zu finden sein.«

»Wir klären das schnell, die Fahndung nach Ihrem Mann läuft bereits. Wir werden ihn bald finden, die Provinz ist nicht groß, und Fremde fallen auf. Ich brauche ein Foto von ihm. Draußen wartet übrigens ein freundlicher Herr aus Mailand auf Sie, Ihr Anwalt und auch Ihr Vater sind da, die begleiten Sie in Ihr Hotel ...«

Nachdem man Francesca ihre persönlichen Dinge ausgehändigt hatte und ihr Vater ihr das Telefon zurückgegeben hatte, rief sie Markus an und bat um ein Foto seines Vaters. »Für die Fahndung? Das heißt, dass sie erst nach über einer Woche offiziell nach Papa suchen? Die Schweine!«

»Du weißt nicht, was hier los war.«

»Gut, dass Opa da ist, dann passt wenigstens einer auf dich auf, Mama. Dich kann man wirklich nie alleine lassen.«

Bevor sie die Questura verließen, umarmte Francesca den Präfekten. »Ohne Sie wären wir längst nicht da, wo wir jetzt sind, obwohl ich eigentlich gar nicht weiß, wo wir sind.«

»Ein jeder spielt seine Rolle, so gut es geht. Wir bleiben in Verbindung! Außerdem brauche ich Sie noch.«

Während Francesca sich den Schmutz des Untersuchungsgefängnisses vom Körper wusch – die Seele zu reinigen, würde wesentlich länger dauern –, gaben sich Steffan von Melchior und Feltrinelli in der Cascina Rocca einem ausgiebigen Frühstück hin. Der Anwalt war in der Questura geblieben.

Bei Rührei, Quiche, Tarte und einer wunderbaren Käseplatte entwarfen sie den Plan, wie sie die Suche nach Arnold Sturm ausweiten konnten und wer sich außer der Polizei einbeziehen ließ. Francesca starrte auf den reich gedeckten Tisch, sie begnügte sich mit einem schwarzen Tee, sehr zum Verdruss ihres Vaters.

Der Konsul war der Ansicht, dass für Arnold keine Gefahr mehr bestand, es sei denn, die Chinesen hätten weitere unbekannte Helfer. Er glaubte, dass die Drahtzieher sich aus dem Staub machen würden, ohne verräterische Wein- oder Blutflecken.

»Und wenn sie Arnold mitgeschleppt haben?«, gab Feltrinelli zu bedenken.

»Wozu sollen die sich mit einem Zeugen belasten.« Mit Verweis auf den Verletzten meinte von Melchior, dass Arnold sich selbst befreit habe.

Cavaletti rief an, er habe gerade die Guardia di Finanza von der Kette gelassen, und die war, einmal auf die Spur gesetzt, selten aufzuhalten. Die Anti-Korruptionsbehörde hielt er für schwerfälliger und weniger vertrauenswürdig. Moretta behauptete zwar weiter, den Kronzeugen spielen zu wollen, aber bislang habe er nichts preisgegeben. Cavaletti vermutete, dass er in Wirklichkeit auch wenig wusste, schließlich war er nur der Informant gewesen, der John Howards über Maßnahmen der Behörden informierte. Wer ihm intern dabei geholfen hatte, würde man klären.

Den für heute angesetzten Termin auf dem Weingut von Michele Chiarlo in Cerequio hatte Francesca telefonisch abgesagt. Das Gleiche hatte sie bei den besuchten Kellereien vor. Feltrinelli hatte vorgeschlagen, offensiv vorzugehen, die Farce mit der Weineinkäuferin zuzugeben und in Kürze die Hintergründe zu erläutern. Wenn die Winzer erst Arnolds Foto in Händen hielten und Francescas Beweggründe kannten, würde jeder automatisch die Augen nach ihm offen halten. Nicht anders würde die Zeitung reagieren, bei der sie zuerst vorbeigefahren waren. Der Journalist, der den kompromittierenden Artikel über Francesca verfasst hatte, war Morettas Informant und hatte nur seine »Schulden« zurückgezahlt, wie er sagte. Er wurde vom Chefredakteur erst einmal kaltgestellt (»sicher nur pro forma«) und ein Kollege wurde mit der Gegendarstellung betraut. Im Grunde war die Zeitung zufrieden: Nach der ersten Sensation heute hatte sie für morgen eine zweite. Danach hatte der Prefetto sie zu einem lokalen Radiosender geschickt, von wo aus das Dementi, das Francescas Beteiligung an den Ereignissen bei Belmonte betraf, sofort über den Äther ging sowie die Suchmeldung nach einem Deutschen namens Arnold Sturm.

Feltrinelli war über seinen sehr breiten Schatten gesprungen und hatte zum ersten Mal in seinem Leben einen SUV gemietet, die Höhe und die großen Fenster boten einen freien Blick, und er war geländegängig, weder Wald- noch Feldwege würden ein Hindernis darstellen. Er hatte auch Cavaletti beschwatzt, was ihm nicht schwergefallen war, ihm leihweise zwei Feldstecher der Polizei zu überlassen. Sie gingen davon aus, dass für Arnold auf der Flucht jede Begegnung mit den falschen Leuten tödlich enden konnte, und hatten sich vorgenommen, das Quadrat, gebildet von Castiglione, Serralunga, Monforte und Barolo, systematisch abzusuchen. Belmonte befand sich fast exakt im Schnittpunkt der Diagonalen. Auf dem Tabletcomputer, den Markus seinem Großvater mitgegeben hatte, verfolgte Francesca ihre Route.

»Vermutlich wird er, wenn er sich überhaupt zurechtfindet, einen Winzer aufsuchen, den er mit dem Weinclub besucht hat«, gab der Konsul zu bedenken.

Feltrinelli war anderer Ansicht. »Erst einmal glaube ich nicht, dass er sich orientieren kann, dann ist er auf der Flucht und in Panik, besonders wenn er mitgekriegt hat, was dort geschehen ist und er daran beteiligt war. Das mit dem Schwerverletzten sieht ganz nach ihm aus.«

Empört legte Francesca Widerspruch ein. »Er war nie gewalttätig, er war immer ein friedfertiger Mensch, ein liebender Vater, ein …«

»Fran, ich muss dir leider widersprechen. Wenn einer sein Leben lang Handball spielt, kann er nicht friedfertig sein, besonders nicht als Stürmer. Er würde Minigolf spielen. Um sich durch die Mauer der Verteidiger zu werfen, brauchst du eine gehörige Portion Aggressivität und darfst Verletzungen nicht fürchten. Ich glaube, auf dem Spielfeld hat er sich ausgetobt, sozusagen ausgelebt. Markus geht mit seinem Basketball viel zahmer um, das ist längst kein so ein harter Sport.«

Der Konsul hielt sich raus, er versuchte, nicht die Orientierung zu verlieren, und achtete mehr auf die Umgebung als die beiden Begleiter. Sie waren sich einig, dass Arnold nicht weit gekommen sein konnte, dazu war das Gebiet zu hügelig, viel zu bewaldet und unübersichtlich. Glücklicherweise arbeitete ihr Navigationsgerät vorzüglich, der Tabletcomputer gab ihnen ein übersichtliches Bild der Umgebung. Ihnen entging kein Waldweg, nicht der kleinste Wirtschaftsweg zwischen den Parzellen. Und wo ein neuer Weinberg angelegt worden war, hatten sie einen weiten Blick und wurden in der Sicht nicht von wucherndem Weinlaub behindert.

»Man müsste wissen, wie ein Mensch denkt, aber das halte ich kaum für möglich.« Der Konsul gab zu, sich in dieser Frage bereits einige Male ganz entscheidend geirrt zu haben. »In äußerster Gefahr denkt ein Mensch wahrscheinlich gar nicht mehr, er reagiert meines Erachtens mehr wie ein Tier auf der Flucht und versteckt sich.«

»Mein Schwiegersohn ist ein rationaler Mensch, er wird einen Plan haben, nur welchen? Vielleicht sehen wir den Wald vor lauter Bäumen nicht.«

»Alles Quatsch«, sagte Francesca. »Er hat Angst, er hat nichts anzuziehen und friert. Er hat Hunger und Durst, er hat kein Geld, um Essen und Trinken zu kaufen. Er braucht Hilfe. Wo bekommt er die? Bei Winzern, und zwar bei denen, die ihn kennen, wo sie mit dem Weinclub waren. Er muss und er wird Menschen aufsuchen, nur die können ihm helfen. Und die haben Telefone, um mich anzurufen …«

Sie machte sich daran, einen Winzer nach dem anderen zu informieren, bei zweien schauten sie persönlich vorbei, und sie empfand es als besonders peinlich, sich von Angesicht zu Angesicht entschuldigen zu müssen.

33

Er fühlte sich nicht wirklich frei. Bald würde er die Verfolger wieder im Nacken haben. Er durfte sich nur dort bewegen, wo man zu Fuß hinkam, und musste allen Straßen und Wegen möglichst ausweichen. Aber quer durch die Weinberge konnte er nicht laufen, da waren die Drähte, an denen die Reben rankten, und ihm fehlte die Kraft, sich alle anderthalb Meter auf den Boden zu werfen, drunter durchzukriechen und sich zwischen den eng stehenden Weinstöcken durchzuwinden. Er musste außen herum und das schnell, die Kellerei in seinem Rücken war die Bedrohung. Da war der riesige See, rot wie Blut, in dem sich die aufgehende Sonne wie ein Feuerball spiegelte. Salvador Dalí hätte seine Freude daran gehabt. Einen Moment lang dachte Arnold darüber nach, ob er sich ans Ufer setzen und das Schauspiel betrachten sollte, ein derartiges Naturereignis würde er nie wieder geboten bekommen. Dann besann er sich.

Mein Gott, was für ein Chaos habe ich bei Belmonte hinterlassen, dachte er und fühlte sich schuldig. Wer hat geschossen? Wer wurde getötet? Er sah den Toten, eingeklemmt zwischen Hallenboden und Rolltor, den Todeskampf im Gesicht. Nein, das Schrecklichste waren die Hände, die vergeblich nach Halt gesucht, nach dem Leben gegriffen hatten, wie schlecht der Kerl auch gewesen sein mochte. Genauso übel wie der Mann, dessen Kopf ich auf den Boden geknallt habe. Ob der auch tot ist, ertrunken, falls er noch gelebt hat? Bin ich jetzt ein Mörder?

Die Frage blieb, obwohl sein Verstand ihm sagte, dass er sich nur gewehrt hatte. Niemand hatte das Recht, ihn einzusperren und sich dann ungestraft davonzumachen. Aber dafür die Todesstrafe? Nein, das dann doch nicht. Aber was hätten sie mit mir gemacht?, fragte er sich und war überzeugt, dass man, wer immer *man* war, keine Gnade walten ließ. Man, das war die Chinesin, das war der Geschäftsführer oder Vorstandssprecher der Belmonte S. p. A. sowie Mr. Howards von den Bahamas, auch einer der Geldwäscher, kein Strohmann. Und wer war der Oberboss? Das war auch nicht Bao Tàng, der den Club so großzügig empfangen hatte, bis Arnold angefangen hatte, dumme, nein, im Gegenteil, viel zu kluge Fragen zu stellen. Dumm gelaufen war es nur für ihn selbst. Es war eine Sache, Wirtschaftsverbrechen mithilfe von Dokumenten am Schreibtisch aufzudecken, eine ganz andere, den Verbrechern persönlich zu begegnen.

Arnold rannte weiter, dann ließ er sich keuchend in eine Mulde fallen. Er musste sich ausruhen, er zitterte vor Anstrengung, ihm fehlte es an Kraft. Er musste dringend etwas zwischen die Zähne bekommen. Zumindest war die Wasserflasche noch halbvoll, und er hatte das Steinchen, er hatte es inzwischen ziemlich rund gelutscht. Wenn er hier rauskäme, würde er es in Silber einfassen lassen, in Platin, und für den Rest seines Lebens an einer Kette um den Hals tragen. Als er glaubte, wieder zu Kräften gekommen zu sein, raffte er sich auf und sah sich um. Dort drüben war ein Waldstück, an dessen Saum kam er weiter hinauf, er musste Höhe gewinnen und sich einen Überblick verschaffen, wo das nächste Dorf lag. Er sah zwar einen Turm, aber der konnte genauso gut zu einer Schlossruine gehören. Hier stand auf jedem Hügel irgendein alter Turm, manchmal waren es sogar zwei.

Während er sich weiterschleppte, fragte er sich, wieso ihn niemand suchte. Wozu hatte er eine Familie? Wo waren Francesca, wo Markus und Feltrinelli? Wo war Roland Richter? Wieso meldete er sich nicht? Er hatte die ganze Sache doch überhaupt erst in Gang gesetzt! Erst hatte er ihn heißgemacht – und jetzt? Wo war der Weinclub, mit dem er hier die Tage verbracht hatte, und nicht einmal die schlechtesten? Trautmann würde er nie vergessen, der hatte ihn verraten. Das geheime Einverständnis zwischen ihm und Bao Tàng hatte er deutlich gespürt. Die beiden kannten sich. Von Arlitt würde er sich nicht einmal mehr ein Placebo verschreiben lassen oder eine Brandsalbe, wenn er sich beim Kochen verbrannt hatte. Beim Kochen! Essen! Sein Hunger war überwältigend, er trieb ihn den Berg hinauf. Dennoch ging er langsam, alle hundert Meter musste er verschnaufen.

Jetzt sah er das Blaulicht, mehrere Polizeiwagen standen am Weinsee, der die Fahrbahn überschwemmt hatte. Mut hatte der Kerl schon, der die Fässer zerschlagen hatte, aber er hatte es mit dem Leben bezahlt. Nie zuvor hatte Arnold einen Toten aus der Nähe gesehen. Oder hatten die Schüsse ihm gegolten? Als die Polizisten ausschwärmten, klein wie Ameisen, raffte er sich auf und schleppte sich weiter. Er durfte ihnen nicht in die Hände fallen, sie würden ihn für den Mörder halten.

Hinter dem Waldstück hatte er freie Sicht, da lag ein Dorf – und er machte sich auf den Weg. Je näher er den Häusern kam, desto langsamer ging er, um ja nicht aufzufallen, und auch weil ihm die Kraft fehlte. Das erste Gebäude war eine Tankstelle. Arnold hockte sich hinter ein Autowrack, von wo aus er die Bewegungen dort beobachten konnte. Es gab nur einen älteren Tankwart, der herauskam, als ein Wagen hielt. Aber hinter dem Gebäude lag ein Schlauch, der war an einen Wasserhahn angeschlossen …

Hoffentlich gab es keinen Hund, vor den Biestern fürchtete Arnold sich mehr als vor Menschen, doch die italienischen Köter waren meist freundlich und bei Weitem nicht so aggressiv wie die in Spanien hinter den Zäunen, die einen allein mit ihrem Gebell fast umbrachten. Hinter der Tankstelle stand eine große rote Abfalltonne. Arnold durchwühlte sie auf der Suche nach einer weiteren Plastikflasche. Einen Wasservorrat zu haben wurde zur fixen Idee. Dabei kam er sich vor wie einer jener alten Männer, die auch in Düsseldorf immer häufiger dabei zu beobachten waren, wie sie Leergut sammelten. Das waren die blühenden Landschaften – die Fleißigen wurden ärmer, die Faulen bereicherten sich. Er würde einiges an seinem Leben zu ändern haben, wenn er nach Hause kam, das schwor er sich, wenn …

Er ging zum Wasserhahn, daneben war eine Tür, darin eine fast blinde Glasscheibe. Wer war der alte bärtige Mann, der ihn anstarrte? Tief in den Höhlen liegende Augen, ausgemergelt, wirr das Haar, abstehend und angeklebt – war er das, er selbst? Wie fürchterlich er aussah, wie entsetzlich, ein Ungeheuer, Schrecken verbreitend geradezu. So durfte er niemandem unter die Augen kommen, jeder würde schreiend weglaufen. Er setzte sich traurig neben die Tür. Wie würden seine Kinder ihn sehen?

Wenn ich mich jetzt nicht aufraffe, werden sie mich nie wiedersehen, sagte er sich und durchsuchte die Tonne. Die erste Flasche hatte ein Loch, die zweite war dicht, er füllte sie und schob sie in seine Jacke. Dass Belmonte hinten draufstand, störte ihn. Jetzt brauchte er noch was zu essen, im Bauch war ein Loch, nur mit Wasser gefüllt, was das Hungergefühl einstweilen betäubte. Hier an der Tankstelle bekam er nichts, und wenn er fragte, würde der Tankwart vermutlich die Polizei rufen, da sei ein gefährlicher Landstreicher unterwegs, ein Mörder …

Zweimal schlug ein Hund auf der Runde ums Dorf an, beide Male sah er sich gezwungen, einen weiten Bogen zu schlagen, dann traf ein Duft seine Nase, der ihn elektrisierte: Brot! Frisches Brot. Es roch nach Brot. Sofort wurde sein Schritt schneller, trabend folgte er der Duftspur, sie führte von der Nase direkt in seinen Magen. Wenn er sich ansonsten nicht verriet, so könnte sein Knurren Fremde auf ihn aufmerksam machen.

Die Tür zur Backstube am Rande des Ortes stand offen. Ob es vorn auch einen Laden gab, interessierte Arnold nicht. Der Hunger besiegte die Skrupel, neben einen Holzstoß gekauert, beobachtete er den Bäcker, und als der die Backstube verließ, stürmte er, ohne zu überlegen, rein und raffte alles an sich, was er unter seine Jacke stopfen konnte, und rannte hinaus, kopflos, nur weg, durch die Büsche, bis er sich in Sicherheit wähnte. Dann setzte er sich glücklich ins Gras und schlang das frische helle Brot in sich hinein, bis ihm schlecht wurde und er sich übergab.

Bei Wasser und Brot bin ich also angekommen, dachte er, es ist gar nicht mal so übel. Beides hält mich am Leben. Was ihm Letzteres jedoch schwer machte, war der Nebel, der *nebbio*. Immer wieder zog er auf, verwischte seine Gedanken, legte sich über sie, ließ sie verschwimmen, nahm ihnen die Kontur und erstickte jeden Plan, der mehr als fünf Schritte vorsah. Dann verzog er sich wieder. War das die Folge von dem Zeug, das sie ihm verabreicht hatten? Wie lange hatte er dort gelegen? Eine Woche oder länger? Welcher Tag war heute? Er müsste sich eine Zeitung besorgen oder an einen Zeitungsständer vor einem Laden herankommen, um das Datum zu lesen; dazu musste er in ein Dorf, in ein Städtchen. In diesem Aufzug? Vielleicht fiel er gar nicht auf, es gab immer mehr Menschen, die ähnlich herumirrten, arm, abgerissen und dreckig. Im Kapitalismus fällt für jeden was ab, entweder Krümel oder Kaviar, dachte er und trottete weiter.

Man muss in Bewegung bleiben, sagte er sich, die Guerilla rastet auch nie, die war immer auf dem Marsch, hatte er irgendwo gelesen. Andererseits wusste er, dass man nur gesehen wurde, wenn man sich bewegte. Aber wie sonst sollte er diesem Labyrinth aus Wäldern, Weinbergen, identischen Dörfern und den überall gleich aussehenden Burgen und den Schlössern entrinnen, so langsam, wie er ging? Er fand nichts, woran er sich erinnerte, keine Straße, kein Haus, keine Silhouette. Schließlich stand er zwischen einer Haselnussplantage und einer Steilwand, die er nur weit umgehen konnte. Aber dazwischen floss ein Bach. Voller Vorfreude zog er sich aus, legte seine Kleidung zum Lüften, über die Sträucher, kühlte seine in den Gummistiefeln zerschundenen Füße und wusch sich mit Inbrunst. Wieder ist es das Wasser, das mich rettet, diesmal vor dem Schmutz, und nur widerwillig stieg er zurück in seine stinkenden Klamotten, die Unterwäsche wusch er statt mit Seife mit dem Sand des Bachs und legte sie zum Trocknen in die Sonne und sich daneben.

Als er erwachte, brauchte er eine Weile, um zu begreifen, dass er frei war und dass sich in der Flasche neben ihm sauberes Wasser befand. Es musste später Nachmittag sein, die Sonne hatte die Zirruswolken mit einem roten Hauch überzogen, es wurde kühl.

Arnold glaubte, dass er in die falsche Richtung gegangen war. Als er einem Tal gefolgt war, hatte er die Richtung zum Dorf mit der Tankstelle und der Bäckerei verloren. Deswegen schlug er die entgegengesetzte Richtung ein. Die Sonne ging im Westen unter, im Westen wuchsen die Haselnüsse, hier waren die Hügel höher. Im Osten wuchs der Wein, da floss der Tanaro, der Fluss mit den großen Steinen darin, im Osten lag auch Barolo. An die Gebäude im Ort würde er sich bestimmt erinnern, an das Weinmuseum, an die Kellerei der Marchesi, an das Restaurant »Le Case della Saracca« in Monforte. Der mittelalterliche Termitenbau, drei Häuser in einem, alle an den Berg gebaut, die Brücken dazwischen, der grandiose Weinkeller, das gute Essen …

Bei Monforte lag die Podere Ruggeri Corsini mit dem schönen Barbera Armujan, ein unvergesslicher Wein. Erleichtert nahm er zur Kenntnis, dass die Erinnerung sich immer stärker gegen den Nebel durchsetzte. Sein Gehirn hatten sie also nicht zerstört, sondern nur gestört und ihn ziemlich heftig verstört. Bis Monforte oder Barolo würde er es heute nicht schaffen, so häufig er verschnaufen musste. Brot war noch da, aber er brauchte auch einen Schlafplatz, die Nacht würde kalt werden. Sollte er an der Straße ein Auto anhalten? Bei seinem Anblick, und nicht nur bei Nacht, würde jeder entsetzt aufs Gaspedal treten.

Der rostige Zaun war kein Hindernis, und mit einem Ast brach er die Tür zum Gartenhäuschen einer Obstplantage auf. Er würde später hierher zurückkommen und den Schaden wiedergutmachen. Später! Jetzt musste er sich ein Quartier herrichten, jetzt! Dazu war der Stapel Säcke in dem Häuschen gut geeignet, doch die waren aus Plastik und wärmten nicht, aber sie dienten zumindest als Unterlage. Den Kittel hatte er noch bei sich, und in einer Obstkiste fand Arnold eine fadenscheinige Decke. Beides zusammen eignete sich als Zudecke, zwar kein Federbett, aber seine Ansprüche waren auf dem Basisniveau angekommen. Er hatte ein Dach über dem Kopf, es gab sauberes Wasser zu trinken und Brot. Was wollte er mehr? Fehlte nur die Frau an seiner Seite. Den Kindern würde es hier nicht gefallen. Sie alle würde er bald wiedersehen. Und morgen würde er hier rausfinden. La Morra lag am höchsten, das meinte er gesehen zu haben, daran könnte er sich orientieren, die Alpen lagen dahinter. Er tastete noch einmal nach dem rostigen Beil, das er gefunden hatte, es lag griffbereit. Beruhigt und zufrieden schlief er ein.

Mitten in der Nacht weckte ihn ein Kratzen, ein Scharren, als versuchte etwas, in die Hütte zu gelangen. Er hörte Vögel, aber sie stießen keine Alarmrufe aus, also brauchte er sich keine Sorgen zu machen, die Hand lag bereits am Griff des Beils. Ein Wildschwein? Nein, es hörte sich nach einem kleineren Tier an. Vielleicht ein Hund? So leise wie möglich stand Arnold auf und starrte durch den Türspalt. Draußen trollte sich etwas Schwarz-Weißes. Ein Dachs? Er hatte noch nie einen gesehen, er kannte nur Fotos und die gefangenen Artgenossen von Zoobesuchen mit den Kindern. Wie ging es ihnen? Wieso suchten sie nicht nach ihm? Er hätte die gesamte Familie mobilisiert, wenn Francesca verschwunden wäre. Hundertschaften hätte er auf den Marsch geschickt. Hielten sie ihn für tot?

Er kroch wieder zurück aufs Lager, stellte sich vor, in einem weiß bezogenen Bett zu liegen, sein Gesicht an Francescas Schulter – wie er es liebte –, und schlief ein.

Die Überraschung am sonnigen Morgen war ein Erdbeerfeld. Er hatte sich eben für den Marsch gerüstet – viel gab es nicht mitzunehmen, das Beil ließ er besser zurück –, als er das Feld entdeckte. Mundraub, den ließ sein Moralkodex zu, aber der war sowieso längst über die Wupper, seit er den Wärter niedergeschlagen hatte. Er aß die Erdbeeren mit Genuss, er stopfte sie nicht heißhungrig in sich rein, er aß mit Bedacht, auch aus Angst, die neue Nahrung nicht zu vertragen. Zuletzt füllte er den Plastikbeutel, den er im Gartenhaus gefunden hatte. So blieb ihm neben dem halben Baguette genug, um den Tag zu überstehen. Hoffentlich fand er all diejenigen wieder, die er geschädigt hatte und denen er Wiedergutmachung schuldete. Jetzt brauchte er nur noch ein Paar vernünftige Schuhe, oder er musste spirituell vorgehen, wie die Zen-Mönche, den Schmerz einfach wegdenken.

Zwei Stunden benötigte er für den Anstieg, die Sonne wies ihm den Weg nach Osten, er hielt sich in der Nähe einer Straße. Dem Verkehr nach musste es ein Werktag sein, denn auch Lastwagen waren unterwegs. Arnold aber zog es vor, sich im Verborgenen vorwärtszubewegen. Wenn Belmonte seinetwegen die Polizei zu einer Großfahndung bewogen hätte, wären seine Aussichten katastrophal. Aber es verdarb ihm nicht die Laune. Er erinnerte sich an deutlich mehr Details, der Morgennebel stieg und gab den Blick auf die Vergangenheit frei, die Sonne vertrieb die Schleier, und als er oben auf der Kammstraße angekommen war, musste er lachen. Vor ihm lag ausgebreitet das Barolo-Gebiet, mit dem Ort Barolo im Zentrum. Er meinte, das Museum zu erkennen, sogar die Zinnen auf den beiden runden Türmchen. Bis nach La Morra konnte er schauen, überragt von weißen Gipfeln. Weiter rechts, im Westen, lagen die Hügel des Roero. Er erinnerte sich an den gemütlichen und überaus freundlichen Signor Ceste und seinen alten Vater, der es sich nicht hatte nehmen lassen, jeden mit Handschlag zu begrüßen. Bei Ceste in Govone, genau, Govone hieß der Ort, wo sie das Barockschloss angeschaut hatten.

Da war es mit dem Zusammenhalt der Gruppe bereits vorbei gewesen. Trautmann und Arlitt waren die Quertreiber, Trautmann wegen seiner Herrschsucht, Arlitt wegen seiner Eigenbrötelei und weil er sich nachts absetzte, weil Mutti nicht da war. Und Grünleger hatte immer höher hinausgewollt, ihm war vieles nicht gut genug gewesen. Er hatte nur die Größen des Barolo besuchen wollen, statt sich einen Überblick zu verschaffen, einen Querschnitt durch alles, was es so gab. Nur bei den Großen wie Vajra, Elio Altare und bei Angelo Gaja ist er zufrieden gewesen, dachte Arnold, unser zu klein geratener Finanzbeamter. Wenn er groß ist, hatte Heimbüchler gemeint, dann wird er bestimmt mal Staatssekretär oder sogar Minister, das Zeug dazu meint er zu haben. Wahrscheinlich musste man so klein denken und fühlen, um Minister werden zu wollen.

Das Motorgeräusch eines langsam fahrenden Wagens ließ ihn fluchtartig die Straße verlassen, ein gewagter Sprung brachte ihn zwischen den Gräsern in Sicherheit – aber er landete auf seinen Erdbeeren. Ach – er würde sich auch mit dem Brei zufriedengeben und rappelte sich auf. Wenn man was zu essen hatte und ausgeschlafen war, war das Landstreicherleben gar nicht so übel. Keine Termine mit nervösen Klienten, keine Telefonate, keine Krawatte, keine Falschheit, keinen Partner, der nichts als Wachstum im Sinn hat, und keine Angst, in die Vertragstexte Fehler einzubauen, für die man später haftete.

Es ging bergab, er hatte die Orientierung wiedergefunden, also würde es auch wieder bergauf gehen …

Die Sonne stand bereits hoch am Himmel. Ein abschüssiger Asphaltweg führte hinunter zu den allein stehenden, in hellem Braun gestrichenen Gebäuden, nur die Fenster und Türen waren in einem warmen Rot abgesetzt, die Ziegel der nur wenig geneigten Dächer waren naturbelassen. Unter den Rundbögen von den Gebäuden standen rechteckige Terrakottakästen mit wuchernden Geranien. Neben dem Parkplatz die großen Kübel mit Fächerpalmen – hier war er schon mal gewesen, er freute sich, merkte, wie er lachte, denn er erinnerte sich sogar an den Namen des Winzers: Cerignola. Er hatte geglaubt, hier die China-Connection gefunden zu haben, aber der Fatzke machte nur Geschäfte mit den Weinbanausen im Land der aufgehenden Sonne und schikanierte seine Frau.

Arnold ging auf die Haustür zu. Wie würden die Bewohner reagieren?

34

Der Anruf erreichte sie am Nachmittag. Francesca erkannte Cavalettis Stimme.

»Ich glaube, wir haben die Verdächtigen lokalisiert. Es sind drei, Bao Tàng, der ist so was wie der Vorstandssprecher, dann sein Adlatus, John Howards. Den haben Sie getroffen. Er ist ein vinophiler Broker, wie wir mittlerweile erfahren haben. Er hat lange Zeit Telefonwerbung für Aktien betreiben lassen, ganz krumme Dinger, Pennystocks verkaufen, also das Billigste vom Billigen. Und wir haben auch die Frau, Xia Mai. Über Morettas Telefonkontakte haben wir die Handynummern rausbekommen und alle drei lokalisiert. Sie scheinen auf dem Weg nach Novello zu sein, falls es Sie interessiert. Bao Tàng, der Geschäftsführer, bewohnt dort eine Villa; sie wurde von einem Strohmann unter anderem Namen gemietet. Das wissen Sie aber nicht von mir!«

»Natürlich nicht. Wenn man Sie nicht abhört, Prefetto, bleibt es garantiert unter uns.«

»Moretta haben wir weggesperrt.«

»Der war bestimmt nicht der Einzige.«

»Non faccia l'uccello del malaugurio.«

Francesca lachte auf, auf Italienisch hatte sie den Spruch eine Ewigkeit nicht gehört. »Nein, ich male nicht den Teufel an die Wand. Aber Moretta hat das sicher nicht allein besorgt, wer ist bei Ihnen fürs Abhören zuständig?«

»Der Geheimdienst, aber das geht zu weit. Unsere erste

Frage nach der Festnahme wird selbstverständlich die nach Ihrem Mann sein, das versichere ich Ihnen. Womöglich halten sie ihn sogar dort versteckt. Wir vermuten, dass sie gegenwärtig das Archiv verbrennen, nach dem Debakel in der Kellerei müssen sie kompromittierendes Material beiseiteschaffen. Wir müssen schnell sein.«

Nachdem von Melchior mit Cavaletti gesprochen hatte, war er sofort einverstanden, ebenfalls nach Novello zu kommen, er würde sich allerdings im Hintergrund halten, auch wenn es zu seinen offiziellen Aufgaben gehörte, in Schwierigkeiten geratene Landsleute zu unterstützen. Also dürfte an seiner Anwesenheit niemand Anstoß nehmen. Feltrinelli war sofort Feuer und Flamme, bei seiner Energie bildete er für sich allein schon einen Stoßtrupp. Egal, in welchen Kalamitäten Arnold steckte, Feltrinelli würde alles dransetzen, ihn rauszupauken, da war sich Francesca absolut sicher. Das war aber auch die einzige Sicherheit, die sie im Augenblick besaß.

Die Villa von Bao Tàng lag auf der südlichen Seite außerhalb von Novello, nahe der SP 12, über die man ohne zeitraubende Umwege sowohl zur Autostrada wie auch nach Cuneo gelangte, und der Turiner Flughafen war in dreißig Minuten zu erreichen. Es war die ideale Lage für einen Firmenchef, der jederzeit damit rechnen musste, enttarnt zu werden.

Die Villa war standesgemäß, eine Mischung aus Kitsch, Neoklassizismus und römischem Landhausstil mit Arkaden und versetzten Anbauten, zwei Türmchen rechts und links, an Minarette erinnernd, fassten den Komplex ein. Der ungepflegte Garten ließ vermuten, dass er den Bewohnern gleichgültig war. Die Einfahrt vor den Rundbögen über der breiten Treppe war so großzügig, dass dort neben einem silbernen Phaeton und einem weißen Mercedes drei Polizeiwagen bequem parken konnten und noch Platz für Feltrinellis Geländewagen blieb.

Getrieben von dem Wunsch, endlich Klarheit über Arnolds Schicksal zu erlangen, stürmte Francesca die Stufen hinauf und ließ sich nicht von den Polizisten aufhalten, außerdem winkte Cavaletti sie zu sich. Wo war Bao Tàng, wo die Chinesin, Xia Mai? Dort drüben, vornübergebeugt und mit Handschellen gefesselt, saß lediglich John Howards. Wären nicht so viele Polizisten um sie herum gewesen, Francesca hätte unter seinem hasserfüllten Blick die Eingangshalle sofort wieder verlassen.

Cavaletti begrüßte den Konsul und Feltrinelli wie alte Bekannte. »Wir haben Pech, der da«, der Prefetto wies auf den Broker, »der hat uns an der Nase herumgeführt. Sie müssen mit drei Autos gekommen sein, unterwegs hat Howards die Mobiltelefone der beiden anderen an sich genommen, ein anderer Mann hat den zweiten Wagen gefahren, und mit dem dritten sind sie uns entwischt. Wir kennen weder das Fabrikat noch die Autonummern, das macht die Fahndung schwierig. Mit falschen Pässen sind die beiden Chinesen schnell über die Grenze in Frankreich, falls sie überhaupt kontrolliert werden. Und der da«, er zeigte wieder auf den Broker, »sagt nur ein Wort, und das heißt *lawyer.*«

»Einen Anwalt will er? Der Kerl spricht Italienisch, ich habe neulich mit ihm geredet.« Francesca wandte sich ab und ging zu Howards, dann schlug sie ihm die flache Hand ins Gesicht.

»Wo ist mein Mann? Wo habt ihr Arnold Sturm versteckt?«

Damit hatte keiner gerechnet, und während alle noch von ihrer Reaktion überrascht waren, schlug sie mit der anderen Hand ein zweites Mal zu. Erst jetzt riss der völlig verblüffte Mann die mit Handschellen gefesselten Hände vors Gesicht. Zwei Polizisten drängten Francesca zurück.

»Ich bringe dich um, wenn du mir nicht sagst, wo mein Mann ist. Dafür gehe ich sogar ins Gefängnis!« Jetzt trat sie den Broker mit aller Kraft gegen das Schienbein, was ihn vom Stuhl hochfahren ließ, er wollte sich auf sie stürzen, doch Feltrinell drückte ihn zurück auf seinen Stuhl und stellte sich vor Francesca.

»Sie meint das ernst, du Kanaille. Ich kenne meine Tochter. Und wenn sie es nicht tut, dann tue ich es!«

»Ich weiß nichts von einem Arnold Sturm, ich weiß nicht mal, worum es hier geht. Ich will einen Anwalt!«

»Das klären wir sofort.« Francesca rief Heimbüchler in Düsseldorf an. Er bestätigte, dass sie bei ihrem Besuch auch Howards getroffen und sogar mit ihm und Bao Tàng zu Mittag gegessen hätten. Demnach kannte er Arnold.

»Siehst du, gleich bei einer Lüge ertappt. Was steht in Italien auf Entführung, Verabredung zu Verbrechen oder Irreführung von Staatsorganen?«

»Genug, mindestens zwanzig Jahre, aber er wird nicht reden«, sagte Cavaletti. »Andernfalls bringen ihn seine Leute um. Auch Moretta schweigt nach dem ersten Gespräch mit seinem Anwalt. Uns bleibt nichts anderes übrig, als weiterzusuchen.«

Francescas Hoffnung löste sich abrupt in nichts auf, erneut brachen das Elend und die Leere über sie herein, und zu allem Unglück rief dieser entsetzliche Winzer wieder an, der immer geile Rodolfo Cerignola. Sie hatte vorsichtshalber seine Nummer gespeichert, um vor seinen Anrufen sicher zu sein. Sie schaltete ihr Mobiltelefon aus und dann wieder ein. Cerignola ließ sich nicht beirren und probierte es erneut, Francesca wiederholte den Vorgang. Sie wagte nicht, das Gerät ausgeschaltet zu lassen, in der Befürchtung, Arnold könnte jeden Augenblick anrufen.

Dann klingelte Feltrinellis uraltes Mobiltelefon, Francesca kannte den Ton seit vielen Jahren. Das konnte der widerliche Kerl unmöglich sein. Feltrinelli meldete sich, dann fiel ihm beinahe das Gerät aus der Hand, sein Mund klappte auf, er stierte Francesca mit großen Augen an. »Für dich!« Er hielt ihr das Handy hin.

Sie nahm es in einer Mischung von Angst und Erwartung entgegen. »*Pronto?*«

Eine halbe Stunde später lagen sie sich in den Armen. Cerignola hatte den Landstreicher des Weingutes verweisen wollen und sogar mit der Polizei gedroht, aber seine Frau hatte Arnold trotz seines Bartes, des wirren Haars und der Lumpen am Körper erkannt, sie hatte in der Zeitung Francescas Foto gesehen und heute das Dementi mit dem Hinweis gelesen, dass der entführte Deutsche sich in der Gegend aufhalte. Deshalb hatte sie ihn telefonieren lassen und ihn persönlich hergebracht.

»Bist du jetzt glücklich?«, fragte Feltrinelli seine Tochter.

»Nur wenn ich mir die Nase zuhalte, und ein Gerippe zu umarmen, kostet einiges an Überwindung. Das Aufpäppeln übernimmst am besten du, oder lass ihn gleich im ›Tavolata‹ arbeiten.«

»Mit Basilio und dem Nigerianer? Besser nicht, womöglich isst er unseren Gästen alles weg.«

Jetzt dachte Francesca an die Worte von Funkin Akidele. Hatte er nicht vorausgesagt, dass Arnold zurückkäme? Zufall war das, sie tat es als reinen Zufall ab.

Nach der genauen Durchsuchung des Luxusbades in Bao Tàngs Villa durch die Polizei und der Sicherstellung von DNA-Proben durfte Arnold die Marmorwanne benutzen. Erschöpft ließ er sich in den warmen Schaum gleiten.

So mager habe ich ihn zuletzt vor zwanzig Jahren gesehen, dachte Francesca und rief die Kinder an, um ihnen zu sagen, welche Schuhe, Hemden und Anzüge sie mit dem schnellsten aller Overnight-Kuriere schicken sollten.

Arnold lag mit geschlossenen Augen im warmen duftenden Wasser, er sprach nicht, er hielt nur Francescas Hand. Als das Telefon klingelte, sah er sie an. Es war Alice.

»Basilio bringt alles selbst, er sagt, einen schnelleren Boten als ihn gäbe es nicht.«

»Und das ›Tavolata‹?« Francesca konnte es kaum glauben. »Steckt Oma dahinter, hat sie ihn …?«

»Nein, ich glaube, er hat Angst, dass er die Verbindung zu uns verliert, dass er außen vor bleibt, wenn er sich jetzt nicht zusammenreißt.«

»Aber das ›Tavolata‹?«

»Oma schmeißt den Laden zusammen mit Funkin Akidele, der Typ ist spitze, kann richtig gut kochen. Wir helfen natürlich auch. Oder darf ich mit Basilio mitkommen?«

Francesca sah ihren Mann an, der langsam den Kopf schüttelte. »So viele Menschen verkrafte ich noch nicht.«

Arnold hüllte sich in den fabrikneuen Bademantel, den man in einem der Schränke gefunden hatte, und verließ das Bad. Sie gingen in den mit wenigen Designerstücken spärlich möblierten Salon. Arnold sank auf das Sofa, längst war ein Polizist unterwegs, um für ihn eine warme Mahlzeit zu holen. Eine Minestrone wäre ihm das Liebste, möglichst leichte Kost, vielleicht ein wenig Hühnerfleisch. »Und ein Glas Weißwein, bitte!«

»Also ist er auf dem Weg der Besserung«, meinte Feltrinelli und wirkte zufrieden.

Der Konsul schüttelte Arnold die Hand, Besorgnis in der Stimme. »Brauchen Sie einen Arzt? Wir könnten sofort jemanden kommen lassen.«

»Nicht nötig.« Arnold sah sich um. »Bei so viel Anteilnahme gesundet man von allein, der Nebel in meinem Kopf hat sich verflüchtigt.«

»Dann mache ich mich aus dem Staub, bevor die Presse auftaucht. Niemand braucht derartige Bilder, wie man sie von Ihrer Frau gemacht hat. Zwar nicht in Handschellen, aber mittendrin … Sie können stolz auf Ihre Gattin sein. Sie hat nicht lockergelassen, sie hat nicht nachgegeben, sie hat die ganze Sache losgetreten. Sie hat mich überzeugt. Hätte sie es nicht getan, hätte ich Emilio nie gebeten, sich Ihrer anzunehmen. Und ohne den Prefetto stünden wir alle nicht hier. Werden Sie weiter bei der Aufklärung helfen?«

»Darüber habe ich mir bislang keine Gedanken gemacht«, sagte Arnold. »Aber Sie dürfen auf mich zählen.«

»Das denke ich auch«, warf Francesca ein, »das sind wir Ludovico schuldig. Weder Arnold noch mein Vater kennen ihn«, sagte sie an den Konsul gewandt. »Er war derjenige, der die Geschäftsunterlagen besorgte und die Kellerei geflutet hat.«

»Was ist mit ihm?«

»Er ist tot, er wurde erschossen …«

»Dann waren das die Schüsse, die ich gehört habe? Das war dein Vetter?« Arnold stöhnte entsetzt. »Ich dachte, da wütet ein Wahnsinniger.«

»Woher wissen Sie davon, Signora Sturm«, fragte Emilio Cavaletti erstaunt. »Ich denke, Sie waren auf der Flucht?«

»Erst als der Wein abgelaufen war, bin ich aus der Halle entkommen. Ich habe alles gesehen, ich habe oben im Füllkessel gehockt wie in einem Ausguck, am Anfang der Abfüllstraße. Als der Wein die Treppe runterfloss, kam dieser Unbekannte und wütete unten weiter. Dann tauchte einer mit einer Pistole auf und die Chinesin.«

»Er war Francescas Cousin«, wiederholte Feltrinelli. An der Betonung bemerkte Francesca, dass Ludovicos Tod ihn sehr belastete. Ihr Vater fühlte sich schuldig, er hatte Ludovico angestiftet.

Arnold starrte seinen Schwiegervater fassungslos an. »Das müsst ihr mir alles erklären.«

»Wir werden uns um seine Frau kümmern und um die Kinder. Aber jetzt bist erst einmal du dran.« Feltrinelli hatte bemerkt, dass Arnold sich schwer atmend auf die Fensterbank stützte und ins Tal schaute, genauso weiß wie die Wand daneben.

Der Konsul und Emilio Cavaletti sprachen außer Hörweite lange miteinander, bevor sie sich voneinander verabschiedeten und von Melchior in einem Polizeiwagen mitgenommen wurde. Was die Männer miteinander verband, blieb allen verborgen, es ging auch niemanden etwas an. Ohne die beiden säßen sie nicht hier, das war Francesca klar.

Das Essen traf gleichzeitig mit dem ersten Kamerateam ein. Da bekamen die TV-Leute wunderbare Bilder eines ausgehungerten Entführungsopfers bei seiner ersten richtigen Mahlzeit seit über einer Woche – an der Seite seiner mutigen Gattin Francesca und des kämpferischen Schwiegervaters, natürlich eines Italieners, der eine überaus gute Figur machte. Die Nation konnte stolz sein.

Arnold sagte kaum ein Wort, er gab keinerlei Kommentare ab, er ließ alle anderen reden. Erst als die Medienleute abgefahren waren, fragte er nach Roland Richter.

»Wer ist das?« Francesca war sich sicher, dass er den Namen nie zuvor erwähnt hatte.

»Das war mein größter Fehler, dass ich nie mit euch darüber gesprochen habe. Richter bat mich darum, Belmonte aufzusuchen. Er ist im Grunde der Verantwortliche für alles, was hier geschehen ist.«

»Wer ist Richter? Sprich endlich.« Auch Feltrinelli wurde ungeduldig.

»Er ist ein Freund, nein, mehr ein guter Bekannter, vielmehr war er es. Er arbeitet für das Chemische Landesamt in Münster und leitet die Weinkontrolle in Nordrhein-Westfalen. Er ist irgendwie an eine Probe gelangt und hat mich auf Belmonte und auf die Chinesen angesetzt, als ich ihm von unserer Reise hierher erzählte. Das war schon letztes Jahr. Ich sollte mich umsehen. Seitdem habe ich heimlich recherchiert. Hat er euch nicht informiert?«

»Mit keinem Wort!« Francesca war zutiefst empört. Der Ärger hörte nicht auf. »Jemand aus Münster hat mehrmals mit Markus gesprochen, er gab sich als Ziegler aus und fragte nach irgendwelchen Proben, als du bereits überfällig warst.

Markus hat zurückgerufen, aber da gab es keinen Ziegler. Dann kann es nur dieser Richter gewesen sein.«

Arnold blickte einen Moment schweigend vor sich hin. »Eigentlich verwundert mich sein Verhalten nicht. Er ist Beamter, so jemand lehnt sich nicht aus dem Fenster. Er hat bestimmt kalte Füße bekommen, als er gemerkt hat, wo er mich reingeritten hat. Aber ich verspreche euch, den nehme ich mir vor.«

»In deiner Branche sind wohl viele falsche Freunde unterwegs.«

Arnold bekam einen bösen Zug um den Mund, den Francesca noch nie zuvor bei ihm bemerkt hatte. Er machte ihr sogar Angst. Sie wechselte das Thema.

»Markus hat übrigens auch die Dateien geknackt, mit einem Helfer. Ohne ihn wären wir nie auf die Chinesen gekommen.«

Cavaletti hegte ernste Zweifel. »Erst einmal müssen wir das vorgefundene Beweismaterial sichten, die Verflechtungen der diversen Firmen klären, denn sie sitzen in verschiedenen Ländern, und an China kommen wir unmöglich ran.«

»Da weiß Trautmann sicher mehr«, bemerkte Francesca, »einer der Weinfreunde hat sich abgesetzt.«

»Trautmann ist weg? Das Schwein hat mich ins offene Messer laufen lassen. Ich bin sicher, dass er Belmonte über mein Interesse informiert hat. Wir haben uns heftig gestritten, weil er unbedingt verhindern wollte, dass wir die Kellerei besichtigen. Das heißt, er und Howards kannten sich. Dann gehört Trautmann also dazu?«

»Das heißt, einer Ihrer sogenannten Weinfreunde wusste von Anfang an, was hier gespielt wurde.« Cavaletti maß dieser Information große Bedeutung zu. »Dieser Howards hat mit seiner Telefonwerbung und im Internet die Aktienkurse in den letzten Monaten in die Höhe getrieben, die müssen sich dumm und dämlich verdient haben. Der Kurs der Aktien ist gestern eingebrochen, heute ist er im Keller. Bao Tàng hat gestern, wie wir eben erfahren haben, sein Aktienpaket noch zum höchsten Kurs verkauft und sämtliche Konten abgeräumt, inklusive eines kürzlich aufgenommenen Millionenkredits.«

»Das wird seine Auftraggeber gar nicht freuen. Dieses Gesindel betrügt sich sogar gegenseitig.« Arnold war jedoch überzeugt, dass diese Leute weiter ihr Unwesen treiben würden. »Sie können nichts anderes. Die Welt ist groß, Banken, die mitspielen, gibt es genug, und gierige Anleger, die auf hohe Profite aus sind, auch. Werden Sie, Signor Cavaletti, den Prozess hier führen?«

Der Präfekt lächelte böse, diesen Zug von Verschlagenheit hatte Francesca bisher an ihm nicht bemerkt. »Es wird sicherlich einen Prozess geben, aber erst mal müssen wir ermitteln, und bis unsere Justiz tätig wird, dauert es Jahre. Ich habe eine bessere Idee. Wir liefern den chinesischen Behörden Kopien von sämtlichen Unterlagen und überlassen die Beteiligten ihrem Schicksal. In China steht auf Korruption und Unterschlagung, besonders wenn der Staat geschädigt wird, die Todesstrafe.«

Für einen Moment herrschte Schweigen zwischen den Beteiligten. Francesca sah Cavaletti entsetzt an. »Ist das Ihr Ernst?«

»Sie würden Bao Tàng ausliefern, auch die Frau oder Howards?« Auch Arnold wirkte schockiert. »Die werden umgebracht. Chinas Behörden haben im vergangenen Jahr mehr als zweitausend Menschen hinrichten lassen!«

»Ihr Mitgefühl ehrt Sie, Herr Sturm, aber die hatten Ähnliches mit Ihnen vor, schon vergessen? Und Ihr Cousin, Frau Sturm, ist auch tot, einfach erschossen. Wenn Sie nicht dazwischengekommen wären, würde Bao Tàng seine Geschäfte munter weiterführen. Er und seine Hintermänner suchen sich ein anderes Land, die ziehen was Ähnliches in Spanien auf, in Brasilien, Mexiko scheint mir sehr geeignet, da gibt es gut funktionierende kriminelle Strukturen, eine korrupte Regierung, oberflächliche bis gar keine Kontrollen …«

»Aber der Wein ist weg«, bemerkte Feltrinelli, »er war immerhin die Geschäftsgrundlage, Millionen Liter sind versickert.«

»Um die Plörre ist es nicht schade …«, bemerkte Francesca zum Erstaunen aller. Von ihr hatte bisher niemand ein Urteil über Wein erwartet, geschweige denn ihr zugetraut. »Durchschnitt eben, nur mäßig, nichts von Wert.« Nach diesen Worten ergriff sie Arnolds Hand und wandte sich an ihren Vater. »Fahren wir zum Hotel? Der hier muss dringend ins Bett, sich ausschlafen, und heute Abend gehen wir essen. Wer kommt alles mit? In Roddi gibt's ein schönes Restaurant, das ›La Crota‹, mit einem guten Weinkeller, man kann von oben durch den Glasboden hineinsehen, tolle Weine haben die …«

»Solche Worte von dir zu hören, ist allein schon Grund, mitzukommen«, sagte Arnold lachend und umarmte sie.

Nach dem Bad genoss Francesca die Umarmung. »Wie hat dich eigentlich vorhin unsere freundliche Signora Cerignola in ihrem Wagen ertragen?« Über die Annäherungsversuche von deren Gatten schwieg sie besser.

»Selbstverständlich nur bei offenen Fenstern!«

Cavaletti hingegen schlug das »Il Vigneto« in Roddi vor. »Es hat eine viel schönere Terrasse, mit grandiosen Ausblicken über die Langhe.«

»Mir reichen vorerst die Einblicke in die Langhe.« Arnold winkte ab. »Mir wäre das ›La Crota‹ auch lieber. Außerdem waren wir mit dem Weinclub im ›Il Vigneto‹, der Laden ist mir in meinem Zustand zu vornehm. Nun brauche ich was zum Anziehen.«

»Wenn ich mich anschließen darf?« Emilio schmunzelte. »Ich kenne den Wirt, das Essen ist gut …«

»Wen kennen Sie eigentlich nicht?« Der Mann wurde Francesca immer unheimlicher.

»Ist es nicht Sache der Polizei, sich auszukennen?«

»Manchmal tastet man sich auch blind durch den Nebel«, bemerkte Arnold, »da braucht man schon jemanden, der einem hilft, aber nichts ist schlimmer als eine perfekte Polizei.«

35

Angelo Gaja persönlich öffnete das große Tor seines Weingutes in der schmalen Straße des verschlafenen Städtchens Barbaresco. Herzlich begrüßte der große schlanke und gut aussehende Mann Francesca, Feltrinelli und Basilio, der es sich trotz seiner Nachtfahrt nicht nehmen ließ, eines der berühmtesten Weingüter Italiens zu besuchen. Die Frage, ob Angelo Gaja von dem Kriminalfall wusste, blieb offen. Arnold war von einem Polizeiwagen nach Cuneo gebracht worden, um mit Cavaletti die Geschäftsunterlagen von Belmonte zu sichten und seine Aussagen zu machen. Außerdem hatte er vor zwei Wochen bereits das Vergnügen mit Angelo Gaja gehabt.

Feltrinelli ging vorneweg, er konnte es kaum erwarten, den Pionier des italienischen und insbesondere des piemontesischen Weins zu treffen. Botschafter der Weinkultur Italiens war er genannt worden, die Lichtgestalt der Weinwelt schlechthin, König des Barbaresco, seine Kellerei wurde zu den bedeutendsten Weinunternehmen der Welt gezählt. Seine kaufmännische Begabung, die sympathische Art seines Auftretens und die Orientierung an höchsten Qualitätsstandards setzten angeblich internationale Maßstäbe, zudem hatte er früh zu einem eigenen Stil gefunden.

Francesca war mit alledem nicht zu beeindrucken. Bei zu viel Lob, was bei vielen schnell in Lobhudelei ausartete, blieb sie distanziert und wurde misstrauisch. Ein Mensch war ein Mensch, nichts weiter, mit mehr oder weniger interessanten

Fähigkeiten ausgestattet, aus denen sich was machen ließ. Die entsprechende Herkunft war wichtig, und eine gehörige Portion Glück gehörte immer dazu. Das musste Gaja gehabt haben. Er war in der vierten Generation Winzer, der Beruf war ihm in die Wiege gelegt worden. Die Möglichkeiten, die der elterliche Betrieb ihm bot, hatte er zu nutzen gewusst. Und sein Vater, bereits Inhaber einer Kellerei, hatte ihn gewähren lassen.

Der Mann, der jetzt gut gelaunt voranging, war völlig unprätentiös, freundlich und aufmerksam. Und er war schnell, in seiner Art zu sprechen, zu denken und in seinen Bewegungen. Er war international ausgezeichnet, und seine Weine waren vielfach prämiert worden. Der Ruhm hatte Angelo Gaja weder abheben noch überheblich werden lassen oder ihn eingebildet gemacht. Basilio betete ihn an, und er liebäugelte damit, die Weine auf seine Speisekarte zu setzen. Francesca hatte sie nie zuvor probiert – Feltrinelli waren sie fürs »Tavolata« immer zu teuer gewesen. »Die Kunden dafür haben wir nicht.«

Feltrinelli war während des Rundgangs erstaunt, wie gewandt Francesca sich inzwischen der Weinsprache bediente, und er überließ ihr das Feld. Sie fragte und argumentierte, als spiele sie weiterhin ihre Rolle. Nach der kurzen Besichtigung des Labyrinths unterirdischer Gänge, zwischen großen hölzernen *botti*, Barriques und vorbei an Edelstahltanks, deren Funktion niemandem mehr erklärt werden musste, schlug Angelo Gaja vor, dorthin zu fahren, »wo alles beginnt: in den Weinberg«.

Die Gajas hatten bereits vor dem Zweiten Weltkrieg Trauben aufgekauft und daraus Wein gemacht. Daher kannten sie die besten Lagen, als nach dem Krieg der bitteren Armut wegen viele Bauern das Land verließen, um in den Städten und der Industrie zu arbeiten. So hatte Angelos Vater durch Zukauf ihre eigenen Flächen vermehrt und schickte Sohn Angelo, der bereits als Junge eifrig mitgearbeitet hatte, auf die Weinbauschule nach Alba. Dass der Sohn dort vieles lernte, was den Vater staunen ließ und die Nachbarn entsetzte, hatte niemand ahnen können. Bei Praktika in Bordeaux und Burgund festigte sich die Orientierung an französischen Standards und Methoden, sowohl im Weinberg wie bei der Kellertechnik. Den Barolo, in Italien der König der Weine, erlebte Gaja während seiner Zeit in London als ein dort nahezu unbekanntes Gewächs. Das zu ändern, war ein Ziel, als er 1961 begann, den elterlichen Betrieb umzugestalten. Dass er den Weinbau im gesamten Piemont revolutionieren würde, hatte niemand geahnt.

Um einen seiner Weinberge zu zeigen, ließ Gaja alle in seinen Wagen steigen und fuhr selbst, so wie es seiner Persönlichkeit entsprach: schnell und mit einem Ziel vor Augen. Er wusste, wohin er wollte und was er zeigen wollte. Sie hielten abseits des Ortes in einer Senke neben langen dunklen Erdwällen. Erst bei näherem Hinsehen erkannte Francesca das Stroh und untergemischte Reiser darin.

»Wir nehmen Kuhdung und bringen ihn in den Rebzeilen aus«, sagte Gaja und wechselte das Schuhwerk. »Aber er muss gut abgelagert sein. Es muss Kuhdung sein, denn in den Mägen der Kühe wird die Nahrung bereits fermentiert. Dadurch verbessern wir das Bodenleben.«

Der Erfolg dieser Methode zeigte sich im kniehohen Bewuchs zwischen den Rebzeilen, durch den diese »Lichtgestalt der Weinwelt« in einem Tempo hinaufstiefelte, bei dem die anderen, owohl bis auf Feltrinelli wesentlich jünger, kaum mithalten konnten. Anders als bei den meisten Winzern verliefen hier die Rebzeilen von oben nach unten, »dadurch lässt sich die Bestockungsdichte erhöhen«, so Gaja.

»So wie es in Bordeaux praktiziert wird«, ergänzte Feltrinelli. Basilio und Francesca waren nie dort gewesen. Sie wusste, dass die meisten Winzer hier die Stöcke der Höhenlinie nach pflanzten, um die Erosion durch den Regen zu verhindern, was in Gajas Weinberg durch den Bewuchs geschah.

Von einer Anhöhe aus blickten sie auf das Weingut, das zwei Stockwerke aus dem Berg herausragte und drei in ihn hinein. Das Abwasser lief ins Tal in eine organische Pflanzenkläranlage, in der Rohrkolben und Binsen die meisten Wasserinhaltsstoffe auf mechanische, biologische und chemische Weise abbauten. Aber seine umweltschonenden Methoden und den Verzicht auf chemische Spritzmittel erwähnte der Pionier des piemontesischen Weinbaus lediglich in einem Nebensatz.

Pionierarbeit hatte Gaja auch bei der Auswahl der Reben geleistet und Nebbiolo ausreißen lassen. »*Che darmagi*, wie schade, bemerkte mein Vater damals kopfschüttelnd, als er das Debakel sah und ich statt Nebbiolo die internationale Rebe Cabernet Sauvignon pflanzen ließ. Für mich war seine Bemerkung Inspiration, und ich nannte den Wein danach Darmagi. Er wurde ein großer Erfolg.«

Das wurden auch alle anderen seiner Gewächse, Produkte, »ähnlich wie Luxuskarossen«, so drückte Feltrinelli es aus. »Aber die Preise haben natürlich sehr viel damit zu tun, in welchen Kreisen man verkehrt.«

Gajas Chardonnay wurde für fünfzig Euro angeboten. »Strahlend goldgelb, feines Bouquet nach Zitrusfrüchten und Wiesenblumen mit einer zarten Honignote. Elegant am Gaumen und von bemerkenswerter Tiefe, Komplexität und Länge«, so beschrieb ein Internethändler den Wein. Der Chardonnay von Lidl war bereits für 2,99 € zu haben.

Als Basilio sich über den Preis beschweren wollte, fiel ihm sein Vater schnell ins Wort. »Um zu begreifen, dass Preis und Wert nicht unmittelbar zusammenhängen«, flüsterte er ihm zu, »muss man nicht unbedingt Marxist sein. Gerade du nimmst doch auch, was du kriegst.«

1986 hatte Gaja die ersten sechsunddreißig gebrauchten Barriques in Bordeaux gekauft, wobei man ihn noch mit schlechter Qualität übers Ohr gehauen hatte. Dann begann ein Jahrzehnt der Experimente, bis der Wein so war, wie er ihn sich vorstellte. Seine neuen Methoden, die beim Nachbarn Frankreich längst üblich waren und zu besserer Qualität geführt hatten, brachten in der Provinz die Traditionalisten gegen ihn auf: Ein Barbaresco, so die Nachbarn, müsse, ähnlich dem Barolo, eben hart, rau und frühestens nach fünf Jahren trinkbar sein und nicht im Barrique mit Holzgeschmack seinen Charakter verlieren. Es gab Streit und wissenschaftliche Dispute wegen dieser Fragen, Gaja sah sich Anfeindungen ausgesetzt und erhielt böse Briefe. Aber nichts brachte ihn von seinem Weg ab. Der Erfolg gab ihm recht, aber er musste ihn auch verstecken, »oder man muss die Leute dazu bringen, einem den Erfolg zu verzeihen«.

Das taten sie auch, indem sie ihn kopierten, was sich nicht zu ihrem Schaden auswirkte.

Francesca hatte das den Informationen entnommen, die ihr Vater ihr auf die Spurensuche mitgegeben hatte. Dass er ein Weinarchiv angelegt hatte, war ihr bis dahin neu gewesen. Sicher hatte er es mal erwähnt, aber sie hatte dem so wenig Aufmerksamkeit geschenkt wie der Gastronomie. Sie hatte auch nie versucht, die Speisekarte des »Tavolata« nachzukochen. Jetzt merkte sie, wie sie sich während der fachkundigen Führung schnell wieder in diese Welt hineinfand, ohne die Angst im Nacken war sie wesentlich offener als noch vor zwei Tagen.

Barriques waren für Francesca inzwischen ein alltäglicher Anblick geworden, helle Eiche, vier Dauben, ein Prägestempel und auch der Name der Azienda im Fassboden. Um einige Fässer zog sich zwischen den mittleren Dauben ein blassroter Streifen, von einer Farbe, als sei dort Rotwein ins Holz gesickert. Hatte man Gaja in seinen Anfängen noch undichte Barriques angedreht, so kaufte er heute das Holz in Frankreich, lagerte es ab und ließ die Fässer hier von ausgewählten Küfern zusammenbauen.

Den Palazzo auf der anderen Straßenseite hatte Gaja längst gekauft und bei der Renovierung durch einen unterirdischen

Gang mit der Kellerei verbinden lassen. Francesca zögerte kurz beim Hindurchgehen, erinnerte sie sich doch an die unheimliche, feuchte und vom Einsturz gefährdete Verbindung bei Belmonte und an ihren Begleiter. Ludovico hatte sein schreckliches Schicksal nicht verdient, das Böse traf immer die Falschen. Sie würde lange brauchen, um über seinen Tod hinwegzukommen, und sie konnte den Schmerz mit niemandem teilen, weder Feltrinelli noch Arnold kannten ihn persönlich, und Belinda hasste sie. Ein Gespräch war nicht möglich.

Basilio bemerkte zu Francescas Erstaunen als Erster ihren Absturz in düstere Gedanken, hakte sie unter und führte sie an den Rand des Brunnens, den man im Verbindungsgang entdeckt hatte. Er stammte aus dem 13. Jahrhundert. Darüber erhob sich eine mächtige Skulptur – Francesca schien es wie ein aus Fassdauben zusammengesetztes Werk –, oder symbolisierte es das bei der Gärung aufsteigende Kohlendioxid, die aus der Erde in den Wein gelangenden Kräfte?

Im Palazzo gab es lange Außengänge um einen schlichten, Licht spendenden Garten sowie Seminar- und Verkostungsräume. In einem war für sie gedeckt, dort standen drei Gläser für die Weinprobe nebeneinander auf weißem Papier. Also nur drei Weine? Basilio war enttäuscht, er hätte sich lieber durch die gesamte Auswahl getrunken.

»Das ist den im ›Gambero Rosso‹ meist mit drei Gläsern bewerteten Weinen Gajas geschuldet«, flüsterte Francesca grinsend ihrem Bruder Basilio ins Ohr. Auf Feltrinellis erstaunten Blick hin meinte sie, dass es lediglich eine Interpretation sei, »aber drei Weine reichen aus, um die Fähigkeiten eines Winzers und ein Weingut zu beurteilen«.

Feltrinelli kannte seine Tochter kaum wieder, und bei Basilio regte sich vorsichtige Bewunderung für ihren Mut und ihre Kraft, er sah seine Schwester seit einigen Tagen in ganz neuem Licht. Und verblüfft reagiert er auf ihre Beschreibung der drei Weine.

Der Alteni di Brassica, ein Sauvignon Blanc, hatte ihrer Meinung nach eine schöne Säure, was ihn sehr frisch wirken ließ. Frucht und Süße ergänzten einander. »Ich finde ihn ein wenig blumig und gleichzeitig würzig, ich rieche Pampelmuse oder Mandarine, vielleicht auch Papaya und – Birne? Mir gefällt, dass man das Holz nicht spürt, aber er war im Barrique, denke ich, es hat ihn weich und rund gemacht.«

Seit zwei Jahren hatte Basilio die Weine fürs »Tavolata« ausgesucht, er hatte die Qualität heben wollen, die Kalkulation erhöht, gegen den ausdrücklichen Willen seines Vaters, der dann den Umsatzeinbruch beim Wein deutlich kritisiert hatte. Mit hohen Preisen und weniger mit höherer Qualität versuchte Basilio, das Restaurant in Düsseldorfs Hochpreissegment zu treiben, was zum Abwandern der Stammgäste beigetragen hatte. Dass jetzt Francesca sich in Bezug auf die Weinauswahl einmischen würde, konnte Basilios Einfluss weiter schmälern.

Vielleicht begreift er endlich, dass wir ihm alle wohlgesonnen sind, hoffte Francesca, als sie ihn fragte, wie er den Alteni di Brassica beurteile, und er ihrem Urteil voll und ganz zustimmte. Beim nun folgenden Barbaresco, einer Cuvée mehrerer Lagen, ließ er Francesca wieder den Vortritt.

Sie empfand den Wein mit seinen kaum spürbaren Aromen von Teer und Leder zwar auch als typisch für die Rebsorte Nebbiolo, aber das Bukett von Waldfrüchten und feinen Gewürzen unterschied ihn deutlich vom Barolo. Außerdem kam ihr der erst drei Jahre alte, kraftvolle Wein bereits offen und ungeheuer saftig vor, was sicher an der feinen Säurestruktur lag. Die Fülle war Ausdruck der mehr als vierzig Jahre alten Reben und der geringen Erträge, was zur Konzentration des Extrakts geführt hatte, wie Feltrinelli erläuterte.

»Es ist wirklich die Königin«, meinte Francesca, »wenn Barolo als König oder als der männlichere Wein bezeichnet wird. So was fehlt uns im ›Tavolata‹. Du solltest ihn aufnehmen, Basilio.« Die letzte Entscheidung überließ sie wohlweislich ihm, was ihr Bruder zu würdigen wusste.

Der Gastgeber hielt sich mit der Interpretation seiner Weine ausdrücklich zurück, ein Verhalten, das Francesca schätzte. Arnold hatte ihr gegenüber mehrfach betont, wie aufdringlich er Winzer empfand, die glaubten, ihre Weine ständig interpretieren zu müssen, und ihren Kunden einen Geschmack in den Kopf redeten.

Das war beim Sperss, der zu vierundneunzig Prozent aus Nebbiolo gekeltert war und zu sechs Prozent aus Barbera, auch überflüssig. Die Trauben kamen aus dem Barolo-Gebiet nahe Serralunga. Als Gaja das erwähnte, erinnerte sich Francesca an Arnold und bedauerte, dass er nicht dabei war und kein Urteil abgeben würde. Sein Handgepäck inklusive aller Aufzeichnungen der Reise blieb verschwunden.

Der Wein war bedeutend kräftiger als der Vorgänger, er war wilder, er erinnerte an Sauerkirsche, an Teer, Lakritz sowie Rhabarber. Die leichte Trüffelnote wollte sie nicht wahrhaben, die war weniger nach ihrem Gusto. Aber es war ein Wein nach dem Geschmack der beiden Männer, die ihrem Urteil absolut nichts hinzuzufügen hatten.

Verwirrt, als wären sie in einer anderen Welt gewesen, saßen sie nach dem Abschied von Angelo Gaja in ihrem Auto und wussten kaum, wie schnell die Stunden mit ihm vergangen waren, und hatten noch immer den Geschmack seiner Weine auf der Zunge. Sie fuhren durch die Weinberge ins Tal, heute hatte Francesca zum ersten Mal einen Blick für die Rosen, die an den Anfängen der Rebzeilen wuchsen. Früher waren sie gepflanzt worden, weil Mehltau sich auf ihnen zuerst zeigte. Heute gaben die Weinbauverbände regelmäßig Wetterberichte heraus, und der Winzer wusste, wann er zu spritzen hatte. So blieben die Rosen lediglich als Zierde. Die Sonne erschien Francesca heute strahlender, der Himmel blauer, die Berge grüner, die Dörfer auf den Kuppen luden zum Bleiben ein. So schön wie heute hatte sie das Piemont nie erlebt. Sie konnte sich vorstellen, später, viel später, vielleicht, in einigen Jahren, wenn die Erinnerung an die schweren Tage verblasst war, mit Arnold hier einige Tage zu bleiben.

In Cuneo waren sie mit Emilio Cavaletti und Arnold verabredet, doch der Präfekt ließ sich entschuldigen.

»Ein Übersetzer und zwei Kommissare haben mich gleichzeitig vernommen, Cavaletti war auch dabei, bis sie ihn ans Telefon riefen. Irgendein hohes Tier aus Rom, ein *Segretario di Stato*, wie ich mitbekommen habe, wollte ihn sprechen. Nach einer halben Stunde kam er zurück, richtig wütend und angewidert. Er sei nicht mehr dabei! Man habe ihm von jetzt auf gleich neue Aufgaben zugewiesen, ab sofort, wie er mir zuflüsterte – in der Provinz Avellino –, und ihn von dem Fall entbunden.«

»Die übliche Schweinerei«, bemerkte Feltrinelli lakonisch. »Alles wird unter den Teppich gekehrt. Aber, wo zum Teufel, liegt Avellino?« Eigentlich glaubte er, sein Geburtsland einigermaßen zu kennen.

»Irgendwo in Kampanien. Cavaletti meinte, als wir auf dem Flur standen, dass er jemandem auf die Füße getreten sei. Er solle sich freundlicherweise um Erdbebenopfer kümmern statt um chinesische Investoren. Von denen hätten angeblich alle was …«

»Wahrscheinlich der *Segretario* selbst und seine Freunde, weil sie mit ihnen kungeln.« Feltrinelli glaubte nicht, dass sich seit Berlusconis Abgang irgendwas geändert hatte, vor allem nicht die Mentalität der Politiker. »Seinerzeit hat er sogar das Kolosseum in Chinesisch-Rot anstrahlen lassen, als ihn eine Delegation besucht hat. Es ist eine Schande.«

Feltrinelli blickte wütend um sich, er wusste nicht, wohin mit seinem Zorn. Cavaletti und er hatten sich sofort bestens verstanden. Seine Gefühle waren sowieso zwiespältig, obwohl die Suche nach Arnold einen glücklichen Ausgang genommen hatte. Ludovicos Tod machte ihm zu schaffen. Immerhin gehörte er zur Familie. Und als er Belinda Hilfe angeboten hatte, war sie ihm fast an die Gurgel gegangen.

Für Basilio war Ludovico ein Fremder geblieben, dessen Schicksal berührte ihn wenig, seine Worte drückten es aus. »So kann's einem ergehen, wenn man sich zu weit vorwagt.«

»Ich glaube, du verkennst die Lage ein wenig, mein lieber Sohn.« Feltrinelli stöhnte. »Um ein Haar hätte dein Schwager seine Neugier und seine Geheimniskrämerei mit dem Leben bezahlt. Und Francesca stand bereits unter Beobachtung. Dass Arnold noch lebt, verdanken wir, wie Cavaletti meinte, lediglich dem Umstand, dass Bao Tàng auf einem Flug erster Klasse nach Rom bestand, sonst wäre er früher zurückgekommen. Er wollte ihn verhören, ihr könnt euch vorstellen, wie das ausgesehen hätte. Sie mussten wissen, was er wusste, dann erst wollten sie ihn …«

Francesca hielt sich die Ohren zu. »Es reicht, hört auf!«

»Eine Sache noch.« Arnold blickte ernst in die Runde, Basilio wich peinlich berührt seinem Blick aus. »Cavaletti hat mir noch etwas zugeflüstert, bevor er ging.« Es quälte ihn offensichtlich, was er zu sagen hatte. »Gestern hat die Polizei die Leiche eines Mannes aus dem Hafenbecken von Genua gezogen. Es soll Ludovicos Informant bei der Spedition gewesen sein, der ihn über die Machenschaften der Tochterfirma von Belmonte informiert hat.«

»Dann ist die Sache immer noch nicht ausgestanden?« Stöhnend wandte sich Francesca an Arnold. »Nur gut, dass ich die wichtigsten Daten kopiert habe. Der Stick wird demnächst bei dir in der Kanzlei eintreffen. Dann können wir uns ja gemeinsam darüber hermachen …«

»Lass mich bloß damit zufrieden!« Arnold hob abwehrend die Hände. »Ich will jetzt was Anständiges essen und ein gutes Glas Wein!«

Danksagung

Einige kündigen lautstark an, dass sie gern zur Hilfe bereit sind. Andere sind eher leise, aber sie sind da, wenn man sie braucht. Zu den Letzteren gehört Mario Ferrero vom Verband »Strada del Barolo« (»Die Barolo-Straße«). Ihm galt mein erster Besuch im Piemont, in Castiglione Falletto. Der Winzer Nicola Argamante von der Podere Corsini, den ich auf der Düsseldorfer Weinmesse kennen lernte, hatte ihn auf mich »angesetzt«. In Düsseldorf traf ich auch andere piemontesische Winzer, deren Weine mir gefielen, weshalb ich sie auf meine Rechercheliste setzte. Andere Weine wurden mir von befreundeten Weinhändlern empfohlen, deren Urteile über die entsprechenden Baroli und Barbaresci, den weißen Roero Arneis sowie Nebbiolo, Barbera d'Alba und Dolcetto ich erst später vor Ort verstand.

Wie bei jedem meiner bisherigen Romane konnte ich nicht alle von mir geschätzten Winzer und Weinbaubetriebe in die Geschichte einbeziehen, doch auch die ausgelassenen sind empfehlenswert: Zu ihnen gehört an erster Stelle Giorgio Pelissero in Treiso mit seinem wunderbaren Barbaresco – ein Wein wie der Barolo, die gleiche Rebsorte, eine ähnliche Vinifikation, nur zwanzig Kilometer weiter nordöstlich angebaut, damit weicher und zwei Jahre früher trinkreif.

In Neive besuchte ich das Weingut Giacosa Fratelli, das ich seit vielen Jahren kenne und schätze. Leider haben sich nur wenige Frauen wie Tiziana Settimo aus La Morra dem

Barolo verschrieben, aber die Töchter der Winzer sind auf einem guten Weg, etwa Silvia, die Älteste von Elio Altare. Gino Grimaldi in Diano d'Alba muss genannt werden wie auch Michele Chiarlo, obwohl ihre Weine unterschiedlicher kaum sein könnten, der eine rustikal im Stil, der andere elegant.

Ein besonderes Dankeschön geht an Silvana Molino vom Weingut Cascina Rocca und an ihren Mann, die mir viele meiner Fragen beantwortet haben. Alle oben genannten Personen (und auch die im Roman genannten *nicht fiktiven* Winzer) bleiben mir ihrer Freundlichkeit und Gastfreundschaft wegen in bester Erinnerung.